LITTÉRATURE CONTEMPORAINE

DIXIÈME VOLUME

LA

# REVANCHE

## POÉSIES

PAR

LOUIS DE PRÉVILLE — F. OSE — G. DUCKETT — PAUL LABBÉ
CHARLES BLANCHARD — L'ABBÉ PEYRET — JULES DE VOBIS
A. AMADE — J. VIDAL — LÉANDRE GAVÉ — L'ESPRIT FRAPPEUR
LOUIS GROSS — Mme PAULINE HENRY — MARIX JÉGNIER
ARISTIDE CARÉNOU — ARMAND MENICH — LOUIS GORLIER
L. FABRE DES ESSARTS — DENIS GINOUX
ETC., ETC., ETC.

PUBLIÉES

PAR

# ÉVARISTE CARRANCE

BORDEAUX

AU SECRÉTARIAT DES CONCOURS POÉTIQUES

92, route d'Espagne, 92

1873

# LA REVANCHE

# LITTÉRATURE CONTEMPORAINE

### DIXIÈME VOLUME

LA

# REVANCHE

## POÉSIES

PAR

LOUIS DE PRÉVILLE — F. ORSE — G. DUCKETT — PAUL L'ABBÉ
CHARLES BLANCHAUD — L'ABBÉ PEYRET — JULES DE VORIS
A. AMADE — J. VIDAL — LÉANDRE CAVÉ — L'ESPRIT FRAPPEUR
LOUIS GROS — Mme PAULINE HENRY — MARIX RÉGNIER — ARISTIDE CARÉNOU
ARMAND MENICH — LOUIS GORLIER — L. FABRE DES ESSARTS
DENIS GINOUX — ETC., ETC.

PUBLIÉES

PAR

# ÉVARISTE CARRANCE

## BORDEAUX

### AU SECRÉTARIAT DES CONCOURS POÉTIQUES

92, ROUTE D'ESPAGNE, 92

—

## 1873

# MADAME GEORGINA LAURA

Princesse de GONZAGA, Duchesse de MANTOUE, Présidente d'honneur des
CONCOURS POÉTIQUES DE BORDEAUX

*Hommage d'admiration sincère et de profond respect.*

Pour les Membres du Comité Poétique :

*Le Président,*

**Évariste CARRANCE.**

# LA REVANCHE

AUX POÈTES DU 10ᵐᵉ CONCOURS POÉTIQUE

L'heure de la revanche a sonné. Levez-vous,
Vieux soldats, enivrés de honte et de courroux ;
Levez-vous, mes vaillants, et, pour venger la France,
Ne formez à vous tous qu'une poitrine immense...
Partout où l'Allemand, implacable vainqueur,
Aura semé la haine et moissonné l'horreur,
Passez à votre tour, ainsi qu'une avalanche,
Et criez d'une voix terrible : *La Revanche !*
*La Revanche !* c'est nous, les vaillants et les forts,
Nous, qui venons venger nos frères qui sont morts !
C'est la France, qui passe en ce moment suprême
Sur le corps de la Prusse agonisante et blème !
C'est tout ce qui se venge et tout ce qui bondit,
Se ruant sur le corps atroce d'un bandit !
En avant ! en avant ! que les tombeaux funèbres
S'entr'ouvrent pour nous voir passer dans les ténèbres :
Que nos frères, couchés dans le même cercueil,

Regardent nos canons et frémissent d'orgueil !
En avant ! en avant ! ainsi qu'une avalanche,
Et crions d'une voix terrible : *La Revanche !*

*LA REVANCHE !* Arrêtez, soldats pleins de courroux
Le sang versé pourrait, hélas ! tomber sur vous.
A travers les monceaux de morts, une voix crie,
O soldats ! c'est la voix de la sainte patrie :
« Assez de sang, dit-elle, est sorti de mon cœur,
» Vous avez mal compris la vaillance et l'honneur,
» Et ceux qui sont couchés dans les flancs de la France,
» N'implorent point de vous la stérile vengeance,
» La vengeance qui va, bassement, en tout lieu,
» Insulter la grandeur éclatante de Dieu !
» Le cri de ces tombeaux, mes fils, je vous le jure,
» C'est celui qu'on entend dans toute la nature,
» C'est le cri du pardon ineffable et divin. »

« Hélas ! Un peuple affreux, plein de sang et de vin,
» Est venu se vautrer sur cette terre sainte.
» Mes fils, écoutez-moi sans colère et sans crainte :
» Je sais qu'en votre esprit, ivre de désespoir,
» Un généreux pardon ne pourrait pas se voir ;
» Je veux vous proposer, moi, la mère meurtrie,
» La vengeance au front haut qui grandit la patrie,
» La vengeance qui jette au fond du cœur humain
» L'espoir qui nous prédit comme un progrès prochain.
» Ecoutez, ô mes fils ! Cette vengeance auguste,
» Aussi grande que Dieu, comme lui, sera juste ;
» Elle fera briller mes regards obscurcis
» Par tant de pleurs versés et tant d'amers soucis. »

« Soldats Francs ! vous voulez, pour venger vos défaites,
» Broyer les Allemands dans leurs sombres retraites,
» Faire bondir de rage et d'horreur ces Germains
» Qui surent oublier les sentiments humains ?
» Eh bien non !
         A la rage opposer votre rage ;

» Au carnage sanglant, opposer le carnage,
» C'est n'être que cruel, ce n'est pas être grand !

» Moi, je ne veux plus voir couler des flots de sang !
» Je veux sur les pays projeter la lumière,
» Etre la douce France et non la France altière :
» Je veux que la justice et le droit, ces splendeurs,
» Trouvent un tribunal dans chacun de vos cœurs,
» Et que le vrai progrès, réveillant la science,
» Fasse surgir du sol une nouvelle France !

» Lorsque vous aurez fait appel à la vertu ;
» Que parmi vous l'honneur aura bien combattu ;
» Que de tous les côtés, les savants, les poètes,
» Diront des vérités que vous croyez muettes ;
» Que vous serez un peuple au regard généreux,
» Marchant vers l'avenir sans détourner les yeux :
» Que le travail sera la puissante mamelle
» Où la paix puisera sa grandeur éternelle :
» Alors, ô mes soldats ! alors, ô mes géants,
» Vous pourrez regarder les sombres allemands !

» Comme un peuple, éloigné de sa pure lumière,
» Et plongé tout à coup dans quelque noir cratère
» D'où s'échappe le souffre, et la peste et la mort,
» O France ! tu diras quel effroyable sort
» A pu d'un peuple immense étouffer la justice ?
» Cette Prusse gémit au fond du précipice,
» Et nul bras n'est venu pour lui porter secours !
» Moi, la France éclatante, aux robustes amours,
» J'ai remis à mes fils la liberté sublime.
» Ce peuple ne connaît que la honte et l'abîme,

» Un tyran le pressure et vit de ses douleurs !
» O les tristes vaincus que font tous ces vainqueurs !
» Allons, je vais leur tendre une main secourable,
» Et je vais arracher ce peuple misérable
» A l'infamante mort qui le guette et l'attend !

» Alors, tournant les yeux vers le triste Allemand,
» France, tu lui diras, fidèle à ton génie :
» Toi qui voulus ma mort, je te rends à la vie,
» Car je veux sur ton front poser la liberté,
» Ce flambeau du devoir et de l'humanité.
» Je viens peuple !

     Et partant, ainsi qu'une avalanche,
» Tu diras d'une voix superbe : *LA REVANCHE !*

10 janvier 1873.       EVARISTE CARRANCE.

## A UNE JEUNE MÈRE.

—

Quand votre enfant vint dans ce monde,
Et soudain regagna les cieux,
Partout grondait la guerre immonde,
Les humains s'égorgeaient entre eux !

Craignant d'avoir l'âme aussi dure,
Il s'enfuit... son petit tombeau
Fut fait sur la même mesure
Hélas ! que son petit berceau !

Il s'unit aux saintes phalanges,
Rouvrit l'aile, et prit son essor
Dans le ciel, ce jardin des anges
Dont les astres sont les fleurs d'or !

Puis, au Dieu, père de l'enfance,
Il a dit : « Voyez mon effroi ;

Ayez pitié de l'innocence,
Seigneur, ayez pitié de moi!

» On prend toujours l'homme à sa mère,
En vain elle veut résister;
La mienne m'attend sur la terre,
Puissé-je ne plus la quitter!

» Ah! permettez donc que mon âme,
Près d'elle, renaisse là-bas,
Mais sous la forme d'une femme,
Pour qu'on me laisse dans ses bras! »

Dieu sourit à cette demande,
Et vous devez l'avoir compris,
Puisqu'il veut que le ciel vous rende
Ce que le ciel vous avait pris!

Dans votre fille pure et belle,
Votre fils revit aujourd'hui;
Il ne faut pas trembler pour elle,
Comme il fallait trembler pour lui!

Plus de larmes, mère si tendre,
Plus de larmes troublant vos jours;
L'homme souvent les fait répandre,
La femme les sèche toujours!

1872                                    Louis de PRÉVILLE.

## Hymne au Poète

> Tel un rayon de soleil dissipe les vapeurs
> les plus épaisses, tel un souffle d'immor-
> talité disperse et confond les âmes
> ténébreuses qui cherchent à étouffer
> le génie.                                    F. ORSE.

——

Comment ne pas t'aimer, ô noble Poésie !
Prêtresse que le monde aime avec frénésie ;
Toi qui soutiens un peuple et qui le fais grandir,
Lorsque ton feu divin sur lui vient resplendir ;
Toi qui retrempes l'homme en ton onde sacrée,
Et que Rome et la Grèce ont toujours honorée.

Mais il est des esprits faux et séditieux,
Que ne pénètre point l'étincelle des cieux :
L'art n'embrasa jamais ces êtres impossibles ;
Nul ne fera vibrer leurs fibres insensibles.....
Sont-ils marqués du sceau de la fatalité ?
Est-ce un long châtiment dont ils ont hérité ?
Leur âme, inaccessible au sublime langage,
Gravite incessamment sur une obscure plage ;
Ils ignorent du cœur le doux frémissement,
Et la brute matière est leur seul élément.

On leur pardonnerait de nier la lumière
Si, simples spectateurs dans leur étroite ornière,
Ils restaient étrangers aux luttes d'ici bas ;
Mais, par l'Enfer guidés, ces affreux parias,
Occupent les abords de l'immortelle arène,
Pour ravir aux élus la pourpre souveraine.......
Acharnés, on les voit insulter aux douleurs
D'une lyre brisée ou d'une muse en pleurs ;
Et lorsque sous leurs coups se débat le génie,
Ils insultent encore à sa longue agonie.....

.     .     .     .     .     .     .     .     .     .     .     .

La tombe, ce dernier asile du martyr,
Est l'obstacle sacré qu'ils ne peuvent franchir ;
C'est là, dans ces confins du terrestre domaine,
Que doivent s'arrêter leur fureur et leur haine :
Le génie expirant parcourt l'immensité
Et va briller aux champs de l'immortalité.....

. . . . . . . . . . . . . . —

. . . . . . . . . . . . —

Telle est des inspirés la course périlleuse
A travers les écueils d'une mer ténébreuse,
Où sans cesse mugit l'ouragan furieux ;
Où, pour marcher, on n'a que les éclairs des cieux.....
Où, sanglant et meurtri, l'on fait souvent naufrage
Avant de jeter l'ancre au fortuné rivage.

Poète ! fixe donc l'abîme sans effroi ;
Et sur l'autel sacré va retremper ta foi :
Dieu, qui remplit ton cœur d'ivresse et de délire,
Fait tressaillir le monde aux accords de ta lyre.......
Il voulut t'inonder de ses divins rayons,
Pour dévoiler à tous ces larges horizons
Où l'âme va planer....... Sa puissante étincelle
Ainsi veut attester sa grandeur éternelle ! ! !
La noble Poésie est cette sainte fleur
Que fait épanouir son souffle créateur :
Et c'est en lui prêtant son ardente lumière,
Qu'il permet à l'esprit de dompter la matière.

Arbore avec orgueil ce brillant étendard,
Ce symbole éclatant des merveilles de l'art,
Qui rallia toujours les grands peuples du monde ;
Qui porte dans ses plis cette liste féconde
Que le temps, pour léguer à son éternité,
Traça sur le granit de la postérité.
Brave les détracteurs et leurs vaines alarmes :
Aiguise tes burins... la satire a des charmes ! ! !

Quelques traits acérés éteindront les clameurs
Que poussent contre toi d'impuissants agresseurs ;
Et tu dissiperas ces hordes insensées
Qui tournent contre toi des armes émoussées ;
Qui, comme des vapeurs, masquent le Firmament,
Et qu'un rayon du Ciel chasse instantanément.

F. ORSE.

## GAMBETTÆ

### ADVERSIS SOCIIS ORATIO

*(Anno 1873)*

> Hunc, si parva licet magnis adjungere, librum
> Nasonis libris addere, Musa, rogo.

Si vobis, Socii, Dextram qui nomen habetis,
    Communis patriæ permanet ultus amor,
Invisos populis nolite reducere reges :
    Reges nempè negat Gallia nostra pati.
Jam satis adversum reges per sæcula fatum
    Fecerunt : nunc Res Publica pervigeat !
Examinem patriam, belli post tanta pericla,
    Non isti, potiùs sed medicina juvet :
Hæc medicina labor, fiducia publica pacis,
    Ut suetum tutus quisque laboret opus.

Vix panem populus sudore adipiscitur alto
    Exiguum (populus sœpè labore caret !)
Dum plebem miseram potiùs levare deceret,
    Hostibus aut bello debita tanta dari,
Raras gentis opes opulentibus ecce dedistis
    Principibus, nimiùm millia qui tot habent !

Inter vos quisnam regales occupet ædes,
    Quis princeps regnet sola cupido viget.

Pars patriæ tamen à sævo nunc hoste tenetur :
  Pellere nunc hostes sola cupido decet.
Cùm procul à nostris abiisse videbimus arvis
  Hos hostes auri pondere, credo, graves,
Nos ipsi ad Lares sanè cogemur abire :
  Imperium populus solus habere potest.
Inter vos natu plures opibusve superbi
  Imperii nostri quæ sit origo negant.
Illi, dum plebi tentant imponere frenum,
  Mandatis rebus consuluisse putant?
Ut quædam sociæ canis olim fertur amicæ
  In tempus sedes attribuisse suas :
Ecce domus sociæ placuit, nec abire parabat,
  Neye ingrata datam restituisse domum.
Sic vobis populus mandatum in tempora certa,
  Juraque regnandi non adimenda dedit.
Non vos, sed populus supremum jure tenebit
  Imperium : vobis non retinere licet.
Tantæ vestræ iræ, cùm verbum hoc dico : « Recessum (*), »
  O Socii, non me causa misella fugit :
Voces ejusdem contemptas atque favorem
  Necquidquàm populi sollicitare metus :
Ingens obscuram metus ille resumere vitam :
  In castella ingens ire relicta metus.
Nunquàm longa tamen viget usurpata potestas :
  Sœpè injustitiâ frangitur ipsa suâ.
Qualis ab igne undam ferventem machina claudit
  Cœca premens : ultrò proruit inde vapor :
Talis et indignans populus fervente tyrannos
  Irâ odit injustos, impatiensque quatit.

Liber erat populus, cùm nondùm jussa dabatis :
  Quisque suum poterat scribere, quisque loqui.

---

(*) Recessum. Traduisez : dissolution.

Ibant armato tuti sine milite cives ;
   Nullum, ut belli lex dira vigeret, opus (').
Miles in adversos hostes tantùm arma ferebat,
   Nec contrà cives judicis instar erat.
Ad terras navis tam multos nulla remotas
   Infortunatos ducere jussa fuit.
Sed postquàm convenistis, populusque regendus
   A vobis visus creditus esse fuït,
Unum animos cœpit vestros agitare nefandum :
   Civibus indomitis imposuisse jugum,
Infremuit tamen Urbs, demensque cucurrit ad arma,
   Et servare suo sanguine jura parat.
Ecce Urbem magnâ captus formidine vestrûm
   Quisque fugit : populi conculit ira procul !
A magnâ expulsos, meministis, turpiter Urbe
   Tunc populi accensus terruit ille furor.....

Quot pœnas quantasque duos dare causa per annos
   Longa fuit ! Quanto sanguine inulta manet !
Cur referam insontes illos sine judice missos
   Ad mortem soli militis arbitrio ?
Exilium plures ultrò petiêre ; plerique
   Inclusi jam sunt carcere perpetuo.
Ille probus scriptor, latronibus impar, eisdem
   Carceribus pariter vivere jussus erit.
Ille senex æger trans Oceanum ire coactus,
   Prædaque jàm Mortis, fecit inutile iter.
Plures in campo Satory cecidêre sub armis.....
   Quid vindicta novi publica poscit adhùc ?
(Talia si quis nunc generosâ mente doleret
   Facta, videretur pluribus esse reus.
Sed quicunque novas a victis poscere pœnas
   Suaserit, hic certè civis honestus erit).
Funera funeribus multis sunt multa redempta :
   Nunc tantus legis desinat ille rigor !

(') Belli lex dira... état de siège.

Nunc, quœso, tandem fiat clementia vestra :
Libertas detur denique tarda reis !
Expulsos patres miseris nunc reddite natis
Conjugibus miseris reddite, quœso, viros.

G. DUCKETT.

## OISEAUX ET NIDS.

Ils savent que je suis un homme qui les aime !
Victor HUGO.

—

Après l'hiver et ses veillées,
Quand les lilas sont entr'ouverts,
Se dressent des huttes mouillées
Dans les arbres profonds et verts ;
Aussi, Dieu qui souvent prend l'âme
En s'élevant de nos berceaux,
Versa-t-il des rayons de flamme
Sur les nids des petits oiseaux !

Rien n'est plus joyeux sur la terre
Que leurs travaux et que leurs chants !
L'un vole au donjon solitaire,
L'autre se pose dans les champs....
Et l'on voit la fleur virginale
Qui croît sur le bord des ruisseaux
Livrer sa pourpre orientale ;
Pour le nid des petits oiseaux.

Tous à l'œuvre ! le mouton donne
Un peu de sa blanche toison ;
La marguerite sa couronne,
Et le pré l'herbe du gazon.
J'ai vu de ravissantes choses,
Entre les joncs et les roseaux,
Et jusqu'à des feuilles de roses
Dans un nid de petits oiseaux !

Sous les tombes et les ruines,
Quand le grand vent s'engouffre et fuit
Et qu'au flanc poudreux des collines
Les ombres se groupent la nuit,
Des bandes de noires sorcières
Laissent le fil de leurs fuseaux
Tomber doucement sur les pierres
Près d'un nid de petits oiseaux !

Que de fois, penché sur la grève
Où montent de moites vapeurs,
Je crus apercevoir en rêve
La fuite des jolis chanteurs !
Ils montaient vers un ciel de cuivre
Ou dans les voiles des vaisseaux,
Et les matelots croyaient vivre,
Sous un nid de petits oiseaux !

Allez, Allez ! fils des nuages,
Dans un azur jamais terni,
Et chantez le feu des orages
Qui se croisent dans l'infini !
Votre aile à cette haute sphère
Ne brisera pas de réseaux,
Et peut-être verrez vous faire
D'autres nids de petits oiseaux....

Souvent, quand des herbes soumises
Suspendent un nid gracieux,
On croit voir, bercé par les brises,
L'encensoir du temple des cieux !
Car les bois, pleins d'ombres divines,
Courbent leurs mobiles arceaux
Afin d'écarter les épines
Du doux nid des petits oiseaux.

O Dieu ! puisque sur la chaumière
Tu mets des rayons enchantés,
Je demande un peu de lumière
Pour les arbres et les cités !
Et, lorsque de chaudes haleines
Auront baisé les arbrisseaux,
Tu seras béni dans les plaines
Par un nid de petits oiseaux !

Eure.                                                    PAUL LABBÉ.

## VOIX D'EN HAUT

Elles m'appelaient : Enfant de la terre
Viens en haut ; plus haut, l'espace est ouvert ;
L'ombre épaisse, en bas, poursuit la lumière ;
La fleur y pâlit sur le rameau vert.

Rien n'est accompli : jusque dans les roses,
Au sein des parfums, un ver est caché ;
Un sombre mystère est sous toutes choses,
Et l'homme au travers va le front penché ;

Et le dur sentier toujours recommence ;
Et la coupe amère est vide de miel :
Viens nous t'ouvrirons, dans l'azur immense,
Les portes d'airain qui ferment le ciel.

Laisse s'écrouler la triste ruine
De ce monde usé qui tombe en lambeaux ;
Viens emplir d'air pur ta libre poitrine,
Loin des champs glacés couverts de tombeaux.

Romps d'un fier essor ces horizons mornes
Qui chargent, en bas, ton front révolté,
Si tu veux voir luire, en nos cieux sans bornes,
Le soleil de paix et de liberté.

Là tu trouveras des rêves sublimes
Sans sombre réveil ; et ton œil craintif
Ne découvrira ni fanges ni crimes,
Hontes ni douleurs, geolier ni captif.

Et moi j'écoutais ces voix surhumaines,
Dans l'immensité, redire en mourant,
Viens, la vie en bas a de lourdes chaînes,
Le monde est petit, mais le ciel est grand !

N'est-tu donc pas las de la rude tâche ;
Dans l'affreux réel pourquoi s'enfermer ?
A ce monde étroit quel lien t'attache,
On y souffre tant ?..... On y peut aimer !

Charles BLANCHAUD.

## La Revanche.

Moi, si grande jadis, puis-je mourir ?... moi, France !...
Le ciel, en ma faveur, déploîra sa puissance ;
        Mes malheurs ont crié vers lui
La sauvage fureur des Germains m'a meurtrie...
Mes fils ! assez gémir sur ma gloire flétrie,
        Le jour de la Revanche a lui !

En avant ! en avant !... mais que nul ne s'abuse :
Pour vaincre un ennemi qui vainquit par la ruse,
        De science il faut être armés.
Qu'elle vous accompagne, ainsi que la bravoure ;
Opposez aux canons, dont le Prussien s'entoure,
        Des canons, comme eux, renommés.

Faites gronder au loin le bronze des battailles ;
Dans les rangs ennemis, semez les funérailles ;
        Marchez ! qui vous résistera ?...

Gardez vous, cependant, de vous montrer féroces;
Laissez aux vils Germains tous ces actes atroces
    Qu'à jamais on exécrera!

Grâce aux pauvres enfants, aux saints vieillards, aux femmes!
Oh! vous seriez maudits! oh! vous seriez infâmes,
    S'il en tombait un sous vos coups!...
Braves et généreux, tels ont été vos pères,
Vaincus, les ennemis ne sont plus que des frères;
    La victoire éteint le courroux.

Voulez-vous la Revanche avec un sort prospère;
Qu'enfin chacun de vous, allons! se régénère;
    Que la vertu règne en vos cœurs?
Apprenez que la Gloire est sœur de la Justice;
Sans peur devant la mort, ne craignez que le vice,
    De vous-mêmes soyez vainqueurs!

Les plaisirs et les jeux criminels ou frivoles,
Fuyez-les! Que l'honneur règle en tout vos paroles :
    Croyez votre mère, ô mes fils!
L'exercice guerrier doit plaire à la vaillance.
Cultivez les beaux arts; ils ont grandi la France,
    Par eux vous serez ennoblis.

Mais vos fidèles sœurs, que pleure ma tendresse,
Doivent-elles encor gémir dans la détresse
    Sous le joug d'un vil ravisseur?
La vaillante Lorraine et l'Alsace si fière,
Quand les ferez-vous rendre à l'amour de leur mère?
    Quand renaîtrons-nous au bonheur?...

Au nom de Dieu, marchez!... Au nom de la Patrie!
Oh! qu'on est grand, pour eux lorsqu'on se sacrifie!
    On vole à l'immortalité.
Que leur sublime amour règne au fond de vos âmes;
Par lui vous obtiendrez, en ravivant ses flammes,
    La Revanche et la Liberté!

A la valeur bientôt sourira la victoire ;
Vous verrez succéder à l'opprobe la gloire ;
    Puis, de ces barbares Germains,
De ces Prussiens pillards, châtiant l'insolence,
Aux vaincus qui viendront implorer la clémence,
    Généreux, vous tendrez les mains !!!

20 Mars 1873.
                                L'Abbé PEYRET.

## LE CHANT DU SATYRE.

EXTRAIT D'UNE PIÈCE EN UN ACTE ET EN VERS
*(en préparation)*

Minuit !... j'ai le cœur plein d'ineffables tendresses
Et les sens altérés d'immenses voluptés.
Fi, des fades amours ! Fi, des sobres caresses !
Des serments à mi-voix, à mi-voix répétés !

Quand la sève de mai bouillonne dans mes veines,
A moi le vin, l'éclat des joyeuses chansons,
La bacchante, au front ceint de lierre et de verveines
Qui jette sa pudeur par dessus les buissons.

Minuit !... chantez toujours, poètes poitrinaires,
Les parfums de la brise et les soupirs des vents :
A moi, sous les arceaux des chênes centenaires
Les sonores baisers, les transports énervants !

Allons, belle Ophélie, allons bacchante aimée,
Viens ! je veux dérouler l'or de tes blonds cheveux.
Mordre tes chairs, sentir ton haleine embaumée
Et broyer tes seins durs entre mes bras nerveux.

                        JULES FRICHON DE VORIS.

## Deuil et Espoir.

—

O France! un noir nuage a passé sur ta tête,
Conduit par le destin au bras sévère et prompt;
Le souffle du malheur, la foudre et la tempête,
Dans des jours de tristesse ont assombri ton front.
Pendant que sous leurs coups tu fuyais, éperdue,
Tes ennemis disaient : que la France rendue
Succombe pour jamais sous l'éternel affront !

Eh! quoi! pour un faux pas tu serais condamnée
Comme une criminelle à périr dans les fers?
O Patrie! on verrait ta couronne fanée
Pour un fleuron tombé dans ce fatal revers?
Et parce que blessée, un jour, presque mourante,
Ton corps s'est affaissé sur la terre sanglante,
On verrait les corbeaux aller meurtrir tes chairs?

Oh! non, tu ne meurs pas ainsi, noble guerrière!
Les vautours en voyant ton front se redresser,
Volent vers l'horizon, noirci par la poussière,
Et dans leurs trous déserts on les voit se presser ;
Car ta face est terrible et ta bouche écumante,
Car le feu de tes yeux éblouit, épouvante,
Car ton glaive puissant est prêt à se dresser !

Ce n'est pas pour périr aussitôt et sans gloire
Que dans le monde entier tes drapeaux, tant de fois,
Ont promené ton nom de victoire en victoire
Et que d'un pôle à l'autre a retenti ta voix.

Et ce n'est pas non plus pour voir sur ta figure
Un soudard allemand poser sa lèvre impure
Que tu te faisais belle, ô ma France, autrefois !

Douterait-on d'ailleurs ? quand tout dit espérance,
Quand on lit ton passé superbe et glorieux,
Lorsqu'on voit ton sourire oublier ta souffrance,
Lorsqu'on devine enfin l'avenir dans tes yeux ?
Et puis, ne sait-on pas qu'en lisant ton histoire,
Tes ennemis confus ont peur de leur victoire,
Comme ils craignent aussi l'ombre de nos aïeux ?

Ils rentrent maintenant dans leur antre sauvage
Ces tigres en fureur, ces démons forcenés,
Qui pillaient nos maisons pour assouvir leur rage,
Et qui nous insultaient par leurs cris avinés.
Dans nos foyers croulants, oh ! douleur trop amère !
Ils ont tué l'enfant, déshonoré la mère
Et battu les vieillards, par les cheveux traînés !

Et que leur avaient fait, pourtant, ces faibles êtres,
Ce vieillard non armé, cet enfant innocent,
Ce peuple inoffensif, immolé par ces traîtres,
Mourant avant son tour, brave, mais impuissant !
Ah ! sauvage fureur, féroce frénésie,
Nous savons maintenant que c'est la jalousie
Qui déchaînait sur nous vos fantômes de sang !

Et toi, ma pauvre France, irritée et surprise
Par tous ces noirs forfaits, ces crimes sans remords,
Tu te frappais le cœur, sous ton armure grise,
En passant, abattue, au milieu de nos morts !
Quand tu pleurais tes fils, tués dans la bataille,
Tes lâches ennemis, impure valetaille,
Souffletaient ton visage et mutilaient ton corps !

Ah ! chacun de leurs coups pénétrait dans nos âmes
Comme entre dans nos chairs un fer rouge ou tranchant !

Quand tout courbait le front sous leurs hordes infâmes
Nous tournions nos regards vers le sort menaçant ;
Et puis nous murmurions, dans nos marches fiévreuses,
Des mots de désespoir, des paroles haineuses,
Cachant pour l'avenir un vœu juste et méchant !

O France ! il viendra bien le jour de la vengeance,
Ce jour terrible et grand, tant de fois invoqué,
Que nous voyons briller au ciel de l'espérance
Et que craint l'ennemi, dans son antre bloqué ;
Alors nous armerons, à ta voix mâle et fière,
Nos bras, et, vers le Nord, reculant ta frontière,
Nous reprendrons le Rhin, à tes biens extorqué.

Oui, mais en attendant guérissons nos blessures,
Répandons sur nos maux un baume souverain,
Des discordes fuyons les funestes morsures ;
Travaillons, avançons dans le Progrès serein.
Par là commencera la Revanche prochaine,
Heureux, si nous pouvions ainsi, dans notre haine,
Vaincre sans le secours du plomb et de l'airain !

Mai 1873.                                         A. AMADE.

## VISION.

> Il est rationnel de croire qu'il existe un
> état intermédiaire d'expiation, par
> lequel doivent passer les âmes par-
> données de Dieu.          (LAINÉ).

Je montai, dans mon rêve, aux célestes confins,
Et j'entendis chanter les chœurs des Séraphins :
« Gloire au plus haut des cieux ! gloire au père des mondes,
» Qui gouverne les vents, les astres et les ondes !
» Eternelle justice, éternelle bonté,
» Gloire à toi dans le temps et dans l'éternité ! »

Au prétoire où de tous se juge l'existence,
Deux âmes attendaient leur suprême sentence ;
Et j'entendis passer, comme un vent frémissant,
Une voix qui disait sur un mode puissant :
« Réponds : quel fut ton rôle, en bas, durant ta vie ?
» — Seigneur ! vous m'aviez fait un sort digne d'envie ;
» Je n'ai jamais connu ni la soif ni la faim ;
» Mes coffres regorgeaient du linge le plus fin.
» Je n'avais qu'à parler, faire un signe, et la terre,
» Du couchant à l'aurore, était ma tributaire.
» Mais, ô Seigneur ! sur moi, des hauteurs de Sion,
» Vous avez abaissé votre compassion.
» Soutenu par vos mains divines, paternelles,
» Je me suis éloigné des routes criminelles.
» — Qu'as-tu donc fait de bien ? » dit la voix de l'esprit ;
Et dans les cieux muets l'ombre pâle reprit :
« — Sur bien des horizons la faim règne en maîtresse,
» Et sonne, nuit et jour, le glas de la détresse ;
» Et les hommes sont là, haletants, anxieux,
» Pour eux, pour leur famille, à genoux sous les cieux ;
» Et j'ai vu qu'ils étaient vos enfants et mes frères ;
» Je les ai soulagés dans leurs sombres misères.
» Bien souvent j'arrêtai leurs cris de désespoir !
» Je leur montrais le ciel et leur disais : Espoir !
» Convaincu que l'aumône à vos yeux nous rédime,
» Aux pauvres de mes biens je partageais la dîme.
» Seigneur ! prenez pitié de moi, pauvre pécheur ;
» Je fus, de votre vigne, un humble défricheur. »

Et la voix invisible ajouta : — « Ton bon ange
» Sous ses ailes a su te garder pur de fange ;
» Tu n'étais ni méchant, ni fier, ni dissolu ;
» Tu fus compatissant ; passe à ma droite, élu.
» A toi ! » reprit la voix qui remplit l'étendue ;
Et l'autre âme approcha, gémissante, éperdue.

» — Seigneur! j'ai méconnu vos préceptes divins;
» Au milieu des parfums, des femmes et des vins,
» J'ai vécu sans souci des pleurs, de la souffrance.
» Oh! pardon! laissez-moi, Seigneur, quelque espérance!
» Devant vous aujourd'hui mon orgueil se confond;
» Ne me rejetez pas dans les gouffres sans fond!
» J'étais faible, et la vie a des plaisirs étranges,
» J'en goûtai la saveur, je n'en vis point les fanges.

» — Malheureux! — dit la voix; — dans tes plaisirs furtifs,
» Tu n'as donc point songé qu'ils étaient fugitifs,
» Que mendiants et rois sont tous égaux et frères,
» Et qu'il doivent porter en commun leurs misères!
» Tu ne mérites point mon éternel bonheur;
» Les cœurs durs sont maudits. — Pardon, pardon, Seigneur! »

Et je vis s'avancer, dans sa gloire sans voiles,
Marie, ayant au front sa couronne d'étoiles;
Et sa lèvre sur l'âme, au sinistre abandon,
Laissa tomber ce mot ineffable : Pardon!

Et la voix ajouta : « — Soit! mais voici l'épreuve :
» Je te rends, âme impure, une existence neuve;
» Sous les haillons du pauvre, allons, va, de tes jours,
» Courbé sur un bâton, recommencer le cours;
» Va connaître là-bas la faim et la froidure;
» Demande, et que le riche ait pour toi l'âme dure.

» Epure-toi parmi les refus, les affronts,
» Les mots injurieux qui font rougir les fronts.
» Tu refusais, en bas, les miettes de ta table,
» Va connaître, à ton tour, le besoin lamentable;
» La faim, la soif, le froid, te suivront anxieux;
» Reviens purifié, je t'ouvrirai les cieux : »

Et les célestes chœurs : Trônes, Vertus, Archanges,
Reprirent dans Sion leur concert de louanges :
« Eternelle justice, éternelle bonté,
» Gloire à toi dans le temps et dans l'éternité ! »

J. VIDAL.

## SUR UN TOMBEAU !

ESSAI POÉTIQUE DÉDIÉ A LA *Société Philomatique* DE SMYRNE, A L'OCCASION DE
LA MORT D'UN DE SES MEMBRES.

> Ame généreuse et fidèle, tu nous as
> donc quittés pour toujours !
>
> —
>
> Quelle est la fin de tout ? La vie, ou bien la tombe ?...
>
> Victor HUGO.

### I

Toi que le fossoyeur, creusant avec sa pelle
Un trou large et béant, une fosse nouvelle,
Vient de couvrir de terre, aux derniers feux du jour,
Corps qu'animait naguère une âme de poète
Exhalant dans les airs, joyeuse ou inquiète,
Les chants de liberté, d'espérance et d'amour !

Qu'es-tu donc, maintenant que l'esprit ne t'éclaire ?
Qu'êtes-vous sans ministre, ô sacré sanctuaire ?
Cieux ! qu'êtes vous sans maître, et vous, harpe, sans voix ?
Qu'êtes-vous sans nectar, vase ; lampe sans flamme ;
Jeune cœur sans amour, et vous, glaive, sans lame,
Création de Dieu, qu'êtes-vous sans les lois ?

Naguère elle vibrait ta voix grave, puissante,
Chantant la jeune Hellade et toute âme souffrante ;
Et les ans du Destin relais marqués au ciel,
Avaient ridé ton front des rides des tempêtes
Que laisse dans le cœur l'amertume des fêtes,
Quand l'homme songe à ceux qui s'abreuvent de fiel.

Fils de la poésie, en âme haute et grave,
Tu gémissais aux cris de cette foule esclave
Qui rampe sans jamais regarder le zénith ;
Au cœur sans idéal, à l'instinct pour barrière,
Esprit atrophié, dompté par la matière,
Comme étouffe un volcan parfois le dur granit.

Et tu n'es plus ! couché sous la terre jalouse !
Plus d'insecte pour toi, sur la verte pelouse !
Plus de chansons qu'à nous chantent les vifs oiseaux !
Plus d'arbres verts, de fleurs, de ruisseau qui murmure,
D'Océan, de lumière, âme de la nature,
De nuages au ciel, ou d'hôtes dans les eaux !

Amis ! n'oublions pas ceux qui dorment sous terre
Quand l'ombre efface au loin le cyprès funéraire,
Quand le soleil a fui sous l'horizon des ports,
Quand Dieu sur les tombeaux allume les étoiles
D'où les rêves d'espoir, perçant les sombres voiles,
Tombent aux doux rayons de la lampe des morts !

Souvenons-nous alors de combien de squelettes,
D'ossements pêle-mêle, et de hideuses têtes
Il faut troubler le somme en creusant un tombeau ;
Qu'au noir champ léthargique où chacun à sa place,
Nous chercherions en vain, sur les os une trace
Qui nous dirait le nom d'un crâne sans cerveau ;

D'un crâne avec deux trous pour narines informes ;
Qui rit, montrant les dents, aux orbites énormes
Sans ces yeux où jadis se mirait le soleil ;
Vase où naguère encor tourbillonnait l'idée,
Moule mystérieux de l'ardente pensée,
Matière élaborant l'acte immatériel.

Quand plus tard un mortel, sous cette froide pierre
Soulèvera ton crâne au fond du cimetière,
Cher ami qui chantais, la Grèce et ses héros,

Ne dira-t-elle rien ta pauvre voix perdue
Si jamais en passant, de sa lourde charrue
Un joyeux laboureur vient te briser les os ?

### II

Parlez ! parlez, cieux, et vous terre !
Parlez encens de l'encensoir !
Parlez, hôte du sanctuaire !
Tout ici n'est-il que chimère
Et qu'illusion, tout espoir ?

Dites, âme, à celui qui nie,
S'il est au ciel un Jéhova,
Ou si des astres l'harmonie
N'est qu'un mensonge, une ironie
Finissant quand l'homme s'en va.

Révélez-nous le grand mystère
Du ciel à l'immense horizon,
Brasier enveloppant la terre
D'où nous apparaît toute sphère,
Grain perdu dans un tourbillon.

Que sont ces incompris parages
Qu'en vain l'homme aurait défini,
Où vont naufrager tous les âges ?
Les astres seraient-ils les plages
De l'Océan de l'infini,

### III

Parlez ! que votre voix confonde les systèmes
De ceux qui, ne s'étant étudiés eux-mêmes
Dans la création,
Nous montrent le néant comme la fin de l'homme,
Ou nous abritent tous derrière ce fantôme :
« Réincarnation ! »

Réincarnation ! grand mot obscur, étrange,
De systèmes divers, mystérieux mélange,
    Fils du doute sans fin ;
Orageux Océan où sombrent nos pensées,
Substituant la nuit, aux lueurs commencées
    Du jour en son matin.

Quoi ! nous réincarner dans une des planètes
Qui labourent l'espace au-dessus de nos têtes,
    C'est l'immortalité !
Ne sont-ils que des fous, ces rêveurs de notre âge
Qui suivent l'ombre vaine, et délaissent l'image
    De la réalité ?

Dans les liens d'un corps, vivre en un autre monde ;
Captifs comme ici-bas, dans un squelette immonde !
    Puis, mourir s'il le faut !
Quoi ! tout notre passé, plongé dans la nuit sombre !
Vivre pour épeler encore les cieux à l'ombre
    Du livre du Très-Haut !

Réveille ces penseurs au somme léthargique !
Tu le peux d'un seul mot ; ta puissance est magique,
    O corps silencieux !
Qu'en Lazare nouveau tu reprennes ta flamme !
Tête de mort, réponds ! qu'as-tu fait de ton âme ?
    « Elle a fui dans les cieux ! »

IV

    « Elle a fui sur les ailes
    Des anges du Seigneur,
    Vers les saintes chapelles
    Aux portes éternelles,
    Où les Trônes en chœur

    « Redisent aux nuages
    Le céleste hosanna,

Narguant le coup des âges
Et les affreux orages
Qui brûlèrent Sina !

« Elle a fui vers les dômes
A l'azur radieux,
Ces splendides royaumes
Où Job chante les psaumes
Aux chants harmonieux ! »

V

Ame, ne vois-tu pas de ce Thabor sublime,
Essieu de l'univers, l'ellipse qu'en l'abime
Autour de l'astre roi tout globe trace au ciel ?
Autour du Tout-Puissant, étincelantes flammes,
Ainsi tourneriez-vous, ô voyageuses âmes
Esprits trois fois heureux, Archanges, Ariel !

Ton œil ne verrait-il parfois l'infime atôme
Perdu dans l'infini, noire prison de l'homme,
Bagne aux pesants boulets, qu'un jour pour nous Adam
Fit dans le moule en feu du mal, dont les morsures
Sont l'amer avant-goût, des cruelles tortures
Des mortels condamnés à la peine du dam !

Viens, de l'Eden céleste, auguste messagère,
Viens essuyer nos pleurs quelquefois sur la terre,
De la vie allégeant les soins qui sont si lourds !
Ici-bas le vieillard, bénit l'enfant qui pleure ;
Toi, jeune, viens souvent nous bénir à toute heure,
Nous, vieillards pour le ciel, moins nous comptons de jours !

Bénis les insensés, les âmes inhumaines ;
Bénis jusqu'aux tyrans, qui nous forgent des chaînes :
Montre leur au palais de ton éternité,
Dès l'instant où leur œil ne lit plus dans l'aurore,
Ce mot que le soleil, pinceau de Dieu, colore,
Ce mot dont Golgotha s'émut : Fraternité !

Pourront-ils craindre alors la mort, cette marâtre
Qui vient faucher le jour, la nuit autour de l'âtre?
Quand l'oiseau chante au ciel, voyant l'été venir,
Pendant que l'autre jour elle fouillait l'espace ;
Que partout de tes pas, son doigt cherchait la trace,
Ami, t'en souviens-tu, que de chants d'avenir !

Et du reste c'était le temps où tout s'oublie,
Le temps du carnaval à l'étrange folie,
Où les brillants flambeaux, réflétés par les yeux,
Le satin argenté et les superbes voiles,
Où l'or, les diamants forment autant d'étoiles
Qu'on dirait pour le bal avoir quitté les cieux !

## VI.

Jeune homme, va, jouis! hélas tout passe vite !
A peine nés d'hier, que la mort nous invite
A danser une ronde au pays des tombeaux.
Plaisir anticipé que tu prends sur la terre !
Ah ! lorsque pour danser t'étreindra la mégère
Dans ses antres, noirs soupiraux,

Songeras-tu dès lors à ces beautés sans nombre
Qu'ont étreintes tes bras, dans un corridor sombre;
A ces anges déchus qui nous firent déchoir !
Où sera le moelleux de ces chairs palpitantes,
L'idéal du baiser sur des lèvres ardentes
Que tu croyais les bords d'un céleste encensoir !

Où seront ces beautés ? Comme toi dans l'abime
Que remonte bien tard, la sanglante victime :
Six pieds plus bas, sous terre, au lugubre tombeau,
Ce froid casin des morts, qui n'a pas de lumière,
Où nous entrons muet, la nuit sur la paupière,
    L'Éternité comme bandeau !

Là, les vers à leur tour danseront dans ton être,
A l'heure de minuit, un quadrille champêtre.
Dans un crâne de mort, une salle de bal !
Des vers foulés aux pieds, quand nous étions au monde !
Etre tous dévorés par un essaim immonde,
Aux sons des instruments d'un orchestre infernal !

Ah ! rage ! Ah ! désespoir ! Durant la vie entière
Faut-il donc s'étourdir ou pleurer en prière !
Quoi ! tout entiers rongés dans les champs du sommeil !
Votre gloire à jamais nous serait inconnue,
Dieu ; nous coucheriez-vous la face vers la nue
          Pour n'avoir jamais de réveil !

Non ! l'univers nous dit qu'il ne faut point maudire
La mort, qui vient frapper notre porte et sourire
Comme un démon lutin qui du cloître s'enfuit...
Non, Seigneur, non ! la mort, squelette cannibale
A la sueur du sang, n'est pas l'ombre fatale
De l'absolu chaos, de l'éternelle nuit.

VII.

Songe à nous quelquefois. Exilés que nous sommes,
Reviens nous voir, ami, malgré tous ces grands hommes
Qui te parlent là-haut de gloire et de combats.
Laisse seuls pour une heure, Euripide, Sophocle,
Démosthène, Platon, Xercès et Thémistocle,
          Aristide, Épaminondas.

Laisse-les frémir seuls, autour du sanctuaire
Où l'aigle-liberté bâtit un jour son aire,
Proscrite d'ici-bas par tant de rois tyrans !
Où ces bourreaux là-haut forment la populace
Qui du temple sacré soutient la lourde masse,
          Soufflant des nuages d'encens !

Va ! laisse Périclès, Zeuxis et Praxitèle,
Homère qui chanta sur la lyre immortelle,
Alexandre, Annibal, César, Napoléon...
Qu'il causent quelquefois sans que tu les entendes,
Et viens nous dire à nous quelques vieilles légendes
    De cet immortel Panthéon !

Asie) 8 Mai 1873.                          LÉANDRE CAVÉ.

## UNE ÉLECTION
### (Fable)

Non ego ventosæ plebis suffragia venor.
HORACE.

Entrez Messieurs, pour vous j'ai paré mes banquettes ;
J'entends braire et mugir .... bientôt on votera.
Pour le siége vacant au grand conseil des bêtes.
    Vous verrez qui l'emportera ;
    Entrez vite, on est en séance.

« Citoyens ! tout à vous j'accours... Vive la France ! !. »
Dit Rominagrobis, le plus crâne des chats.
« De vous représenter j'ai conçu l'espérance ;
» C'est pour votre bonheur que je mange les rats !
» Prompte comme l'éclair, dès que je me réveille,
» Sur nos lâches tyrans ma patte fait merveille ;
» Si je rôde la nuit, perché sur les donjons,
» C'est pour vous ... et pour les pigeons.
» J'ai des grands conseillers la fougue, la sagesse,
» La franchise, et cela sans en être orgueilleux,
» Admirez, électeurs, admirez ma souplesse. »
Et le chat candidat fit le saut périlleux,
Se redressa, lustra sa moustache avec grâce ;
Et puis, à reculons, il regagna sa place,
    Attendant de ses électeurs
    Les murmures approbateurs.

Saignant encor ;touché des revers de nos armes,
Un cheval s'inclina ; ses yeux roulaient des larmes.
Il ne dit que ces mots : « Electeurs mes amis,
« Comme toujours, mon cœur appartient au pays. »

Quelque roquets jappaient. Une blanche levrette
    Protesta, craignant un conflit
Un taureau gravement agita sa sonnette.
    Et le calme se rétablit.

« Seigneurs, dit un mouton, délégué par mes frères,
» Je me présente à vous. Sous le toit de mes pères,
    » On ne connaît pas la splendeur.
» Moi, le pauvre tondu, je ne suis pas tondeur.
» De Rominagrobis je n'ai pas la science ;
» Mais l'herbe du voisin ne ma jamais tenté.
    » J'ai pour livre ma conscience,
    » Et pour guide la probité.
    » J'ai souffert ; et je suis sans haine.
» Si le sort des petits par vous m'est confié,
» Je dirai : C'est assez de prendre notre laine ;
    » Plus de sang ! Justice et pitié ! »

Grands discoureurs, rêvant de leur gloire future,
Bien d'autres du scrutin tentèrent l'aventure.

On nomma le baudet qui cria le plus fort ....
Quand le peuple est fou, les sages ont tort.

L'ESPRIT FRAPPEUR.

## RÉVEIL.

L'aurore s'entr'ouvrait comme une lèvre rose,
Et l'on voyait briller l'œil bleu du firmament,
Et la nuit s'enfuyait, pâlissante et morose,
Détachant de son front son dernier diamant.

Tout riait dans le val : l'alouette joyeuse
Laissait tomber du ciel son babil argentin ;
La clochette tintait dans les bois et l'yeuse
Cachait l'oiseau lissant ses plumes de satin.

Le saule était baigné d'ombres et de lumière,
Le nuage au rocher suspendait sa toison ;
Dans la joie et l'amour s'éveillait la chaumière,
Et l'on croyait voir Dieu sourire à l'horizon.

Le chevrier chantait au fond de la vallée ;
La brise murmurante emportait ses accens ;
L'onde lui répondait avec sa voix perlée,
Et les fleurs dans les airs distillaient leur encens.

Et de mon cœur aussi s'élevait la prière
Je contemplais, joyeux, le chêne frissonnant,
Puis le grand astre d'or, qui scintillait derrière,
Comme à travers un crible énorme et rayonnant.

Je regardais la plaine où s'enfuyaient les ombres,
Le Mont-Blanc couronné des roses du matin,
Et le glacier bleuâtre au bord des forêts sombres,
Et l'étang blanchissant au fond du bois lointain.

Tout me semblait paré comme pour une fête :
Là-bas, la gerbe d'or auprès du buisson vert !
Ici, le mont sublime illuminant son faîte !
Dessus, la profondeur du ciel immense, ouvert !

Et puis, à mes côtés, la cascade bruyante,
Polissant le rocher sous ses flots écumants,
Fougueuse, secouant sa crinière ondoyante
Et remplissant les airs des ses mugissements !

Alors je me disais : — L'éternelle harmonie
Donne chaque matin un grand concert à Dieu,
Et, tandis qu'ici-bas l'homme souvent le nie,
L'aube lui dit : Salut ! la nuit lui dit : Adieu !

Louis GROSS.

(Suisse).

## L'ORPHELIN VICTIME DE LA GUERRE. [*]

### I.

Français, prêtez l'oreille à cette voix plaintive !
La vague ainsi murmure en mourant sur la rive,
Racontant ses douleurs à la brise, au roseau.
C'est un enfant qui parle !... écoutons sa prière....
D'un accent triste et doux, il appelle sa mère
    Qui dort sans lui dans le tombeau !

Personne ne répond à son cœur plein d'alarmes !
Et sa mère n'est plus pour essuyer ses larmes !
Il se croit délaissé pour toujours ici-bas !...
En vain autour de lui, radieuse est l'aurore,
Des fleurs, les frais boutons s'ouvrent et vont éclore.
    Rien ne peut égayer ses pas.

Pour lui pas de liens, de famille rieuse,
Pas de projets heureux, pas de fête joyeuse.
De son père il n'a plus qu'un lointain souvenir.
Un jour... il s'en souvient... au bruit des cris de guerre,
Pour défendre la France, il vit partir son père....
    Mais.... nul ne le vit revenir !....

---

[*] Je désire ( et c'est le plus vif désir de mon cœur ) qu'un peintre, en lisant cette poésie, conçoive le projet d'en reproduire le sujet sur la toile ; son tableau étant vu par des personnes compatissantes, pourra faire à l'œuvre des orphelins de la guerre, mille fois plus de bien que mes faibles paroles.

Comme un lion blessé, meurtri par la mitraille,
Ce citoyen soldat, sur le champ de bataille,
Tout sanglant s'endormit du sommeil éternel!
Et depuis... vainement sa compagne éperdue,
Pour son fils, son amour, au travail assidue,
Lutta contre un chagrin mortel!

Ils ne sont plus!... l'enfant resta seul sur la terre,
Pâle auprès des tombeaux, il pleure, il souffre, il erre.
Pitié, pitié pour lui!... c'est le fils d'un soldat!
A l'orphelin payons de la France les dettes,
Car de nos défenseurs se dressent les squelettes
Frappés pour nous dans le combat.

## II.

C'est pour nous qu'ils sont morts, qu'ils ont donné leur vie.
Oh! n'entendez-vous pas leurs plaintes d'agonie.
A tous ils ont légué leurs pauvres orphelins!
Où sont-ils ces enfants?... — Ils se traînent à peine.
Allez, que votre main et caresse et soutienne
Ces victimes de nos destins.

Ils sont faibles, petits, leur marche est chancelante,
On lit dans leurs regards, la crainte, l'épouvante.
Pitié pour ces enfants, chaque jour plus nombreux.
Peintres avez-vous vu de scènes plus navrantes?
Poëtes chantez-vous des douleurs plus poignantes?
— Non! eh bien! travaillons pour eux!

Aux orphelins donnons, donnons c'est pour la France.
Que nous serons heureux de tarir leur souffrance!
Dieu bénira du ciel nos travaux, nos efforts.
Ils seront les enfants de la mère-patrie;
L'amour, l'espoir, l'orgueil de la France attendrie,
Ses fiers soldats vaillants et forts.

(Pas-de-Calais.)                    PAULINE, HENRY, née LEMAITRE.

## LA GRANDE AURORE.

« Espère encor demain, et puis demain encore ! »
Victor HUGO.

——

Un ciel de plomb ... plus d'air ! des nuages énormes
Sur le sol altéré s'abaissaient lourdement
Leurs flocons cotonneux, marbrés d'ombres difformes
Se pressaient, s'entassaient avec un grondement.
Une angoisse étreignait la nature oppressée,
Dont il semblait sentir le souffle lent et chaud.
La chèvre sur le roc, s'allongeait, harassée,
Et dans son lit visqueux s'abritait le crapaud.
La fleur se tapissait sous la feuille immobile ;
Les grands bœufs effarés se regardaient entr'eux ;
Les moutons tout craintifs se couchaient à la file
Cachant dans leur toison leurs longs museaux peureux.

Et la nuit s'étendait, — nuit aux lueurs étranges,
Nuit de vagues terreurs ; de tristes hurlements
Et des sillons de feu couraient en rouges franges
S'enrouler aux flancs noirs des nuages fumants...

Un grand fracas soudain déchira le silence.
En sursaut réveillé, l'écho le répéta :
C'était la foudre... Alors avec sa force immense
La mer, comme un géant qui s'emporte, monta.

Au loin l'arbre craquait, tordu par la tempête ;
La vague se broyait sur le roc indompté ;
Et les vents déchainés dans l'infernale fête,
Faisaient tourbillonner le vaisseau démâté.
La pluie à flots pressés battait la terre dure,
Poussant dans le ravin des amas de débris
Et l'éclair jaillissait, trouant la nuit obscure,
Et la foudre éclatait mêlée à mille cris.

Ce devait être ainsi, lorsque dans sa colère,
Dieu condamna le monde à périr tout entier;
Et que de son orgueil recevant le salaire,
Dans l'éternelle nuit plongea l'Archange altier.
Le ciel devait avoir de ces clameurs funèbres;
La terre ainsi devait osciller et s'ouvrir,
L'Océan se creuser en gouffres de ténèbres;
La nature se plaindre et les hommes frémir...

Soudain, du ciel en feu s'écartent les nuées;
Dans un dernier éclat, le tonnerre s'éteint.
Sur l'azur qui pâlit, en teintes graduées,
Une faible clarté, légèremet se peint.
Elle frissonne et suit dans le feuillage humide,
S'étale rose et gaie, au sommet des grands monts,
Tandis que sous les blés l'alouette timide
Chante du jour naissant la splendeur et les dons.

En haut voltige encor, tel qu'un flocon d'écume,
Dernier voile importun sur l'horizon tendu,
Quelques nuages blancs. — Et là bas, dans la brume
Monte, resplendissant, l'astre au ciel attendu.
Les arbres sont frangés de gouttes de rosée,
L'air est tout imprégné de suaves senteurs;
Et l'on sent arriver de la côte boisée,
Des bruissement confus, et de tièdes moiteurs.

Silence harmonieux ! Calme après la tempête!
Lumières et parfums, Perles et diamants;
Doux rayons balancés sur la vague inquiète;
Tumulte qui s'éteint dans des frissonnements...

L'Ouragan a passé, La nature assainie,
En secouant ses pleurs renaît sous le ciel bleu.

Ainsi de tes malheurs et de ton agonie,
Sous le soleil de l'Art ô France ! ton génie
Renaîtra fécondé par le sang et le feu !...

MARIX RÉGNIER.

(Seine-et-Oise.)

A TRAVERS LA HAE.
### EGLOGUE
—

(REMEMBER.)

Le soleil descendait derrière les collines.
Les ombres s'allongeaient dans le creux des vallons,
De joyeux tintements s'élevaient des ravines,
Et les oiseaux chantaient dans les épais buissons.

Des murmures charmants couraient sous la futaie,
Les insectes légers étalaient leurs rubis,
Et l'air frais, en passant dans l'odorante haie,
Jonchait de blanches fleurs l'herbe où j'étais assis.

L'hirondelle volait d'une aile insoucieuse ;
Les bœufs, libres du joug, regagnaient l'abreuvoir.
Je regardais, rêveur, l'onde silencieuse
Où le ciel se mirait comme en un clair miroir.

J'entendis s'écarter doucement le feuillage ;
Une vache allongea son museau tacheté,
Ses grands yeux étonnés scrutèrent mon visage,
Et j'y sentis glisser un souffle velouté.

Une fille des champs pencha sa tête brune,
Ses cheveux frissonnaient sous les baisers du vent ;
Son regard était doux comme un rayon de lune...
J'avais vu ce souris... mais c'était en rêvant.

« Mignonne, me dit-elle, est une bonne vache ;
» Elle prend trop souvent de grandes libertés ;

» Mais elle n'a jamais fait de mal, que je sache,
» Puis-je la châtier de ses témérités?

» Dans les prés, au hameau, ma vache est ma compagne.
» Elle broute à mes pieds ou dort sous mon regard,
» Et si je vais au loin sans qu'elle m'accompagne,
» Il semble qu'à moi-même il me manque une part. »

« — Vous devez, répondis-je, être une fille douce,
» Car, lorsque vous parlez, on entend votre cœur.
» Le ruisseau qui s'enfuit sur sa pente de mousse,
» N'a pas de votre voix le murmure enchanteur.

» Pourquoi, les soirs d'été, sous les vertes charmilles,
» Ne pas mêler vos pas aux rondes du hameau,
» Ou passer votre bras sous ceux des jeunes filles
» Dont les essaims bruyants s'en vont par le côteau? »

« — Si je ne vais jamais me mêler à leur danse,
» Pourrait-on m'accuser d'une injuste fierté?
» De ces filles des champs j'aime l'insouciance,
» Et je ne sais pourquoi je n'ai pas leur gaîté?

» Lorsque par les sentiers qu'embaume l'aubépine,
» De la ville à leurs toits, je les vois revenir,
» Et que leurs chants joyeux emplissent la colline,
» Mon cœur, croyez-le bien, n'exhale aucun soupir.

» Car la ville est pour ceux dont l'or est le partage.
» Je suis si pauvre, hélas! et je n'ai pas d'esprit.
» Des dernières maisons de notre humble village,
» Je l'aperçois de loin..... et cela me suffit.

» Sur ce livre élégant dont je tournais les pages,
» Pourquoi votre regard se fixe-t-il soudain?
» Qui ne lit aujourd'hui, même dans les villages?
» Lorsque je vais aux champs, je prends mon paroissien.

» Quand le temps fait défaut pour aller à l'église,
» Ne faudrait-il donc pas prier le Créateur ?
» Toute prière est bonne en quel lieu qu'on la dise.
» Le meilleur des autels n'est-il pas notre cœur ? »

Nous parlâmes longtemps à travers le feuillage,
De ce que nous disions, je ne me souviens plus.
Nous nous laissions bercer par ce doux babillage
Qui montait de nos cœurs aux sons de l'angelus.

Autour de nous déjà se taisait la nature.
Les oiseaux s'endormaient sous les feuilles des bois,
Le vent n'agitait plus les dômes de verdure,
Et dans les derniers bruits s'éteignirent nos voix.

Et tandis que, ravis, nous goûtions ce silence,
Le vallon se couvrait de la brume du soir.
« Adieu, dit-elle enfin, car la nuit recommence. »
Ma bouche dit : adieu..... mon cœur dit : au revoir.

Aristide CARÉNOU.

## LES PAPILLONS & LA CHENLLE
### APOLOGIE

Fleurs vivantes, beaux papillons,
Allez aux plaines éthérées,
Au soleil montrer ses rayons
Peints sur vos ailes diaprées.

Dans vos ébats, plus amoureux,
Quand vous êtes plus près des nues,
Papillonnez-y deux à deux,
Loin de nos blondes ingénues :

Loin des ventrus, ces demi-dieux,
Grands faiseurs de trous dans la lune :
Volez moins effrontément qu'eux...
Sur les ailes de la fortune !

Puis, au retour, dans nos jardins,
Les fleurs vous tendront leur calice
Où se préparent des festins
Ignorés de nos barons Brisse.

Mais pourquoi fuir avec dégoût
Cette chenille qui se traîne
Péniblement jusques au bout
D'une branche de ce vieux chêne ?

C'est que vous portez les atours
De l'orgueil qui suit les richesses
Et que les petits sont toujours
Des va-nu-pieds pour les Altesses !

Ignorez-vous qu'aux froids hivers
Vous n'aviez ailes ni mantilles,
Et qu'avant d'éblouir les airs
Vous n'étiez rien que des... chenilles ?

O les renégats du berceau !...
Il n'est que la gent parvenue
Pour éclabousser le ruisseau
Qui la vit naître dans la rue !

(Seine-Inférieure.) ARMAND MENICH.

## HYMNE A L'HARMONIE

### I.

Divine et suave harmonie,
Le Créateur, dans sa bonté,
T'envoya pour charmer la vie
De l'homme ici-bas transplanté !
Dans ce monde plein de misères,
Combien tu calmes de douleurs,
De chagrins, de peines amères,
D'ennuis, de soucis et de pleurs !

Chœur.

Chante, chante, ô ma faible lyre,
Sur des accords harmonieux ;
Chante, chante, ou plutôt soupire
La langue que l'on parle aux cieux !

## II.

De tes accents l'âme est avide !
Tout cède à tes puissants accords !
Doux breuvage à la lèvre aride,
Tu fais trève même aux remords.
Par moments ta voix nous oppresse,
Soudain, par un brusoue retour,
Nous embrasant de sa caresse,
Elle nous ramène à l'amour.

Chœur.

Chante, chante, ô ma faible lyre,
Sur des accords harmonieux ;
Chante, chante, au plutôt soupire
La langue que l'on parle aux cieux !

## III.

Tout nous montre, dans la nature,
L'origine d'où tu descends :
La plus infime créature
Vit du parfum que tu répands.
Cependant le mal sur la terre,
Semble régner en souverain :
Parfois son baiser adultère
Ose effleurer ton chaste sein !

Chœur.

Chante, chante, ô ma faible lyre,
Sur des accords harmonieux ;
Chante, chante, ou plutôt soupire
La langue que l'on parle aux cieux.

IV.

C'est que, dans l'effroyable lutte,
Lutte où le bien vaincra le mal,
L'homme au dernier s'offrant en butte
Fut déchu dans l'ordre moral.
Dès lors surgirent les querelles
Entre des frères nés égaux,
Qui s'arrachèrent les parcelles
De misérables oripeaux.

Chœur.

Chante, chante, ô ma faible lyre,
Sur des accords harmonieux ;
Chante, chante, ou plutôt soupire
La langue que l'on parle aux cieux !

V.

L'homme oubliait que sa patrie
N'était point en ce lieu d'exil,
Quand tu vins, ô douce harmonie,
Le secourir dans le péril !
Grâce à toi le progrès s'avance,
Fécond en résultats heureux ;
Sur un char de feu, la science
Ouvre un horizon lumineux !

Chœur.

Chante, chante, ô ma faible lyre,
Sur des accords harmonieux ;
Chante, chante, ou plutôt soupire
La langue que l'on parle aux cieux !

VI.

Mais en attendant la merveille
Que doit produire l'avenir,
Daigne apporter à notre oreille
D'un monde heureux le souvenir !

Remède infaillible de l'âme,
Tu laisses nos cœurs satisfaits,
Et tout être ici bas proclame
Ton doux empire et tes bienfaits ! ! !

Chœur.

Chante, chante, ô ma faible lyre,
Sur des accords harmonieux ;
Chante, chante, ou plutôt soupire
La langue que l'on parle aux cieux !

Toulon (var).                                    L. GORLIER.

QUAND LE VENT SOUFFLE

—

C'est là le bon endroit pour avoir peur la nuit
G. DE LA COUTURE.

I.

Avez-vous, le cœur plein d'une ivresse infinie,
Savouré longuement cette immense harmonie.
Du vent le soir, parmi les arbres des grand monts,
Avez-vous écouté ces bruits, ces noirs murmures
Qui s'élèvent pareils aux fracas des armures,
Et qui vont, froissant l'air, comme un vol de démons ?

Avez-vous, seul, la nuit, quand l'ombre était profonde,
Prêté l'oreille aux voix du vent qui pleure et gronde,
Et passe, en tournoyant, à travers les vallons ;
Avez-vous, quand les cieux s'inondaient de ténèbres,
Entendu le simoun jeter ses cris funèbres,
Et vibrer en mineur le chœur des Aquilons ?

Avez-vous écouté, du fond de votre alcôve,
Tandis que la veilleuse expirait, pâle et fauve,

Frissonner la fenêtre au choc du vent railleur,
Et grincer tristement la rauque girouette,
Et trembler les cloisons et crier la chouette,
Et l'onde ruisseler sur le vitrage en pleurs?

Oh! le vent! oh! le vent! sanglots sourds, rumeurs folles,
Ineffable concert aux étranges paroles,
Aux mille sons divers éclatant à la fois;
Soupirs de l'infini qui se plaint à la terre,
Echos de l'autre monde, accents pleins de mystère,
Où le cœur sait toujours reconnaître une voix!

Pour l'un, c'est un ami qui de loin le rappelle;
Pour l'autre, c'est un nom que la rafale épèle,
— Le nom suave et pur d'un ange regretté!...
Pour le rêveur penché vers l'abîme insondable
Des siècles à venir, c'est le glas formidable,
Que sonne sur le temps la sombre éternité!

## II.

Oh! le vent! oh! le vent! — Écoute,
O poète, comme il gémit,
Comme dans l'arbre de la route,
Sa grande voix hurle et frémit!

Écoute, comme sur les tombes,
Il pleure d'un ton déchirant,
Et comme aux plaintes des colombes
Il mêle son râle navrant!

Comme aux brèches des tours croulantes,
Il s'engouffre lugubrement;
Comme sur les ondes parlantes
Il se joue amoureusement!

Comme sur les berges fleuries
Il aime à jaser le matin;
Comme au sein des vertes prairies
Il court sur l'herbe de satin!

Écoute, ô rêveur, comme à l'heure
Où l'ombre descend du ciel noir,
D'une aile timide il effleure
La rose qui s'ouvre le soir !

Comme au vague écho de la harpe
Il confond ses vagues accents ;
Comme il fait frissonner l'écharpe
De ton ange aux yeux caressants !

Comme il souffle dans les mélèzes
Et dans les rameaux des cyprès,
Comme il chante sur les falaises,
Comme il chante dans les guérets !

Comme aux colonnes du vieux cloître,
Il monte, et serpente en grondant,
Comme dans l'ombre on entend croître
Et flotter son essor ardent !

Comme au sommet des cathédrales,
Quand règne la profonde nuit,
Il rugit, plein de mornes râles,
Heurtant les vitraux à grand bruit !

### III.

Oh ! c'est là-haut surtout, dans les combles gothiques,
Parmi les clochetons, les arceaux, les portiques,
Entremêlant partout leurs branchages touflus ;
C'est là, dans la forêt des tremblantes arcades,
D'où le lierre grimpant tombe à larges cascades,
Où tout est frissonnant, formidable et confus ;

C'est là, dans le clocher, dont la spirale immense,
Immobile, se rit de l'orage en démence,
Dont le faîte se perd dans la brume caché ;
A travers les barreaux d'où la cloche captive,
Toujours jette au passant quelque rumeur plaintive ;
— Triste lambeau d'accord au vieux bronze arraché ! —

C'est là qu'il faut aller écouter les rafales,
Redisant à loisir leurs marches triomphales,
Leurs magiques refrains, leurs chœurs mystérieux ;
Avec son doux effroi, la rêverie austère
Alors descend sur vous, vous ravit à la terre,
Et votre âme s'en va reposer dans les cieux.

Basses-Alpes).                          LÉONCE FABRE DES ESSARTS,
                          Membre d'honneur des *Concours poétiques*.

## MISSION DE LA FEMME

C'est par la femme chrétienne que le pays peut se régénérer.

A MADAME ÉVARISTE CARRANCE.

Femme, de ton foyer, sois l'ange tutélaire,
Comme l'astre au front d'or, brille dans ton réduit.
En ce siècle surtout, comme un doux phare éclaire,
Les pas du mâle époux que ta vertu conduit.

A l'heure du travail, de Dieu cette loi sainte,
Viens soutenir son bras, seconder ses efforts ;
Et quand le poids du jour appellera sa plainte,
Rends-le par tes conseils de la race des forts.

Et ta main dans sa main, du fleuve de la vie,
Sache embellir le cours trop souvent orageux ;
Mets ta part du fardeau sur ton épaule amie,
Le regard vers le ciel, allez ainsi tous deux.

Le front resplendissant de calme et d'innocence,
Tourne son cœur vers Dieu dont tu goûtes la loi.
Dis-lui qu'il est puissant, doux, saint, notre espérance,
Et qu'il faut arborer l'étendard de ce Roi.

Prépare du foyer seule la nourriture ;
N'élève que pour Dieu tes anges au berceau,
Et donne à tes enfants pour unique parure,
La laine, le lin pur que file ton fuseau.

Dis-leur qu'il est aux cieux un bon et tendre père,
Que c'est Dieu qui fit l'homme et veille sur ses jours ;
Fais monter de leurs cœurs l'encens de la prière,
Vers *lui*, chaque matin, le soir, et puis toujours.

Riche enfin des trésors que donne la sagesse,
Sème de la vertu les fleurs sur ton chemin ;
Soulage l'indigent au jour de sa détresse,
Et de la charité verse l'or dans sa main.

(Bouches-du-Rhône).                          DENIS GINOUX.

## MON AMOUREUSE

Je n'aurai plus l'air morose
Devant ton regard joyeux,
Si quand je dirai : je n'ose,
Tu soupires : moi je veux.

A l'amour qui nous caresse
Pourquoi ne pas obéir ?
En mon âme est la tendresse,
Sur ta bouche est le désir.

La fleur ouvre son calice
Aux doux baisers du matin,
Et le frais zéphir se glisse
Dans sa robe de satin.

Que de fiancés superbes
Dans les genêts somptueux,
Et parmi les longues herbes
Qui sait combien d'amoureux ?

Dans les nuits les plus sereines
On croit les vallons déserts,
Dans les vallons et les plaines
S'ébauchent de doux concerts.

Le long de la roche grise
L'eau s'épanche en diamant,
Le lac ridé par la brise
Est un miroir d'or mouvant.

La lune, chaste, amoureuse,
Verse une pâle clarté ;
L'hirondelle aventureuse,
Rase l'onde en liberté.

Le rossignol sur la branche
Dit un chant mélodieux
Que recueille la pervenche,
Que Zéphire emporte aux cieux.

Et dans la nature immense
Dont l'homme a fait son séjour,
Les uns disent : Espérance
Les autres disent : Amour !

Je n'aurai plus l'air morose
Devant ton regard joyeux,
Si quand je dirai : je n'ose,
Tu soupires : moi je veux !

14 mai 1870.                                 EVARISTE CARRANCE.

MADEMOISELLE LIX,

L'HÉROINE DES VOSGES.

O France, ô mon pays, tu n'es pas morte encore !
Ta main n'est pas rigide et ton cœur bat toujours.
Repose, ô France aimée ! et quand, nouvelle aurore,
Tu te réveilleras, meilleurs seront les jours.

Les siècles sont marqués de ta vivace empreinte,
Ton pavois n'est-il pas un pavois de géants ?
N'as-tu pas Saint-Louis et la croisade sainte ?
Napoléon premier, Charlemagne et son temps ?

N'as-tu pas les Roland, les Condé, les Turenne ?
D'un grand siècle passé n'as-tu pas le grand nom ?
N'as-tu pas les Jean-Bart ? N'as-tu pas les Duquesne ?
N'as-tu pas Montesquieu, Voltaire et Fénelon ?

Tes gloires, vois-tu bien, tes gloires sont de celles
Qui ne font que pâlir et qui ne sombrent point !
De ton libre pinceau tu les rends immortelles,
Muse que nous aimons, histoire au front d'airain.

Tu diras ce qu'ont fait les bandits teutoniques,
Tu diras leur audace et leurs noirs attentats :
Et tu diras combien, dans leurs serres iniques,
De femmes et d'enfants ont trouvé le trépas.

Tu diras ce qu'ils font d'un pauvre octogénaire,
D'une jeune famille ou d'un hameau chétif ;
Comment on incendie et comment fait la guerre
L'impitoyable goth, le goth rébarbatif !

Tu diras que venus en phalanges serrées,
Ces vandales étaient six contre un, quelquefois ;
Qu'ils sabraient, qu'ils pillaient nos villes lacérées,
De l'inhumanité n'écoutant que la voix.

Sur le penchant des monts, dans le fond des vallées,
Au seuil de nos maisons et dans nos temples saints,
Partout tristesse et deuil, femmes échevelées ;
Partout mourants et morts, désespoirs et larcins !

Oui, saisissant, un jour, le stylet qui burine,
Histoire, à nos enfants, tu diras tout cela !
Mais tu diras aussi le nom d'une héroïne,
Vierge comme fut Jeanne et sur ce moule-là.

Tu diras que du cœur des forêts et des ombres,
Cent fois elle apparut avec ses francs-tireurs ;
Que cent fois l'ennemi connut les rives sombres,
Dont son plomb meurtrier lui faisait les honneurs.

Tu diras que pendue aux flancs d'un misérable
Sans trève, elle y jetait la blessure ou la mort ;
Que sa main était sûre et son glaive implacable ;
Que son âme était grande, et que son bras est fort !

Histoire, tu diras que cette fille sainte
A son pays donna ce que donne un grand cœur ;
Tu diras qu'elle est pauvre, et que sa seule crainte
Est assise au chevet de ceux dont elle est sœur.

Et tu diras enfin (n'en ayons pas le doute),
Que la patrie émue, un jour, lui décerna
L'étoile de l'honneur conquise sur la route,
Que dans les rangs germains, son glaive façonna.

Non, France, ô mon pays, tu n'es pas morte encore !
On sent vivre ton cœur à ses fiers battements.
Que ton sommeil soit doux ; mais que, superbe aurore,
Ton réveil de Phœbus ait les rayonnements.

Loire-Inférieure), ce 8 mai 1873.                    GUSTAVE BUFFETEAU.

## RETOUR.

**LA MUSE.**

Où donc est mon poète, et pourquoi dans la nuit
Laisse-t-il se mourir sa chère bien-aimée ?
Pourquoi ne vient-il pas, s'il souffre et s'il gémit,
Consumer ses chagrins dans mon âme enflammée ?
C'est en vain qu'aux échos je jette son doux nom ;
Ils se moquent tout bas de mes chères alarmes.
Je lui pardonnerais mon cruel abandon,
Mes angoisses d'amour, mes soupirs et mes larmes,

S'il revenait à moi, si dans mon jeune cœur,
Il scellait à jamais l'orgueil de sa misère...
Mais, le voici je crois; grand Dieu que de fureur !
Dans ses traits altérés, que de froide colère !

LE POÈTE.

Accourez, démons infernaux,
Venez à moi, sombres furies.
Couvrez la terre de tombeaux,
Occupez vos cruels génies.
Inventez des engins de mort,
Je veux que l'affreuse mitraille
Nous venge d'un horrible sort ;
Je veux une immense bataille.....

LA MUSE.

Arrête ô malheureux, suspend cette fureur,
Reviens à ton amie, ô mon bien cher poète ;
Près de moi, dens mes bras, là, tout près de mon cœur,
Comme aux beaux jours passés, viens reposer ta tête.
Dis-moi mon bien-aimé, pourquoi du sombre enfer
Invoquer ici-bas les cohortes immondes ?
Ton cœur n'aime donc plus, il a donc bien souffert
Pour désirer ainsi l'écrasement des mondes,
Pour les ensevelir dans un même cercueil ?
Le ciel pour les punir n'a-t'il donc pas sa foudre ;
Pourquoi ces vêtements, ce crèpe, tout ce deuil ?
O Dieu, je vois du sang ! tes mains sentent la poudre !

LE POÈTE.

Pardonne, si jusqu'à ce jour
Je t'oubliai, Muse chérie ;
Je réservais tout mon amour
A ma pauvre et chère patrie.
Pour défendre son sol sacré
J'ai suivi les bandes guerrières,
Mais l'ennemi s'est emparé
De nos malheureuses frontières.

Ils étaient dix contre un, malheur !
Oui, dix, contre un enfant sans armes ;
Ils frappèrent dans leur fureur
Nos mères et nos sœurs en larmes.
Sur les cendres de nos cités
N'entends-tu pas crier vengeance ?
De tous nos bourreaux éhontés
Le sang seul lavera l'offense.

LA MUSE.

Aux profondes horreurs de la lugubre nuit
Succède le matin ; l'aurore éblouissante,
De sa couche d'azur, la blonde enfant sourit
Au réveil de la terre encore frémissante.
L'Océan sur ses flots soulève doucement
Les plis voluptueux de sa pourpre royale ;
Sur l'Univers entier un doux frémissement
Murmure à l'Eternel l'oraison matinale :
La fleur sous les baisers des brises du matin
Tressaille sur sa tige, entr'ouvre son corsage ;
Sur son rameau tremblant un oisillon mutin
Jette à tous les échos son gracieux ramage.
L'insecte dans les bois vernit ses ailes d'or,
L'herbette sur les prés s'enivre de rosée,
Le léger papillon a repris son essor ;
L'abeille a préparé sa languette frisée.
Aux peuples de la terre, ils donnent des leçons,
Ces petits du bon Dieu, dans leur simple innocence ;
Ecoute, ô mon poète, écoute leurs chansons,
Ils chantent le bonheur, l'amour et l'espérance.

LE POÈTE.

O ma chère Muse, tais-toi,
Laisse-moi tout à ma vengeance ;
Je souffre, et que m'importe à moi
L'aurore et sa fraîche naissance.
Que m'importe de l'Océan

Les blanches vagues écumantes,
La fleur dans son bouton naissant,
L'insecte caressant les plantes.
L'oiseau joyeux me fait souffrir
Quand il gazouille sur sa branche ;
Je n'aime plus, je veux haïr
Et ne vis que pour la Revanche.

LA MUSE.

La Revanche ! et c'est là cette nouvelle loi
Qui te fait dans la nuit oublier ta jeunesse ?
Enfant, sèche tes pleurs ; poète, écoute-moi :
Je veux pour te venger t'aider de ma tendresse.
Crois-tu que l'ennemi, dont l'orgueilleux canon
Ecrasa tes palais, tes amis et tes frères,
Ne viendra pas un jour pour incliner son front
Sous le choc redouté de tes armes guerrières !
Laisse-lui pour un temps, un triomphe d'obus,
Sa sanglante victoire et sa gloire éphémère ;
Les vainqueurs d'aujourd'hui demain seront vaincus :
Tout ceci n'est que triste et honteuse misère.
Confie au saint travail le soin de te venger,
Invoque la justice, appelle la sagesse,
Ne laisse plus, chez toi, vendre et même outrager
La noble vérité qui te sourit sans cesse.
Viens avec moi, poète, et donne-moi la main,
Je veux régénérer ta grande âme inquiète,
Je veux dans l'avenir t'indiquer le chemin
Où tu retrouveras la gloire et la conquête.
Reprends ton luth et chante un hymne à l'Eternel,
Chante l'azur des cieux de ta voix cadencée,
Chante la liberté, ce bel être immortel
Qui devrait ici-bas guider chaque pensée;
Chante les durs travaux de l'humble laboureur,
L'étable et la moisson, la vigne et les vendanges ;
Chante de l'ouvrier l'honorable sueur,

L'usine et l'atelier, le temple et ses louanges ;
Chante l'oiseau, la fleur, la tendresse et l'amour.
Oh ! oui l'amour, enfant, laisse-moi dire encore
Combien il a grandi dans mon sein chaque jour.
Oh ! mon poète aimé, l'amour, il me dévore.
Il n'appartient qu'à toi de partager mon cœur.
Viens, je t'inspirerai, je serai ta maîtresse,
Tu me diras ta peine et ta folle douleur,
J'aurai pour tes ennuis des trésors de tendresse ;
Tous ces meurtres sanglants qu'on ne peut oublier,
Funestes visions où se perd ton délire
Et que ta bouche à peine ose me confier,
Je les dissiperai dans mon premier sourire.
Reviens comme jadis, comme en ces jours heureux,
Ivre de volupté, te river à ma chaîne ;
Dans les bosquets touffus nous irons tous les deux
Pour cueillir une fraîche et nouvelle verveine ;
L'oisillon nous attend sur le bord de son nid,
Le limpide ruisseau nous garde son murmure ;
Nous ferons des sonnets aux ombres de la nuit
Et des charmants rondeaux à toute la nature...
Tu pleures, mon poète !... Oh ! tu reviens à moi ;
Ton cœur s'épanouit, tu souris dans tes larmes ;
Relève ton beau front, l'avenir est à toi.
A nous les chants joyeux, sur terre plus d'alarmes.

LE POÈTE.

Oui, je voudrais t'aimer
    Jeune et folette,
O ma Muse coquette
    Et te charmer ;
Combler de ta jeunesse
    Chaque désir,
Dans l'amour et l'ivresse
    T'épanouir.

Je suivrais le matin
　　Dans la rosée
Sur la mousse arrosée,
　　Ton pied mutin ;
Je sentirais la brise
　　Naître et passer,
De tes charmes éprise
　　Te caresser.

Courant sur le gazon
　　Comme une fée,
Je te voudrais coiffée
　　D'un chaperon ;
Le papillon volage,
　　Frère des fleurs,
Viendrait sur ton corsage
　　Baiser ses sœurs.

Tout seul j'aurais ton cœur,
　　Et ta voix tendre
Ne me ferait entendre
　　Que le bonheur ;
Ton haleine embaumée
　　M'enivrerait,
Et sur ta joue aimée
　　M'attirerait.

Je voudrais te nourrir
　　D'une ambroisie
Pour les anges choisie,
　　Et te cueillir
Sur tes deux lèvres roses
　　Sous ton œil noir,
Comme deux fleurs écloses
　　L'amour, l'espoir.

Mars 1873.

JOSEPH BERGER.

## L'ESPÉRANCE.

—

Le plus sublime don que l'homme à sa naissance
Reçoit du Créateur, c'est la douce Espérance ;
Son prisme reflétant les couleurs du désir,
Laisse entrevoir à tous, gloire, honneur et plaisir.

L'auteur voit le succès, le guerrier la victoire,
Celui-ci la fortune, et cet autre la gloire ;
Chacun voit un destin à nul autre pareil ;
Mais, hélas ! bien souvent terrible est le réveil.

Espérer ! c'est pour l'Homme une douce chimère,
Et l'on espère même alors qu'on désespère :
L'intrépide marin qu'engloutit l'ouragan,
Élève à Dieu ses vœux du fond de l'Océan.

Ici, dans le saint temple, en l'honneur de la Vierge,
Pour un enfant mourant à l'autel brûle un cierge ;
Sur la dalle à genoux, la jeune mère en pleurs,
Dans le sein de Marie épanche ses douleurs.

Pleine de confiance en la bonté divine,
Devant l'arrêt du sort, soumise, elle s'incline
Et garde au moins l'espoir de retrouver un jour
L'ange qui la précède au céleste séjour.

Heureux qui sur la Foi, basant son espérance,
De Dieu seul qu'il implore, attend sa récompense !
Que de déceptions il s'épargne ici-bas !
La paix, la douce paix, accompagne ses pas.

Sans doute il subira, lui, frêle créature,
Les malheurs inhérents à l'humaine nature ;
Les soucis, les chagrins, les animosités,
Des revers de fortune ou des infirmités.

Peut-être il connaîtra ces brisements de l'âme,
Ces blessures du cœur, l'injustice et le blâme ?

Peut-être même atteint jusque dans son honneur,
Il verra s'envoler ses rêves de bonheur ?

Mais eût-il tout perdu, fût-il seul sur la terre,
S'il garde l'Espérance, il bénit sa misère,
Et dans les maux nombreux dont il est escorté,
Ne voit qu'un châtiment justement mérité.

Qu'importent en effet, au chrétien véritable,
Ces titres, ces honneurs dont parfois on l'accable ?
Que lui font du pouvoir les pompes, les grandeurs
Et des plaisirs mondains les brillantes splendeurs ?

Puisant sa force en Dieu, détaché de la vie,
Il contemple le ciel, du juste la patrie ;
Puis quand vient du départ le moment solennel,
Doucement il s'endort au sein de l'Éternel.

(Saône-et-Loire)                              Dr BROSSETTE.

## SURSUM !

### I.

Réveillez-vous, Français ! Debout ! l'heure est sonnée..
Pour venger le pays d'un vainqueur inhumain,
Brandissez, haute et fière, une arme abandonnée !
La France reprendra sa splendeur profanée...
      Car de gloire la France a faim !

La gloire qu'elle veut... ce n'est pas l'auréole,
Qu'un peuple esclave attache au cimier de César...
Un orgueilleux trophée, un reflet qui s'envole,
      Des lauriers jetés sur son char...

Ce n'est pas des grandeurs la fièvre qui dévore,
Sans nul souci du *bien*, ni de l'humanité...
Qui trop haute déjà prétend monter encore
      En étouffant la liberté !

Et ce n'est point un bras armé par la démence,
Qui traîne l'épouvante et la mort après soi ;
Qui frappe aveuglément le crime et l'innocence,
  Voulant que tout cède à sa loi...

Non !... c'est un divin feu qui transfigure l'âme,
Foyer de dévoûment et de fidélité...
L'amour de la patrie, une éternelle flamme,
  Un rayon d'immortalité !

## II.

Un peuple était venu souiller la noble France,
Saccager ses cités et déchirer son cœur...
En nos foyers déserts éteindre l'espérance,
  « Et piétiner sur notre honneur. » (*)

Il voulait, en poussant ses hordes triomphales,
Ne laisser à nos fils pour salut que la mort;
Dans sa rage il voulait prendre nos capitales,
Mais Paris l'a vaincu par un sublime effort.

Succomber à la faim qui vint trahir nos armes,
N'était-ce donc pas vaincre et tomber à la fois?...
— De notre mère en deuil venez sécher les larmes;
  Enfants, levez-vous à sa voix !...

— Quoi ! malgré tant de maux vous évoquez la guerre !
Voulez-vous donc courir à de nouveaux combats?
Nos guerriers ne sont plus !... votre juste colère
Suffit-elle à créer en un jour des soldats ?...

## III.

La guerre était jadis un assaut de courage,
Où de jeunes héros vainquaient des bataillons.
On marchait, on frappait, poussant des cris de rage :
La gloire vous parlait au milieu du carnage,
  Plus haut que le bruit des canons.

(*) Forte expression du *Programme*.

Les âmes s'enflammaient dans les grandes mêlées ;
Bientôt on pénétrait dans les rangs ennemis
Où se livraient alors des luttes affolées...
On demandait la mort ou les lauriers promis.

Aujourd'hui, c'est un duel immense, fratricide,
Où de lâches *obus* confondent la valeur.
Du sort d'un peuple entier le canon seul décide,
Fauchant des bataillons sous un fer homicide,
    Ainsi qu'une moisson d'horreur...

Loin de nous, loin de nous, sanglantes *mitrailleuses,*
Aveugles instruments de stériles trépas !
Ah ! maudites soyez, funèbres moissonneuses !
Les peuples relevant leurs âmes généreuses,
    . Libres, vont se tendre les bras.....

### IV.

C'est à d'autres combats que la France convie
Ses fils régénérés... — Entendez le signal,
Le signal du réveil, du retour à la vie !
    A vous le bandeau triomphal.

O Poètes... vaillants soldats de la pensée,
Debout ! Relevez Dieu, le foyer, les autels...
A vous l'œuvre sublime et l'immense *Odyssée*
Qui retrempe les cœurs par des vers immortels !

A vous, la vérité, la lumière infinie...
Marchez dans ces sentiers d'un pas audacieux ;
La carrière se rouvre aux joutes du génie...
    Marchez, l'œil tourné vers les cieux !

Votre glaive n'est pas un glaive de vengeance,
Et ne frappe que pour la charité, la paix !
Ah ! qu'il consacre encor la grandeur de la France !
C'est un glaive trempé de vertu, d'espérance...
    L'arme éternelle du progrès !

(Morbihan).             E. DU LAURENS DE LA BARRE.

# A M. Victor Hugo
### (1867)

La France a perdu son Orphée!
Mais sans pleurer sur son cercueil,
Et lui réserve le trophée,
Qui viendra terminer son deuil.
Une haineuse politique
Verse son poison méphitique
Sur les jours du grand écrivain.
Quand verrons-nous enfin le terme
De l'exil dont cette âme ferme
S'obtine à repousser la fin.

La politique et le Parnasse
Ne purent jamais s'accorder :
De ce dernier l'on perd la trace,
Dès que l'autre on veut aborder.
Entre eux existe le divorce;
Ici les abus et la force,
Chez l'autre règne la douceur,
Les arts, agréable commerce,
Les jeux où notre esprit s'exerce,
Enfin les vrais plaisirs du cœur!

Entre eux les animaux féroces
Se disputent la royauté :
Combats sanglants, fureurs atroces,
Trahisons et déloyauté.
Tout leur est bon pourvu qu'il puisse
Les rendre maîtres de la lice.
Mais chez les animaux plus doux,
Ceux-là que nourit la nature
Parmi les près et la verdure,
L'amour seul fait sentir ses coups.

Aux temps passés laissons la guerre ;
Les temps présents veulent la paix.
Un jour la raison sur la terre,
Chassera ces brouillards épais.
Que la conquête pacifique
·Soit désormais le but unique
De tout peuple civilisé.
La gloire qui vient par les armes
Coûte bien du sang bien larmes,
Et le système en est usé.

Depuis les rangs les plus infimes
S'élevant aux trônes des rois,
L'envie enlace ses victimes
Dans l'étroit réseau de ses lois.
Mais malgré cet effort surprême,
Quoiqu'en dise Lefranc lui-même,
Sur les injustices du sort,
De ses efforts toute la somme
Ne peut ébranler le grand homme ;
Il est grand homme avant la mort.

La Seine a vu sur ses rivages,
Dirai-je aussi comme Lefranc,
S'élever de poudreux orages,
Pour voiler un astre plus grand.
Mais marchant sans courber la tête,
Tandis que la faible tempête
Souffle d'impuissantes vapeurs,
L'astre parcourant sa carrière,
Projette une vive lumière
Sur un monde d'admirateurs.

L'envie au faîte du Parnasse
Ne parvint jamais à grimper,
Seulement l'on trouve sa trace
Aux pieds où l'on la voit ramper.

Là, malgré sa fureur étrange,
Son poison se perd dans la fange
Sans pouvoir gagner les sommets ;
Car les esprits vraiment sublimes
Plânent au-dessus des abîmes,
D'où le poison ne sort jamais.

Louis BARON.

—⚬⚬⚬—

## METZ.

..... Vivi pervenimus ; advena nostri
(Quod nunquam veriti sumus) ut possessor agelli
Diceret : Hæc mea sunt ; veteres migrate coloni.

VIRGILE.

A l'heure où sur les toits l'ombre en jouant se glisse,
Quand les fleurs pour dormir ont fermé leur calice,
Je dirige mon cœur, mes pas désespérés,
A travers nos vallons, de silence entourés ;
Et sur les bords vendus de ma chère Moselle,
En rêvant je m'assieds pour pleurer avec elle.

Qu'avons-nous fait tout deux pour être tant punis,
Pour que dans nos foyers, de nos foyers bannis,
Nous soyions sous l'acier sanglant du victimaire ;
Pauvres agneaux ravis aux baisers de leur mère !
Hier encor, pourtant, nos bois, nos champs, nos prés,
Ces verts côteaux vineux, qu'Ausone a célébrés,
Ces tours que l'héroïsme avait pour habitacle,
Ces murs où Charles-Quint trouva son seul obstacle,
Mon pays s'honorait du grand nom de Français !!!
Mais aujourd'hui qu'est-il ?...

Ah ! serait-ce à jamais !..

Faudra-t-il pour sauver leurs frères du servage,
Que les preux dont les corps ont nourri le carnage,
Déchirent leur linceul qu'au loin j'entends frémir !
Oh !.. voyez l'ennemi trembler, déchoïr, blêmir.

Là-bas dans les guérets, là-haut sous les vieux chênes,
Enveloppés du sang dont sont teintes les plaines;
Ces héros de succès jusqu'au bout convaincus,
Vainqueurs du monde entier reposent là vaincus.
Et leurs fils qu'ils aimaient, et leur pays parjure,
Laisseraient sur leurs fronts cracher, vomir l'injure;
Laisseraient, sans vengeurs les restes qu'on meurtrit,
Jongler avec leurs os le vil Prussien qui rit...
Et Metz livrée en proie à l'infâmie, au glaive
Comme une beauté nue au brigand qui l'enlève.
Oh ! comme un sein niant le fruit qu'il a porté,
France oserais-tu donc oublier ma cité ?..,
Ma cité qu'un vainqueur encombre de cohortes,
Et dont mille étrangers gardent les triples portes ;
Ma cité qui créa Fabert, Lasalle, Éblé,
Devant qui l'Allemagne à bien des fois tremblé !
Ma cité, ma cité, la Vierge inaccessible
Dont le cœur pantelant sert aux hulans de cible ;
Entendez-la, Français, sous leurs talons râlant ;
Ils ont souillé son front de leur casque insolent;
Le fer a moissonné ses fils dans la bataille,
Les hameaux sont détruits, brûlés par la mitraille ;
Pampre, arbrisseau, blé mur, dans nos sillons poussés,
Par l'obus abattus sont au loin dispersés.
Et pour guérir nos maux, pour soulager nos peines,
L'abandon, le mépris, et la honte et des chaînes!...
Voilà ce qu'a reçu notre pauvre cité,
O Ciel ! ô ma Patrie ! ô France ! ô Liberté !
O puissance du droit ! toi qu'on nomme Justice,
Viens dire à ces maudits que leur force est factice ;
Viens dire aux oppresseurs, que malgré leur canon,
La France est toujours France, et gardera son nom,
Qu'ils ont beau nous braver du bruit de leurs fanfares.
Montrer qu'ils sont vainqueurs, montrer qu'ils sont barbares,
La France les vainquit, la France les vaincra !..

Mais soudain dans les airs, qu'ai-je entendu.. Hourra!.
Et le front dans mes mains penché sur l'eau qui coule,
J'écoutais se heurter les clameurs d'une foule :
Des chants guerriers, des cris, sur l'horizon glissaient,
Comme autant de poignards dans mon cœur s'enfonçaient;
Je frémis et mes yeux débordèrent de larmes ;
C'étaient les Allemands, qui s'essayaient aux armes ;
Les hourras que les vents m'apportaient de là-bas,
C'étaient eux sur nos morts qui chantaient leurs combats.
Navré, je m'enfermais sous l'herbe du rivage,
Ah ! c'était trop pour moi que cet écho sauvage.
J'étais, j'étais perdu dans mes sanglots croissants:
Lorsqu'un bruit de nouveau vint éveiller mes sens.
Comme un soleil qui luit répare les outrages
Qu'a causés aux jardins, la fureur des orages ;
Ce bruit me caressant, sécha mes yeux en pleurs,
Je sentis dans mon sein s'éteindre mes douleurs,
Ma force décupler, s'affaiblir ma furie :
C'est qu'à sa voix j'avais reconnu la patrie !...
Un mot plein d'avenir court sur mon front rêveur ;
Tel un naufragé doit sentir un bras sauveur.
Espoir ! disait ce mot que m'envoyait la France,
Et mon cœur répondit : l'Espoir c'est la Vengeance !...

Vaillières, 10 mai 1873.                    GUSTAVE BEAUDELET.

---

## RÉGÉNÉRATION. — REVANCHE.

### DÉDIÉ AU CAPITAINE BAROT.

—

C'en est fait, disait-on, elle meurt la Patrie!...
Quoi! tu pourrais mourir? oh! non, France chérie!
Un instant abaissé, déjà ton noble front
Se relève, et tes fils bouillant d'impatience,
Contiennent leurs bras, dans la ferme espérance
    Que bientôt ils te vengeront.

La défaite cruelle en leçons est féconde,
Et si la force peut, un jour dans ce bas monde
Primer le droit, dans peu, par un juste retour,
Le vaincu de la veille, aussi prudent que brave,
Sait rompre lentement la chaîne qui l'entrave
        Pour être vainqueur à son tour.

Ainsi résignons-nous, mais pas de défaillance,
Travaillons sans relâche avec persévérance,
Le succès ne suit point des efforts inconstants ;
Pour ramener à nous la victoire infidèle,
Refaisons-nous des mœurs, une vertu nouvelle,
        Aimons les rudes passe-temps.

Et d'abord combattons vaillamment l'ignorance,
Souvenons-nous des maux qu'elle a fait à la France.
Ne lui devons-nous pas nos désastres récents?
Que partout se répande à flots la lumière,
Que, comme la cité, le village s'éclaire :
        Tous à l'école, et point d'absents.

Si des Etats-Unis, la Grande-République,
Si de Guillaume-Tell le sol démocratique,
N'ont rien à redouter des peuples conquérants,
C'est que l'on compte peu dans ces sages contrées,
D'enfants à l'abandon, de femmes illettrées,
        Peu de citoyens ignorants.

Eh bien ! ces deux pays, prenons-les pour modèles :
A l'évidence enfin, ne soyons plus rebelles,
Connaissons notre droit, comme notre devoir;
La société doit, à notre intelligence,
Assurer les moyens d'acquérir la science,
        Car pour être homme il faut savoir.

Vers un si noble but notre passé nous mène,
Passé bien près de nous, il faut qu'on s'en souvienne,

Ce souvenir en lui porte un enseignement.
Rappelons-nous toujours, nos villes bombardées,
L'Alsace et la Lorraine, à la Prusse cédées,
    Disons-nous, c'est le châtiment.

Sans remonter bien haut le grand fleuve des âges,
Nous le trouvons grossi par les mêmes orages ;
Le vainqueur d'aujourd'hui fut le vaincu d'alors,
Le vaincu d'Iena, Sedan, de l'Allemagne ;
On crut que tout un peuple après cette campagne
    Serait placé parmi les morts.

L'Europe vit alors le spectacle magique
D'un grand pays vaincu, mais toujours héroïque ;
La Prusse anéantie apprit à se sauver,
Sans découragement, sans la moindre faiblesse,
Sachant que lorsqu'on veut toujours on se redresse
    Elle voulut se relever.

Dès lors chacun porta sa pierre à l'édifice :
L'un par l'enseignement, l'autre par le service ;
Une fièvre entraînait la population ;
Chacun ne vivait plus que pour la Renaissance,
Chacun redemandait sa chère indépendance,
    De tous l'unique ambition.

Et quand Napoléon, sa perte consommée
Revint en fugitif, délaissant son armée
Dans les déserts glacés, qui furent son linceul,
On sentit tressaillir la Prusse toute entière :
Le riche et l'indigent, le palais la chaumière,
    Le petit-fils et son aïeul.

L'Allemand prévoyait déjà sa récompense ;
Elle ne tarda pas, et nous savons en France,
Ce que nous a coûté le travail incessant,
De ce peuple orgueilleux, ennemi séculaire,
Car deux fois contre lui, le sort nous fut contraire
    Tant il s'était rendu puissant.

Ce que l'on fit là-bas, que chez nous on le tente,
Impassibles et forts, conjurons la tourmente ;
La gloire est là peut-être, et là le vrais succès,
Si plus tard le danger, de nouveau nous menace,
Il nous faut sans frayeur le contempler en face
      Pour l'honneur du drapeau Français.

(Puy-de-Dôme.)                              AUGUSTE BAROT.

## A VICTOR HUGO
### (1872).

Maître, je ne viens point te donner dans mes vers
Le vol, ni le regard de l'aigle, roi des airs ;
Tu n'as que faire, hélas ! de froides métaphores ;
Je n'aime pas pour toi ces banales amphores :
Ma Muse, jeune encore et pleine de respect,
Te dévoile à mes yeux sous un tout autre aspect ;
Vers le trépied sacré du temple de mémoire,
Appuyé sur le temps, défenseur de ta gloire,
Je te vois avancer, poète radieux,
Comme ce dieu romain rentrant parmi les dieux,
Le front comme marqué des coups de ta pensée,
Le cœur encor saignant de sa douleur passée,
Mais portant cette fleur suave de l'exil,
Que l'ange du pardon verse sur l'homme vil...

De ce sommet qui touche à ton apothéose,
Toi qui lis les destins au fond de toute chose
En entendant gémir la pelle et le marteau,
— C'est la justice, hélas ! qu'on vient mettre au tombeau.
En voyant ces marchés où se vendent les âmes,
Ces prétoires fumants, ce noir troupeau d'infâmes
Dans l'ombre préparant, actifs, le vieux bûcher,
Où liberté, ma mère, ils veulent t'immoler :

Dis-moi, que penses-tu de l'époque où nous sommes ?
Que penses-tu, dis-moi, de ce que font les hommes ?
Sommes-nous condamnés, dis, à voir de la loi
Surgir un beau matin l'empereur ou le roi ?
Verrons-nous le soldat changeant son uniforme
Nous crier des remparts avec sa voix énorme :
« A genoux ! à genoux ! c'est ton maître ! à genoux !!!»
Et le vieux revenant se dresser devant nous ?

Dans mon âme où battait la belle âme de France,
Moi je sens chaque jour mourir une espérance ;
Jeune, je suis déjà courbé comme un vieillard,
Je regrette des jours qui s'envolent trop tard !
Je tremble pour le sort de notre République,
Je crains que trop foulé le terrain politique
Comme ce sol aride où fuyait Ismaël,
Ne donne déjà plus que du sable et du sel !...

Triste signe des temps, spectacle épouvantable !
De joie et de liqueurs, ivres, à notre table,
Les soldats du barbare, un poignard à la main,
Nous disputent la vie en mangeant notre pain,
Tandis que dans sa tête où s'est logé le crime,
Taciturne, leur chef, achève sa victime,
Et que déjà son bras, passant à l'action,
Pousse à nous égorger une autre nation :
Comme des insensés au bord du précipice,
Laissant, pour s'arrêter, passer l'heure propice,
Nous jouons, rêve affreux ! sur l'abîme pendus
En proie au fol esprit de tous peuples perdus !!...

C'est qu'un peuple, pas plus qu'un homme de l'honnête,
Ne peut impunément abandonner le faîte.
Une fois descendu, téméraire, avec bruit,
Il marche et sans regards s'enfonce dans la nuit.
Comme Noé jadis à la race adultère,
Ses prophètes en vain lui versent la lumière

Et lui montrent béant l'abîme sous ses pas :
Attiré par le monstre, il poursuit, puis, hélas !
Avec lui tout-à-coup, il se voit face à face ! ! !
Heureux alors si son destin, quoique sanglant,
L'a rendu désormais plus sage en l'épargnant,
Mais le danger parti, s'il redevient de glace
Aux leçons du passé, s'il dort, en vérité ;
Je ne sais qu'en penser ; mérite-t'il encore,
Même par un tyran que tout cœur lâche adore,
      L'honneur d'être souffleté ?...

Maître, moi qui toujours d'injures fus avare,
Je m'aperçois trop tard que ma douleur m'égare ;
Peut-être que ce peuple autrefois généreux,
Est meilleur dans le fond qu'il ne paraît aux yeux ;
Peut-être qu'un beau jour seul maître de lui-même,
Il sera digne encor de ceindre un diadème
Et que nous le verrons parmi les nations
Briller pur idéal des générations.
Le malheur est un trait qui châtie et épure ;
Tout son sang corrompu, par sa large blessure,
Aura coulé sans doute, et si dès aujourd'hui,
Nous tous les médecins des âmes en souffrance
Nous versons dans la sienne un baume d'espérance
Avec la vérité, nous aurons fait pour lui
Ce que le malheur seul n'aurait pas fait peut-être !

Oui ! l'œuvre est au poète, à lui seul appartient
Le secret de verser ce que l'homme contient
D'amertume et de fiel dans le fond de son être !
Il faut avoir souffert pour savoir consoler ;
L'âme sait mieux s'ouvrir et la bouche parler !
Aimer fut sa douleur et sa douleur amère,
A lui pauvre exilé sur la terre étrangère,
Cherchant dans le néant de notre humanité,
Le souvenir lointain du lieu qu'il a quitté ! ! !

O toi qui plus que tous eut ce destin sublime,
Toi dont le nom béni me console et m'anime ;
Toi qui rayonnes pur comme un premier beau jour,
Haute incarnation de génie et d'amour :
Puisque le mal est grand et que l'œuvre est sacrée,
Puisque de l'idéal mon âme est altérée,
Puisque je t'aime enfin et puisque tu souris
Aux poètes naissants comme un père à ses fils,
De cet âpre sommet dont la fleur est cueillie,
Où l'immortalité fut le prix du génie ;
De tes mains de vieillard, daigne, ô pontife-roi,
Daigne laisser tomber sur la France et sur moi
Ta bénédiction qui, céleste rosée,
Fera fleurir mon cœur et la France épuisée ! ! !...

—

## RAPPELLE-TOI.

—

Lorsque tu vas, rêveuse, au champ cueillir les fleurs,
Où t'asseoir sous la treille au feuillage éphémère,
Si de ton cœur ému jaillit une prière,
    Rappelle-toi ton amant dans les pleurs.

Lorsqu'au bord du ruisseau que tu rêvais ici
Tu vois les flots courir à travers la prairie
Sans pouvoir emporter ton image chérie,
    Rappelle-toi que mes jours vont ainsi.

Si pour le bal joyeux un galant cavalier
T'invite et veut presser dans sa main ta main blanche
En te disant des mots que pour dire on se penche,
    Rappelle-toi notre premier baiser.

Sous le feuillage vert, si d'un couple amoureux
Assis sur le gazon, le vent de la vallée
T'apporte en soupirant la chanson envolée,
    Rappelle-toi que nous n'étions que deux.

Le soir quand tout commence au loin à s'assoupir,
Quand semblable à l'amour qui dora nos jours sombres
Tu verras le soleil se coucher dans les ombres,
Rappelle-toi que c'est pour revenir!!

César S.-B. BOUCHAGE.

## LE SENTIER OU JE CROIS EN DIEU.

*(Rêverie).*

A MON AMI EUGÈNE FÉROTIN.

C'est l'heure où douce et blanche accourt Phébé dans l'ombre,
A la voûte du Ciel, des étoiles sans nombre
Ont surgi comme autant de longs regards de feu,
Points d'or sur champs d'azur, vaste blason de Dieu!

Tout est silencieux... à peine le feuillage
Frémit-il doucement... Le gracieux bocage
N'a plus de cris joyeux : les oiseaux dans la nuit
Viennent de s'endormir... Le ruisseau court sans bruit.

Charmant sentier, combien la lumière indécise
De la lune à ton cours donne de grâce exquise!...
La feuillée élargit son riant tulle noir
Sur ton doux sable d'or que grisaille le soir.

Quel est ce couple heureux, qui sait, loin de la ville,
Trouver ton sol béni, si doux et si tranquille?
Sentier coquet, sournois, dans tes secrets contours,
Tu recèles gazons, parfums, mystère, amours!,..

Je vous admire, amants!... grande est votre science,
De chercher le bonheur où se tient le silence!...
Ici, point d'œil jaloux, de regard curieux,
Pour surprendre un baiser, un soupir amoureux...

Dans le calme des nuits unissez votre ivresse...
L'amour est noble et grand : le crime seul l'abaisse.

Soyez libres, sans crainte, et que du haut du Ciel,
Dieu verse sur vos fronts l'ambroisie et le miel!

Élevez vers son dôme éblouisssant de flammes,
Comme reconnaissance un regard de vos âmes...
— Si vous avez dans l'ombre et mystère et bonheur,
C'est Dieu qui fit la nuit, le sentier... et le cœur...

Drôme).                                    LÉOPOLD BOUVAT.

—*—

## A LA FRANCE.

> Après avoir adressé, le 12 janvier 1871, une
> épître incriminatoire au roi Guillaume.
> par la voie d'un journal du Nord, j'écrivis
> les vers suivants, aussitôt la convention
> de paix arrêtée, le 2 mars 1871.

—

Sous le coups des revers dont le monde s'étonne,
O France ! croirais-tu que le ciel t'abandonne ?
Et que le cours fécond de tes faits glorieux,
Ne puisse plus jamais reparaître à tes yeux ?
Loin de toi ces pensers ! ressaisis ton courage :
Du succès à venir, ta défaite est le gage.
Car le sang qui t'anime et qui bout dans ton cœur,
Si fertile en héros, est celui de l'honneur.
Voyant ton ennemi, véritable vampire,
Qui, fort et triomphant, de la crainte s'inspire,
Et veut te mutiler, sucer ton dernier sang,
Pour t'empêcher un jour de reprendre ton rang ;
Ne sens-tu pas l'orgueil dire à ton sens intime,
Qu'un peuple ne suit pas un trône qui s'abîme ;
Que, s'il est fourvoyé, surpris par le destin
Pour reprendre sa voix, il se lève soudain ?...
Sache donc t'arracher aux vaines jouissances ;
De l'égoïsme impur, aux funestes engeances.

Recherche ton bien-être en plus nobles moyens ;
Unis de sentiments, montre tes citoyens ;
Cherchant la liberté, rejette la licence :
Il est de la grandeur jusqu'en l'obéissance ;
Sert le Dieu qui bénit tout généreux effort,
Qui sait faire aimer l'être et mépriser la mort.
Alors tu reviendras à cette nouvelle ère
Qui, voilant tes malheurs, te montrera prospère.
Et, forte pour la guerre et grande dans la paix,
Partout tu répandras ta gloire et tes bienfaits ;
Et ceux, qui dans des jours funestes à tes armes,
Ont répandu chez toi le ravage et les larmes,
Diront tout étonné dans leur confusion :
La France est bien toujours la grande nation.

Léon BAUX.

## LA CLAIRIÈRE.

*(Fantaisie en deux parties).*

### PREMIÈRE PARTIE.

#### I

Elle était là, pensive, en la verte clairière,
Et son front sur sa main se penchait tristement.
Au rendez-vous d'amour elle était la première,
Seule !... et ses yeux partout le cherchaient vainement.

Son coursier, haletant d'une course poudreuse,
Humait à pleins naseaux la brise du matin,
Et l'épagneul, aux pieds de la belle rêveuse,
Semblait attendre aussi quelqu'un dans le lointain.

A-t-il donc oublié les serments de la veille,
Le baiser frémissant et le dernier regard?
Pauvre fille ! en son cœur où la douleur s'éveille,
Doit-elle condamner l'infidèle en retard?

Le bonheur qu'on attend n'est-il donc qu'un mensonge,
Qu'un fantôme vers qui l'on tend en vains les bras ?
Au printemps de nos jours la vie est-elle un songe
Qui promet le plaisir et ne le donne pas ?

Chère enfant, une larme a mouillé ta paupière
Et ton sein se soulève oppressé de douleur.
Espère, l'espérance est l'ange tutélaire
Dont la main vient guérir les blessures du cœur.

Aux heures du péril l'amour a son étoile.
Vois Médor aux aguets. Bannis ton triste ennui.
Un rayon de soleil a déchiré le voile,
Belle, on t'aime encor, sois heureuse, c'est lui !

Soudain dans le sentier où la pauvre petite,
Mouillés de pleurs amers, laissait errer ses yeux,
Le fidèle épagneul cours et se précipite
En jetant aux échos ses aboîments joyeux.

Puis se fait entendre
Le trot d'un coursier,
D'un jarret d'acier
Foulant l'herbe tendre.

Plus de crèpe noir
Sur ce front si pâle.
L'angoisse fatale
Fait place à l'espoir.

C'est lui qui s'avance,
L'amant qu'elle attend,
Le sein palpitant,
Hélène s'élance.

O bonheur !
Il la presse,
Plein d'ivresse,
Sur son cœur.

II

Chère, s'écria-t-il dans ces douces étreintes,
J'ai dû livrer ton âme à de mortelles craintes,
Dans ta juste douleur que n'as tu reproché
A celui que tes yeux si longtemps ont cherché?

HÉLÈNE.

Hélas! aux cœurs aimants l'attente est douloureuse,
Mais vous voilà, Maurice, et je suis bien heureuse.
Au noble chevalier qui, de sa tendre voix,
M'a redit si souvent : je t'aime et que je vois
Dans les songes dorés d'un amour qui commence,
Qu'aurais-je à reprocher?

MAURICE.

                           Mon amour est immense,
Tu le sais, blonde enfant, je t'aime! tu sais bien
Que pour moi sans Hélène, en ce monde, il n'est rien.
Un jour, t'en souviens-tu? cette date m'est chère,
Je venais de revoir le foyer de mon père :
Page, puis écuyer, j'avais servi cinq ans
A l'antique manoir du sire de Clairvans.
Un jour dans ce bosquet, j'errais à l'aventure,
Du vent sous le feuillage écoutant le murmure.
Au détour du sentier, soudain, saisi d'émoi,
Je m'arrête : une femme était là devant moi :
Son front était si pur, sa marche si légère,
Que je crus voir un ange égaré sur la terre
C'était toi, mon Hélène. Et tout-à-coup poussé
Par je ne sais quel bras mystèrieux, j'osai,
Moi l'inconnu, brûlant d'une subite flamme,
A tes pieds adorés mettre toute mon âme.
Tu ne repoussas point ton esclave à genoux.

HÉLÈNE.

L'aurais-je pu? vos yeux brillaient d'un feu si doux!

MAURICE.

Et le sourire errait sur tes deux lèvres roses
Comme pour pardonner.

HÉLÈNE.

Vous me disiez des choses
Qu'on ne m'avait jamais, jamais dites, Seigneur;
Des choses qui portaient le trouble dans mon cœur.
Pareille à ces éclairs qui déchirent la nue,
Votre voix m'entr'ouvrait une vie inconnue,
Un Eden émaillé de verdure et de fleurs
Dont j'aspirais déjà les suaves senteurs.
Je m'éveillais enfin. Un flambeau salutaire
Dissipait devant moi les ombres du mystère.
L'aurore d'un beau jour dorait mon horizon.
Chrysalide fuyant mon étroite prison,
Je prenais mon essor vers ces clartés nouvelles,
Et comme un papillon, je déployais mes aîles.

MAURICE.

L'amour d'un ange tel que toi,
Ah! c'est le Ciel, ma chère Hélène.
Près de lui sur son trône un roi
Mit-il jamais plus belle reine?
Cet aveu si doux à mon cœur,
Cueilli sur ta bouche vermeille,
C'est la perle que boit l'abeille
Dans la corolle d'une fleur.

Pour te chérir, pour m'enivrer
De toi qui viens charmer mon rêve,
Pour être à toi, pour adorer
Nouvel Adam ma nouvelle Eve,
Pour toi j'ai fui tous mes plaisirs :
La chasse, autrefois mes délices,
Et les belliqueux exercices
Dont je remplissais mes loisirs.

6

Pourtant m'assaille chaque jour
Hélas! une triste pensée.
Sur mon sein embrasé d'amour
Le doute met sa main glacée.
Quand je regarde l'avenir,
J'ai comme un pressentiment sombre
Que ce bonheur ainsi qu'une ombre
Pour jamais va s'évanouir.

Et je tressaille et puis j'ai peur
Que ta main blanche que je presse,
Dans la main d'un rival trompeur,
Ne tombe, oubliant ma tendresse,
Et que tes yeux, tes beaux yeux bleus,
Qui comme l'astre au ciel scintillent,
A l'aspect d'un autre ne brillent,
Eteint pour moi, pauvre amoureux!

HÉLÈNE.

Que dites-vous? Qu'ai-je donc fait Maurice,
Pour m'attirer une telle injustice?
S'il existait un autre Dieu, c'est vous
Que je voudrais adorer à genoux.
Ah! d'un soupçon qui me déchire l'âme,
Vous payez donc une si vive flamme?

MAURICE.

Pardonne-moi, je ne suis qu'un ingrat.
En ce moment je sais que ton cœur bat,
Sincère et pur, pur comme la rosée
Que boit l'aurore en sa coupe rosée.
Tu ne connais ni ruse ni détours,
Mais, chère enfant, m'aimeras-tu toujours?...
Demain peut-être, ô crainte qui me glace!
Viendra l'oubli, l'oubli que tout efface.
Premier amour, c'est dans un doux sommeil
Le songe d'or que chasse le réveil.

HÉLÈNE.

Vous oublier ? Jamais, je vous le jure.

MAURICE.

Tu le promets, mais, Hélène es-tu sûre
Que ton vieux père, auprès de qui demain
J'irai tremblant solliciter ta main,
Par un refus brisant mes espérances,
Ne viendra pas accroître mes souffrances ?
Mais c'est affreux que d'y songer ! Te voir,
Toi, dans les bras d'un autre, ô désespoir !
Voir dans un jour mes rêves de jeune homme
S'évanouir ainsi qu'un vain fantôme,
Comme la fleur des pommiers odorants
Au mois de mai tombe au souffle des vents !
A ce destin je ne puis croire, Hélène,
Et de soucis pourtant mon âme est pleine.
        Pardonne-moi, j'ai tort !
La jalousie au cœur comme un serpent me mord,
Et de ce cœur brûlant où tu trônes en reine,
S'échappent malgré moi des effluves de haine.
Nuit et jour, je ne sais quel génie infernal
Place devant mes yeux l'image d'un rival.
Il est là, je le vois (et j'en frémis de rage)
Déposer à tes pieds son insolent hommage.

HÉLÈNE.

Ne parlez pas ainsi, seigneur.
    Cette mine assombrie,
    Ce regard me font peur.
    De votre bouche chérie,
Moi qui vous aime, en retour,
        Je ne veux entendre
        Que parole tendre
        Que soupir d'amour.

MAURICE.

Ce jeune chevalier qu'au château de ton père
Je vois entrer souvent, quand, timide amant j'erre
Autour du parc, en proie à de mortels ennuis ;
Cet obstacle maudit qui m'aigrit, m'exaspère,
Qui voile mes soleils et vient troubler mes nuits ;
Cet homme, cauchemar m'oppressant à toute heure,
Qui vit quand j'ai la mort dans l'âme et que je pleure ;
Ce rival détesté qui s'attache à tes pas,
T'offrant l'impur encens d'un amour sacrilége :
Ange, pour dissiper le doute qui m'assiége,
Dis-moi, répète-moi que tu ne l'aimes pas !

HÉLÈNE.

Vers l'inconnu, dont la vie est remplie,
Quand m'emportaient d'impérieux élans,
Je demandais, frêle roseau qui plie,
Un appui pour mes pas tremblants.

Et je vous ai rencontré sur ma route,
Et me tendant une robuste main,
Vous m'avez dit : Ma belle enfant écoute,
Viens, suivons le même chemin.

A votre voix a tressailli mon âme
Comme la feuille aux brises du printemps,
Et j'ai senti d'une divine flamme
S'embraser mon cœur de seize ans.

Je n'ai pas peur de votre œil noir qui brille,
De vos accents qu'on ne peut oublier ;
Car vous avez pour moi, naïve fille,
L'amour d'un loyal chevalier.

A vous seul donc les bras de votre Hélène,
Son cœur, sa vie à vous jusqu'au tombeau :
Lierre amoureux qui cherche le grand chêne,
Vigne qui s'attache à l'ormeau.

MAURICE.

Ange aux formes si belles
Qui viens charmer mes jours,
Oh! n'ouvre pas tes ailes,
Reste avec moi toujours.

De ses rayons d'or une folle ivresse,
Céleste soleil, inonde mon cœur.
Cet aveu si tendre, Eve enchanteresse,
Me fait à tes pieds mourir de bonheur.

Sur mes yeux troublés plus de voile sombre,
Plus de doute amer, de front soucieux.
L'amour a donné, jour qui chasse l'ombre,
A mon avenir des reflets joyeux.

A notre union bientôt plus d'entrave.
Ce n'est plus un songe. O destin bien doux!
Je vais donc pouvoir, en fidèle esclave,
T'adorer sans peur des regards jaloux!

III

De leur voix indiscrète
Les échos d'alentour
Répétèrent dans la coudrette
Le bruit harmonieux d'un long baiser d'amour.
Et nos amants, prenant une route contraire,
S'élancèrent au-trot, et la brise légère
Leur apporta longtemps, de plus en plus lointain,
Le murmure des mots : Espérance à demain!

DEUXIÈME PARTIE.

I

C'était un de ces jours d'automne
Où, comme à regret, aux vallons
Le soleil plus avare donne
D'obliques et moins chauds rayons.

Ephémère comme ses filles,
Le doux printemps sétait enfui.
Avec ses gerbes, ses faucilles,
L'été blond courait après lui.

Tapis émaillé que l'aurore
Frise de ses pleurs brillants,
Fleurs que le matin voit éclore
Pour nous charmer si peu d'instants.

Chant du barde des bois qui roule
Sa voix céleste dans la nuit,
Brise, capricieuse houle
Des grands blés que Phébus jaunit,

Ombrages frais où l'on échange
Serment d'amour vite oubliés,
Pampre vert, riante vendange,
Nectar qui bout dans les celliers.

Tout cela n'était plus qu'un rêve,
L'hiver lentement s'avançait,
Et, ce sang de l'arbre, la sève,
Paresseuse, s'engourdissait.

La feuille, funèbre valseuse,
S'amoncelait en tas pressés,
Et la nature, hier joyeuse,
Prenait le deuil des jours passés.

De notre vie ô triste emblème !
A peine goûtons-nous, hélas !
Au doux plaisir que la mort blème
S'apprête à tinter notre glas.

## II.

L'Astre-roi poursuivait sa brillante carrière,
De ses tièdes rayons inondant la clairière,
Cette clairière où, pleins de tendresse et d'espoir,
Nos deux jeunes amants s'étaient dit : Au revoir.

Il n'était déjà plus ce frissonnant feuillage,
Palais vert des oiseaux au ravissant ramage,
Harpe qui sous les doigts des zéphirs caressants
Murmure au créateur des hymnes incessants.
Dans sa ruche dormait l'abeille qui bourdonne
Et l'on n'entendait plus que le vent froid d'automne,
Dans les branches de l'arbre à demi-nu, gémir
De cet accent plaintif qui vous aide à dormir.

Une femme apparut, sa démarche était lente,
Tantôt elle avançait, tantôt pâle et tremblante,
Interrogeant l'espace, elle arrêtait ses pas.
On n'eût pas reconnu la pauvre Hélène, hélas !
Un long voile de deuil couvrait sa tête blonde.
Sur son front de seize ans une douleur profonde,
Un désespoir immense était venu tracer
Ces sillons que le temps ne peut pas effacer.
Ses yeux d'un bleu d'azur où brillait l'étincelle,
Quand Maurice à ses pieds lui disait : O ma belle,
Je t'aime ! maintenant, sous leurs longs cils baissés,
Pleuraient au souvenir de doux projets brisés.
Comme au printemps dernier seule elle était venue ;
Mais comme en ce jour-là pauvre fille ingénue,
Elle n'attendait plus un amant en retard.
Maurice était perdu pour elle ! son regard
Devait en vain chercher, à travers le bocage,
D'un être bien-aimé le souriant visage.
Dans le vide sa main devait chercher sa main,
Et c'était pour jamais ! Ah ! quel cruel destin
Avait soudain frappé la pauvre fiancée ?
Cette chaîne de fleurs, qui donc l'avait brisée ?
Et dans la coupe d'or, toute pleine de miel,
Qui donc avait versé le poison et le fiel ?

### III.

Hélène vint s'asseoir au bord de la clairière
Comme si le sommeil eût fermé sa paupière,

Son front dans sa main blanche, elle resta longtemps
Immobile, à rêver, hélas! à d'autres temps.
Puis secouant soudain sa morne rêverie :
Oh! ce que j'ai souffert dans mon âme meurtrie,
Ce que je souffre encor, qui le dira jamais?
Vous m'avez arrachée à tout ce que j'aimais,
Mon Dieu, comme la fleur, dès le matin cueillie,
Qu'à sa tige on arrache, à peine épanouie.
Pitié, je deviens folle! En mon cœur ulcéré
Versez, mon Dieu, versez votre baume sacré,
Et chez la pauvre amante, hélas! inconsolée,
Ramenez pour un jour l'espérance envolée.
Laissez Maurice un jour, laissez-le près de moi
S'agenouiller tremblant et me jurer sa foi.
Que je puisse un seul jour répondre à son sourire
Et céder aux transports d'un amoureux délire,
En voyant de ses yeux, ardents comme un tison,
Jaillir ce feu divin qui donne le frisson.
Lui, perdu pour jamais! Oh! non, c'est impossible.
On n'a pas eu pitié de mon âme sensible,
Maurice; on m'a trompée. Oh! oui tu reviendras
Consoler ton Hélène et frémir dans ses bras.
Tu me répéteras, de ton accent si tendre,
Les mots tristes et doux que tu me fis entendre
La veille de ce jour, ô jour de désespoir!
Où tu partis bien loin, sans me dire : Au revoir.

« Le soleil, au déclin de sa course brillante,
» Derrière l'horizon cache son disque d'or.
» Autour du lac d'azur la nature bruyante
      » Eteint son murmure et s'endort.

» C'est l'heure de l'amour, viens avec moi sur l'onde
» Où mon canot discret nous portera sans bruit.
» La rive est solitaire, allons bien loin du monde
      » Chercher le plaisir qui nous fuit.

» Viens, le roseau frissonne au souffle de la brise,
» Ainsi qu'un jeune sein à de premiers aveux.
» Phébé va nous prêter sa lumière indécise,
    » C'est le soleil des amoureux.

» Le soir il est si doux de soupirer ensemble,
» D'arracher au destin un lambeau de bonheur,
» De sentir dans sa main une autre main qui tremble,
    » Sur son cœur battre un autre cœur !

» La vie est un grand fleuve où mortel de tout âge
» Vogue sans pouvoir fuir l'abîme qui l'attend.
» Attachons notre esquif aux branches du rivage,
    » Ne fût-ce qu'une heure, un instant.

» Le plaisir ici-bas c'est un éclair qui brille,
» C'est le vent frais qui passe en un chaud jour d'été.
» Quand il est temps encore, aimons-nous, jeune fille,
    » Aimer c'est la félicité. »

L'amour c'est le bonheur, me disais-tu, Maurice,
Pourquoi si tôt hélas ! faut-il que tout finisse ?
Qu'un doux passé s'efface et qu'un triste avenir
Vienne changer l'espoir en amer souvenir ?.....
Mon Maurice est parti pour une grande guerre
Où le roi l'appelait, et près de son vieux père,
En brave il est tombé, lui si jeune et si beau !
La mort au champ d'honneur a creusé leur tombeau.
Il n'est plus. C'est fini !... L'attente est insensée,
Fanez-vous blanches fleurs qui parez l'épousée,
Désormais mon époux à moi, c'est le trépas,
O pâle mort, en toi je trouve des appâts.
Sombre libérateur, oh ! viens, toi que j'implore,
M'endormir pour toujours dans ton linceul glacé.
    Mourir c'est être heureux encore,
Car l'oubli dans les cœurs par la mort est versé.

    Fraîches fillettes du village
    Qui courez dans le pré fleuri,

Pour qui bientôt va venir l'âge
De choisir un tendre mari,
Quand le plus beau dans la chapelle
Vous conduira tremblant d'émoi,
O vous que le plaisir appelle,
    Plaignez-moi, plaignez-moi.

Quand sous le voile du mystère
Dieu rendra votre amour fécond,
Quand vous sourira, jeune mère,
Un petit enfant rose et blond ;
Quant aussi de la pauvre Hélène
Tintera le glas au beffroi,
Vous dont l'âme de joie est pleine,
    Plaignez-moi, plaignez-moi.

### IV.

Tandis que, poursuivant sa triste rêverie,
Hélène s'endormait sur la mousse flétrie,
    Le sein gonflé de soupirs douloureux,
Un homme jeune encore, aux vêtements poudreux,
    Vint à passer dans la clairière.
Il était abattu de fatigue et d'ennui.
Le chagrin, ce génie à la main meurtrière,
    S'était apesanti sur lui ;
Et le front vers la terre et le regard sans flamme,
Morne et sombre, il marchait ainsi qu'un corps sans âme.
Il s'arrêta soudain et comme réveillé
Dans ce bois de verdure à moitié dépouillé,
Le voyageur avait reconnu sur sa route
Des lieux qui rappelaient un souvenir sans doute
Empreinte fugitive, un sourire attristé
    Vint effleurer sa lèvre pâle :

        Te voilà donc, ô clairière fatale
        Où je connus de la félicité
        Le prisme aux doux reflets d'opale,

Clairière où je trouve aujourd'hui
La douleur, l'éternel ennui !

Ici même, à peine au seuil de la vie,
Une blonde enfant m'apparut un jour.
Elle m'entrouvrit de sa main bénie
Les trésors charmants d'un premier amour.

A moi seul, sa voix, frémissante lyre,
Murmura tous bas un naïf aveu,
Je vis, à travers son divin sourire,
Dans mon ciel si sombre un petit coin bleu.

Mais devrait-on croire au bonheur sur terre ?
Qnand, remplis d'espoir, nous touchons au port,
Le destin jaloux brise comme verre
Le frêle vaisseau de nos rêves d'or.

Qui me les rendra ces jours où la peine
S'enfuyait bien loin, ces jours où j'aimais ?
Qui me parlera de ma pauvre Hélène ?
Est-elle pour moi perdue à jamais ?

Après six longs mois je reviens de guerre,
Là-bas sont tombés bien des chevaliers,
Le bruit de ma mort a couru naguère,
Et les morts, hélas ! sont vite oubliés.

Hélène a pleuré, mais tout fuit, tout passe,
Et le temps emporte en son tourbillon
Plaisirs et regrets !... Dans son cœur de glace
Pour moi reste-t-il un léger sillon ?

Aux bras du rival que ma haine ardente
Poursuit en tout temps, partout, nuit et jour,
D'ici je la vois, oublieuse amante,
Renier heureuse un passé d'amour.

Oh ! pourquoi le fil de mon existence,
Ne l'ont-ils là-bas qu'à moitié tranché ?
Pourquoi dans la tombe, où meurt la souffrance,

Dieu ne m'a-t-il pas à jamais couché ?.....

Près de moi je vis tomber mon vieux père,
Mais pour moi la mort ne fut qu'un sommeil,
Je rouvris les yeux à la vie amère :
Mourir n'eût-il pas valu ce réveil ?

Maintenant, hélas ! je suis seul sur terre,
Plus un mot d'amour pour mon cœur en deuil,
Et j'arriverai, triste et solitaire,
Au bout du chemin qui mène au cercueil !.....

Mais peut-être aussi mon Hélène est-elle,
Au bruit de ma mort, morte de douleur ?
Elle m'avait tant, souriante et belle,
Juré que moi seul possédais son cœur !

Ah ! que je voudrais croire en ma souffrance,
Que pour son Maurice elle a pu mourir !
Mon Dieu, puisqu'en moi s'éteint l'espérance,
Laissez-moi du moins un doux souvenir.

Mais que vois-je ? une femme ! oh ! ma tête se brise.
C'est impossible, non, non, c'est une méprise.
Mais... c'est elle ! Elle ici ! Mon bonheur m'est rendu,
Oh ! viens que dans mes bras je te presse éperdu.
Mon Hélène, c'est moi, Maurice, qui t'adore,
Qui reviens pour t'aimer..... et pour t'aimer encore.
Mais regarde-moi donc, Hélène, réponds-moi
Oh ! quel est ce regard qui me glace d'effroi ?

HÉLÈNE, sans le remarquer.

Le plaisir ici-bas, c'est un éclair qui brille,
C'est le vent frais qui passe en un chaud jour d'été,
Quand il est temps encore, aimons-nous, jeune fille,
    Aimer c'est la félicité.

MAURICE.

Oh ! Mais ce n'est plus là ma tendre fiancée ?
Réponds-moi, mon Hélène......O terrible pensée

Qui me vient à l'instant ! Fatal éclair ! Horreur !
Folle !... Folle !... Prenez pitié de moi, Seigneur.

HÉLÈNE.

Quand sous le voile du mystère
Dieu rendra votre amour fécond,
Quand vous sourira, jeune mère,
Un petit enfant rose et blond ;
Quand aussi de la pauvre Hélène
Tintera le glas au beffroi,
Vous dont l'âme de joie est pleine,
Plaignez-moi, plaignez-moi.

MAURICE.

Folle !.....

HÉLÈNE. devenant joyeuse tout à coup.

Beau chevalier, avez-vous vu Maurice ?
C'est mon amant. Avant que le jour ne finisse,
Là haut dans la chapelle on va nous marier.
Je l'aime ! Parlez-moi de lui, beau chevalier.

MAURICE.

Mais c'est moi ton Maurice. O démence fatale !
C'est la perdre deux fois !... Mais elle devient pâle,
Quel malaise soudain a contracté ses traits ?
Ses yeux bleus sont hagards, couverts d'un voile épais.
Qu'as-tu donc, mon Hélène, objet de ma tendresse ?

HÉLÈNE.

Oh ! je souffre ! J'ai là comme un poids qui m'oppresse.
Pourquoi ne vient-il pas ? Je souffre bien, mon Dieu !
Maurice... je t'attends... amour... toujours... adieu !!...

MAURICE, désespéré.

Morte, ma fiancée ! et sans me reconnaître !
Sans qu'un dernier baiser eût fait frémir mon être !
Morte ! et sur cette terre il faudra rester seul,
Sans amour, sans espoir ! Ah ! le même linceul
Doit nous couvrir tous deux de son ombre éternelle.
Le bonheur ici-bas n'était pas fait pour nous.

La tombe demain sera la chapelle
Où je deviendrai son époux.

### V.

Pour finir cette triste histoire,
Le glas tinta deux fois au beffroi du château,
Et pour honorer leur mémoire,
Les jeunes filles du hameau
Firent bâtir un oratoire
Dans la clairière où nos amants
Connurent de l'amour la joie et les tourments.
Chaque fois qu'un hymen s'apprête,
On y voit la jeune fillette
Pour prier Dieu venir s'agenouiller.
Seigneur, donnez-moi, dit-elle,
Un époux aussi fidèle
Que le pauvre chevalier.

CHARLES BLANCHOT.

## LE PRINTEMPS.

Viens avec moi, mignonne,
Le ciel est radieux;
L'oiseau des bois entonne
Ses chants harmonieux.
Du vert feuillage
Le frais ombrage
Nous appelle tous deux.

Vois, le printemps se pare
De ses plus beaux atours.
Partout il se prépare
A fêter nos amours.
Son doux sourire

Vient nous prédire
Le plus heureux des jours.

Sur son manteau chatoient
Les rubis, les saphirs,
Et ses cheveux ondoient
Au souffle des zéphirs.
Et sa main blanche
Vers nous se penche
Nous montrant les plaisirs.

Sous les grands saules, l'onde
Du ruisseau clapotant
Serpente, vagabonde,
Et fuit en murmurant.
Dans l'herbe verte
L'abeille alerte
Bourdonne en butinant.

Au ciel pas un nuage
Ne suspend ses flocons ;
Phébus dans le feuillage
Filtre ses blancs rayons,
Et l'aubépine
Et l'églantine
Embaument les buissons.

Fuyons, loin de la ville,
L'œil jaloux des méchants.
Ah ! le bonheur tranquille
Ne se trouve qu'aux champs.
Là bas tristesse,
Ici sans cesse
Des plaisirs renaissants.

Que sur ta bouche rose,
Au sourire joyeux,
Pour moi qui t'aime éclose

Un chant mélodieux.
   Mignonne, chante,
   Ta voix m'enchante,
Me fait rêver des cieux.

N'est-ce pas le ciel même
Que je trouve en ce lieu?
Un ange est là qui m'aime,
Ange envoyé de Dieu,
   Qui s'abandonne
   Et qui frissonne
Sous mes baisers de feu !

Quand l'amour sans partage
Tient son trésor ouvert,
Profitons du jeune âge
Et du bocage vert :
   Trop tôt, mignonne,
   Viendront l'automne
Et les glaces d'hiver.

CHARLES BLANCHOT.

## LES DIEUX DE LABAN

Laban, le syrien, accourt à perdre haleine :
« Avez vous vu Jacob défiler dans la plaine?
» Ses chars et ses troupeaux ont dû passer ici,
» Ses nombreux serviteurs et ses femmes aussi,
» Comme un butin de guerre il emmène ma fille !
» Arrêtez le! Vengez les pères de famille !
» Les toits hospitaliers! car cet hôte odieux,
» En fuyant dans la nuit a dérobé mes dieux !
Laban poursuit toujours, le soir devient plus sombre,
Et le mont Galaad va couvrir de son ombre,

La caravane ; alors Laban doublant le pas,
Dit : « sa tente est debout, il n'échappera pas !
» Les voilà ! » Mais bientôt il sent fuir sa colère,
Car, dès les premiers mots, Jacob répond : « Mon père,
» Voyez, mettez à mort ceux qui vous ont volé,
» Et que justice faite, il n'en sois plus parlé.
» Venez donc. » On agit, on fouille, l'on secoue !
Tentes, tapis, étoffe et lit ; l'ombre se joue
Des chercheurs, car depuis les chameaux jusqu'au chien,
Laban fait tout lever, et ne retrouve rien !...
L'histoire dit pourtant que Rachel en sa robe,
Avait caché les Dieux !.. Mais ici se dérobe
L'austère vérité, dont la lointaine voix,
Malgré la nuit des temps, se révèle parfois.
Il restait une tente ; on soulève sa toile ;
C'est là que dort Rachel couverte de son voile,
Pendant que le grand mont aux baumes enivrants,
Comme un chant monotone écoule ses torrents.
Rachel est endormie, et pourtant une larme
Tremble au bord de ses cils. Quel était donc le charme,
Que possédait Rachel ? Belle et tendre à la fois !
Son époux à Laban dut la payer deux fois !
Ses fils dorment aussi, Joseph est auprès d'elle,
Benjamin sur un cœur, tendant vers la mamelle ;
Sa frêle bouche rose et Laban a cru voir,
Que l'exil sur ce front jetait un reflet noir.
« Oh ! dit-elle, en son rêve, oui, l'absence est amère !
Laban s'approche encor, la baise : Pauvre père !
Et dans un long sanglot s'écrie avec douleur :
« Je me trompais, tu n'as emporté que mon cœur !

. . . . . . . . . . . . . . .

Oh ! croyez-moi, Laban, elle a votre croyance,
Puisqu'elle a votre cœur ; pour vous plus d'espérance
Car toujours les enfants, dans leurs cruels adieux
De leur malheureux père, emporteront les Dieux !

Comte de SAINT-JEAN.

## LA SENSITIVE ET LE CHARDON
Fable.

Un Chardon, qui vivait près d'une Sensitive,
    Voyant qu'elle était si craintive,
    Lui fit entendre ce discours :
« La main de l'étranger t'effraîra donc toujours ?
Au moindre attouchement ta feuille se replie
    Par une sotte modestie.
Prends exemple sur moi : qui me touche est blessé ;
Le doigt qui me tourmente est bientôt expulsé
    Par mes épines vengeresses. »
« A mon ressentiment vainement tu t'adresses, »
Répond la Sensitive à son piquant voisin ;
« De nuire ou d'offenser jamais je n'eus dessein.
Chez toi, c'est différent. Caractère féroce,
Tu peux être puni par une mort atroce. »
    Pendant qu'ils disputaient ainsi,
    Un jardinier, d'une bêche muni,
Arrive en cet endroit, et voyant cette plante,
    Qui lui montrait sa branche menaçante,
        Il l'arrache soudain,
    Puis en délivre le jardin.

    La Sensitive est la grâce pudique,
Ce meilleur ornement d'une jeune beauté :
    Le Chardon, c'est l'esprit caustique,
    Fléau de la société.
    Celui que cet esprit anime,
    En est tôt ou tard la victime.

Casimir CORNE.

## LA FATALITÉ.

Qui donc es-tu, Génie aux bizarres caprices ?
D'où viens-tu ? D'où sors-tu ? Qui te donna le jour ?

Sors-tu du Ciel? Sors-tu de profonds précipices?
Es-tu le Bien, le Mal, ou la Haine, ou l'Amour?...
Quel est ton nom?... — Ta voix tantôt grave et sonore,
Tantôt triste, tantôt terrible en ses accents,
Fait rire, fait pleurer et fait aimer encore!...
O toi de qui l'on craint les arrêts tout-puissants,
Es-tu la Mort, la Vie? Ou bien n'es-tu qu'un Songe,
Un sombre mot qu'à fait l'imagination?
Es-tu la Vérité? N'es-tu que le Mensonge,
La Tristesse, la Peur ou l'Aberration?...

— Je suis de l'Univers la Loi majestueuse!
Je suis le doigt de Dieu! — Je vis d'éternité!...
Je suis l'espoir, la foi de l'âme vertueuse,
Mais l'effroi des pervers ; j'ai nom : « Fatalité! »

A.-Désiré COHEN.

## La Voix du Progrès.

—

« Je marche à travers les ténèbres
Fendant l'immensité des nuits ;
Sans craindre les esprits funèbres,
J'écoute leurs voix et leurs bruits!

» Je m'avance — et rien ne m'arrête!...
Vers le bonheur, vers la clarté ;
J'entends l'orage sur ma tête,
Au loin je vois la Liberté!

» Les ronces remplissent ma route :
Je les foule aux pieds sans frémir !
Et du triomphe je ne doute,
Car je marche vers l'avenir ! »

A.-Désiré COHEN.

# LA REVANCHE

DÉDIÉE AU PEUPLE ALLEMAND

*Bellum est crimen.*

Rome, de ton César, vante moins la mémoire;
France, ne parle plus de ton Napoléon,
D'Alexandre-le-Grand, ô Muse de l'histoire;
    Cesse de nous citer le nom.
Comparés à l'illustre, au vaillant roi Guillaume,
    Qui sut adjoindre à son royaume
    Tant de pays par lui conquis,
Ces guerriers, qui jadis eurent quelque importance,
Dont on prôna par trop l'éphémère puissance,
    Auprès de lui sont des *conscrits*.
Il est vrai que toujours ils assistaient eux-mêmes
Dans l'affreuse mêlée aux plus sanglants combats;
Que le glaive à la main, dans les dangers extrêmes,
    Ils marchaient avec leurs soldats;
Que sur le champ d'honneur, quand parfois leur armée
    Etait sur un point comprimée,
    A l'instant même ils accouraient,
Et savaient, par l'effet de leur seule présence,
Dissiper la frayeur, ranimer la vaillance
    Des légions qui faiblissaient.

Guillaume n'admet point cette vieille tactique.
Lorsqu'un jour de bataille il voit un beau palais,
Il y fixe aussitôt son quartier stratégique,
    Surtout s'il est loin des boulets.
C'est de là, qu'inspiré par ses dignes ministres,
    Il dicte ses ordres sinistres,
    Qui sont de tous côtés transmis,
Prescrivant, avant tout, de ne pas faire battre
Ses dociles guerriers s'ils ne sont au moins quatre
    Contre un des soldats ennemis.
C'est là pendant l'hiver, tandis que ses cohortes

Cheminent dans la neige ou dorment en plein champ,
Que ce héros, pour qui sa garde veille aux portes,
 En face attaque vaillamment
Et le faisan doré que la truffe accompagne,
 Et le plus fort vin de champagne
 Qu'il fait réquisitionner,
Puis, déployant alors son plan géographique,
A l'infernal Bismark, au vieux Moltke il indique
 Les villes qu'il faut rançonner.
« Dissimulons, dit-il, en toute circonstance,
» Sous un voile imposteur, tous nos moindres desseins ;
» Tâchons d'avoir pour nous du bon droit l'apparence,
 » Tout en insultant nos voisins.
» Afin de motiver d'un pays la conquête,
 » Trouvons d'abord dans notre tête
 » Une querelle d'allemand,
» Et si chez l'ennemi monte au nez la moutarde,
» Accourons à la hâte, avant qu'il soit en garde ;
 » Tombons sur lui subitement.
» Rejetons loin de nous ces sots pactes de guerre
» Amolissant le cœur par trop d'humanité.
» Pour triompher il faut faire usage, au contraire,
 » De la plus dure cruauté ;
» Sans cesse recourir aux ruses infernales ;
 » Des lois internationales
 » Enfreindre les conditions ;
» Au mépris des traités faits avec la puissance,
» Transporter au besoin dans nos chars d'ambulance,
 » Boulets, poudre et munitions.

» Usons, usons, pour mieux obtenir la victoire,
» Des moyens plus ou moins condamnés par l'honneur.
» L'on est toujours comblé de dignité, de gloire,
 Dès le moment qu'on est vainqueur.
*Je veux,* par mes exploits, grâce à Dieu, je l'espère,
 Assujettir l'Europe entière,

Seul avoir l'empire des mers,
» *Je veux* que Berlin soit, que bientôt il devienne,
» Des peuples asservis, la cité souveraine,
» Qu'il commande à tout l'Univers. »
*Je veux...* dis-tu, tyran, mais vois donc la lumière
Qu'en éclatants rayons répand la liberté.
Pénétrer chez ton peuple en vaillante guerrière
Y tuer la servilité.
En vain tu chercheras à river les entraves,
Les fers de tes sujets esclaves;
Tes efforts seront impuissants.
Fatigués de ton joug, dans un moment suprême,
Ils briseront un jour ton nouveau diadème,
Jetteront ses débris aux vents.

Alors nous leur dirons : « Entre nous plus de haines,
Plus de dissensions, de guerre désormais.
Frères, vous avez su rompre de lourdes chaînes,
Sachez maintenant vivre en paix ;
Que désormais un chef intelligent et sage.
Elu par le public-suffrage
Guide les peuples allemands,
Fasse fleurir les arts, l'agricole industrie,
Et que chaque Etat n'ait, pour toute artillerie,
Que d'aratoires instruments.
Vous n'aurez plus alors, habitants des campagnes,
Artistes, ouvriers, commerçants, laboureurs,
A quitter vos foyers, vos enfants, vos compagnes,
Et vos inachevés labeurs,
Pour aller affronter, sur les champs de bataille,
Et les boulets et la mitraille
De mille meurtriers engins ;
A laisser après vous, de douleurs accablées,
Vos familles en deuil, des veuves désolées,
Et d'infortunés orphelins. »

Nous pourrons, délivrés du fléau de la guerre,

De ses pesants impôts dégrevant nos budgets,
Aider ceux que le sort, souvent bien arbitraire,
   Prive de ses moindres bienfaits;

Nous pourrons procurer, au plus humble village,
   L'inappréciable avantage
   D'une solide instruction;
Répandre dans les cœurs, dès la plus tendre enfance,
Les germes des vertus et la pure semence
   D'une douce religion.
Jouir des libertés sagement circonscrites,
Vous voir ne plus prétendre à nos bien chers pays,
Du plus infime Etat respecter les limites,
   Vivre en bons voisins, en amis;
Voir établir partout le vote populaire,
   Solide appui, pierre angulaire
   De tout libre gouvernement;
Voir en un mot chez vous surgir la République,
Voilà quels sont nos vœux et la revanche unique
   Que nous désirons ardemment..

(Yonne.)                          G. CHEVALLIER.

## LA MORT DE CHARLES III, DIT LE SIMPLE

### DANS LE CHATEAU DE PÉRONNE EN 929..

Monologue historique en vers, pour le Théâtre. Le théâtre représente un cachot du château de Péronne. Distribution : Le Roi, un Geolier.

LE ROI.

Que je souffre, mon Dieu, dans cet antre fétide!
C'est en vain qu'étendu, sur cette paille humide,
Je cherche à reposer mon corps endolori.
Les miasmes impurs de ce cachot pourri
Et cette humidité des voûtes dégouttante,
Allument en mon corps la fièvre dévorante
Qui me torture, hélas! par d'atroces douleurs.
Mon martyre a tari la source de mes pleurs;

Le sommeil a quitté ma brûlante paupière,
Et mes yeux, si longtemps privés de la lumière,
S'éteignent tous les jours dans cette sombre nuit.
A quel affreux état, mon Dieu, suis-je réduit?
Je me sens défaillir, et mes membres débiles,
N'ont plus de mouvement que des spasmes fébriles.
Ma marche est chancelante, et d'un pas incertain,
Je parcours maintenant ce sombre souterrain.
Je le sens, chaque jour mes forces m'abandonnent,
Et du froid de la mort tous mes membres frissonnent;
Ces fers me semblent lourds, et mes bras impuissants,
Fatigués de leur poids, retombent frémissants;
Pour implorer la mort, mes deux mains défaillantes,
Vers vous, ô Dieu puissant, s'élèvent suppliantes.....
Cette mort dont le nom inspire la terreur,
Que l'infortuné même évite avec horreur,
Je la vois s'avancer pour combler mon attente;
Je lui souris, l'appelle et la trouve trop lente.

. . . . . . . . . . . . . . . . .

En ce monde d'exil tout homme a ses douleurs,
Tout homme a ses tourments et même ses malheurs;
Mais la fatalité, terrible, inévitable,
Qui pèse sur un homme et qui toujours l'accable,
Vient le prendre au berceau, puis s'attache à ses pas,
Pour ne le plus quitter qu'à l'heure du trépas.
J'ai vécu cinquante ans; je suis né roi de France,
Et, dès mes premiers ans, j'ai connu la souffrance.
J'étais marqué du sceau de la fatalité,
J'ai vécu malheureux, de tout déshérité.

. . . . . . . . . . . . . . . . .

Dès l'enfance exilé bien loin de ma patrie,
Je vis bientôt mon âme au malheur aguerrie.
Abandonné, trahi par les puissants seigneurs
Tous ligués contre moi, félons usurpateurs,
J'étais seul, sans amis pour prendre ma défense,

Et soutenir mes droits au royaume de France.
Pourtant, j'étais l'unique et direct héritier
Du plus grand de nos rois, du plus vaillant guerrier :
De Charlemagne enfin, dont l'éclatante gloire.
A l'immortalité portera notre histoire :
J'avais même des droits au titre d'Empereur.
Titre qu'avait conquis son insigne valeur...
Enfin, quelques seigneurs, soumis et pleins de zèle.
Se faisant défenseurs d'une cause si belle.
Agirent de concert et s'unirent à moi
Pour me rendre le trône et le titre de roi.
Mais Eudes le régent, usurpant la couronne.
Avec acharnement me disputa le trône :
Bien qu'on me reconnut dans le royaume entier
Pour le seul souverain qui de droit put régner,
Il marcha contre nous, et cette troupe altière
Nous repoussa bientôt jusque sur la frontière.
Là, je fus soutenu par quelques souverains :
Le roi de Germanie et celui des Lorrains :
Eudes, craignant alors une lutte fâcheuse.
Me laissa gouverner de la Seine à la Meuse.
Au bout de quelque temps, la mort l'ayant frappé.
Je reconquis mon droit si longtemps usurpé.

. . . . . . . . . . . . . . .

Libre, dès ce moment, de gouverner en maître,
Je croyais que pour moi le bonheur devait naître :
Mais mon espoir fut vain, car le parfait bonheur
Ne gît pas sur un trône au sein de la grandeur.
Roi !... Que ce titre est beau !... L'homme l'ambitionne.
Fasciné par l'éclat de la gloire qu'il donne.
Il ignore qu'un roi, puissant, comblé d'honneurs.
Sous la pourpre souvent cache bien des douleurs.
Il ignore, en un mot, qu'un roi, c'est un esclave
Qui ne peut faire un pas sans trouver une entrave.
Un roi n'a pas d'amis, car tous ces courtisans

Qui peuplent son palais, comblés de ses présents,
Se courbent devant lui le front dans la poussière,
Aspirant à l'honneur d'une gloire éphémère.
Mais, s'il voulait chercher sous ce masque trompeur
Cette franche amitié qui fait battre un grand cœur,
Il ne rencontrerait, dans cette multitude,
Que la soif des honneurs, la noire ingratitude.

. . . . . . . . . . . . . . . .

Un roi, je le comprends, est envié de tous ;
Ce n'est qu'un homme, un autre en peut être jaloux,
Car lorsque l'Eternel, dans sa Toute-Puissance,
Jugera les humains au jour de délivrance,
Devant lui, riches, grands, humbles, pauvres et rois
Deviendront tous égaux sous ses divines lois.
Qu'il est heureux celui dont l'obscure naissance
Place loin des soucis d'une vaine puissance,
Auprès d'un souverain entouré de flatteurs
Et traînant après lui le fardeau des grandeurs.
L'homme obscur est heureux ; car sous son toit de chaume
Résident deux trésors plus riches qu'un royaume :
Il trouve le bonheur, il trouve des amis !
Au contraire, chez nous, sur les marches assis,
Le bonheur, des palais, ne peut franchir les portes,
Et des tristes tourments les nombreuses cohortes
S'y pressent tous les jours et n'en sortent jamais.
Bonheur !... illusion !... qu'autrefois je cherchais
Et demandai souvent à Dieu dans ma prière ;
Mais qu'il ne m'enverra qu'à mon heure dernière.....
Oui, j'ai tout enduré, chagrins, misère, exil.
J'ai souvent des combats affronté le péril ;
Mais Dieu ne voulut pas par une mort guerrière
Terminer les tourments de ma triste carrière :
Terrible destinée ! O souvenirs cuisans !
Que je poursuis en vain et qui sont là présents.
Gisèle, mon enfant, pauvre sainte, cher ange

Qui doit goûter au Ciel un bonheur sans mélange,
O toi, qui fus toujours ma joie et mon orgueil,
Noble et pur rejeton de ton cinquième aïeul, (*)
Immolant ton bonheur à ton père, à la France,
Tu voulus, de Rollon acceptant l'alliance,
Assurer au pays une tranquille paix.
Mais toi, pauvre victime, au fond de son palais,
En butte à sa colère, à sa fureur sauvage,
Tu terminas bientôt ce pénible esclavage.....
La mort me l'a ravie, et mon cœur ulcéré,
D'un chagrin éternel fut alors dévoré.
Brisé par la douleur, je ne pouvais répondre
A tous les ennemis qui sur moi venaient fondre;
J'ignorais leurs complots et je ne voyais pas
Cet abîme profond qu'ils creusaient sous mes pas.
Un homme cependant tenait tête à l'orage :
Mon ministre Aganon, fidèle autant que sage,
Opposant son courage à toutes mes douleurs,
Combattait à lui seul tous les puissants seigneurs.
Lui, pourtant, n'était pas d'une illustre naissance ;
Sorti du sein du peuple il acquit sa puissance
Au prix de ses talents, et par son noble cœur.
Toi, tu devais aussi connaître le malheur,
Homme juste et loyal dont le mâle courage
Se vit récompensé par un sanglant outrage.
Dépouillé, dégradé, chassé honteusement,
On te fit de l'exil endurer le tourment ;
Et moi, ton roi trop faible et sans reconnaissance,
Je laissai s'accomplir cette basse vengeance.
C'est alors que Robert, d'Eudes le successeur,
D'un infâme complot révéla la noirceur.
Il marcha jusqu'à Reims et reçut la couronne,
Se disposant bientôt à me chasser du trône.

(*) Charlemagne, roi de France.

Alors plein d'une ardeur qu'on ne peut surpasser
J'arme quelques soldats, je vais le devancer.
Je puise dans mon droit un généreux courage,
A travers l'ennemi je me fraie un passage,
Cherchant Robert de l'œil, semant partout la mort.
Mais il m'a deviné, bientôt des rangs il sort ;
Déjà se préparant au coup qu'il prémédite,
Le traître avec fureur sur moi se précipite ;
Une égale fureur nous anime tous deux.
Je pousse mon cheval par bonds prodigieux ;
Je l'atteins, je le frappe, et cette armée entière
Voit son chef expirant, rouler dans la poussière.

. . . . . . . . . . . . . . .

Cependant mes soldats, par le nombre pressés,
Sont en moins d'un instant vaincus et dispersés.
Comme ils avaient juré de prendre ma personne
Herbert-de-Vermandois, le seigneur de Péronne,
Un des douze félons acharnés contre moi,
Par une trahison se saisit de son roi.
Il m'offrit des secours et son toit pour asile.
Confiant, j'acceptai... cette âme lâche et vile
Trahit les droits sacrés de l'hospitalité ;
Dans ce sombre cachot je fus précipité.....
J'ai sept ans habité cette triste retraite,
Sur la pierre sept ans j'ai reposé ma tête ;
Pendant sept ans, enfin, dans cet affreux tombeau,
Mangeant de ce pain noir, ne buvant que de l'eau,
J'ai combattu l'ennui, j'ai vaincu la souffrance,
Car mon cœur jusque là vécut par l'espérance.....
Maintenant, c'en est fait... depuis cet heureux jour
Où je fus arraché de ce hideux séjour,
Alors que, me flattant par des promesses vaines,
L'infàme et faux Herbert vint m'enlever mes chaînes.
De quelle émotion fut pénétré mon cœur !
Quand de l'obscurité je désertai l'horreur,

Quand je vis le soleil et la belle nature
Brillante sous l'éclat de sa riche verdure !
Je respirais l'air pur, et mon corps languissant,
Réchauffé par les feux d'un soleil bienfaisant,
Après tant de douleurs renaissait à la vie.
Oh ! je me sentais libre, et mon âme ravie
Oubliait ses chagrins et rêvait au bonheur,
A ce bonheur si pur sans faste ni grandeur
Qu'on trouve auprès de Dieu dans une solitude.
Mais bientôt arraché de ma béatitude,
Renfermé de nouveau dans ma froide prison,
De l'affreux désespoir je connus le poison.
Non !... je n'espère plus !... Sans force et sans courage,
Je trouverai bientôt la mort sur mon passage ;
Oui, je la sens venir ; du fond de ces cachots
Herbert n'entendra pas mes cris ni mes sanglots.
Je vais donc mourir seul, privé de la prière
Qu'un prêtre va porter quand vient l'heure dernière,
A l'homme le plus pauvre, au dernier des humains.
Je ne connaîtrai pas les effets souverains
De ce baume divin de la prière sainte,
Qui porte l'âme à Dieu comme une douce plainte.....
Mais quel est donc ce bruit ?... On descend l'escalier...
Juste Ciel ! Quelqu'un vient, je crois... c'est le geôlier...
« Tôt allez chez Herbert, dites à votre maître
» Que son roi va mourir et qu'il demande un prêtre. »

LE GEOLIER, *qui a déposé sur la scène une cruche et du pain, dit avant de se retirer :*

Pauvre fou !...

LE ROI.

« Fou ! Voilà comme depuis sept ans,
» A mon peuple abusé, mes odieux tyrans,
» Par cette calomnie, expliquent mon absence :
» Il est fou, disent-ils, ce pauvre roi de France ! »

Que je souffre!... Ma tête!... O mort, viens, je t'attends...
Ah! Seigneur, permettez qu'à mes derniers instants
Je me confesse à vous, ô mon souverain maître;
A vous, aux pieds de qui je vais bientôt paraître.
Mon Dieu! j'ai bien souffert; de poignantes douleurs
M'ont, dès mes premiers ans, fait verser bien des pleurs!
Et j'ai tout enduré comme une pénitence,
Ne murmurant jamais contre la providence.....
Oui, j'aurais... Ah douleur!... Dieu bon et tout-puissant,
Mettez un terme aux maux du pauvre agonisant.....
J'aurais pu bien souvent, détestant la lumière,
Briser ma tête ici, contre l'humide pierre;
Mais lâches sont ceux-là qui se donnent la mort,
Car Dieu seul ici-bas peut disposer du sort.
Il est plus beau, plus grand, d'endurer la souffrance,
Que d'abréger soi-même une triste existence.....
Mon Dieu! pardonnez-moi tous mes égarements;
Pardonnez ma faiblesse et mes emportements;
Epargnez à mon fils les tourments, la misère,
Dont le fardeau pesa sur son malheureux père;
Et si le sort un jour l'appelle à gouverner,
Daignez, Seigneur, daignez ne pas l'abandonner.. ..
Mais ma tête se perd, et d'épaisses ténèbres
M'enveloppent partout de leurs ombres funèbres.
Ah! je me meurs... Herbert, mon infâme bourreau,
Avant que de franchir les portes du tombeau,
Ton roi, que tu trahis et qui fut ta victime,
En priant Dieu pour toi t'a pardonné ton crime.....
D'où vient ce changement! Quels sons pleins de douceur
Semblent venir des cieux, et parler à mon cœur.
Oui, c'est la voix d'un ange! Il s'avance, il m'appelle,
Pour me conduire au sein de la gloire éternelle.....
Mon âme... je le sens... monte vers le Seigneur
Au milieu des accords d'un concert enchanteur.....
Adieu, terre d'exil, adieu, séjour de larmes,

D'un bonheur éternel je vais goûter les charmes.
Tout fuit... Tout disparaît à mon œil obscurci.....
Ah!... je me sens mourir!... merci! mon Dieu, merci!!!

Alfred DUFOUR.

## L'Indiscret.

(FABLE).

Deux renards avaient vu, dans une basse-cour,
    Si nombreuse et belle volaille,
Qu'ils avaient résolu, dès la pointe du jour,
    D'y revenir faire ripaille.
    On devait garder ce secret
Si bien que de ce point, autant que de l'adresse,
    La réussite dépendrait.
Mais l'un d'eux, par malheur dépourvu de finesse,
  Contrairement aux gens de son espèce,
    Au premier qu'il vit en chemin,
    Dit tout bas d'un air de mystère :
Tu ne sais pas? — Quoi donc? — En rôdant, ce matin,
  Nous avons vu, là-bas, chez la fermière,
Des dindons, des poulets, des canards gros et gras,
Et si mal enfermés d'une simple barrière,
Que nous allons, ce soir, y diriger nos pas!
—Pas possible?—Eh! bien mieux; le fermier chez son gendre,
    Avec tous les siens doit se rendre;
Et dès lors liberté pour prendre nos ébats!
    Mais surtout, garde le silence;
Le coup est difficile, il faut de la prudence...
A quoi bon insister? Ce serait fatiguant;
Je te ferai ta part, et tu seras content;
Jamais tu n'auras fait de pareille bombance...
A ce soir; sois discret! Et de fuir à grand train.
Celui-ci, fin matois, et que pressait la faim,

Jura par tous les dieux de ne conter l'affaire
    A personne. Mais le compère
    Avait-il tourné les talons
    Que, sans attendre la nuit noire,
    Il avait gobé les dindons.
Et le pauvre indiscret, pour finir mon histoire,
Cherchant des mets partout, et n'en trouvant aucun,
Devenu du canton le jouet et la fable,
(Sans compter d'un ami la perte irréparable)
Comme il s'était levé, s'alla coucher à jeun.

                      A. DAZU-SIMON.

## REGRETS.

> Quel âge hier ? Vingt ans. Et quel âge
> aujourd'hui ? L'Éternité.
>
>                VICTOR HUGO.

Tout est fini Seigneur ? Et j'espérais encore !
Oh ! mon Dieu ! Se peut-il que lorsqu'à son aurore
    Vous faites battre un cœur,
Que vous-même allumez cette céleste flamme,
Et que pour la comprendre il se trouve une autre âme,
    Ce soit pour leur malheur !

Pourquoi ce doux penchant qui l'un vers l'autre attire
Deux cœurs en leur printemps ? Pourquoi pas un sourire,
    Pourquoi pas un baiser ;
Les rendre heureux un jour ? Abreuver de tendresse
Ces deux cœurs tout brûlants d'une même jeunesse,
    Si c'est pour les briser ?

Quels sont donc vos desseins, ô sagesse éternelle ?
Vous connaissiez l'ardeur de mon amour pour elle ;
    C'était mon seul trésor ;
Et ce n'est point assez de deux ans de souffrance,
Il vous fallait jusqu'à la dernière espérance
    Que je berçais encor !

Pour moi, semblable au ciel, j'entrevoyais la vie ;
Toute pleine d'amour, mon âme était ravie
    De son bonheur futur !
Pouvais-je donc, mon Dieu, pouvais-je donc m'attendre
Que vous dussiez aussi cruellement m'apprendre
    Qu'ici bas rien n'est sûr ?

L'espoir de mon bonheur stimulait mon courage ;
Plus de plaisirs malsains ; le jour à mon ouvrage
    Je redoublais d'ardeur ;
Et quand venait le soir, tous deux dans le silence,
Nos deux mains se pressaient, et la même espérance
    Emplissait notre cœur.

Dans ces moments d'ivresse, une douce parole,
Douce comme le bruit de l'oiseau qui s'envole,
    Passait dans un soupir !.....
Oh ! bonheur d'un instant ! Vous que toute âme envie,
Pourquoi ne faire ainsi qu'effleurer notre vie ?
    Pourquoi si tôt finir ?

Et maintenant, plus rien ; plus rien qu'un vide immense !
Ce vide affreux du cœur qui fait quand on y pense
    Qu'on est anéanti !
Ce vide que nul mot humain ne saurait rendre
Et que l'homme n'est pas capable de comprendre
    S'il ne l'a ressenti.

Plus rien de cette pure et chaste créature !
Plus rien ; car avec elle est votre sépulture,
    Doux rêves d'avenir !
Je n'ai plus désormais sa voix qui m'encourage ;
De mon bonheur rêvé, de cette douce image,
    Plus rien qu'un souvenir !

Ange ! O toi qui ne fis que passer sur la terre,
Pour aimer et mourir, pense dans ta prière
    Aux pieds de l'Eternel,

Qu'il existe ici-bas un deuil que rien n'efface,
Et dis lui que bientôt il me donne une place
    Près de toi dans le ciel !

J. D'ENGRÉVAL.

## SUR LE LAC.

O bleu Léman que ta face limpide,
Est belle à voir, en un jour de printemps;
Je te chéris, et mon cœur est avide
De tes plaisirs et des joyeux instants,
Où sans souci des choses de la terre,
Je viens voguer, sur ton onde aux beaux jours;
    Vogue, vogue, barque légère,
    Vogue, vogue, vogue toujours.

L'azur des cieux dans tes flots se reflète,
Et les hauteurs viennent s'y réfléchir,
Aucun brouillard ne paraît sur ma tête,
Le Ciel est pur, rien ne peut l'obscurcir;
L'astre du jour, mesure sa lumière,
Sur ton miroir et sur les vieilles tours,
    Vogue, vogue, barque légère,
    Vogue, vogue, vogue toujours.

Quand ma nacelle avec ardeur sillonne
Le pur cristal de tes paisibles eaux,
Dans mon bonheur, bientôt, je m'abandonne,
A des pensers qui sont pour moi nouveaux,
Je crois rêver une rive étrangère,
Un sol lointain, le plus beau des séjours,
    Vogue, vogue, barque légère,
    Vogue, vogue, vogue toujours.

Ce sol lointain que je vois comme en rêve,
C'est le Ciel bleu, le pays du bonheur.....

Je ne vois plus ni le lac ni la grève,
Je n'entends plus la chanson du rameur ;
Mais je crois voir, qu'un ange tutélaire,
Me prend, m'emporte au pays des amours.
    Vogue, vogue, barque légère,
    Vogue, vogue, vogue toujours.

ALPHONSE DUMAS.

## JE SUIS MAUDIT.

Tremblez mortels, la fortune est puissante !
Heureux celui qu'honore son crédit,
Mais moi, je meurs sous sa main frémissante,
    Je suis maudit, je suis maudit.

Je suis maudit ! J'ai vécu sur la terre,
Et l'infortune a brisé mon appui ;
Je vais mourir, et mourir solitaire,
Et le tombeau déjà m'ouvre sa nuit.

Je suis maudit ! Le monde me renie,
Et de la mort le gouffre m'est ouvert.
Nul n'a connu, nul n'a su mon génie,
Et méprisé, sans cesse j'ai souffert.

Je suis maudit ! Pour moi plus de patrie !
Pauvre exilé que poursuit son malheur !
Vers vous en vain faible et pauvre je crie,
Nul ne saurait apaiser ma douleur.

Je suis maudit ! Ma voix qui vous appelle
Déjà s'éteint sous le froid de la mort.
Je meurs ! hélas ! sans qu'une âme fidèle
Vienne prier ou gémir sur mon sort.

Je suis maudit ! Qu'ai-je donc fait pour l'être ?
Qui donc ainsi se venge sur mon sort ?

Je suis maudit! Qui donc pour se repaître
Veut voir ma vie en lutte avec la mort?

Je suis maudit! Effroyable mystère!
Nul ne saura ce que mon cœur redit?
Je n'ai donc plus d'amis sur cette terre,
Je suis maudit! Grand Dieu! je suis maudit!

Je suis maudit! Mais non! Non! je blasphème.
Sur mon malheur quelque cœur a gémi,
Il est encore ici quelqu'un qui m'aime :
Pour lui mon cœur sent battre un cœur ami.

Oh! c'est, vois-tu, que le Ciel est si sombre,
Qu'autour de moi toujours le flot grandit!
Je me suis cru seul dans ma nef qui sombre
Et pour mourir, je me suis cru maudit.

Retire-toi, car tu n'es pas coupable,
Je mourrai seul, seul je l'ai mérité,
Du moins ici la fortune implacable
En me brisant brise ma liberté.

Tremblez mortels, la fortune est puissante,
Heureux celui qu'honore son crédit,
Mais moi je meurs sous sa main frémissante,
        Je suis maudit! Je suis maudit!

                                    Ed. DESESPRINGALLE.

## UNE HEURE DE POÉSIE
### A MADAME BERTHE DARRICAU.

Libre, il est bien doux, Madame de vivre,
Sans aucun chagrin le cœur est plus gai :
Il s'épanouit, de joie il s'enivre,
Comme un papillon dans le mois de mai.

Comme un papillon fringant, qui voltige
Du lis virginal au coquelicot,

De toutes les fleurs effleurant la tige,
Et de son amour leur payant l'écot.

Ce temps viendra-t-il ? — Pour moi, ce doux rêve,
Que la liberté me montre toujours,
Comme l'astre d'or, qui luit sur la grève,
Viendra-t-il, enfin, luire sur mes jours !

S'il venait, mon Dieu !... De mon luth sonore
Dont les graves chants parfois ont béni
Les rayons du soir, les feux de l'aurore,
Les mille beautés d'un monde infini.

Je ferais jaillir de mon âme ardente,
Des vers inspirés, encens de mon cœur,
Des vers pleins de foi, comme ceux de Dante,
Qui, d'un vol, iraient vous trouver, Seigneur,

Et parfois aussi, de la sainte sphère
Quittant les splendeurs, la gloire des cieux,
Je redescendrais, car sur notre terre
Il est bien de maux, de larmes aux yeux.

Je redescendrais pour consoler l'âme
En proie au malheur, en proie au trépas,
Pour verser à flots le divin dictame
Qui guérit les maux qu'on souffre ici-bas.

Car le Barde doit verser l'Espérance
Dans les cœurs flétris par l'iniquité,
Car le Barde doit guérir la souffrance
Des nombreux martyrs de l'humanité.

Et c'est pour cela que, toujours prophète,
Il doit dans ses chants parler d'avenir ;
Qu'il doit annoncer la noire tempête
Où ce monde va bientôt s'engloutir ;

Qu'il doit annoncer l'aurore nouvelle,
Le monde inconnu brillant de clarté,
Qui surgit au loin dont la voix appelle
Ses peuples élus pour la liberté !...

Alors il pourra, son œuvre achevée,
Vous chanter les bois, le cristal des eaux,
Vous peindre des monts la cîme élevée,
Et l'arbuste en fleur au flanc des côteaux.

Il pourra chanter la plage dorée,
La plage d'Uchet, où le Ciel vermeil (*)
Sourit à la mer dont l'onde moirée
Roule dans ses plis les feux du soleil.

Il pourra chanter le site agréable
De ces lieux chéris, séjour enchanteur,
Le frais Casino, bâti sur le sable,
Les jeux innocents, les rêves du cœur.

Il pourra chanter encore, ô Madame,
Votre esprit subtil, si brillant, si fin,
Et votre bonté, vrai trésor de l'âme,
Qui luit sur nos jours comme un Ciel serein.

(16 août 1872).                           J.-B<sup>te</sup> FITERRE.

Traitez avec quelque douceur,
Vous qui lirez, sans le connaître
Le poète qui n'eût pour maître
Qu'un long rêve d'amour, la nature et son cœur !

## MON ÉPITAPHE

J'ai vécu de la mort comme ont fait nos ancêtres,
J'ai butiné la vie à toute heure, en tout lieu ;
A mon tour, aujourd'hui, je restitue à Dieu
Le moyen de mourir, de créer d'autres êtres.
     Ver du sépulcre, tu m'attends
     Mes paupières à peine closes

(*) Uchet, sur le bord de la mer, est une des plus agréables stations bal
néaires du littoral des Landes, à quelques kilomètres de Linxe.

O nature, tu fais de merveilleuses choses
En employant parfois de faibles instruments.

Tu ne sais pas pourquoi cette faim dévorante
T'aiguillonne sans cesse et la nuit et le jour?
C'est que toi, pauvre ver, tu deviens à ton tour
Pour la création une autre chair vivante.

Que ta bouche fouille à loisir
Dans le silence de la tombe;
Rien ne sera perdu! si quelque miette tombe,
Un autre être après toi saura la recueillir.

La plante la convoite et jette sa racine
Qu'elle sait diriger du côté du festin,
Pour y prendre sa part, et d'un atôme humain,
Elle fait une fleur où l'abeille butine.

Le géant devient moucheron,
Et lorsque l'abeille s'envole,
La plante devient miel : que la matière est folle,
Se promenant ainsi du colosse au ciron.

Ici bas tout périt et tout se renouvelle :
La sève devient fruit et le fruit devient chair;
La lumière, les vents et la terre et la mer
Sont là pour diviser chaque atôme rebelle.

Tout succombe pour rajeunir;
La nature est partout la même :
D'une main elle fauche et de l'autre elle sème,
Dépouillant le présent pour orner l'avenir !!!

Mon pauvre cœur, espère!
Au ciel comme sur terre
Tout cherche son milieu ;
Quand un cadavre tombe,
Le ver court à la tombe,
Mais l'âme, elle, s'envole et remonte vers Dieu !

(Basses-Alpes.)        Edouard GALLE.

## Restons Gaulois!

(1873)

A MA PATRIE.

### I

Amis, dans ce siècle cynique,
Ne laissons point dégénérer
L'esprit de cette race antique
Dont était jaloux l'étranger !
Méprisons le railleur sceptique,
Aimons ce qu'Elle doit aimer !
Amis ! conservons notre Race
    Comme autrefois ! *(bis)*
Français ! ne perdons pas la trace
    Des vieux Gaulois ! *(bis)*

### II

Nous avions la tête un peu folle,
Mais notre nom fut glorieux !
Confiant (hélas !) et frivole,
Mais toujours franc, bon chaleureux,
Notre grand peuple eut un grand rôle :
Il fut artiste et valeureux !
Restons une bouillante Race
    Comme autrefois ! *(bis)*
Français ! ne perdons pas la trace
    Des vieux Gaulois ! *(bis)*

### III

Vive l'amour ! Auprès des belles
Le Gaulois doit toujours briller !
Dans ses prouesses immortelles,
Autrefois le preux chevalier,
Bravait mille dangers pour elles,
Afin de mieux les mériter !

Restons une galante Race
    Comme autrefois! *(bis)*
Français! ne perdons pas la trace
    Des vieux Gaulois! *(bis)*

### IV

Vivent nos allures légères,
Le mot leste, espiègle et piquant!
Mesdames, soyez moins sévères,
Ce vieux sel, c'est dans notre sang!
Eh! bon Dieu, soyons donc sincères,
Et confessons notre penchant!
Restons une gauloise Race
    Comme autrefois! *(bis)*
Français! ne perdons pas la trace
    Des vieux Gaulois! *(bis)*

### V

Vive le doux jus de la treille!
Le vrai Gaulois doit, tout autant,
Le verre en main faire merveille,
Qu'en amour ou qu'en combattant!
Sa verve, en éclat sans pareille,
Doit le montrer toujours chantant!
Restons une joyeuse Race,
    Comme autrefois! *(bis)*
Français! ne perdons pas la trace
    Des vieux Gaulois! *(bis)*

### VI

Mais non! Français, plus d'allégresse!
Notre Mère est encore en deuil!
De ses deux Filles en détresse,
L'assassin foule encor son seuil!
Et la discorde, qui l'oppresse,
Au dedans la traîne au cercueil!

Allons! du cœur, la vieille Race!
　　Comme autrefois! *(bis)*
Français! ne perdons pas la trace
　　Des vieux Gaulois! *(bis)*

### VII

Aujourd'hui tout le monde en France
S'insulte en deux camps furieux :
On s'y traite avec impudence
De cafards ou de communeux!
Chassons cette indigne démence,
Soyons pour nous plus généreux!
Au moins respectons notre Race
　　Comme autrefois! *(bis)*
Français! ne perdons pas la trace
　　Des vieux Gaulois! *(bis)*

### VIII

Sachons pour toute grande chose
Garder notre admiration :
Pour notre histoire grandiose,
Le jeune ou le vieux pavillon!
Mais, la République est éclose;
Elle seule, au sein du pardon,
Peut recimenter notre race
　　Comme autrefois! *(bis)*
Français! ne perdons pas la trace
　　Des vieux Gaulois! *(bis)*

### IX

Hélas! dans cette horrible guerre,
Le nombre écrasa nos guerriers!
Mais la France a droit d'être fière
De ses enfants, de ses lauriers!
Imitons la haine étrangère...
Le temps nous rendra nos foyers!

Alors on craindra notre Race!...
  Comme autrefois! *(bis)*
Français! ne perdons pas la trace
  Des vieux Gaulois! *(bis)*

### X.

Enfants! jamais qu'on ne l'oublie!
Il faut savoir être soldat!
Il faut que le Prussien expie,
Son cruel et lâche attentat!
Gare à qui touche à la Patrie!...
Soyons tous prêts pour le combat!
Restons une intrépide Race
  Comme autrefois! *(bis)*
Français! ne perdons pas la trace
  Des vieux Gaulois! *(bis)*

### XI

Quand nous aurons refait la France,
Quand Strasbourg nous rendra le Rhin,
Restons armés pour la défense!
Mais n'attaquons plus le voisin!
Dans la paix cherchons la puissance;
Alors, on nous tendra la main,
Et l'on aimera notre Race
  Comme autrefois! *(bis)*
Français! ne perdons pas la trace
  Des vieux Gaulois! *(bis)*

### XII

Alors, aimant l'indépendance,
La concorde et la loyauté,
L'amour, la gloire et la vaillance,
Le vin, la chanson, la gaîté,
Répétons à l'adolescence,
Disons à la postérité :

« Restez l'aimable et noble Race
      » Comme autrefois! (*bis*)
   » Français! ne perdez pas la trace
      » Des vieux Gaulois! » (*bis*)

### XIII

Espérons qu'un jour, sur la terre,
Quand descendra la *Liberté*,
Quand les rois mordront la poussière
Sous le pied de l'*Egalité*,
Les peuples, oubliant la guerre,
Connaîtront la *Fraternité !*
C'est la tâche de notre race,
      Comme autrefois! (*bis*)
Français, ne perdons pas la trace
      Des vieux Gaulois! (*bis*)

### XIV

Lorsque partout la race humaine,
D'un suprême effort secouant,
Broyant enfin l'antique chaîne,
Se redressera fièrement;
Sur le cadavre de la haine
Naîtra l'immense embrassement,
Et l'on bénira notre race
      Comme autrefois! (*bis*)
Français! ne perdons pas la trace
      Des vieux Gaulois! (*bis*)

### XV.

Alors, les arts, la poésie,
Le travail, la religion,
Et la science et le génie,
Et la justice, et la raison,
Détrônant la mort par la vie,
Régneront au lieu du canon!
Et nous serons la grande Race,

Comme autrefois ! (*bis*)
Français ! ne perdons pas la trace
Des vieux Gaulois ! (*bis*)

## XVI.

Quelle belle et sainte espérance !
Quel tableau splendide et divin !
Quelle œuvre digne de la France !
Est-il un plus noble destin
Que de mettre notre vengeance
Dans le bonheur du genre humain ?
Que Dieu protége notre Race
    Comme autrefois ! (*bis*)
Français ! ne perdons pas la trace
    Des vieux Gaulois ! (*bis*)

(Pas-de-Calais).                Félix GOURDIN.

## LA BERGÈRE DU PONTHIEU.

—

Tenez, là-bas, sous le pommier,
Elle chante comme un ramier.
La voyez-vous, svelte et légère,
Coquette, avec son jupon court ;
Elle approche, s'élance et court,
Gare aux moutons ! C'est la bergère.

La jeunesse est son seul trésor,
Car elle n'a jamais eu d'or,
Ni terre, ni ferme à la ronde ;
Mais, chacun sait, que dix bons doigts,
Un cœur honnête, un frais minois,
Valent autant qu'un coin du monde.

Elle gambade dans les champs,
Depuis bientôt dix-huit printemps ;

Elle est forte comme un jeune arbre !
Aussi, plus d'un gars est joyeux,
Quand il peut la suivre des yeux.
Au village... on n'est pas de marbre.

Certain jour, d'un air inspiré,
Elle dit à son vieux curé,
Devant Pierre qu'elle émerveille :
Sainte-Catherine m'attend !
Il souriait, le curé, quand...
Pierre se pinçait une oreille.

*<br>* *

Un an s'est passé, je reviens
Au village, où je me souviens,
De la bergère dédaigneuse.
J'apprends qu'à Pierre elle s'unit !
Dans une ferme ils ont leur nid !
Hein ! qu'une bergère est trompeuse ?

Louis GREUX.

## LA SÉDUCTION.

### I

Ah ! pourquoi t'ai-je vue ? jeune fille aux yeux bleus,
Pourquoi ton doux regard vient embraser mon âme ?
D'un tendre et pur amour je sens naître les feux,
Et tu fuis loin de moi quand mon cœur te réclame.

Oh ! reviens, donne encore un moment, je le veux ;
Ne crains rien de l'ardeur qui m'anime et m'enflamme ;
Je saurai respecter ta présence en ces lieux,
Et tes nobles vertus que le monde proclame.

Tiens, regarde cet or, ces bijoux, ces colliers ;
En échange d'un mot je les mets à tes pieds :
Oui, ma chère Nina ! Dis-moi, dis-moi : Je t'aime.

Puis je te donnerai tous ces meubles de prix...
Eh quoi! tu me réponds par un dédain suprême.
Ai-je donc mérité ta haine et tes mépris?

## II.

— Gardez tous vos trésors; l'honneur est ma richesse;
C'est mon unique bien, n'allez pas le ravir.
Honorons la vertu, chérissons là sans cesse,
Et jamais de remords nous n'aurons à souffrir.

— Veux-tu m'aimer? Nina, je te fais la promesse
De t'épouser un jour, et n'ai d'autre désir.
Consens à mon bonheur, et tu seras comtesse,
Je t'en fais le serment, ah! laisse-toi fléchir.

Ainsi parlait Gontran, seigneur de son village,
A la belle Nina, qu'on disait la plus sage;
Il promit tant, hélas! qu'il obtint ses faveurs.
Mais six mois écoulés, à ce que l'on raconte,
Nina, dans un couvent, alla cacher sa honte,
Nouvelle Madeleine, y mourut dans les pleurs.

Louis GODET.

## A CEUX QUI SOUFFRENT.

Il neigeait. — Dans le chemin sombre,
Mélancolique, sans espoir,
J'errais. — C'était l'heure où dans l'ombre
S'allume l'étoile du soir.
Car mon âme souffrante, inquiète,
S'agitant comme un lac où bruit
Le grand souffle de la tempête,
Cherchait le silence et la nuit.

Quand d'une chaumière chétive
J'entendis s'élever plaintive
Une voix qui pleurait disant :

Enfant dans la plaine glacée
Cherche la branche desséchée ;
Cours, hâte-toi mon pauvre enfant !
Entends comme le vent murmure ;
Depuis deux jours l'âtre est sans feu ;
Va, tu seras conduit par Dieu ;
Contre la neige et la froidure
Ses anges viendront te couvrir !...

Mais l'enfant regardait sa mère,
Sa mère qu'il voyait souffrir,
Puis il lui dit : — Pourquoi sur terre,
Où le Ciel n'est plus jamais bleu,
Sommes-nous sans pain et sans feu ?

Le riche a tout ce qu'il désire,
Jamais il ne souffre de faim ;
Jamais chez lui l'on ne soupire...
Il nous regarde avec dédain !

L'enfant riche, auprès de son père
Vit loin du froid dans le plaisir,
Et moi je n'ai plus que ma mère
Qui doit hélas ! toujours souffrir !

Oh ! répondez, pourquoi sur terre
Voyons-nous de si tristes jours ?
N'aurons-nous jamais l'abondance
Et devrons-nous dans la souffrance,
Tremblants de froid, vivre toujours ?...
Pour cacher sa douleur inquiète ,
La mère détourna la tête,
Puis elle dit en sanglotant :
Espère en Dieu, mon pauvre enfant !...

Et moi que ce seul mot rendait à l'espérance,
Je m'écriai, levant au Ciel mon front rêveur :
Etoile de la nuit, ô sainte Providence,
Pitié pour ces deux fronts courbés sous le malheur !
Pitié pour tous les cœurs qui portent leur souffrance
En invoquant ton nom, ton nom consolateur !...

HECTOR H...

## SURSUM CORDA.

Peuple, lève la tête et regarde les cieux !
Cesse de ravaler aux complots de la haine,
Aux cupides calculs, aux rêves spécieux
Cette âme de Français, si belle et si hautaine.

Au travail, ouvriers !... L'air tragique, hagard,
Le sang sur le trottoir, les képis dans la boue,
Valent-ils — dites-moi — le moindre bon regard
De femme qui sourit, de bel enfant qui joue ?

Triste école, marchand, que celle du comptoir !...
Est-ce l'habileté, la souplesse d'échine ?
Est-ce le maniement du Doit et de l'Avoir
Qui fait noble le cœur et large la poitrine ?

Relève ton front pâle, ô poète énervé !
Les faux pleurs de l'amour, les hoquets de l'orgie
Sont-ils tout l'avenir à tes chants réservé ?...
Alors brise ton luth, et meure la patrie !

Prêtre, c'en est donc fait... des scandales, du froc
Et du moine debout sous le porche gothique,
Des Sarrasins roulants sous les grands coups d'estoc
Et des énormes bonds du monde catholique ?

9

*Sursùm corda !* Vous tous, les châtiés d'hier !
Haut la tête et le cœur ! Sus à toute âme lâche,
A tout homme vénal, tout écumeur de mer !
Travaillez et priez elle est rude la tâche.

Just HERMANT.

## LE RAISIN.

—

Quand il a bien muri sous les soleils torrides,
Le beau raisin, gonflé d'un jus délicieux,
Tout prêt à rafraîchir mille lèvres avides,
Pend sous le pampre au flanc des coteaux radieux.

Ainsi, lorsqu'il a bu les rayons de la vie,
Le jeune homme, rêvant d'amour, l'âme ravie,
Et les sens bondissant de folle passion,
Sous les voiles légers d'une femme élégante,
— Comme le beau raisin sous la feuille mourante —
Cache son cœur rempli de douce émotion.

Just HERMANT.

## BAZEILLES

### LES DOCTEURS ALLEMANDS.

—

Des blessés Bavarois gisaient dans les décombres,
Au pied de pans de murs aux silhouettes sombres ;
    Ils se heurtaient hideux,
Pleins de boue et de sang se traînant dans les rues ;
Criant, beuglant, hurlant et jetant vers les nues,
    De longs *mein gott* affreux.

Dans les débris fumants, incandescente lave ;
Dans mille détritus pleins d'une immonde bave,

Partout ils se roulaient,
Se soulevant parfois, dans des efforts suprêmes,
Pour retomber bientôt la face et les yeux blêmes
　　Sous les murs qui croulaient?

O lugubre concert! Derniers soupirs étranges!
Sur les vêtements bleus aux dégoûtantes franges
　　Avaient passé le fer.
Les terribles Germains punis de tous leurs crimes,
Mêlaient leurs cris de mort à ceux de leurs victimes
　　Dans ce sinistre enfer?

Les civières craquaient. Les voitures sanglantes
Allaient vers l'ambulance où des femmes tremblantes
　　Fuyaient parmi les morts.
Les docteurs allemands, froids, rudes, impassibles,
Inspectaient sans frémir tous leurs blessés horribles
　　En disant sans remords :

Allez! *capoutt, capoutt!* et partout dans Bazeilles,
Des long cris répétés déchiraient les oreilles?
　　Les soldats moribonds,
Devant cette sentence étaient laissés à terre,
Cherchant dans l'agonie à mordre la poussière
　　Et les brûlants charbons.

Disciples d'Hanemann, de Fitche, quoi! votre âme
Devait-elle en un jour perdre toute sa flamme?
　　Vous, les profonds penseurs?
Ah! parlez de victoire, ah! riez bien en Prusse
En chargeant de lauriers le front du vieux Borrusse
　　Çà vaut mieux que des pleurs...

　　　　　　　　　　　　　　ERNEST HUPIN

## BAZEILLES

SOUVENIRS.
*A ma chère cousine Marie J.....*

Le vent du nord frappe les vitres
Et fait balancer les murs noirs;

Des morts, les funèbres épîtres
N'ont pas d'accents pareils, les soirs.
Quand les ruines de l'école,
Croisent leurs ombres sur le front,
D'un passant que la peur affole ;
Ne pleure plus, les beaux jours reviendront !

La nuit fut longue, froide et triste ;
Repose encor sous l'édredron.
Il fait noir dehors, et la piste
Des loups se marque à l'abandon.
Repose à l'abri des misères ;
C'est jeudi ! les enfants courront
Tout en exhalant tes prières,
Ne pleure plus, les beaux jours reviendront !

Souris au beau Christ qui te veille
Enfoui sous le buis béni.
Où ton âme vierge s'éveille ;
L'espoir n'est pas encor banni !
Laisse les soucis pleins d'alarme,
Quand tes beaux yeux bleus s'ouvriront,
Essuie une dernière larme,
Ne pleure plus, les beaux jours reviendront !

Ta bouche rose est la corolle
Qui doit s'ouvrir à la gaîté ;
Sois l'heureux ange qui console
Le foyer longtemps attristé.
Que ta voix enfantine et pure,
Eclatant du haut du perron,
Fasse redire à la nature :
Ne pleure plus, les beaux jours reviendront !

Jours d'allégresse et de victoire,
Où sur les fronts hauts des vainqueurs,
Tes mains pour couronner la gloire,
Sèmeront : guirlandes et fleurs.

Pense à l'avenir qui t'appelle !
Ris à l'horizon où poindront
Les feux d'une joie éternelle,
Ne pleure plus, les beaux jours reviendront.

Ernest HUPIN.

## BAZEILLES,

### LE BLESSÉ D'INFANTERIE DE MARINE.

O malheureux jeune homme, à peine vingt printemps,
Son front avait connus. — Tout en lui devait vivre,
Tout palpitait encor quand ses yeux voulaient suivre
Les mains qui le pansaient. — O cruels instants !
Son beau visage sombre et bruni par la poudre,
Frémissait ; puis sa voix douce disait : merci !
O merci, bonne dame ! O ma mère est ici ! »
        Il semblait se résoudre !

Des soldats s'avançaient fouillant chaque maison,
Pillant caves, greniers ; — libidineux ivrognes,
On eût dit des vautours fondant sur des charognes.
Allemands aux yeux bleus, aviez-vous la raison
Pour fermer aux blessés français votre ambulance ?
Pour vous existait-il encore un droit des gens ?
Non, vous n'étiez plus tous que les lâches agents
        D'une ignoble puissance !

Un peu d'espoir brillait sur son front harassé.
Un docteur allemand passe ; vite on l'appelle,
On le prie, on l'implore, en vain on l'interpelle
Pour qu'il fasse enlever le malheureux blessé.
Il le soigne et s'enfuit vers la route encombrée,
Où les Prussiens portaient leurs blessés à pas lents
Sur de nombreux brancards sinistres et sanglants.
        O terrible curée !

L'incendie en tous sens projetait mille éclairs.
Chacun fuyait au loin, bravant les projectiles,
Le blessé resté seul, en efforts inutiles,
S'épuisait en criant ; — mais rien que les sons clairs
Des armes répondaient à sa voix expirante.
Hélas ! tout restait sourd aux plaintes d'un Français !
O Genève, ta croix a vu tous ces excès,
          Sous sa hampe flottante.

Le vent a dispersé, par les chemins poudreux,
Dans les champs dévastés les cendres de ce brave ;
Rien n'est resté de lui ; le feu comme une lave
En passant l'emporta. — Des décombres affreux
Cachèrent bien longtemps le lieu de son supplice ;
Mais qui peut oublier ce sanglant souvenir !
Ce crime qui suffit à jamais pour ternir
          L'Allemagne complice !

Ernest HUPIN.

---

## CHARITÉ & DÉLICATESSE

### DE QUELQUES OUVRIERS FRANÇAIS.

Honneur à l'ouvrier intelligent et probe ;
     Honneur, et mille fois honneur
          A l'ouvrier de cœur !
La France fut toujours, des nations du globe ;
La plus féconde en traits de générosité :
Ses malheurs ont encor grandi sa charité,

A Paris, l'an dernier, un travailleur mourait ;
          Il était du Hanovre ;
Et ce fils de trente ans, à sa mère songeait :
Sa mère, hélas ! si loin !... Sa mère infirme et pauvre !...
Il appelle un ami : « Vends, dit-il, à ma mort
» Le peu que je possède, et que ce même apport

» A ma mère parvienne !... »
Et ses larmes tombaient : « Car, disait-il, demain
» Au foyer de ma mère — oh ! pourtant si chrétienne !
» Viendra s'asseoir la faim. »
« — Pourquoi t'inquiéter, n'es-tu pas notre frère ?
« Lui dit son camarade. On t'aime à l'atelier ;
« Sois tranquille : entre nous, nous soutiendrons ta mère. »
Et bientôt, presque heureux, s'éteignit l'ouvrier.
Restait de ses amis la touchante promesse.
Tous voulurent souscrire et verser les envois
Que le fils à sa mère adressait chaque mois.
Mais voici le sublime en la délicatesse :
Ce qui hausse le don, ce qui le rend parfait,
Pour épargner un coup fatal à la vieillesse,
Autant que pour cacher un généreux bienfait,
Ils laissèrent toujours ignorer à la mère
Que cet argent lui vînt d'une bourse étrangère.
Et le secret fut tel, que Dieu seul, sans le sort,
Eût comme ce beau trait oublié dans la mort.

Honneur à l'ouvrier intelligent et probe,
Qui garde à son pays son haut rang sur le globe !
Honneur, oui mille fois honneur
A l'ouvrier de cœur !

(5 avril 1873).                     A. LE SOURD FR. LÉONTIN.

*De l'Institut de la Mennais.*

———⋈———

# HIER, AUJOURD'HUI, DEMAIN.

——

« Armate vi, correte
» A sveller da, lor tempy
» L'aquile prigioniere. Insin che oppressa
» L'emula sia, non deponete il brando. »
                              METASTASIO.

## I

C'était hier ; — la joie habitait la chaumière ;
La chère aïeule en cheveux blancs,

Sur ses robustes fils s'appuyait toute fière ;
  Leurs bras guidaient ses pas tremblants.

Au retour du labour, à mi-chemin du gîte,
  Le père voyait s'empresser
Fillettes et garçons, accourant au plus vite,
  A qui mieux-mieux, pour l'embrasser.

Le travail du logis écartait la misère,
  Et pleine était la huche au pain ;
Et le soir aux enfants gaîment l'heureuse mère
  Disait : « Bonne nuit, à demain ! »

## II

C'était hier à peine ! — Aujourd'hui la chaumière
  A le silence du cercueil ;
Où sont les forts garçons et pourquoi la grand'mère
  N'est-elle plus dans son fauteuil ?

Pourquoi n'entend-on plus sous l'humble toit de chaume
  Les voix joyeuses des enfants,
Quand l'heureux père, roi de ce petit royaume,
  Rentrait de son travail des champs ?

La mère a-t-elle aussi quitté le doux asile,
  Que le berceau du dernier né,
Près du foyer éteint, apparaît, immobile,
  Du petit hôte abandonné !

Plus loin, à quelques pas, est l'étable entr'ouverte
  Où d'aise mugissaient les bœufs
Lorsque, leurs tabliers pleins de luzerne verte,
  Les enfants accouraient vers eux.

Mais les taureaux puissants aux épaules superbes,
  Et la génisse aux pis gonflés,
Sont partis, sans toucher aux petits monceaux d'herbes,
  Pour eux si gaîment rassemblés.

Désert est le jardin ceint d'aubépine blanche,
  Où dans les jours d'été, le soir,
A l'ombre du pommier, l'aïeule, le dimanche,
  Près des enfants venait s'asseoir.

Hier encor la vie, emplissant la demeure,
  Semblait y couler à pleins flots!...
Plus un être vivant! Rien que le vent qui pleure
  Parmi les arbres de l'enclos!

La guerre a passé là, comme un vent de tempête,
  Apportant là ruine et le deuil ;
Étouffant dans les pleurs les joyeux cris de fête,
  Du berceau faisant un cercueil!

Et, là-bas, dans la plaine, un tertre solitaire
  S'élève au revers du chemin...
Le père et les garçons dorment sous cette terre
  Du lourd sommeil sans lendemain.

C'est là qu'ils sont tombés, du soc de la charrue,
  Pour repousser l'envahisseur,
Armant leurs bras nerveux, faisant l'arme qui tue,
  Du noble instrument du labeur!

### III

Étranger qui leur fis une couche sanglante
  Du sillon qu'ils avaient creusé,
Sais-tu que la vengeance est un germe qu'on plante
  Dans un sol de sang arrosé?

Sais-tu bien ce qu'apprend la veuve qu'on exile,
  La mère, — au petit orphelin?
Sais-tu ce que l'enfant, chassé du doux asile,
  Pour y rentrer fera demain?

Aujourd'hui, triomphant, sous la terre conquise,
  Tu foules les vaincus d'hier ;

Ta victoire ne fut qu'une lâche surprise...
   Etranger! n'en sois pas si fier.

Car il saura, l'enfant! pour quelle cause sainte
   Ses aînés sont morts en héros;
Etranger, il saura pourquoi l'on voit l'empreinte
   De pas sanglants sur leur tombeaux.

A ce fils de la veuve il faudra rendre compte
   Un jour de tout ce sang versé;
Il faudra fuir, larron! le front rouge de honte,
   Du toit où tu t'étais glissé;

Heureux, si le vengeur, s'armant comme son père
   Du soc échappé de sa main,
Ne t'abat d'un seul coup dans la boueuse ornière
   Où tu t'es frayé ton chemin!

Tandis que notre haine ainsi creuse l'abîme
   Qui s'entr'ouvrira sous tes pas,
Toi, le pied sur nos morts, tu railles ta victime
   Et dis : « Cela ne sera pas! »

Cela sera! — Pourtant il est bon que tu railles...
   La haine se nourrit d'affronts;
Et de ta lâche insulte, au jour des représailles,
   Etranger, nous nous souviendrons!

Nous attendons ce jour! — Pour toi, qu'il te souvienne,
   Vainqueur couronné de lauriers,
Que tout Capitole a sa Roche Tarpéienne,
   Tout sommet un gouffre à ses pieds!

May 1873.                              GABRIEL LEPRÉVOST.

## LA PATRIE

*A mon ami Henri Maystre.*

S'étant rangés en cercle autour de leur grand père,
Les enfants, tout joyeux, sous le tilleul en fleurs,

Ecoutaient.

        Or, voici que le vieillard austère,
L'âme grandie encore à de récents malheurs,
Leur dit, la voix émue et l'œil mouillé de pleurs :

« Laissez autour de vous, laissez, ô jeunes âmes,
» Vos cœurs irradier leurs généreuses flammes :
» Aimez sans cesse! Aimez : parents, famille, amis,
» Et puis tous ceux que Dieu sur votre route a mis,
» Et, comme un monde à part dans l'Univers sans terme
» Qui voit tous vos amours éclore et les renferme,
» Votre pays!... Aimez, enfants, ce sol béni,
» Ce sol à notre cœur par tant de nœuds uni :
» Ciel, langue, affections, habitudes, doctrines,
» Et dont le nom sacré soulève en nos poitrines
» Tout un monde enchanté de rêveurs souvenirs;
» Aimez votre patrie, enfin!... Que vos désirs,
» Vos vœux ardents, en vous tout ce qui brûle ou vibre,
» Et tous vos soins pour but aient de la faire libre,
» Grande et forte! Et qui donc ne la voudrait ainsi!
» De ses futurs destins qui ne prendrait souci?
» Qui serait à ce point lâche, ingrat, infidèle,
» Que de ne vouloir pas vivre et mourir pour elle?

» Ah! c'est que la patrie est notre mère à tous!
» C'est qu'elle est l'unité, qu'elle est le rendez-vous
» Où des milliers de cœurs que le sort y convie,
» Se viennent tous confondre en une même vie!
» C'est que, pour tous, elle est comme un foyer commun,
» Comme un vivifiant réservoir où chacun,
» Goutte à goutte, et sans cesse épanchant tout son être,
» Puise en retour : espoir, amour, force, bien-être,
» Et plus de vie, enfin, et plus de dignité!
» C'est qu'elle est la famille à perpétuité!

» Songez-y, vous en qui rayonne l'espérance!
» Alors que je serai couché dans le linceul,

» Enfants, n'ayez qu'un soin, qu'un but, sa délivrance!»
Les enfants, tout émus, embrassant leur aïeul,
Poussèrent avec lui ce cri : « Vive la France! »...
Et depuis, le vieillard dort au pied du tilleul.

Julian LUGOL.

# LE FACTEUR

### ÉPITRE

*A mon excellent ami E. Camus*

> « ... C'est depuis que tu m'écris sur-
> » tout que j'aime à entendre le car-
> » rillon du facteur. C'est une musi-
> » que toute aussi agréable pour moi
> » que celle de Meyerbeer et d'Auber.
> » Aussi avec quelle impatience j'a-
> » tends ton épître le *Facteur*. »
> E. CAMUS (correspondance).

Ami, depuis longtemps une modeste épître,
Aux mots biffés, refaits, gît là sur mon pupitre :
Et pourtant bien souvent par jour je pense à toi.
Mais en ma pauvre Muse, hélas! je n'ai plus foi.
Puis je crains que ma Lyre — humble provinciale —
Et mes vers sans couleur, et ma phrase banale,
N'excitent la pitié sous les pompeux lambris
De ce magique Eden qu'on appelle Paris,
Où des heureux du jour, la foule radieuse
Savoure à chaque instant la voix mélodieuse
Des poètes aimés dont les nobles accents,
Comme un philtre amoureux enivrent tous les sens
Qu'on enchaîne de fleurs, devant qui tout s'incline
Comme sous un regard de tendresse divine.

Cependant, pour tenir ma promesse d'*auteur*,
J'allais donc terminer l'épître le *Facteur*,
Quand celui qui devait me servir de modèle,
S'endormait dans le sein de la paix éternelle.

. . . . . .

Aussi quand tu verras la messagère Iris
Déployer son écharpe aux reflets de rubis,
— Sourire que le ciel fait à notre humble terre,
Pour qu'elle n'ait plus peur de sa grande colère, —
Ami, tu penseras au temps des fictions,
Où l'on changeait les gens en constellations,
Et tu diras, ainsi que ce beau météore :
« Si Jupiter, Junon, Cérès règnaient encore,
» On croirait voir briller dans les espaces bleus,
» Notre ami le facteur en course pour les dieux. »

Et le soir, en voyant par un beau ciel sans voiles
Eclore et scintiller un beau groupe d'étoiles,
Ces éternels courriers des mondes infinis,
Comètes ou soleils, globes indéfinis,
Astres étincelants, aux orbes séculaires,
Qui tracent dans l'éther leurs sillons de lumières,
Dans notre beau canton tous auraient dit : C'est lui !

L'Olympe a disparu dès que la croix a luì.
Nous ne devenons plus un fleuve, un être étrange ;
En passant par la mort toute âme se fait ange ;
Nous ne sillonnons plus la nue ou les déserts ;
Au divin créateur nous donnons des concerts,
Doux mélange des vœux, des parfums de la terre,
Pour célébrer en chœur son éternel mystère.

Laissons graviter l'astre en nous versant ses feux,
Les anges préluder leurs chants harmonieux,
Et de notre facteur, rimons la simple histoire,
En donnant une larme à sa chère mémoire.

Tu sais comme il fut bon, simple, modeste et doux ;
Des titres, des honneurs, il ne fut point jaloux.
Certes il était fier de sa plaque de cuivre,
Dont en tournée ou non il se fit toujours suivre ;
De sa boite en ferblanc, peinte du plus beau noir,
D'où sortait et la joie et l'amer désespoir ;

Et de sa blouse bleue, au collet droit garance,
Mais sans se croire autant qu'un maréchal de France.

Aussi comme avec fête on l'accueillait partout!
Comme on le désirait, comme on l'aimait sur tout!

Ainsi que le destin; il semait en silence;
Ici bien des douleurs, là quelque joie immense,
Plus loin des chants d'amour, ailleurs d'affreux pamphlets
De la haine ces bas et sinistres reflets.
Cependant on voyait son pâle et beau visage
S'éclairer d'un souris, se voiler d'un nuage,
Selon qu'il vous portait la joie ou la douleur,
Car il semblait tout lire avec les yeux du cœur.

Non, ce n'était pas lui qui, gandin ridicule,
Croyait exécuter les grands travaux d'Hercule,
De César, d'Alexandre ou de Napoléon,
Quand du bourg il faisait la distribution.
A quinze ans il avait vidé d'amers calices,
Et vu briser la coupe où l'on boit les délices.
Enfant, il eut de l'or, une mère, une sœur;
Jeune homme, le travail, la gêne; mais son cœur
Savait encor trouver, dans ses rudes alarmes,
Pour plus d'un malheureux et du pain et des larmes.

C'était un rigoriste et fort aimable agent,
Qui donna très souvent des lettres sans argent,
Bien qu'il sut que jamais on n'éteindrait la dette,
Car toujours son grand cœur, et sa maigre cassette,
Aux plus déshérités s'ouvraient avec ardeur.
Des mille traits charmants, qui tous lui font honneur,
Je n'en cueillerai qu'un pour le faire counaître.

Un jour dans un village il portait une lettre
Qui, d'ivresse et d'espoir, allait remplir un cœur.
— C'était lui qui souvent avait cette faveur
De lire pour beaucoup qui ne savaient pas lire,
Et quelquefois aussi de penser et d'écrire.

Secrétaire empressé des pauvres ignorants,
Il savait adoucir des chagrins dévorants,
Auxquels un esprit fort même parfois succombe.
Muet comme la mort, discret comme la tombe,
De bien des cœurs aimants il fut le confident,
Le loyal conseiller, l'ami sûr et prudent. —
Et rayonnant, sachant tout le bien qu'allaient faire
Ces pages qu'un bon fils écrivait à sa mère,
Austère et pauvre veuve aux souvenirs cuisans,
Que courbait le malheur plus encor que les ans :
— Catherine, fit-il, une lettre d'Afrique;
C'est bien de votre fils. — De ce cher Dominique!
Donnez vite, ô donnez! Mais combien? — C'est un franc.
— Un franc! Et sur son front de son souffle âcre et blanc,
La douleur éteignit le rayon d'allégresse
Qui partait de son cœur débordant de tendresse.
Vingt sous! mon Dieu! vingt sous! Ah! je ne les ai pas,
Et je vous dois déjà tant d'autre ports, hélas!...
Et ses yeux tout rougis de veilles et d'alarmes,
Laissèrent échapper des flots d'amères larmes;
Et d'une main tremblante, et froide de terreur,
Présenta cette lettre au sensible facteur
Que ce refus blessait; mais cachant sa tristesse,
Devant tant de douleur et surtout de détresse
Et donnant à sa voix son timbre le plus doux :
— Séchez vite vos yeux; tenez, asseyez-vous,
Et que ce front troublé s'éclaire et se déplisse;
Je vais lire la lettre. — O le ciel vous bénisse!
Il lut. C'était un chant de résignation,
D'une âme de soldat noble émanation,
Dont chaque mot tintait à ce grand cœur de mère
Comme un son de louis d'or quand étreint la misère.
Mais les six feuillets lus, tout n'était pas fini;
Il fallait bien répondre à cet enfant béni,
Et dans sa boîte il prit ce qu'il faut pour écrire.
La lettre terminée il se mit à la lire.

— Nous l'envoyons ce soir? — Ah! je n'ai pas cinq sous
— Ne vous tourmentez pas; j'affranchirai pour vous.
— Oh! merci!... Mais je crains, malgré mon infortune,
D'être avec vous par trop exigeante, importune,
Car enfin cet argent, qui donc vous le rendra?
—Votre fils.—Oui, mais quand?—Eh! quand il reviendra.

. . . . . . . . . . . . . . . . . .

Aussi la grande voix qui partait des chaumières
Monta comme un parfum de vœux et de prières,
Et trouva de l'écho sous les lambris dorés
Où devraient résonner plus de noms ignorés,
Mais où tonne parfois l'heure réparatrice.
A notre cher facteur, rendant enfin justice,
Car nul ne fut jamais si peu solliciteur,
On promit aussitôt un emploi très flatteur,
Qui certes dépassait toutes les espérances,
Bien qu'il eût de grands droits à plus de préférences.

Les journaux annonçaient sa nomination,
Quand le destin, jaloux de la protection,
Posa sa main de fer sur cette belle vie.
On signait le décret pendant son agonie;
Le malade n'eut pas l'agrément de le voir :
La mort vint le matin et le brevet le soir.

. . . . . . . . . . . . . . . .

. . . . . . . . . . . . . . . .

Six mois après ce jour, dans le même village,
Arrivait un zouave au brun et beau visage.
On voyait sur son sein briller la croix d'honneur :
C'était le juste prix d'une ardente valeur,
Déployée en cent lieux sur la terre d'Afrique.
Les fillettes disaient : Tiens, voilà Dominique!
Au seuil d'un humble toit il arrêta ses pas.
Une femme, d'un bond, s'élança dans ses bras
En s'écriant : Mon fils! mon cher fils! — Oh! ma mère!

On eut dit que leur âme avait quitté la terre,
A les voir s'étreignant, muets contre leur cœur,
Car c'était trop de joie après tant de douleur.

Le même jour, à l'heure où tombe la lumière,
Mère et fils cheminaient vers le noir cimetière.
Dans un coin de ce champ de regrets et de deuil,
De tous, faible ou puissant, l'inévitable écueil,
Sous une croix de bois, pieux jalon qu'on place
Pour dire un nom sans voix à l'étranger qui passe,
Qu'embaument en secret quelques modestes fleurs,
Repose pour toujours le meilleur des facteurs.
Au pied de cette croix tous deux s'agenouillèrent,
Arrosèrent le sol de larmes..: et prièrent.

(Gironde).                              P.-C. DUPUY.

## APRÈS LA LUTTE

Le canon a cessé de gronder dans les plaines ;
Les grands bœufs nonchalants, aux brûlantes haleines,
    Traînent le soc dans les sillons
Où résonnaient hier les cris de la bataille,
Où crépitait le bruit strident de la mitraille,
    Où se heurtaient les bataillons !

La France, n'écoutant que son amour de mère,
A voulu qu'on cessât la lutte meurtrière
    Pour sauver ses derniers enfants ;
Et, se précipitant dans l'horrible mêlée,
A travers les obus, sanglante, échevelée,
    Devant les Germains triomphants :

« Arrêtez ! c'est assez de sang, s'écria-t-elle ! »
Elle signa la paix... et sa main maternelle
    Mit fin à ces affreux combats.
Dans ce moment d'angoisse elle était fière encore,

Etreignant dans ses bras son drapeau tricolore
Taché du sang de ses soldats!

Ils furent sans pitié, ces ennemis farouches;
Un sourire orgueilleux seul errait sur leurs bouches,
Elle dut, le sein haletant,
Leur livrer, — pour son cœur quelle cruelle peine! —
La courageuse Alsace et la belle Lorraine,
Ses deux filles qu'elle aimait tant!

Puis, sans voir sans souffrance et sa pâleur mortelle,
Ces sauvages vainqueurs se ruèrent sur elle,
Plongeant les mains dans son trésor.
Déjà, depuis longtemps, il excitait l'envie
De ses envahisseurs, qui vont risquant leur vie,
Non pour la gloire, mais pour l'or.

Et maintenant on voit, à travers la Champagne,
Passer de longs convois roulant vers l'Allemagne,
Déchirant l'air de leur sifflet;
Ce sont les millions que les Prussiens avides
Emportent, et debout, près de ses caisses vides,
La France est là, l'œil inquiet.

Pourra-t-elle, en ces temps de pénibles épreuves,
Nourrir ses orphelins, aider ses pâles veuves,
Sanglotant sous leur voile noir?
N'aura-t-elle à mêler à leurs pleurs que ses larmes?
Et rien ne viendra-t-il apaiser les alarmes
De cette mère au désespoir?

France! rassure-toi! France! reprends courage!
Le calme a remplacé le long et sombre orage
Et chassé les funestes jours.
Tes courageux enfants épargnés par la guerre
Ont repris le travail, ardents comme naguère,
Comme jadis t'aimant toujours!
Avec ce dévouement sublime qui console,
L'artisan à tes pieds dépose son obole,

Le riche une part de ses biens ;
Des héros mutilés dans les luttes sanglantes,
Des faibles orphelins, des veuves chancelantes,
    Ils seront les fermes soutiens.

Tes fils sauront te faire un avenir moins sombre ;
Ils ont été partout écrasés par le nombre,
    Livrés ou vaincus par la faim...
La douleur aujourd'hui courbe leur noble tête,
Sous la honte... Ils sauront payer ta lourde dette,
    A tes tourments ils mettront fin.

Bientôt, au premier rang, tu reprendras ta place.
Espère ! dans tes bras la Lorraine et l'Alsace,
    O France ! reviendront un jour...
Là-bas, dans la cité comme sous l'humble chaume,
On garde — et pour jamais — la haine au roi Guillaume ;
    A toi, le plus touchant amour !

Si pour les affranchir tu dois tirer le glaive,
Et si, victorieux, ton bras puissant se lève
    Sur leurs bourreaux, alors soumis,
Sois généreuse encor, n'entache pas ta gloire :
Le courroux ne doit pas survivre à la victoire,
    N'imite point tes ennemis !

CHARLES MANSO.

# LA NUIT

### RÊVERIE

Nuit, que j'aime rêver sous ta voûte étoilée,
Alors que doucement par tes ombres voilée,
    La nature s'endort ;
Alors que l'infini de soleils se parsème,
Qu'une invincible main les éteint ou les sème
    Dans un sublime accord !...

Lorsque la nuit poursuit sa course solitaire,
Dévoilant lentement aux regards de la terre
     Sa suprême grandeur ;
J'aime ce long adieu, le soir, au crépuscule,
De l'ombre qui s'avance et du jour qui recule
     Devant sa profondeur.

C'est l'heure où tout s'apaise, où la nature entière
Achève dans les airs sa mourante prière
     Avant de s'assoupir,
Où mille bruits confus s'élèvent dans l'espace,
Rapides et légers comme un souffle qui passe
     Et plus doux qu'un soupir.

C'est cet hymne d'adieu que l'écho rend et brise,
Qu'emportent sur leurs flancs les ailes de la brise,
     Ou l'haleine du vent,
Et qui s'en va finir où finit toute chose,
Vers le trône éternel où l'éternel repose,
     Dans le bleu firmament...

Au loin, l'astre du soir commence sa carrière,
Eclairant de ses feux à la pâle lumière,
     Un ciel calme et serein ;
Mais dont le champ d'azur, sombre et vaste coupole,
Donne, en l'adoucissant, à cette clarté molle,
     Un charme souverain ;

Plus loin, ce champ d'azur scintille d'étincelles,
De mondes, qui ne sont que d'infimes parcelles
     De la Divinité ;
Mais qui, tournant toujours dans un immense orbite,
Ont l'espace pour champ ; pour âge et pour limite :
     Toute l'éternité.

Là, plus rien ne se perd ; chaque chose a sa place,
Un globe finit-il ? Un autre le remplace,
     Et tout a son emploi :

Dieu ne mesure rien ; sa nature est immense ;
Dans son sein tout finit, dans son sein tout commence ;
      C'est l'éternelle loi.

(Ardèche.)                    ALEXANDRE MAISONNEUVE.

AUX MANES DES VICTIMES DU 2 DÉCEMBRE

## LA CONFESSION DE LA FRANCE

### APRÈS LA TRAHISON DE SEDAN

Vitium fugere est sapientia prima (*).
                HORACE.

Quand l'escamoteur de suffrages
Eut, livrant cent mille soldats,
De Sedan tiré ses bagages,
Et que l'empire fut à bas ;
Quant à la Prusse impitoyable
Il fallut (ô honte effroyable !)
Céder, avec cinq milliards,
Du Rhin les derniers boulevards,
La France (enfin !) comprit son crime,
Et, des poings se frappant le front :
« Ah ! tu mérites cet affront, »
Fit-elle du fond de l'abîme,
« Toi qui, du haut faîte où Danton
» T'avait, avec Hoche, élevée,
» Descendis en prostituée
» Jusqu'à .. *Louis Napoléon !!*
» Et ne dis pas que, pour te rendre,
» Il fallut que le spadassin,
» Dans la sombre nuit de Décembre,
» Te mit le poignard sur le sein ;

(*) *Si l'on ne commence à être sage qu'en fuyant le mal*, il faut absolument que la France écarte de la gestion de ses affaires les misérables qui prétendent continuer le 2 décembre : autrement, point de revanche possible. Car enfin, pour répéter les paroles de Démosthène aux Athéniens, *c'est folie de croire qu'une politique qui a fait tomber un peuple, réussisse à le relever*.

» Non ! non ! cette union impure,
» Avec guet-apens et parjure,
» Fut par toi, dès le jour suivant,
» Légitimée affrontément,
» Et chacun apprit de ta bouche
» Qu'un monstre avait droit à ta couche !.-.
» C'est alors qu'au monde moral
» Il advint chose épouvantable :
» Le mal fut bien, le bien fut mal,
» L'attentat saint, le droit coupable,
» L'argent, l'or, les postes d'honneur,
» En proie aux coquins sans pudeur !...
» Revoit le Corse et sa cohorte
» De la Banque forçant la porte,
» Et (les gens criant : *Au voleur !*)
» Ton gendarme à la poigne forte
» Ton gendarme, vaillant sabreur,
» Dégaînant pour le crocheteur ;
» Tandis que, *puant* l'eau-de-vie,
» Le sang, la boue et... *la grand'croix*,
» Ton prétorien, brute avilie,
» Sur le trottoir, tuait les lois !...
» Voilà comment, échevelée,
» Tu célébras ton hyménée,
» Comment Paris, dans la stupeur,
» Entendit : *Vive l'Empereur !*
» Et Thémis dans son sanctuaire
» Reçut le buste du faussaire !
» Et un clergé, vénal, menteur,
» Chanta, pria pour ce *sauveur !*...
» Mais où donc avais-tu la tête,
» France ignare, stupide et bête ?
» Ah ! puisse périr dans l'oubli
» Le jour fatal où tu dis *oui*...

                              A. MARTIN.

# Hommage a la Suisse

POUR SON DÉVOUEMENT AUX SOLDATS FRANÇAIS

—

Salut, noble contrée, ô riante Helvétie !
Paysage enchanteur, ciel plein de poésie ;
Délicieux séjour, où se retrouve encor
La trace des vertus de l'antique âge d'or !
Salut, lacs et vallons, oasis des montagnes !
Citoyens des cités et pâtres des campagnes,
Et vous tous, lieux sacrés, témoins de nos douleurs,
Recevez cet hommage où se mèlent des pleurs.
Je viens remercier, au nom de notre France,
Vos foyers protecteurs, amis de la souffrance ;
Bénir, pour nos soldats, votre hospitalité,
Et sur vos monts altiers rêver la liberté.

Lorsque naguère encor, parcourant vos bocages,
Nous venions de vos lacs contempler les rivages,
Et vos cités, baignant leurs pieds dans les roseaux,
Comme la nymphe antique assise au bord des eaux ;
Oh ! pensions-nous alors, en oubliant les heures,
Que vos palais brillants, vos temples, vos demeures,
Se changeraient un jour pour nous en hôpitaux,
Et que vos sapins verts couvriraient nos tombeaux !
Pensions-nous qu'on verrait nos aigles fugitives
Sous le feu des canons s'abattre sur ces rives,
Et que nos vieux drapeaux et nos fiers bataillons,
N'auraient plus pour lauriers que de sanglants haillons !
Fuyaient-ils donc le fer, le feu, ces fils des braves?
Non, ils ne craignaient rien si ce n'est d'être esclaves ;
Et, se croyant trahis et livrés sans combats,
Ils coururent soudain se jeter dans tes bras.
O Bâle, ô Neuchâtel, ô villes d'Helvétie !
Votre sol fut pour eux comme une autre patrie.

Vous n'avez épargné ni vos soins, ni votre or ;
Jour et nuit, vous donniez, et vous donniez encor.
Ah ! nos cœurs attendris garderont la mémoire
De ces jours consolants d'une sanglante histoire ;
Nous n'oublierons jamais votre élan fraternel
Et vos grands dévouements, quand spectacle immortel !
Vous courriez sous Belfort et sous Strasbourg en flammes.
Arracher à la mort des enfants et des femmes.

Helvétie ! Helvétie ! ô peuple généreux !
Tes fils, dignes de Tell, sont toujours valeureux,
Ils ont bravé des Huns la terrible colère ;
Mais si les Huns rêvaient la vengeance et la guerre,
Compte sur nous ! La France au cœur reconnaissant,
Joyeuse, t'offrirait son épée et son sang.
Malheur aux oppresseurs qu'enivrent les conquêtes !
La colère céleste éclatant sur leurs têtes
Saura les disperser, comme la paille aux vents,
Et changer en roseaux leurs glaives menaçants.

Mais ne revois jamais ces tableaux pleins de larmes ;
Loin de nous et de toi l'horrible bruit des armes.
O terre des héros et de la liberté !
Ah ! conserve à jamais tes vertus, ta beauté,
Laisse leurs vains lauriers aux conquérants sauvages,
Et que ton nom béni vive dans tous les âges !

Doubs.)                                    P. MIEUSSET.

## ODE A VENISE

(SOUVENIR RÉTROSPECTIF DE 1849)

Salut à toi, salut, héroïque Venise,
Digne fille d'Enée, à sa valeur promise !
Salut à ton saint Marc, à tes palais déserts !
Salut ! noble cité, dont la voile orgueilleuse
Faisait dire au passant sur la vague écumeuse :
« Honneur au pavillon de la reine des mers. »

Qu'il faisait beau te voir, alors que ta puissance
N'avait d'égal encor que ta magnificence ;
Qu'on ne te résistait qu'avec un saint effroi !
Lorsque tes matelots, alors les rois du monde,
Disaient en s'éloignant de leur mère féconde,
Adieu ! belle Venise, on va mourir pour toi.

On va mourir, Venise, afin que sur la terre
Tu brilles, en tout temps, d'un éclat séculaire,
Que ton nom soit pour tous : Gloire, richesse, honneur,
Pour qu'un jour en voyant, vers tes rives heureuses,
Nos galères cingler riches et glorieuses,
Le lion de Saint-Marc rugisse de bonheur.

Voyant alors passer, comme une souveraine,
De tes mille vaisseaux la puissante carène,
Peuples et souverains, tous inclinaient le front.
Partout on enviait, redoutait ta puissance,
On recherchait partout ton auguste alliance,
Des rives de la Manche aux bords de l'Hellespont.

Et bientôt, caressés par l'éclatante écume,
On voyait tes vaisseaux, revenant dans la brume,
Balancer fièrement leurs grands mâts dans les airs ;
Puis de leurs larges flancs, couronnés par la gloire,
On voyait s'échapper, aux cris de la victoire,
Les plus riches produits et l'or de l'Univers.

Et, quand la nuit tombait sur Venise la belle,
On entendait au loin le gondolier fidèle
Mêler des chants de gloire à ses refrains d'amour,
Venise se parait d'une robe fèrique ;
De mille feux divers le spectacle magique
Eblouissait les yeux, changeait la nuit en jour.

Mais tu n'es plus la belle, et du Lido les rives
N'entendent fredonner que des notes plaintives,

Que le mourant écho répète avec douleur.
Jadis, reine des mers, les chaînes t'ont brisée.
Sous un joug odieux tu gémis écrasée,
Et le Croate impur insulte à ton malheur.

Tes murs sont profanés. Ton enceinte chérie
N'entend plus retentir l'hymne de la Patrie,
La tristesse est partout, partout règne le deuil.
Morts sont tes chants d'amour, morte semble ton onde;
On dirait, à te voir, un débris du vieux monde;
Un joyau délabré couché dans un cercueil.

Ton lion de Saint-Marc, gisant dans la poussière,
Veut en vain, par moments, hérisser sa crinière.
Un air lourd, glacial la colle sur sa peau;
S'il tente de rugir, dans sa gorge étranglée,
A peine bruit-il une haleine essoufflée :
C'est un râle expirant sous le pied du bourreau.

Pleure, pleure, Venise! A ta gloire immortelle
A succédé la honte, et tu n'es plus la belle,
La perle Adriatique au luxe oriental.
Pleure! car, tous les ans, du haut du Bucentaure,
Tes Doges orgueilleux ne vont plus, dès l'aurore,
Jeter aux flots soumis ton anneau nuptial.

Pleure! les rois du Monde, oublieux de ta gloire,
Ont cru, d'un trait de plume effacer ton histoire,
En faisant de ton sol un sol autrichien.
Ils auraient dû songer à ce temps où leur grâce
Sur ton registre d'or mendiait une place.
Les rois sont oublieux et ne respectent rien.

Ils auraient dû songer à ce temps héroïque
Où leur luxe empruntait l'or de la République;
Au temps où tes vaisseaux aidaient à leur ardeur,
Lorsque, pour être roi au sol de Palestine,
Ils allaient châtier la fureur sarazine;
Mais les rois sont ingrats : les rois manquent de cœur.

Et tes enfants, Venise, ont subi cet outrage ;
Ils n'ont pas su briser les tyrans dans leur rage,
Ou se creuser au moins d'héroïques tombeaux,
Un sang vénitien coule dans leur artère,
Et ce n'est pas pour toi, toi leur antique mère,
C'est pour river ta chaîne et nourrir tes bourreaux.

Mais le jour a paru, le jour de la vengeance,
Partout a retenti le cri de délivrance :
La terre en a tremblé ; la mer en a frémi.
Console-toi, Venise, à ton passé fidèles,
Tes fils ont de l'honneur gardé des étincelles ;
Ils ont repris le fer et sus à l'ennemi.

Sus à l'Autrichien. Tel est leur cri de guerre.
Le lion de Saint-Marc relève ta bannière.
Dans ses regards ardents un fauve éclair a lui ;
Son corps souple et nerveux a bondi sur la dalle ;
Ses cris ont ébranlé l'immense capitale,
Et, pâle de terreur, l'Autrichien a fui.

Il a fui rugissant et de honte et de rage,
Te lançant pour adieux et pour dernier outrage,
Un regard qui disait : plus tard nous reviendrons.
Nous allons te forger de plus pesantes chaînes,
Et de ces fers nouveaux, inventés par nos haines,
Nous briserons tes bras, nous te bâillonnerons.

En sera-t-il ainsi, fils de l'Adriatique ;
Et verrons-nous encor, sur votre République,
S'appesantir le joug d'un pouvoir détesté ?
Verrons-nous sur vos murs, le barbare Croate
Ecrire en traits de feu, comme un sanglant stygmate :
« Le Croate a paru, morte est la liberté ! »

Non, non, rappelez-vous la gloire vénitienne,
Soyez dignes du sang qui coule en votre veine,
Rappelez-vous ce cri de vos braves aïeux :
Vivre libre ou mourir ! Telle était leur devise,

Et tant que ce beau cri retentit dans Venise,
Son noble pavillon flotta victorieux.

Que Venise soit libre et que, sur son rivage,
Le sang de ses bourreaux efface tout outrage.
Sachez vous garantir d'un opprobre éternel,
Ou que, foulant son sol dépeuplé de ses braves,
On dise, en la voyant : Plutôt que d'être esclaves,
Ils sont morts en héros et sont montés au ciel.

L.-J. MASUREL.

## RECHERCHE DE LA VÉRITÉ.

—

Pour tout homme, quel qu'il soit, obscur ou renommé, sujet ou roi, le plus noble, le plus utile emploi de la vie, est, sans contredit, celui du temps consacré à la culture de la raison, à la recherche de la vérité, et de cette connaissance de nous-mêmes, — qui nous révèle, avec la notion d'un être supérieur à nous, celle de nos devoirs. Représenter à l'homme sa grandeur et son abaissement, — l'élever et l'humilier, en même temps, pour lui apprendre ce qu'il vaut, — l'initier aux questions de la métaphysique, moins obscures et moins ardues qu'on ne le pense généralement, — le forcer, en un mot, à ne pas se désintéresser de la seule importante question de ce monde : *sa destinée*, — tel est le devoir de celui qui, écrivain ou non, se laisse toujours guider par une conscience pure, et qui s'estime trop lui-même pour se complaire dans l'idée de son anéantissement.

Obscurs ou renommés, lettrés ou non, nous devons aborder, sans crainte, cette tribune, ouverte à tous, sous le patronage de l'honorable M. Carrance ; les murmures et les interruptions n'y viendront pas couvrir notre voix : Nous y saurons captiver l'attention si nous prenons pour guide le bon sens ou la raison, cette règle intérieure, fixe, immuable, qui inspirait Socrate, qui inspirait Descartes, qui inspire, à toute heure, l'homme le plus ignorant. Comme il n'y a qu'un soleil sensible pour tous les yeux, de même il n'y a qu'un soleil d'intelligence pour tous les esprits. C'est ce soleil de vérité qui fait éclore l'idée, arme d'émancipation, par excellence : autrement puissante que les plus redoutables engins de guerre, c'est par elle que, sans effusion de sang, nous serons rendus à l'Alsace et à la Lorraine, vrai cœur de la France, le jour, plus proche qu'on ne le croit, où les peuples, rendus à la saine et vraie liberté, comprenant la solidarité qui doit exister entre eux, ne consentiront plus à être traités comme un vil troupeau, qui passe d'un maître à un autre !

La vérité est un bien auquel tous les hommes ont un égal droit par les lois de la nature : c'est le seul qu'il faille convoiter dans ce monde de misères, où tout le reste est faux, vain, périssable, couvert par l'oubli.

Dire aux hommes que Dieu n'existe pas, — que leur âme n'est qu'un souffle léger qui s'éteint aux portes du tombeau, — qu'il ne reste plus d'eux qu'une vile poussière, — est-ce là leur dire la vérité ? A ce compte, le plaisir est le véritable bien, le vrai but de la vie ; se le procurer est ce qui constitue la grandeur et l'excellence de l'homme. Et on peut ajouter, avec non moins de raison : la probité est affaire de goût, — « la force prime le droit. »

En présence d'affirmations telles que celles données par Descartes, dans son discours de la *Méthode* : « En sorte que ce moi, c'est à dire l'âme, par laquelle je suis ce que je suis, est entièrement distincte du corps, et même qu'elle est plus aisée à connaître que lui... » Et un peu plus loin : « ... et que, par conséquent, il est pour le moins aussi certain que Dieu, qui est cet être si parfait,

est ou existe, qu'aucune démonstration de géométrie le
saurait être. » Tout homme, désireux d'arriver à cette
tranquillité intérieure que la vérité seule peut satisfaire,
sent frémir tout son être ; avec bonheur il ferait le
sacrifice de tout ce qu'il a de plus cher au monde, pour
rendre sensibles de pareilles vérités, — les faire toucher,
pour ainsi dire, du doigt, en les dégageant de tout ce
qu'elles paraissent avoir d'obscur, à première vue. Quel
présent à faire à cette pauvre humanité, qui se débat
sous l'étreinte du mensonge, des préjugés, des passions
viles et mesquines, — et à ces malheureux peuples de
l'Europe qui, à des périodes si rapprochées se voient décimer pour l'unique satisfaction d'un ambitieux, par ces
abominables tueries qui ont nom : Sébastopol, Solferino,
Sadowa, Sedan, — qui sans cesse, élèvent, jusqu'aux
nues, un piédestal à un mortel, aujourd'hui, leur idole,
demain, leur mauvais génie, — qui, en vue du triomphe
d'idées religieuses, au fond politiques, semblent partager
l'engouement passager de notre infortunée France, pour
de mondains pélerinages, invariablement terminés par
un miracle, — comme si Dieu, à l'instar de leurs monar-
ques, avait jamais besoin d'attester sa toute-puissance.

« A l'œuvre, ô poètes! A l'œuvre, penseurs, soldats sublimes de l'humanité! » *C'est dans pareil présent que se
trouve notre revanche!*

Quant à vous, matérialistes, quelle n'est pas votre dé-
raison? Vous ne voulez voir nulle part les traces d'une
intelligence qui surpasse autant celle de l'homme que la
nature surpasse les œuvres humaines. Vous attribuez
tout au hasard. Pour vous, ce culte rendu à Dieu par
tous les peuples, n'a été et n'est qu'un besoin irréfléchi
de l'enfance perpétuelle du genre humain. Toujours à la
recherche de la vérité, l'homme n'a eu qu'à lever les
yeux vers le ciel, à rechercher les causes premières des
éblouissantes merveilles de la création, pour rejeter, loin

de lui, l'idée que tout ici-bas et au-dessus de nous est
l'œuvre du hasard. L'amour insatiable d'un bonheur que
l'on ne rencontre jamais sur cette pauvre terre, tel que
l'esprit le conçoit, tel que le cœur le désire, lui fit aisément reconnaître Dieu, son créateur, et lui inspira la ferme croyance d'une autre vie, puis, il chercha à se connaître
lui-même, à savoir ce qu'il est.

« Connais-toi toi-même » lui enseigna Socrate, avant
de chercher à pénétrer les secrets de la nature, à expliquer le système du monde. Pour arriver à la solution du
même problème, Descartes tint ce raisonnement : « Je veux
supposer, pour un instant, que je ne sais rien du passé et
du présent ; je ne veux m'inspirer ni de mes devanciers,
ni de mes contemporains ; je veux tout mettre en doute,
même mon existence, car je puis rêver ou, du moins,
être en proie à quelque illusion. » — Mais, en voulant
douter de tout, je ne puis, cependant, nier une chose,
vraie, évidente : le doute que j'exprime. Or, douter, c'est
penser ; penser, c'est être. D'où la célèbre et irréfutable
maxime qui a causé toute une révolution en philosophie :
« Je pense, donc je suis. »

Être par soi-même, c'est la perfection suprême. « Ni je
ne me suis fait moi-même, ni je ne suis par moi-même. »
Suis-je, alors, l'œuvre du hasard ? Autant admettre, suivant une comparaison fameuse dans l'antiquité, que
l'*Iliade* tout entière a pu être le résultat fortuit de quelques milliers de lettres jetées au hasard.

Ici vient se poser tout naturellement la question de
savoir ce que l'on entend par Dieu, créateur de l'âme et
du corps. Bossuet et Fénelon nous disent que les vérités
éternelles sont quelque chose de Dieu, ou plutôt sont
Dieu lui-même ; ils s'accordent, par conséquent, à reconnaître l'existence d'une raison commune et universelle,
laquelle a son foyer en Dieu, laquelle est Dieu lui-même.
Il serait irrévérencieux de vouloir donner de Dieu une

définition complète : nos facultés bornées, qui nous portent à vouloir tout nous représenter en imagination, nous feraient courir le risque de le matérialiser et de ne pouvoir le dégager d'une image.

Faut-il en faire l'aveu? D'après bon nombre d'ignorants encore, notre planète est chose immobile, sans limite, sans point d'appui, existant de tout temps, formant le centre de l'Univers, auquel aboutissent toutes les vues de la nature, — et que Dieu, fait à l'image de Jupiter, tenant en sa main un tonnerre, observe et contemple du haut de sa demeure céleste.

Au-dessus de cette couche atmosphérique, enveloppant notre globe terrestre, — qui joue pour lui le rôle que joue le sang pour le corps de l'homme, existe la substance éthérée : Cette substance remplit tout l'espace, n'a point de limite, est l'infini, dans la véritable acception du mot; — elle joue, dans l'immensité, un rôle aussi utile, aussi indispensable que celui de notre atmosphère pour la terre ; elle est, à vrai dire, l'agent impondérable des volontés de Dieu, la matière première, par laquelle, en vertu d'une puissance mystérieuse, l'œuvre de la création, le passage de l'impondérable au pondérable, du *rien apparent* au quelque chose, n'a pas d'interruption, même un millionième de seconde. — Car *rien* est un mot vide de sens; il ne peut avoir de signification qu'en métaphysique. Telles sont aujourd'hui les données de la science, bien en contradiction avec celles du temps de Galilée et du temps où l'on disait que la nature avait horreur du vide.

Tout ce qui manifeste un accroissement, une transformation, révèle par cela même un commencement. Notre raison se refuse à concevoir une chose matérielle, actuellement existante, sans une origine préalable, ayant sa place dans le temps. Dieu seul, dans sa majesté absolue, éternelle, incompréhensible, se passe de commencement et de création. Tout ce qui a un commencement a une fin, ou plutôt, sans cesser d'être, subit une modification, un changement d'état ou une transformation absolue. Le soleil, les planètes, notre globe, les autres mondes n'échapperont pas plus que nous, simples mortels, à cette loi fatale. La fin de leur existence normale, dont on ne peut assigner le terme, bien entendu, sera-t-elle de passer à un état relativement supérieur ou inférieur? C'est ce que l'homme continuera, sans doute, à ignorer avec tant d'autres choses. Que deviendrait-il, bon Dieu! s'il lui arrivait de n'avoir plus rien à apprendre et de pouvoir percer le voile qui lui cache sa destinée!

D'après ce qui précède, la matière a donc une durée infinie, indéterminée : on peut la pulvériser, la jeter au vent, sans qu'il s'en perde un atome; elle peut changer de forme, d'aspect, être rendue invisible, sans pour cela cesser d'être. — Dieu lui-même ne pourrait, sans se mettre en contradiction avec les lois immuables, éternelles, dont il est l'auteur, rendre au néant le plus petit grain de sable, rendre à la vie les êtres organisés ou non que la mort a frappés, en vertu des mêmes lois, — faire que les corps ne s'attirent pas réciproquement entre eux, — car quoi qu'on en dise, lui qu'on fait tantôt Dieu de la guerre, tantôt Dieu de la paix, n'a pas à se plier au caprice de ses créatures et à recourir au surnaturel pour attester sa toute-puissance.

Des lois éternelles président à toutes choses, — elles font partie de Dieu, si elles ne sont pas Dieu. Tout est possible à Dieu, hors de se mettre en opposition avec les lois immuables, qui ne sont autre chose que lui-même. Dieu, c'est la réunion, la quintessence de toutes les vérités et de toutes les lois éternelles. — C'est, en résumé, l'incompréhensible pour notre esprit fini, borné.

L'infini est et sera toujours l'éternelle perspective qui s'offrira à l'esprit de l'homme; car tout en ayant l'idée de

l'infini, il continuera à s'ignorer profondément lui-même;
il ne saura jamais ni ce qu'il est, ni comment il est attaché à un corps.

« O salutaire infini, c'est bien toi qu'il faudrait inven-
» ter, si tu n'existais pas! »

(Ardèche.)                                    AMÉDÉE MARTIN.

## Le Drapeau

Au pied d'un tertre vert, sur un sol défoncé,
Gît dans des flots de sang un cheval démonté :
Le maître est étendu près de la pauvre bête,
Sur le bord de sa selle il a posé la tête,
Et la main serre encor les rênes du coursier
Qui naguère portait, sur ses jarrets d'acier,
Ce jeune lieutenant à la mine superbe,
Hélas! mort maintenant, et couché dedans l'herbe!
Il a vingt ans à peine, et un éclat de plomb
Lui fit près de la tempe un trou petit et rond.
Le sang bien lentement coule de sa blessure,
Et, laissant sur son front une affreuse souillure,
Tombe sur sa poitrine en un mince filet,
Et va rejoindre enfin, par un long ricochet,
Le sang de son cheval dont la terre est mouillée.
Dans la main droite, hélas! que la mort a crispée,
Il tient son revolver qui partit en tombant,
Et du coup qu'il visait est encor tout fumant.
Son sabre est près de lui, n'ayant aucune forme,
Brisé juste au milieu par un obus énorme,
Dont les nombreux éclats, épars tout alentour,
Ont labouré le sol et creusé tour à tour,
Comme un profond sillon, d'une large étendue,
Et qui fut en un champ tracé par la charrue.

De son cher régiment, le noble et fier drapeau,
Ne paraît maintenant qu'un informe lambeau,
Un ramassis immonde, une horrible défroque
De bois jadis doré, de toile tout en loque,
Et c'est sur ce drapeau, qu'il défendit tout seul,
Qu'hélas! il est couché comme dans un linceul!
Mais horreur! trois Prussiens, trois lâches misérables,
Trois ignobles pandours, trois monstres exécrables
Le cœur tout palpitant de mille affreux transports,
Rôdent tout alentour pour dépouiller les morts;
Ils ont vu l'étendard, et leurs instincts cupides
Se peignent aussitôt dans leurs regards avides.
Voyez-les s'avancer, inquiets au moindre bruit,
Ils regardent partout et font un long circuit,
Tant ils craignent encor, malgré tout leur courage
De ces braves soldats, l'effroyable visage
Qui paraît sûrement, à leur esprit obtus,
Grimacer pour eux seuls un horrible rictus.
Voyez parmi les trois, ce jeune volontaire
Misérable bandit à face débonnaire;
Il a le sabre en main, et ses yeux hébétés,
Restent sur le drapeau constamment arrêtés.
Cet autre, vieux landwher, tient en état son arme,
Et le troisième, enfin, redoutant quelqu'alarme,
Est à demi penché sur le noble coursier.
Il s'assure en tremblant si le jeune officier
Ne va pas tout d'un coup, d'une manière horrible,
Se dresser à la fin, et sanglant et terrible,
Et d'un triple trépas justement mérité,
Punir le vol odieux qu'ils avaient médité.
Au bruit retentissant de leur marche germaine,
Un blessé de chez eux se soulève avec peine,
Et de cet attentat comprenant la noirceur,
Se détourne aussitôt, de dégoût et d'horreur
Laissant tomber d'effroi sa tête ensanglantée,
Qui deux fois rebondit et reste inanimée.

Ce calme solennel régnant tout alentour,
Semble les rassurer et fait que tour à tour
Ils osent s'approcher, couvant avec ivresse
Ce but tant désiré, l'objet de leur tendresse.
Comme d'affreux corbeaux voyez-les se baisser,
Et d'un commun accord lestement se lever ;
Puis comme eux, enhardis, tendre une main tremblante,
Et tirer le drapeau par sa hampe sanglante.
Enivrés du succès, ces braves fantassins,
Véritables bandits, vrai trio de gredins,
Retournent le cadavre, et d'un geste rapide,
Arrachent de son doigt une bague splendide,
Sans oublier non plus sa montre et son argent,
Qu'ils contemplent alors d'un regard impudent.
Munis de ce butin que leur main exercée
A saisi sur ce mort en victoire assurée,
Ils se sauvent alors, ayant l'air tout heureux,
Et sans se retourner courent droit devant eux.

Emile MONNET.

## LA FRATERNITÉ

—

D'un rayon bienfaisant viens éclairer la terre,
Lève-toi, doux soleil de la Fraternité ;
Aux peuples égarés montre enfin ta lumière,
Qui doit seule guider la pauvre Humanité.

Avec toi, c'est la Paix, l'Union, la Concorde ;
C'est le pardon sublime et la voix de l'amour ;
C'est l'oubli d'un passé troublé par la Discorde,
Qui s'échappa jadis de l'infernal Séjour.

Peuples, du monde entier, Enfants, d'un même Père,
Que font différents noms de races ou de lieu,
N'invoquons-nous pas tous dans la même prière
Celui qu'en noms divers nous appelons tous : Dieu ?

Trève donc, à jamais aux guerres criminelles
Qui, pour l'orgueil d'un seul nous font tous malheureux.
Des mortels auraient-ils des haines immortelles ?
Des frères pourraient-ils se déchirer entre-eux !

Non, non, coulons en paix des jours purs sans mélange ;
Si tout passe ici bas sans espoir de retour,
Vivons par l'amour seul, c'est le bonheur de l'ange.
Que serait même au ciel le bonheur sans l'amour ?

O douce et sainte loi, loi sublime et profonde
Que tout homme en naissant apporte dans son cœur,
Seule tu peux fonder l'harmonie en ce monde,
Et rendre à tes enfants la joie et le bonheur.

Oui, loin de nous haïr, dans un si court voyage,
Frères, marchons ensemble et donnons-nous la main,
Plus sûrs nous atteindrons au suprême rivage
Où doit s'anéantir tout le prestige humain.

O Dieu, quand verrons-nous à cette belle aurore,
S'éveiller à l'envi toute l'humanité.
Si de ce beau réveil nous sommes loin encore,
Que la force du moins la cède à l'équité.

Mais il faut pour cela que le peuple s'instruise ;
Qu'il joigne la science aux vertus, à l'honneur ;
Que l'amour du devoir dans son esprit mûrisse,
Le peuple alors sera juste, grand et meilleur.

Louis MOURIÈS, étudiant.
*Membre d'honneur des Concours poétiques*

—◦◦◦—

## ALLÉGORIE

—

Dans un chemin plein de broussailles,
Cahotant et profond se trouvait engagé
Un char fort lourdement chargé
De tous genres de victuailles,

Quoique habilement dirigé,
Il semblait que ce char, avec sa marchandise,
D'un affreux versement allait subir la crise :
    Il ne versa pas cependant,
    En dépit de maint regardant
    Qui comptait faire ample curée
    Et bon profit de la denrée.
    Le chemin limitait deux camps,
    En querelle depuis longtemps :
  Or, tous les deux, ils voulaient sans scrupule
  Que sur leur bord versât le véhicule;
Cependant, l'un et l'autre, ils s'emblaient s'empresser,
Et tout faire et tenter pour le débarrasser,
    Et pour l'empêcher de verser.
    Mais le maître de l'équipage
    Se dit, homme sagace et sage :
Ces gens, des deux côtés, font trop les empressés
    Pour n'être pas intéressés
    Au versement de ma voiture
Plus qu'à notre salut en cette conjoncture :
Ne les écoutons pas. Leurs cris sont de nature
    Plutôt à nous décourager
Qu'à nous faire entrevoir la fin de ce danger.
    Il fit bien ce qu'il fallait faire,
    Car que serait-il advenu
S'il les eût écouté en cette grave affaire ?
L'attelage et le char avec son contenu,
    Tout, peut-être, eût été perdu.

Seine, 23 mai 1873.                    Th. NEUVE-EGLISE.

# Le Semeur

A MON AMI A. TLEILLE.

Sine clade Victor.

## I

La nuit!... Déjà le sol se couvre d'ombres grises,
Déjà l'on voit s'éteindre à l'horizon lointain,

Dans la pourpre du soir l'astre d'or du matin,
Et l'*Angelus* mourant sur les ailes des brises
Jette à tous les échos son accent argentin.

La nuit!... Dans la cabane où chacun se repose,
Le soir a ramené l'essaim des travailleurs :
Ici, la paix qu'en vain on chercherait ailleurs !
Sous ce modeste toit, riche de peu de chose,
On s'endort sans rêver des avenirs meilleurs !

Quelle forme là-bas apparaît dans la plaine?
— Seul, debout, à pas lents, au rebord des sillons,
Quoique l'astre du jour quitte nos régions,
Le semeur fatigué lance au loin sa main pleine
Aux dernières lueurs de ses derniers rayons !

Et, tout autour de lui, s'épand, riche et sans nombre,
Le grain, heureux espoir d'abondantes moissons,
Et les oiseaux du ciel, de buissons en buissons,
S'enfuient, épouvantés à la faveur de l'ombre,
Sifflant au vent du soir leurs dernières chansons.

Ce champ, naguère encore, était âpre et sauvage,
La charrue a tracé son sillon régulier,
Où l'épi, — grain multiple, — au zéphyr va ployer,
Et sous les feux d'été, jaunir, — précieux gage
D'un tranquille avenir pour l'indigent foyer !

Travailleur obstiné, du lever de l'aurore
Jusqu'aux derniers rayons du jour qui va mourir,
Rêvant au temps joyeux qui voit l'épi mûrir
A l'air chaud de l'été, sa main répand encore
Le grain qui doit un jour germer pour le nourrir.

Rien ne peut l'arrêter dans cette tâche aride,
A son œuvre de peine il cueille un doux espoir :
Quoiqu'il n'ait rien mangé qu'un morceau de pain noir,
Depuis l'aube du jour, sa main toujours rapide
Poursuit son dur travail, malgré l'ombre du soir !

Puis, son labeur fini, seul, dans la brume épaisse,
Il quitte les sillons qu'a fécondés sa main ;
Vers son vieux toit de chaume, il reprend son chemin
Et s'écrie, en montrant ce champ fécond qu'il laisse :
« Mon Dieu, je puis mourir, mes fils auront du pain! »

Et bientôt le printemps naîtra, — saison sublime, —
Où l'on verra germer, dans les sillons joyeux,
Le beau grain, — tige verte, éclose à l'air des cieux,
Brin d'herbe frêle encore, et dont bientôt la cîme
Balancera, superbe, un épi précieux.

Quand les feux des beaux jours, vers nos riches contrées
Des oiseaux exilés ont rappelé l'essor,
Les champs, — riches écrins, — étalant leur trésor,
Dépouillés à nos yeux de leurs vertes livrées,
Se revêtent au loin d'immenses robes d'or !

Qu'ils sont brillants, voyez! ces épis qui fléchissent,
Flots dorés agités par le souffle des vents,
Sous un soleil fécond, aux rayons caressants,
O bonheur, d'admirer, quand les moissons mûrissent,
Les ondoyants replis de leurs épis mouvants!

Puis le semeur viendra! — Femmes, garçons et filles,
Dès que l'aube, du jour annonçant le réveil,
Aura teint l'Orient des reflets du soleil,
Feront tomber, joyeux, au tranchant des faucilles,
Sur les sillons jonchés l'épi blond et vermeil.

Les greniers vont ployer sous le faix de ces gerbes!
Et l'heureux moissonneur, de leur trésor charmé,
Doux prix de ce travail qu'il a toujours aimé,
A ses petits enfants, jouant parmi les herbes,
Dira : « J'ai vingt fois plus que je n'avais semé! »

O poète! ô semeur! fouille ce champ immense
De l'humanité sombre, — éteinte, — sans rayons,
Et creuse dans son sein de fertiles sillons.

Où ta main répandra le grain de la science,
Ce grain qui doit nourrir les générations !

Du matin jusqu'au soir veille à ton œuvre austère,
Termine aussi ta tâche, avant ton dernier jour,
Avant de t'envoler vers un autre séjour,
Et quand viendra la mort, nuit sombre, noir mystère,
Jette encore aux échos un dernier chant d'amour !

Va, que rien ne t'arrête, en ton œuvre féconde !
Marche, tout plein d'espoir, la lumière à la main,
Sans te décourager, poursuis ton long chemin ;
Ton temps est précieux, et ta vie est au monde,
Généreux rédempteur de ce vieux genre humain !

Et si des envieux embarrassent ta route,
Et s'ils couvrent ta voix du bruit de leur clameur,
Poursuis ton œuvre encore ! — Ainsi que le semeur
Qui chasse des oiseaux l'essaim qui le redoute,
Tu chasseras aussi leur tourbillon moqueur !.,.

Et comme les hiboux qui fuient à la lumière,
Ces noirs oiseaux des nuits, ennemis du progrès,
Qui veulent opposer la digue à tes succès,
Ne peuvent t'empêcher de suivre ta carrière,
Fuiront, l'œil ébloui de tes rayons de paix !

Puis un siècle luira, printemps nouveau des âges,
Où l'on verra germer tes leçons dans les cœurs,
Et le monde renaître à tes efforts vainqueurs ;
Où verdiront enfin ces champs âpres, sauvages,
Dans lesquels tu jetas ton grain et tes sueurs.

Du pain blanc de l'esprit fais au monde l'aumône,
Sois pour nous le semeur qui creuse le sillon,
Le moissonneur actif qui moissonne au vallon,
De sa faucille d'or, les épis que Dieu donne,
Puis au peuple orphelin partage la moisson !
Quels immenses trésors recueillera la terre,

Si le monde prend soin de ce grain précieux,
Semence du progrès qui doit croître à ses yeux,
Et s'il sait lui verser une onde salutaire,
Et les rayons d'amour de son soleil joyeux !

C'est alors qu'on verra, dans l'Univers immense,
L'ombre des nuits s'enfuir devant les feux du jour,
— D'un nouvel âge d'or, infaillible retour, —
Où le monde, abjurant son antique démence,
N'aura que deux grands mots : le pardon et l'amour.

Et si tu ne vois pas, vieil amant de la gloire,
Ce jour de l'avenir, ces temps sereins et beaux,
Où du progrès naissant brilleront les flambeaux,
Ton nom des ans lointains bravera l'ombre noire,
Quand tu reposeras dans la nuit des tombeaux !

Justice ! vérité ! voilà les auréoles
Dont le ciel a paré le front pur du rêveur !
Répands parmi la foule, ô mon noble penseur,
Le vrai, le beau, le bien, ces sublimes idoles
Que connaît ton esprit et qu'encense ton cœur !

Noble poète, à l'œuvre ! Et que la paix s'épanche,
Comme on voit s'épancher de l'abeille le miel,
De tes vers généreux, sans haines et sans fiel,
Sème dans tous les cœurs, pour la grande *Revanche*,
Le pardon, fruit d'amour que t'a légué le ciel !

(Vienne), 8 avril 1873.                    Aimé PRET.
*Membre d'honneur des Concours poétiques*

## A MA PETITE AMIE CLAIRE

« Dis-moi, ma belle enfant, ma Claire
» Pourquoi quittes-tu donc les cieux
» Pour venir habiter la terre,
» Séjour triste des malheureux ?.....

» Pourquoi te séparer des anges,
» Tes célestes et doux amis ;
» Et ne plus chanter les louanges,
» Parmi les chœurs saints et bénis ?.....

» Pourquoi laisses-tu ta couronne
» Ceinte de riches diamants ?.....
» Oh ! pourquoi ton cœur abandonne
» Dis-moi, là-haut tous ces présents ?.....

» Pourquoi ma chère enfant si belle
» Fuis-tu le souverain bonheur ?.....
» Ici, la joie est infidèle :
» Et le front blanc perd sa candeur.....

» Pourquoi viens-tu parmi ce monde
» Faire entendre ta douce voix ;
» Nous montrer ta grâce profonde
» Qui charme et ravit à la fois ?.....

» Oh ! je comprends, petite Claire !...
» Tu viens ici, le cœur joyeux,
» Faire le bonheur de ta mère,
» Et lui parler aussi des cieux !.....

» Grandis en vertu salutaire
» Parmi ce monde corrupteur,
» Et qu'un jour l'étude sincère
» Fasse à jamais tout ton bonheur !.....

» Comme l'aurore matinale,
» Sois gracieuse à nous ravir,
» Et que ton âme virginale
» Présage un heureux avenir !.....

» Que la foi qui sauve et console
» Embellisse, enfant, tes beaux jours ;
» Et que sur ton front l'auréole
» De la grâce brille toujours !.....

» Tends ta main pure et charitable
» Vers le pauvre, ami du bon Dieu :
» Dis-lui dans un langage aimable
» Que l'espoir domine en tout lieu !.....

» Visite le prisonnier sombre ;
» Approche-toi vers le mourant ;
» Répands tes doux bienfaits dans l'ombre :
» Au ciel, te voit un Dieu clément !.....

» Comme un archange de lumière
» Ah ! prie aussi de tout ton cœur
» En faveur de l'enfant sans mère,
» Pour moi, misérable pécheur !.....

» Puis dans ta charmante innocence
» Cueille souvent de blanches fleurs.....
» Chante une suave romance
» Près de ta mère et de tes sœurs !.....

» Reçois mon amitié sincère
» Mignonne enfant, ô doux amour !.....
» Mon adorée et jeune Claire
» Daigne m'écouter en ce jour ! ! !..... »

(Vénézuéla), 6 avril 1873.                    GUILLAUME DE PICHON.

## A L'ALSACE & A LA LORRAINE

..... D'un peuple entier la tombe est assouvie.
Barthélemy (NÉMÉSIS.)

En vain vous nous tendez les bras, ô sœurs chéries,
Nous regardons hélas ! spectateurs impuissants,
La rage dans le cœur, vos bourreaux allemands
    Nouer sur vos têtes meurtries
Le joug de l'esclavage ; il faut nous contenter

De dire, en assistant à votre long supplice :
 « Vienue bientôt l'heure propice,
» O France, où notre sang pourra les racheter ! »

Dans nos champs dévastés, l'orgueilleuse Allemagne
Promenant à loisir sa froide cruauté,
Des monceaux d'or jetés à son avidité,
 Cette mémorable campagne
Si féconde en revers, ce n'était point assez !
Soixante-dix ! O jours de sinistre mémoire,
 Jours qui, sans ternir notre gloire,
Sont une source, hélas ! de deuils et de regrets !

Cachez-moi ces soldats que décime la foudre !
Ces cuirassiers d'airain, par le trépas fauchés !
Ils sont partis dix mille et dix mille couchés
 A jamais restent sur la poudre.
Sedan et Metz ont vu nos défenseurs sans pain,
Sans armes, à la mort dérobant leurs poitrines
 Passer sous les fourches caudines
Et s'exiler captifs chez le peuple germain.

Ecoutez ! Ecoutez ! Le salpêtre s'allume
Et la mitraille siffle : au milieu des clameurs
On voit, O Châteaudun, tes vaillants francs-tireurs
 Tomber sur le rempart qui fume !
Sous le canon, tes murs, de boulets sillonnés
Croulent avec fracas, Strasbourg, ville bénie ;
 L'aquilon souffle et l'incendie,
Bazeille, ensevelit tes fils infortunés !

Les guerriers, les héros succombant pour la France,
Garibaldi, Denfert et Faidherbe enchaînant
Sous notre vieux drapeau la victoire un instant,
 Sauveront-ils l'indépendance
De vos enfants, Alsace et Lorraine ? O douleur !
Vaine espérance ! Un jour, comme un glas funéraire
 Pleurant sur l'urne cinéraire,

Eveillant dans toute âme une sainte terreur,

Redoublant nos sanglots, de la diplomatie
La voix triste et sévère a sur nos fronts distraits,
Laissé tomber ces mots : « Ils ne sont plus Français ! »
      Plus Français !... Coupable inertie !
Ah ! voilà donc tes fruits ! La France s'endormant
Sur tant de beaux lauriers, tant de jours de victoire,
      Sur les splendeurs de son histoire,
Sur l'effroi de son nom, eut un réveil navrant !

Ils ne sont plus français, dis-tu, folle Allemagne ?
Vois ce vieillard blanchi, courbé vers le tombeau,
Dire un adieu suprême à son plaisant hameau,
      Au toit, où jadis sa compagne,
Digne objet de ses pleurs, s'endormit pour toujours ;
Vois ces enfants, les seuls qu'oublia la mitraille,
      Dont le cœur, à ton nom tressaille
D'horreur, abandonner le nid de leurs amours !

Ils veulent tous, fuyant ton pouvoir despotique,
Vivre et mourir français ! Ah ! si notre valeur
N'a pu leur épargner cette amère douleur,
      Du moins vers leur troupe héroïque
Volons ! à ces débris sacrés ouvrons nos bras !
Qu'un généreux accueil les reçoive, ces frères,
      Et rende leurs peines légères :
Ils espèrent en nous, ne les décevons pas !

Qu'ils aient tous une place à l'âtre qui pétille,
Une coupe aux repas : spectacle consolant,
Pour adoucir leur sort, que d'un nouvel enfant
      Chacun accroisse sa famille ?
Et quand le sombre hiver de son souffle glacé
Aura bruni les cieux et flétri la vallée,
      Quand la feuille errant dans l'allée
Jonchera le gazon, quand un cercle pressé

Le soir assiégera la cheminée ardente,
L'exilé nous dira combien son pauvre cœur
Palpite au nom de France et maudit l'oppresseur,
    Il dira la fiévreuse attente
De ceux qui sont là-bas, sous le joug odieux,
Martyrs du dévouement; il dira leurs souffrances,
    Leurs angoisses, leurs espérances,
Il dira que vers nous, sans cesse ils ont les yeux.

Ah! puissent ses récits allumer dans les âmes
De nos futurs vengeurs, le flambeau d'union
Qu'obscurcit trop souvent la sombre passion!
    Puissent ils aviver les flammes
De leur patriotisme! Et vienne alors le jour,
Le jour où notre épée, hors du fourreau tirée,
    De sang, de vengeance altérée,
Fera blémir Guillaume, au milieu de sa cour!

O Roi, ne tremble point pour cet or qu'amoncelle
Ta cupide vieillesse! A toi ces milliards
Que nous t'aurons payés jusqu'aux derniers liards
    A toi cet amour et ce zèle
Pour la guerre qui donne au prix de tant de pleurs
Quelques monceaux d'argent! A toi butin, carnage,
    Viol, incendie et pillage!
Oui; mais à nous, à nous de t'arracher nos sœurs.

Gaston PATRON.

QUESTION

A M<sup>lle</sup> M. P.

« Heureux qui peut aimer. »<br>
V. Hugo.

Ah! combien je voudrais, jeune fille, et je n'ose,
Indiscret, et craignant froisser votre candeur,

Vous demander pourquoi, sur votre lèvre rose,
Etincelle un corail pur comme votre cœur?

Et pourquoi votre bouche embaumée et rêveuse,
Cache, suave écrin, d'un divin chapelet,
Des perles, frais bijoux, qu'innocemment rieuse,
Vous laissez admirer, blanches gouttes de lait.

Pourquoi sur votre gorge, ô créature aimée,
Fleur au calice tendre, éclose au gai printemps,
Pourquoi vous dis-je enfin, tant de neige semée,
Tant d'adorants appas, de charmes éclatants.

Pourquoi ces yeux brillants, doux reflets de votre âme,
Pourquoi, trésor sacré que je ne vois qu'en vous,
O belle enchanteresse, ange plutôt que femme,
Ce rire à rendre au ciel les chérubins jaloux!

Pourquoi ce doux parfum qu'exhale votre haleine?
Rivalisant la rose et l'enivrant jasmin,
Pourquoi ces noirs cheveux qui font pâlir l'ébène,
Pourquoi sur votre joue un aussi vif carmin?

Mais pourquoi cette main dans l'albâtre taillée,
Dont Vénus de dépit s'indignerait ma foi,
Merveille, du ciseau de Phydias tombée.
Mais pourquoi tant d'attraits et de grâce, pourquoi?

Et puis aussi ce nom harmonieux, intime,
A la Vierge, pourquoi follement l'emprunter,
Pourquoi? Question hardie... Ah! tiens, démon sublime,
Je crois avoir saisi le mot... pour me tenter!

(Dordogne). P.-P. PALUT, tonnelier.

# LA REVANCHE

### SONNET.

La Revanche! A ce mot comme tout cœur français,
D'une émotion sainte et sublime palpite,

L'horrible souvenir de leurs sanglants excès,
Revient à notre esprit où la vengeance habite.

Et cependant, songeant à ces maux entassés
Sur la France outragée et qu'au meurtre on excite,
Recherchant l'ennemi qui nous a terrassés,
Recueillis, accusons l'ignorance maudite.

O peuples aveuglés que Dieu fit pour s'aimer !
De tyrans odieux, innocentes victimes,
Votre sang a toujours ratifié leurs crimes.

Contre ces vils bourreaux, de haine il faut s'armer,
Ah ! la grande Revanche est, que sur leur poussière
La République arbore à jamais sa bannière !

(Dordogne). P.-P. PALUT, tonnelier.

## LE VRAI BONHEUR

« Le travail c'est la loi, c'est le bonheur humain ! »
William LEMIT.

Tout dans l'admirable nature,
Bénissant le Dieu créateur,
Subit sa douce dictature,
Cherchant à son tour le bonheur.
Les rois le trouvent dans l'orgie
Et dans le sang de leurs sujets,
Crimes sans nom, honte, infamie,
Par les peuples trop tard jugés.
L'amoureux en des rêves roses,
Le poète en de vagues chants,
Le grillon dans l'herbe des champs,
L'indifférent en toutes choses.
L'oiseau dans l'ombrage des bois,
L'abeille dans la fleur naissante,

12

La jeune fille au frais minois,
Dans sa parure ravissante.
Mais il est un bonheur que l'or,
Ni la bienfaisante nature,
Ne procurent point, ce trésor,
Cette joie enivrante et pure;
C'est le travail, germe divin,
Source abondante et précieuse,
Où, dans sa course harmonieuse,
S'abreuve tout le genre humain.
Ecoutez! le marteau résonnne,
De gais refrains montent dans l'air,
Concert sublime que nous donne,
L'ouvrier aux muscles de fer.
Oui, par lui la richesse abonde,
Oui, gloire à qui peut travailler,
Car le vrai bonheur en ce monde,
Réside au sein de l'atelier.

(Dordogne).                           P.-P. PALUT, tonnelier.

## POUR UN PORTRAIT DE FEMME

Vous, qu'un ardent amour de la peinture enflamme,
Ecoutez ce conseil : soyez artiste ou non,
Crayonnez bien où mal un visage de femme,
Le tableau sera toujours bon !

(Dordogne).                           P.-P. PALUT, tonnelier.

## LES DEUX LIONCEAUX

### (APOLOGUE).

Après avoir régné longtemps sur la nature,
Et par la griffe, et par la dent,

Un jour seigneur lion fut blessé d'aventure,
Par un tigre mortellement.
Quelques singes, témoins de son heure dernière,
Et que jadis il hébergeait,
Dirent qu'il expiait ainsi l'humeur guerrière
Qui sans cesse le dirigeait.
Quoi qu'il en soit, — de sa défaite,
Et de sa tête,
Il laissait deux vengeurs qui, bien qu'en leurs berceaux,
S'annonçaient pour des lionceaux.
Un zélé serviteur, renard à tête grise,
Ayant flairé de loin ce fatal dénouement,
Dès qu'il en vit l'événement,
Sut profiter de la surprise,
Qu'occasionna même au vainqueur,
Cette victoire inattendue,
Pour emporter loin de sa vue
Les pauvres orphelins, commis à son honneur.
Dépistant des limiers la poursuite traîtresse,
Dans un épais taillis, il vint, à tous les yeux,
Dérobant leurs jours précieux,
En paix instruire leur jeunesse.
Dieu sait tous les sages discours
Que sa prudence ingénieuse
Dut appeler à son secours,
Pour modérer un peu leur humeur batailleuse;
On sait assez que de tous temps,
Messeigneurs les lions n'ont pas été patients.
Dès que nos écoliers sentirent leur mâchoire
Se hérisser de crocs aigus,
Et leurs pattes d'ongles pointus,
Les affronts paternels leur vinrent en mémoire.
Leur sage précepteur eut beau leur remontrer,
Qu'ils feraient bien de différer,
De quelques jours encor leurs projets de vengeance;

Ils taxèrent de peur sa juste prévoyance ;
    Et, non sans le brusquer un peu,
    Sans égard pour tant de services,
    L'un d'eux, n'écoutant que son feu,
Le pria de porter ailleurs ses bons offices.
L'autre, quoique lion, se montrant moins ingrat,
Consentit d'ajourner quelque temps son ébat.
..... Voilà notre héros qui se met en campagne ;
    Et la forêt, et la montagne,
De ses rugissements retentissent soudain !
Lors chacun de trembler à cet accent lointain ;
Le tigre vit d'abord, quel était l'adversaire
    Qui venait s'offrir à ses coups,
    Et, sans plus se mettre en courroux,
    Il voulut qu'on le laissât faire ;
D'un revers de sa queue, notre jeune lion,
    Fut bientôt mis à la raison,
Après quoi, le vainqueur se montrant magnanime,
    Se contenta de lui rogner
    Ongles et dents pour épargner,
Qu'aucun de sa fureur pût être la victime ;
Puis, comme il murmurait et faisait le méchant,
    On sut bien trouver une cause,
    Pour l'assommer tambour battant.
Plutôt qu'une, on en eut trouvé cent, je suppose ;
    Et tous les voisins d'applaudir,
    Ils avaient quelque souvenir,
Qu'au temps, où le lion administrait l'empire,
    Il les morigénait sans rire,
Tandis qu'en écorchant, sire tigre toujours,
    Leur faisait patte de velours.
Un d'eux, le plus puissant, crut qu'il serait utile
    De se montrer plus scrupuleux ;
    Pour calmer son cœur généreux,
On lui laissa croquer quelque brebis docile.

Par respect pour le droit des gens,
On la fit même opter pour de si nobles dents !
Quand on doit y passer, tant vaut la lèche frite
    Que la marmite.
..... Ces grands événements firent assez de bruit,
    Pour que jusque dans sa tanière,
Au moment qu'il allait traverser la frontière,
Le second lionceau lui-même en fut instruit.
Je vous laisse à penser quelles actions de grâces
    Il rendit à son vieux Mentor ;
    Il comprit qu'on lui parlait d'or,
Et qu'il serait prudent de terminer ses classes
    Avant de prendre son essor.
Longtemps encore il suivit du vieux maître
    Les exemples et les leçons,
S'en rapportant à lui, pour qu'il lui fit connaître
Quand il serait de taille à venger ses affronts.
    ..... Un jour que dans le voisinage,
Entouré de sa cour, le tigre allait chasser ;
Un superbe lion, tout écumant de rage,
    Sur son chemin vint se placer.
Presqu'à moitié vaincu par l'aspect formidable,
    De son impétueux rival,
    Le tigre, se défendant mal,
Perdit en un instant, sous sa dent redoutable,
    La tête et le bandeau royal.
..... Et les voisins ? — Les voisins faisant la courbette,
    Prouvèrent à n'en pas douter,
    Qu'ils ne cessaient de regretter
Du vieux lion la lointaine défaite !
Le voisin scrupuleux lui-même ne dit rien ;
    Et je crois qu'il s'en trouva bien ?

. . . . . . . . . . . . . . . .

France ! mon beau pays ! des désastres sans nombre,
    Sur ton ciel autrefois si pur

Formant comme un nuage sombre,
Même à l'œil de tes fils en dérobent l'azur ;
Ton cœur n'en frémit point ! Toi la reine des reines !
Tu souris de notre illusion,
Car tu sais que le sang qui bouillonne en tes veines,
Est du sang de lion !
Mais pour que ton espoir ne soit pas un vain leurre,
Attends que le destin vienne sonner ton heure,
Au cadran par toi respecté,
De justice et de vérité.
Attends que ces Français, que l'Europe regarde,
Aujourd'hui comme des enfants,
Faibles, moqueurs et turbulents,
T'offrent contre ses coups une invincible garde.
Evite bien surtout de permettre qu'aucun,
Sous un prétexte ou sous un autre,
En te limant les dents fasse le bon apôtre ;
Songe à Belfort ! Songe à Verdun !
Laisse grandir tes fils, élève-les sans crainte,
Enseigne-leur le vrai, la justice, la foi.
Et quand tu nous crieras : « Debout ! c'est l'heure sainte, »
Nous saurons tous mourir pour toi !

S. P.

## LES DEUX ENFANTS

Un jour, deux enfants du village
Se promenaient dans le bocage ;
L'un, de l'épaisse ronce, en bravant l'aiguillon,
Cueillait la grappe noire à travers le buisson :
— « Vous êtes peu sensé, lui dit son compagnon,
De vous pîquer les doigts, de prendre tant de peine,
Pour salir votre bouche et gâter votre haleine ;
M'égratigner les mains pour attraper si peu ?

A Dieu ne plaise !
Je veux manger meilleur et manger à mon aise. »
Il court vers un poirier, se trouvant en ce lieu ;
De l'œil il le mesure, avec fierté l'embrasse,
Et grimpe un certain bout : « Cette branche est trop basse,
Dit-il, montons plus haut ; goûtons un air plus frais ;
Les fruits sont plus brillants. » De degrés en degrés,
Il parvient à la cîme, et là, cueillant des poires,
D'un air majestueux contemplait le lointain,
Puis sur le buissonnier baissait un œil malin,
Lui crachait sur le dos, méprisait ses mains noires,
Et pourtant enviait ses jeux et ses ébats,
Sa paix, sa liberté, ses bonds sur la verdure ;
Tandis que lui, serré, cloué dans sa posture,
N'osait faire un écart ni trop mouvoir les bras :
La crainte de tomber troublait son beau repas...
La tempête soudain s'élève avec furie ;
La tête du poirier, qui balance et qui crie,
Au fort de l'ouragan se rompt avec fracas,
Et notre fier gamin, meurtri, presque sans vie,
    Roule aux pieds de son compagnon,
Qui reposait en paix à l'abri d'un buisson...

. . . . . . . . . . . . . . . . . .

Orgueilleux, cramponnés à ces fragiles crètes,
Nains brillants, dont le pied veut écraser nos têtes,
Considérez les faits, le sort de ce bambin ;
Pareille est votre vie et souvent votre fin.
Dans cette humilité, qui vous semble bassesse,
Apprenez à puiser des leçons de sagesse.
Alfred PIQUOT.

## Au Coin du Feu
### (Janvier 1873.)

Tandis que Dieu se fâche, et que le Ciel en eau
Semble nous menacer d'un déluge nouveau,

(Car le vicaire a dit, dans son sermon, dimanche,
Que Dieu pour tout de bon, veut prendre sa revanche,)
Amis, au coin du feu, trinquons quoiqu'il en soit;
Q'aucun ne tremble ici, ni de peur ni de froid.
Formons le demi-cercle autour de cette braise;
La pose importe peu pourvu qu'on soit à l'aise;
Bannissons le haut-ton et ses nobles leçons;
Entre nous, paysans, surtout point de façons.....
Notre âtre est moins étroit que les âtres de ville,
On peut y rassembler ses amis, sa famille,
Et pour nous réchauffer un chêne tout entier
Etendu de son long trouve place au foyer.

. . . . . . . . . . . . . . .

Les rois avec leur cour, sous des voûtes dorées,
Passent-ils mieux que nous, d'agréables soirées?
Enervés par le vice et rongés de désirs,
Les vrais plaisirs pour eux ne sont plus des plaisirs.
Le vrai bonheur de l'homme est cette paix de l'âme,
Cette simplicité qu'aucun désir n'enflamme,
Et qui fait qu'un héros, l'effroi du monde entier,
Est moins grand, moins heureux qu'un pâtre ou qu'un meunier.
« Un meunier! direz-vous, un meunier vaut Pompée. »
« Un bonnet vaut un casque, un fouet vaut une épée! »
Oui sans doute, un meunier, sur le dos d'un ânon,
Est plus grand qu'un César et qu'un Napoléon :
Le sabre met à mort, le pain fait vivre l'homme,
Le meunier nous nourrit, le guerrier nous assomme. —
Les guerriers, dira-t-on, sont inspirés de Dieu.
Quoi! pour porter la flamme et la mort en tout lieu?
Dites moi, quand vit-on Dieu montrer sa figure
Et dire à ces bandits : « Désolez la nature...
» Là haut tout est à moi, mais la terre est à vous.
» Sur le peuple-mouton allez règner en loups;
» Disposez de son bien, dormez dans la paresse,
» Et, si quelque rival vous dédaigne ou vous blesse,

» Menez vite au combat vos sujet par troupeaux,
» Ce n'est qu'en massacrant qu'on peut être héros.
» Dépouillez, égorgez au gré de votre rage. »
Jamais un Dieu de paix n'a tenu ce langage,
Et je crois qu'à ses yeux les mondes, les pays,
Les assauts, les combats, sont des jeux de fourmis...
Mais cependant chantons : « *Mourir pour la Patrie*
» *C'est le sort le plus beau, le plus digne d'envie...* »
Quoiqu'en dise, après tout, l'auteur de ces couplets,
Pour moi j'aimerais mieux vivre et mourir en paix.

. . . . . . . . . . . . . .

Nous autres Bas-Normands de guerrière origine,
Créés pour le combat (surtout pour la rapine),
S'il fallait à Berlin partir dès aujoud'hui
Pour vaincre sans combattre et détrousser autrui,
On verrait aussitôt s'enrôler volontaires
Boiteux, borgnes, bossus, enfants, septuagénaires ;
Mais aller pour l'honneur d'un général idiot,
Se faire tuer pour rien, nul ne serait si sot.
Nos pères, sous Rollon, savaient fendre les crânes
Mais aujourd'hui, pour chefs Dieu nous donne des ânes·
Pour un fou qui nous vend, je ne veux plus payer ;
Au diable la patrie, avant tout mon foyer !...
Chez un peuple avili c'est ainsi qu'on raisonne.

. . . . . . . . . . . . . .

Dans cet ordre de faits, amis, rien ne m'étonne :
Ici-bas tout s'élève ou grandit pour mourir ;
Tout doit naître, briller, vivre et s'anéantir ;
Famille ou nation, de l'état de naissance,
Passe à l'état de gloire et tombe en décadence.
Qui nous fait dans l'égout ramper à notre tour ?
L'erreur d'un orgueilleux, les vices de sa cour.
Quand la corruption, comme un feu qui s'allume,
Jaillit d'un trône impur, s'étend et nous consume ;

Quand le pouvoir volant, nous a rendus voleurs,
Comme lui corrompus, perfides et menteurs,
La discorde chez nous alors met tout en poudre ;
Partout le vain orgueil nous pousse à nous dissoudre ;
D'une affreuse licence on brûle de jouir ;
Chacun veut commander, nul ne veut obéir,
Et Blanqui va crier dans l'erreur qu'il enseigne :
« La liberté pour tous pourvu que moi je règne »

. . . . . . . . . . . . . . . .

Que faire pour guérir d'un mal aussi cruel ?
Employez, direz-vous, le vote universel ;
Votez et renversez les tyrans et les traîtres ;
Soyez libres enfin et choisissez vos maîtres.
Le peuple n'a qu'une arme et c'est le bulletin ;
Avec cet élément le peuple est souverain ;
Il se peut gouverner, alors qu'il se gouverne....
Très bien, mais vous manquez d'éclairer la lanterne:
Si l'on venait me dire en un jour de combat :
(A moi qui ne sait pas ce que c'est qu'un soldat,)
« En avant ! ta valeur va sauver la bataille ;
» Lance sur l'ennemi les bombes, la mitraille. »
— Moi pointer le canon ? vous dirais-je : Grands dieux !
Apprenez moi d'abord et la charge et les feux !......
...... Eclairez avant tout notre esprit qui nous guide,
Où le vote en nos mains n'est qu'une arme perfide.
Le bandit, le larron, qui n'a ni feu ni lieu,
Vend sa voix pour un liard et met Paris à feu ;
Et chez nous pour voter, on voit l'homme bizarre
Réclamer le conseil d'un plus sot qui l'égare !...
Dans ce risible jeu qu'on nomme élection,
On ne voit que complots, fraude et séduction.
Le marquis candidat, dans une humble courbette,
Félicite Jeannot, complimente Perrette,
Promet à tout venant secours, titres, emplois ;
Il va polir la charte et refondre les lois :

Il couvre nos hameaux de festins et de fêtes ;
Mais, cet êtrre si bon pour tous ces gens si bêtes,
Par un coup du hasard se trouve-t-il élu ?
C'est alors qu'il faut voir son caractère à nu,
Son coup d'œil dédaigneux et son hautain visage...
Du pouvoir qu'il nous doit, il saura faire usage
Contre nos intérêts pour agrandir ses biens ;
Contre nos propres fils pour protéger les siens.

. . . . . . . . . . . . . . . . .

Cessons donc de voter.... Mais quoi, l'on peut se dire :
C'est éviter un mal pour tomber dans un pire ;
C'est agir, en un mot, en mauvais citoyen
Qui se risque à tout perdre et pour ne gagner rien....
Je me lasse à parler et personne n'écoute !...
Sur l'esprit des Français c'en est assez sans doute.
Qu'importe si l'on dit : c'est un peuple perdu.
Souvent on est sauvé quand on se croit pendu.

Alfred PIQUOT.

## A UNE JEUNE FILLE

Quand ton beau front se penche,
O mon ange, ô ma Blanche,
Semblable à la pervenche
Qu'incline le zéphir,
J'admire ta prunelle
Dont la vive étincelle
Rayonnante ruisselle
Sa perle de saphir !

Oh ! j'aime ainsi ta pose !...
On dirait que la rose
Sur ta bouche repose,
Et qu'un divin pinceau

A, sur ton doux visage,
Laissé comme un passage,
De la vivante image,
De l'ange le plus beau !

Mai 1873.            Esprit ROSIER.

## LE PEUPLE EST SOUVERAIN

### I

De vos abus, grands à la mine altière,
Quatre-vingt-neuf, en un jour eut raison ;
De droits affreux votre caste était fière,
Vous aviez tout : la corde et la prison ;
Mais le jour vint où le peuple héroïque,
Dans vos manoirs jeta sa voix d'airain ;
Et vous cria : Vive la République !
A bas les rois ! le peuple est souverain !

### II

Dans d'autre temps, nobles pleins d'arrogance,
Sous vos talons vous fouliez les manants ;
Jacques Bonhomme accablé de souffrance,
Vous a crié : Pitié pour mes enfants !
De son labeur le produit, chose inique,
Vous engraissaient lorsqu'il manquait de pain,
Il s'est fâché, criant : A bas la clique !
Plus de Seigneurs ! Le Peuple est Souverain !

### III

En ces temps-là, lorsque Jacques Bonhomme,
Pour l'épouser prenait un frais minois,
Le premier jour, droit de bête de somme,
Vous l'enleviez, vous aviez fait les lois.
Quand vous usiez de ce droit magnifique,
Le pauvre serf pleurait jusqu'au matin ;
Ce droit n'est plus. Vive la République !
Le peuple est Roi ! Lui seul est Souverain !

## IV

Vous, vous avez trop longtemps ô Prêtraille,
De l'ignorance épaissi le bandeau ;
Vous étiez tout; nous étions la Canaille,
Mais le jour luit et l'avenir est beau.
Puis le couvent, mercantile boutique
Ne peut plus rien, nous voyons le chemin,
Et nous crions : Vive la République
Plus de tyrans ! le Peuple est Souverain !

ROGER-DARGIS.

## L'ANE ET LE POULAIN
### (FABLE.)

Au bruit d'un steeple-chase un baudet, un matin,
Vint tout heureux, pimpant, bien frisé, l'air hautain,
Prendre part au concours : il avait de l'audace,
En entrant dans l'arène il contempla l'espace
Et parut satisfait : ce jouteur orgueilleux,
S'était couvert le corps d'un manteau tout soyeux,
Au point qu'on ne voyait qu'un bout de ses oreilles.
— Celui-ci, disait l'un, fera quelques merveilles;
C'est sans doute un seigneur ou quelque gros milord.
L'autre en voyant sa bride et ses étriers d'or,
Le prenait pour un duc ou pour un savant prince.
Pendant que l'on partait, ce héros de province,
Fier de tous ces discours dont il était l'objet,
Du parcours désigné mesurait le trajet :
Et comme il se rendait compte de la distance,
Un poulain le voyant, tout près de lui s'avance :
— Seigneur, dit ce dernier, je reconnais en vous
Un membre du concours, fidèle au rendez-vous :
J'aurai le grand honneur, ici, je le confesse,
De mesurer ma force avec sa noble altesse ?

— Je ne vous connais pas, répondit le baudet,
De quelque campagnard vous êtes le cadet....
Votre mise me dit à peu près qui vous êtes.
— Monsieur, dit le poulain, nous sommes gens honnêtes,
Et je le prouverais s'il en était besoin.
— C'est bien dit le baudet, mais... tenez-vous plus loin;
Ici, selon mon rang et ma mise princière,
Je veux rester devant; mais vous... passez derrière...
D'un laquais tout au plus vous portez les habits.
C'est vrai, dit le poulain, je suis assez mal mis,
Mon licol est dit-on de mauvaise nature
Un clou m'a déchiré toute ma couverture;
Je l'avoue, au concours, c'est manquer de respect.
— Selon moi c'est bien plus c'est être pur blanc-bec!
— Blanc-bec, dit le poulain; assez ! je vous salue !!
Comme ils parlaient ainsi : la foule était venue,
Et tandis qu'en entrant les premiers se plaçaient,
Que d'autres en un coin par groupes s'entassaient;
Enfin, que le poulain, froissé par cette scène,
Digérait mal le fiel de ce langage obscène,
Le baudet regardait, de son air dédaigneux,
Les nombreux concurrents qui se parlaient entre eux.
Enfin l'heure sonna! le poulain, las d'attendre,
Impatient, fougeux, soudain se fit entendre :
Il bondit sur ses pieds, son œil vif et serein,
Attentif, d'un regard mesura le terrain !
On donna le signal! Tout à coup sa crinière,
Ondule au gré du vent : la première barrière,
Est un obstacle vain! il la saute !! un fossé,
Par un deuxième effort, est encor traversé,
Tout fuit devant ses pas, c'est l'ouragan qui passe,
C'est la foudre en éclair qui sillonne l'espace;
On le suit, mais en vain, l'un heurte, l'autre a peur,
Lui seul atteint le but! à lui donc tout l'honneur !!
Tandis qu'on l'acclamait à son dernier obstacle,

Derrière il se passait un tout autre spectacle,
Dans un étroit fossé, peu profond, mais bourbeux,
Le baudet s'empâtait sous son manteau soyeux ;
Sa selle, son harnais, ses étriers, sa bride,
Et lui, prenaient un bain dans cet égout putride :
Dans son premier élan, par malheur, il s'était
Laissé tomber par terre au moment qu'il sautait ;
Et tout le monde en rit : voilà comme on s'abuse,
Orgueilleux parez-vous, oui, mais tout cela s'use,
Ça ne dure qu'un temps ; de bonne heure on m'apprit,
Que les habits sont peu pour qui n'a point d'esprit ;
Ce qui vaut beaucoup mieux, bien haut je le proclame,
C'est un cœur noble et pur, c'est la grandeur de l'âme ;
C'est on profond savoir, c'est l'éducation,
N'ayons donc désormais que cette ambition.

(Tarn-et-Garonne.)        Rebel BELISAIRE, Ferblantier.

—*—

## Sedan

OFFERT A L'AFFECTION D'UNE PAUVRE FILLE, A MADEMOISELLE A...

L'inspiration vient de Dieu et.... des femmes.
C'est à mon ami que je dédie mon premier essai.
E. Rhoden.

—

### LA VISION.

Il est nuit, tout se tait, moi poète j'écris ;
L'hirondelle en son nid doucement se repose ;
Le petit grillon seul fait entendre ses cris,
Et le papillon dort couché dans une rose.

Dormez petits oiseaux, insouciants et purs ;
C'est pour vous que Dieu fit le printemps et les roses,
Les bluets de l'été dans les beaux épis mûrs,
L'innocence et l'amour, les plus saintes des choses !

A vos cœurs innocents qu'importent les douleurs
Dont l'humanité seule a trahi le mystère ?

Vos yeux ont-ils senti l'amertume des pleurs ?
Vos nids connaissent-ils le froid ou la misère ?

L'écho sonne minuit l'heure des farfadets ;
Laissez l'ombre planer sur les vertes prairies ;
Qu'importent le fantôme et les blancs feux-follets ?
Je vois la main de Dieu sur vos couches fleuries.

Dormez petits oiseaux, c'est un spectre qui vient,
Fantôme que recouvre un sordide suaire ;
Oh ! ne regardez pas ce que son bras soutient :
C'est un crâne enlevé dans un noir ossuaire !

La foudre passe et brille au milieu du Ciel noir,
Le nuage est couvert d'une teinte blafarde,
Le fantôme est debout, affreux, horrible à voir,
Et sa lèvre me jette un mot... un seul... Regarde !

Oh ! ne regardez pas à l'horizon ardent
Ces murs, ces sombres murs dans l'orage qui monte ;
Ces mots de soufre écrits : Le trépas et Sedan !
Oh, ne regardez pas ce mot sanglant : La honte !

Dormez, petits oiseaux, l'amour veille sur vous ;
Que servirait de voir ces files de squelettes,
Criant, courant, pleurant, se traînant à genoux,
Ou brandissant en l'air des rouges baïonnettes !

Le nuage descend, il s'entr'ouvre soudain,
Il en sort un femme à la prunelle fière,
Qui, dans l'ombre et de loin brille comme l'airain ;
Son geste est solennel et sa démarche altière.

Son front est grand et noble et son regard puissant ;
Près d'elle un ange tient un mystique écritoire ;
La tablette est du bronze, et l'encre c'est du sang ;
Un burin sert de plume et, son nom... c'est l'Histoire

L'histoire vengeresse aux ordres du destin,
L'histoire qui sait tout et souvent sans paraître,

Qui sans cesse travaille et du soir au matin
Fouette en le jugeant le parjure ou le traître.

Son superbe regard interroge la nuit :
« Spectres, » dit-elle enfin, « rentrez dans vos retraites,
» Car je suis la vengeance et c'est moi qui maudis.
» Allez : l'exil, la honte, et mes pages sont prêtes. »

Dormez, petits oiseaux, les ombres sont debout ;
Elles vont disparaître, et dans l'immense plaine,
Je vois un flot qui monte et qui déchire tout,
Un arc-en-ciel levé sur l'Alsace-Lorraine !

J'entends un long soupir : c'est le Rhin qui gémit,
Le fleuve des Gaulois qui s'agite et s'étonne ;
C'est Phalsbourg qui tressaille et Bitche qui frémit :
Et n'est-ce pas dans Metz que notre clairon sonne ?

—☀—

## L'ÉPOPÉE.

L'immortel prit un jour le livre du destin,
Et tournant un feuillet, de sa puissante main,
Sous deux dates laissa la plus sinistre trace :
Horreur ! horreur ! c'était du sang que rien n'efface,
Du sang bleu de Gaulois que rien ne peut laver,
Que même le burin ne saurait enlever !
L'archange regarda : c'était le Deux Décembre !
Le parjure et Montmartre, et le Premier Septembre !
L'une, l'heure du crime ou le commencement ;
L'autre, le doigt de Dieu, Sedan... le châtiment !

L'aurore se levait au-dessus de Bazeille,
Et déjà les marins invaincus de la veille,
Debout sous les reflets de cent toits embrasés,
Dans les décombres noirs de cent murs écrasés,
S'alignaient, se formaient en vivante muraille
Et dans l'aube naissante engageaient la bataille.

13

Ils partaient le front haut et la prunelle en feu,
Semblant heureux de voir encor notre Ciel bleu !

Et soudain la montagne entr'ouverte, ébranlée,
Sembla dans vingt endroits brusquement écroulée;
Sa crête fut brisée et des arbres tordus,
Des débris de rochers roulèrent confondus.
Et les martyrs montaient, pleins d'une sante audace,
Se moquant des canons qui leur brûlaient la face.
Mac-Mahon avait dit : « Ces monts là sont à vous. »
Et même les blessés s'y traînaient à genoux,
Se relevaient vingt fois, et succombaient de rage,
Impuissants et vaincus dans leur sanglant ouvrage.

L'aurore eut leur linceul, le matin leur trépas;
La montagne leur tombe, et le clairon leur glas.

Et, pendant qu'ils mouraient, la ville de Turenne
Se transformait soudain en une vaste arène :
Ce n'était que soldats qui couraient éperdus,
Pompiers, nationaux, se mêlant, confondus;
Flot de peuple montant, dans le fracas des armes,
Femmes qui retenaient leurs plus amères larmes;
Mères qu'on arrachait aux baisers de leurs fils,
Clairon, tocsin, tambour qui mélangeaient leurs cris;
Noirs caissons emportés tout chargés de mitraille,
Canons qui remuaient et pavés et muraille.
Bientôt la citadelle, effroyable vautour,
Au bruit de la cité s'éveillant à son tour,
Jette à l'air étonné son cri de sauvagesse,
Rugissement de l'ours sous le fer qui le blesse;
Imitant le Vésuve en ses déchaînements,
Sur vingt points à la fois pousse ses hurlements;
Comme lui bondissant, crache, vomit et bave
Par ses bouches de bronze une brûlante lave;
Les obus enflammés s'entrechoquent dans l'air,
Se tordant, se brisant dans la flamme et l'éclair :

Tranchée et bastion, enivrés par le soufre,
S'agitant sourdement avec un bruit de gouffre,
Et bientôt cent canons vomissant à la fois,
Portent au loin l'écho de leurs terribles voix.


Muse, faut-il parler de Floing ou de Bazeille,
Attaqués, pris et repris vingt fois depuis la veille?
Courir à Lachapelle et revenant bientôt,
Verser à La Moncelle une larme, un sanglot?
Ou bien faut-il aussi parler de ce sicaire,
Du prussien tour à tour pillard, incendiaire,
Qui, d'une main, la flamme et de l'autre l'acier,
Presse partout du poids de son bras meurtrier?
Et même, le maudit, de ses lèvres lascives,
Souille le noble front des filles trop craintives.
Rendez à ses Gretchen, ce pillard, ce vautour,
Avec ses faux baisers et son ignoble amour :
Nos filles ne sont pas faites pour cette horde
Dont chacun des bandits a mérité la corde.


Comment peindre, ô ma Muse, un semblable chaos,
Faire vibrer soudain tous les sombres échos,
Confondre dans un vers et le fer et la poudre,
Mille canons crachant et l'éclair et la foudre;
Chasseurs, lanciers, hussards aux sauvages coursiers;
Zouaves, fantassins, turcos et cuirassiers ;
Le fracas du canon, le bruit des baïonnettes,
Roulements des tambours et larmes des trompettes:
Bataillons réunis en sinistres carrés;
Drapeaux dont les haillons frissonnent déchirés ;
Cuirassiers et hussards s'élançant tous ensemble,
Arbres déracinés et montagne qui tremble ;
Le sang qui coule à flots des bras, des mains tordus,
Des files de blessés se traînant éperdus,

Des mourants et des morts entassés en murailles,
Figurant dans la poudre en vivantes broussailles.

.   .   .   .   .   .   .   .   .   .   .   .   .   .   .   .   .   .

.   .   .   .   .   .   .   .   .   .   .   .   .   .   .   .   .   .

L'astre brillant du jour avait dans le ciel pur
Fait une longue course au milieu de l'azur;
Midi sonnait au loin, et les cloches craintives,
Dans Floing, avaient jeté douze notes plaintives.
Un long cri, tout à coup, fondit l'air embrasé,
Cri de mère trouvant son enfant écrasé;
Le vent chassa la poudre et l'on vit dans les rues,
Rouler en reculant les phalanges vaincues.
Nos chasseurs (c'étaient eux) s'arrêtèrent soudain :
Dans le beffroi tombaient les larmes de l'airain,
Ces larmes qui parlaient du clocher du village,
Du passé souriant, des fêtes du jeune âge,
Peut-être d'une sœur, la vierge de vingt ans,
Peut-être d'une femme et de petits enfants !
Ces pleurs criaient : Patrie ! et les braves comprirent.
Leur sang devint brûlant, vieux et jeunes frémirent,
Puis, croisant tous ensemble, à l'ombre des drapeaux,
Les fers déjà rougis de leurs lourds chassepots,
Attendirent la mort en s'efforçant de rire !
O France, pleures-tu devant ce beau martyre ?
Hélas ! c'est qu'ils étaient deux mille en commençant;
Je me tais...
            A la fin, ils n'étaient plus que cent !
Les cuirassiers montaient en ce moment suprême
Dans ce même chemin où la géante blême,
La déroute jetait son cri de désespoir !
Ils montaient, les martyrs, et dans le gouffre noir,
Leurs cuirasses brillaient, et leurs casques vermeils
Rayonnaient allumés comme mille soleils.
La tempête grondait, et sa voix infernale
Exhalait d'un géant l'épouvantable râle;

L'armée agonisait et notre aigle aux abois,
Goutte à goutte versait son vieux sang de gaulois.
Harassés et sanglants, les héros invincibles,
Devant mille canons, farouches et terribles,
Osaient combattre encore et cherchaient un tombeau
Dans le sable rougi du sinistre côteau.

La montagne bientôt frémit comme ébranlée
Par la masse d'un roc sur sa base croulée;
C'étaient les cuirassiers. Ils couraient, ils volaient,
Leurs sabres au soleil brillaient, étincelaient;
Rien ne les arrêtait : ni les masses hideuses
Des cadavres en tas devant les mitrailleuses,
Ni les fourgons croulant sur leurs essieux brisés,
Ni les affûts poudreux par la bombe écrasés;
Leurs lattes s'abaissaient sur la plaine blâfarde,
Tuaient, se relevaient, teintes jusqu'à la garde ;
Et parfois les chevaux, de leurs sanglants sabots,
Faisaient, en se cabrant, jaillir le sang à flots !

Combien en revint-il ? Oserai-je le dire,
Si pour leur gloire même il ne fallait l'écrire ?
Oserai-je compter ces masses de mourants,
Et ces lignes sans fin de héros expirants ?
Ils avaient traversé mitraille, obus et bombes,
Gouffres noirs et sillons creusés comme des tombes ;
Ils avaient vu la mort ricanant devant eux,
Partout à leurs côtés montrant son doigt hideux,
Son orbite sans œil, et sa faux ébréchée,
Son crâne sans cheveux, et sa main desséchée,
Frappant l'un à la face et l'autre dans le cœur,
Même les désignant au glaive du vainqueur.
Et quand elle eût fini, dans la plaine tranquille,
Regardas-tu, patrie ?
                    Il en restait dix mille !

. . . . . . . . . . . . . . . . .
. . . . . . . . . . .

Tout près de la forêt semblant braver la nue,
Comme un nid d'aigle assis sur la montagne nue,
A l'ombre des grands bois, antres des sangliers,
Se trouve La Chapelle et ses hauts peupliers.
Les francs-tireurs Mocquart, occupant le village,
Par un large fossé défendaient le passage :
Ils avaient tout dompté pour leurs sombres apprêts,
Crénelé les maisons et percé les forêts.
Qu'ils étaient beaux ces fils de la vieille Lutèce,
Blanc front, prunelle noire et chevelure épaisse;
Souriant à la mort, gais comme des enfants,
Imberbes presque tous... nobles adolescent!

Que n'ai-je des lauriers pour en ceindre leur tête!
L'histoire les a vus et leurs pages sont prêtes.

Soudain d'une maison sortit un vieux pompier
Paré de sa tunique et de son baudrier;
Son casque était poli, la cocarde et l'aigrette
Se pâvanaient gaîment comme en un jour de fête;
Il portait crânement son fusil sous le bras,
Et s'en allait tranquille en allongeant le pas.
Un franc-tireur lui dit : « Dans quel dessein, vieux père,
» Et pour quel chaume en feu cette allure guerrière?
» Le tocsin sonne-t-il l'alarme ou le réveil?
» Est-ce pour le combat ce pompeux appareil?
   — » Je vais, dit le pompier, d'une voix goguenarde,
» Soldat de Waterloo, là-bas monter ma garde,
   — » Waterloo! — Oui, conscrit, et même d'Iéna,
» De Vagram et d'Eylau, de la Bérézina. »
Il dit, et découvrant sa grise chevelure :
« Crois-tu, soupire-t-il, qu'elle soit assez mûre! »
Il arma son fusil, sans trembler, sans effort,
Puis alluma sa pipe en attendant la mort!

Bientôt la sentinelle, héroïque gardienne,
Jeta son cri : c'était la cohorte prussienne.

La lutte commença. Je voudrais... oh! quels pleurs
Seront assez amers pour pleurer ces horreurs!
Ici, c'est l'incendie et plus loin le carnage;
Là le teuton pillard qui souille son passage;
Ici, le franc-tireur tombant sous mille coups,
Et là, le prisonnier se traînant à genoux.
Mène une pauvre femme affolée, éperdue,
Qui montre un rouge flot sur sa mamelle nue!
Quand la cloche sonna les trois glas de la fin,
Un seul, le vieux restait dans le sanglant chemin;
Sa lèvre était noircie et son regard farouche;
Il mordit en riant sa dernière cartouche,
La chargea sans trembler, et dressant son fusil:
« France, je puis mourir maintenant, gronda-t-il:
» Adieu, chère patrie, adieu pauvre village!
» Adieu mon toit de chaume et ton gai souvenir!
» Adieu passé maudit, adieu sombre avenir! »
Il dit; et de son pied pesant, sur la détente,
Il tomba foudroyé la poitrine béante.


Courage et dévouement, hélas! n'étaient plus rien;
La victoire inconstante était au noir prussien!
Elle oubliait Valmy et Jemmape et l'Argonne,
Marengo, Rivoli, Eylau, Castiglionne,
Austerlitz, Iéna, Vagram et Friedland,
Lutzen et Champaubert, Monmirail et Vauchamp.


Et la déroute hideuse à la face impudique,
Au regard insolent d'une fille publique,
Hurla : sauve qui peut! et bientôt effarés,
Les vaincus à ce cri, tremblants, désespérés,
Râlèrent : Trahison! et maudirent la vie
Que l'obus leur laissait par la honte flétrie,
Jetant fusils, schakos, sabres et ceinturons,
Abandonnant chevaux, voitures et canons.

Ils riaient et pleuraient, éperdus et farouches,
Brisant leurs chassepots et noyant leurs cartouches ;
Devenant fous enfin, ricanant insensés,
Se moquant de leurs morts et riant des blessés !

Tel, un torrent qui monte en dévastant la plaine,
Gronde comme un lion de la terre africaine,
Ecrase tout, bondit en effroyables sauts,
Frappe à coups redoublés du reflux de ses eaux ;
Telle fut notre armée à l'heure où la défaite
Jeta comme un affront le cri de la retraite.
Les bataillons domptés roulèrent éperdus,
Courant comme aveuglés, se mêlant confondus,
Se pressant, s'écrasant, et dans leur sombre fuite,
S'entretuant parfois pour arriver plus vite.
L'un l'autre s'insultaient comme pris de démence,
Se moquant de la honte et blasphémant la France !
Aussi quand la cité, qui pleurait sur leurs cris,
Abaissa devant eux ses sombres pont-levis,
Ce fut comme un torrent de cohortes vaincues
Qui se jeta vers elle et roula dans ses rues.
La citadelle même entr'ouvrit son noir flanc...
Puis, tout à coup dans l'air vola le drapeau blanc.

. . . . . . . . . . , . . . . . .

Alors, comme voulant régler ce triste compte,
Une voix demanda : Que reste-t-il ?

                              — La honte !

. . . . . . . . . . . . . . . .
. . . . . . . . . . . . . . . .
. . . . . . . . . . . . . . .
. . . . . . . . . . . . . . . .

Pour toi, mon dernier vers, toi, l'homme de Sedan,
Pour toi, petit qui fus de la race du grand,
Il a pleuré, dit-on, non pas les nobles larmes
Du sang dont les héros voulaient teindre leurs armes ;

Il a pleuré ! pitié ! pourquoi n'allait-il pas
Chercher sous la mitraille un glorieux trépas ?
On eût creusé pour lui dans la terre flétrie,
La tombe des martyrs mourant pour la patrie ;
Et la France aux abois n'eût pas maudit ce nom,
Qui jadis fit trembler les rois : Napoléon !

Il dormit, et des voix montaient pour le maudire ;
Mais une ombre troubla son tranquille délire ;
Il s'éveille, il la voit, dressé sur son séant :
« N'ai-je pas fait, dit-il, l'ouvrage d'un géant ? »
« Géant ! » frémit la voix « ... entends-tu dans les plaines
» Les cris des invaincus que l'on charge de chaînes ?
» Entends-tu, c'est Rachel qui pleure sur ses fils ?
» Cet ouvrage sanglant, est-ce toi qui le fis ?
» — Qu'est-tu donc, justicier de ma sombre mémoire,
» Moi, je suis l'Empereur !
                        » — Et moi, je suis l'Histoire ! »
Le fantôme s'enfuit, mais de sa blanche main,
Lui soufflette la face et dit : *Tu n'es qu'un nain !*

                                        B. RHODEN.

## LA REVANCHE

ACROSTICHES

Le pays se réveille, et ses dignes enfants,
Après de longs malheurs, l'angoisse et la souffrance,
Retrouvant leur fierté, travaillent en silence
Et songent à venger nos revers trop sanglants.
Vingt ans ils ont dormi les bras chargés de chaînes ;
Aujourd'hui du pouvoir ils ont saisi les rênes,
Nommé la liberté pour protéger leurs droits
Contre tous les tyrans ambitieux et les rois.
Honneur vous soit rendu, Français, dont la bannière
Étale aux quatre vents cette devise altière :

Le peuple a tout dompté; le peuple est souverain
Abattu trop longtemps, hélas! il a soudain
Reconquis tous ses droits, nés avec la nature,
En brisant ses liens d'une main ferme et sûre.
Vers l'ordre et le devoir, le progrès, l'équité,
Alors sage et puissant, guidant sa liberté,
Ne rêvant désormais ni haine, ni vengeance,
C'est lui qui veut pour tous : paix, travail et science,
Humanité, justice, ardente vérité;
En tous lieux et toujours, droit et fraternité. »

G. SAUVAGE.

## LES LARMES PRÈS DU RIRE

« To sleep, — to die. »
SHAKSPEARE.

A Mᵐᵉ ÉVARISTE CARRANCE

Un soir d'hiver de l'an dernier,
Ils étaient cinq près du foyer :
Deux vieillards, une belle femme,
Un jeune homme à l'œil plein de flamme,
Un enfant pour les égayer.

.   .   .   .   .   .   .   ,   .   .   .

— « Maman, regarde donc papa,
» C'est mon cheval, mais *pour de rire*. »
La mère eut un tendre sourire.
« Viens, Louis. » L'enfant s'échappa.

Le jeune homme, accoudé par terre,
Prêtait son dos avec bonté,
Imitant le cheval dompté.
Chers enfants ! il faut les distraire.

— « Ma fille, c'est un vrai démon,
(Montrant Louis), dit la grand'mère.
» Quel tracassier ! Tu dois lui faire,
» De temps en temps, quelque sermon. »

Le grand-papa prit la parole :
— « Cher Louis ! Moi, je le défend.
» Laissez jouer ce pauvre enfant ;
» C'est son âge, et sa tête est folle. »

L'enfant chantait ; et, par moment,
S'arrêtant devant une glace,
Faisait une affreuse grimace.
Et tous disaient : « Il est charmant ! »

Dix heures sonna la pendule.
— « Louis, dit la mère, il est temps
» D'aller dormir. — Louis, attends,
Que j'appelle ta bonne Ursule. »

L'enfant s'alla coucher alors.
Et bientôt sur sa tête blonde,
Sommeil, rêves et paix profonde
Semblèrent verser leurs trésors.

On l'aurait pris pour un bel ange,
Tant il était calme et charmant ;
Il avait gardé, cependant,
Sur sa bouche un sourire étrange.

. . . . . . . . .

A l'horizon du firmament,
Quand déjà s'effaçait l'aurore,
Le bel enfant dormait encore.
Nul bruit dans son appartement.

— « C'est surprenant, disait la mère,
» Louis dort moins chaque matin. »
Au fond de son esprit, soudain,
Une idée entra, plus amère.

Enfin la pendule sonna.
La mère alors tourna la tête :
— « Quoi! midi! » dit-elle, inquiète.
Un long frisson l'environna.

Elle monta, très empressée,
Et s'arrêta subitement
Sur le seuil de l'appartement,
Prise d'un affreux battement
De cœur, ayant l'âme oppressée.

Elle ouvrit la porte en tremblant,
Pâle, et les yeux voilés de larmes,
Et dans l'ombre du rideau blanc,
Elle vit l'ange plein de charmes,
Les yeux fermés et souriant.

La pauvre mère, consolée,
En voyant son fils : « Comme il dort! »
Dit-elle, en l'embrassant bien fort.
Mais l'âme s'était envolée ;
En dormant, Louis était mort!...

(Gironde) février 1873.                                   Victor STADT.

## LA VENGEANCE CHRÉTIENNE

> « Ne te laisse point surmonter par le mal ;
> mais surmonte le mal par le bien. »
>
> SAINT PAUL.

Français, le temps approche où la France amoindrie
Verra changer son deuil en un brillant espoir ;
Où ses enfants pourront, pleins de force et de vie,
Regarder sans trembler le fameux aigle noir.
Dans nos champs désolés, les hordes germaniques

Ont semé sur leurs pas le carnage et la mort;
Les soldats de Guillaume et leurs chefs fanatiques
-Ont rendu plus affreux notre malheureux sort...
Ils se disaient chrétiens; mais qui le pourrait croire,
Quand enivrés d'orgueil ils mettaient tout à feu
Et traînaient dans la boue et leur nom et leur gloire,
Sous le prétexte vain d'être envoyés de Dieu?...
Oh! non; mille fois non, la douce Providence
N'a pas choisi leurs bras pour notre châtiment;
Mais ils voulaient, hélas! anéantir la France,
Et comme des vautours s'en servir d'aliment...
De leur trace sanglante aujourd'hui l'heure arrive
D'effacer tous les traits; car les cieux plus cléments
Vont enfin délivrer cette auguste captive,
Et purger notre sol des cruels Allemands.
Courage donc, Français; oublions nos misères,
Chassons les noirs soucis, les navrantes douleurs;
Rassemblons nos amis, dénombrons tous nos frères,
Et par un saint effort réparons nos malheurs.
— Allons-nous recourir, pour cette œuvre bénie,
A ces engins fameux inventés par l'enfer?
Allons-nous rassembler les fils de la patrie
Et mettre dans leurs mains des instruments de fer?
Renouveler partout les scènes de carnage
Qui flétriront toujours nos trop cruels vainqueurs?
De victoire en victoire, irons-nous pleins de rage
Chez le Prussien vaincu, terrassé, dans les pleurs,
Promener dans Berlin notre morgue insolente,
Dicter à notre tour de barbares traités,
Reprendre nos milliards augmentés de la rente,
Et les traiter enfin comme ils nous ont traités?...
— Ah! demandez plutôt aux cœurs dont la blessure
Est encore saignante; ils vous diront, Français,
Que nous pouvons bien mieux braver la flétrissure
Qui recouvre nos fronts, par les arts et la paix.

— Mais tant de sang versé, tant de ruines fumantes,
De familles en deuil, le pays morcelé,
Notre renom perdu, des charges accablantes,
Tous les malheurs, enfin, du peuple désolé,
Laisseraient notre œil sec et nos bras sans vengeance?
Nous voulons nous venger; nous voulons qu'à leur tour,
Les Prussiens orgueilleux connaissent la souffrance,
Et que de leur triomphe ils regrettent le jour!...
Oui, Français, vengeons-nous; mais vengeons-nous sans crime
Imitons Jésus-Christ, priant pour ses bourreaux.
Si la France a souffert, cette noble victime,
Par le bien seulement doit venger tous ses maux.
Sur nous le monde entier porte un regard avide;
A nous de lui donner ce qu'on ne vit jamais,
L'exemple d'un grand peuple énergique, intrépide,
Un moment abattu sous un horrible faix,
Qui relève la tête, et, secouant sa fange,
Fait la guerre à l'erreur, répand l'instruction,
Puis, prenant son essor, soudain transforme et change
Un pays ignorant en grande nation...
— Mais pour cette œuvre sainte et ce travail immense,
Où sont les ouvriers?... Levez-vous, citoyens,
Que l'amour du pays remplit de confiance,
Combinez vos efforts, choisissez les moyens;
Couvrez le sol français de savantes écoles
Où la jeunesse ardente à l'envi se rendra,
Délaissant à vos voix tous les plaisirs frivoles
Qu'en ce monde toujours l'ignorance aimera!
— Et toi, Liberté sainte, auguste protectrice
Des projets généreux par le ciel inspirés,
Soutiens tes serviteurs de ton secours propice,
Et dirige leurs pas encor mal assurés!...
— La voilà, la vengeance! ô Prusse, elle s'apprête
A punir à la fois ton crime et ton orgueil;
Tu ne peux échapper; pleure et courbe la tête,
Car ta vaine grandeur va descendre au cercueil!

Tes sanglants étendards, en passant sur la France,
Ont jeté l'épouvante un moment dans nos cœurs ;
Mais aujourd'hui vers nous la Liberté s'avance,
Et notre sol béni se couronne de fleurs.
Forge encor des canons, augmente les milices,
Brûle sur tes autels de l'encens au dieu Mars,
Dresse ses fiers guerriers aux sanglants exercices,
Et couvre ton pays de cent mille remparts,
Tu n'en seras pas moins une terre avilie,
Une esclave enchaînée aux pieds d'un potentat
Qui, sans nulle pudeur, tient dans sa main rougie
L'odieux frein de fer dont il conduit l'Etat.
Tes exploits pâliront devant les pures gloires
Qu'en France désormais tu pourras voir fleurir ;
Et tu nous envieras les sublimes victoires
Que par la Liberté nous promet l'avenir !...
— Quelle est à l'horizon cette brillante étoile
Qui semble des mortels attirer tous les yeux ?
C'est la France, ô Germains, qui vogue à pleines voiles
Et monte, malgré vous, vers le sommet des cieux !...
Oui, grâce à l'éternel, grâce à la République,
Grâce à l'illustre Thiers, grâce à la Liberté,
La France a découvert le seul pouvoir magique
Qui donne la grandeur et la prospérité.

Basses-Pyrénées, 12 mai 1873.                    Jules SAUZET.

# LA CROIX

O croix,
Ta voix
Attire !
Fais luire
Dans le cœur des mortels ton céleste flambeau ;
Et prépare en chacun l'aube d'un jour nouveau.
Sur ton bois souffre et meurt le Rédempteur du Monde :
Inonde,
Seigneur,
Le cœur
Qui prie
Et crie
Vers toi ;
Abreuve
Son âme
Au fleuve
D'amour
Qui déborde en ce jour,
Que ta céleste flamme
Vienne purifier son cœur
Du souffle impur du tentateur,
Et que ton tendre amour, ô Sauveur débonnaire,
Conduise tous ses pas jusqu'au vrai sanctuaire !

Basses-Pyrénées, 15 mai 1873.                    JULES SAUZET.

## CAPITULATIONS — RÉCAPITULATION

Ne te dis plus neveu du vaillant empereur
Arcole et Magenta, l'héroïsme et la peur,
Durent bien de la gloire ouvrir deux fois les portes ;
Oui, les mains qui tenaient ce drapeau sont bien mortes !

Ce chef, qui sans compter poussait vers l'abattoir,
Était donc bien certain de son coup de boutoir?
Ou bien, sombre destin! en tombant, ce parjure.....
Nous devait-il encor Sedan, suprême injure?

Bellegarde, 15 août 1872.

Au moment où l'orgueilleuse parvenue de Sadowa
tendait à l'empire affolé par l'opposition, le croc en jambe
Hohenzollern, avouons que nous n'étions pas trop mal
disposés à la punir une bonne fois de ses agaceries en
faisant tomber sur son dos une volée de bois vert. Pour
prendre nos garanties contre ses velléités de domination
européenne et de pangermanisme; nous l'aurions volon-
tiers aussi débarrassée de 7 ou 8 départements, à la seule
fin d'en faire une bonne voisine, ce dont elle semble ne
pas s'être souciée le moins du monde. Notre caractère
léger si peu disposé à la haine, surtout après la victoire,
nous avait fait oublier qu'après Iéna, nous avions humilié
la Prusse, en la réduisant à 4,000,000. Nous avions
perdu de vue que nous l'avions forcée à n'avoir qu'un
contingent de 30,000 hommes, presqu'entièrement
composé d'officiers et de sous-officiers, jusqu'à 1813. Ce
patriotisme condensé éclate deux fois. Nous avions tout
oublié, Lepsig; Vaterloo moins triste que Sedan; nous
n'avions souvenance que des promenades militaires de
l'empire à travers l'Europe. Les sentiers et les églantiers
de l'Espagne coupés de précipices, hérissés d'épines,
s'étaient métamorphosés tout à coup en rosiers de
Bengale, n'abritant plus que des rossignols, ces aimables
petits ténors de la forêt. Nous avions pourtant appris à
nos dépens le goût amer de la boulangerie castillane et
les désagréments de l'hospitalité aragonaise, tarrago-
naise, sarragossaise, où nos grognards n'étaient rien
moins qu'à leur aise. Au lieu de relever si vite et si
fièrement, il est vrai, le gant malpropre qui nous était.

14

jeté, il fallait laisser essayer un brin de cette couronne
d'épines au comparse de Bismark, pour avoir raison aux
yeux de l'Europe (*). Comptant sans doute sur une diver-
sion de l'Autriche ou de l'Italie, l'empire se précipite vers
le Rhin avec 257,000 hommes, contre une confédération
de 40,000,000 qui l'attend sournoisement l'arme au pied,
avec 1,200,000 combattants. En tournant le dos à
Benedetti, le gros Guillaume a prononcé quatre mots :
*Zu dumm, gricq, molila,* en avant guerre, mobilisation ;
et le lendemain, l'armée fédérale est debout. Tandis que
notre pauvre contingent va se cherchant, s'appelant du
nord au midi, de l'est à l'ouest pendant ainsi trois semai-
nes. Encore une fois, Rome n'a pas su compter les galères
Carthaginoises, Bismark-Annibal est à ses portes ; il
faisait grand jour cependant sur les arsenaux et dans les
villes d'Allemagne.

Nous sommes la Prusse ! disait quelques jours auparavant Madame d'Arnim à la porte du Vatican ; cocher,
passez devant ! Oui Borusses, vous êtes la Prusse, et vous
êtes la force aujourd'hui ; mais vous n'êtes pas le droit,
vous n'êtes pas la civilisation, le passé, l'avenir, l'idée
immortelle comme la France !

Montesquieu, Rabelais, Corneille, Molière, Voltaire,
Lamartine, Thiers, traînée lumineuse, incomparable
pléiade qui brille sur les hauteurs d'où elle éclaire, sans
interruption, le monde du rayonnement de la pensée.
Immortelle phalange ! sommes-nous vaincus ? surpris,
trahis, oui ! vaincus, non !... Récapitulons :

A Sarrebruck, nous claquons des mains à cette première balle ramassée par un pauvre enfant, qu'on emporte avec des crises de nerfs. Nous ne comprenons pas

---

(*) D'aucuns racontent qu'au moment où Benedetti s'est présenté pour la
dernière fois au roi de Prusse, il aperçut de loin dans une glace Guillaume,
écartant les pans de son habit et laissant voir ce que la dragonne de Friedland
ne montra jamais à l'ennemi.

la portée de l'immense clameur de ces 100,000 hommes
entonnant les chants du Waterland et battant aussi des
mains aux premières balles françaises qui frappent
l'avant-garde allemande ; nous ne revenons de notre
surprise qu'après Reischoffen et Wissembourg, glorieuses
journées. Sedan termine le premier acte de ce drame
lugubre. Un empereur, oubliant qu'un grand nom
oblige, ne sait pas se faire un linceul du drapeau de la
France et essayer de mourir en roi. Il rend son inutile
épée à l'ennemi, et livre, malgré elle, la vaillante armée
qu'il vient d'entraîner dans une impasse. Le vainqueur
inexorable et cruel, parce qu'il a froidement calculé ses
chances, est étonné de son immense victoire (*).

Tandis que cette armée si fière encore la veille est
parquée comme un vil troupeau dans la *presqu'île de la
Meuse, près de Sedan,* où la faim et les maladies la décic-
ment pour rassurer le vainqueur, Bazeilles brûle pour
éclairer le fond de ce sombre tableau. 6,000 hommes
sont morts, 15,000 sont blessés, 21,000 sont pris, 70,000
sont livrés d'un trait de plume. Les gendarmes, qui
paraissent satisfaits, emmènent le coupable au fond
de l'Allemagne ; la claque européenne applaudit.

Selon le programme de toutes les pièces un peu mora-
les, le drame devrait être terminé et cependant nous ne
sommes encore qu'à la fin du premier acte.

Le lendemain, le rideau se lève sur Paris et sur toute
la France, répudiant son doux seigneur et maître qui
n'est plus pour elle que le pensionnaire sans nom de
Guillaume. Le trône de celui qui a conduit à marches
forcées son pays au bord de l'abîme, pour ne pas y tomber
tout seul, s'écroule sous le mépris d'une nation guerrière,
travailleuse et toujours sérieuse. Strasbourg, l'héroïque

(*) Voir cet aveu naïf dans la lettre à M. de Bismarck, écrite sur le champ de
bataille.

ville, Phalsbourg, Toul, brûlent au fond de la scène et tombent en même temps que le rideau pour terminer le second acte.

Au troisième acte, on voit la nation toute entière se lever, elle qui, depuis le premier empire, ne s'était plus batttue que par délégation ou par manière de passe-temps; on la voit tout à coup sortir de sa torpeur et courir aux armes. Dans le Nord, sur la Loire, dans l'Est; Allobroges, Gaulois et Francs se tendent la main et demandent des armes à grands cris.

Hélas! elles étaient rares et imprudemment entassées à Metz, à deux pas de l'ennemi. Bazaine, pour faire oublier son maître, les livre à la Prusse, et, avec elle, notre seconde armée, l'espoir de la France, et, en même temps, la première et la plus forte place de l'empire : 541 canons de campagne, 800 canons de siège, 300,000 fusils, 153,000 hommes, 3 maréchaux, 50 géné-raux, 6,000 officiers. Livrés aussi, les vieux drapeaux d'Afrique, de Sébastopol et de Solférino! Voile d'un crêpe noir ton pavillon! O ma France! Garde, mais laisse en berne pour longtemps tes nobles couleurs humiliées!!!

Au quatrième acte, on sait encore se battre cependant; les jeunes armées du Nord, de la Loire et de l'Est luttent sans trêve pour délivrer Paris. Le géant, bardé de fer et de canons, défie longtemps son prudent adversaire. Un tiers de la France envahie est livré au pillage. Dans un horizon lointain, sur les routes qui mènent en Allemagne, on voit un déménagement formidable qui s'opère à la hâte. Harpies, juifs ou soldats, ces huit cent mille prussiens, bavarois, badois, wurtembergeois, hanovriens, saxons, veulent tous envoyer ou emporter un *souvenir* : L'un nos chemises, l'autre une pendule ou de l'argen-terie, celui-là un piano. Ce sont donc là ces fiers guer-riers qui portent sur leur casque la devise : *Füts Gott, füts Kœnig, und Waturland* (pour Dieu, le Roi et la Patrie). *Für Ufhun, für spuch, und Brandvguin*

Voilà la vraie légende, nobles étrangers, qu'il fallait écrire sur vos couvre-chefs qui ont eu le tort de ressembler par trop au casque trompeur de nos faméliques arracheurs de dents, certains jours de foire.

Le 18 janvier, au bruit des canons qui sifflent en décrivant leur parabole et effondrent les maisons de Paris; aux clartés sulfureuses des Krupps qui tonnent, et des incendies, l'empire d'Allemagne est proclamé dans le palais de Louis XIV. C'est l'apothéose, avec une mise en scène féerique. Guillaume, élevé sur le pavois par les principicules allemands et soutenu par les deux génies de la Prusse : de Molke et Bismarck, est d'un grand effet. Il ne manque à ce tableau saisissant que la Providence sous la forme d'Augusta, tenant d'une main le dernier télégramme, et de l'autre la trompette de la renommée, pour en faire un tableau de famille; on aperçoit bien, il est vrai, dans la pénombre, la silhouette d'une comédienne qui semble s'écarter respectueusement de l'avant-scène. Tandis que le monarque rajeûni et transfiguré par l'apothéose, irradie ses soldats ahuris des fauves lueurs de sa gloire, la France agonise.....

Dix jours après, date fatidique, Paris, vaincu par la famine, capitule; mais Paris n'est pas Babylone, Alexandre ne viendra pas s'y promener en vainqueur sur son char de triomphe. Paris n'est pas non plus Bysance, si le bas empire l'a courbé et façonné à sa taille, avili, défloré et embelli extérieurement, Thiers l'a depuis longtemps préparé à la lutte. Aussi Mahomet n'est pas entré par la brèche ouverte, et le vainqueur, toujours prudent, le traverse lestement, le pistolet au poing et mèche allumée.

Le cinquième acte commence au bruit du canon d'Héricourt, qui se marie aux détonations lointaines de l'artillerie de Belfort. Il continue dans les neiges du Jura par une dernière surprise et une dernière trahison de Birmarck (l'armistice).

Pendant les entr'actes, les francs-tireurs et les uhlans (le corps de ballet) exécutent des pas militaires où les premiers se distinguent. Là, commune encore à l'état d'embryon, dresse de temps à autre la tête pour saisir sa proie. Pendant que nous livrons à l'ennemi nos armes, tout notre or, l'Alsace et la Lorraine, la jacquerie commence et Paris, brûlé cette fois par des mains qui se disent françaises, achève les décors du tableau ; le programme allemand est au complet.

La toile tombe enfin, et Guillaume se retire dédaignant d'écraser sous sa botte la République, qu'il regarde, dans l'ivresse de son triomphe, comme un boulet attaché aux pieds des prisonniers qu'il a rendus. Il espère qu'en son nom nous allons encore nous égorger et le rassurer ainsi contre les retours de la fortune. Si nous étions sages et unis, quel spectacle ! et quelle vengeance à tirer de nos ennemis ? Ils vont partir demain, laissant derrière eux la terre semée de leurs cadavres qu'ils ont beau cacher, la terre se soulève et les montre.

Ils s'en vont, leurs fourgons chargés d'or et de *souvenirs ;* mais ils n'ont pas emporté à la semelle de leurs souliers, toute la terre de France ; ni son soleil qui dore encore nos moissons et nos côteaux ; ni l'activité et le génie de ses ouvriers, ni l'épée de Brennus... Si le lourd glaive des francs de Clovis est rouillé, il nous reste le souvenir de Vercingétorix, de Jeanne d'Arc et de 93.

La légende napoléonienne est morte et bien morte ; mais le coq gaulois n'a pas perdu ses éperons. Peut-être, son cri rédempteur saluant une nouvelle aurore nous réveillera-t-il encore un beau matin ?

En présence de ce redoutable pangermanisme, la France toujours noble et forte, saura tendre la main à ses deux sœurs l'Italie et l'Espagne......

La lutte que nous venons de soutenir à armes inégales, et que nous avons essayé de retracer dans un cadre étroit il est vrai, mais destiné à notre pays (à la Savoie), a rempli nos voisins d'admiration. Nous trouvions, nous, que ce n'était pas assez, les fantômes des quatorze armées de la Première République se dressaient devant nous. Nos pères vus de loin grandissaient à nos yeux comme des géants. Peut-être leur eût-on ressemblé (car le vieux sang gaulois n'a pas encore dégénéré) si les mêmes armes eussent pu obtenir les mêmes résultats. La guerre d'artillerie, de chemins de fer, de surprises nous était inconnue. Nos anciennes forteresses armées et bâties à la Vauban étaient bonnes tout au plus pour lutter contre la vieille artillerie portant à 600 mètres. Un hiver sibérien s'est mis aussi du côté de l'ennemi, mieux préparé, comme en Russie. Malgré l'inégalité de la lutte, nous nous sommes souvent demandés : qu'elle est la nation en Europe qui eût opposé une résistance aussi désespérée et aussi longue ?

Les partis auraient oubliés leurs vieilles rancunes ; quant à nous, nous n'en avons qu'une seule qui pèse toute entière contre celui qui nous a précipités dans cet abîme de misères, contre celui dont l'ambition a coûté tant de larmes et de sang et vingt milliards au moins à notre pays.

Si l'on s'étonne de nous voir suivre dans ce récit, avec la même sympathie, tous nos compatriotes, soit qu'ils suivent le chemin du devoir en se battant dans l'armée régulière, soit qu'ils courent à l'ennemi en volontaires avec Garibaldi ; que l'on n'attribue pas l'intérêt que nous prenons si vivement à eux à un misérable calcul ; le sang versé si généreusement pour la sainte cause qui vient d'armer leurs bras, fait battre notre cœur à l'unisson du leur. Sa vue nous exalte et nous élève au-dessus des passions humaines et des partis que nous oublions pour ne pas être obligé de les maudire. L'image de Jeanne et celle de la liberté se confondent dans notre imagination. Vierge héroïque ou sainte Liberté! Bannière blanche ou drapeau tricolore! Vos souvenirs et vos plis se mêlent sous nos yeux et dans notre cœur. Les lourds canons d'Attila qui ébranlent encore notre sol, étouffent le bruit de nos discordes, républicaine et monarchique, devant l'ennemi la France est la Patrie; elle sera telle que la voudront ses enfants librement consultés. En attendant, elle reste toujours selon la définition de Lacordaire : « Le sang et la maison de nos pères. » Elle est tout ce que nous croyons, tout ce que nous aimons, le coin de terre qui nous a vu naître, et celui où reposent ceux que nous avons aimés ; le nid où est restée la couvée chérie, qu'il faut défendre, comme le champs qui la doit nourrir. La vieille croix latine, qui brille là-haut comme un phare sur la colline ; la montagne bleue sous le ciel des Alpes, enfin tout ce qui donne la nostalgie quand on ne l'a plus. C'est pourquoi nous ne demandons pas à ces gladiateurs s'ils saluent César ou la République avant de marcher à l'ennemi *ave Gallia! morituri te salutant...* C'est toi, France, que saluent tes enfants! Toi seule!... Aussi, quand nous voyons pendant cette guerre toute la noblesse de Savoie, comme celle de toute la France qu'on croyait endormie, se lever et se battre à côté des républicains, sans arrière-pensée; nous constatons ce fait avec bonheur, car nous avons la preuve qu'un sang généreux ne sait point se démentir et qu'il peut continuer ses traditions à côté de ces jeunes gloires qui commencent.

Nous sommes rassurés contre certains prophètes de malheur et contre nos ennemis. Non, vous ne coucherez point les Gaulois de Brennus! Les Francs de Clovis, et les Allobrogres toujours vaillants dans le tombeau, où trois noirs fossoyeurs ont jadis cloué la Pologne.

Si le gentil pays de France nous sourit et nous tente plus que vos forêts de sapins, faites-en votre deuil, ô rapaces Germains ! Varus est allé rendre compte à Dieu de ses trahisons. Il ne sera plus là pour vous livrer nos légions.

Bellegarde, 30 mai 1873.                          Frédéric SASSONE.

## PLAINTES DE L'ALSACE

Non loin des sables de la rive
　Que baigne le Rhin allemand
L'Alsace vint, un jour, plaintive,
　Pousser ce soupir déchirant :

« Bien cruelle est la destinée !
» Le noir chagrin poursuit mes faibles jours :
　» Je suis l'amante infortunée
» Qu'un sort jaloux ravit à ses amours.

　» O France ! ô ma sœur ! ô ma mère !
» Qu'est devenu, dis-moi, ce temps heureux
　» Où, de son ombre auguste et chère,
» La liberté nous couvrait toutes deux ?

　» Il a passé... non moins rapide
» Que les éclairs qui jaillissent aux cieux,
　» Laissant, sur sa trace livide,
» Le désespoir, fantôme soucieux !

　» O vous, forêts, belle nature !
» Que le printemps décore avec orgueil ;
　» Quittez ce manteau de verdure,
» Et comme moi portez aussi le deuil !

　» Ruisseaux de ces vertes prairies
» Qui murmurez de suaves accords,

» Cessez vos molles rêveries,
» Car l'infortune a passé sur ces bords !

» Autrefois cette terre heureuse,
» Au soleil d'or de la prospérité,
» Levait sa tête radieuse,
» Comme une fleur, en un beau soir d'été.

» Ce temps n'est plus : loin de la France,
» L'Alsace voit luire des jours amers ;
» Mais il lui reste... l'espérance
» De se venger des maux qu'elle a soufferts.

» Sublime moitié de mon âme !
» Quand viendra-t-il le jour tant désiré
» Où la Revanche, au cœur de flamme,
» Commandera son bataillon sacré ?

» — Qu'importe en quel temps il arrive !
» Le châtiment plus longtemps différé
» N'en aura qu'une ardeur plus vive,
» Et notre bras sera mieux assuré. »

                                        A. THIÉNARD.

## LA DIVINE COMÉDIE DE DANTE

Mort d'Ugolin. — La Ptolémée ou le cercle des traîtres.

J'aperçus deux esprits en un même fossé,
Dont la tête de l'un à l'autre était en croupe
Et comme un malheureux qui par la faim pressé
Ronge un pain, il piquait d'une dent incisive
Le cerveau sur la nuque à son point enchassé.
Tel Tydée animé de sa rage explosive
Mutilait Ménalipe en sa voracité :
Tel le damné ce crane en sa froideur active.

« O toi qui montre ici par ta férocité

» Tant de haine à l'esprit que ta fureur dévore,

» Dis-m'en le vrai pourquoi ; sur ma sincérité

» Que si ta plainte est juste et point ne se colore,

» Connaissant et vos noms et ses cruels méfaits,

» Je te ferai revivre où la vertu s'honore,

» Si la langue que j'ai ne sèche en mon palais.

—

### CHANT XXXIII

Ce féroce damné de son repas sanglant

A détourné sa bouche et l'essuie en silence

Aux cheveux de son crane érodé sous sa dent.

« Puis il a dit : tu veux ouïr dès sa naissance

» Ce deuil désespérant, oppression du cœur,

» Egarant ma parole au moment où j'y pense.

» Si ma voix se transforme en germe créateur

» De honte et d'infamie au chef que je machonne,

» Tu verras à la fois et la plainte et le pleur.

» Je ne sais ni ton nom, ni comment ta personne

» Vient où nul ne le peut ; je te crois florentin,

» Et je le crois vraiment quand ton accent résonne:

» Tu sauras que je fus, moi, le comte Ugolin,

» Lui, Roger l'Archevêque : or, je m'en vais t'instruire

» Du motif qui lui vaut un si cruel voisin.

» Comment par les effets de sa rage en délire,

» Quand je comptais sur lui, je fus pris, garotté,

» Laissé mourir ; passons, il n'importe à le dire.

» Mais ce que tu n'as point su c'est l'atrocité,

» L'horrible de ma mort si froidement conçue ;

» Ecoute, et de ses torts apprends l'énormité.

» Par le haut soupirail du donjon de la mue

» Qui donjon de la faim garda mon souvenir,

» Où d'autres languiront maudissant leur venue,

» Dans son champ circonscrit j'avais vu rajeunir

» Phœbé, plus d'une fois, quand un songe m'atterre,

» Soulève le rideau voilant mon avenir.

» Je vis Roger, seigneur, maître à l'allure fière,
» Courir loups et louvats, sur le front des coteaux
» Entre Lucques et Pise éternelle barrière.
» Gualandi, Sismondi, Lanfranc, ces grands vassaux,
» Aidés de chiens ardents, maigres, faits à la chasse,
» S'élançaient à sa voix et pressaient les assauts.
» Une course forcée en peu d'instants harasse
» Et le père et les fils et le groupe assassin
» A déchiré leurs flancs de sa griffe tenace.
» Debout avant qu'eût fui l'étoile du matin,
» J'entendis mes enfants qui sur la dalle nue
» Pleuraient en sommeillant et demandaient du pain.
» O cœur dur, si déjà ton âme n'est émue
» Au noir pressentiment qui de loin s'éventait !
» Pour qui seront tes pleurs si ta pitié s'est tue ?
» Mes fils ne dormaient plus et l'heure se hâtait
» Où l'on nous divisait la quote habituelle,
» Et chacun agité de son rêve doutait.
» J'entends à doubles clefs fermer de la tourelle
» Les guichets au-dessous de notre internement ;
» Sur mes fils la pitié, mon œil muet m'appelle.
» Pas de pleurs, car en moi d'où fuit le sentiment
» Mon cœur s'est fait rocher ; mes fils pleuraient : père,
» Dit Anselme ; qu'as-tu ? que veut cet œil souffrant ?
» Rien, ni larmes, ni pleurs, pour plaindre leur misère,
» Ni pendant ce long jour, ni la nuit qui suivit,
» Lorsque enfin le soleil nous rendit la lumière.
» Quand un fil de rayon eut pénétré la nuit
» Du lugubre cachot, lors, sur chaque visage,
» J'y pus voir mon aspect sur leur front reproduit.
» Je rongeai mes deux poings dans ma muette rage :
» Eux pensant que la faim sur moi me fait sévir,
» S'élancent et leurs voix se faisant un passage :
» Père, père ta faim pourra bien s'adoucir
» Si tu manges de nous : nos chairs sont ta facture,

» Reprends le vêtement dont tu sus nous couvrir.

» Je me tais, redoutant les cris de la nature ;

» Deux jours durant aucun de nous ne soupira ;

» Ah, que ne t'ouvrais-tu, terre atrocement dure !

» Le quatrième soleil vint et nous éclaira,

» Galddo tombe à mes pieds, s'écrie en sa souffrance :

» O père, aucun secours de toi ne me viendra ?

» Il meurt : trois en deux jours, et tel qu'en ta présence

» Tu me vois, je les vis tomber défigurés ;

» Mon œil s'est obscurci, lors dans ma défaillance

» Je me traîne à tatons sur leurs corps expirés ;

» Trois jours après leur mort je les appelle encore :

» Puis la faim surmonta ma douleur par degrès.

» Il dit, jette un œil louche au spectre qu'il abhorre,

» De son crane sa dent ressaisit les débris,

» Et tel qu'un vigoureux dogue il se les dévore.

» O Pise, infame Pise, horreur des beaux-pays,

» Où le *bel sì* s'entend sonner avec délice

» Quand pour te châtier tes voisins indécis,

» Balancent, que Gorgone à Capraia s'unisse

» Marchant fermer l'Arno de leurs monts conjurés,

» Et qu'en toi tes enfants y boivent leur supplice.

» Si trahison secrète, ou châteaux-forts livrés

» Accusaient Ugolin, ô Thèbes renaissante !

» Ses fils méritaient-ils d'être ainsi torturés ?

» Leur jeunesse, assez haut, se disait innocente

» Dans Hugues et Brigate et leurs deux compagnons,

» Dont j'ai loué plus haut la mémoire touchante.

---

### PURGATOIRE.

#### Imprécation de Dante contre Florence.

. . . . . . . . . . . . . . . . . . . . . . . . .

« O mon guide, ai-je dit, marchons, doublons le pas,

» Je sens renaître en moi ma force habituelle,

» Et déjà des côteaux l'ombre s'allonge en bas. »

— Tant que le permettra le jour qui baisse l'aile,
« Nous gravirons du mont ce qu'on pourra gravir,
» Mais comme tu le crois, la route n'est pas belle;
» Car avant d'être en haut tu verras revenir
» L'astre dont le côteau nous voile la lumière,
» Ces rayons que ton corps ne peut plus désunir.
» Mais vois de ce côté cet esprit solitaire,
» Et qui fort à propos vers nous tourne ses yeux,
» Il nous dira par où la traite est courte à faire. »
Nous allons droit à lui : Lombard silencieux,
Que tu nous présentais une bien digne pose,
Combien ton œil était calme et majestueux!
Immobile il tenait toujours la bouche close,
Nous regardait passer fort indifféremment;
Tel impassible et fier le lion se repose.
Mais Virgile l'aborde humble, et courtoisement;
Lui demande par où la plus directe route :
Il se tait sur ce point : mais tourne l'argument —
— Notre pays, nos mœurs — mon guide qui l'écoute
Brûlant de s'expliquer; Mantoue... avait-il dit,
L'ombre qui jusqu'alors en soi s'internait toute,
Du seuil qui la retient part, s'élance, bondit,
S'écrie : « O Mantouan, ton pays fut ma terre,
» Et Sordello mon nom; » puis chacun s'étreignit.
— « O servile Italie, ô douloureux repaire,
» Nef sans pilote au sein des flots tumultueux,
» Non reine des cités, mais Laïs à salaire. »
— Cet esprit témoignant un zèle affectueux,
Fit au rappel du nom de sa terre natale,
A son concitoyen un accueil chaleureux :
Et de nos tristes jours une haine infernale
Fait déchirer entre eux tes habitants pervers,
Eux nés, et clos au sein d'une mère légale. —
« Promène tes regards autour de tes deux mers,
» Puis rentre-les en toi, malheureuse Italie,
» Qu'y vois-tu? la paix? non, mais douleurs et revers.

» A quoi bon Justinien voua-t-il son génie
» A raccourcir ton frein, s'il n'a son cavalier,
» Sans lui moins eut pesé sur sa tête avilie.
» O peuple qui devrais enfin te rallier,
» Et souffrir que César t'accouple et te modère
» Si tu sens ce que Dieu sut te notifier.
» Vois combien est rétif l'animal réfractaire
» Que n'a point corrigé l'indolent éperon,
» Quand tes mains ont saisi la guide salutaire.
» O germanique Albert pourquoi, dans l'abandon,
» Livrer la brute à sa sauvage indépendance,
» Quand tu devrais vouloir, puis enfourcher l'arçon.
» Ah! tombe sur ton sang la céleste vengeance,
» Effroyable et publique, et de ton successeur
» Qu'elle glace d'effroi toute la descendance.
» Car et ton père et toi souffrites, oh douleur!
» Vous calmes en vos murs, vous ivres d'avarice,
» Que l'Eden de l'empire y devint une horreur.
» Viens, vois tes citoyens qu'assombrit l'injustice,
» Homme nul, vois les uns éperdus, gémissants.
» Les autres suspecter ta haine et ton caprice.
» Viens, cruel, viens et vois tant d'honorables gens,
» Pressurés sous ton joug ; efface leur misère,
» Santafior te dira son bien-être au-dedans.
» Viens, vois Rome, ta Rome, et triste et solitaire,
» Et veuve, et jour et nuit se lamenter aux cieux.
» Ah! pourquoi mon César abandonner ta mère!
» Viens, vois l'ardent amour de tes enfants entre eux,
» Et si ton cœur pour nous n'est que pitié muette
» Viens rougir du renom de ta gloire en ces lieux.
» Et si ma voix hardie ici n'est indiscrète,
» Grand Dieu, qui fus pour nous cloué sur une croix,
» Détournes-tu ton œil de nous que tu rejette!
» Ou préparerais-tu libre en ton propre choix
» Dans tes conseils profonds quelque profonde chance,
» Insaisissable à nous esprits bornés, étroits.

» Car l'Italie en soi n'a plus d'indépendance,
» Les tyrans sont partout et le dernier manant
» S'il adopte un parti se transforme en puissance.
» Florence fait sonner haut ton contentement,
» Cette digression, non, n'a rien qui t'effleure,
» Grâce à ton peuple, heureux, oui dans son engoûement.
» L'équité dans le cœur de bien des gens demeure,
» Et tôt ou tard en naît une réalité ;
» Mais aux lèvres des tiens elle n'est qu'un beau leurre.
» Ailleurs on se refuse aux faix de la cité,
» Mais au devant du joug ton peuple court et crie :
» Je m'offre, et m'y soumets en toute humilité.
» Pousse ta joie aux cieux puisque tout t'y convie,
» Toi, cité riche, sage, et que fleurit la paix,
» Le vrai, si je l'ai dit, l'effet le justifie.
» Les Athéniens polis, les braves Laconais,
» Ces vieux législateurs, pour la chose publique,
» Firent au prix de toi de bien minces progrès,
» De toi dont la subtile et fine politique
» En novembre décout ce qu'en octobre on fit,
» Tant est solide en toi ta sagesse pratique !
» Que de fois en ces jours présents à ton esprit
» Monnaie et règlements, mœurs et fonctionnaire,
» Tout fut changé, défait, renouvelé, proscrit.
» Et si ton œil te guide et ton bon sens t'éclaire,
» Vois en toi cette femme en son lit de douleur
» S'agitant sur la ouatte elle veut, craint espère
» Et s'escrime à poursuivre un remède endormeur.

HIPPOLYTE TOPIN,
Professeur de littérature à l'Ecole
royale de marine.

# La Revanche

A MON AMI CHARLES GIRIAT.

—

Non ! nous ne pouvons pas garder un tel affront,
Car la plaie est au cœur et fait courber le front ;
Car nous avons, hélas ! le soufflet sur la face,
Et nous ne pouvons pas le garder quoi qu'on fasse !
Aiguille du destin avance donc toujours,
Nous te suivons des yeux et du cœur tous les jours,
Et quand nous te verrons t'arrêter à telle heure,
Cent mille citoyens quitteront leur demeure ;
Car nous savons l'endroit marqué sur le cadran
Où nous aurons formé notre invincible rang...
Heure de la vengeance ! heure de la vengeance !
Ton timbre ce jour là réveillera la France ;
Il sera frémissant, fera battre les cœurs
De ceux qui reviendront en héros, en vainqueurs...
La revanche sacrée élévera la tête
Cruelle et formidable, ainsi que la tempête ;
Imposante et debout, le glaive dans la main,
Et le doigt étendu nous montrant le chemin...
Oui, je la vois passer indomptable et farouche !
Des éclairs plein les yeux et du sang plein la bouche,
Ah ! je la vois terrible et de sa voix d'airain,
Sublime, elle rugit, cet immortel refrain,
Qui fait du monde entier une immense fournaise,
Ce chant des ouragans, la grande Marseillaise :
Debout ! France, ma mère, allons, redressons-nous,
Depuis assez longtemps nous plions les genoux...

Il faut écrire au cœur des blonds enfants qui naissent :
« Haine des allemands ! » car il faut qu'ils connaissent
Qu'au fond l'homme du Nord n'est qu'un affreux bandit,
Un homme du forfait, un homme qui bondit

15

Sur sa sanglante proie, ainsi que la panthère
Qui tue un ennemi qu'elle rencontre à terre...
La vengeance est au cœur, sans cesse elle nous mord;
Elle entretient en nous la haine aux gens du Nord.
Oui, la haine aux Saxons, aux soldats de Cologne,
Aux Polonais prussiens, au peuple fait ivrogne.
Haine des Allemands! haine sur l'étranger!
Haine aux sombres Teutons!... Car il faut nous venger!

Peuple souvenez-vous que nul n'est invincible
Et que si cette fois la France fut la cible,
C'est qu'elle se mourait toute pleine d'horreur;
Déjà vendue, hélas! par un lâche empereur.
Mais l'empire n'est plus, il pourrit dans la tombe;
L'aigle est mort, sans tuer tout à fait la colombe.
Nous redeviendrons grands, nous redeviendrons forts,
Nous ferons des canons, nous bâtirons des forts;
Nous serons République et vous serez empire!
Vous verrez la défaite à la nôtre encor pire,
Quoi qu'elle fut bien grande... écoutez bien ceci :
La revanche sera sans trêve ni merci...

A travers le vin bleu des vignes de Suresne,
N'avez-vous donc pas vu ni Condé ni Turenne?
Avez-vous donc perdu le sombre souvenir
Qui dans vos cœurs pourtant ne devait pas finir?
Le souvenir affreux de vos plus grandes pertes,
—De Worms et de Mayence — et leurs portes ouvertes?
Avez-vous donc, Germains, oublié tous ces noms,
Et le bruit que faisaient chez vous nos gros canons?
Puis, quand nous avons pris vos grandes citadelles,
Ne vous vit-on pas fuir comme des hirondelles?
Chez-vous, plus d'une fois, notre canon tonna!
Si vous avez Sedan, n'avons-nous pas Iéna?...
Nous connaissons Berlin et sa charmante route :
Vous aviez de lauriers fait une longue voûte...
O souvenez-vous donc, pauvre peuple sans cœur,

Que vous avez baisé les bottes du vainqueur !
Souvenez-vous aussi, pauvre peuple d'esclaves,
Combien de dévouements, surtout combien d'entraves
Vous empêchaient d'entrer ivres dans nos cités,
Mourant pour ne pas voir vos sombres lâchetés ;
Enfin, si dans Paris vous fîtes votre entrée,
Combien donc étiez vous de chiens à la curée ?

Vous nous avez vaincu, hélas ! sombres Germains !
Nous payons la rançon de l'or tout plein nos mains ;
Cet or que nous donnons, brisera notre chaine
En mettant dans nos cœurs la haine sur la haine !
O vainqueur de Sédan ! eh bien ! qu'en dites vous ?
Etes-vous, maintenant, bien plus riches que nous,
Vous qui vintes brûler nos villes, nos villages !
Que vous reste-t-il donc de tous vos noirs pillages ?
Vous qui futes, hélas ! de tous points triomphants,
Egorgeant dans leur lit la femme et les enfants ;
Vous qui vintes jouer la triste comédie,
Faite du meurtre affreux et du sombre incendie.
Ah ! vous avez montré que vous étiez Teutons,
Vous, le peuple maudit, que tous nous détestons !
Oui, nous vous avons vu lorsque vous étiez ivres,
Nous volant nos bijoux et nous brûlant nos livres ;
Vous, les concitoyens du grand et doux Schiller,
Vous les gros Allemands plein de calme dans l'air.
O vous la nation aujourd'hui la plus noire,
Qui dans l'égorgement avez fait votre gloire,
Qui vous êtes couverts de forfaits et d'horreur !
Qu'avez-vous donc gagné ?... Hélas, un empereur !
Se croyant Charlemagne en portant sur la hanche
Un long sabre d'acier... c'est déjà la revanche !
Oui, c'est déjà cela, mais ce n'est pas assez.
Calamités du ciel ! accourez et passez,
Frappez vos sombres coups sur les villes maudites,
Affligez les maisons, même les plus petites,

Car dans chacune, hélas! on peut dire il est là :
Un soldat qui servit le cruel Atilla,
Un soldat du forfait qui vint dans la nuit sombre
Du troupeau d'assassins grossir encor le nombre;
Déchainez-vous furies, et versez vos douleurs.

Que les yeux des enfants soient tout rouges de pleurs
Puis alors nous dirons la vengeance commence.
Notre cœur frémira plein d'un bonheur immense...
Mais non, fléaux du ciel, laissez l'enfant grandir,
Car sur l'homme brisé nous ne savons bondir.
Nous ne frappons jamais un ennemi qui tombe,
Et notre main se tend au peuple qui succombe;
Nous descendons des francs et des braves Gaulois:
Notre père le Brenn a dicté bien des lois.
Il est sorti vainqueur de plus d'une épopée,
Lui qui dans la balance a mis sa large épée...
Quand on a fait des lois aux farouches romains,
Ah! l'on peut vaincre encor les Teutons, les Germains,
Et bientôt l'étendard, aussi grand que l'aurore,
Marchera devant nous... Mais quoi, se battre encore,
Faire trembler la terre au bruit des escadrons,
Aux clameurs des tambours, cris affreux des clairons!
La voix des noirs canons, des longues fusillades,
Ces vainqueurs, ces vaincus, grands héros de ballades,
Ces héros courageux, sublimes, doux et forts,
Puis ce champ de bataille où dorment tous ces morts!
Ah! qu'elle vision hideuse que la guerre
Et que de sang versé, qui ne rapporte guère!
Que de cris déchirants dans un bombardement:
Des pleurs de toutes parts, comme un déchirement.
Que de pauvres vieillards, que d'enfants, que de femmes,
Meurent par le boulet qui met partout des flammes...
Puis après tout cela, dis-moi pauvre Teuton,
Combien a-t-on gagné et que rapporte-t-on?
Ah! tu peux me répondre au mot que je te pose :

(Le vaincu n'a plus rien, le vainqueur pas grand chose.)

Ah! tenez, voulez-vous vivre toujours en paix
Dans vos vieilles maisons et dans vos bois épais :
Voulez-vous une fin à toutes vos misères
Et que tous nous vivions en amis, en bons frères?
Voulez-vous être encor des sublimes Germains,
Et que tous nous marchions notre main dans vos mains?
Et bien brisez vos fers et brisez la couronne,
Il ne faut plus d'empire, il ne faut plus de trône :
Chassez ce noir tyran, car son front est félé,
Puis rendez-nous après ce qu'il nous a volé :
Soyez républicains dans l'Allemagne entière
Et l'on ne verra plus qu'un peuple sans frontière :
Un peuple tout formé de frères et d'amis,
N'ayant que les tyrans, les rois pour ennemis.
Oui nous serons amis, mais chassez tous vos princes,
Car ce n'est qu'eux qui font les prises de provinces :
Puis nous n'entendrons plus le canon frémissant,
Plus de femmes en pleurs, de champs rouges de sang :
Embrassons-nous enfin. Ah! sublime avalanche.
Et si vous le voulez, ce sera la revanche.

(Rhône.)                                    Jules BÉDEL.

## Une Visite au Cimetière de Toulon.

La cloche matinale au son sourd et confus,
Tintait et balançait l'heure de l'Angelus.
A son appel je fus, et triste et solitaire,
Prier sur le tombeau de ma défunte mère.

Et là, pour adoucir mes regrets éternels,
Je demande au passé les baisers maternels,
Avec lesquels ma mère, en berçant mon jeune âge,
Venait, en souriant, caresser mon visage.
Baisers, que son cher fils, ne doit plus recevoir !
Après avoir rempli ce mystique devoir,
Versé sur son tombeau, des larmes abondantes
Et m'être redressé sur mes jambes tremblantes,
Je vois le fossoyeur lancer d'un vieux tombeau,
Des os, pour recevoir un cadavre nouveau.
Pendant que je passais leurs débris en revue,
Un petit coffre en plomb vint s'offrir à ma vue.
A son aspect, cédant à l'avis de mon cœur,
Je dirigeai mes pas vers notre fossoyeur,
Qui, moyennant vingt francs, voulut bien me remettre
Le coffre contenant une poudreuse lettre
Où se lisent ces mots :
                    Mon Dieu, protège-moi,
Et maudis le démon qui m'éloigne de toi.
Veuille rendre à mon âme, ô puissance éternelle,
Le principe divin qui naquit avec elle !
Principe, don du ciel qu'un jeune séducteur
Blessa mortellement en violant mon cœur.

Que je l'aimais, alors qu'il me disait je t'aime !
Je crus à son amour comme on croit à soi-même,
Comme on croit au soleil, aux étoiles des cieux,
Qu'un pouvoir inconnu promène dans nos yeux.
J'aurais donné pour lui mon âme avec ma vie,
Mais Dieu vint me punir de mon idolâtrie .
Une femme étrangère aux regards, aux yeux doux,
Vint m'enlever le cœur de mon futur époux,
Qui s'éloigna de moi pour ne plus reparaître,
Au moment où ma fille, hélas ! venait de naître.
Sans pitié pour les maux que je souffre aujourd'hui,
Bravant ma volonté, mon cœur reste ave clui.

La douleur qui m'étreint, qui chaque jour empire
Et creuse mon tombeau, ne saurait se décrire.

Cédant au désespoir qui troublait mon esprit,
J'allais me suicider lorsqu'un ange me dit :
N'abrège pas tes jours, criminelle victime,
Coupable tu vécus, tu dois mourir sans crime ;
Cesse donc d'attenter désormais à tes jours ;
Il n'est que Dieu qui puisse en abréger le cours.
Renonce, au nom du ciel, à ton projet infâme,
Que te dicte un démon qui convoite ton âme
Pour l'engloutir au gré de sa férocité,
Dans le gouffre infernal pour toute éternité.
Après ces derniers mots, mon ange tutélaire
Bénit, au nom du ciel, et ma fille et sa mère.

O toi Dieu tout-puissant, toi qui peux engloutir
Dans une goutte d'eau l'espace et l'avenir !
O toi qui peux de rien reformer, reconstruire,
Les mondes infinis, que tu viens de détruire !
Toi qui peux tout enfin, excepté, divin Roi,
De cesser d'être Dieu, de cesser d'être toi ;
De cesser d'être *tout*, d'être la bonté même !
Et l'on te dit vengeur !!! O blasphème ! ô blasphème !
La vengeance est un crime. Aux yeux de l'éternel,
L'on ne peut se venger sans être criminel.

Cependant on nous dit, mortelle inconséquence,
Craignez, craignez de Dieu, la terrible vengeance,
Dieu ne saurait pécher ; vous faites cependant
Commettre à l'Eternel un crime qu'il défend.
S'il en était ainsi, péchant comme nous-même,
Dieu ne serait pas Dieu, ni mon juge suprême.
Rassurez-vous, pécheurs, après notre trépas,
Dieu nous juge en bon père et ne se venge pas.
Cessez donc d'accuser l'Eternel d'un tel crime,
Dont l'homme ne saurait devenir la victime.

Veuille, Dieu tout puissant, grâcier et bénir
L'imprudent qui t'offense en croyant te servir.

Prolonge, ô mon Sauveur, ma débile existence,
Pour me donner le temps de faire pénitence;
Pour apprendre à ma fille, au sortir du berceau,
Qu'il est un autre monde au-delà du tombeau.
Si tu vis après moi, cédant à ma prière,
Dépose mon enfant, cet écrit dans ma bière :
Jusqu'à ton dernier jour je t'impose la loi
De vivre saintement et de penser à moi.
Sois sage et crois en Dieu, notre unique espérance,
Qui t'attend pour bénir ta seconde existence.
Ciel! je me sens mourir... la mort... je n'y vois plus...
Adieu! je vais t'attendre au temple des élus.

*Auteur inconnu.*

## Aux Femmes de France.

Aux jours de tristesse et de deuil,
On put vous voir sur le champ de bataille
Secourir sans le moindre orgueil
Vos fils fauchés par la mitraille.
Votre noble et courageux cœur
Devait continuer sa tâche.
Le jour de paix — O jour d'horreur!
Qui vit payer un peuple lâche,
On vous vit dans tous les logis,
O femmes! que le monde admire,
Demander avec un sourire
L'aumône pour votre pays.

EGARD RÉQUIER.

## Les Deux Frères.

—

Je vais, mes chers amis, vous conter une histoire,
Puissiez-vous à jamais en garder la mémoire :
Il existait en France un riche commerçant
Dont la fortune allait de jour en jour croissant.
Il possédait deux fils : l'aîné méchant, colère,
Ne pensait qu'au plaisir et haïssait son frère ;
Ce dernier était bon, docile, généreux,
Affable, obéissant, soumis, respectueux :
Chacun l'aimait aussi par son bon caractère ;
On voyait dans ses yeux le portrait de son père !
Quand celui-ci mourut, l'âge de ses enfants
Etait, du second fils, de dix-huit printemps.
L'aîné, majeur alors, en ayant vingt à peine,
Commença par chasser — et d'une voix hautaine —
Du foyer paternel son frère durement,
Et prit de la maison le seul commandement ;
Mais se livrant toujours, de plus en plus au vice,
Il perdit la confiance et vit son précipice.
Le cadet abattu, vivement inquiété,
Disait : « Si de mon frère ainsi je suis traité,
Ah ! qu'attendrais-je donc d'une main étrangère ? »
Pourtant il prit courage et son cœur dit : Espère...
Il se mit au travail laborieusement
Et ne perdit jamais, jamais un seul moment ;
Les amis qu'il avait, n'imitant point son frère,
L'aidaient dans son commerce et le rendaient prospère.
Après un intervalle environ de vingt ans,
Quel changement, Seigneur, eut lieu pendant ce temps !
Qu'était-il devenu, l'aîné, ce méchant frère ?
Il se trouvait alors plongé dans la misère ;

Il quitta le pays croyant pouvoir ailleurs
Reconquérir son bien, trouver des jours meilleurs :
Mais il trouva plus loin détresse sans égale
Et reprit le chemin de sa terre natale.
Ne possédant plus rien, mourant presque de faim,
Il se vit obligé de tendre enfin la main...
Un jour n'en pouvant plus, ayant l'âme mourante,
Souffrant, tout épuisé, sa marche chancelante,
Il aperçut non loin des enfants qui jouaient,
Entourés de leur mère, en même temps chantaient.
Auprès d'eux, un château, tout autour la verdure
Embellissait ce lieu chéri par la nature ;
Il fit bien des efforts pour se rendre en ce lieu ;
Hélas ! ils étaient grands, on ne peut plus, mon Dieu !
Il vit là des ouvriers travaillant avec zèle,
Dirigés par un homme à l'âme paternelle :
Il paraissait pourtant le maître du château ;
Son front était serein, aussi tendre que beau !
Tout couvert de haillons, le malheureux s'avance,
Exprime quelques mots pour peindre sa souffrance.
Le maître du logis ordonne en ce moment
Qu'on donne à l'infortune un secours promptement...
Quelques heures plus tard, avec un ton affable,
Celui-ci veut savoir, du pauvre misérable,
Ce qui l'avait conduit, dans le fatal destin,
A demander pour vivre un noir morceau de pain !
Par les soins empressés, donnés avec adresse,
Le malheureux ressent alors moins de faiblesse.
Raconter son histoire était, en ce moment,
Un besoin de son cœur, un doux épanchement !
Il l'a dit en entier !... Dans sa douleur amère,
Il prononce le nom de son vertueux frère ;
Chaque mot de sa bouche émeut son auditeur,
Mais celui-ci contient ce qu'éprouve son cœur :
Puis invite à passer la nuit dans sa demeure,

Hélas! ce malheureux, sans asile à cette heure :
Il lui fait préparer un doux appartement,
Le fait combler de soins avec empressement.
Le lendemain, il dit, au pauvre sans mystère :
« Hier vous m'avez parlé beaucoup de votre père ;
» Étiez-vous donc le seul, le seul unique enfant ? »
— Non, non, j'avais un frère et que j'abhorais tant!
Combien ce souvenir m'accable quand j'y pense ;
Car j'aurais dû l'aimer et bénir sa présence!
Pourquoi cette question ? Vous ouvrez ma douleur!..,
L'autre à ces mots répond et les larmes au cœur :
C'est moi, c'est moi, mon Dieu, c'est moi qui suis ton frère!
Aussitôt sur son cœur tendrement il le serre!...
Quels soupirs, quels sanglots, quels cris en ce moment!
L'aîné tout confondu, rempli d'étonnement,
De repentir, de joie et de reconnaissance,
Bénissait dans son cœur de Dieu la Providence!
Il prononce un seul mot, un seul en ces instants,
C'est celui de son frère et pleure en même temps...
— Reste dans ma maison, lui dit alors son frère,
Tu couleras des jours, des jours heureux j'espère ;
Tu pourras partager ma fortune et mon bien ;
Oublions le passé, ne pensons plus à rien!...

(Var.)                                    Mⁱᵉˡ LIAUTARD.

## ELLE ATTENDAIT.

Bravant la faim et le perfide rhume,
Aux boulevards de plus en plus déserts,
Elle attendait, le soir et dans la brume,
Brume glacée au souffle des hivers!
A chaque pas, auprès d'elle une porte

Sur le sommeil lentement se fermait :
Elle, toujours tremblante, à demi-morte,
   Elle attendait!...

Qu'attendait-elle? Et pourquoi là, dans l'ombre,
La voyait-on s'arrêter coup sur coup,
Sur les passants darder son regard sombre
Et recueillir leur mépris, leur dégoût?
Qu'attendait-elle? Elle attendait un homme...
Dire comment cet homme s'appelait,
Elle n'eût pu... ce n'était qu'une somme
   Qu'elle attendait!

Ah! qui dira ce qui l'avait conduite
Aux jours sevrés d'amour et de bonheur!...
Amour!... bonheur!... ce qui l'avait réduite
A mendier le pain du déshonneur?
Personne, hélas! La malheureuse tombe,
Et dans la nuit, où nul ne l'entendait,
Elle a laissé le secret de la tombe...
   Elle attendait!

(Seine.)                Charles DUBOURG.

A MON PÈRE

## Restons Bourgeois!

Air du *Grenier* de Béranger.

—

### I

Je veux braver ce préjugé stupide
Qui de nos jours vient tout dénaturer,
Tout empester de son souffle morbide,
En prétendant tout ridiculiser :

Pour certain monde, être bourgeois, c'est bête!...
D'être bourgeois tu dédaignes, je crois?
Va, je te plains, l'ami, qui fais ta tête!
Heureux celui qui sait rester bourgeois!          } bis.

## II

Je suis bourgeois, point ne veut qu'on l'ignore;
J'entends par là modeste citoyen,
Tout comme l'est mon père que j'honore;
Etant bourgeois, il ne me manque rien.
C'est dans ton sein, ma chère bourgeoisie,
Que j'ai puisé tout ce que je vous dois,
Famille, Amour, Franche amitié, Patrie          } bis.
Heureux celui qui sait rester bourgeois!

## III

Le vrai bourgeois reste Français dans l'âme :
(Plaignez son sort, il est fort arriéré!)
Etre autrement lui paraîtrait infâme!
Il a le tort d'aimer la Liberté!
Lorsqu'un revers, en abaissant nos armes
Vînt étonner sa fibre d'autrefois,
Ce qu'il souffrit?... Demandez à ses larmes!...          } bis.
Heureux celui qui sait rester bourgeois!

## IV

La Famille est sa plus chère devise,
Pour ses parents il est tout dévoûment;
A leur amour tout bonnement il vise,
Il aime à les embrasser tendrement.
Fi! croirait-on qu'on voit chez lui la mère
Nourrir encor son enfant? (Qu'elle croix!)
Et que l'enfant peut caresser son père?          } bis.
Heureux celui qui sait rester bourgeois!

## V

Dans ses amours comme il est ridicule!
Il se figure encor qu'il faut aimer

Pour épouser! à ses yeux le pécule
Ne vient qu'après que le cœur est fixé!
Elle lui plaît! vite, il cherche à lui plaire,
Et c'est tout seul qu'il veut faire son choix!
Ah! convenez que c'est bien terre à terre!...
Heureux celui qui sait rester bourgeois!          } bis.

### VI

A ses amis il demeure fidèle ;
Pour eux il est tout rond, tout sans-façon ;
Certes, avec eux il ne prend point modèle
Sur les amis du genre Benoîton.
Ce n'est ni cher, ni mon bon, qu'il les nomme ;
Il sait pour eux, quand il le faut parfois,
Donner son sang, sa bourse, en honnête homme !
Heureux celui qui sait rester bourgeois!          } bis.

### VII

Ces bourgeois osent découper à table,
Couper leur pain, manger leur appétit!
Se contenter du simple confortable.
Laisser leurs gants au fond de leur habit ;
Redemander du gigot, du potage,
Rire toujours et chanter quelquefois!!!
D'être sans gêne ils ont vraiment la rage!
Heureux celui qui sait rester bourgeois!          } bis.

### VIII

Le bon bourgeois chante la gaudriole,
Et le gros sel l'offusque rarement ;
Oh! qu'elle horreur! dans son audace folle,
Il risque même un couplet croustillant!
— Laissons gronder les amis du silence,
Tout franc-bourgeois doit être un peu Gaulois,
Et honni soit, d'ailleurs, qui mal y pense!
Heureux celui qui sait rester bourgeois!          } bis.

## IX

Bourgeoisement faisons la cour aux dames ;
Soyons toujours naturels, gais et francs !
Au bon vieux temps, sans encourir leurs blâmes,
On pouvait même être un peu verts-galants !...
Sexe charmant, pour bien vous rendre hommage,
Vous faire honneur et plaisir à la fois,
Rire avec vous est, je crois, le plus sage !
Heureux celui qui sait rester bourgeois !        } bis.

## X

Est-ce, voyons, que nous sommes au monde
Pour nous guinder, faire des embarras !
La gloriole en soucis est féconde,
Et le cœur seul rend heureux ici-bas !
Dussent les sots nous taxer de sottise,
Restons bourgeois, citadins, villageois !
Changer serait une grosse bêtise !
Heureux celui qui sait rester bourgeois !        } bis.

## XI

Restons bourgeois, car nous touchons, en somme,
Aux plus huppés par notre instruction ;
Sachant fort bien n'être pas trop Prud'homme,
Nous les valons par l'éducation,
Et, sans dédain regardant notre source,
Le peuple enfin, de la France aux abois,
Sommes-nous par la suprême ressource ?
Heureux celui qui sait rester bourgeois !        } bis.

## XII

Restons bourgeois, sans exclure personne.
Ce gentilhomme a pour culte l'honneur,
Qu'il vienne à nous ! car la morgue ne donne
Que de l'orgueil, et jamais le bonheur !
Le temps n'est plus à la suprêmatie

De la naissance : A tous les mêmes droits !
Le talent seul fait l'aristocratie !
Heureux celui qui sait rester bourgeois !        } bis.

### XIII

Mais, gardons-nous aussi de l'anarchie !
Et pour cela, bourgeois, moralisons
Les travailleurs ! l'ignorance et l'envie
Font dérailler les révolutions !...
Prêchons d'exemple, et que notre conduite
De la raison fasse écouter la voix !
De nos défauts corrigeons-nous bien vite !    } bis.
Heureux celui qui sait rester bourgeois !

### XIV

Et nos défauts, hélas ! ce sont des vices !...
La vanité surtout nous a perdus.
Ah ! pour poser, combien de sacrifices
D'amour, d'amis, d'honneur et de vertus !
Douter de tout, à présent c'est la mode ;
Un homme chic ne connait plus de lois !
Cette morale est vraiment fort commode !..   } bis.
Heureux celui qui sait rester bougeois !

### XV

« Jouir, c'est tout ! » me dit dans sa folie
Certain gandin usé, blasé sur tout ;
Son cœur, égout d'égoïsme et d'orgie
Ne sent plus rien, ne vibre plus du tout !
Est-ce jouir, cela, je le demande ?
Non ! c'est pourrir !... Par ce crevé je vois
Qu'il est grand temps que la France s'amende !  } bis.
Heureux celui qui sait rester bourgeois !

### XVI

Il est grand temps qu'on brise cet idole
Dont le prestige a fait tant de progrès,

Par qui tout bon sentiment s'étiole,
Qui légitime avant tout le succès!...
Dans le bourgeois mettant mon espérance,
A la Patrie avec amour je bois!
Les rois, hélas! ont envahi la France!...
Heureux celui qui sait rester bourgeois!
}  bis.

(24 Avril 1873.)                              Félix GOURDIN.

## Le Songe d'une Nuit d'Hiver

Et la neige tombait... J'aperçus une reine;
Son voile rehaussait l'éclat de sa beauté.
Les pauvres à genoux gardaient leur souveraine;
Elle disait : « Venez, je suis la charité.
» Venez tous, je vous dois la divine parole;
» Venez, il est si doux de vivre sous ma loi;
» Je donne l'espérance et l'amour qui console,
        » Vous que j'aime, venez à moi.
» Grands du monde, pitié! pitié pour la misère,
» Donnez, ils sont cruels les tourments de la faim.
» Oh! vous ne savez pas ce que souffre une mère
» Dont le sein a tari, l'hiver, faute de pain.
» Vous ne voyez donc pas la terre endolorie!
        » Le vent brame, et dans sa furie,
» Lance ses tourbillons sur les toits chancelants;
» De givre recouverts les arbres sont tremblants.
        » L'oiseau meurt; les eaux sont glacées;
» Le brin d'herbe n'a plus le soleil pour ami;
» Au seuil de vos palais le pauvre est sans abri;
» Pour un instant, cessez vos rondes insensées.

» Donnez ; bientôt pour vous la fête renaîtra.
» Avec du pain, donnez une larme, un sourire ;
» Donnez ! ce mendiant qui supplie et soupire,
» Roi dans le ciel un jour, riches, vous le rendra. »

Mais les riches fuyaient !... Sans crainte des rafales,
    Crins au vent, leurs fières cavales
Broyaient de leur sabot le caillou du chemin ;
Et passant comme un trait, bondissant sous la brume,
    Au lieu d'or, jetaient leur écume
    Au vieillard qui tendait la main.

Plus bas, le front levé, des matrones infâmes,
Dans leurs égouts vendaient les filles et les femmes.
Dans leur bruyant palais, maîtrisant le hasard,
Des joueurs, de la fraude aiguisaient le poignard.
L'orgie étincelait... tremblante, désolée
    La vertu s'était envolée.
Avec l'impunité le prince était d'accord :
    Le vrai souverain... C'était l'or.

Et cependant l'éclair présageait le tonnerre,
Tout à coup un Démon poussa le cri de guerre !
Par la faux de la mort les bataillons surpris,
Toujours vivants, planaient sur de fumants débris,
Et le bronze grondait, grondait... dans Babylonne :
Des bras nus secouaient, brisaient une couronne.
. . . . . . . . . . . . . . . . . . . . . . . . . . . .
Un fantôme fuyait son trône ensanglanté...
« Malheur ! s'écriait-il, quel serpent me dévore !
    » Je suis maudit... » L'ange disait encore :
« Tu souffres !... Viens à moi, je suis la charité. »

Le Ciel s'illumina... descendant de sa sphère,
    . Une Sainte, ma bonne mère,
De son baiser toucha mon œil émerveillé.

De sa main d'autrefois, je sentis la caresse ;
Ma mère me berçait dans une douce ivrese ;
Je pleurais... Je fus réveillé.

L'ESPRIT-FRAPPEUR.

A MAURICE CARRANCE

# Le Parrain de l'Ame

Souvenir d'une Légende.

J'ai lu quelque part que, dans des temps déjà bien éloignés du nôtre, — des temps où les hommes croyaient encore au ciel, — quand une créature humaine venait au monde, un ange descendu du ciel apparaissait au chevet de son berceau, et, se penchant vers elle, lui disait :

« Je suis le parrain de ton âme. Ecoute toujours mes conseils, enfant; je te guiderai vers le bonheur! »

Je ne suis pas un ange, et tant s'en faut! mais à l'heure où tu viens de naître, Maurice, il me plaît de te dire :

« Aime Dieu, enfant...

» Aime ton père et ta mère...

» Aime de toutes tes forces ton pays; notre pauvre et chère France, qui a tant besoin aujourd'hui de la tendresse et de la protection de ses fils.

» Aime tout ce qui est grand, beau, bon ou malheureux, afin que, lorsque tu seras homme, tout ce qui est malheureux, bon, beau ou grand, t'aime à ton tour.

» Et alors, aussi, — quand tu seras un homme, dans vingt ans, — si je vis encore, un jour, venant à moi, dis-moi en me tendant la main :

» J'aime et l'on m'aime. Bonjour, Parrain de mon âme, et merci! »

21 Janvier, 1873.                           HENRY DE KOCK.

---

HENRY DE KOCK A MAURICE CARRANCE.

## LE PARRAIN DE L'AME

—

« .... Dis-moi en me tendant la main
J'aime et l'on m'aime. — Bonjour
parrain de mon âme, et merci.
                              H. DE K.

J'ai lu quelque part, mon enfant,
Qu'à l'époque, hélas! si lointaine,
Où l'homme n'était pas méchant,
Et ne croyait pas à la haine!...

Que chaque fois qu'un nouveau-né
Apparaissait sur notre terre,
Comme un lutteur prédestiné
A toute l'humaine misère,

Un ange descendu des cieux,
Se penchait vers la frêle couche,
Et sur cet enfant gracieux
Laissait ainsi parler sa bouche :

« Ecoute-moi : si du bonheur
» Tu veux goûter la pure flamme,
» Retiens mes conseils dans ton cœur,
» Je suis le Parrain de ton âme. »

Je ne suis pas un ange, enfant;
Mais, pour que Dieu te soit propice
Et guide ton pas chancelant,
Ecoute-moi, petit Maurice.

Aime Dieu, qui verse sur nous
Les seules grandeurs de la vie;
Et sur l'enfance sans courroux,
Les chansons de l'âme ravie.

Aime ton père; aime toujours
Ta douce mère qui t'adore,
Et que ces deux puissants amours
Éclairent ta naissante aurore.

A ton pays dont le malheur
Vient de terrasser la vaillance,
Ami, prodigue tout ton cœur;
Il faut savoir aimer la France.

Aime toujours, ô mon enfant!
La vertu, ce sublime livre
Qui s'ouvre au petit comme au grand,
Dans la route que tu vas suivre.

Aime aussi la sainte bonté;
Aime aussi la grandeur sublime,
Ce qui va vers l'éternité,
Comme ce qui va vers l'abîme.

Comme un trésor sème l'amour
Afin que ta douce jeunesse,
Maurice, recueille à son tour
Toute une moisson de tendresse.

Et plus tard, me cherchant aussi,
Tu me diras — ô bien suprême!
Parrain de mon âme, merci,
Je suis heureux! j'aime et l'on m'aime!

24 Janvier, 1873.                          ÉVARISTE CARRANCE.

## ÉLÉGIE.

—

Le ciel m'avait donné, dans un jour d'allégresse,
Un trésor précieux pour moi plein de tendresse!
Il s'écoula tous deux onze mois seulement,
C'est à dire, pour nous, l'espace d'un moment!
Les plus tendres liens nous unissaient naguère;
  Ah! nous étions heureux!...
Ils ont été brisés ici-bas sur la terre;
  Le seront-ils aux cieux?

Que de bontés pour moi n'avais-tu pas Marie!
Aussi je t'appelais constamment ma chérie.
Lorsque de quelque instant j'arrivais tard le soir,
Ton impatience au comble était de me revoir :
De nous serrer la main avec amour sincère,
  C'était pour nous bonheur!...
Pourrai-je, ô Tout-Puissant, ô notre divin Père,
  Revoir un jour son cœur?

Je ne puis exprimer ma douleur si navrante,
A chaque instant du jour je pleure et me tourmente.
Oh! je ne te vois plus, épouse aux regards doux!
Et quand serai-je encor assis sur tes genoux?
Parfois au moindre bruit il me semble t'entendre,
  Fatale illusion!!
Dans mes rêves, Seigneur, ne me fais pas attendre
  Au moins sa vision!...

De notre hymen naquit une enfant belle et blonde,
Elle quitta bientôt, hélas! bientôt ce monde!
Elle n'en connut point les amères douleurs;
Elle n'eut pas le temps d'y verser quelques pleurs!

Elle doit être au Ciel rayonnante de gloire
Et je ne la vois pas.
Pour les revoir un jour, vous voudrez, j'ose croire,
Dieu, hâter mon trépas!...

(Var.)                                        MARCEL LIAUTARD.

## ILS NOUS VENGERONT.

Alors vous avez cru pouvoir chanter Victoire
Parce que vos soldats ont traversé le Rhin,
Lorsqu'ils ont rénové la sanglante mémoire
Du Vandale barbare au lourd casque d'airain.

Parce que vous avez surpris la pauvre France
En les mains d'un bandit, d'un traître, d'un bourreau;
Allez, nous garderons toujours en remembrance
Vos longs mugissements de sauvage taureau.

Oui, vous êtes venue, horde vile et barbare;
Vous avez assiégé Paris, vous l'avez pris,
Nos traîtres nautonniers abandonnant la barre,
Vous nous avez vaincu, c'est vrai, mais à quel prix!...

La trahison vous fut une arme défensive,
On nous avait vendu, vous aviez acheté;
Vous pouvez être fiers, mais l'histoire attentive;
Dira : cette victoire est une lâcheté!...

Vous avez combattu, quels combats sont les vôtres?...
Dix contre un, et de plus si l'on veut être francs,
Vous n'étoufferez pas que bien des fois les nôtres
Ont fait, par leur courage, un vide dans vos rangs.

Et lorsque refoulés sur la terre française
Nos malheureux soldats, sans vivres, harassés,
Rejetés par le flot sur la grande falaise,
Lâchement par leur chefs y furent délaissés.

Après Sedan, pour vous aurore triomphale,
Après l'affreux marché de vos soldats vendus,
Quand vous abattiez, tel le vent dans la rafale,
Hameaux, cités et bourgs n'étant plus défendus.

Vous preniez tout, c'est bien, mais les choses infâmes
Qu'on ne pardonnera jamais à des vainqueurs,
C'est d'avoir violé nos filles et nos femmes,
Et souillé notre sang et fouillé dans nos cœurs.

Que d'enfants ont tués vos balles meurtrières,
Que de viellards sont morts d'effroi dans leurs maisons,
Que de jeunes héros qui n'ont plus vu leurs mères,
Et que de jeunes cœurs ont perdu la raison.

O Dieu ! quel noir tableau, quel affreux sacrifice !
Vous avez vu, mon Dieu, le méchant se dresser,
Mais nous reconnaissons votre sainte justice,
Car vous ne l'élevez que pour mieux l'abaisser.

Le Français garde au cœur ce trait ineffaçable
Que le Prussien vandale y fit en son malheur,
Et quand viendra le jour où réunis à table
A ses petits enfants il dira sa douleur...

Ils se soulèveront, nos fils à l'âme franche;
Et tous ces jeunes cœurs de rage pleureront,
Nous leur dirons : Enfants, à vous seuls la revanche !
Et nos enfants nous vengeront !....

(Bouches-du-Rhône)                                    P. MAZIÈRES.

# UN SONGE.

Figurez-vous que par je ne sais quel caprice
Du hasard (ou plutôt une méchanceté
Du diable), il me semblait que dans un précipice
Du plus haut d'un rocher quelqu'un m'avait jeté.

Haletant, je roulais d'abîmes en abîmes,
Je ne respirais plus, je me sentais mourir;
Je me croyais brisé sur chacune des cîmes,
Et chaque fois un bond me les faisait franchir !

Je ne voyais plus rien ; le fond d'un gouffre immense
M'attirait ; le torrent de rocher en rocher
Mugissait... Dieu ! sur moi ! (je frémis quand j'y pense !)
Un énorme granit vient de se détacher !

En bas, en haut, la mort ! la mort la plus horrible !
L'écume du torrent m'inonde .. un froid mortel
Me prend au cœur... j'étouffe... Ah ! le rocher terrible !
Mon Dieu !... Mais quel est donc l'ange venu du ciel !

J'étais perdu !... Soudain une voix dans la brise
Me dit : « Viens, ne crains pas, je te conduis au port. »
Et saisi dans les bras d'une force indécise,
Je me crus enlevé par l'ange de la mort.

Nous voguions doucement, au-dessus d'une plaine ;
L'air pur, l'immensité ! Je respirais enfin !
Et le front caressé par une douce haleine,
J'étais comme enivré de ce souffle divin.

L'ombre avait pris le corps d'une femme voilée ;
Je ne la voyais pas, mais je n'avais plus peur,
Car sous les plis flottants de sa robe étoilée,
Je sentais sous mon cœur bondir un autre cœur.

Tout-à-coup une voix murmure à mon oreille
Comme un soupir : « Je suis ton bon ange gardien,

» C'est moi qui pense à toi quand tout rêve ou sommeille,
» Moi que tu dois chérir et que tu connais bien. »

— « Comment, ô mon sauveur, te dire que je t'aime?
» Je te connais, dis-tu, mais je ne te vois pas. »
Je me sentis pressé plus fort entre ses bras;
Le voile s'entr'ouvrit... l'ange, c'était vous-même!

(Gironde.)                              J. D'ENGREVAL.

## EN AVANT!

—

Ce temps n'est pas venu! car notre sang ruisselle
Dans les vallons déserts ou les grandes cités...
Et plus d'un champ fécond dans son flanc noir recèle
Des braves que la mort elle seule a domptés!

Nul de l'esprit humain, n'a tiré l'étincelle
Qui lentement s'impose à des cœurs révoltés;
Nul ne proclamera la paix universelle,
Puisque notre œil se ferme aux célestes clartés...

Eh bien! tuons, brûlons, pour que dans notre histoire
On sache au moins comment marchaient à la victoire
Les inconnus d'hier qu'on saluera demain!

Tuons! en attendant l'heure sublime et sainte,
Où, dans l'enivrement d'une première étreinte
Tous les peuples viendront pour se tendre la main.

PAUL LABBÉ.

## En Présence du Christ.

—

Puisque inquisitions, bûchers, guerres, massacres,
Viols, meurtres d'enfants, tant d'autres simulacres. .
Vont se renouveler, dit-on, pour ton amour,
Daigne exaucer les vœux d'un coupable à son tour,
O Christ ! je t'en supplie ! accorde-moi la grâce
De me faire mourir, mourir ! ici sur place...
Car je ne puis plus voir souffrir l'humanité
Sous les coups des bourreaux de notre liberté.
Vengeance ! il faut du sang !... Il faut que le mien coule :
Peuples ! brisez vos fers, sinon le monde croule...
O résurrection ! l'heure sainte a sonné !
Tout exterminateur doit être exterminé.

10 mars 1873 (Var).           J.-César PEIRONET.

## La Voisine.

*Romance.*

Chère voisine, à travers le grillage
J'ai vu briller l'éclat de tes beaux yeux ;
J'ai vu tes mains, ton élégant corsage,
Ton cou de neige avec tes blonds cheveux...
     Ah ! charmante voisine,
     Cache-moi ces traits délicats,
     Cache-moi ta grâce divine,
         Et je n'aimerai pas.

Parfois j'écoute, et ta voix ravissante
A ton insu fait palpiter mon cœur ;
Ton doux accent me captive et m'enchante,
Je goûte alors l'ivresse du bonheur...

Et quand tu pars, vive, alerte, joyeuse,
Biche légère est moins leste que toi ;
Ton pied mignon, ta marche gracieuse,
Me font soudain tressaillir malgré moi...

Aimable objet pour qui mon cœur soupire,
Je crus hier que ton œil me suivait
Et qu'à ta lèvre échappait un sourire ;
Je crus encore... Ah ! l'amour me trompait !...

A. DAZU-SIMON.

## Le Jeune Chat & la Souris.

*Fable.*

Un petit chat, jeune ignorant,
　　Qui ne connaissait guère
　　Les ruses de la guerre,
Prit un soir par hasard, on ne sait trop comment,
　　Une souris fraîche, vermeille,
　　Au poil doux, soyeux, grasse à point
　　Et d'un merveilleux embonpoint ;
Enfin une souris à nulle autre pareille !
　　Quelle joie inondait son cœur !
　　Pour imiter le grand chasseur
　　Dont l'adresse et l'expérience
　　Peuvent réparer l'imprudence,
Il joue avec sa proie ; et malgré la douleur
Que lui portent ses coups, il l'irrite, l'agace,
Elle se cache ou fuit ; il bondit sur sa trace,
La tourne et la retourne avec habileté,
La flaire, la surprend et de nouveau la guette ;
　　Parfois même en l'air il la jette
　　Et la reçoit avec dextérité...

Pour la captive malheureuse,
La mort eût été moins affreuse
Que ce jeu cruel et sanglant.
A ses cris redoublés on arrive pourtant.
Quel chagrin, juste ciel! Quelle souffrance amère
Dès le premier coup d'œil remplit sa vieille mère,
Dont l'habitude était d'être en mauvaise humeur,
Chatte du reste sage, avisée, accomplie !
Quelle sotte et vaine folie,
Cria-t-elle d'un ton grondeur,
Elle peut t'échapper, prends garde ajoutait-elle...
De grâce égorge-la, mon fils, ou tu seras
Dupe de ton peu de cervelle.
Des discours maternels il ne fit aucun cas.
Le caniche de la maîtresse,
Qui par exception l'aimait avec tendresse,
Lui donna des conseils dignes des vrais amis.
Mais notre écervelé ne voulant rien en faire :
Jeune et victorieux, peut-on suivre un avis ?
Il persévéra donc dans son jeu téméraire.
Hélas! à certain bon moment
Que le chasseur était absent,
La pauvre captive,
Toujours attentive
A tromper le guet,
Sous un bois s'esquive
Et puis disparaît...
Aussitôt que l'éclair il revole vers elle,
Cherche en furetant son trésor,
Prête l'oreille, écoute, épie et cherche encor...
Brûlant de dépit et de zèle,
Il court par-ci, par-là, revient, tourne partout,
Arpente le jardin de l'un à l'autre bout,
S'arrête, croit l'entendre, en miaulant l'appelle...
Vains efforts, regrets superflus !

La souris fuit et ne craint plus
Les coups de sa griffe cruelle.

C'est ainsi que beaucoup de gens,
Victimes d'une erreur commune,
En jouant avec la fortune,
Perdent leurs écus et leur temps.

A DAZU-SIMON.

## A MA SŒUR URSULE.

Ma sœur, toi qui vis loin du doute,
O toi qui dans l'humaine route
Marches sans crainte et sans effroi,
  Ecoute!
Du fond du cœur prie avec foi
  Pour moi.

Ta vie en Dieu n'a que des charmes!
Tu ne connais pas les alarmes!
Et moi je verse tous les jours
  Des larmes...
Je vis sans joies et sans amours
  Toujours!

Aux pieds du Christ, roi débonnaire,
Devant l'image tutélaire
De la Vierge, mère de tous,
  Sœur chère,
Pour moi fais des vœux à genoux
  Bien doux.

Car Dieu m'a fermé sa demeure,
Loin de lui je souffre à toute heure,

Il ne me console jamais !
Je pleure...
Pour moi demande désormais
La paix.

Pour sauver la fleur entr'ouverte,
Qui par la neige est recouverte,
Du printemps il faut le réveil !
Sa perte
Est sûre sans le beau soleil
Vermeil.

Ma sœur sois pour moi cette flamme :
Que ta prière de mon âme
Allége le poids oppresseur,
O femme !
Toi que j'appelle avec douceur :
Ma sœur.

ANDRÉ PLAT.

## PRIÈRE.

(1852)

Notre sort, ô mon Dieu, te doit faire pitié.
Dans l'angoisse du cœur, le front humilié,
Nous marchons, ou plutôt nous nous traînons à peine ;
La honte suit nos pas comme une lourde chaîne ;
Nous tournons vers le ciel des regards éperdus.
De toi seul, bien ardents, nos vœux sont entendus :
La force nous soumet à ses lois tyranniques ;
On insulte, en dansant, aux misères publiques.
Les méchants en honneur, les bons découragés ;
Les flatteurs du tyran, autour de lui rangés,
Désignant à ses coups ceux qui de la patrie
Embrassent la défense et brûlent d'énergie,

Pour le rappel du droit et de nos libertés ;
De notre décadence, hélas ! tout attristés,
Les peuples dans le deuil, à l'aspect de la France,
Ne pouvant opérer sa propre délivrance...
Voilà, Seigneur, voilà ce qui serre le cœur,
Et sur notre avenir nous fait crier malheur !
A ce que voient nos yeux à peine osons-nous croire.
La France a-t-elle fait divorce avec la gloire ?
Tu le sais, tu le sais, ô toi qui connais tout !
De toi vient le salut... Elle sera debout,
Marchant à ses destins plus puissante et plus belle,
Si ton regard l'anime et si ta voix l'appelle,
De son profond sommeil, oh ! viens la réveiller ;
Lance-lui ta lumière et sois son conseiller,
Chassant avec horreur toute race cupide,
D'or, d'honneurs, de pouvoir incessamment avide,
La race des flatteurs et des traitres soldés,
La race des rhéteurs, du bon sens redoutés.
Et toute race enfin, insolente ou perverse,
Pour soi seule gardant ce qu'à tous la main verse,
On la verra briller de tes superbes dons,
Et montrer le chemin aux autres nations.

O Dieu ! nous bénirons ta sagesse infinie,
Ramenant parmi nous la plus douce harmonie :
La paix et l'union avec la liberté,
Le droit et la justice avec l'égalité.
Plus de sceptre brutal ni d'impur diadème ;
Nous te proclamerons Dominateur suprême,
Et celui-là sera maudit, déshonoré,
Qui, lâche déserteur, fuira ton joug sacré,
Et nous serons heureux et fiers, ô notre Pere,
De te glorifier en t'aimant sur la terre,
Et nos cœurs nourriront l'espoir délicieux
Après t'avoir servi, d'être libres aux cieux !!!

                                  L'abbé PEYRET.

*A MM. les Présidents et Membres du Comité poétique de Bordeaux, qui ont accordé une mention honorable à la pièce : Au Christ.*

Lorsque, en les honorant, vous signalez mes vers,
Profondément ému, mon cœur vous remercie.
Oh! que le Christ, sur tous versant ses dons divers,
Nous réunisse un jour dans la sainte patrie!

L'abbé PEYRET.

A Messieurs les Présidents & Membres

## DES CONCOURS POÉTIQUES DE BORDEAUX

*A l'occasion de ma Nomination comme Membre d'honneur, le 24 décembre 1872*

—

Aujourd'hui qu'ai-je en moi ? le trouble et la gaieté
Envahissent mon cœur, et la prospérité
Dans sa course inconstante et trop capricieuse
S'arrête à mon foyer, et semble radieuse,
Écarter de mon front les rêves ténébreux
Pour apporter le calme à mon esprit fiévreux.
D'où vient ce doux réveil, cette foi qui m'inonde,
Et suffit pour chasser ma tristesse profonde ?
Ah! c'est qu'un jour nouveau vient de luire en ma nuit
Et que de ses clartés l'horizon resplendit :
'C'est qu'un rayon d'espoir est venu me sourire,
M'embraser de ses feux et réveiller ma lyre !
Des concours de Bordeaux, élu membre d'honneur,
Certain soir je reçus, ô surprise! ô bonheur !
Un diplôme. — C'était à l'heure où la journée,
Après un dur labeur, venait d'être achevée ;
Où, regagnant mon toit, j'aime à m'abandonner
A mes goûts innocents, content de retrouver
Mes livres, mes auteurs favoris et l'étude
Pour adoucir un peu ma triste solitude.
Tandis que je parcours, tout en le déroulant
D'un regard curieux et d'un air triomphant

17

Ce vélin où gravés dans un cadre sévère
Brillent ces mots : « Progrès, Force, Union, Lumière, »
Tandis que mon esprit, d'un vol plus détaché,
Entrevoit la science au front grave, penché,
Tendant la main aux arts, à toute poésie
Que de sa flamme anime, éveille le génie ;
Soudain, tout étonné, laissant errer mes yeux
Sur cet heureux papier, je vois, comme en un rêve,
Mon humble nom tracé parmi les noms fameux
D'écrivains, de chercheurs que la pensée élève ;
Poëtes à la fois, féconds, nobles, vaillants,
Dont la sublime tâche et les efforts constants
Sont de faire germer l'amour de la justice
Dans le cœur de la foule, et de flétrir le vice.
C'en est fait, me voilà désormais entraîné
Dans la docte phalange, et, lutteur résigné,
Je dois mêler parfois quelques chants téméraires
Aux accents inspirés, aux transports de mes frères ;
— Peut-être il vaudrait mieux demeurer à l'écart
Plutôt que d'entasser follement, au hasard,
Quelques vers, groupe informe, une rime sans grâce
Qui se heurte, trébuche, avec effort s'enlace
A l'image douteuse à ce monde intérieur
De sentiments trop vifs qui s'exhalent du cœur.
Sans doute ce serait le parti le plus sage,
Mais on se laisse aller aisément à notre âge
A ces rêves de gloire, et d'honneur et d'amour,
Que chante l'espérance à l'homme chaque jour.
Songes mystérieux, remplis de poésie,
Idéal que le cœur crée à sa fantaisie,
Que la main en tremblant s'attache à retracer
Dans des chants toujours chers et qui font palpiter.
O temps d'illusions ! quel homme en sa jeunesse
Ne s'est pas enivré parfois à votre ivresse !
Hélas ! combien de fois en mes rêves distraits
Ma muse, jeune encore, à mes pensers inquiets

Se mêlant tout-à-coup, vint me dire : « Ami, veille ;
» N'attends pas de repos ; alors que tout sommeille,
» Vois, la tempête gronde, et sombre est l'avenir ;
» Tout dérive, et chacun ici-bas à plaisir
» Abîmant sa raison dans d'arides systèmes
» Pour bannir la vertu, l'équité des lois mêmes,
» A ses instincts pervers donnant un libre cours,
» Las de croire, au hasard, laisse écouler ses jours.
» Ne crains pas le mépris ; travaille sans relâche,
» Dût ton siècle sourire, il faut remplir ta tâche ;
» Éclairer ton pays, enflammer sa valeur,
» Étouffer l'égoïsme et dissiper l'erreur. »
Docile à tes conseils, ô Muse, dans mon âme
Je sens de doux transports, des désirs, une flamme
Qui me presse et m'agite et me pousse aux combats
Dans la commune arène introduit sur tes pas !
Je suis prêt ; mais hélas ! en mon brûlant délire,
Ma voix est impuissante, et mes doigts, sur ma lyre,
Ne laissent échapper quelquefois dans les airs
Que de tristes accords, que de pâles concerts.
A toi de me guider, pure, brillante aurore ;
Viens, descends et réponds à la voix qui t'implore ;
Glisse-toi dans ma nuit, que ton front radieux
Rayonne, et qu'un sourire ineffable, joyeux,
Paisiblement vers moi se tournant, me rappelle
Au devoir, au bonheur d'une tâche aussi belle ;
Car, affronter la lutte est, je le reconnais,
Ce qu'exige de moi mon titre désormais.
Président du concours, maître aux jeux de la lyre
Membres du comité, vous, que le ciel inspire,
Vous qui fûtes témoins de mes premiers travaux,
Qui m'avez accueilli parmi tant de rivaux ;
Vous qui m'avez offert une main fraternelle
Quand dans de faibles vers, où la rime chancelle,
J'osais vous adresser, ô juges généreux,

Quelques essais obscurs et peut-être ennuyeux :
Recevez aujourd'hui, amants de l'harmonie,
Comme remerciement, cette humble poésie.
Soyez mon seul appui, penseurs aux fronts joyeux,
Marchant à vos côtés dès aujourd'hui je veux
Ecouter votre voix éloquente et sonore
Qui vibre dans ce siècle et qui, longtemps encore,
Exaltant le devoir, l'honneur, et la vertu,
Saura vaincre le mal qu'elle aura combattu.

G. SAUVAGE.

## MÉLANCOLIE.

Dans les lettres de tes galants,
Je te voyais hier, Florette,
Plonger tes beaux doigts nonchalants
Et jeter, d'une main distraite,
Sous mes yeux, qu'ils rendaient rêveurs,
Des billets parfumés et roses,
Témoin jadis de tes faveurs ;
Des riens qui seraient tant de choses,
Si tu n'avais cessé d'aimer !
Dévorant ces lettres brûlantes
Que l'amour semblait animer,
Je me représentais vivantes,
Suppliantes à tes genoux,
Les pâles et tristes images
Des auteurs de ces billets doux.
Ils t'entouraient de leurs hommages ;
Ils te souriaient tendrement,
Et rappelaient avec envie
Ces longues nuits d'enivrement
Où tu leur fis bénir la vie,
Comme les pétales épars
Des fleurs que le temps a fanées ;

Ainsi passaient sous tes regards,
Miroir de tes jeunes années,
Ces amants, autrefois chéris,
Heureux élus de ta tendresse,
Dont chacun, hélas! avait pris
A ton âme un peu de jeunesse!
Et sous la pensée attristante
D'un bonheur loin arriéré,
Mon cœur te voyait pâlissante.
Des pleurs mouillaient ta paupière;
Ton sein trahissait ton émoi;
Oui, tu pleurais, belle, attendrie,
Quand un bruit qu'on fit près de moi
Effaroucha ma rêverie...
Et je te vis tranquillement
Sourire à quelque froid message,
Qui te rappelait un moment
De bal et de joyeux tapage.
Ainsi, dans la tombe des morts,
Tu n'éprouves rien à descendre?
Ainsi, sans regrets ni remords,
De nos cœurs tu fouilles la cendre,
Et vois, d'un œil non soucieux,
Voler les pâles étincelles
Qu'elle jette encor vers les cieux,
D'amour dernières parcelles?
Dans un livre, ainsi que ces fleurs
Qu'on emprisonne entre deux pages,
En un jour d'intimes bonheurs
Dont elles restent les images;
Si le hasard, longtemps après,
Nous fait retrouver les pauvrettes,
Nos souvenirs sont égarés:
Les fleurs pour nous sont des muettes;
Car notre esprit recherche en vain

Dans leurs corolles desséchées
L'espoir ou le bonheur lointain
Auquel elles sont attachées.
De même, alors, quand sous tes yeux
Passaient des lettres langoureuses,
Des billets galants et joyeux
Ou bien des plaintes douloureuses,
Ces vestiges de tes amours
A ton cœur ne semblaient rien dire ;
Ton front restait calme toujours ;
Tu continuais à sourire,
Et moi pourtant, un voile noir
Avait recouvert ma pensée.
Comme un étau, le désespoir
Serrait ma poitrine oppressée ;
Et je disais tout bas : « Un jour,
Un jour, qui n'est pas loin, peut-être,
Aura-t-elle, de mon amour,
Gardé seulement une lettre ? »
Et ces pauvres vers, qu'aujourd'hui
Laisse couler ma plume émue,
Plus tard, dans une heure d'ennui,
S'ils se retrouvent sous ta vue :
« J'ai bien, diras-tu, dans l'esprit,
D'avoir lu cette fade histoire,
Mais quant à celui qui la fit,
Son nom m'est sorti de mémoire.

Gustave LHOTTE.

—:—

## Frou-Frou.

### A Mlle ANNE DESCLÉE.

—

Frou-Frou, c'est quand l'étoffe ondoie
Un bruissement gracieux,
Un murmure voluptueux :
L'âme et le rire de la soie.

Frou-Frou, c'est le monde et sa proie,
C'est la cocodette aux grands yeux,
Qui se complait et qui se noie
Dans le flot des plaisirs fiévreux.

Frou-Frou, c'est l'oiselet frivole,
Né pour le nid d'où l'on s'envole,
Non pour la cage au coin du feu.

C'est la libre et folle allouette, .
Prise à tout miroir, la coquette !
Et l'amour volage est son dieu.

(Seine-Inférieure.)                                   ARMAND MENICH.

## TRAHIT SUA QUEMQUE VOLUPTA.

Au vieux temps de Marot rimer était de mode ;
    C'était même un moyen commode
        Auprès des Rois
    Pour arriver à lucratifs emplois.
C'était le temps où noble et belle Marguerite,
Quelquefois s'isolait comme un lièvre en son gîte
    Et chantait sur un rythme parfait
    La poésie et son puissant attrait !
    Aujourd'hui... c'est presque vergogne
    Que s'occuper à semblable besogne :
    Aux désœuvrés, si rares de nos jours,
A peine l'on permet de rechercher le cours
De ces sentiers perdus que les mousses effacent...
Seuls, quelques purs amants encore se délassent,
    En suivant des jalons épars,
A déblayer un sol oublié par les arts !
Au milieu de ces preux dont minime est le nombre,
    Je me glisse comme une ombre

Qui s'échappe des sombres bords,
Pour hasarder comme eux de fugitifs accords.
— Lecteur, ne soyez point sévère,
Pardonnez-moi cet élan éphémère
Et ces bribes que je me suis permis
D'adresser sans mystère à de jeunes amis.

## AIEUL A SON PETIT-FILS

Pourquoi ce regard triste et douloureux,
Enfant?... Ah! tu vois fuir ces jours heureux,
Cet âge, je l'avoue,
Où l'âme tout entière au bonheur se dévoue...
Où l'on préfère, il me souvient encor,
La couronne de fleurs au diadème d'or!
Mais à vingt ans, mon fils, le devoir nous convie
A chercher les sentiers d'une nouvelle vie :
Console-toi, d'autres désirs
Enfanteront bientôt d'autres plaisirs.
— A des flots inconnus pourquoi livrer ma vie?
Me diras-tu : restons sur cette terre amie,
Où la famille, ainsi qu'un parterre de fleurs,
Parfumera nos jours de suaves odeurs !
— Non ! Dieu n'a pas voulu qu'une éternelle enfance
Humiliât nos bras devenus forts :
Le travail bronze nos ressorts,
Il nous rend prêts d'avance
De la fortune à braver l'inconstance :
Le travail... c'est l'abri contre les passions,
Ces ferments dangereux qui tuent les nations
Comme l'aspic de sa dent venimeuse
Tuera l'homme malgré sa forme plantureuse.

Tu vas partir pour sonder les hasards,
Vers la ville qui fut la ville des Césars,
    Vieille cité par les arts rajeunie,
    Toujours reine par le génie,
    Aujourd'hui sol de la liberté !
Puisse sourire à tous la chaste déité ! !
Tu verras ces jardins où le marbre respire,
Ces monuments qu'une foule en délire
    Hier brisait avec férocité
En s'étayant hélas ! de cette liberté !...
Tu verras ce palais où des rois le plus sage
    Installa l'auguste aréopage :
Et plus loin, honorés des cultes solennels
Des Pâré, des Desault, les bustes immortels :
    Enfin cette école célèbre
Où l'esprit se repaît de physique et d'algèbre...
    École des Vauban et des Villars,
Où l'on apprend à vaincre, et saper les remparts.
— Tu réfléchis... — J'accepte cette augure,
Et ce pourpre flatteur que revêt ta figure
Déjà laisse filtrer une noble fierté :
Tu vois déjà dans cette nullité
    De l'homme qui s'oublie,
Comme un outrage au deuil de la patrie !
    Il est temps de solder la rançon
Qu'exige de chacun l'inflexible raison.

Voudrais-tu caressant une espérance vaine,
Quelque jour endosser cette toge romaine
Que les Dupin, Berryer savaient si bien porter ?...
Rappelle-toi qu'un jour ils ont dû se heurter
    Malgré leur sublime éloquence,
    Contre une cour en démence
    Criant haro sur des héros
Dont la gloire irritait nos indignes rivaux !
    Profession pleine de charmes

Pour l'orateur qui sauve des amis...
Mais source trop souvent d'amertume et de larmes,
Lorsqu'il voit profaner les autels de Thémis !
Dois-je rester muet sur l'art que je révère,
Mais qui demande une étude sévère,
Cet art de conjurer et guérir quelquefois
Les maux... ces fiers tyrans des peuples et des rois ?
          Sourirais-tu d'un air d'aisance
          A cette paternelle avance ?...
Au service de tous consacrer tes labeurs,
Au pays conserver ses mâles défenseurs,
Est rôle non moins beau... la plus sainte assistance
Que réclame aujourd'hui notre France.
— Terre des anciens preux ! — Qu'as-tu fait du fleuron
          Dont si longtemps brilla ton front ?
          L'ennemi qui de sa dent meurtrière
                    Ronge notre frontière,
          Croit-il en prenant un lambeau
De la terre sacrée, ouvrir notre tombeau ?...
Non ! je le sens à ce reste de flamme
          Qui ravive mon cœur ;
          De notre France la grande âme
          Lui rendra son poste d'honneur.
Il faut qu'un jour, la France humiliée,
Sanglante se relève ; et bientôt ralliée,
          Déployant son funèbre drapeau,
Comme autrefois rejette de nouveau,
          Au prix de nouvelles misères,
Ce sauvage ennemi jusques dans ses repaires.
Qui peut douter que nos jeunes guerriers
Que n'ont point abattus tant d'assauts meurtriers,
Depuis longtemps ne rongent en silence
Le frein qui ralentit une chère vengeance ! !
— Tu suivras ces héros que l'ardeur des combats
Poussera, s'il le faut, vers d'étrangers climats :

Mais loin de toi la sinistre colère...
Ne vois que des victimes dans la guerre :
Pitié, disait Larrey, pour tant de malheureux !
L'art doit à tous un concours généreux ;
      Et la noble patrie
Qui sait que tu lui dois et ton bras et ta vie,
Sait aussi qu'en ces jours de deuil et de douleur
La triste humanité réclame un protecteur.
      Au temps où le grand homme
Attelait à son char Berlin, Venise et Rome,
Un des tiens parmi ceux que cet astre entraîna,
Jeune étanchait le sang des blessés d'Iéna :
Ce paternel exemple à dessein je le prône,
Et si je fus le serviteur d'un trône
Qu'admireront les temps qu'Appolon a chanté...
      Sers à ton tour la sainte majesté
        De la Patrie...
        Fatalement flétrie
Dans ce pacte odieux livrant Metz et Sedan !
Lorsque tant de soldats s'indignaient dans leur camp !!
— Et ce devoir rempli, viens grossir la cohorte
Que l'ardeur de s'instruire transporte :
Suis les Verneuil, les Lorain, les Hervez
Et les Richet que l'art nous aura conservés ;
Entre avec eux dans ce simple prêtoire
      Où va se dérouler l'histoire
      De tant de pauvres déclassés ;
      Si le sort les a délaissés
      Souvent privés d'une mâsure
      Pour se garer de la froidure,
Ne leur léguant que l'hôpital pour don,
L'art vient les consoler dans leur triste abandon.
— Toi, pareil à l'oiseau becquetant la rosée,
      Va te nourrir de cette panacée,
      De ces ineffables présents
      Dont chaque jour ces illustres savants

Entourent la souffrance,
Et tu nous reviendras heureux et sans jactance,
Offrant à tous, pauvres ou riches partisans,
Des fruits qu'auront mûris des rayons bienfaisants.

(Nièvre.)                  Dʳ DUPRILOT.

## MY LOVE! MY LOVE! COME BACK TO ME.

My heart was grieved, and mournfully
Through wasted halls of memory,
My soul forlorn went drearily,
And the wild west wind, and the surging sea
With voices full of mystery,
Cried — " Oh! my Love come back to me! "

I stood by the river to broad and wide
And the gale pursued the flying tide,
And each ripple cried as it swept along:
" The years are full of grievous wrong,
The end on earth no soul may see, "
My Love! my Love! come back to me!

In the sounding heart of the firtrees old
The wind a mournful story told,
As the sun sank slow in the fiery West,
Seeking an unknown borne of rest,
And the night rushed downward mistly,
My Love! my Love! come back to me!

Then swift on my soul fell darkened doubt
Till the flaming stars above shone out,
And an angel form stood by my side
And said — " Though the rounded world is wide, "

By needful pain must thou be tried,
Untill the end of all shall be
And thy lost Love return to thee.

FRANCIS HOBART HEMERY.

## SWEETHEART

The mists are rising as white as snow,
As white and as light as the softest down,
And far in the East, along and alow,
The gilded pastures and hillsides brown
Are touched with a pale but luminous ray,
Are lit by the light of the dawning day.
Sweetheart! it dawns alone for thee.

The sunshine is shimmering hot and bright
O'er tower and town, o'er land and lea,
The rocks and the roads are a dazzling white,
And the landscape quivers tremulously;
But each flashing wave in the emerald sea
Is a miracle born of its brilliancy.
Sweetheart! it flashes and flames for thee.

The long low rays of the sun have kist
The rosy lips of the beauteous Eve,
Each valley profound is draped in mist,
May-be for the day that's gone they grieve!
But above, in the infinite regions of air
Dwells the sound subdued of a music rare.
Sweetheart! it thrills and throbs for thee.

The morning of life is fresh and fair,
Its noontide hot and heavy with toil,
The evening is burdened by mists of care
That all our fresher fancies soil.

So my heart within cries wearily,
For a marvellous joy, and a mystery,
Sweetheart! oh! answer, it cries for thee.

(Angleterre).                    FRANCIS HOBART HEMERY.

## GLOIRE, RICHESSES, PLAISIRS.

> L'opulence et la gloire sont à moi : le bien
> durable est la Justice. Une passion vaincue
> est la joie de l'âme. *(Proverbes).*

### I

De vains songes toujours serez-vous les victimes,
    Hommes, mes égaux en douleurs?
Pourquoi vous égarer au bord des noirs abîmes,
    Emaillé de riantes fleurs?

Vous rêvez follement de grandeur et de gloire,
    Ces deux fantômes imposteurs...
Mais dans plus d'un héros trop vanté par l'histoire,
    Combien d'éclatantes noirceurs!

Cherchez une grandeur qui n'ait rien d'éphémère,
    Combattez pour la vérité ;
Elle met sur vos fronts — magnifique salaire! —
    Un rayon d'immortalité.

Aimez comme deux sœurs, la Gloire et la Justice;
    L'une et l'autre ont le même autel,
Marchez! ne souffrez pas que l'opprimé gémisse
    Sous les coups d'un tyran cruel.

Armés d'un saint courage et brûlants d'énergie,
    Animez vos concitoyens
A défendre les lois, l'honneur et la Patrie,
    Des complots de leurs assassins.

Ainsi vous serez grands, ainsi votre mémoire
    Brillera d'un éclat divin :
Qu'on pleure l'insuccès, qu'on chante la victoire,
    Qui n'enviera votre destin!

## II

O fureur d'entasser richesse sur richesse!
    Cet or, pour s'envoler aux cieux,
Prend les ailes de l'aigle, emprunte sa vitesse...
    Et sur lui vous tournez les yeux!

Cherchez l'or et l'argent qui jamais ne périssent :
    La crainte et l'amour du Seigneur.
Ceux que charme sa loi, que ses dons réjouissent,
    Ont pour trésor la paix du cœur.

## III

Ces douceurs, ces plaisirs dont votre âme s'enivre,
    Qu'amènent-ils sans la vertu?
Le remords, noir vautour, ardent à vous poursuivre,
    Sur votre cœur s'est abattu.

Fuyez des passions les perfides caresses...,
    Ah! dans leur sein, lorsqu'on s'endort,
Savez-vous ce qu'on doit à ces enchanteresses?
    La douleur, la honte et la mort!...

Des coupables amours gardez, gardez, votre âme;
    Soyez purs d'indignes soupirs;
Des esclaves des sens fuyez la horde infâme;
    L'enfer allume leurs désirs.

Savourez les plaisirs de la compatissance,
    Rien n'en égale la douceur;
Que vos dons, que vos pleurs tombent sur l'indigence,
    Et vous connaitrez le bonheur!!!

                L'Abbé PEYRET.

## Esquisse.

—

Croyez-le, ce n'est plus de la perfide Albion
Une de ces enfants à la froideur niaise,
Dont l'intellect est maigre et la bêtise obèse,
Et dont le caractère attire le horion.

Ce n'est plus ce grand pin battu de la tempête,
Etendant ses rameaux longs et démesurés,
Et dressant dans les airs sa gigantesque tête,
Peu faite, assurément, pour les cieux azurés...

Non, non, de la brumeuse et glaciale Angleterre,
Devenant notre hôtesse, elle n'apporta point
Cette raideur muette, inhérente à la terre,
Qui sur son joli front un jour posa son oint...

De ses contours gracieux suinte l'harmonie,
L'étincelle jaillit de ses yeux, vrais diamants,
Et la distinction, suave symphonie,
Ajoute son prestige à ses reflets charmants...

Evariste MOUTON.

—∘≈∘—

## Bonjour et Bonsoir

*Bluette.*

A MON AMIE MARIE F.

—

### I

Quand la nature se réveille ;
Quand je vois la nuit et le jour
Fondre une nuance vermeille,
Bleu d'azur et d'or tour à tour ;

Quand l'oiselet, sous la charmille,
Fait entendre son chant d'amour ;
Quand la perle du matin brille
Sur les fleurs... je te dis : Bonjour.

II

De la nuit, perçant le nuage,
Quand je vois poindre le soleil ;
Quand je vois sa riante image
Se mirer dans un lac vermeil ;
Quand je vois une brise folle
Faire onduler les blonds épis ;
Quand je vois l'insecte qui vole
Sur les fleurs... Bonjour, je te dis.

III

Quand du ruisseau le doux murmure
Semble être l'écho de ton nom ;
Quand je vois un brin de verdure
Paraître heureux d'être gazon ;
Quand l'effeuillant, la margueritte,
Me fait l'aveu de ton amour ;
Quand le fermier, pour les champs quitte
Son logis... je te dis : Bonjour.

IV

Mais quand derrière la colline
Le soleil se couche à son tour ;
Quand rêveur, bien bas, je m'incline
Devant les adieux d'un beau jour ;
Lorsque la nuit jette son voile
Sur les objets que j'aime à voir,
Et quand luit la première étoile,
A genoux... je te dis : Bonsoir.

LÉA VINCINE.

# INVOCATION

—

Amis! je veux enfin chanter,
Peut-être pleurer sur ma lyre,
Et quelquefois aussi rêver.
Aux fraîches brises du zéphire,
Je veux livrer mon front chagrin :
Aux douces clartés de l'aurore
Redemander s'il est encore
Pour moi quelque rayon divin ;
Mais il faut, à mon âme inquiète,
Il faut, pour charmer sa douleur,
Les accents voilés du poète,
Et sa muse, céleste sœur ;
Il faut à mon penser qu'agite
Le souvenir des jours passés,
Qu'un esprit échauffe et visite,
Le nid des amours envolés.

J'ai soif de saintes harmonies,
Mais pour porter mon cœur au ciel,
Dans mes profondes rêveries,
Ou pour pleurer près de l'autel
Mes illusions envolées.
J'ai peur, Seigneur, de toucher seul,
De soulever le froid linceul
De mes désolantes pensées.
Viens donc sur tes ailes d'azur,
Ange de mes jeunes années!
Viens! tu rendras mon pas plus sûr,
Pour recueillir les fleurs fanées
Qu'un vent d'orage a dispersées ;
Viens! sois ma Muse à la voix d'or!
Pour qu'à tes chants prêtant l'oreille,

D'amour je me souvienne encor,
Et que mon cœur un peu s'éveille.

Viens ! ces beaux jours tous deux nous fouillerons :
De ce cahier froissé nous relirons
Les beaux feuillets, les pages parfumées,
Celles d'amour et d'extase imprégnées :
Viens ! pour porter un beaume à ma douleur ;
Viens ! pour calmer mon amère tristesse :
— C'est pour chanter, pour rêver de bonheur,
Que je t'invoque, ange de ma jeunesse !

J.-B. PÈNE.

## PREMIER SOUVENIR.

Ils sont bien loin de moi, les jours de mon printemps,
Ils ne sont déjà plus tous les rayonnements
Qui couronnaient le front de mes jeunes années,
Alors qu'enveloppé de brises embaumées
    Sous les mille orangers
    Je courais avec elles,
    Recevant les baisers
    Des amours immortelles.

Je me souviens encor de tous les souffles purs
Qui chantaient et couraient parmi les lauriers-roses,
Dans les dômes de fleurs, où, sous des clairs-obscurs,
D'invincibles esprits disaient ces douces choses
    Qui font frémir les sens,
    Electrisent la flamme,
    Qu'un enfant de vingt ans
    Renferme dans son âme :

O rives de l'Arno, beaux sites de Tébur,
Atmosphère d'amour, voluptueux azur !
Italie ! ô beau ciel ! ô ma première ivresse !
Pays des voluptés, des rêves de jeunesse.

Combien m'est doux ton souvenir !
Eveille-toi, mon cœur ; qu'il te souvienne
Que de roses était la chaîne
Qui te faisait alors languir
Sur le sein blanc de ton Hélène.

O Rome ! tes beaux horizons,
Tes campagnes toutes brûlées,
Tes femmes, déesses voilées,
Tes mots d'amour, tous tes rayons,
Font tressaillir encor mon âme :
Sous ton radieux ciel de flamme,
     Mon cœur s'est éveillé,
     Mes sens ont frissonné.

Tes temples, tes fleurs et tes ruines,
Et tes mystérieux bosquets,
Tout plein de cantates divines,
Ont-ils gardé les doux secrets
D'amour, parfum et poésie
Qui berçaient mon âme ravie ?
Retenu l'hymne de bonheur
Que préludait gaîment mon cœur
En saluant l'avenir rose,
     Qui flottait vaguement
     Sous ma paupière close
     Comme un songe enivrant ?...

. . . . . . . . . . . . . . . . .

Hélas ! comme un doux nid frappé par la tempête,
Ce printemps de mes ans dans la nuit est tombé ;
Les spectres, les démons, ont chassé, remplacé
Les rayons et les fleurs de ces beaux jours de fête.

7 mai 1873.                 J.-B. PÈNE.

# LA REVANCHE

—

Faible hommage rendu par l'infime Maris
Au grand Victor Hugo, la gloire de Paris.

Levant ses bras au ciel avec un cri de rage,
Tout un peuple en courroux demande à se venger
De mille affronts reçus d'un sauvage étranger,
Et rendre mal pour mal, outrage pour outrage.

Grande et noble pensée, admirable moyen
De voiler par des flots de sang les pleurs des veuves :
Sous un charnier humain d'aller chercher les preuves
*Du progrès étonnant des peuples dans le bien !*

Crois-moi, France, l'esprit dominant sous l'empire
Est encore gravé presque dans tous les cœurs :
« Nous irons à Berlin !... » bravade qui respire
        L'espoir déçu d'être vainqueurs.

O Français babillard qui te crois le seul brave
Et qui de bonne foi le dis à tout venant,
Qui pour l'Allemand n'eus jamais qu'un mot : « esclave »
        Sois donc plus sage maintenant.

Krupp tonnerait en vain si jamais tant de fautes
N'avaient sali ta robe et souillé ta blancheur ;
Lys pur tu fleurirais dans toute ta fraîcheur,
Si tu n'avais jamais écouté des despotes.

Avant de te venger, Français, réforme-toi,
Car la même arrogance et la même faconde
Feraient croire vraiment que toi seul dans le monde
Es le maître absolu, le véritable roi.

Sur tes défauts d'abord prends la *bonne Revanche,*
Ensuite tu verras si ces pauvres Teutons
Qu'un inique pouvoir avilit et retranche,
  Sont de la chair pour tes canons.

Ah ! si tu crois en Dieu, nation presque athée,
Crois aussi qu'en créant l'homme républicain,
Il voulut que sa loi d'amour fût respectée :
  Que tous se tendissent la main.

Ardèche.)                                    GABRIEL MARIS.

A MA FEMME

## Le Soulier de Rose.

*Sonnet*

Le pied fin d'Anaïs, dont la grâce m'enchaîne,
Est blanc comme l'albatre, aussi long que la main ;
Dans un soulier rose il se niche sans peine.
Qui ne l'embrasserait ce pied mignon, satin ?

Enfant, elle grandit ; mais liberté soudaine
D'une mâle vertu, dota son front serein,
La fait de son manoir nommer la souveraine ;
De ses vingt ans la croix anoblira son sein.

Chaque jour l'embellit ; dans sa coquetterie,
Tout rehausse l'éclat de son âme chérie ;
De son heureux hymen tout chante le berceau.

D'un bonheur si parfait qui n'admire la cause
Et ne voudrait baiser son bijou le plus beau :
Son petit pied de vierge, un frais soulier rose ?

5 mars 1873.                               JOHANNIS MORGON.

# LA REVANCHE

AU MARÉCHAL DE MAC-MAHON, 2 MAI 1870-75

—

Des coups qui t'ont blessée, à la tache flétrie,
Livre ton front sanglant. Trop longtemps sous le poids
Des plus affreux malheurs, France, chère patrie!
Un tyran fit tomber ton renom aux abois.

Tu grandis dans les maux et l'Europe éblouie
Par ton puissant prestige, en voit pâlir les rois;
Du Teuton le superbe, en vain l'artillerie,
De ta gloire souillée ose occuper les droits!

Oui, pour nous assurer triomphante revanche,
L'Archange de l'espoir sur ton beau sein se penche,
Fait briller à tes yeux la sainte liberté.

N'est-elle pas un don du Dieu de l'Evangile,
Dont la voix va briser ce colosse d'argile
Qui voudrait te ravir ton rôle incontesté?

(Ain.)                                JOHANNIS MORGON.

—<>—

# FIDÉLITÉ

—

Arrête, belle fille,
Entr'ouvre ta mantille...
Laisse-moi t'embrasser,
Ou du moins t'admirer.

Je ne le puis, seigneur.

Holà! cette rigueur
N'est pas en votre honneur...

Quand on est si jolie,
Pourquoi la modestie?...

Pour qui me prenez-vous?

Pour un ange aux yeux doux
Mais au teint andaloux,
Que j'aime et que j'admire,
Car j'ai vu ton sourire.

Vous perdez votre temps.

Ces mots-là sont charmants...
Mais rapport aux manants,
Je ne puis te laisser
Seule, ainsi, t'en aller!...

Je ne suis pas peureuse.

Elle est vraiment heureuse!
Mais ma belle charmeuse
Je n'en démordrai pas;
Je m'attache à tes pas.

Signor, c'est inutile!

Oh! le bon mot futile!...
Ouvre alors ta mantille,
Et laisse-moi t'aimer,
Ou te prendre un baiser.

Soit, mais finissons-en.

Dieu! quel minois charmant!
A toi mon cœur constant;
Je t'aime, je t'adore,
Oh! reste, reste encore!

Imposible, je dois.....

Tu ne partiras pas !
Reste ici dans mes bras.....
A toi mon cœur, mon or,
Deviens mon seul trésor !

Non ! ne persistez pas.

Par le Dieu du trépas,
Si l'or ne suffit pas,
Je donne tout mon bien
Pour que tu sois le mien !

Inutile, Signor ;
Gardez votre bel or.
A quelqu'un j'appartiens,
Et suis à lui pour rien !

Denis ROBERT.

## LA FEMME.

### A MON AMI LABROUSSE

—

### I.

La femme est un ange, une reine,
Un bijou sans prix, un trésor
Dans le malheur et dans la peine.
Du ciel bleu, cet ouragan d'or,
Qui nous fait renaître à la vie
En nous réchauffant de ses feux !
  Qui m'inspire ma poésie ?
C'est le reflet de ses beaux yeux !

### II.

C'est de l'exilé, l'espérance,
D'un jour nouveau, l'éclat prochain
Quand elle vous rit, la souffrance
Fuit sur l'aile du chagrin.

Si le bonheur frappe à ma porte,
C'est qu'elle reste sous mon toit.
Si tout ici-bas me transporte,
A qui le dois-je ? ô femme ! A toi !

### III.

Quand ses yeux se voilent de larmes,
Comme l'aurore d'un matin ;
Quand ma lèvre effleure ses charmes,
Lorsque ma main presse sa main,
Quand je sens sa bouche brûlante
Se poser, sur la mienne en feu,
Mon cœur, mon âme délirante,
S'envolent remercier Dieu.

### IV.

Femme chérie, à toi, je rêve.
Est-ce un grand tort ? Non, n'est-ce pas ?
Autre qu'à vous, mes filles d'Eve,
Pouvons-nous songer ici-bas ?
Non, car la femme, notre idole,
Est un aimant trop fort pour nous,
Résister, serait chose folle,
Et puis les aimer est si doux !

LÉA VINCINE.

## DEUXIÈME SATIRE NAPOLÉONIENNE.

D'Orléans expulsé, de l'état monarchique,
Le peuple, las des rois, passe à la République.
Vient à Paris en juin ; ce terrible combat
Que livre aux possédants le prolétariat.
Dans ce conflit sanglant du droit et de la force,
On sut, depuis, la part qu'y prit l'argent du Corse.
Tout proscrit qu'il était, sans qu'il fût consulté,
Quatre départements l'élurent député,

Les un pris à l'appât de ses fausses promesses,
Les autres captivés par ses basses caresses.
De la Chambre, dedans, dehors, sa faction
Fascine en sa faveur l'œil de la Nation,
Exalte son grand nom, vante son origine,
Et le dit envoyé de la grâce divine.
Du pouvoir il s'agit d'élire un président;
Il y monte à la voix d'un plébiscite ardent.
Du serment à prêter on lui fait la lecture;
Puis la droite, au-dessus de la Sainte-Ecriture,
Il dit : « Je jure, en présence de Dieu
Et des élus du peuple assemblés en ce lieu,
        D'être fidèle envers la République,
        Indivivisible, une et démocratique,
        Et d'accomplir avec religion
Les devoirs que prescrit la Constitution. »
        Sur cette foi jurée il enchérit encore
D'un prospère avenir que son langage dore,
Puis, effronté parjure et cynique apostat,
En décembre, le deux, il fait son coup d'État.
La nuit, les députés hostiles à ses vues,
Appréhendés au lit ou saisis dans les rues,
Sont, malgré leur insigne, entrainés en prison
Par des gens que le vin a privé de raison.
Des autres, au grand jour, au sein d'une mairie,
Avec le président la masse est réunie.
De vils soudards triés, le gousset plein d'argent,
S'y rendent, l'arme au bras, conduit par un agent.
Arrivée à l'hôtel, la brutale cohorte
A force coups de crosse en enfonce la porte,
Court aux représentants, pris d'un subit émoi,
Qui déguerpissent, non sans un grand désarroi.
Le président Dupin, que chacun d'eux comtempl
Du sublime d'Anglas, loin de suivre l'exemple,
Ame basse, proteste assez timidement
Contre la violence et l'envahissement.

Cependant, entre troupe et bourgeois de la ville
S'allume le brandon de la guerre civile.
L'une parcourt en masse et rue et boulevards.
Où sont, par-ci par-là les Parisiens épars;
Embusqués sous les toits ou sur les barricades,
Ripostant de la balle au fer des mitraillades.
C'est là le bataillon qu'un fusilier tua
Le combattant Baudin, député de Nantua,
Dont la France a d'un marbre honoré la mémoire.
De poison a servi le fruit de la victoire
A six cents députés, aux clers, aux sénateurs,
Aux brutes, sots et fous du monstre acclamateurs.
Dans vingt autres cités, le peuple sous les armes,
Lutte contre la troupe et contre les gendarmes;
De braves citoyens, défenseurs de leur droit,
Périssent dans la rue ou meurent sous leur toit.
D'autres, blessés, bientôt dans la tombe les suivent.
Heureux les morts! malheur à ceux qui leur survivent!
On en dresse la liste: on les traque la nuit:
L'étincelle électrique où qu'ils aillent les suit,
Les signale au gendarme, ou les empoigne aux gares;
On les arrête aux ports. Les échappés sont rares.
Dans les lieux du conflit s'installe un tribunal
Mixte, moitié civil et moitié martial.
De juges du double ordre extrait bas et sordide,
Prenant dans ses arrêts la fortune pour guide.
Les prévenus y sont produits, interrogés,
Défendus pour la forme, à la hâte jugés.
Les uns sont transportés aux plages de Cayenne,
D'autres à Lambessa, sur la côte africaine:
L'insulaire sujette au vomissement noir,
L'autre où le flux de sang dépeuple le terroir.
Pour s'y rendre à travers ville, bourg et campagne,
L'argousin de crier: « C'est la chaîne du bagne. »
Des lettrés, des savants, sous le surnom de gueux,
Sont pour être suspects, enchaînés avec eux.

On en transporte ainsi non moins de trente mille.
Ceux dont à l'étranger le pied trouve un asile,
Apprennent que le fisc a confisqué leurs biens.
Ces crimes consommés, on fit aux citoyens
Appel à les juger par un libre suffrage.
Qui fut un scandaleux et second brigandage.
Par les chefs à la troupe était le bulletin
Délivré, tout écrit, pour l'arme du scrutin.
Les agents du pouvoir, au trembleur, à l'ilote,
A leurs subordonnés dictaient le oui du vote:
Grâce aux fanatisés, comme aux corruptions,
Le corse en eût pour lui plus de sept millions.
Enivré du succès du plébiscite, il mire
Par même voie au but de monter à l'empire.
Le peuple à décider est encore appelé.
On eût dit, à sa joie, un temps de jubilé:
En nombre progressif montent les oui du vote:
Le nom décèle un faux, un mauvais patriote.
Et le cri général est: « Vive l'Empereur ! »
O Français, qu'elle fut ta fanatique erreur !
De maux divers de genre en procède un déluge.
Revenue au bon sens ta voix ainsi le juge.
Dès qu'à la dictature a gravi ton César,
Dans toute sa hideur s'est montré l'escobar.
Des d'Orléans par toi l'image respectée,
Est à l'égoût fangeux par son ordre jetée:
Il étrangle la presse, et, parmi les journaux,
Sauve les siens et met à mort les libéraux.
Athlètes des vertus, des lois, de la justice.
Censeurs de l'arbitraire et du crime et du vice:
Qu'un agent du pouvoir haut ou même petit
Commette à ton encontre une offense, un délit,
A moins qu'il n'en résulte en public un scandale,
Si pour le maître au jour ton amour ne s'exhale,
Tu n'obtiendras jamais redressement du tort:
Et s'en grandit l'escroc, ou s'en rit le butor.

Au publiciste un homme, à l'approche sinistre,
Apportait cet avis de la part d'un ministre :
« Ne parlez pas de tel ou tel autre marché,
De tel détournement, ou de tel vol caché,
De l'anglaise Howard, de Bellanger l'artiste,
Pour dona Montijo nouvelle un peu trop triste.
Si vous n'obtempérez à cette injonction,
Votre feuille sera mise en suspension.»
Quand d'Orsini manqua la foudroyante bombe,
D'envoyer Bonaparte et sa femme à la tombe,
Il n'avait pour second qu'un autre italien,
Et, parmi les Français, pas de complice; eh bien !
Ceux-ci n'en sont pas moins, au nombre de deux mille,
Pour en être bannis, arrachés à la ville.

Haute-Savoie.)                          Dr ANDREVETAN.

## TEMIAN DIO

Passa il tempo e si presenta
Con to sguardo arcigno e fiero
Morte cruda che ci addenta.
E' ben tristo un tal pensiero !
Quindi pria ch'essa ci ancida
Che dobbiamo avere a guida ?
Temiam DIO che ci ha creati,
Senza colpe meniam vita ;
Jacciam bene anche agl'ingrati ;
Il Vangelo ce lo addita.
Cosi impavidi morremo,
E tra i giusti un loco avremo.
Quivi i nostri cari estinti,
Che di CRISTO fur seguaci
Rivedrem. Da gioja vinti
Scambierem con quelli i baci,

E là solo il ben verace
Noi godremo eterna pace.
Vieni, o Morte : io non si curo :
Al malvagio fai terrore,
A lui jol tuo colpo è duro,
Ma chi visse con l'amore
Della **PAIRIA** e del **SIMILE**
Ti terrà per sempre a vile.

(Italie.)                                      Luigi CICCAGLIONE.

## Le Rêve d'une Nuit d'Hiver.

AU PEUPLE SUISSE

*Fiat lux.*

—

Par une nuit d'hiver, le terrible Aquilon,
Soufflait avec fureur dans le fond du vallon.
J'étais sombre et rêveur, blotti dans ma chambrette,
Pour compagnes mon feu, ma lampe et ma couchette.
Il neige à gros flocons, me disais-je, et ce soir,
Je ne sortirai point, car le ciel est trop noir.
Allons, puisqu'il le faut, cherchons pour nous distraire,
Un livre, du papier, soit, quelque chose à faire.
Qu'allons-nous griffonner? De la prose ou des vers,
Chantons-nous bouton d'or, chantons-nous l'univers?
Nous avons de la marge; allons, vaille que vaille...
Mais que vois-je? sitot, quoi, ma Muse qui baille;
Je saurai, palsambleu, vous tenir en éveil.
—Tes efforts seront vains, pour ce soir, j'ai sommeil.
—Ah! je le sais trop bien, belle capricieuse,
Fort aimable parfois et parfois ennuyeuse;
Si trop l'on vous contraint, on grimace en chantant,
Mignonne allez dormir, je vais en faire autant.

Au milieu de la nuit, alors que tout sommeille,
Un étrange concert vient frapper mon oreille :

Un rayon de clarté me dessille les yeux ;
Etonné, tout ravi, je vois s'ouvrir les cieux,
Je vois les Séraphins, aux ailes déployées,
Escorter fièrement tout un essaim de fées.
L'allégresse est partout, le ciel est palpitant ;
Une divinité sur un char éclatant,
Qu'emportent deux coursiers aux allures magiques,
Vogue parmi le groupe aux accents des cantiques.
De rameaux et de fleurs les chemins sont couverts,
Tout s'exalte à sa vue en sublimes concerts.
Le front majestueux sur son char de victoire ;
Elle semble trôner dans ce séjour de gloire
Dans un noble abandon, ma Muse à son côté.
—Ange plein de candeur et de simplicité, —
Promenant sur sa lyre une main diaphane,
Fait entendre des sons inconnus du profane,
Dont l'écho d'alentour, redisant les accords,
Fait s'agiter le ciel en de divins transports.
Quelle preuve d'amour, au Très-Haut ! tout soupire,
Tout tressaille et s'anime en un charmant délire.
D'un nuage d'encens, s'élève au médium
Le chœur des Chérubins chantant le *Tédeum* ;
Et l'on entend au loin le murmure des plaintes
Qu'exprime en gémissant la voix des orgues saintes :
C'est la splendeur mystique ;et dans sa pureté,
Tout s'exhale en parfum dans cette immensité.


Tout-à-coup, j'aperçois, dans sa course légère,
Le char fendant l'azur, s'élancer vers la terre :
Suprême étonnement qui confond ma raison.
Je le vois s'arrêter la-bas sur l'horizon ;
Et moi-même soudain, comme pris de vertige,
Je me sens transporté vers le lieu du prodige.
Tout tremblent et saisi de ces faits merveilleux,
Je contemple le groupe en son mystérieux

Rayonnante d'éclat, je vois la souveraine,
Je lui rends mon hommage en saluant la Reine.

Quoi, Muse! vous aussi, m'écriai-je éperdu!
D'où me vient ce bonheur ! j'en suis tout confondu.
— Si toujours de mes lois tu suivis le caprice,
A tes vœux, à mon tour, je veux être propice.
Viens, prends place avec nous sur le char d'Apollon,
L'amour sylphe léger, sera l'automédon :
Et partout, dans l'espace, et sur terre et sur l'onde,
Je saurai t'inspirer en parcourant le monde.
Tiens, comprends si tu peux tout ce vaste univers,
Embrasse du regard l'immensité des mers,
Vois dans leur majesté ces pics au front de neige,
Contemple et ne crains rien, les anges font cortége.
« Oh ! que le monde est grand ! éternel, infini,
« Auteur de l'univers, que ton nom soit béni. »

Oublieux de l'obstacle et franchissant l'abîme,
La terre nous courons toujours de cîme en cîme;
Des hauteurs du Liban à la sainte Sion,
Du mont Capitolin à l'antique Ilion,
Sous la zône glacée ou sous la zône torride,
Notre course sans frein est joyeuse et rapide.
Pérégrination toute folle d'ardeur,
Qui, d'ivresse et d'amour, nous fait battre le cœur.
Saluant en passant les élus du Parnasse,
Et le Dante et Milton, et Virgile et le Tasse,
Notre esquif aérien, en fiévreux vagabond,
A travers l'Océan nous emporte d'un bond.
Et plus prompt que l'éclair, laissant la Béotie,
Vient planer doucement sur la belle Helvétie.

Là, le plus bel aspect se dévoile à nos yeux,
La nature avec art joue au prodigieux.
D'un côté ce géant, au sommet gigantesque,
Surplombant un abîme, ajoute au pittoresque ;

19

De l'autre en la vallée aux plus riants côteaux,
Qu'en un jour dessina le caprice des eaux,
On voit s'épanouir un pays de bocage,
Pour devenir plus loin tout aride et sauvage.

Ici les prés en fleur, jardins perpétuels,
Là-bas les noirs frimas, les glaciers éternels;
De toute part le lit d'un torrent invincible,
Contraste avec le front d'un pic inaccessible:
C'est ici que Cybèle étale ses faveurs,
Qui séduisent les sens, captivent tous les cœurs;
C'est l'Eden enchanté, le pays de Cythère,
On y respire l'air le plus pur de la terre.

Muse, le tambour bat, on sonne du clairon;
Entendez au lointain: c'est la voix du canon.
Quel sinistre présage! on entend des murmures;
Mais oui, ce bruit confus c'est le bruit des armures,
Ciel! l'écho des clameurs retentit de partout;
Et que vois-je! Grand Dieu! cent mille hommes debout!
Une armée en haillons, des soldats tout en rage
Précipitent leurs pas jusque dans ce passage;
Oh! spectre de la guerre, Oh! fantôme hideux,
C'est le sang, c'est la mort, fuyons, fuyons ces lieux.

Doucement, mon ami, tiens, regarde avec calme,
Ni le sang, ni la mort; c'est la paix, c'est la palme,
Qu'offre à tous ces martyrs le peuple Helvétien;
Vois, ce sont les Gaulois poussés par le Prussien.
Le hasard des combats les mène à la frontière,
Ils trouvent devant eux la terre hospitalière,
Ce peuple généreux accourt les bras tendus,
Se jeter au devant de ces enfants perdus:
« Soyez les bienvenus, oh! vaillants camarades. »
Les vois-tu se confondre en longues embrassades?
Entourer les blessés de mille soins divers?
Ah! ce pays n'est qu'un, parmi tout l'Univers.

Et si l'humanité s'envolait de la terre,
On la retrouverait encore ici prospère.
— O Muse ! dites-moi comment tous ces Brutus
Ont fait pour conquérir les vertus de Titus.
— A la Reine, mon fils, adresse ta requête,
Elle est tout le secret, secret de la conquête ;
Car la patrie, enfant de Jean-Jacques Rousseau,
De notre auguste Reine est aussi le berceau ;
Ce que tu vois ici de sublime constance,
N'est rien moins que le don de sa toute-puissance,
Cette abnégation : la liberté, l'amour,
L'égalité, l'ardeur, la vaillance à son tour.
Tout autant de vertus au ciel digne d'envie,
Sont l'apanage saint de la libre Helvétie.
Secouant sa torpeur et le joug des tyrans,
Ce peuple, né d'hier, fût bientôt des plus grands ;
Dans la coupe amicale il noya son délire,
Et de ce noble élan que depuis l'on admire
En invoquant la Reine, aux arts il s'attacha,
Et de son sceptre d'or la Reine le toucha.
Auprès d'elle mon fils, sois ardent et sincère,
Elle te dira ce nom que tout le ciel vénère.

— Divine majesté, je suis à vos genoux ;
Vous dont le talisman apaise le courroux,
Dites-moi votre nom ; oh! je vous en conjure,
Au nom de Dieu lui-même, enfin je vous adjure.
— Est-ce vrai, mon ami, tu ne me connais pas ?
Je ne puis m'expliquer en pareil embarras.
Que fais-tu ? d'où viens-tu ? viens-tu des Antipodes ?
— Disciple d'Apollon, parfois je fais des odes ;
Je ne suis pas chinois, tartare ni malais,
Je ne suis point peau rouge... enfin je suis Français.
Français, Français ! dis-tu, ma surprise redouble,
Oh ! j'ai peine à comprendre, en moi je sens un trouble,

Quoi ! ce peuple si fier, si grand et orgueilleux,
Ne me connaîtrait pas ? Fi ! je retourne aux cieux.
Avant, sois satisfait, car je vais être franche :
Dis-bien à ton pays qui parle de revanche....
Qu'il n'a pas les vertus pour la revendiquer;
Les fusils, les canons le feraient abdiquer;
Qu'il ne peut rien sans moi, qu'il serait téméraire
D'invoquer du dieu Mars le règne sanguinaire;
Il est vieux de mille ans ! A nous est l'avenir :
Or, voici, mon ami, voici pour en finir,
Ce nom qui t'est si cher et mes titres de gloire;
Je suis ... ... *l'Instruction gratuite obligatoire!!!...*

Jules BLANCARD.

## Au Soleil.

Lorsqu'il pleut, qu'il vente ou qu'il tonne,
L'orsqu'à grands traits de feu l'éclair
            Sillonne l'air;
L'orsqu'il neige je m'abandonne
A mes pensers. C'est le sommeil.
Mon cœur comme le ciel est sombre,
Mais quand tes rayons chassent l'ombre,
Je vis et te bénis Soleil !

Pendant l'affreux mois de Décembre
L'ennui vient habiter chez moi,
            Où tout est froid;
Où sans feu j'attends dans ma chambre,
De la nature le réveil.
Hier je disais : Tout ici gêle !
Aujourd'hui près de mon Adèle,
Tu me fais accourir Soleil !

L'hiver s'enfuit. Dans tout mon être,
Je sens un frisson de plaisir
            Et de désir.

Ta chaleur donne le bien-être,
Mûrit le liquide vermeil;
Double foyer du misérable,
Pour lui toi seul est charitable;
Aussi te bénit-il Soleil!

Quand tu luis le travail abonde,
L'homme prodigue sa sueur
Avec ardeur.
Le sol que ta chaleur inonde
Produit enfin. C'est le réveil,
La belle devient moins farouche,
Le rire éclot dans chaque bouche.
On aime! quand vient le Soleil.

Soleil! par toi tout se féconde,
Tout naît sous ton regard ardent
Et bienfaisant.
L'amour renouvelle le monde,
Nul autre astre à toi n'est pareil.
Ton retour d'amour nous transporte,
On grille un peu, mais bah! qu'importe,
On t'aime quand même Soleil!

ROGER-DARGIS.

## A Maria Ganglof

—

Songes-tu quelquefois au jour où côte à côte
Ton bras pressait mon bras ?
Où nous parlions gaîment en gravissant la côte
Sans être jamais las ?

Sous la feuille tremblante et que la brise agite,
Que de vagues désirs !
Vosges ! à ce nom seul, mon pauvre cœur palpite
Que de doux souvenirs !

Que nous étions heureux assis à la fontaine
    Du vieux roi Stanislas !
Nous rêvions de l'Amonr et de sa douce chaîne.
    Nous nous parlions tout bas.

Nous nous étions assis sur de frêles bergères,
    La table de bois blanc,
Portant le kirsch et l'eau, semblait rire aux mystères
    De notre amour naissant.

Ma joue était en feu, j'aspirais ton haleine ;
    Je lisais dans tes yeux ;
La coupe du bonheur alors me reparut pleine.
    Va ! j'étais bien heureux !

J'ai maudit de grand cœur l'importun de passage
    Qui vint nous déranger.
Que m'importait chez lui l'amour du paysage
    S'il volait un baiser ?

La terre était à nous, il me semblait étrange
    Qu'il y eut un humain
Assez hardi pour voir que j'embrassais mon ange,
    Que je pressais sa main !

J'aimais ! Ne faut-il pas que tout amour s'épanche ?
    J'aimais comme l'oiseau
Qui roucoule sur l'arbre et chante sur la branche ;
    Ainsi, l'amour est beau !

Arrivés au gros chêne, admirais-tu l'espace ?
    Maria réponds-moi ! ...
Voyais-tu les forêts ? l'horizon qui s'efface ?
    Moi, je ne vis que toi ! ...

Mais le petit banc vert du pied de la colline
    Où nous étions assis,
Laisse loin après lui ce que l'on imagine
    Goûter en Paradis !

Là, l'épaisse futaie abritait de l'averse
Ce nid de nos amours ;
Et le vent qui dans l'air prend la voix et la berce,
Disait : Aimez toujours ! ...

ROGER-DARGIS.

## Spes

*(Air du Palais des Papes)*

Sous le pied du Teuton, Lorraine infortunée,
Tu gémis en silence, et l'amertume au cœur
Tu tournes ton regard vers la France immolée,
En invoquant pour elle un avenir meilleur.
Ta voix vers le Très-Haut tristement monte et prie.
Et Dieu du haut du ciel, ému par tes sanglots,
Répond : Lorraine espère en ta noble Patrie,
Car elle finira tes maux.

Va, bientôt on verra ce roi plein d'arrogance
Sous les débris du trône à ses pieds écroulé,
Regarder stupéfait les soldats de la France
Dans l'Allemagne entrant au cri d'Égalité !

J'ai marqué ton bourreau, ce roi que l'on méprise,
Comme on marque au carcan l'assassin, le voleur !
Ce bandit viola la chaumière et l'église,
De villages entiers il fut le destructeur :
Sous sa férule il put flageller la Patrie
De ce rayon céleste et brillant de clarté
Que chacun de tes fils aime autant que sa vie,
Car tous aiment la Liberté !

Mais de ses noirs donjons les débris sur la terre
Du crime attesteront les sanglantes splendeurs ;
Un jour peuples et rois, dans la même poussière
Confondus, montreront les droits enfin vainqueurs.

Espère en l'avenir, héroïque Lorraine.
Dans le ciel en courroux il est un Dieu vengeur,
Après le châtiment disparaîtra la haine,
Les humains n'auront plus qu'un seul et même cœur;
Tu seras réunie à la mère Patrie,
La Gaule qui prêcha belle de fierté
Deux grands mots pour lesquels un Dieu donna sa vie :
       L'Amour et la Fraternité !

Fille, sèche tes pleurs, déjà le ciel rayonne,
Console tes enfants et l'Alsace ta sœur,
Tresse dès aujourd'hui de chêne une couronne,
Bientôt tu l'offriras à ton Libérateur !

ROGER-DARGIS.

## Refus

Non ! non ! Qu'irai-je faire en ces lieux d'infamie,
Où l'amour n'est qu'un mythe et l'amitié qu'un mot?
Où l'on voit sous leur fard les vices de la vie,
Où le faible est un fort, où le fort est un sot?

ROGER-DARGIS.

## Aux Insulteuses

Pourquoi donc l'insulter, la pauvre et faible femme?
Pourquoi donc l'accabler avec haine et fureur?
Vous riez de sa honte, et cependant son âme,
Etait plus que la vôtre accessible à l'honneur.
Eh bien ! elle est tombée... après?... Est-ce sa faute?
Vingt ans elle a lutté contre ses passions,
Tandis qu'à dix-huit ans vous passiez tête haute,
Vous enivrant de faste et de libations.

Oui, toutes on vous vit hurlant des chants obscènes
A l'âge où tout sourit, où brille l'avenir.
Où l'on voit de l'amour se dérouler les scènes,
Qu'à vivre sans aimer on préfère mourir.
Certes si la misère en un profond abîme
Vous jeta sans pitié, je ne vous blâme pas;
Mais de sa chute alors ne faites pas un crime,
Pardonnez! pardonnez! Elle pleure tout bas!

Qui l'a fait succomber? Nul ne saurait le dire;
Peut-être est-ce la faim! peut-être est-ce l'amour!...
Dans l'un ou l'autre cas pourquoi donc la maudire?
Qui donc peut affirmer ne pas pécher un jour?
Voulez-vous maintenant que j'use de franchise?
Oui! si vous l'insultez par de telles clameurs,
C'est pour vous effacer, pour que d'elle l'on dise :
Bah! c'est une hypocrite. En quoi sont donc vos cœurs?
Est-ce marbre ou fumier? Vous ne pouvez admettre
Qu'une âme qui vingt ans a lutté sans tomber,
Ose dissimuler ce qu'on n'ose soumettre
Qu'à Dieu, ce qu'en son cœur on voudrait enterrer?...
Non! non! vous n'avez rien de l'essence divine,
Votre cœur, votre corps, tout chez vous est bâtard;
Non, vous n'avez point d'âme, et chez vous l'on devine
Un naturel pourri sous un masque de fard!

S'il n'en était ainsi dans votre conscience,
Vous liriez, et vos cœurs saisis de charité,
Plaindraient la fille et l'être, hélas! dont la naissance
Fera toute sa vie un homme infortuné.
D'ailleurs jetez les yeux sur la triste famille :
La vieille mère en pleurs exhale sa douleur,
La sœur de la trompée est une blonde fille
Qui gémit quand le frère est bouillant de fureur;
L'enfant crie, et, debout sur la porte entr'ouverte
Que nul n'ose franchir, craignant le déshonneur,

La faim est là, narguant de sa figure verte
Cette famille à qui la lumière fait peur.
Cependant il est vrai, le cri de la nature;
Elle est mère! Et l'enfant? Il faudra l'élever,
Pendant quinze ans encore, la frêle créature,
Sur un débile bras viendra se reposer.
Femmes qu'en dites-vous?... Est-elle assez punie?
Pauvre fille vouée à jamais au malheur;
Le crime, s'il existe, est payé par sa vie,
Qui n'est dans l'avenir qu'une immense douleur.
Ah! comme a dit le Christ, saisissez une pierre,
Et s'il est entre vous une âme sans pêché,
Qu'elle ose se lever et frapper la première!...
Mais vous ne l'osez pas!... vous avez pardonné!

Vous vous souvenez donc de ce qu'a dit le maître :
La tremblante rosée est de la boue un jour,
Et pourtant il suffit, pour la faire renaître,
D'un rayon de soleil et d'un rayon d'amour!

ROGER-DARGIS.

## DIALOGUE.

### LE FILS.

Mère ne me plains pas, j'ai de la force encore;
Vois ces bras vigoureux! ma robuste santé
Ne saurait s'altérer lorsque la blonde aurore,
Sur mes yeux endormis vient jeter sa clarté;
Lorsque rempli d'ardeur, je quitte la chaumière,
Lorsqu'avec mes grands bœufs je creuse le sillon
Lorsque prenant le soc je déchire la terre
Lorsque l'écho des bois répète ma chanson.

### LA MÈRE.

Cher enfant, c'est bien beau, mais crois-le bien, ta mère
Souffre en te contemplant; courageux au labeur,

Je crains!... n'ai-je pas vu tomber ton pauvre père,
Victime du travail?..,

LE FILS.

Je le sais, le malheur
Sous notre toit heureux vint chercher des victimes,
Grandeurs, richesse hélas! rien ne nous est resté;
Les maudits ont tout pris, accumulant leurs crimes :
Honneur, bien-être, amour, tout par eux fut frappé.
Mon père noblement supportait la misère.

LA MÈRE

Il retournait le sol, ainsi qu'il était beau!...
Travaillant pour le fils, travaillant pour la mère,
Répandant le bonheur dans notre humble hameau;
Combien il était fier lorsque ta blonde tête,
Ressortait rayonnante entre ses doigts brunis
Son front se déridait, et, bravant la tempête,
Lui chêne et toi roseau, d'amour étiez unis.
Lorsque sur le vieux mur la lampe vacillante
Projetait ses rayons assis au coin du feu,
Nous écoutions chanter la bouillotte tremblante;
Heureux de notre sort tous nous bénissions Dieu.
Assis sur son genou qu'il agitait sans cesse
Pour te faire sauter, tu riais de grand cœur,
Pour lui comme pour toi c'était de l'allégresse,
Et bien loin des splendeurs, nous goûtions le bonheur.
Après tu t'endormais, murmurant ta prière,
Ton père dans ses bras mollement te berçait,
Puis il te déposait sur ta couche, et ta mère
Lorsque tu sommeillais doucement t'embrassait.
Mais mon enfant, la joie hélas! fut passagère;
Nous étions trop heureux!... Lorsque tu grandissais,
O comble du malheur, je vis mourir ton père;
La chaumière d'alors fut comme le palais...
La veuve d'un ami gémissait en silence,

Son champ était inculte, et sa pauvre maison
Accusait les douleurs de la fière indigence ;
Deux enfants s'y mouraient, une fille, un garçon.
Mon Charles s'en émut ; il offrit à la mère
Du pain blanc, des habits, et, cœur compatissant,
Il voulut bien loin d'eux reléguer la misère,
Dès l'aube du matin il cultivait leur champ...

. . . . . . . . . . . . . . . . . .

La nuit descendait sombre, et dans chaque famille
Chacun se reposait des longs travaux du jour...
Je le revois encor, de bonheur son œil brille,
Il arrive joyeux disant avec amour :
« Femme je suis content ; la misère est bannie
» De chez notre voisine, ah ! mais ne lui dis rien.
» Ne dis rien, car ma tâche est loin d'être accomplie,
» Et puis, discrètement il faut faire le bien.
» Brou !... Le froid me prend, et déjà ma chemise
» Se glace sur mon dos ; dame, c'est que j'eus chaud,
» Puis la terre est bien dure, et très froide est la bise,
» La chaleur passe vite, on envie un manteau.....
» Femme je n'ai pas faim... Viens çà que je t'embrasse,
» J'ai froid, dis-tu ?... Donne-moi le petit...
» Enfant sur mes genoux tu n'auras pas ta place,
» Embrasse encore ton père avant d'aller au lit. »
Le lendemain mon fils ton père eut le délire,
Je l'entourai de soins, hélas ! bien superflus,
Car quelques jours après, j'ai peine à le redire,
          Ton père n'était plus !
Et ta mère depuis fut comme sa voisine.

LE FILS.

Mère, ne pleure pas, car cela me chagrine,
Va ! comme je t'ai dit : je suis ardent et fort,
Et je puis défier les atteintes du sort.
Lorsqu'au monde je vins, ne m'as-tu pas, ma mère,
          Allaité chaque jour ?

Tu prenais soin de moi, point de peine étrangère,
    J'étais tout ton amour.
Lorsque venait le soir ta voix mélodieuse
    Disait : dors mon enfant !
Et je fermais les yeux, et tu disais heureuse :
    Il est obéissant.
Sous ta main mon berceau, tout de blanc et de rose,
    Doucement oscillait,
Je dormais et ta bouche sur ma bouche close
    Bientôt se reposait.
Le matin lorsque l'aube au levant apparue
    Venait me réveiller,
La première à mon lit, lestement accourue,
    Tu venais me baiser.
Fière de ton enfant tu narguais l'opulence,
    Car j'étais tout pour toi,
Aujourd'hui loin de toi je chasse l'indigence,
    N'es-tu pas tout pour moi ?

ROGER-DARGIS.

## MÉPRISE

—

LUI.

Quel transport vous saisit ? Pourquoi cette caresse ?
    Quoi ! m'aimeriez-vous donc ?

ELLE.

    Mon ami ce n'est rien,
Sur moi je vous pressais avec beaucoup d'ivresse,
Croyant en cet instant que je baisais mon chien.

ROGER-DARGIS.

## LE DÉPART DU TRAIN

A MISS HÉLOÏSE BOUCLY.

—

Oh! ce triple baiser qu'il était enivrant!
Que de joie il porta dans mon âme ravie,
Pourquoi fut-il si court mon ange cet instant?
Auquel mon cœur puisa tout l'espoir de sa vie?

Non, jamais je ne vis être plus gracieux,
Que vous fûtes lorsque, partant de votre bouche,
Votre mignonne main sut tant me rendre heureux,
Doux baiser, long regard, ô comme cela touche!

Ces grands yeux d'où tombaient en perles quelques pleurs
Hélas semaient en moi de bien douces ivresses,
J'aurais voulu souffrir mille et mille douleurs,
Et pour prix recevoir de vous quelques caresses.

Mais je suis un ingrat, ange pardonne-moi!
Quand le monstre de fer, t'emporta dans l'espace,
Alors être chéri, ne songeant plus qu'à toi,
Mon regard s'humecta, je me voilai la face.

Mu par un sot orgueil, je me domptai pourtant,
Je voulus vous revoir, vous vous étiez enfuie,
Alors!... tout fut fini, mon âme était meurtrie,
Et je m'en revins seul, pleurant comme un enfant!

24 septembre 1872.　　　　　　　　　ROGER-DARGIS.

—‹ʘ›—

## A L'AMI CH. JEANDEL

—

En tous les temps l'aimable chansonnette,
Par ses accents sut réjouir le cœur ;
Elle charma la gentille fillette,
Et l'artisan comme le grand seigneur.

On peut chanter sans avoir la fortune,
Tous les humains sont heureux à leur tour.
Amis chantons ! le silence importune,
La chansonnette doit fêter l'amour !

Je suis content, car ce qui m'environne
Répand dans l'air un parfum de gaîté.
De Marguerite, j'aime la couronne,
Car l'oranger rehausse sa beauté ;
De tous ses traits, la grâce enchanteresse,
Fait que beaucoup regretteront ce jour,
Amis chantons ! la muse me caresse,
La chansonnette doit fêter l'amour !

Qu'il est heureux cet Henri qui l'épouse !
Comme il est fier ! quel regard radieux !
Mais quand je songe à ceux qui le jalouse,
De bien grand cœur je plains les envieux.
Mais je me tais craignant de vous déplaire,
Si j'ai chanté sans attendre mon tour,
Pardonnez-moi, c'est pour lever mon verre,
C'est pour porter un toast à votre amour !

ROGER-DARGIS.

## LE JEUNE HOMME ET LE PÊCHEUR

(FABLE.)

Sur le bord de la mer, un jeune homme rêveur,
      Murmurait à voix basse
Ces mots qu'il s'adressait : Pourquoi donc le malheur
S'attache-t-il à moi ? C'est assez, je m'en lasse ;
La fortune dit-on a fort peu de cheveux,
Mais si peu qu'elle en ait je me saisirai d'eux ;
La drôlesse à dessein demanda d'être chauve,
Elle sourit à l'un, de l'autre elle se sauve :

Je l'attendrai quand même. A peine a-t-il parlé
Qu'il trébuche, et son pied lui semble tout froissé ;
Il s'enquiert de l'obstacle, il le voit, le ramasse,
Pousse un cri de bonheur qui vibre dans l'espace,
Il trépigne de joie, il danse et crie encor,
     Car l'obstacle est de l'or !...

C'était un lourd caillou dont l'enveloppe grise
Contenait en son sein une terre promise,
Puis il n'était pas seul, car dans un court instant
Notre jeune richard en eût pris plus d'un cent.
Il s'en charge et bientôt en sueur, puis en nage,
Il dût se reposer, quand il vit sur la plage,
Un pêcheur aux pieds nus, s'avancer en chantant.
Le brave homme riait, car il était content,
Son panier se gonflait du produit de sa pêche,
Chaque brin du filet portait sa perle fraîche
Qui, brillante au soleil, tombait avec douceur,
Laissant la place libre à quelqu'humide sœur.
Le pêcheur, paraît-il, aimait la bienséance,
Voyant un homme en peine, aussitôt il s'avance,
Salue, et poliment, sans phrases ni détours,
Au héros fatigué vient offrir son concours.
Le jeune homme enchanté le suit à sa demeure,
Et trouvant au pêcheur un air loyal et franc,
Il lui conte comment il fut en moins d'une heure
Riche autant que Crésus. Rien n'est moins étonnant,
Répondit le pêcheur ; ne croyez pas que j'aille
Par simple amusement rire de la trouvaille,
Mais tout cela n'est rien. Patientez un peu,
Voyons de ce caillou ce que fera le feu.
Prenons ce chalumeau... sa flamme dévorante
Décompose la pierre, une odeur suffocante
Nous saisit à la gorge. Arrêtons, c'est assez,
Soufflons le chalumeau. Là ! maintenant, voyez !

Votre or est disparu, la pierre est calcinée,
Et ronge par endroits, le reste est en fumée.
Quoi! vous vous désolez ? Vous êtes jeune encor,
Dites-vous donc toujours, voyant cette pyrite :
La fortune souvent s'éloigne du mérite,
Et ce qui brille, hélas! plus souvent n'est pas or !

ROGER-DARGIS.

## CONTE QUI PEUT ÊTRE VRAI

### A ÉMILE MOITRIER.

Elle était sur ma foi gentille la fillette,
Ses grands et beaux yeux noirs dardant leur mille feux,
Ses lèvres de corail, sa tête blondinette,
De laquelle tombaient en boucles des cheveux
   Longs et soyeux,
Attiraient sur ses pas, « c'était comme une fête, »
   Tout un régiment d'amoureux ;
   Mais l'espiègle riait d'eux,
Savourant de tout cœur sa brillante conquête.
Certain jour cependant un frétillant vieillard,
Grincheux et peu poli, le masque plein de fard,
L'accostant sans façons, lui dit : Tiens petit ange !
Prends ces écus... allons... mais tu sais... en échange...
Oh! répondit l'enfant, d'abord vous êtes vieux,
Ensuite ma vertu forme tout mon bagage ;
C'est léger je le sais, mais je veux rester sage,
D'ailleurs de m'épouser beaucoup seraient heureux.

Je suis vieux il est vrai ; mais l'argent n'a pas d'âge,
Répondit le vieillard ! Viens, écoute-moi... chut !

L'espiègle écoutait tout en faisant la moue ;
Tout à coup l'incarnat vint empourprer sa joue,
Puis, tournant les talons, elle dit au vieux : Zut !....,.

ROGER-DARGIS.

## LA MOUCHE ET LA LUMIÈRE
### (FABLE)

Une mouche à l'aile légère,
Du logis maternel fuyait,
Elle voyait une lumière,
Dont l'éclat vif la fascinait.
Ne t'approches pas trop ma fille,
Criait la mère. A ce conseil,
La fille dit : Vois, cela brille,
Mère, à coup sûr, c'est le soleil !

La mouche, le fait est notoire,
Se brûla l'aile, elle tomba,
Et me raconta son histoire,
Un jour qu'elle me rencontra.

Trop souvent c'est ainsi, me disais-je en moi-même,
La lumière et l'amour sont tous deux l'inconnu,
Jamais on ne sait bien où conduit le mot: j'aime.
Pour un bonheur fictif, que de bonheur perdu !...

ROGER-DARGIS.

## ODE A NOTRE SEIGNEUR

> Développer la conscience, c'est-à-dire le
> sentiment intime qui nous fait discer-
> ner ce qui est bien de ce qui est mal,
> ce qui est vrai et éternel, de ce qui est
> faux et éphémère, telle est la mission
> d'une poésie régénératrice.
>> E. CARRANCE.

> Celui qui m'aura renié devant les hom-
> mes, je le renierai aussi devant mon
> père.

### I

Au nom d'une vaine science,
Rédempteur de l'humanité,

Notre siècle, dans sa démence,
Doute de ta divinité ;
Orgueilleusement il étale,
D'une détestable morale
Les préceptes anti-chrétiens :
La raison seule est sa boussole,
Elle est aussi son auréole,
Le plus important de ses biens.

## II

Des savants refusent de croire
Aux vérités du livre saint ;
A leur guise ils refont l'histoire
Que traça ta divine main.
Oui, par eux la bible nouvelle (*),
Cette œuvre si pure, si belle,
Si consolante pour le cœur,
Ne pouvant être annihilée,
Est indignement mutilée
Sans la moindre ombre de pudeur.

## III

Hélas ! ces soi-disant oracles,
Montés sur leurs impurs tréteaux,
Se sont moqués de tes miracles,
T'ont martelé sous leurs marteaux.
Ta naissance les fait sourire ;
Et puis, tout haut, ils osent dire
Que tu n'es pas ressuscité.
Croyant éclairer, ils blasphèment,
Et dans les cœurs sans cesse sèment
La nuit de l'incrédulité.

(*) Le Nouveau Testament.

## IV

Le croyant frémit quand il songe
Que ces apôtres de l'erreur
Osent t'accuser de mensonge,
O notre divin rédempteur !
Si tu reparaissais sur terre,
On les verrait peut-être faire
Ce que fit le juif autrefois :
Te prodiguer les coups, l'outrage,
Même te cracher au visage,
Et te clouer sur une croix.

## V

Un jour pourtant l'heure dernière
Sonnera pour ces malheureux ;
Alors, au sein de la lumière,
Ils ouvriront enfin les yeux.
Te voyant dans toute ta gloire,
Ils te diront : « Nous voulons croire
» O Jésus, désormais, en toi ! »
Mais tu répondras, impassible :
« C'est trop tard pour aimer la Bible,
» C'est trop tard pour avoir la foi. »

(1873)                          Dr HENRI M. VALLON-COLLEY.

## ES SOUVENIRS.

A MES AMIS.

Mai 1873.

## I

Il est, à mon avis, sur la laide machine
Que l'on appelle terre ou glôbe, ou bien bobine,
Des jours, mon Dieu, pourquoi ? Je n'en sais rien du tout,
Où l'o n voit tout en noir, où pour rien l'on n'a goût.

La nature est changée en plus de mille choses.
Sans écho sont les bois, sans parfum sont les roses,
Sans amour est la femme, et sans charmes l'amour,
Sans majesté la nuit, et sans éclat le jour.
A mes yeux, le ruisseau, dont j'aime le murmure,
Se plaint, ma foi, je crois d'être dans la nature;
Les prés ne sont plus verts, et le ciel n'est plus bleu,
L'oisillon perd sa voix, le soleil est sans feu.
Je ne sais, mes amis, pourquoi cette tristesse,
Cet ennui, ce dégoût, dans mon cœur vient sans cesse,
Autrefois, avec vous, aussitôt je vidais,
Dans ces vilains moments, un verre de nantais.
Le bon vin! et pourtant on ne le connaît guère,
On en fait même fi, mais moi je le préfère
Au champagne mousseux, au vin du meilleur crû.
C'est mon goût et le vôtre, il nous a toujours plû;
Nous la connaissons tous, cette liqueur dorée;
Aussi par nous toujours sera-t-elle adorée.
De nos peines ce vin est le consolateur;
Que de fois ce gaillard nous rehaussa le cœur,
Que de fois, grâce à lui, combattant ma tristesse,
J'ai pu narguer l'oubli d'une folle maîtresse;
Il est mâle et n'a pas le doucereux effet
De bien des crûs d'Anjou. Notre vieux muscadet,
Quoiqu'on en dise, amis, a certes bien des charmes.
C'est un vin franc et gai qui fait couler les larmes
Des yeux du bon buveur qui se sent tout joyeux
D'en pouvoir déguster un verre ou même deux.

## II

L'hiver, au coin du feu, si j'ai bonne mémoire,
Nous nous contions gaîment, tour à tour, une histoire;
Et les pipes lançaient, semblable à la vapeur,
Une fumée épaisse au nez de l'orateur.
A peine y voyait-on, tout n'était que nuages,
Et l'ombre sur les murs dessinait nos images.

On pouvait voir de l'un le gigantesque corps
S'agiter, comme mû, par d'immenses ressorts ;
Puis, d'un autre, on voyait la charge de sa tête,
Dont les longs cheveux noirs formaient une silhouette,
Esquissant à peu près deux cornes de mouton.
Et de moi surgissait cet illustre piton,
Ce royal nez, pour qui, dans ma sainte colère,
J'ai composé, maint soir, une chanson amère,
Sur tout le ridicule et le désagrément
D'avoir à soi, tout seul, un semblable ornement.
A tout, l'ombre donnait de bien étranges formes;
Buffet, table et flacons, étaient des plus énormes.
On s'amusait de tout, de cela, de ceci,
Ne se faisant jamais le plus petit souci,
Du moins, si par hasard, un rien, une misère,
Assombrissait nos fronts, vite on vidait un verre,
Et le tracas futil, au fond restait toujours.
Nos chagrins de vingt ans ne duraient pas deux jours.
Ah! le bel âge, amis! oh! la belle jeunesse!
Que c'est bon d'être au monde et d'aimer sa maîtresse;
De croire en sa vertu, de croire à ses propos,
De l'adorer au point d'en perdre le repos.
Vous rappelez-vous bien ce temps qui, comme un songe,
Si vite a disparu, qu'on le croit un mensonge?...
Quoi! cinq ans de cela? Quoi! cinq ans seulement?
Et vous n'y pensez plus, pas même un seul moment?
Quoi! ces vieux souvenirs, de ce temps notre gloire,
Vous en avez sitôt perdu toute mémoire?
Hommes, vous vous croyez! Hommes à vingt-cinq ans!
Mais vous n'êtes, amis, que des petits enfants!
Je vous l'ai dit, c'est vrai, de plus, je vais l'écrire;
Attendez donc, morbleu, pour ne plus savoir rire,
A ce que vos cheveux viennent à grisonner.
Dans cette vie au moins, laissez trente ans sonner.

Et quand je vous vois tous prendre l'air d'importance
D'un ministre à lunette, un air de suffisance
D'un comique étonnant, il me prend chaque fois
L'envie ou de pleurer ou d'éclater. Je crois
Que si vous n'étiez pas mes vieux amis d'enfance,
Je me fâcherais net, mais à cela je pense.
Aussi viens-je en ce jour, tant pis si je fais mal,
Vous faire sur papier ce long speech de moral.
Allez! croyez-moi, Dieu, dans sa grande sagesse,
Nous fit un don royal, ce don c'est la jeunesse,
Qui, printemps de la vie, est l'immense jardin,
Par prodige où tout croît du jour au lendemain.
Et durant la saison où les fleurs sont écloses,
Nous pouvons tous cueillir lilas, muguet ou roses,
Fruits rouges et dorés; fleurs et fruits sont pour tous;
Vous n'avez qu'à choisir, Dieu les créa pour nous.
Mais, malheur à celui qui, par soif de richesse
Ou par ambition, négligence ou paresse,
Laisse tous ces beaux fruits au soleil se mûrir,
Mettant, de jour en jour l'instant de les cueillir;
Car, à grands pas, l'hiver arrive et prend sa place,
Caressant fleurs et fruits d'un souffle qui les glace.
Et c'est en vain qu'après on se lamente fort
De n'avoir savouré ces fruits pourpres et d'or,
De ne s'être enivré de ces fleurs parfumées,
Dans tout le monde entier, toujours si renommées.
De n'avoir jamais eu cet immense bonheur
De sentir là-dedans palpiter votre cœur.
Dans ces moments cruels de regrets, d'impuissance,
Vous donneriez, amis, pour un seul jour d'enfance,
Tous ces trésors gagnés à la sueur du front.
Mais ces beaux jours perdus jamais ne reviendront.
A la tristesse alors, lentement l'on succombe.
Vous vous sentez, hélas! attiré vers la tombe.
Vous luttez faiblement, quand, par la mort vaincu,
Vous quittez vos trésors, c'est sans avoir vécu!

### III

Amis, pardonnez-moi, c'est moi qui vous en prie.
Je vous gronde! Et pourquoi? Je n'en sais rien. La vie,
Comme je le disais en commençant ces vers,
M'est à charge; aujourd'hui je vois tout de travers,
Et pour un rien mes yeux se voileraient de larmes.
Moi qui, presque toujours lui trouve tant de charmes,
Ne la voyant qu'en rose et qui ne sais pourquoi,
Sur cette terre, suis tout content d'être moi!
Eh! bien oui, malgré ça, je suis dans la tristesse.
Triste ou plutôt rêveur, à vous je le confesse.
Mon âme avec plaisir vogue dans le passé,
Cherchant un souvenir fraîchement effacé:
Celui d'un ange aimé, de ma pauvre Bluette,
En moi qui réveilla la flamme du poète;
Ce feu qui s'éteignait lentement dans mon cœur
Après n'avoir jeté qu'une pâle lueur;
Ce n'est qu'en la voyant un beau jour me sourire,
Que je me resouvins d'avoir encor ma lyre.

Elle était blonde, amis, d'un blond joli, cendré,
Son front, par ses cheveux, était bien encadré.
Son nez mince et mignon, sa bouche pourpre et rose,
Etait plus fraîche encor qu'un frais bouton de rose.
Son œil était si bleu, d'un bleu si clair, si pur,
Que près de lui, du ciel aurait pâli l'azur.
Vous la rappelez-vous quand venait le dimanche,
Et que prenant pour moi sa robe noire et blanche,
Dans les épis dorés par les feux du printemps,
Bluette allait cueillir la bluette des champs?
Vous la rappelez-vous, quand l'insecte qui vole
Sur les fleurs s'arrêtait, comme aussitôt la folle
Tachait de se cacher, dans le creux d'un sillon,
Afin de mieux saisir le joli papillon?
Peu charmé d'être pris, en voyant notre belle
S'approcher près de lui, l'insecte ouvrait son aile

Et s'enfuyait bien loin pour se mettre à l'abri
D'un ennemi cruel, qui pourtant l'eût chéri.
Bluette en le voyant ainsi prendre la fuite
Sans se décourager reprenait sa poursuite.
Hélas! le papillon, qu'elle voulait avoir,
Ne se laissait pas prendre à son grand désespoir.
Elle avait le cœur gros, quand l'insecte volage,
Par son entêtement à n'avoir de servage,
Lui faisait présumer que, malgré sa beauté,
Il préférait encor bien mieux sa liberté.
Vous les rappelez-vous ces soupers sur l'herbette,
Où notre boute-entrain était toujours Bluette?
Et ses joyeux couplets; où souvent au refrain,
Nous vidions en chantant un verre de bon vin?
Vous le rappelez-vous, ce franc éclat de rire
Qui, de sa gorge blanche éclatait en délire?
Vous la rappelez-vous, la belle que j'aimais
Et que mes yeux, hélas! ne verront plus jamais?
Pauvre enfant, pauvre fille enlevée à la terre
Pour là-haut devenir mon ange tutélaire.
Le Dieu n'a pas voulu — sa justice est profonde —
Qu'un être comme toi fut souillé par le monde.
Près de lui le Seigneur aura voulu t'avoir;
Bluette dans les cieux, il me semble te voir.
Un ange sur sa tête a, dit-on, une étoile
Qui brille quand la nuit, sur nous, jette son voile;
Eh! bien, je la connais dans le bleu firmament,
Mon cœur me dit c'est elle, et jamais il ne ment!

. . . . . . . . . . . . . .

V.-Léa VINCINE.

## REVANCHE

—

### I

Comme des loups errants poussés par la famine,
Avides de carnage, en quête de rapine;

Du plus profond des bois flairant les voyageurs
Pour assouvir sur eux leurs instincts ravageurs ;
Sournoisement cruels, s'acharnant en silence
Avec une farouche et sombre vigilance
Sur la proie isolée et loin de tout secours,
Ainsi les Allemands, par de subtils détours,
Des apparitions terribles et rapides,
Combattaient les Français franchement intrépides.
Fléau torrentueux, ils ont tout dévasté,
Bravant les droits des gens et de l'humanité ;
Ils ont pillé nos champs et brûlé nos villages ;
La misère et le deuil racontent leurs ravages ;
Et comme les Hébreux accourant au pays
Par Moïse et les cieux à leur race promis,
Ces farouches Teutons n'avaient qu'une espérance :
Pénétrer dans Paris pour y tuer la France.
Ils s'enveloppaient d'ombre, épiant les moments
De nous terrifier par leurs débordements.
Hélas ! ils nous ont pris l'Alsace et la Lorraine,
Croyant les réunir à leur terre germaine.
Nos frères protestaient à la face des cieux,
La force prévalut — que diront nos aïeux
Si nous n'avons pas su garder leur héritage ?
France ! tu valais Rome et surpassais Carthage !
Qu'ils sont coupables, ceux dont le stupide orgueil
Fit surgir devant toi ce formidable écueil !

## II

Eh quoi ! ces lourds Germains, jaloux de nos annales,
Quoi ! ces dignes rivaux des Huns et des Vandales
Nous feraient oublier ces jours si glorieux
Où nos drapeaux flottaient partout victorieux ?
O râge ! quand viendra le jour de la revanche,
Impétueusement, et comme une avalanche,
Nous tomberons sur eux et passerons le Rhin,
Mêlant nos chants guerriers à la voix de l'airain.

Oh ! quand luira ce jour des superbes audaces,
Nous irons, faisant trève aux stériles menaces,
La haine dans les cœurs, la râge dans les yeux,
L'on n'aura jamais vu Titans plus furieux,
Braver la mort avec autant de stoïcisme ;
Nous serons pénétrés d'un farouche héroïsme.
Ils fuiront devant nous, pleins de trouble et d'effroi,
Et, tels qu'un vil bétail qu'on chasse devant soi,
Ils tomberont ainsi que les feuilles d'automne,
Qu'au caprice du vent la ramure abandonne.
Nous ferons dans leurs rangs des ravages affreux,
Et vous serez contents, mânes de nos aïeux.
Qu'il nous faudra du sang pour laver les outrages
Dont nos champs ont gardé les tristes témoignages !
Dans nos cœurs en vivra l'âpre ressentiment
Tant que n'aura sonné l'heure du châtiment.
En attendant ce jour où deux puissantes races
Croiseront les éclairs de leurs haines vivaces,
Soyez maudits, Germains au cœur fourbe, aux yeux doux,
Quand viendront les lions, malheur ! malheur aux loups.

### III

Avant que vous n'alliez, sous l'œil du despotisme,
Témoigner forcément d'un servile héroïsme ;
Avant donc cette guerre affreuse et sans merci,
Ecoutez, Allemands, nous vous disons ceci :
Nos désastres récents ont dans leur historique
Une défaite immense et pourtant héroïque,
Et dont le dénouement affreux nous étonna :
Si nous avons Sedan, vous eûtes Iéna.
Pourquoi perpétuer ces rancunes stupides
Qui troublent le travail et font les foyers vides ?
Le progrès s'en émeut, l'idéale grandeur
A la férocité ne doit pas sa splendeur.
Nous croyons que partout un homme en vaut un autre :
Qu'un psaume de Luther vaut une patenôtre ;

Que le Dieu des tyrans est avec les plus forts,
Et que l'oubli survit, hélas! toujours aux morts.
L'on frémit en songeant que l'ardente jeunesse
En haine peut changer sa naïve tendresse,
Et que ces blonds enfants, de leurs destins peu sûrs,
Pourraient tomber ainsi que des épis trop mûrs.
Ne vaudrait-il pas mieux couler des jours prospères?
Laisser l'homme au travail et les fils à leurs pères?
Et vous débarrasser de ces maîtres hideux
Qui vous font massacrer afin qu'on parle d'eux?
Demandons-nous pourquoi nous sommes sur la terre?
La méditation est toujours salutaire;
La solidarité, qu'évoque notre temps,
Dans nos affections nous rendra plus constants.
Il nous faut, du progrès, gravir la vaste arène;
Si tel est l'idéal de la nature humaine,
Il est bon de s'entendre et doux de s'entr'aider.
Tels sont les sentiments qu'il nous faudrait garder
Pour conserver la paix en délices féconde.
Si nous pouvions donner ce grand spectacle au monde,
Si, chassant vos tyrans comme nous l'avons fait,
Ensemble nous marchions vers l'avenir parfait,
Allemands! ce serait la plus belle revanche;
Elle serait pour nous douce, sincère et franche,
Et nous ferions tomber les frontières du Rhin,
Pour unir à jamais le Franc et le Germain.

Auguste VERRIEUX.

## ESPÈRE ET AIME

LE PÈLERIN.

Pourquoi ces durs sillons sur la route poudreuse,
Ces ronces, ces cailloux?... Oh! je me sens si las!...

J'aurais failli bientôt à l'heure périlleuse,
Si je n'avais trouvé le soutien de ton bras.

. . . . . . . . . . . . . . . .

Le but si plein d'attraits de loin je l'ai vu poindre.
Puis, lorsque j'oubliais tu le montrais du doigt ;
Et ton regard aimant disait de ne rien craindre :
Jusque-là, disais-tu, courage, tu le dois !
Bon ange, suis-je au bout de la longue carrière ?
Le doute m'envahit ! j'ai si peur !... j'ai si froid !
Les ténèbres se font... je regarde en arrière...
Veille, veille plus près... viens calmer mon effroi !

L'ANGE.

Pélerin, tu le dis, la route est difficile ;
Le sommet éloigné, le ravin bien profond,
Et quand gronde le flot, pauvre roseau fragile,
En vain tu veux lutter contre la mer sans fond.
Oui, le chemin est long, tout peuplé de souffrance,
De déchirants soupirs, de cuisante douleur...
Mais n'as-tu pas en toi la divine espérance ?
Ne connais-tu donc pas sa puissante valeur ?
C'est elle qui là-bas, dans l'astre d'or scintille :
Dans les soupirs du vent, le parfum de la fleur,
Dans le doux bruissement de l'onde qui babille,
Dans les plus purs accents de l'âme qui t'est sœur.

. . . . . . . . . . . . . . . .

Ne crains pas de marcher, laisse au loin les alarmes.
Agis, relève-toi, ranime ton ardeur.
Voici le doux rayon qui fait sécher tes larmes,
Ton guide, ton soutien, ton tendre protecteur.
Fais pénétrer au fond de ton âme ravie
Ces mots, ces mots bénis : vis, aime, espère et crois !
Espère... et bien des fleurs parsèmeront ta vie ;
Aime... et tu parviendras jusqu'au pied de la croix.
Qu'ils soient à tout jamais la sublime devise,

La force du chemin que tu dois parcourir !...
Que ce soit là le but où ton œil charmé vise,
Le diamant de ce ciel que tu dois conquérir.

BERTHA **FAVRE**.

## SONNET

> Flore, soutiens ma jeunesse,
> Et donne-moi l'al'égresse !...

——

Que j'aime ta beauté, doux parfum du Bosphore,
Jacynthe langoureuse, au port noble et royal,
Quand tes jolis boutons, caressés par l'aurore,
Reçoivent de Zéphir, le baiser matinal.

Hochet si gracieux, sorti des mains de Flore ;
Oh ! tu dois t'embellir, dans un vase en cristal,
Auprès de l'Odalisque, elle dont l'œil t'adore
Et n'admet près de toi que l'œillet ton rival.

Dans un de nos salons, où règne partout l'art,
Mais où le sentiment fait sentir son départ,
Fleur, je te vois languir, sur ta divine tige.

En Orient, pays du soleil, de l'amour,
Fleuris près du jasmin, va chercher le prestige
Que t'offre la beauté dans ce brillant séjour.

ARIANE GIROD-RONSSET

## ELLE MURMURAIT...

——

« Pourquoi me dis-tu que la vie
Est un combat de chaque jour,

Où l'on surprend beaucoup d'envie
    Et peu d'amour. »

« Pourquoi me dis-tu que le monde
N'est pour nous qu'un abîme obscur
Où l'on voit la colère immonde,
    Et peu d'azur. »

« Auprès de toi je sens mon âme
Flotter dans l'éther radieux,
Car ton regard est une flamme
    Qui vient des cieux. »

« Auprès de toi je suis lumière,
Auprès de toi je suis amour ;
Que me fait cette triste terre,
    Ce froid séjour. »

« Tu connais mon amour suprême,
Pourquoi songer au sombre écueil,
Cet Univers n'est un blasphême
    Que pour l'orgueil. »

« Vivons... aimons... je sens la vie,
Semblable au flot tout parfumé,
Ton amour est ma seule envie,
    O bien-aimé ! »

27 juillet 1871.                                  EVARISTE CARRANCE.

## AU LIVRE DU DESTIN

Au livre du destin, mon Dieu, laisse-moi lire
Cette page où mon sort est tracé par ta main...
Verrai-je toute chose ici-bas me sourire,
Trouverai-je toujours des fleurs sur mon chemin ?

J'ai vingt ans et tout chante en mon âme ravie,
L'avenir est si beau dans mes rêves flottants !
Ma lèvre va presser une coupe remplie,
Rien ne ternit l'azur de mon riant printemps.

Comme l'oiseau j'ai soif de plaines parfumées,
De rayons de soleil, de vastes horizons...
Je trouve ces faveurs autour de moi semées,
Et je vais redisant mes joyeuses chansons.

Je suis le frais ruisseau reflétant dans son onde
Un ciel toujours serein, des bosquets, des près verts;
Je suis le nautonnier qui, sur la mer profonde,
Ne trouve que vents doux et dort à leurs concerts.

Mais la saison des fleurs est, dit-on éphémère,
Mais le petit oiseau parfois gémit au bois...
La coupe dans le fond garde une goutte amère,
Le plus brillant soleil se voile mainte fois.

On a vu bien souvent, quand grondent les orages,
Le frêle esquif sombrer sans atteindre le port,
Et me sentant frémir à ces sombres présages,
Je te demande, ô Dieu, quel doit être mon sort.

Devrai-je donc un jour voir ma fraîche couronne
S'effeuiller sous les coups des peines, du chagrin?
Le ciel nous reprend-il tous les biens q'il nous donne,
L'épine grandit-elle, hélas! sur tout chemin?

Si c'est là ton arrêt, mon Dieu, que je l'ignore!
Cache-moi l'avenir!... Laisse l'illusion
Habiter en mon cœur longtemps, longtemps encore,
Et de pourpre et d'azur teindre mon horizon.

Hélène GRÉGOIRE.

# La Revanche

—

De tes revers sors encor triomphante,
Car ton vainqueur n'a pu t'humilier ;
Frappée au cœur, tu tombas sans plier :
Relève-toi, France noble et vaillante !

Sous ton drapeau viendront se rallier
Tous les esprits que ton nom seul enchante ;
Ils vengeront ta blessure sanglante
Et sauront bien te la faire oublier.

A ces vengeurs il ne faut point de glaive ;
Sans rien tuer, leur revanche s'achève.
—Epris qu'ils sont d'art et de liberté.

De tes malheurs ils ont souffert, ô France !
Mais ils savaient qu'en ton désastre immense,
Le feu sacré ne te serait ôté.

(Belgique).                              Valérie JANSEN

—

# Soirée d'Automne

—

Ce n'est plus palpitant de bonheur et d'espoir
Que le poète heureux erre encor vers le soir
Dans les sentiers aimés où son âme ravie
En des songes dorés voit s'embellir la vie.
Déjà l'astre du jour, le front pâle, attristé,
Annonce le départ du ravissant été ;
Et pour le remplacer, les vents froids de l'automne,
Des beaux arbres touffus effeuillent la couronne.
Bientôt, ah ! malgré moi, je vais abandonner
Ces ombrages si doux où j'aimais à rêver ;

21

Car leurs rameaux flétris et leurs feuilles qui tombent,
Disent que les beaux jours vont fuir et qu'ils succombent.
Pourtant, quand vient la brune avec le bruit des vents,
Que j'aime à respirer ces souffles bienfaisants !
Qui, des dernières fleurs, dans leur course rapide,
Répandent dans les airs le parfum si limpide.
De l'automne émouvant je comprends la beauté :
C'est un adieu sublime et plein de majesté
Que nous adresse alors la pompeuse nature
Avant de nous voiler sa brillante parure,
Et de sa grande voix ce sont les derniers chants ;
Mais combien ils sont doux ! combien ils sont touchants !
J'aime à les écouter à l'heure où tout sommeille,
A cette heure chérie où, seule quand je veille,
Je contemple des nuits la reine au front charmant,
La lune blonde et belle éclairant doucement
De ses pâles reflets la nature dans l'ombre.
Doux astre qui nous guide à travers la nuit sombre,
Et qui préside encore au dernier chant d'amour
Que répète ma lyre à la fin d'un beau jour.
Avant que mon doux rêve avec l'été s'envole,
Avant que des autans la fureur me désole,
Et que le triste hiver ait baigné de ses pleurs
La terre tout en deuil et ces beaux monts rêveurs,
Laissez-moi contempler, en ma douce veillée,
Ces restes de verdure agayant la vallée,
Puis entendre du soir les concerts gracieux
De l'oiseau qui s'en va chanter sous d'autres cieux.
Laissez-moi de mon cœur épancher la tristesse
Devant cette nature aimable, enchanteresse,
Qui toujours recueillait mes peines, mon bonheur,
Qui, de sa douce voix, endormait ma douleur :
Bientôt je serai seule ; avec mélancolie,
Sur l'aile du zéphir fuira ma poésie.
Mais quand vous reviendrez, jours heureux du printemps
Quand vous rendrez la vie à ces arbres mourants,

Oh ! vous me reverrez au sentier solitaire,
Oublier un instant les tourments de la terre;
Et, dans les gais parcours des jardins enchanteurs,
Admirer le ciel bleu sous leurs bosquets en fleurs.

EUGÉNIE SCHNEPP.

## LE BLASON DE M. DE BISMARCK

Eh bien ! vous avez, Monseigneur,
Un nouveau titre à votre gloire,
Et vous paraîtrez dans l'histoire,
Avec un parchemin vainqueur.

Vraiment, je ne saurais me taire
Devant ce titre valeureux,
Qu'avec son air le plus joyeux,
Vous donne un roi fort débonnaire.

Depuis que ce royal cadeau
Est possédé par Votre Altesse,
Vous portez, avec allégresse,
Du pouvoir le pesant fardeau.

Eh bien ! croyez en ma parole,
Et ma foi, riez de bon cœur,
Je ne voudrais pas, Monseigneur,
Ce blason pour une pistole.

Sur ce diplôme étincelant
Je craindrais — ne vous en déplaise —
Avec une larme française
Trouver une goutte de sang !

4 novembre 1872.                                    ÉVARISTE CARRANCE.

# Pauvre Chevalier

A vingt ans armé de sa lance,
Le fils d'un noble châtelain
S'en alla, rempli de vaillance,
Guerroyer en pays lointain.

Longtemps Berthe, sa fiancée,
Attendit en vain son retour,
Enfin, comme une fleur fanée,
Priant, elle mourut d'amour.

Le vieux châtelain, triste et sombre,
Erra rongé par le souci
Autour du donjon comme une ombre,
Et puis après mourut aussi.

Alors les douces hirondelles,
Avec les féroces vautours,
Les unes dessous les tourelles,
Les autres sur le front des tours,
Seuls êtres vivants habitèrent
Ce mélancolique séjour.
Bien des ans ainsi se passèrent,
Se succédant, puis, même un jour,
L'herbe vint, poussant sur la dalle,
Couvrir jusqu'au noble blason
De la demeure féodale
Qui se dressait à l'horizon.

. . . . . . . . . . . .

La lune a voilé sa présence,
Un chevalier vêtu de noir
Arrive, après trente ans d'absence,
Sur les ruines de son manoir.

Il ne profère aucune plainte ;
Fait prisonnier par Saladin,
Celui qui vient de Terre-Sainte,
N'est plus le jeune paladin !


Tombant à genoux, sa pensée
Lui montre dans ces mêmes lieux
Son vieux père, sa fiancée,
Lui faisant leurs tendres adieux.


Pâle, muet, dans ce décombre
Confus, en plongeant son regard,
Semble chercher ces chères ombres ;
Soudain, il dit d'un air hagard :
Seigneur, tu combles la mesure,
Je suis parti vaillant et beau,
Et tu me rends une masure,
A moi qui te rends ton tombeau !

.   .   .   .   .   .   .   .   .   .   .


Mais après ce pieux murmure,
Il remonta sur son cheval,
Et toujours sous sa noire armure,
Galopant par mont et par val.
Désespéré de la nature,
Il s'enfuit bien loin, bien loin,
Certains disent à l'aventure,
Rejoindre l'empereur Baudoin,
Qui conduisait en Palestine
Dix mille chevaliers montés,
Ayant tous quitté, pour le suivre,
Leurs seigneuries et leurs comtés.

Braves croisés, pleins de vaillance,
Qui, dans cent tournois variés,
Avaient rompu plus d'une lance
Sur leurs écus armoiriés...

.    .    .    .    .    .    .    .    .    .

Le fait est vrai, mais par la suite,
On apprit que, finalement,
Il alla trouver un ermite,
Qui le confessa pleinement;
Lui fit déposer son armure,
Et, l'ayant comme lui couvert
D'une simple robe de bure,
Le conduisit dans un désert.
Là, dans un lieu sauvage austère,
Priant pour les pécheurs pleurants,
Ils battirent un monastère
Aux pauvres chevaliers errants...

.    .    .    .    .    .    .    .    .    .    .    .

.    .    .    .    .    .    .    .    .    .    .

Vaucluse, 29 mai 1873.                              A. EYRIES.

—◦◦◦—

## Ce que Murmurait un Ruisseau

—

Que Laura était belle!... On aurait dit un ange et
j'étais fier de la voir se mirer dans mes eaux.

Je la voyais souvent, gracieuse et folâtre, courir après
les papillons. Tantôt pensive, elle s'asseyait sur mes

bords et me regardait de ses beaux yeux bleus et profonds ; un radieux sourire, pareil à une auréole, illumi-
nait sa figure lorsque ses mains, pleines de fleurs des
champs, composaient des guirlandes et des couronnes
pour s'en parer ; parfois aussi, dans un mutin caprice,
elle les effeuillait et les laissait s'en aller sur mon onde.

Avec quelles délices je lui caressais les pieds lorsqu'elle
les trempait dans mon eau, tiédie par le soleil ! — Je lui
parlais alors et elle me répondait ; son langage était
pareil en tout à celui de l'oiseau ; sa voix avait des
gazouillements comme celle du rossignol et des modula-
tions plaintives comme celles de la fauvette !...

— Mais un jour, oh ! Laura, tu t'es assise trop près sur
mes bords ; ton regard, penché vers moi, souriait, et tu
voyais ton sourire !... Tu écoutais, ravie, mon murmure
qui te plaisait ; puis, fermant tes beaux yeux, tu t'endormis bercée par moi. Hélas ! pauvre petite, tu ne devais
te réveiller que dans le séjour des élus !...

Ton petit corps glissa lentement sur mes eaux comme
les pétales des fleurs que tu y avais si souvent jetés toi-
même. Je frémis ; ma voix gronda plus fort, mais on ne
l'entendit point et tu mourus sans secours, ô ma belle
Laura !...

— Depuis elle est étendue sur mes eaux ; je l'ai portée
à l'endroit de mon lit où les cailloux sont plus blancs,
plus lisses, plus jolis... Sans cesse je l'embrasse, mais
mes baisers ne la réveillent point. J'ai fait croître de
belles fleurs, comme elle les aimait tant, près de l'endroit
où est couché son petit corps ; un saule-pleureur lui fait
ombrage et les petits oiseaux viennent y gazouiller.
Mais elle, l'enfant que j'aimais, je ne l'entendrai plus
rire, plus chanter, et je ne la verrai plus jouer dans les
prairies sous les grands arbres que je baigne !.....

(Ardèche).                                          ANNA PÈRE.

## La Vieille a la Fontaine

—

Je suis la vieille du village ;
La fontaine me vit jadis
Pencher vers elle un frais visage,
J'étais fort belle en mon jeune âge :
Ne riez pas, jeunes amis.

On m'appelait reine mignonne,
Mon diadème était de lis,
Plus d'un gai souvenir rayonne
Dans les brouillards de mon automne :
Respect pour moi, jeunes amis.

Un jour je vis luire en ma tresse
L'éclat discord d'un cheveu gris,
Mon soir venait ! Ah ! la jeunesse :
Vite fait place à la vieillesse,
Vous l'apprendrez, jeunes amis.

Comme un son de harpe lointaine
Meurt dans l'obscurité des nuits,
Comme un esquif effleure à peine
L'onde rapide qui l'entraîne,
Tous nous passons, jeunes amis.

Nous passons, la belle jeunesse
Ressemble à ces vergers fleuris
Que l'aurore avec allégresse
Visite, puis bientôt délaisse ;
Vous vieillirez, jeunes amis.

Que parlai-je de mon jeune âge
Et de plaisirs évanouis ?
N'est-il pas un heureux rivage ?
Qu'ignorent l'hiver et l'orage,
O cherchons-le, jeunes amis !

La fontaine demain, peut-être,
Ne verra plus mes cheveux gris,
Mais la voix d'un céleste Maître
M'apprit que mourir c'est renaître;
Ne pleurez pas, jeunes amis.

W. AFEVILL.

## A L'Enfant d'un Proscrit

Mittite virum istum in carcerem, et<br>sustentate eum pane tribulationis<br>et aquâ augustiæ. — 3 Regum, c. 22<br>— 1852.

Pauvre enfant d'un proscrit, tu pleures!... la tristesse
A mis son poids si lourd sur ton cœur et l'oppresse.
Loin de toi, dans l'exil, ton doux père languit;
Tu réclames ses soins et le jour et la nuit.....
Enfant, sais-tu pourquoi sur la terre africaine
Il soupire, il gémit, prisonnier qu'on enchaîne?
Des méchants ont en lui frappé l'homme de bien;
Ils ont voulu flétrir l'honnête citoyen :
L'ont-ils pu? Non; chacun plaint ton malheureux père,
Vante sa probité, l'estime et le révère.
Calme-toi, mon enfant! le Dieu juste et vengeur
Protége le proscrit, maudit le proscripteur.
Payant les pleurs, le sang d'innocentes victimes,
Le tyran subira la peine de ses crimes;
Ses flatteurs d'aujourd'hui l'insulteront demain,
Il mourra sous le coup d'un mépris souverain;
Et les guerriers sans cœur, les magistrats sans âme,
Eux-mêmes — quel affront! — l'appelleront infâme
Quand de son rêve affreux il sera réveillé,
Oh! qu'il maudira ceux qui l'ont mal conseillé!

Mais il sera trop tard ; nous dirons au parjure :
— Tes noirs excès n'ont plus ni borne ni mesure :
De ce siége usurpé descends !... Tu dois savoir
Que l'orgueil dans le crime a tué ton pouvoir.
Malgré tes millions va traîner ta misère,
Va ! non loin, si tu veux, de la France ta mère,
Que trop longtemps aux pieds, malheureux, tu foulas ;
Et pour seul châtiment de tes mille attentats,
Pâle de désespoir, puisses-tu voir sa gloire,
Et de la Liberté contempler la victoire !....
Qu'il sera beau, mon fils, le retour des proscrits !
La prison et l'exil auront alors leur prix ;
Alors on enviera l'honneur et l'avantage
D'avoir été banni sous un climat sauvage :
Ils seront grands ceux-là qui, pour les droits de tous,
D'un despote parjure ont subi le courroux.
Je les vois radieux des nobles cicatrices
Que laissent sur le front d'atroces injustices.
Oh ! comme on bénira leurs glorieux destins !
Oh ! comme avec transport on baisera leurs mains,
Quand des pays lointains, ou des sables d'Afrique,
Nos martyrs reviendront servir la République ! ! !

L'Abbé PEYRET.

## RÊVERIE

NOVEMBRE 1852.

—

Au sein des forêts murmurantes
Tombez, tombez, feuilles mourantes ;
Détachez-vous de ces rameaux
Qui n'abritent plus les oiseaux !

Oh ! que j'aime à rêver au déclin de l'année !
L'âme alors s'agrandit devant la destinée :

Se sentant immortelle, elle ne tremble pas
Au spectacle changeant des choses d'ici-bas.
Comme le jour qui meurt, l'année aussi se pleure :
Mais l'âme n'entend pas sonner sa dernière heure :
Elle sera demain ce qu'elle est aujourd'hui.

En elle du Très-Haut un saint rayon a lui :
Il se peut obscurcir, rien ne saurait l'éteindre.
Au Dieu qui la créa l'âme a-t-elle à se plaindre ?...
Non, non ; qu'elle l'adore en tout temps, en tout lieu,
Le malheur lui vient d'elle, et le bonheur de Dieu !
    Au sein des forêts murmurantes...

Tu vas passer, année odieuse et sans gloire,
Honteusement tu vas prendre place en l'Histoire.
Tes jours furent des jours de sang et de terreur,
Ton nom rappellera le parjure et la peur ;
Le parjure d'un chef exalté dans le crime,
La peur d'un peuple, hélas ! réputé magnanime.
Il ne te reste plus, couronnant tes forfaits,
Qu'à laisser voir encor un empire français...
Eh bien ! vienne l'empire et vienne aussi le reste,
Et tu seras pour nous à coup sûr moins funeste,
Et ma patrie enfin, s'armant de tous ses droits,
Pourra braver la ligue et le courroux des rois !...
    Au sein des forêts murmurantes.....

Quels vastes coups du sort, quelles tempêtes d'hommes
Frappent l'œil et l'oreille au grand siècle où nous sommes !
Tels rois qui vont partir veulent, avant de choir,
Se signaler au moins par un beau désespoir.
Ils tremblent, des deux mains retenant leurs couronnes,
Leur front pâlit... ils ont senti craquer leur trônes :
Et voilà que faisant appel aux scélérats,
S'entourant de larrons, de traîtres, d'apostats,
Pour qu'on n'éventre point leur puissance usurpée,
Ils dressent l'échafaud, ils font marcher l'épée,

Souvent même au parjure osent avoir recours,
Et leur fourbe, du Ciel implore le secours.
    Au sein des forêts murmurantes.....

La rénovation vous trouble et vous agite...
Arrêtez-la, tyrans !... Elle marche plus vite,
Après le court moment où vous battez des mains :
Insensés ! ferez-vous reculer les destins ?
Ah ! vous les retardez ; mais pour mieux les maudire,
Ces destins que Dieu veut, auxquels tout peuple aspire,
Quand ils se déploieront magnifiquement beaux,
Quand on dispersera votre pourpre en lambeaux.
Vos institutions, vos lois, votre justice,
Voulant pour quelques-uns que la foule gémisse,
Tomberont avec vous, avec vos sceptres d'or,
Et le monde, affranchi, reprendra son essor ! ! !

    Au sein des forêts murmurantes
    Tombez, tombez, feuille mourante ;
    Détachez-vous de ces rameaux
    Qui n'abritent plus les oiseaux !

(Hérault).                                   P...

## INFAILLIBILITÉ PONTIFICALE

*Ego rogavi pro te, ut non deficiat fides tua*

—

Le Pontife a parlé... majestueuse et tendre,
Foudroyant les erreurs des esprits égarés,
Proclamant les décrets par le Ciel inspirés,
A l'Univers chrétien sa voix s'est fait entendre.

D'un faux et vain savoir, sophistes enivrés,
Poussez les cris auxquels nous devions nous attendre :
La beauté, la grandeur de nos dogmes sacrés,
Non, jamais votre orgueil ne les pourra comprendre !

Faites-leur donc la guerre autant qu'il vous plaira,
Du suprême Docteur la parole infaillible
Donne à tous ses décrets une force invincible.

Jusqu'au jour où du temps le cours s'arrêtera,
Nos dogmes brilleront, flambeaux de tous les âges,
Et l'oubli couvrira vos plus fameux ouvrages !

L'Abbé PEYRET.

## A UNE JEUNE FILLE D'ALSACE

Quand la honte de nos défaites
Fait pencher mon front soucieux,
Quand je me détourne des fêtes
Où se rue un peuple oublieux,

Quand le sol que l'étranger souille
M'annonce un frisson souterrain,
Et qu'une larme amère mouille
Mon regard tourné vers la Rhin ;

Toujours au fond de ma pensée
L'Alsace éplorée apparaît ;
Noble Alsace, rançon laissée
Au vainqueur sanglant qu'elle haït !

Toujours, douleur que rien n'apaise,
Je sens ce vide amer, profond,
Que dans la famille française
Nos deux chères provinces font.

Et c'est vous, ô frêle enfant blonde,
O Jeune fille aux yeux d'azur,
Aux yeux plus limpides que l'onde
Où se reflète le ciel pur !

C'est vous qui prêtez une forme
A ma touchante vision,
Comme un songe à la nue énorme
Donne un charme, une expression.

Car si j'aime la rêverie
Qui va de la source au ruisseau,
J'aime en vous aussi la patrie :
J'aime l'enfant et le berceau.

Et l'Alsace mélancolique,
Déchirant souvenir! qui mieux
Que votre beauté symbolique
La révèle au cœur comme aux yeux !

Vous reflétez sa poésie
Et ses mystérieux instincts;
Vous êtes l'âme, âme choisie
Où vibrent ses échos lointains.

Une pâle fleur abritée
Hier encore sous les houblons,
Parfum de la terre quittée,
Semble orner vos beaux cheveux blonds.

Quelque murmure vous arrive
Du fleuve, plein d'échos français,
Qui baigne en gémissant la rive
Dont nos drapeaux n'ont plus l'accès.

Oh! rappelez l'immense perte,
Vous qui gardez toujours l'espoir !
Montrez-nous la frontière ouverte
Et faites aimer le devoir!

Dans la région idéale
Où montent les cultes discrets.
Votre piété filiale
Se rencontre avec mes regrets.

Et, puisque votre douce image
Me peint le cher pays perdu,
Je mêle à mon pieux hommage
Un hommage qui vous est dû.

EUGÈNE BOUR.

## A MONSIEUR EVARISTE CARRANCE

Vos grands concours, ô bon poète,
Excitent l'émulation ;
Pourtant mon âme s'inquiète
Invoquant l'inspiration ;
Si je relis vos belles pages,
Si j'espère vous égaler,
Imiter vos riches images,
Il me faut vite y renoncer...
Semblable à la simple fauvette,
Au milieu d'aigles couronnés,
Je m'incline, courbe la tête
Devant tant d'honneurs décernés !
Devant tant d'auteurs admirés !!!

EUPHROSINE-B. Vᵉ. OUDART.

## RÊVE

### A MONSIEUR EV. CARRANCE.

De la fraternité saluons tous l'empire,
C'est elle qui va rendre heureux tous les mortels !
Son front tout rayonnant daignera nous sourire,
Et nos bras voudront tous lui dresser des autels !

Voyez-là, de son char traîné par la victoire ;
Elle donne à ses fils un baiser plein d'amour,

Leur dit : « Consolez-vous, bientôt vous viendrez boire
Le nectar le plus pur qui soit en mon séjour.

L'amitié régnera; sa brillante lumière
Vous servira de phare, et les peuples émus
Viendront tous se ranger sous la belle bannière
Qui flottera toujours auprès de mes élus.

Et la France sera toute pleine de gloire;
Son blason sera d'or, à la pile d'azur...
Le grand historien ne mettra dans l'histoire
Que les beaux faits de ceux dont le cœur sera pur. »

Après qu'elle eut parlé, son char reprit sa course
Vers ce beau trône d'or que nous nommons soleil;
Son front tout rayonnant semblait être la source
De ce bonheur rêvé qui n'aura son pareil !

Cette.                                    Louis MAS.

## Une Forêt agitée par les Vents

O Muse, je voudrais aujourd'hui sur ma lyre :
Rendre les mille accords qu'une forêt soupire;
Hôte des bois, des monts, des ondes, comme toi,
Muse, pour les chanter, je t'invoque, aide-moi !

L'artiste en ses tableaux peut fixer la nature,
Mais qui d'une forêt nous peindra le murmure?
Tantôt comme une mer, aux fiers balancements,
Elle éclate, sublime, en longs mugissements;
D'autres fois, sous le souffle embaumé de la brise,
En suaves échos le flot roule et se brise...

O vous tous qui des mers aimez la grande voix,
N'avez-vous jamais ouï les murmures des bois?

Rien de plus solennel que ces bruits magnifiques,
Que ces souffles bruyants, profonds, mélancoliques,
Qui nous jettent, rêveurs, en de brûlants transports.
L'âme alors, comme un luth, soupire des accords !

Pour moi, tendant ma voile, heureux je m'abandonne
Au souffle aérien qui dans les bois résonne ;
Je vogue sur les flots ondoyants des forêts,
J'écoute leurs soupirs et j'apprends leurs secrets :
Car, chaque arbre a le sien.
                              Le majestueux chêne,
Gardant au front royal la fierté souveraine,
De son regard altier, défiant les autans,
N'incline que ses bras sous leurs efforts puissants.
Le sapin, le cyprès, du deuil tristes symptômes,
Semblent bercer la plainte en balançant leurs dômes.
L'orme mystérieux, l'acacia fleuri,
Font vibrer doucement leur sommet rajeuni.
L'élégant peuplier, au feuillage mobile,
Se courbe et se recourbe, aux vents toujours docile.
Le hêtre, aux vastes flancs, abrite les oiseaux,
Mêlant à leurs chansons le bruit de ses rameaux ;
Tandis que le bouleau, rustique en son allure,
Laisse négligemment flotter sa chevelure.

Miroir du cœur humain, les arbres tour à tour
Paraissent n'obéir qu'à la haine ou l'amour !
L'un, près de son voisin, humble sujet s'incline ;
L'autre, comme un rebelle, en son orgueil s'obstine.
Celui-ci, se penchant, embrasse son ami ;
Cet autre, furieux, le traite en ennemi.

Tout y semble passion, ou désordre, ou folie,
Et tout est jeu des vents, et tout est mélodie !

Comme un roc immobile au sein des océans,
Ou semblable au vieillard qui bénit ses enfants,

22

Un vieux chêne aux longs bras, sans feuillage, sans sève,
Quelquefois au-dessus de tous ces bruits s'élève :
De son tronc caverneux, l'haleine des zéphyrs
N'arrache plus d'accords, mais de rauques soupirs...
— Ainsi dans vos concerts, jeunes gens pleins de vie,
La mort jetant sa note en trouble l'harmonie !

Ille-et-Vilaine.                                      A. LE SOURD.

## À MA VOISINE

Tu veux, hélas ! ma pauvre Lise,
Aller au bal de l'Opéra ;
Ne sais-tu pas que tout y grise,
Que ton bonheur y sombrera ?

Reste, crois-moi, dans ta chambrette :
Garde toujours le coin du feu,
Ces plaisirs là, jeune fillette,
A ton repos diraient adieu.

Ecoute bien cette aventure
D'une petite et blanche fleur,
Qui se montrait à la ceinture
D'une madone au front rêveur :

Un jour, hélas ! qu'une lorette
Vint dans ce lieu, Dieu sait pourquoi :
Quant à ses pieds la fleur se jette
En lui disant : je suis à toi.

Emporte moi, je t'en supplie :
Je veux des bals et des concerts ;
Puis je veux rire à la folie ;
Fuyons, fuyons ces lieux déserts,

Le même soir notre lorette,
Belle et parée au bal alla ;

Dans ses cheveux, près d'une aigrette
La pauvre fleur étincela.

Le lendemain, sur la chaussée,
Un chiffonnier à moitié gris,
Trouva la fleur sale et froissée.
Pour moi, dit-il, elle a son prix.

— Viens décorer ma boutonnière,
Car une fleur, ça c'est permis :
Puis nous irons à la barrière
Boire et chanter chez mes amis.

En se rendant à la guinguette,
Le chiffonnier se querella :
Reçut des coups d'une grisette :
Dans un égout la fleur roula.

Voilà souvent où nous entraînent
Certains plaisirs désordonnés.
Laissons surtout ceux qui nous mènent
Par des chemins tout détournés.

Lise, ta fleur, c'est l'innocence,
Conserve-lui sa pureté :
Car ce trésor de ton enfance
Met sur ton front tant de beauté.

Oh ! ne va pas, ma pauvre Lise,
A ce grand bal de l'Opéra :
Reste chez toi puis à l'église,
Et ton bonheur te restera.

Louis GODET.

## LA REVANCHE

—

Peuple au cœur de lion que j'admire et que j'aime,
Toujours grand, toujours noble au sein du revers même :

Toi qu'un prince inhabile, orgueilleux et cruel
Engagea sottement à signer ce duel
Où tu devais tomber en frémissant de rage ;
Peuple français, si fier, que rien ne décourage :
Voici bientôt le jour qui verra sur ton front
Paraître avec éclat, pour en noyer l'affront,
Sous des flots de lumière, un astre de vengeance.
Et se venger, Français, c'est une jouissance
Que goûtent bien surtout les cœurs vaillants et forts ;
C'est à vos ennemis faire expier leurs torts,
Reprendre au champ d'honneur les lauriers de victoire,
Et, déchirant le crêpe étendu sur la gloire
Dont toujours ont brillé vos illustres drapeaux,
Les planter triomphants sur de nombreux tombeaux.
Pas n'est de nation qui n'ait eu sa défaite :
Lorsque de la grandeur on a gagné le faîte,
Certe il est bien permis d'en redescendre un peu
Pour encore y gravir puissant et plein de feu.
Pays des vrais héros, France républicaine,
De l'Univers entier malgré tout souveraine,
Tu vis avec orgueil, fidèles et contents,
Pour l'honneur et pour toi moissonner tes enfants :
Intrépides soldats, dans leur amour sublimes,
Par un fatal destin devenus des victimes,
Tu les as de ton sol dans les sillons rougis
Vu tomber sans pleurer, toi qui les as nourris,
Mère comme eux sublime ! Ah ! tu savais la terre
Où tes fils succombaient décimés par la guerre,
Fertile en défenseurs, riche de souvenir :
Que la mort au combat féconde l'avenir ;
Qu'à son aide souvent la liberté l'appelle,
Et que c'est vivre encor que de mourir pour elle.
Déjà sous des efforts qu'on dirait surhumains,
Des étrangers maudits : barbares inhumains
Qui souillaient vos foyers, les hordes ennemies,
Grasses de vos sueurs, au Nord sont reparties.

C'est se montrer Français qu'ainsi se relever ;
Seule la tache reste, il vous faut l'enlever.
Le lion qu'étourdit une large blessure,
Chancelle tout d'abord, mais bientôt se rassure :
Et rendu furieux de haine et de douleur,
Fait un bond qui renverse un trop hardi chasseur.
Tel, une plaie au sein, Français à l'âme altière,
Français, lion blessé, relève ta crinière ;
Fais frémir l'ennemi de tes rugissements :
A sa voracité, même en lambeaux sanglants,
Soustrais la double proie à ta mère arrachée :
Rends pure à la patrie une robe entachée.
On se souviendra moins de combats malheureux,
S'ils ont été suivis de succès glorieux.
Ce qu'on n'oubliera pas, à l'honneur de la France,
C'est qu'avec le concours de sa propre vaillance,
Elle doit son salut à la force de Thiers :
Ce génie étonnant qu'admire l'Univers.
Tout peuple un peu jaloux, quelque grand qu'il se donne,
Voudrait avoir un Thiers, joyau de sa couronne.

Belgique.                                          VICTOR HORION DE VISÉ.

## MÉSALLIANCE

—

Ce métal éphémère :
L'or, l'or, cette chimère
    T'a souri ;
Immolant ta jeunesse,
Tu voudrais la vieillesse
    Pour mari.
La fortune, à la vie
Heureuse qu'on envie,
    Ne conduit :

Le cœur ne se contente
De ce métal qui tente
    Et reluit.
Dans ta cage dorée,
Colombe timorée,
    Tu languis !...
Pauvre fleur isolée,
Bientôt étiolée,
    Tu t'enfuis...
Le luxe et la richesse
Ne chassent la tristesse
    Qui te suit ;
Tu recherches l'ivresse,
D'une tendre caresse,
    Qui te fuit.
Dans ta chaîne cruelle
Tu pleures, ô ma belle,
    Tu gémis !
A ta douleur mortelle,
Quand je songe, Isabelle,
    Je frémis.

. . . . . . . . . . .

Ce qui manque à ton âme
C'est l'amoureuse flamme
    Qui séduit ;
C'est un amour extrême,
Car la volupté même,
    Réjouit ;
C'est un amant fidèle,
Q'en vain ton cœur appelle,
    Jour et nuit.

1867.                                   E. GOUSSÉ.

## L'ABSENCE

—

Si « les absents ont tort ! » pourquoi donc se quitter ?
Pourquoi mettre entre soi le doute et la distance,
Et se laisser le temps de par trop regretter
Les baisers ? — Les baisers comptent plus qu'on ne pense.

Talismans de l'amour, liens des voluptés,
Ils sont le souvenir et ils sont l'espérance ;
En un mot, ils sont tout, quand ils nous sont ôtés,
Voilà pourquoi bien grand est le mal de l'absence !

Amoureux ! Amoureux ! ne vous séparez point,
Vos lèvres un beau jour se lasseraient d'attendre :
« La chair est faible, » hélas ! lorsque le cœur est tendre.

Les baisers, par malheur, ne portent pas bien loin :
En s'envolant vers nous, ils pourraient, par mégarde,
Rencontrer un intrus qui les prenne et les garde.

VALÉRIE JANSEN.

## LE CHARBON

—

Près du foyer ardent, il m'a pris un frisson,
En songeant que parfois cette chaleur s'achète,
Au prix de votre vie, ô phalange muette !
Vous qui creusez le sol pour le rendre fécond.

A votre âpre labeur, le sort a trouvé bon
D'ajouter le danger et la terreur secrète;
Mais malgré vos martyrs, la tâche se complète :
Chapeau bas devant vous, travailleur du charbon !

Qu'ils n'en manquent jamais, ces enfants en détresse,
Privés de leurs soutiens et sevrés de tendresse :
S'ils avaient froid un jour, ils vengeraient leurs morts...

Orphelins! je voudrais, près du feu qui flamboie,
Vous dorloter tous bien, vous rendre un peu de joie...
Mes mains alors pourraient se chauffer sans remords.

VALÉRIE JANSEN.

## INFALLIBILE È DIO

Si chiuse il Concilio
Col domma di Fede
Che il Papa è infallibile,
Ma questo chi crede?
Per secoli e secoli
I Papi che fero?
Lo dire la storia :
E il punto più nero (*).
Di CRISTO il vangelio
Seguìron costanti
Sol cento Pontefici,
Che tutti fur santi.

(*) *Alessandro VI* fece morire sul rogo il dottissimo Domenicano *Girolamo Saronarola*.

*Clemente VIII* fece condannare a morte, tutto che innocente, *Beatrice Cenci*, per confiscare i tanti suoi beni, che questo l'apa dette agli *Atdobrandini* suoi parenti in Milano.

*Sisto IV* ordì la congiura *dei Pazzi* contra i fratelli *de Medici* di Firenze.

*Leone XII* fece passare per le armi, sol perchè amarono la Patria, *Castellara Pietro, Montanari Leonida, Ostolani Luigi, Rambelli Gaetano e Zanoli Luigi*.

*Gregorio XVI* fece altretanto con *Agetti Luigi, Baccioletti Francesco, Bassi Domenico, Bentivoglio Gaetano. Canali Giuseppe, Lagi Marta, Landi Raffaele, Manari Ludovico, Minghetti Giuseppe, Saroja Giovanni, Vallorese Matteo, Veronesi Giuseppe, Ugolini Giuseppe e Zannone Domenico*, oltre i moltissimi morti in carcere.

*Pio IX* fece anche passare per le arme i patrioti *Parmigiani, Succi e Malaguti, Monti e Jognetti, Bassi e Lucatelli*.

Ma gli altri sprezzarono
Di CRISTO la legge.
Quai lupi famelici
Sgozzaron suo gregge.
La CROCE congiunsero
Col Regno terreno.
Che strano connubio,
Che scandalo osceno !!
Ma fattor si turido
DIO più non permise.
Sul soglio dei Cesari
*Vittorio* si assise.
Adora l'Italia
Di *Piero* l'erede,
Ma come infallibile
Affato nol crede.

Louis CICCAGLIONE.

## A MON AMI P...

ÉLÉGIE SUR LA MORT DE SA MÈRE.

Hélas! mon cher ami, la parque redoutable
A de bien durs arrêts. Sa main impitoyable
Frappe, frappe toujours; et ne demande pas
Le nom, le rang, de ceux qu'elle envoie au trépas.

L'ange pur qui sourit à l'amour de sa mère,
Le vieillard dont le front s'incline vers la terre,
La vierge, que l'hymen convie à ses banquets,
Subissent tour à tour ses terribles décrets.

On dirait cependant que, en ses courses funèbres,
Elle écarte parfois les épaisses ténèbres.

Et le bandeau fatal qui voilent son regard ;
Qu'elle se lasse enfin d'obéir au hasard.

Elle semble, en frappant les têtes les plus chères,
Se plaire à provoquer les pleurs les plus amères ;
Et choisir, pour placer en face du cercueil,
Ceux qu'affligent le plus la mort et son linceul.

C'est ainsi que, sur toi, sa main appesantie
A de ta bonne mère interrompu la vie ;
Ne te permettant pas le soin triste et pieux
De l'embrasser mourante, en lui fermant les yeux.

Moi qui de ton bon cœur sais toute la noblesse ;
Qui sais de quel amour tu payais la tendresse
De celle qui pleura ton départ du hameau,
Dont le cœur te suivait au camp, sous le drapeau ;

Moi qui maudis le jour où me vint la pensée,
De quitter de parents la tendresse empressée ;
Je comprends ta tristesse et ta sombre douleur,
Quand te fut annoncé le terrible malheur.

Oh ! oui, je le comprends, quand je songe à la femme
Dont le sang est mon sang et dont l'âme est mon âme ;
Ma mère dont les bras sont si loin de mes bras ;
Que bien souvent j'appelle et qui ne m'entend pas.

Ainsi te souviens-tu, lorsqu'un nuage sombre
Sur mon front soucieux passait et faisait ombre ?
Ta voix m'interrogeait : mon cœur restait discret ;
Il songeait à ma mère et gardait mon secret.

Que doit-ce être, grand Dieu, lorsque l'abîme immense
Entre une mère et nous vient poser sa distance :
Que, à nos cris douloureux, le souffle de la mort
Répond seul : sous mes lois elle dort, elle dort ?

Mais, crois-le, cher ami, dans ce monde éphémère,
Tout ne meurt pas en nous, le corps seul est poussière,
Et l'âme, en s'envolant de sa triste prison,
Va chercher dans le ciel un meilleur horizon.

Parfois, quand la douleur oppresse ta poitrine,
N'entends-tu pas, dis-moi, comme une voix divine,
Murmurant dans les airs : sois heureux, sans remords :
Console-toi, mon fils, en t'attendant, je dors !

L.-J. MASUREL.

## Sur la Tombe d'une Mère

---

Quand tu pourras sonder l'immense profondeur
De l'abîme où la mort engloutit tout bonheur,
Peut-être sauras-tu ce que ce coin de terre
Te cache de regrets..... Ici gît notre mère !

L.-J. MASUREL.

## Le Berceau

---

Le voilà, ce berceau, cette arche tutélaire,
Où je dormais heureux sous l'aile de ma mère,
Quand mes rêves d'enfants, brillants d'or et d'azur,
N'étaient que de mon cœur le reflet calme et pur.

Oh ! je t'aime vraiment, simple et touchante image :
Des plus frêles moments de mon tendre jeune âge,
Qui me rappelleras, jusqu'à mon dernier jour,
L'inépuisable ardeur du maternel amour.

Je crois la voir encor, sur ton osier penchée,
Sa lèvre avec bonheur de ma lèvre approchée,
Par un tendre baiser m'invitait au sommeil;
Et son plus doux souris caressait mon réveil.

Elle n'eût pas voulu n'être qu'à moitié mère;
Elle n'eût pas voulu que d'un lait mercenaire
S'abreuvassent jamais les lèvres de son fils;
Qu'une femme étrangère eût mon premier souris.

Oh! non, elle eût tremblé que d'une impure haleine
Le poison s'infiltrant dans le sang de ma veine,
Ne vint porter le deuil au sein de ses amours,
En brisant, dans sa fleur, la trame de mes jours.

Plaignez, enfants, plaignez ceux qui, sur cette terre,
Ne reçurent jamais les baisers d'une mère;
Et virent, en naissant, auprès de leur berceau,
Un regard étranger, un linceul, un tombeau.

Plaignez-les si leurs pas trébuchent dans la vie,
C'est qu'ils n'ont pas connu la main toujours amie
Qui, guidant d'un enfant les pas mal assurés,
Ecarte les périls contre lui conjurés.

Et vous, si quelquefois faiblissait dans votre âme,
Du filial amour la pure et sainte flamme;
Si parfois le malheur vous frappait de ses coups,
De votre frêle osier, enfants, souvenez-vous.

Il vous rappellerait ce que votre faiblesse
Coûta de dévouement, de soucis, de tendresse
A votre bonne mère, à cet ange-gardien,
Que Dieu, dans sa bonté, vous donna pour soutien.

Et ce doux souvenir près de sombres orages,
De vos fronts soucieux dissipant les nuages,

Par l'amour filial épurera vos cœurs,
Rendra vos pas plus sûrs et vous fera meilleurs.

L.·J. MASUREL.

# Près de la Villa d'Horace

A TIVOLI.

Ce devrait être ici, sur ce tapis champêtre,
Qu'étendu mollement à l'abri d'un vieux hêtre,
Le poète divin donnait un libre cours
A sa Muse chérie, au chant de ses amours.
La brise s'embaumant aux parfums de la plaine,
Visitait le vallon, et de sa douce haleine,
Caressait, en passant, le front de l'inspiré,
Alors que vers le ciel son regard égaré
Semblait se recueillir aux sources du génie,
Pour immortaliser quelque belle harmonie :
Lieux pleins de souvenirs, sîtes délicieux:
Tout en vous devait plaire à son cœur, à ses yeux !
Ici c'est un ravin où la tendre Syrène,
Dans sa grotte reçoit une eau limpide et saine
Que Neptune, en grondant, fait jaillir de son sein.
L'oiseau psalmodiait dans le bosquet voisin.
Là, des flancs escarpés de la verte colline,
S'élançait, écumeuse, au fond de la ravine,
La nombreuse cascade, où de la belle Iris
Miroitaient au soleil les brillants coloris.
En venant s'abreuver aux sources jaillissantes,
Les chèvres, les brebis, semblaient comme pendantes
Aux arètes du mont, tandis que le côteau
Résonnait aux accents du tendre chalumeau.
Puis, Tibur, couronnant ce charmant paysage,
Semblait un oasis, au milieu d'un nuage :

Oasis plein d'attraits, où les temples des Dieux
Se mêlaient aux villas de l'habitant pieux.
Des ces lieux si riants, qu'arrose l'Anière,
Le regard s'étendait à la mer Tyrrhénienne,
Embrassant à la fois, dans ce vaste tableau:
Les coquettes villas, au penchant du côteau,
Une plaine fuyant vers l'écumeuse plage,
Où Rome apparaissait, comme un lointain mirage.
Mais le temps a marché; son implacable faux
A ravagé partout ces lieux jadis si beaux.
Et l'homme qu'aveuglait un triste fanatisme,
Croyait, lui, se venger des dieux du paganisme
En employant ses bras, ses forces, sa fureur,
A seconder du temps le pouvoir destructeur.
Aussi Tibur n'est plus. Tout monument superbe
N'est plus qu'un vieux débris recouvert d'un peu d'herbe,
Débris que l'étranger vient chercher tout joyeux,
Et qu'il conserve alors avec un soin pieux.
Des temples mutilés de Junon, de Diane,
Lès pierres ont construit la modeste cabane
Où du pauvre artisan s'épuise le labeur.
Hercule a vu tomber son autel protecteur,
Et le temple où jadis écumait la Sybille,
Au culte des chrétiens sert de pieux asile.
Vesta seule offre encore, aux regards curieux,
De son temple détruit un débris gracieux.
On aime à voir de loin sa forme aérienne,
Aux bords du précipice où coule l'Anière:
Mais du vieux temps aussi l'inévitable loi
Vesta viendra bientôt s'apesantir sur toi;
Et c'est en vain alors qu'on cherchera la trace
Du superbe Tibur tant chanté par Horace.
Tout aura disparu dans les flots du passé,
Et le souffle du temps aura tout dispersé.

L.-J. MASUREL.

## AU SUJET D'UN DESSIN DE VIEUX CHATEAU

(SOUVENIR D'UN AMI).

—

A l'ombre de tes murs, de tes tours séculaires,
Dis-moi, gentil Castel, quels secrets, quels mystères?
Dis-moi quels souvenirs tu caches à nos yeux?
A travers les barreaux d'une étroite fenêtre,
Plus d'une châtelaine, en d'autres temps, peut-être,
Trompant l'œil vigilant d'un vieillard soucieux,
Soupira ses amours à la brise attendrie :
Peut-être aussi parfois vit-on sa main jolie,
Envoyer, en tremblant, un baiser, une fleur
Au jeune troubadour dont l'amoureux délire
Venait lui demander, aux doux sons de sa lyre,
Un écho pour son âme, un espoir de bonheur?

Si l'écho de tes murs, plein de tendres mystères,
N'a jamais retenti que de soupirs d'amour,
J'aime à voir que le temps n'a pas disjoint les pierres
Où s'abrita l'espoir du galant troubadour.

Peut-être : Qui le sait? Sous tes arceaux gothiques,
Plus d'un lâche seigneur à ses désirs cyniques,
Immola, sans pitié, la vierge du hameau.
Plus d'une fois, peut-être, au milieu d'une orgie,
Le poison d'un rival a terminé la vie,
Et tes murs ont gardé le secret du tombeau.
Car il fut une époque infâme et sacrilége
Où presque tout castel était embûche ou piége;
Où la force brisait la justice et les droits.
La féodalité cruelle, impitoyable,
Etendait en tous lieux son pouvoir redoutable,
Et broyait, dans le sang, tout rebelle à ses lois.

Si tu n'as abrité que des tyrans superbes,
Dont le nom au lointain répandait la terreur,

Le temps eût dû cacher, sous les plus hautes herbes,
Tes débris dispersés par un souffle vengeur.

Dis-moi : de tes caveaux la voûte triste et sombre
N'a-t-elle pas souvent protégé de son ombre
Plus d'un terrible drame, inconnu de nos jours?
Ne ravis-tu jamais quelque fils à sa mère,
L'épouse à son époux, une sœur à son frère,
Le père à ses enfants, l'amant à ses amours?
Si l'on en croit, dit-on, une lugubre histoire,
Dont un vieux centenaire aurait encor mémoire,
Tes souterrains maudits ont frémi bien des fois
Des cris du désespoir, du bruit de lourdes chaînes;
Sué larmes et sang, renfermé bien des haines,
Au temps où tes seigneurs pouvaient singer les rois.

Alors, honte à jamais aux maîtres sanguinaires
Dont le cœur, insensible aux nobles sentiments,
Ne se repût jamais que de lâches colères,
Et fit servir le crime à ses amusements.

Mais si mourant de froid, de faim et de misère,
Le pauvre voyageur, sous ton toit solitaire,
Trouva, pour ses douleurs, un abri généreux :
Si tu fus le séjour d'un ange charitable,
Dont le cœur plein d'amour se montra secourable
Pour le triste orphelin, le proscrit malheureux,
Les larmes du malheur ont dû bénir la tombe
Où s'endormit en paix cette sainte colombe,
Dont les échos muets ont oublié la voix;
Et l'on doit regretter, que sous ta voûte grise,
Le voyageur distrait n'entende plus la brise
Répéter doucement son nom comme autrefois.
Pour moi, qui que tu fus, monument d'un autre âge,
Séjour d'un ange pur ou d'un cœur sans pitié,

Je garde avec bonheur ton innocente image,
Souvenir précieux tracé par l'amitié.

L.-J. MASUREL.

## LE VIEILLARD

———

Dulcia linquimus arve... — Virgile.

La justice avait fait le droit.
Un pauvre débitant, vieillard octogénaire,
Au fond de l'âme atteint par un cruel exploit,
Allait se voir ravir sa modeste chaumière,
Son humble mobilier, son petit coin de terre.
On lui donna du temps... huit jours.
La prudente justice,
Légalement sévère, humainement propice,
Voulait lui ménager un refuge à l'hospice;
Mais avant il fallait tout quitter pour toujours.
L'heure fatale, heure qui tue,
Accourait vite... était venue.
Inexorable et froid, l'huissier, le lendemain,
Du départ donnera l'ordre, dès le matin.
Assis sur le rustique et grossier banc de pierre,
Façonné par ses mains auprès de sa chaumière,
Pour servir de lieu de repos,
Après de pénibles travaux;
Triste, accablé par sa douleur amère,
Plus que par le poids de ses ans,
Mais n'ayant en son cœur nul reproche à se faire,
Sans honte le vieillard levait un front austère,
Couronné de beaux cheveux blancs.
Ses voisins, quelquefois témoins de sa tristesse,
Parlaient de ses vertus, déploraient sa détresse,
Semblaient un court instant compatir à ses maux;

23

Mais qu'importe au malheur que l'homme s'intéresse,
Si le froid sentiment n'engendre une largesse?
On ne se montre pas ami pour quelques mots,
    Quelques conventionnels propos.
Ses amis étaient l'air, la lumière éclatante,
Les baisers du zéphir, les paroles du vent,
    Et le matin, de l'aurore naissante,
    Le frais sourire à l'Orient.
Du sémillant vallon la source jaillissante,
Les monts et les forêts, la plaine et les côteaux ;
    Mais surtout sa chère chaumière,
Les arbres et les fleurs de sa petite terre,
Le sympathique amour de quelques animaux,
    Du bosquet le chant des oiseaux.
Sur les monts, dans les bois, aux côteaux, dans la plaine,
Plantes, arbres et fleurs prenaient part à sa peine.
    La rose et ses charmantes sœurs,
    Sur leur corolle avaient des pleurs ;
L'oiseau, d'un ton plaintif, parlait de ses douleurs.
Est-il bien vrai, mon Dieu, qu'en les temps où nous sommes,
Arbres, plantes, oiseaux aiment mieux que les hommes,
Soient plus compatissants, sensibles, généreux,
    Et que l'on ne puisse aimer qu'eux ?
Le vieillard le croyait. Las du contact du monde,
Sentant de son dégoût la morsure profonde,
    Son chaume était devenu son parent,
Et l'arbre qu'il planta, son ami, sont enfant.
L'homme est fait pour aimer en effusion franche :
    Il faut qu'il s'ouvre, qu'il s'épanche
    Il le faut, et c'est fort heureux.
Si je n'aime quelqu'un, j'aimerais quelque chose ;
    Sans l'amour on est malheureux.
Dieu qui le fit pour nous, à notre cœur l'impose ;
Comme un ordre l'amour nous arrive des cieux.
Ainsi que le vieillard, j'aime l'eau qui serpente,

J'aime la douce fleur dont j'arrose la plante.
Les aimer pour le cœur humain,
Je le sens, je l'affirme, est un besoin certain.
Je revois ma forêt, le mont, le roc lui-même,
Avec un plaisir doux, je sens que je les aime;
Je les aime... Pourquoi ne m'aimeraient-ils pas?
Seuls les hommes sont des ingrats.
Celui dont l'âme est douce, humaine,
Du vieillard comprendra la peine,
Lorsque, devant quitter le champ de ses aïeux,
Il fit à ses amis de déchirants adieux.
Il voyait le soleil prêt à quitter le monde,
Descendre lentement, et tout triste dans l'onde,
Il lui paraissait hésitant;
Et comme à regret le quittant :
« O mon soleil, je t'en supplie,
Reste encore un instant, lui dit-il, je te prie,
Soutiens de ta chaleur mon cœur mal affermi,
Ranime d'un regard ton malheureux ami.
Sur la terre étrangère
Un soleil viendra luire aussi sur ma paupière,
Mais ce ne sera plus mon soleil;
Il n'offrira rien de pareil
A celui qui toujours éclaira mon réveil;
A celui qui, sorti de la verte colline
Qui nous regarde et nous domine,
Toujours bienfaisant, toujours beau,
Va se plonger le soir dans l'eau;
Qui chaque jour chauffa ma veine;
Qui tous les ans dora les épis dans la plaine,
Et sur l'arbre mûrit le fruit.
Ce ne sera plus toi..... La nuit, l'affreuse nuit
Arrive... elle est là qui te suit...
Et ton cours malgré toi t'entraîne.
Chers rayons, pour toujours vous êtes disparus :

« Mon beau soleil, je ne te verrai plus.

» Arbre que je plantais qui tends vers moi tes branches,

» Comme au père expirant, tend ses bras un enfant,

     » Pour un suprême embrassement. »

Avec joie, à mes yeux, tu montres tes fleurs blanches...

Mais ami, pauvre fils, tu l'ignores, hélas !

Ton fruit n'est plus à moi... Non, je ne l'aurai pas,

Sur ma table de pierre, à mes simples repas...

     Ah ! du moins que ton nouveau maître

     Te soigne en père comme moi.

     Je voudrais, mon fils, lui transmettre

En religieux legs l'amour que j'ai pour toi :

Qu'il arrose le soir ta racine altérée,

Qu'il délivre du ver ta feuille déchirée ;

Contre le froid qu'il te donne un abri ;

Qu'il ranime au printemps ton sol trop appauvri.

Terre que de mes mains j'ai longtemps cultivée,

Et que de ma sueur j'ai toujours abreuvée,

     Adieu, ma terre, mille adieux...

     On me chasse loin de ces lieux.

On me chasse demain et pour toujours... ma vie

Finira loin de toi, demain tu m'es ravie.

Mon cœur se brise, hélas ! ma terre ! ô mes amours !

A cet arrêt cruel..... A jamais !..... pour toujours !

Adieu ! mon beau vallon, adieu ! chère fontaine,

Adieu ! chêne du mont, adieu ! riante plaine,

Murs élevés jadis, par mes soins, par mes mains,

Adieu tous mes amis, je vous quitte demain.

Je vous laisse mon cœur, je vous laisse mon âme ;

Seuls vous me souteniez, vous nourrissiez la flamme

D'une vie assombrie par un cruel destin.

Adieu pauvres oiseaux, beaux chantres du bocage,

Quand de vos douces voix résonnaient nos côteaux,

J'oubliais mes malheurs, mes souffrances, mon âge ;

Oui, je ne souffrais plus, lorsque sous le feuillage

Vous chantiez, un instant je n'avais plus de maux.
Pauvre chien, qui suivras seul ton maître en sa roue,
Pauvre chien, viens ici... viens ami, viens écoute,
  Demain nous quittons ces lieux.
Demain tu leur feras comme moi tes adieux.
Sur le sol trop connu tu reviendras peut-être ;
Mais on te chasseras, tu ne seras plus maître ;
Tu n'auras plus le droit d'interdire nos champs
A l'animal sauvage, au voleur aux méchants.
Pendant longtemps j'ai cultivé ma terre
  Avec amour, avec ardeur ;
Deux beaux enfants secondaient mon labeur :
  L'aîné, victime de la guerre,
  Trouva la mort dans les combats ;
  Le second ne survécut guère,
Le chagrin, de la mère amena le trépas.
Le pain ne manquait pas sur la frugale table,
Le travail fournissait à nos simples repas,
Le ciel était pour nous bon, juste, secourable.
  Non, le pain ne nous manquait pas.
Mais d'abord d'un enfant nous n'eûmes plus les bras,
  Puis le mal nous arrive ;
  Il fallut emprunter.
  La barque à la dérive
Marche, marche toujours, rien ne peut l'arrêter.
Mon bras est impuissant, mon âme est désolée,
  Et sous la douleur accablée.....

  . . . . . . . . . . . . . .

Heureuse mère, au moins tu reposes là-bas,
Auprès de ton enfant, sur son cœur, dans ses bras,
Dans ce champ de repos, demeure tutélaire
Où dorment nos aïeux, où m'attendait mon père,
Hélas ! mon seul désir et mon unique espoir
  Etait en mourant de pouvoir
Nous y retrouver tous, vous presser d'une étreinte,

Fils adoré, compagne sainte.
Maintenant,
« L'espoir fuit, du malheur chassé par l'ouragan. »
Puis il ferme la porte. On aurait pu derrière
Entendre encor longtemps, murmurer sa prière.
Puis lentement finit le bruit.
Tandis que sous le sombre voile
L'une après l'autre chaque étoile
Comme un diamant pare la nuit ;
Quand le soleil, après l'aurore,
Le lendemain revint encore,
La justice était là pour agir. Le greffier
Hésitant tout honteux, et devant lui l'huissier
Toublé lui-même. On frappe en vain, la porte est close,
Et l'oreille ne perçoit rien
Qu'un lugubre aboiement de chien.
On s'étonne, on hésite, on délibère, on ose
Ouvrir... et tout d'abord,
Sur un pauvre grabat, paraît le vieillard mort.
Il est mort satisfait, et sa dernière haleine
Fut un souffle bien doux, car sa face est sereine ;
Sur le grabat son corps repose doucement ;
Son âme en s'envolant de son bonheur ravie,
A laissé le sourire en sa lèvre pâlie.
Point de contorsion, point d'effort en mourant.
Ah ! sans doute qu'à l'heure extrême
Par la prière ému, le seigneur a lui-même
Envoyé les deux fils, puis encore à son tour
Leur mère, objet de tant d'amour.
Ces âmes ont parlé de choses toutes belles,
Puis, déployant leurs ailes,
On conduit avec elles
L'âme du bon vieillard dans la gloire des cieux.
Dieu n'a point repoussé la pieuse demande,
Et dans sa justice il commande

Que du pauvre vieillard, tous les vœux soient remplis,
Et que l'on réunisse en une même terre,
Sa dépouille mortelle à la sainte poussière,
　　De son épouse et de son fils.
Obéissons à Dieu, que chacun l'accompagne
Auprès de son enfant, auprès de sa compagne,
　　Dans le funèbre enclos.
Ce corps au sentiment est encore accessible
Au contact de leur poudre un choc irrésistible
　　Fera tressaillir tous ses os.
Et quand retentira la trompette céleste,
Appelant devant Dieu pour le grand manifeste
　　Tous les morts et tous les vivants,
Le vieillard glorieux, écartant son suaire,
Apparaîtra pressant et le fils et la mère
　　Dans ses bras caressants.

Jacques MIREUR.

## L'ÈRE NOUVELLE

O genre humain, Dieu t'avait créé libre ;
Mais aussitôt, on vit des conquérants
De l'Univers détruire l'équilibre,
Et tu subis le joug de ces tyrans :
Les nations depuis sont déchirées
Par ces vautours tout dégoûtants de sang,
Et si la plainte échappe aux torturées,
Sur elles luit le glaive menaçant.

　　Mais devant mon char de lumière,
Le despotisme a fui, confus, dompté ;
　　Peuples, sortez de la poussière,
Je viens briser tes fers, ô sainte Humanité,
　　Je me nomme : « La Liberté ! »

Formés des mains de la Mère-Nature,
Nous avions tous notre part de soleil ;
Mais l'orgueil vint tenter la créature,
On ne voulait plus avoir son pareil :
On se fit noble, on méprisa la Plèbe ;
Quand le seigneur festoyait au manoir,
Le serf vilain travaillait à la glèbe,
De sa sueur arrosant son pain noir.

Mais devant mon char de lumière,
Le sot orgueil a fui confus, dompté ;
Peuples, sortez de la poussière,
Je viens te relever, ô sainte Humanité,
Je me nomme : « L'Égalité ! »

Le Christ a dit : « Secourez-vous l'un l'autre. »
Hélas ! on voit peu de cœurs généreux,
Dans l'égoïsme on s'enfonce, on se vautre,
Sans écouter les cris des malheureux...
A s'expulser les frères s'évertuent,
Et de l'exil encombrent les chemins ;
Loin de s'aimer, les hommes s'entre-tuent...
La terre n'est qu'un abattoir humain !

Mais devant mon char de lumière,
A disparu l'égoïsme dompté ;
Peuples, sortez de la poussière,
Je t'apporte la paix, ô sainte Humanité,
Je me nomme : « Fraternité ! »

                                    Joseph HARDUIN.

## CHAMP DE BATAILLE

La lune au disque rouge apparaît dans la nuit,
Et verse ses rayons sur une plaine immense.

Il est tard ! On entend comme un sinistre bruit,
    Qui vient traverser le silence.

Dans les sillons sanglants sont entassés les morts,
Raides et froids, montrant au ciel leurs faces blêmes :
Les vainqueurs, les vaincus, les faibles et les forts,
    Les martyrs des luttes suprêmes.

Ici sont des blessés qui ruissellent de sang.
Parfois un sombre cri s'échappe de leur bouche :
Un cri de désespoir, terrible et frémissant,
    Un appel sinistre et farouche.

Et comme si l'aspect de ce champ de douleur,
Eclairé faiblement d'une rouge lumière,
N'était pas suffisant pour inspirer l'horreur,
    Et l'épouvante de la guerre,

A travers les blessés, à travers les mourants,
On peut voir s'agiter — troupe funèbre et lâche —
Tous ces corbeaux humains, ces maraudeurs sanglants,
    Accomplissant leur sombre tâche.

Puis au bout de ce champ où va régner la mort,
On aperçoit aussi, dans la nuit indécise,
Un vigilant soldat, dont le cœur bat bien fort
    Sous sa vieille capote grise !

2 octobre 1872.               ÉVARISTE CARRANCE.

## MAI

Enfin il est passé ; les produits de la plaine
De ce trop rude hiver ne craignent plus l'haleine ;
Comme un loup qui s'enfuit il a gagné les monts,
Réduit à dévorer les neiges de leurs fronts.

Le soleil printanier fécondant la nature,
Lui prodigue en amant la grâce et la parure ;

Il veut qu'elle soit belle, il la couvre de fleurs,
Et mêle ses rayons à l'éclat des couleurs.

L'amour descend des cieux pour répandre la vie ;
Toute force aussitôt, sent qu'elle est asservie :
L'oiseau donne l'exemple, et sous le rameau vert,
En construisant son nid improvise un concert ;
Et l'insecte, quittant la larve à peine éclose,
Emplit l'air étonné de sa métamorphose.

Quel trouble vous agite, ô filles de vingt ans !
Quel secret votre cœur garde-t-il à vos sens ?
Pous vous, c'est l'inconnu, c'est l'espérance vague,
Qu'à votre doigt bientôt l'hymen mettra sa bague ;
Aussi que vos regards, tendrement expressifs,
Sont pour le célibat de dangereux rescifs !
Le marbre s'est fait chair : nouvelles Galathées,
Par ce réveil soudain vous êtes exaltées.
Les soirs et leur fraîcheur laissent vos fronts brûlants ;
En vain écartez-vous vos cheveux opulents ;
L'importune chaleur s'échappe de votre âme,
Et la brise ne peut en éteindre la flamme :
Des vierges c'est l'amour avec sa chasteté,
Le mystique plaisir mêlé de volupté.

Le pauvre aussi s'éveille et comprime sa plainte,
Un moment il échappe à la terrible étreinte :
Ce soleil le réchauffe au sortir du taudis,
Qui tenait enfermés ses membres engourdis ;
Car la terre apparaît si riche d'abondance,
Qu'il croit au sort meilleur, voire à la Providence :
Etrange illusion de l'homme qui n'a rien,
Qu'un peu d'air rend heureux et convertit au bien.

Ainsi chaque printemps dans le Léthé nous plonge,
Et de notre passé ne nous laisse qu'un songe.
Dans les desseins de Dieu tout rentre dans l'oubli,
La nature y pourvoit par un ordre établi :

Nul mieux qu'elle ne sait comment il faut s'y prendre
Pour abattre l'orgueil et le couvrir de cendre.

Mais combien de printemps faudrait-il, pour qu'un jour
Nous ayons oublié Metz, Mulhouse et Strasbourg !
Que le peuple voisin, à l'humeur conquérante,
Sonde notre blessure, hélas ! toujours saignante :
Alors il comprendra que ne pouvant guérir,
Nous devons conserver intact le souvenir :
C'est là son chatiment jusqu'à la délivrance,
Qui doit rendre à jamais ses enfants à la France.

Mai 1872.                                   CH. G...

## LE VRAI CHEMIN DE LA REVANCHE

—

Fille de la victoire,
Puissante nation,
Qu'as-tu fait de ta gloire ?
Ciel, quelle question !
Elle s'est donc trompée,
Ta redoutable épée ?
Elle qui fut toujours, digne objet de nos chants,
L'espoir des opprimés, la terreur des méchants.

Ho ! quand les pyramides
Virent des Mamelouks
Les bandes intrépides
Succomber sous tes coups !
Quand, après les étapes
De Valmy, de Jemmapes,
Et tant d'autres, ouvrant le chemin d'Iéna,
La victoire un beau jour à Berlin te mena.

Quand jusqu'au bout du monde,
Alors comme aujourd'hui,
Sur la terre et sur l'onde,

Ton arc-en-ciel a lui :
Et quand, dans la Tauride,
Une race intrépide,
De ses canons tonnants faisant trembler le sol,
Ne pût de ton élan sauver Sébastopol.

Pensais-tu, mon amie,
Avec tant de valeur,
Boire jusqu'à la lie
La coupe du malheur ?
Hélas ! affreux délire !
Combien ont osé dire :
Point d'âme ! point de Dieu ! sans crainte, sans remords,
Jouissons, jouissons, demain nous serons morts !

Insensés que vous êtes,
Ces mondes étoilés,
Au-dessus de vos têtes
Qui les a rassemblés ?
A la céleste voûte,
Chacun poursuit sa route,
Depuis que l'Éternel leur dit un jour : allez !
Comme eux obéissez, esprits forts, ou tremblez.

Par vous la jeune France
A, sous tant de revers,
Vu tomber sa puissance :
Le dieu de l'univers,
Qui ne saurait du vice
Devenir le complice,
A retiré son bras, et sortant de l'enfer,
Satan nous a broyés entre ses bras de fer.

Sous de formes humaines,
Un million de vautours
On désolé nos plaines,
Nos villes et nos tours ;
Et leurs barbares serres

Ont, sur nos propres terres,
Egorgé nos enfants, nos femmes, nos vieillards,
Et pour prix il leur faut notre sol, nos milliards !

Dieu, quelle catastrophe !
Pleurez, pleurez, mes yeux !
Et toi, noir philosophe,
Crains le maître des cieux
Et sa toute-puissance ;
Quant à toi, jeune France,
Devant le roi des rois abaisse ton orgueil,
Et sur Sennachérib rejaillira ton deuil.

Alsace, et toi Lorraine,
Gémirez-vous toujours
Sous la griffe inhumaine
Des tigres et des ours ?
Grand Dieu protége encore
La France qui t'implore ;
Et repoussant au loin le tyran des enfers,
De nos frères du Rhin daigne briser les fers.

Malheureuse, ployée
Sous le bras de Satan,
Tu resteras noyée
Sans le ciel qui t'attend,
Et qui, pour la revanche,
Vient t'offrir une planche.
France, saisis-la donc, et repassant le Rhin,
Comme au jour d'Iéna, va, cours, vole à Berlin !

(Aveyron).                                          COCURAL.

—∽∾—

## Sonnet

A MONSIEUR ÉVARISTE CARRANCE
*Président des Concours poétiques de Bordeaux.*

—

De mon vol au Parnasse, aux hauteurs du Sonnet,
Où ma plume craintive à tout hasard se lance,

Excusez-moi d'oser vous choisir pour objet,
Ame, voix de ma lyre, ÉVARISTE CARRANCE.

Du début poursuivant le travail en projet,
De votre nom fécond guidé par l'excellence,
Du deuxième quatrain de toucher le brevet,
A la fin de ce vers j'arbore l'assurance.

De six lignes serré dans l'étroite prison,
De vos droits à nos chants luit le vaste horizon :
Cent n'en sauraient qu'à peine ébaucher la préface.

A des mérites d'or, quel guignon ! point de place,
Par bonheur, Muse, ils n'ont de ton encre besoin :
Au temple de mémoire en écherra le soin.

(Charente-Inférieure).                          FLEURIMON.

## L'ANGE ET LES PERLES

(Légende).

A MA COUSINE ANNA CASTENEAU, NÉE CAVADE.

Fatigué de veiller durant toute une nuit
Et d'implorer le ciel, pour nous, dans sa prière,
Sortant du Vatican, un matin, le Saint-Père,
     Dans son frais jardin se rendit ;
     Et sur un lit de mousse et d'herbe,
Respirant le parfum de mille fleurs en gerbe,
     La paix dans l'âme s'endormit.

     Et sa tiare superbe
     Reposait sur le gazon.....

Comme un astre à l'horizon :
— Une perle sans égale,
Une perle orientale,
De la couronne papale,
Renvoyait un vif rayon.

Sur une pauvre fleur, vers la terre penchée,
Par les feux du soleil à moitié desséchée,
    Brillait d'une douce lueur,
    Une humble goutte de rosée,
    Qui salua du nom de sœur
    L'orgueilleuse perle irisée.

« — Moi, ta sœur ! » dit la perle avec un ton hautain,
» Moi, qui brille toujours !... Moi, dont l'éclat divin
» Eblouit sur le front d'un Pape qu'on admire !...
» — Non tu n'es pas ma sœur !... Un rayon du matin,
» S'il chauffe quelque peu, suffit pour te détruire :
» Tandis que ma beauté ne verra pas de fin. »

    La fraîche goutte de rosée,
    De ce sot orgueil offensée,
    Dit à la perle : « — A quoi sert-tu ? »

    « — A faire applaudir en ce monde
    » Les purs reflets dont je t'inonde,
    » Car resplendir, c'est ma vertu ! »

    « — Et toi, — dit la perle inhumaine,
    De son éclat fière et vaine,
    » A quoi sers-tu ?..... Tu n'en sais rien ! »

    « — Je sers à soulager la peine,
    » Et sur cette terre incertaine,
    » A mourir pour faire le bien. »

    Après ces mots, — la goutte de rosée
    Glissa sur la tige embrasée
De la fleur qui courbait son front pâle et mourant ;
Sa tige reverdit jusques en sa racine,
Et la fleur, reprenant sa teinte purpurine,
Se releva soudain sous les baisers du vent.

    De la voûte azurée
    Un ange descendit,

Dans sa main recueillit
La goutte de rosée.....
Et le Maître Divin,
En la dotant d'une âme,
En fit un chérubin
Aux deux ailes de flamme,
A la beauté sans fin !.....

La perle ayant perdu son reflet doux et rare (1),
Fut détachée, un jour, du front de la tiare,
    Honteuse et sans un seul rayon :
Le camérier du Pape, en sa sainte colère,
La prit et la jeta sur l'aride poussière,
    Et l'écrasa sous son talon !...

                              J.-Bte FITERRE.

## LE PAPILLON ET LA ROSE

A MON COUSIN BERTRAND CAVADE,

Capitaine des chasseurs de la garde (2).

—

Sur une superbe rose,
Un papillon tout doré,
Un jour doucement se pose,
Par sa fraîcheur attiré ;
Or, durant la matinée,
Du plaisir suivant la loi,
Il disait : « La rose est née
    » Pour moi. »

(1) Les admirables reflets dont la perle est parée se nomment *Orient*. — Les perles sont sujettes à des maladies qui leur font perdre leur *orient*, tantôt pour quelque temps, tantôt pour toujours.

                              *(Note de l'auteur)*.

(2) Mort au champ d'honneur, la poitrine percée de deux balles, après avoir pris, avec sa compagnie, une pièce de canon aux Prussiens et la hauteur de Bellevue. Sa dépouille mortelle a été ramenée en France.

                              *(Note historique de l'auteur)*.

Il caresse dans sa joie
L'innocente et douce fleur;
Dans son parfum il se noie,
Enivré par le bonheur;
Bénissant sa destinée,
Son petit cœur en émoi
Se disait : « La rose est née
    » Pour moi. »

Mais soudain une hirondelle,
D'un coup de bec, sans effort,
Déchire le corps si frêle
De l'insecte aux ailes d'or :
La fleur pâlit, éplorée;
La mort rit de son effroi,
En disant : « La rose est née
    » Pour moi. »

Ah! si le destin propice,
Ami, te couvre de fleurs,
Songe qu'un jour de délice
Finit souvent par des pleurs!
Qu'avant la fin de l'année,
Le malheur, tombant sur toi,
Peut dire : « La vie est née
    » Pour moi. »

(1850).

J. B. FITERRE,
*Lieutenant des Douanes.*

LA REVANCHE

A MONSIEUR ÉVARISTE CARRANCE

—

Amour et liberté! belle et sainte parole,
De la nouvelle foi c'est là tout le symbole :
    Amour et liberté!

21

Oh ! si ces deux soleils se levaient sur les mondes
Pour éclairer ton front couvert d'ombres profondes,
    Souffrante humanité;

Si leur rayonnement, dispersant les ténèbres,
Sous leur sinistre aspect montrant ces champs funèbres
    Où tombent tes enfants,
Nous conduisait, joyeux, vers des destins sublimes;
Si l'on ne voyait plus ni bourreaux, ni victimes,
    Esclaves ni tyrans ;

Si las de ces horreurs qu'ils ont déifiées
Tous les hommes joignaient leurs mains, purifiées
    Par le sang et le feu ;
S'ils s'étaient tous lavés au nouveau baptistère,
Et s'il ne restait plus, face à face sur terre,
    Enfin que l'homme et Dieu :

J'oublierais. Oublier!... Français, où sont nos armes?...
Vainqueur, j'aurais maudit ces jours remplis de larmes;
    Vaincu je sens au cœur
Pour toi plus de respect, ô ma mère outragée!
Et j'aime mieux te voir sanglante, mais vengée,
    Fière dans ta douleur.

Oublier! quand leur rire orgueilleux nous insulte;
Quand l'odieux fétiche, objet de leur sot culte,
    Sourit à notre nom?
Oh! non! trop d'amertume en mon âme s'épanche;
Oublier!... Ah jamais! moi je veux la revanche
    Avec le sabre et le canon !

Va! quand l'heure viendra, l'heure des représailles,
Peuple d'affreux bandits garde bien tes murailles!
    Troublés dans leur cercueil,

Lés cadavres glacés appellent la vengeance ;
Une voix dit : Bientôt! c'est la voix de la France :
Dans ton sang rouge, un jour, elle teindra son deuil!

CHARLES BLANCHAUD.

## TRÉSOR DU CŒUR

Que la brise qui passe emporte sur ses ailes
    Mes souvenirs et ma douleur...
Mon âme s'est brisée au choc de lois cruelles ;
    Du passé, je n'ai qu'une fleur!

O rose! ta beauté maintenant s'est fanée. ...
    Mes larmes t'ont brûlée, hélas!
Tu n'a plus de couleurs, moi plus de destinée ;
    Dis, ne nous ressemblons-nous pas?

Que la brise qui passe, etc., etc.

Ton parfum seul me reste et me remplit d'ivresse
    Quand il m'est donné d'oublier...
Et que j'ai retrouvé l'empreinte enchanteresse
    De son triste et dernier baiser.

Que la brise qui passe, etc., etc.

Sur sa bouche adorée, oh! ma rose chérie,
    Brillante, je t'ai vue un jour...
Mais depuis un orage a traversé ma vie
    Et empoisonné mon amour...

Que la brise qui passe, etc., etc.

Gironde 1873.            E. D...

## SÉBASTOPOL N'EST PLUS

DÉDIÉ AUX FRANÇAIS, AUX ANGLAIS ET AUX SARDES.

### I

O ma lyre, résonne un moment sous mes doigts!
De tes plus beaux accords soutiens ma faible voix!...

Enfin ce cri de gloire a frappé mon oreille :
Sébastopol n'est plus !.., ma Muse se réveille...
O ma lyre résonne un moment sous mes doigts !
De tes plus beaux accords viens soutenir ma voix !

## II

Sortez de vos tombeaux, vieux guerriers de la France !
Venez de vos enfants contempler la vaillance !
Ils n'ont point démenti le sang de leurs aïeux,
Ils sont dignes de vous !... leurs exploits glorieux
Près des vôtres inscrits des mains de la victoire,
Viendront un jour briller au temple de mémoire.

## III

Sébastopol n'est plus ! ses deux mille canons,
Ses formidables tours, ses nombreux bataillons
N'ont pu venir à bout de leur mâle courage !
Le despote du Nord en a pâli de rage !...
Son fier prédécesseur, ce moderne Titan,
Qui croyait renverser à ses pieds le croissant,
Etouffer dans ses bras nos aigles renaissantes,
Rogner du léopard les grifles menaçantes,
Avait pourtant prédit dans son aveugle orgueil,
Qu'aussi Sébastopol deviendrait leur cercueil,
Comme il vit autrefois des neiges meurtrières
Engloutir sans combats nos phalanges guerrières.

## IV

Mais que pouvait alors contre les éléments
L'héroïque valeur de nos soldats-géants ?
La lutte n'était plus de puissance à puissance,
Et pour la soutenir... du fer seul pour défense !...
Leurs cœurs étaient de feu... mais leurs membres glacés !
Et, tombant, ils mouraient par Dieu seul terrassés !

V

Mais plus heureux leurs fils, surmontant tout obstacle,
De l'orgueilleux tyran ont fait mentir l'oracle :
Aux rigueurs du climat ils ont pu résister !...
Et dès les premiers jours qu'il a fallu lutter,
L'Europe les a vus, impatients de gloire,
Cherchant dans les combats la mort ou la victoire :
Aux drapeaux d'Austerlitz et de la Moscowa,
Vainqueurs, présenter ceux d'Inkerman et d'Alma !...

. . . . . . . . . . . .

VI

Puis lorsque les frimas, les neiges, les tempêtes,
Vinrent avec fureur s'abattre sur leurs têtes,
On dit qu'il leur semblait, en bravant leurs courroux.
Entendre murmurer : courage !... et vengez-nous !...

. . . . . . . . . . . .

Vous, dont les os épars dans la vaste Russie.
N'ont jamais tressailli sous une main amie :
Ah! tressaillez de joie, à ces cris prolongés :
Sébastopol n'est plus !... vos fils vous ont vengés !...

. . . . . . . . . . . .

VII

Mais les lauriers cueillis au fond de la Crimée,
N'appartiennent pas tous à notre brave armée :
Couronnez-en vos fronts, Sardes et vous Anglais !..
Nos dangers sont communs, ainsi que nos succès...

Mexico, 1855.                    François-Marie-Amédée de PICHON.

—————

## LES GLOIRES DE LA PATRIE

Extrait.

———

LA JEUNESSE.

— Comment sauver la France?

— Enfants par le travail.

— Mais comment nous venger de cet épouvantail
Qui s'est cru le Titan ?

— En célébrant vos gloires !...
Les lettres et les arts ont les grandes victoires.
Le pays est vaincu, mais il est palpitant :
Parlez de vos grandeurs au sauvage Allemand,
Et sur les corps sanglants des soldats de la France;
Par la voix du passé ramenez l'espérance ! ! !
L'on vous croit terrassés : renaissez dédaigneux...
On vous broya le cœur : éblouissez les yeux.
Que le géant de l'art et que la voix du livre
Disent au citoyen : Tu te meurs ? Il faut vivre ! ! !
Que la France ouvre grande, en son essor béni,
Son âme, où l'idéal humain a fait son nid.
On vous frappa du fer, vous, frappez de l'idée...
Montrez que la patrie est, à présent, guidée
Par le progrès. C'est là que bourgs, villes, hameaux,
Chanteront les grands cœurs dont ils furent berceaux.

GEORGES TOCQUEVILLE.

ELLES ET LUI

A M. ACHILLE MILLIEN.

—

Aimez-les, comme on aime une fée, un génie !
Des roses de l'Eden elles sèment la vie.

Comme le navire agité,
Des flots du doute aux flots du rêve,
Le cœur de l'homme errant sans trêve,
Loin du bonheur est emporté.

Mais sur cet océan où la fougue l'entraîne,
Leur sagesse l'arrête et leur regard l'enchaîne.

L'homme empoisonne ses plaisirs ;
Ses passions sont éternelles.
Hydre aux sept têtes immortelles,
Toujours renaissent ses désirs.

Mais amantes du calme et les pieds sur la rive,
Elles cueillent la fleur de l'heure fugitive.

L'homme ne connaît de l'amour
Ni les pleurs, rosée idéale,
Ni cette pudeur virginale
Qui cède et combat tour à tour.

Mais lyre entre la terre et le ciel suspendue,
Une larme, un sourire, et leur âme est émue.

La force est mère des abus,
Et l'homme en a fait son partage ;
La discorde à la voix sauvage,
Commande où la grâce n'est plus.

L'olivier à la main, elles sont les prières
Qui détournent la foudre et conjurent les guerres.

Léandre BROCHERIE.

## Le Naufrage

DÉDIÉ A M. THIERS, PRÉSIDENT.

Les mâts sont pavoisés... Au milieu d'une fête,
Au moment des plaisirs a surgi la tempête !
Hier, le soleil d'or, aujourd'hui le ciel noir !
Passagers et marins du grand vaisseau : la France,
Debouts !... Il faut lutter sans perdre l'espérance,
Ou bien sombrer avant ce soir !

L'étoile du salut, César et sa fortune,
Dans cette nuit n'est plus qu'une torche importune,
Qu'il faut éteindre. A l'eau, le pilote incertain!...
Le gouffre s'est fermé sur le tyran immonde;
Que chacun, s'opposant à la fureur de l'onde,
  Livre ses jours à son destin!

La foudre éclate à bord. Pauvre nef agitée!
Nos marins auront-ils la bravoure indomptée
De sauver du péril l'immense bâtiment?...
Gambetta, de sa voix puissante les anime;
Héros d'un grand désastre, ils méprisent l'abîme
  Qui se déroule en écumant.

Le sort en est jeté, car rien ne les arrête,
Mais à les dévorer la mer est toujours prête;
Hélas! que de grandeurs engloutissent les flots!
Sur le noir Océan, les écueils sont sans nombre,
Aucun phare ne luit dans la profondeur sombre,
  Pour éclairer les matelots.

Quel est donc, ce vieillard, qui, bravant la tourmente,
Et debout, sans effroi, sur la proue écumante,
Dit, à tous les marins fatigués : En avant?...
Ce vieillard, ce pasteur des peuples dans les larmes,
C'est toi, Garibaldi, toi qui prêtes tes armes
  A des ingrats le plus souvent!

Ton rêve, je le sais, est un rêve sublime!
Tu vois la liberté sortir de chaque abîme;
Autour d'elle, ô mon Dieu, que d'ombres, quelle nuit!
Plus belle que Vénus, elle vient d'apparaître :
A peine tu l'entends et tu peux la connaître,
  Que dans l'abîme elle s'enfuit.

Garibaldi!... Denfert!... Vous tous, pleins de vaillance,
Vous pouvez ranimer les cœurs de notre France,
Mais le vaisseau tremblant a des membres pourris;

L'Empire l'a laissé trop longtemps dans la fange,
La voile est en lambeaux, aucune de rechange,
    Et les mâts tombent en débris !

Hoche !... Jourdan !... Kléber !... ô marins intrépides,
Non, ce n'est plus ce temps où nos voiles solides
Flottaient, sans se crever, à tous les vents du sort,
Et que, malgré la nuit effrayante, orageuse,
A travers les récifs d'une anse dangereuse,
    En vainqueurs vous gagniez le port !

La pourpre et l'or cachaient les défauts de l'armure ;
On entend dans la foule un sinistre murmure,
Chaque fois que la mer roule un flot irrité
Sur le pont qui s'écroule... « Allons, vite à l'ouvrage ! »
Mais comment réparer les brèches de l'orage,
    Quand rien, hélas ! n'est abrité.

Quand le flot se succède au flot qui recommence,
Entoure le vaisseau d'un tourbillon immense !...
Tout n'est plus que néant où la mort a passé !...
Devant notre vainqueur, notre gloire s'efface,
Sur le tillac brisé, déjà l'onde qui passe,
    De nos grands jours n'a rien laissé.

Des flots, des flots toujours... Nulle part le refuge...
L'Arche-Sainte devra sombrer dans le déluge !
Anglais !... Américains !... jetez donc à son sort
Le câble du salut qui donne la victoire ;
L'avenir gravera sur l'airain de l'histoire
    Votre conduite en lettres d'or.

Italie !... Offre-toi... Son malheur peut t'atteindre.
Sans ce flambeau français déjà prêt à s'éteindre,
Tu pâliras bientôt, et je te vois périr !...
Quoi ! partout le refus, partout l'indifférence,
Comme à bord du *Vengeur*, ô marins de la France,
    Il ne vous reste qu'à mourir !

L'Adamastor germain dans ses bras nous enlace,
Sur les tronçons de mâts, ô mes braves, en place !
Et, glorieux débris d'un grand peuple abattu,
Dans un immense cri, mémorable réplique,
Arborons ce drapeau de notre République,
  Pour qui la France a combattu !

Enroulé dans les plis mystérieux de l'onde,
Si tout se perd alors dans cette nuit profonde,
Austerlitz, Champ-Aubert, Wagram et Waterloo ;
Si le noble passé de notre vieille histoire,
S'attachant à nos noms et à notre mémoire,
  Doit s'engloutir au fond de l'eau !...

O cri de liberté, toi qui braves l'orage,
Par un charme divin triomphant du naufrage,
Réveille le progrès dans les fers endormi,
Présente-nous un port, prépare notre fête :
Que la France bientôt assiste à la défaite
  De tout implacable ennemi !

Mais que vois-je !... Déjà, le vaisseau glisse ; il nage,
Sous un ciel rayonnant et pur de tout nuage !
Nous pouvons réparer ses longs flancs entr'ouverts ;
Marins, reposez-vous sur la plage tranquille,
Bientôt, vous le verrez, le vaisseau plus agile,
  Portant la paix à l'Univers !

Sa cuirasse d'acier bravera les entailles,
On pourra l'appeler le géant des batailles ;
Mais la fraternité, sa poulaine d'airain,
Sera, pour tout le monde, un favorable augure :
Oui, tu ne déploieras, France, ton envergure,
  Qu'au nom du peuple souverain !

Et toi drapeau français, toi drapeau tricolore,
Sur la cîme des mâts librement flotte encore !
Les vents du Nord jamais ne pourront t'emporter ;

Un pilote nouveau prendra soin de la barque :
Ce vieillard, ce Mentor, plus sage qu'un monarque,
 Saura te faire respecter.

O Thiers, qui maintenant de la France es le guide,
Manœuvre son timon avec un bras solide !
Que tes yeux soient fixés sur le vaste avenir :
Ne vois-tu pas, déjà, dans l'horizon moins sombre,
La grande Liberté qui va sortir de l'ombre,
 Et toute prête à te bénir !

Non pas la Liberté qui traîne la couronne
Dans la boue et le sang, à la chûte d'un trône,
Qui ne produit jamais qu'un désordre incessant;
Mais cette Liberté qui travaille et féconde
Le sol de sa sueur, la Liberté du monde,
 Comme la veut le Tout-Puissant !

Sans soubresaut funeste, ou couleurs disparates,
Telle que la rêvaient nos Platons, nos Socrates,
De la justice ayant le flambeau dans ses mains;
Vierge que Washington fit naître en Amérique :
Comme lui, Président, fonde la République,
 Il t'en a montré les chemins !...

Sois sourd à la clameur d'une foule sauvage,
Que peut faire un ressac de flots sur le rivage !
Le monde, en t'admirant, te promet son autel;
Ton nom sera des plus glorieux pour la France :
En obtenant du sol l'entière délivrance,
 Ce seul fait te rend immortel !

JACQUES MARTIN.

## L'ABBÉ COMBALOT
### (1841)
### I

Peuple, incline ton front!... dans la chaire s'élance
 L'orateur du Très-Haut :

Elle va retentir, majestueuse, immense,
      La voix de Combalot.

Sa parole puissante est une active flamme
      Qui dévore l'erreur ;
Elle tonne, elle éclate, et fait frissonner l'âme
      De joie et de terreur.

L'ardente piété sur ses lèvres réside.
      Le voyant d'Israël
Se plaît à contempler, de son regard avide,
      Les profondeurs du ciel :
Puis, d'un œil scrutateur, sondant le vaste abîme
      De la société,
Contre le crime heureux il évoque, sublime,
      La sainte Liberté.

II

    Sa voix, pure et tendre,
    Au cœur innocent,
    Du Christ fait comprendre
    Le charme puissant ;
    Fière et menaçante,
    Au cœur endurci,
    Jette l'épouvante
    Et le noir souci.

    Dans sa folle orgie
    Le pécheur s'endort
    Disant : C'est la vie !
    Lui dit : C'est la mort !...
    Juste qu'on opprime,
    Entends Combalot :
    « Pieuse victime,
    Le ciel est ton lot ! »

    Ami, pour ton âme
    Ce monde est trop peu ;

Le Christ te réclame,
Toi, frère d'un Dieu !
Après la victoire,
Au bout du chemin,
Vois briller la gloire
D'un éclat divin !

Marche, marche encore,
Sublime étranger ;
Ton sort se colore,
Ton sort va changer.
L'éternelle aurore
Sourit à tes vœux ;
Marche, marche encore,
Car voilà les cieux ! ! !

L'abbé PEYRET.

## LEONCIE RISSOAN
### (Acrostiche)

Léoncie est un nom qui charme mon oreille
Et ravit tous mes sens comme les sons d'un luth ;
Oh ! je ne sais pourquoi lorsque je me réveille,
Navré d'un mauvais songe et soupirant sans but,
Ce nom, ce nom si doux, ce nom que porte une ange
Incline ma pensée en élevant mon cœur,
Et me fait composer ces vers à sa louange.

Ranimé par ce nom vainqueur,
Inspiré d'un transport sublime,
Sans craindre rien à l'avenir,
Sous mes pas je verrai l'abîme
Ouvert béant pour m'engloutir !...
Ange, votre pauvre victime
Ne veut que vous pour la guérir.

Ardèche, 19 mai 1873.	G! MARIS.

## MADELEINE

(Pastorale sur un air de bourrée.)

A quoi bon, coquette,
M'offrir un baiser,
Faire une risette
Et le refuser?
Au fond de ta prunelle
Brille un regard de feu
D'où jaillit l'étincelle
Quand s'ouvre ton œil bleu.

Vois-tu, Madeleine,
C'est perdre son temps
Que d'être inhumaine
Ou fière à vingt ans.
Rions et dansons vite,
Mets ta main dans ma main.
Déjà ton sein palpite!...
Ne dis pas : — A demain!

Ta beauté, bergère,
A l'éclat des fleurs;
Elle est passagère
Comme leurs couleurs;
Mais les fleurs, chaque année,
Renaîtront sous nos pas
Et ta beauté fanée
Ne refleurira pas.

A quoi bon, coquette,
M'offrir un baiser,
Faire une risette
Et le refuser?
Au fond de ta prunelle
Brille un regard de feu

D'où jaillit l'étincelle
Quand s'ouvre ton œil bleu.

JULES-FELICIEN DE VORIS.

## SONNET

—

Un arc ne peut toujours être tendu. Moi-même,
Quoique fort sérieux quand il faut, il me plait
De rechercher ce qui me délasse et distrait :
C'est avant tout le vrai, le naturel, que j'aime.

Laissons à qui voudra cette rigueur extrême,
Qui haute sur cravate, et pédante ne sait,
Que blâmer et gronder. A les voir on dirait
Qu'un air sombre et morose est le bonheur suprême.

La vie est sérieuse, il la faut employer,
D'une manière utile, et ne point oublier
Qu'un jour il nous faudra devant Dieu comparaître ;

Mais si nous rencontrons une rose en chemin,
Nous devons la cueillir aujourd'hui, car demain
Ah! qui sait, nous ne la trouverons plus peut-être.

ALPHONSE DUMAS.

## SONNET

—

Au fond d'une vallée est une maisonnette
Rustique s'adossant à des prés inclinés,
En face des grands monts par la natures ornés.
Exposée au soleil, regardant la Tornette.

Elle est simple, petite, amicale et proprette.
Souriante, elle dit aux braves gens : Venez.
Venez, et des loisirs que Dieu vous a donnés,
Jouissez loin du bruit de la foule indiscrète.

Ici vous trouverez le calme et le repos,
Ici l'on a le cœur toujours libre et dispos,
Ici la joie est pure et le bonheur sincère.

Dans cette humble retraite, asile de la paix,
La tristesse, l'ennui, ne pénétrent jamais.
On y vit de travail, d'amour et de prière.

Mai 1873.                                    ALPHONSE DUMAS.

## LE DÉVOUEMENT DU PEUPLE

> Qui se dévoue et meurt pour la sécurité des autres,
> pour leur assurer les tranquilles jouissances du
> foyer domestique, si ce n'est les enfants du peu-
> ple ? — LAMENNAIS.

C'est par le dévouement que nos jours ont leur prix.
Eh bien! ce peuple, objet de vos profonds mépris,
Se dévoue; et son cœur, riches, heureux du monde,
Des actes les plus beaux est la source féconde!
Au sein des flots amers se noient des malheureux....
Qui dans l'onde s'élance et, d'un bras vigoureux,
Les arrache à la mort, les ramène au rivage?
De fiers enfants du peuple au sublime courage.
Qui s'expose pour vous au plus affreux danger,
Quand dans le désespoir vous alliez vous plonger,
Quand l'ardent incendie a rougi de ses flammes
Un splendide palais où reposaient vos femmes;
Ou qu'un fléau cruel, promenant la terreur,
Vient décimer vos rangs et vous glacer le cœur?
Le peuple, lui toujours, lui toujours secourable,
Oh! que son dévoûment me parait admirable;
Et, ce peuple pourtant, comment le traitez-vous?
Sans égards, sans pitié, souvent avec courroux:
Dans ses légers défauts vous voyez de grands vices;
Vous trouva-t-il jamais indulgents ou propices?

Vous ne lui passez rien, vous vous permettez tout.
Il répond à l'appel et le voilà debout
Pour repousser du sol les hordes étrangères,
Pour défendre l'Etat et garder les frontières.

Sans lui, que feriez-vous?... Il tisse vos habits;
De trésors, par son art, vos coffres sont remplis.
Fertilisant vos champs, cultivant vos domaines,
Qu'a-t-il en propre, lui? Des travaux et des peines.
Souvent de ses vertus mes yeux furent témoins,
Si pauvre, à l'indigent il prodigue ses soins,
Sans le faire rougir, sans plainte, sans reproche :
Dans le peuple, chacun de ses frères s'approche;
Ils savent s'entr'aimer et s'entre-secourir,
En se serrant les mains on les voit tressaillir...
Ah! c'est que ce bon peuple ignore l'égoïsme!
Ah! c'est qu'il a du cœur et du patriotisme,
Que la grâce du Christ vient encor le toucher,
Qu'à sa douce lumière il se plaît de marcher,
Qu'il chérit l'Evangile et lit, avec tendresse,
Dans ce livre divin ses titres de noblesse!!!

L'Abbé PEYRET.

## Familles des Exilés

Oh! n'exilons personne! oh! l'exil est impie!<br>Victor Hugo.

J'entends des cris plaintifs, je vois couler des larmes!...
Se meurtrissant le sein, couvrant de deuil leurs charmes,
Des femmes, ô pitié! des enfants, des vieillards
Elèvent vers le Ciel de suppliants regards,
Et semblent réclamer, dans leur douleur amère,
La présence d'un fils, d'un époux et d'un père.

25

Oh! qui ne s'attendrit à l'aspect de ces pleurs?...
Maudissant de l'exil les cruelles rigueurs,
Et plaignant des milliers d'innocentes victimes,
Qui ne haït le despote, et sa rage et ses crimes?
Pour entasser de l'or et saisir le pouvoir,
Parjure, sous ses pieds il foula le devoir,
Et ses flatteurs disant, — mensonge qui l'abuse, —
Que pour bien gouverner il suffit qu'on amuse,
L'ambitieux s'en va, festoyant et ballant,
Elever à sa gloire un hardi monument,
S'en va fonder l'empire, et sa vaste puissance
De lauriers immortels doit couronner la France.
Espérant accomplir ces superbes destins,
Il se livre de cœur à la joie, aux festins;
Et pendant qu'il s'égaye et s'amuse et s'enivre,
Des familles en deuil ne savent comment vivre :
Elles n'ont plus, hélas! près d'elles leurs soutiens,
Leurs chefs, qu'on a punis d'être bons citoyens,
Et qu'on voudrait livrer même au dernier supplice,
Pour avoir défendu le droit et la justice.

Ces familles en pleurs, dont le nombre est si grand,
Presque manquant de pain, maudissent le tyran,
Maudissent ses flatteurs, maudissent son délire,
Et, pour hâter sa chûte, en elles tout conspire.
Oh! que de vœux ardents au Dieu juste adressés!
Que de soupirs plaintifs vers le Ciel élancés!
Jadis, dans un château, captif et misérable,
Il devrait être doux, il reste inexorable;
Lui qui connut l'exil, il chasse des proscrits
Chers à la liberté, sacrés pour le pays!...

Frères! agir ainsi, n'est-ce pas bien infâme?
Eh! comment retracer la laideur de cette âme,
En qui l'ingratitude avec la cruauté,
Pour le mieux avilir, ont fait un noir traité?...

Puisse-t-il, succombant sous le poids de la honte,
Entendre la clameur des haines qu'il affronte,
De reproches sanglants un terrible concert,
Voir le peuple vers lui marcher à découvert
Pour maudire un grand nom, qu'il couvre d'infamie,
Et de son vil tyran délivrer la patrie!!!

1852.                                       L'Abbé PEYRET.

## LAMENTATION D'UNE MÈRE

### SUR LA MORT DE SON FILS.
Traduite de Robert Burns.

Le destin donna l'ordre... et, d'un trait homicide,
La mort perça le sein de mon fils bien aimé...
La joie et le plaisir m'ont fui d'un vol rapide,
Et dans son vaste deuil mon cœur s'est abîmé.

Sous de cruelles mains l'arbrisseau roule à terre;
Il languit sans honneur, couché dans la poussière :
Ainsi tomba l'orgueil et l'espoir de mes jours,
Celui sur qui devait s'appuyer ma vieillesse.

Dans le buisson, témoin de ses jeunes amours,
La linotte, plaintive et pleine de tristesse,
Pleure ses doux petits ravis à sa tendresse.
Hélas! au souvenir de mon enfant chéri,
Qu'en son joyeux printemps le destin m'a ravi,
Ainsi moi, jour et nuit, je pleure et me lamente.

Souvent ton dard fatal me glaça d'épouvante,
O mort!... mais aujourd'hui mon sein s'offre à tes coups.
Viens, sois bonne une fois; à tes genoux je tombe :
Frappe, et j'irai goûter, au-delà de la tombe,
Avec mon fils chéri le repos le plus doux.

(Hérault).                                   L'Abbé PEYRET.

## ÉLÉGIE

Sous un soleil brûlant la jeune fleur s'altère,
Son calice se penche, et sa tige faiblit ;
De ses débris bientôt elle jonche la terre
    Qu'un seul instant elle embellit !

Les jours de ta jeunesse et l'éclat du bel âge
Ont passé, pauvre enfant, comme passent les fleurs.
Tes membres sont glacés, ta bouche est sans langage,
    Tu ne vois point couler nos pleurs !

Sur tes lèvres toujours on trouvait le sourire,
La candeur sur ton front, la douceur dans tes yeux.
Tu parais sur la terre, et puis Dieu te retire ;
    Tu n'étais né que pour les cieux.

Ainsi qu'un papillon qui sur le lis repose
Admire sa beauté mais ne s'y fixe pas
Ou s'envole embaumé des senteurs de la rose,
    Tu vécus un jour ici-bas.

Et tu pris ton essor vers le ciel, ta patrie,
Où le bonheur fleurit sans se flétrir jamais,
Emportant les parfums des vertus de ta vie,
    Et nous laissant pleurs et regrets.

(Somme), le 12 mai 1873.               H. D,

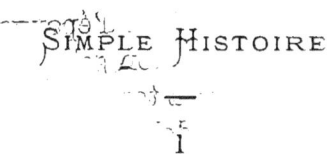

## SIMPLE HISTOIRE

### I

Georget était bien beau, mais Jeanne encor plus belle ;
Ils s'aimaient tous les deux et le printemps prochain

Allait les voir chanter plus gais que Philomèle
Lorsque sourit à tous l'aurore du matin.

Oui! Rose allait avoir un jupon sans dentelle,
Georget une chemise en immaculé lin,
Et tous deux la jeunesse et ce regard mutin
Qui trahit le bonheur comme un cri d'hirondelle.

Et déjà leur esprit parcourant l'horizon
Voyait d'anges rosés se peupler leur maison,
Déjà leurs rudes mains peignaient la blonde soie

De ces cheveux d'enfant... c'était leur ciel à eux
Limpide, bleu d'azur et jamais nuageux.
« Nous mourrons, disaient-ils, de bonheur et de joie! »

## II

Or, la patrie un jour eût besoin de soldats ;
L'étranger en délire envahissait la France ;
Heure sombre de crime et de désespérance
Où l'Allemand volait ce qu'il ne brûlait pas !

La loi dit : « Courez sus au Germain qui s'avance !
» Contre lui tout est bon : la faux, les coutelas ;
» Allons ! marche Georget, c'est la guerre à outrance ! »
— J'aime, dit-il, partir c'est aller au trépas !

Et Jeanne le baisant ardemment sur la bouche :
« Le danger du pays me confond et me touche ;
» Va, dit-elle, l'amour est un rien trop futil.

» Quand on s'égorge au loin... ta place est aux batailles ;
» Comme un autre hâche moi ces hommes valetailles ;
» Georget, prends un baiser et charge ton fusil ! »

## III

Il part. Le soleil brûle et bien longue est la route ;
Le sac est lourd au dos de Georget le conscrit ;

La sueur de son front découle à large goutte;
Sa langue est désséchée et cependant il rit...

Bientôt en avant-garde il est dans la redoute :
Au loin le canon gronde et l'écho retentit
De ce grincement sec que tout brave entendit
Dans ces jours de massacre et de sombre déroute;

Puis la mitraille tombe, elle éclate en morceaux;
Les hommes dru fauchés se dressent en monceaux
De bras, troncs fracassés, méconnaissables têtes,

Ventres béants à l'air, chaud festin des corbeaux...
De nos fiers bataillons ce sont là les lambeaux!
Pour trente ans de plaisir huit long mois de tempêtes!

IV

Au fond d'un noir fossé Georget, tout pantelant,
A peine respirait, et de son bras sans vie,
Il retenait son cœur autour duquel béant
S'élargissait un trou sans un fil de charpie.

Point de prêtre... Georget comme un vil mécréant
Allait mourir... Tout près inondait la prairie
Les bataillons hâchés de ce peuple allemand
Pour qui tuer la France est la philosophie....

« Adieu! chastes amours, soupirait le soldat;
» Tout va s'anéantir en ce dernier combat,
» Car je ne verrai plus Jeanne dans sa chaumière. »

Une femme survient : — Georget fais ta prière,
Dit-elle, et meurs en paix. — Jeanne, serait-ce toi?
M'aimerais-tu toujours?...
                            — Je te garde ma foi!

V

Plus tard vous auriez vu sur le champ de carnage,
Au travers des obus, avec sérénité,

Secourant nos soldats la sœur de charité.
Dans ce livre de sang, ah! quelle blanche page.

Ont inscrite à toujours ces trésors de bonté!
Et puis quand les excès de cette infâme rage,
Faute de combattants mais non pas lâcheté,
Eurent cessé, chacun revint dans son village.

Jeanne ne revint pas. Sur le bord du chemin
En pleurs on l'attendit. Mais on lut un matin
Ces quelques mots tracés sur l'huis de la chaumière :

« Ils sont partis ensemble. Immense est leur bonheur!
» Passant tombe à genoux, récite ta prière,
» Jeanne et Georget sont morts tous deux au champ d'honneur.»

Paul TIMON-DAVID, avocat.

—※—

## Une Fleur d'Amour

—

D'où vient que je t'aime? et dois-je t'aimer,
Belle fleur d'amour, souriante rose.
D'où vient qu'à te voir j'ai pu me charmer,
O fleur du chemin, fleur à peine éclose?
J'aime ton parfum, ton éclat me plaît,
Je t'aime le soir fermant ta paupière,
Le matin t'ouvrant à l'aube première
Je t'aime! et pourtant si le vent soufflait!!!

Tendre fleur! ici jamais l'aquilon
N'a terni l'éclat d'une fleur aimante,
Viens à moi beau lis, beau lis du vallon,
Loin des froids glacés, loin de la tourmente;
Oh! ne reste plus, beau lis-rose-œillet;
Car je crains pour toi qu'une main profane
T'effleure en passant, te froisse et te fane.
Je t'aime! et pourtant si on te cueillait!!!

Mais que dis-je encore? au pays lointain,
Rapide, je fuis poussé par la foule.
Et toi, belle fleur! quel est ton destin?
Crains-tu que du temps le flot ne s'écoule?
Vois-tu que bien vite, au souffle de Dieu,
Loin de nous l'été fuit avec ses charmes!
L'automne brumeux n'est pas sans alarmes!
S'il fallait partir et te dire adieu!!!

On dit qu'autrefois une fleur, ta sœur,
Comme toi grandit sur la tige même,
Belle comme toi, de même couleur,
Mais, hélas! un jour elle devint blême,
Puis elle tomba sous le froid vainqueur...
Mais toi ne crains point, belle fleur mignonne,
Si la fleur des champs se fane à l'automne,
Il n'est point d'automne à la fleur du cœur.

Ed. DESESPRINGALLE.

## A LA FRANCE

O France! ô mon pays! berceau de tant de gloire,
Pourrais-je en ce grand jour te parler de victoire
        Lorsque tout s'arme contre toi!
Lorsque tout s'engloutit sur la terre où nous sommes,
Ce n'est que par le Ciel qu'on peut grandir les hommes,
        Ce n'est que par la foi!

Pauvre France! Que de maux t'accablent! A un signal
donné l'horizon est en feu, le carnage est à son comble
et le sol se rougit du sang de tes fils!

Le frère se bat contre le frère, et l'écho répercute au loin de sombres gémissements !

\*\*\*

Pauvre France, tous les fléaux se sont abattus sur toi... les peuples ont été effrayés de tes souffrances... et cependant pas un n'a voulu te secourir. L'heure n'était pas venue, elle viendra !

\*\*\*

Ce jour là, tu te redresseras glorieuse et fière ; comme autrefois, tu appelleras de nouveau tes nobles et valeureux enfants, tu redeviendras la mère bien-aimée dont le monde jalouse les caresses, tu t'envelopperas dans les plis de ton drapeau, et tu diras :

\*\*\*

La souffrance m'a régénérée et grandie, peuples, qui regardiez froidement mon supplice, venez à moi, je pardonne !

Peuples qui vouliez ma mort, venez à moi, j'oublie et je pardonne aussi au nom de celui qui pardonnait toujours.

MARIE PASCAL.

───⟨◦+◦⟩───

## LA GUERRE ET LES AMBULANCES

Dédiées à M. l'Abbé Remy, curé de Saint-Jean-Leblanc, décoré de la croix des ambulances.

───

Louis Napoléon, l'empereur téméraire,
Sur son trône ébranlé ne peut plus vivre en paix !
Croyant le raffermir, il déclare la guerre
A Guillaume, à la Prusse, ennemis des Français.

Orgueilleux souverains, despotes de ce monde,
Vous prenez tous plaisir à ces terribles jeux!
Rongés d'ambition, quand votre foudre gronde,
Le sang de vos sujets n'est plus rien à vos yeux.

Dans vos désirs ardents, votre soif de conquêtes,
Vous marchez en avant, de combats en combats;
Devant vous vont tomber plus de cent mille têtes,
Mais ce spectacle affreux ne vous arrête pas.

Vos cœurs sont sans pitié! dans la sanglante arène
Votre pied va fouler les morts et les mourants.
Mais qu'importe? pour vous c'est le chemin qui mène
A la gloire! aux honneurs si chers aux conquérants.

Quand vous avez passé sur ces champs de carnage,
Qui donc relèvera tous vos soldats blessés?
Des hommes généreux que le Ciel encourage,
Des prêtres et des sœurs, amis des délaissés!

Voyez-les? tous les jours ils sont aux ambulances,
Donnant l'exemple à tous du plus beau dévouement,
De nos pauvres blessés ils calment les souffrances,
Apportant à chacun un double traitement.

L'un soulage le corps, l'autre rassure l'âme
De celui que la mort va toucher de sa main;
Il l'éclaire aux rayons de la foi qui l'enflamme,
En lui montrant du Ciel le lumineux chemin.

Des maux contagieux, la redoutable crainte,
Arrête quelquefois un homme aux premiers pas;
Mais le prêtre jamais! car sa mission sainte
Lui fait, pour plaire à Dieu, mépriser le trépas!

De cette vérité les preuves sont nombreuses;
La guerre en a fourni des milliers à nos yeux.
Reconnaissance! honneur aux âmes courageuses,
Pour leur beau dévouement envers les malheureux!...

Monsieur l'abbé Remy, tout ce chant vous concerne,
De Saint-Charles longtemps vous fûtes l'aumônier,
Votre demeure alors était à la caserne,
On aurait pu vous croire en ce lieu prisonnier.

Mais non ! vous n'étiez là qu'un zélé volontaire,
Ce poste était pour vous le vrai poste d'honneur;
Vous n'aviez qu'un espoir, un seul but pour salaire,
En les soignant gagner des enfants au Seigneur.

Il est pourtant permis d'avoir pour récompense,
·Après le bien qu'au cœur fait la bonne action,
De recevoir aussi, de la croix d'ambulance,
Sans la solliciter, la décoration.

A juste titre hier vous l'avez obtenue,
Nous venons aujourd'hui vous en féliciter ;
Cette distinction, Monsieur, vous était due,
Et tous nous serons fiers de vous la voir porter.

Le ruban fera bien à votre boutonnière,
Vous ministre modeste, au devoir attaché,
Vous l'un des vétérans dans le saint ministère,
Qui n'avez jamais rien demandé ni cherché.

De simples citoyens, des femmes charitables,
Des docteurs et des clercs, des frères et des sœurs,
Dévoués comme vous pour sauver leurs semblables,
En sont récompensés par les mêmes honneurs !

O tous soyez bénis ! nouveaux légionnaires !
Vous apôtres du bien ! pour tous vos soins donnés,
Loin du monde et sans bruit, aux pauvres militaires,
Même à nos ennemis ! à tant d'abandonnés !...

En vous voyant passer désormais dans la rue,
A ce signe honorable on vous recnonaîtra ;

Pensant à vos bienfaits, chacun à votre vue,
Saluant de la main, du cœur vous bénira!!!...

(Loiret).                                              R. AGNÈS.

—⁓∞⁓—

#   F R A N C E

—

Quand tes frêles enfants dans leur austère honte
Rencontrent chaque jour l'ennemi qui l'affronte,
Ils sentent dans l'esprit qu'un pareil déshonneur
Est un grand coup mortel qui vient glacer leur cœur
Mais comment se fait-il que nous, couverts de gloire,
Resplendissants d'honneur des récentes victoires,
Nous puissions supporter un avilissement
Dont le cruel mépris fait notre abaissement.
Ah! ne sommes-nous plus les fils de ces ancêtres,
Qui de l'Europe un jour se rendirent les maîtres?
Et nous les successeurs de ces vaillants guerriers
Qui rapportaient toujours des moissons de lauriers,
Devons-nous aujourd'hui, malgré notre héroïsme,
Animés par la foi d'un saint patriotisme,
Subir, le front courbé vers le passé brillant
Le joug cent fois maudit de l'empire allemand?
Non! nous ne le pouvons, car l'honneur nous appelle;
Chassons l'affeux tyran qui se montre rebelle,
Et qui, de ce pays superbe et ravissant,
A fait comme une désert plein de haine et de sang!

. . . . . . . . . . . . . . . .

Après tous nos revers, une guerre intestine
Sur le pays meurtri paraît et se dessine;
Et l'on ne s'attend plus qu'à des faits odieux
Sous l'azur étoilé qui s'appelle : les cieux,

La lutte a commencé : Paris contre Versailles,
C'est le déchaînement des sinistres batailles ;
C'est la guerre civile et toutes ses horreurs,
Qui vient pour déchirer ce qui reste en nos cœurs !
. . . . . . . . . . . . . . . . .

Mais bientôt tout s'appaise et le peuple s'incline
Devant un Ciel serein, où l'espoir se devine.
La sainte liberté apparaît parmi nous;
Elle a pour nous charmer son regard le plus doux;
Elle veut effacer les crimes de la terre,
Anéantir les maux amenés par la guerre,
Faire au nom des martyrs morts pour la liberté
Un pacte de justice et de fraternité.

(Vaucluse). PROSPER ROUBAUD.

## MON CHIEN

J'ai près de moi, depuis cinq ans passés, un chien
Aux poils soyeux et blancs, plein de force et de grâce ;
Hardi dans son allure, il a l'œil plein d'audace ;
C'est un griffon rageur comme on l'est dans sa race.
En naissant il portait un nom Italien,
Le grand nom d'un héros, du soldat-citoyen,
Du fameux général, âme douce et vaillante,
Qui sauva sa patrie en danger, défaillante ;
Qui combattit pour nous notre ennemi prussien,
Et, le terrifiant sous son arme effrayante
Fit plus grand notre honneur en y mêlant le sien.

J'ai dit Garibaldi, l'effroi d'Iscariote,
Mais un chien porte mal un nom si patriote.

J'en cherchai donc un autre (il en est à foison),
Et je l'appelai Karl, nom cher à l'Allemagne,

Que portait un Germain, sorti, je crois, d'un bagne;
L'incendie et le viol furent bien sa campagne;
Mon chien donc en prit sa dénomination.
Pauvre ami Karl, lui dis-je, écoute bien ton maître :
« Tu vois tous ces soldats arrogants et bourrus;
» Connais bien l'uniforme et leurs casques pointus,
» A leur accent Germain, à leurs armes, peut-être,
» Pour qu'un jour de l'Alsace ils sautent par la fenêtre,
» Par tes cris effrayés et par tes crocs mordus.

» En haine de ce nom, qu'aujourd'hui je te donne,
» Tu fondras sur eux. Je te les abandonne. »

En lui parlant ainsi, tout son poil s'hérissait;
Son œil était de feu sous sa rouge paupière,
Sa gueule frémissante attendait, noble et fière,
Le moment de courir, là-bas, à la frontière...
Et son regard disait combien il haïssait
Ceux que son maître aimé, dans son cœur maudissait.
Ses yeux d'or flamboyaient; et sa gueule entr'ouverte,
De colère et de rage il mit vite en morceaux
Le casque d'un prussien, le drap de leurs manteaux
(Qui lui servait de lit et aussi de couverte),
Tout jusqu'au dernier fil, tout fut mis en lambeaux.
Puis sur un tabouret il sauta très alerte.
Là, fier de son exploit, contemplant ces débris
Je lui fis compliment, il m'avait bien compris.

L.-V. DOURLENS.

---

## LE DERNIER CHANT DU CYGNE

---

REFRAIN

Parfois quand le flot sur la rive
Sans bruit dépose sa fureur,

S'élève quelque voix plaintive
Comme la voix des pleurs.
C'est le chant de l'Être qui souffre,
Et qui va finir ses malheurs,
Qui chante sur les bords du gouffre
Le chant du cygne en pleurs.

I

Autrefois j'ai chanté, ma Muse était joyeuse;
Et vous aimiez ouïr ma voix mystérieuse;
Aujourd'hui le plaisir a fait place aux douleurs;
Mon cœur est triste et sombre, et mon âme soupire,
Mes doigts meurent glacés aux cordes de ma lyre,
Encore humide de mes pleurs.

II

A vos cœurs, mes amis, cet amour qui m'enchaîne
Me cause un long regret; le torrent qui m'entraîne
Va me jeter bien loin des charmes de mes jours.
Comment vivre sans vous quand la tempête gronde?
Ah c'en est fait, je meurs et la vague profonde
Au gré du vent suivra son cours.

III

Ah! verrai-je jamais sur votre lèvre amie
Un sourire expirer comme un charme à ma vie,
Vous dont l'amour jadis fut un baume à mes maux,
Non je ne boirai plus, au calice de joie
La coupe des festins, que l'ivresse m'envoie
Ressemble à l'urne des tombeaux.

IV

Adieu mes chers amis, le vent souffle à la voile,
La nuit règne sereine, au Ciel brille l'étoile,
Et la vague sans bruit expire sur le bord;
Adieu, mes chers amis, la nef franchit l'espace

Ah ! s'il pouvait le vent qui loin de vous me chasse
    Un jour me ramener au port.

E. DESESPRINGALLE.

## UN SOLDAT
### 1852.
—

Jeune et brave soldat de notre République,
On dirait que l'espoir a déserté ton cœur.....
Nul, sans doute, ne peut soupçonner ton honneur ;
Mais tu parais si triste !... On m'exile en Afrique,
Mon vote a repoussé l'apostat Président,
L'homme qui sous pieds a foulé son serment.
Ah ! servir un parjure, un tyran, quelle honte !
Plus je veux l'étouffer, ma douleur me surmonte.
Le nom de Bonaparte asservit les Français :
Qu'importe un nom splendide avec de noirs forfaits ?
Napoléon le grand, ce gagneur de batailles,
Il faisait beau le voir semant les funérailles,
D'un bras terrible et sûr, dans les rangs ennemis ;
Posant son pied vainqueur au cou des rois soumis,
D'un geste impérial et du bruit de ses armes
Faisant naître, à son gré, la paix ou les alarmes !...
Mais l'indigne neveu de l'immortel géant
Maintient avec les rois un pacte avilissant,
Et devant eux il tremble, et pour eux il conspire,
Et pour leur plaire il vit dans un constant délire.

Si le fier empereur gêna nos libertés,
Du moins nous n'avions pas d'injurieux traités :
La grande nation, du droit de la victoire,
Marchait au premier rang, rayonnante de gloire ;
D'obéir au géant nous nous sentions tous fiers ;
Ses superbes lauriers nous dérobaient nos fers.

Aujourd'hui... j'en frémis! le beau pays des braves
Semble n'offrir aux yeux qu'un grand troupeau d'esclaves.
Hélas! que sommes-nous?... gloire, honneur, dignité,
Nos libertés, nos droits, tout nous a déserté!...
J'entendrais sans pâlir la tonnante bataille;
Français, j'affronterais les feux de la mitraille;
Mais je tremble d'horreur, je recule éperdu,
A l'aspect de la honte où l'on est descendu.
Contre un peuple opprimé plus d'un guerrier se lève,
Et pour la tyrannie ose tirer le glaive!
Que de bons citoyens dans l'exil sont jetés!
Que de braves proscrits! que de lâches fêtés!
Je pleure tes destins, malheureuse Patrie,
Et, comme un lourd fardeau, je traîne au loin ma vie...
— Reprends, reprends courage, ô généreux soldat :
Adieu, sois toujours prêt pour le dernier combat !!!

L'Abbé PEYRET.

## Un Vieillard

### 1852.

—

Qu'as-tu, pauvre vieillard?... oh! ton sort m'intéresse.
— Mon fils, un beau jeune homme, appui de ma vieillesse,
Orgueil de ma maison et charme de mes yeux,
Il ne voit plus la terre où dorment ses aïeux;
Il languit, loin de nous, aux rives étrangères,
Il remplit sa prison de ses plaintes amères!
Des monstres, que les pleurs ne sauraient attendrir,
Se sont fait de ma peine un barbare plaisir :
Ils me l'ont enlevé, lui si bon, si sincère!
Qui voyait dans chaque homme et chérissait un frère,
Qui, pour la vérité plein de zèle et d'ardeur,
La portait sur sa lèvre ainsi que dans son cœur;
De la tendre amitié, lui, le parfait modèle,

Rêvant pour son pays de superbes destins,
Et prêt à le servir de ses vaillantes mains !...
Vous l'eussiez admiré, ce noble et fier jeune homme,
Lorsque, la liberté n'étant plus qu'un fantôme,
Il vit avec horreur le Prince-Président,
Tristement signaler son triste avénement.
Puis, quand on nous volait nos droits l'un après l'autre,
Sa douleur éclata, vive comme la nôtre.
Oh ! qu'il nous était cher !... Nous souffrons aujourd'hui
De tout l'ardent amour que nous avons pour lui :
Dans notre souvenir son ombre se promène,
Il nous semble le voir traînant sa lourde chaîne
Comme ceux dont le bras, guidé par la fureur,
Menaça du poignard le tremblant voyageur ;
Comme ceux qui, brûlant de la soif des richesses,
De Mandrin, de Cartouche imitant les prouesses,
Ont, sans donner la mort, détroussé les passants,
Et se sont fait un jeu du métier des brigands !...

Toi, mon fils, dans l'exil !... Ah ! quelle chose indigne !
De nos persécuteurs l'injustice est insigne :
Les monstres inhumains !... après leur attentat,
Ils osent dire encor qu'ils ont sauvé l'Etat !

Mais quel Etat, grand Dieu ! se sauva par le crime ?
Est-ce de leur vertu que mon fils est victime ?
Que le Ciel, qui m'entend, les confonde à jamais,
Ces hommes sans pudeur nous vantant leurs bienfaits,
Se disant les amis de l'ordre et des familles,
Quand ils prennent les fils et séduisent les filles !...

— Ta douleur, ô vieillard, est sacrée à mes yeux ;
Ton fils est un héros !... Nos tyrans odieux.
Quand le Ciel tonnera ses vengeances suprêmes,
Dans les pleurs et le deuil se maudiront eux-mêmes.

(Hérault).                                      L'Abbé PEYRET.

## ODE

(Tirée du ps. 109).

*Dixit Dominus Domino meo.*

—

Jéhovah, le seigneur, a dit à mon seigneur :
A ma droite assieds-toi, revêtu de splendeur,
Jusqu'au jour où mon bras, signalant sa puissance,
  Brisant tes ennemis nombreux
  Sous les foudres de la vengeance,
En fera de tes pieds l'escabeau glorieux.

De Sion vois sortir ton sceptre et ton empire !
C'est en vain contre toi que l'Univers conspire,
Méconnaissant ta force et tes droits souverains ;
  La foule des peuples t'adore,
  Tu règnes au milieu des saints :
Ta naissance, ô mon fils, a devancé l'aurore.

Le seigneur l'a juré ; son serment solennel,
Nouveau Melchisédech, te fait prêtre éternel :
Elle est sans repentir la parole du père.....
  Dieu ! ton verbe, à ta droite assis,
  Descend au jour de sa colère,
Il écrase les rois par Satan réunis.

Que de têtes il brise !... Entassant les ruines,
Faisant mugir l'abîme et bondir les collines,
Il va juger soudain les pâles nations.
  En passant, il boit de ton onde,
  Torrent des tribulations ;
Et c'est pourquoi son front dominera le monde !!!

L'Abbé PEYRET.

# L'Hiver

—

### I. — Le Ciel.

Les sept filles d'Atlas, frileuses atlantides,
Ont déjà déserté le pur cristal des Cieux ;
De Borée en courroux les orages perfides,
Comme de grands vaisseaux sur un lac écumeux,

Labourent en sillons les nuages humides ;
L'avalanche un instant en bonds impétueux
Nous couvre de verglas ; en sombres pyramides
Soudain elle remonte aux flancs du Ciel neigeux.

De cette voûte alors, de frimas et d'écumes,
Phébus, comme une perle engloutie en des brumes,
Perce ces monts gelés de ses lointains rayons ;

Mais la nue est épaisse, et faible est sa lumière,
A peine sa chaleur fond elle la crinière
De l'ouragan qui herse et sème les glaçons...

### II. — Les Champs.

Plus de riche verdure et plus d'épis dorés ;
La terre dépouillée est de neige couverte,
A peine sur la glèbe on voit une herbe verte,
Le froid durcit partout les sillons effondrés.

Sagittaire en tous lieux rend la plaine déserte,
Il répand la langueur en nos champs éplorés ;
Tout est morne, lugubre et d'un aspect inerte ;
La nature est un spectre aux membres délabrés.

Le bœuf a fui les champs, la brebis la colline...
Que feraient-ils ici, puisque jusqu'à l'épine,
Et lumière et verdure ont eu le même sort !

Si ce n'était la perle à la branche pendante.
Du givre à la facette à l'œil étincelante,
L'homme pourrait se croire aux portes de la mort...

### III. — Les Bois.

Si les bois ont perdu leur éventail léger,
Leur Faune, leur roi Pan, leur déité champêtre.
Le lierre qui verdoie au tronc noueux du hêtre
Apparaît à nos yeux comme un doux messager.

Morte ailleurs, la nature ici semble renaître :
La mousse offre toujours son lit à l'étranger,
Et l'ajonc, pour fleurir que l'épine enchevêtre.
S'élance des glaçons sans craindre le danger.

Voyez les fruits sans fleurs suspendus sur nos têtes,
Du gui mystérieux qui brave les tempêtes.
Ces fruits dont le bouquet est d'un cristal si pur !

Jamais ne miroita sur des gorges profanes,
Perles d'aussi belle eau ; les perles des sultanes
N'ont point leur transparence et leur reflet d'azur.

### IV. — Les Vents.

Les courants déchaînés des Cieux fendent l'espace,
La foudre en sons affreux gronde et mugit dans l'air :
On dirait la terreur de quelqu'un qui trépasse,
Sortes de grincements féroces de l'enfer.

Sur les grands arbres nus, elle se plaint et passe
Avec les tristes voix, les soupirs de la mer,
Aux gorges des rochers engouffrée elle amasse
En tourbillons épais les feuilles de l'hiver.

Du gothique château, la tremblante tourelle
A ses coups menaçants se balance et chancelle...
C'en est fait du manoiroù vécurent les Preux...

Puis comme les sanglots de quelque esprit céleste,
Envolé, disparu, mais dont l'accent nous reste,
Elle s'évanouit en bruits mélodieux...

### V — Les Eaux.

Des larges défilés, des chemins rocailleux,
Et brisant leur écume aux flancs de la colline,
Ecoutez les torrents dont la plainte domine
Toutes les autres voix de l'hiver furieux.

La rivière en courroux se mêle à la ravine,
Se heurte aux rocs, bondit avec des sons affreux,
Egare au loin ses flots, renverse, frappe, mine
Ses bords qu'elle transforme en lacs impétueux.

Lorsque la nuit est pure et que l'orage cesse,
Oh! que ces flots alors ont un doux chant d'ivresse,
De tendre rêverie et de calme profond!

Les cascades n'ont plus leurs plaintes de furie,
Tout n'est que caquetage et que mélancolie,
C'est une voix qui parle à l'âme qui répond...

### VI. — Mon Parterre.

O falbalas de mai, délices de mes yeux,
Chères petites fleurs, innocente parure,
Pourquoi l'hiver vient-il attrister la nature,
Et faner vos couleurs sous son manteau brumeux?

Pourquoi poudrer de neige une telle verdure,
Et répandre en lambeaux vos calices soyeux?
Oh! que n'avez-vous pas une chaude fourrure
Pour braver les revers des autans furieux?

De mes étroits massifs, viens blanche Chrysanthème,
Ta fleur en ces instants m'inspire un long poême,
Viens, de leur abandon, parer la nudité!

Et vous, Amaryllis, que septembre nous laisse,
Toi surtout Perce-Neige, ornez dans sa détresse
Mon parterre sans charme et privé de gaîté!...

### VII. — Rêveries.

Le jour est déjà clos et mon foyer sans bruit;
Le vent se plaint au loin comme une âme qui pleure;
Combien de malheureux grelottent à cette heure
Sur le grabat de paille, au fond du noir réduit!

L'âtre aux rouges reflets réjouit ma demeure :
Son ombre sur le mur légère flotte, fuit,
Semblable à la lueur fugitive qu'effleure
Un rayon lumineux de l'astre de la nuit.

Je la suis du regard ! ma pensée à sa vue
S'échappe de mon âme, et vers une autre nue
Erre pensivement dans l'impalpable éther.

Venez, ô revenez mes chères rêveries !
Blanches vapeurs, amour, ombres, fleurs de prairies;
Venez encor ce soir à mon foyer d'hiver !...

### VIII. — La Veillée.

Le grand-père est assis dans un coin du foyer,
A ses petits enfants il raconte une histoire;
Les hommes, en causant de la prochaine foire,
S'occupent à tresser et corbeille et panier.

La grand'-mère, au rouet, dévide avec que gloire
La toison des agneaux. Près d'elle l'écolier
Raconte à sa maman les luttes de mémoire
Qu'il lui faut soutenir pour être le premier.

Puis vient dans le pénombre un groupe de fileuses;
Le babil est piquant, les bouches sont rieuses...
Le village est l'objet de discours abondants.

C'est dans ce calme pur que tout vit et tout passe :
Le travail est le pain, la prière est la grâce,
Et s'ils furent obscurs un jour ils seront grands...

### IX. — Solitude.

Mon Louvre est un taudis, mais je m'y sens renaître :
J'y suis heureux et libre, éloigné des douleurs;
Ma vue est peu de chose, au bord de ma fenêtre,
Tout ce que j'aime est là, mon petit lac, mes fleurs.

Je ne sens dans mon cœur jamais l'ennui paraître;
Mes livres sont remplis d'ineffables douceurs;
Voilà mes confidents, utiles à connaître,
Mes apôtres chéris, éloquents orateurs.

Avec eux je suis bon, leurs œuvres sont si belles...
Ce sont les doux parfums des âmes immortelles,
Et des siècles passés le chaste souvenir.

Mes fleurs à côté d'eux me parlent d'espérance,
Leurs éclats, leurs couleurs sont des voix de l'enfance,
Des fidèles miroirs qui montrent l'avenir.

### X. — Espérance.

Beaux jours, revenez vite!... Et vous pinsons, fauvettes,
Dites les nouveaux airs que vous avez appris!
Voyez, pour vous, les bois ont paré leurs retraites
De verdure et de fleurs au riant coloris.

Flore pour vous charmer sous ses ombres secrètes,
Etend, jeunes amants, ses mousses, ses tapis;
Si de bonheur ici vos âmes son muettes,
Mille voix parleront à vos cœurs attendris.

Tandis qu'à vos côtés le parfum qui ruisselle
En nuage odorant se répand, s'amoncelle,
Et comme un pur encens fume au milieu des airs,

De sa voûte d'azur, Dieu, d'un divin sourire :
« Aimez-vous, dira-t-il ; l'amour est votre empire,
C'est pour lui que j'ai fait aussi beau l'Univers !... »

## LA FANEUSE

(Petite Bluette)

Faneuse
Rieuse
A l'œil gracieux,
Ma Muse
S'amuse
A ton air joyeux.
Tu braves
Entraves
Du soleil ardent,
Et l'herbe
Superbe
Sèche à l'air brûlant.

Voyez, voyez les faucheurs intrépides,
L'œil enflammé, les larges mains humides,
Fiers Attilas des gazons et des fleurs !
Ils sont courbés sur leur faux meurtrière,
Et la sueur tombe de leur paupière !...
Vite, faneuse, à boire à nos faucheurs !

Les papillons surpris quittent leur place,
Car leurs tranchants ne firent jamais grâce
Au nid de caille, aux perdreaux des chasseurs.
Il faut du foin pour notre métairie !
Coupez, enfants, l'herbe de la prairie ;
Et toi, faneuse, à boire à nos faucheurs !

Salut à toi, fillette du village !
Tu me ravis et je te rends hommage.
J'aime à te voir au sein des travailleurs.
Ta jambe nue au vent qui la caresse
Prompte s'agite, élégante, se dresse
Lorsqu'à pleins bords tu verses aux faucheurs.

Sois bon pour eux, dis-leur ta chansonnette !
Tout en fanant on peut dire fleurette
Et raconter ses petites douleurs.
A tes beaux yeux, ma belle, je devine,
Que bien des fois on t'embrassa, coquine,
Quand tu portais à boire à nos faucheurs.

C'est que, vois-tu, ton corsage qui s'ouvre,
Montre à leurs yeux un monde, tout un Louvre :
Blanche gorgette et globes séducteurs.
Oh ! que jamais un doigt mondain ne glisse
Entre la toile et trouble ce délice,
Car tu serais maudite des faucheurs.

Garde ta grâce, ô belle ! reste pure !
La moindre tache, un souffle, une souillure,
Bien loin de toi disperseraient les cœurs.
Pour moi, pour eux, pour ton père et ta mère,
Pour ta famille et pour ton amant Pierre,
Oh ! reste pure enfant des travailleurs !...

Mais l'*Angelus* au loin sonne à l'église,
Vers le hameau sur les grands chars assise,
Chante la marche, en tête des faucheurs !
Bonsoir, faneuse ! il fait nuit, ma mignette,
Mais en partant, souffre que le poète
De son couplet te fasse les honneurs :

Faneuse
Rieuse

A l'œil gracieux,
Ma Muse
S'amuse
A ton air joyeux.
Tu braves
Entraves
Du soleil ardent,
Et l'herbe
Superbe
Sèche à l'air brûlant.

(Vendée.)                                      HENRY BRUNET.

## APRÈS LA BATAILLE

(Fragments)

—

Les canons ont cessé de jeter l'épouvante,
Et les boulets rougis, dans leur course sanglante,
Ont fini de tracer, dans tous les bataillons,
            Leurs terribles sillons.
Dans l'océan lointain, n'ayant pas le courage
De contempler d'un jour le sinistre carnage,
Le soleil, ce soir-là, semblait vouloir cacher
            Son coucher.
Et la nuit lourdement, comme un oiseau de proie
Qui fond sur un cadavre, étendait avec joie
Ses ailes sur le champ où vainqueurs et vaincus
            Etaient pêle-mêle étendus.
Les Cieux devenaient noirs et de plus en plus sombres
Sur la terre on voyait comme mouvoir des ombres,
Sans doute des bandits qui fouillaient sans remords
            Les blessés et les morts.
Et ne pouvant percer de cette nuit le voile,
Au Ciel ne scintillait aucune pâle étoile.

La lune, avec horreur, éclairait ce tableau,
          Gigantesque tombeau.
On entendait parfois un soupir, une plainte,
Ou le bruit d'un corbeau qui s'abattait sans crainte
Sur ces immenses tas de cadavres sanglants
          Encore tout fumants.
C'était de toute part la mort ou l'agonie,
Le fleuve, avec effroi, voyait son eau rougie
Charier lentement des bataillons entiers
          De guerriers.
Et le sang, qui du sol, inondait la surface,
Devenait par le froid une rougeâtre glace,
D'où l'on voyait surgir une jambe, une main,
          Ou la tête d'un être humain.

La brise de la nuit, sur ses ailes frileuses,
Apportait du lointain les hymnes glorieuses
Des ennemis vainqueurs célébrant leur succès,
En faisant la ripaille et buvant à l'excès.
Et leur immense feu, d'où s'élançait la flamme
Qui se repliait comme une longue oriflamme,
A tous donnait l'aspect de gnomes malveillants,
Dont les refrains, mêlés aux plaintes des mourants,
Semblaient être les cris de bandes infernales,
Glorifiant Satan de leur voix gutturales.

Mai 1873.                          V.-LÉA VINCINE.

## CONTRE LA LUNE

(Boutade)

J'aime toujours un soir où, sans nuée aucune,
Le Ciel semble charmé de ne point voir la Lune,
Dont la face indiscrète aime trop à gêner
Les couples amoureux allant se promener.

N'est-il, à mon avis, rien de plus ridicule,
Que cette boule-là qui, sans aucun scrupule,
Sur nous braque toujours ses cent yeux noirs pochés!
Cent témoins curieux de nos petits péchés?
Quant au bras d'une belle, à l'ombre du feuillage,
Vous choisissez l'instant où sa bouche volage
Est prête à laisser prendre un baiser plein de feu,
N'est-il pas révoltant (elle s'en fait un jeu)
De la voir tout à coup vous montrer sa figure,
Qui d'un vilain pierrot a la couleur; je jure,
Si, parfois s'emportant, on lui montrait le poing
Que cette face là rirait beaucoup, vous, point.
Exprès, elle ferait tout son possible même
Pour vous éclairer, vous et celle que l'on aime.
Mieux, si l'on se dérobe, une fois par hasard
Au fin fond d'un bosquet à son méchant regard,
Les rayons, — ses valets, — à travers le branchage,
Malgré son épaisseur trouveraient un passage!
Et si tout furieux l'on se fâche bien fort,
L'infâme ne rit plus, de joie elle se tord!
Jeune homme, croyez-moi, restez chez votre brune
Quant au bleu firmament se montrera la lune.
Vous pourrez vous livrer aux élans amoureux
Sans la crainte de voir paraître ses gros yeux.
Si vous aimez sans doute et l'ombre et le mystère,
Partout, chez notre belle, avant de ne rien faire,
Fermez soyeusement jusqu'au moindre volet,
Elle pourrait du lit éclairer le chevet.

Mai 1873.                                    V.-Léa VINCINE.

## LES DEUX POÈTES

Sauras-tu donc toujours dans le trouble te plaire?
Ne pourra-t-on vraiment te donner un avis?

Chanteras-tu toujours les horreurs et la guerre,
La vengeance, le sang, la mort et ses haut-cris?

Tu dis, redis partout que mon chant est austère,
Que je cherche les bois, que je fuis les amis.
Dis plutôt que je fuis la haine et la misère,
La fourbe et ses agents contre toi réunis.

De leur contact impur redoute la souillure :
Fuis ces spectres hideux à perfide morsure;
Heureux si jusqu'ici tu t'en es défendu!

Viens chanter le repos, un berger, son amante,
Les champs, les fleurs, les fruits, la prairie odorante :
Le champêtre séjour convient à la vertu.

## LE VENGEUR

Habite tes déserts, généreux solitaire,
En lâche citoyen méprise ton pays;
Ou la flûte à la main courtise une bergère,
Quand la France succombe en invoquant ses fils.

Pour moi je brandirai le vengeur cimeterre!
Quand ma mère est aux fers à quoi bon tes avis?
J'ai pleuré sur ses maux, marché sous sa bannière,
Et veux à la venger exciter les esprits!...

J'ai prédit, j'ai hâté l'heure de délivrance;
Je veux ceindre aujourd'hui le fer de la vengeance!
Et demain au combat je marche glorieux!

Demain la liberté qu'implore ma patrie
Dira : « Frappez, frappez sur l'infâme Germain
Au nom de la justice à la gloire des Cieux!... »

V.-V. DURAND.

## A LA RÉPUBLIQUE

—

Ivres de leurs succès, ô douleurs! ô violence!
Des tigres rugissants, monstres d'iniquité,
Ont immolé tes fils, les enfants de la France!
Vils peuples de bourreaux... Quelle inhumanité!

Pour couronner ton deuil, le devoir, la vengeance,
La gloire, l'avenir avec la liberté,
Ont déjà crayonné ta sainte délivrance,
Au registre éternel de l'immortalité.

Et puisque tes enfants qu'opprimait l'esclavage
Ont su briser leurs fers en vengeant ton outrage,
T'affranchiront du joug de tes vils assassins!...

En vain ils ont voulu t'ensevelir, géante,
République, tes maux te rendront triomphante,
Des implacables lois des tyrans inhumains!

    (Ardèche.)                          V.-V. DURAND.

## LA BRIANCE
### A MA SŒUR.

—

Fille du mont Gargant,
   Chère Briance,
Tu m'as vu bien souvent,
   Dans mon enfance,
Sur tes bords enchanteurs,
   Inspirateurs,
Tresser une couronne
   Pour la madone.

Près de ton bleu miroir,
   Avec ma lyre,
Je vais chanter, le soir,

Et je t'admire.
Tu donnes la fraîcheur
A la fleur;
Ton eau limpide et pure
A la verdure.

Lorsque le Ciel est pur,
Les hirondelles
Effleurent ton azur
Avec leurs ailes.
Près de toi le berger
Aime à garder
Ses génisses chéries
Dans les prairies.

Ah! que je suis heureux
Près de tes ondes,
Quand flottent à mes yeux
Ses tresses blondes;
Lorsque sa douce main
Cueille un jasmin,
Une tendre anémone
Qu'elle me donne!

Coule, coule toujours
Rivière pure,
Et redis tous les jours,
Dans ton murmure,
Ce nom mélodieux,
Délicieux,
Aux fleurs de la prairie :
Marie!... Marie!...

PHILIBERT MAZAUDOIS.

A MADEMOISELLE HÉLÈNE

—

## Ma Maxime et ma Loi

TENSONNADE

—

### I

Vous voulez savoir par moi-même
   Combien j'aimais;
Mais mon amour est un problême
Que vous ne résoudrez jamais.
Si vous jugez l'oiseau le plus volage
Qui va chantant, voltigeant tour à tour,
Vous trouverez que dessous son plumage
Il est un cœur que fait battre l'amour;
A ses refrains, si vous prêtez l'oreille,
Si vous suivez ses accents amoureux,
Vous comprendrez qu'il n'est point de merveille
   Qui ne le rende plus joyeux
      Que sa compagne.
   Il en est ainsi pour tous ceux
      Que l'amour gagne.

### II

N'en demandez pas davantage,
   Soyez discret;
Car un amant hait le tapage
Que vous feriez à son objet.
Rien n'est plus beau que l'âge où de doux rêves
Nous sont fournis par un amour réel,
Où les désirs nous harcèlent sans trèves
En nous léguant un espoir criminel.
— Gais jouvenceaux, qui recherchez les belles
— Et qui, de loin, savourez leurs appas,

27

Tenez fermé votre cœur aux mortelles
Qui vous désirent dans leurs bras
            Et qui vous disent :
« A tant d'amour je n'y tiens pas,
            Mes sens se brisent. »

### III

Mais ces conseils que l'on me donne
            Tout bas, bien bas,
Et que sans cesse l'on fredonne
De grâce ne les donnez pas?
J'aime d'amour la plus belle des filles
Et vos propos ne m'en éloigneraient;
Ses yeux brillants, ses grâces si gentilles
Tous les mortels, sans doute, séduiraient.
Depuis longtemps j'ai su me rendre compte
Des sentiments qu'elle éprouve pour moi,
Et tout me dit qu'elle aime et qu'elle affronte
            Les coups portés contre sa foi
                        Vraiment sublime.
Tous ses désirs seront mà loi
            Et ma maxime.

                              Durieux CLODOMIR.

### L'AIEULE DES ARDENNES
(Chant dramatique).

J'ai vu, dans mon natal village,
Les plus révoltantes horreurs :
Le vol, le meurtre, le pillage,
Et les plus étranges terreurs!...
En commettant les plus grands crimes,
J'ai vu rire nos ennemis!...
Couverts du sang de leurs victimes,
J'en ai vu plusieurs endormis.

J'ai vu l'ouragan de la guerre
Lançant ses chariots de fer,
Dont le bruit ressemble au tonnerre!...
J'ai vu tous les démons d'enfer
Sur nous déchaîner leur furie,
Attachant la mort à leurs pas,
Ensanglanter notre patrie
Et porter partout le trépas!!!

J'ai vu les flammes dévorantes
Courir de maisons en maisons,
Et, dans leurs lames crépitantes,
Dévorer nos champs, nos moissons!...
J'ai perdu toute ma famille,
Mon beau fils, je l'ai vu mourir,
Le dernier, défendant sa fille!...
J'ai trop vécu, pour trop souffrir!!!

Mais non! mon Dieu, faites-moi vivre!
Que j'aie la consolation
Que la France, un jour, se délivre
Et voie sa rénovation ;
Mon âme sera satisfaite,
Et, comme aux temps de mes amours,
Je reprendrai l'habit de fête,
Pour célébrer ces heureux jours!

O ma patrie, ô belle France,
L'aïeule des Ardennes veut
Que tu conserves l'espérance
En celui par qui tout se meut.
Tes ennemis verront ta gloire
Briller plus belle que jamais,
Et, sûre, alors, de ta victoire,
Oh! je pourrai mourir en paix!!!

Août 1872.                                          Esprit ROSIER.

## LA FLEUR

—

La fleur vient au printemps régner sur la nature,
C'est elle qui concourt à former sa parure,
Et donne à nos jardins cet aspect enchanteur
Qui charme notre vue et dont l'âme est ravie !
Elle exhale autour d'elle une suave odeur
Qui remplit tous les sens d'une ivresse infinie.
Son calice contient certains sucs savoureux
Que l'abeille butine, et par son industrie
Change pour les humains en nouvelle ambroisie,
Sur l'Hymette autrefois, mets favori des dieux :
Et le brillant insecte y trouve sa pâture,
Un lit voluptueux dressé par la nature !
Comme l'homme, la fleur possède aussi des lois
Présidant à son cours qui compte quelques mois.
Elle vit et périt : la terre bienfaisante
Dispense à cette fille une sève abondante :
La rosée à l'aurore entretient sa fraîcheur,
Et la préserve ainsi de l'ardente chaleur.
La main du Créateur est partout évidente,
Dans les plus grands chefs-d'œuvre et dans la moindre plante
Car le simple embryon atteste un art puissant,
Qui n'est pas d'un mortel, et malgré son génie,
L'homme très imparfait, de ce même néant,
Dont Dieu l'a fait sortir, ne produira la vie !...
La fleur a son langage, et sait parler au cœur,
Les secrets de l'amour, fait rêver le bonheur !
Aussi, souvent est-elle un présent agréable,
Que l'on aime à garder comme un doux souvenir,
D'une belle à vos vœux accordant un soupir,
Et vous laisse espérer nne amitié durable !...
L'amant en revoyant ce précieux talisman,
A ses yeux plus précieux que tous les biens du monde,

Qui rappelle sans cesse un objet si charmant,
Sent glisser en son âme une ardeur sans seconde :
A sa lèvre il suspend, et ne cesse de voir
Ce gage d'amitié qui nourrit son espoir!...
C'est la fleur que plus tard, la chaste fiancée
Attache sur son sein le jour de l'hyménée!...
A l'heure du trépas, la fleur jusqu'au tombeau
Vient nous accompagner! Elle est bientôt fanée,
Mais au prochain printemps, elle éclot de nouveau
Sur ce sol qui retient notre cendre oubliée!.....

(Aisne).                                              E. CHAUVIN.

## LA MER

—

La mer... quel mot profond sollicite ma plume!
Poète, je voudrais chanter ces lourds vaisseaux
Qui glissent fièrement sur les flots blancs d'écume,
A l'heure où l'astre-roi se mire dans les eaux.

Quoi de plus gracieux? quand, légère et coquette,
Voltige, aux chants bénis des joyeux matelots,
La gondole d'airain, quand la blanche corvette
Sillonne l'élément, fuyant les noirs îlots.

Philosophe, j'irai chercher au fond de l'onde
Des mystères cachés, des trésors inconnus;
J'y verrais bien des noms — immortelle hécatombe! —
Oubliés par les ans, par la science connus.

Mais mon astre, en naissant, ne m'a point fait poète.
Tant pis! le champ et vaste et mon esprit trop lent;
Pour bien dire la mer, il me faudrait la tête
D'Hugo, de Michelet la plume et le talent.

Dans ce mot : « Mer, » je vois une fidèle image
De notre vie, ayant ses écueils et son port :
Les écueils? sont l'oubli, les erreurs du jeune âge;
Le port? c'est le regret, ou plutôt, c'est... la mort!

La mer, ce n'est donc point — langage poétique, —
La vaste nappe d'eau couvrant les continents,
Sous les noms d'Océan glacial, pacifique...
Recevant le tribut des fleuves, des torrents?

Ce n'est point la nommer qu'emprunter à l'histoire
Les immortels combats et les noms valeureux
Sur le marbre gravés — noble titre de gloire! —
Qu'avec orgueil liront nos arrière-neveux.

Jeune fille, la mer, parfois c'est l'espérance
Cachant de noirs écueils sous vos rêves trompeurs;
Telle, au gré du zéphir, une fleur se balance,
Soudain la foudre part... Adieu! beauté, saveurs...

Un jour la Volupté vous toucha de son aile,
Sur votre chaste front mit un baiser pervers:
Vous avez fui le port sur la frêle nacelle,
Sans espoir de retour, condamnée aux revers!

Pour toi, noble exilé, c'est la vague plaintive
Qui roule en murmurant sur les flots irrités,
Elle me dit : Ton âme, à la douleur si vive,
Elle dit bien des vœux dans l'ombre répétés!...

Bercé de l'idéal, j'ai surpris à ma lyre
Un seul rayon d'espoir, un abîme de pleurs!
Poète, je devais un modeste sourire
A l'oubli, je devais à la vertu des fleurs!

Ah ! je conçois la mer, quand nos vaisseaux-vapeur
Vont, s'éloignant des ports de notre belle France,
Montrer sous d'autres cieux, du Pôle à l'Equateur,
    L'éclat de notre puissance!

Ou lorsque le trois-mâts, la voile au gré des vents,
Chargé de nos produits — échange sympathique —
Fait, sur des bords glacés, sous de climats brûlants,
    Flotter le drapeau pacifique!

Un jour viendra, peut-être, où, se donnant la main,
Tous les peuples n'auront qu'une mer : l'Espérance,
Avec la paix, alors la plus sainte alliance
    Sera le progrès de demain !

Souffle, Muse, à l'écho ce mot : *Excelsior !*
Dis aux peuples lointains que la fraternité
Est la mer sans écueils, portant sur des flots d'or
    Le vaisseau de la liberté !

Léon DEPOY.

## FANTAISIE

Je sais un nid dans un gentil eden,
Mais c'est du ciel douce progéniture :
La fleur cueillie au jardin d'Epicure ;
Candide enfant fruit d'un céleste hymen.

Ange d'amour, taille svelte et coquette,
Front rayonnant sous les plus noirs cheveux,
Œil embrasé, regard plus qu'amoureux :
C'est le portrait de ma belle brunette.

Non, non, jamais vous ne le saurez point,
Pour moi tout seul je garde ma cachette,
Car en secret j'aime ma joliette :
Cherchez, cherchez partout de point en point.

Ce n'est pas tout. Ma petite lutine
Cache avec soin, au regard indiscret,
Deux tourtereaux qu'elle tient en secret ;
Je ne les vois, mais bien je les devine.

(Drôme).                        Jules BLANCARD.

## A LA MORGUE INCONNUE

—

A voir ce corps pâli sur le marbre étendu,
Ces grands yeux bleus ternis dans le vide perdu ;
Cadavre de seize ans, épave de misère,
Au printemps échouée aux écueils de la terre ;
Sans parents, sans amis, pour nous dire son nom.
S'appelle-t-elle Agnès, fille d'Eve..., Manon ?
Nul ne saura jamais si cette frêle femme
N'est point tombée ici sous un orage d'âme.
Qui sait si dans sa vie elle n'eut pas un jour
Où, belle et souriante, elle rêva d'amour ?
Mais aujourd'hui, sait-on si c'est la vague amère
Qui gonfle encor son sein, ou la douleur dernière
Qui sondera jamais ces abîmes profonds ?
Un passant viendra voir ses petits cheveux blonds,
Les griffes de la mort en labourant ses charmes,
N'ont pas même effacé le sillon de ses larmes ;
Dira-t-il !... et c'est tout... à peine en s'en allant
Jettera-t-il ces mots : tiens ! c'est presque une enfant !
Il ne s'informe pas ; pour lui c'est une morte ;
Cela doit s'oublier en refermant la porte.
Quoique l'événement n'ait point un grand détail ;
Peut-être plus de pain..... du froid..... plus de travail ;
Enfin, la pauvre est là... méditez ! ange ou fille ;
On a trouvé sur elle un lambeau de guenille,
Un chiffon de papier griffonné tout en bleu ;
On déchiffrait encor : « Je t'aimais bien..... adieu... »

Mars 1873.                                   Nicolas VERNAY.

ОDE

Aux Dames & Demoiselles K., M., L. de B., B. C. & sœurs.
(1870-1871)

> L'Europe est une forèt dont les arbres
> sont des hommes que les souverains
> mettent en coupes réglées.
>
> C. D.

I

J'aurais voulu chanter les héros que la France
  Pouvait créer spontanément.
On a déjà décrit cette horrible souffrance
  Qu'elle endura de l'Allemand
Durant ce temps néfaste en ouvrant la carrière
  Où nos aïeux s'étaient battus;
En vain je cherche l'homme en la maudite guerre,
  Chantons la femme et ses vertus.

La femme aurait fait plus encore
Dans cet épanouissement,
Mais à son enfant qu'elle adore,
Il faut aussi l'allaitement.
Celle-ci ne pouvait que dire
A son époux dans un sourire
De son cœur empli de fierté,
Va : mes vœux te suivront sans cesse,
Je te verrai dans sa caresse
S'il me prive de liberté.

Va combattre pour la patrie :
Elle est la mère des grands cœurs
Et de sa mamelle meurtrie
Ne doivent pas couler des pleurs.
Nous serons là deux pour t'attendre.
Notre amour ne veut point t'apprendre
Qu'il est pour toi plus d'un devoir;
Que la France dont je suis fille
Est menacée en sa famille!
Embrasse-nous, pars, au revoir.

## II

Tu pars? C'est bien. Je vais te suivre.
— Mais... — Rien ne me retient ici.
La porte fermée, il faut vivre...
Prends tout notre argent... le voici.
S'il faut que tu fasses la guerre,
Je ne serai pas la dernière
A m'élancer dans les combats ;
Ne crois pas qu'ainsi je te laisse
A d'autres mains si l'on te blesse :
Nous vivrons parmi les soldats.

— Demain c'est un jour de bataille.
Reste. — Non, non, je te suivrai :
Je n'ai pas peur de la mitraille.
Si l'on se bat, je me battrai...
— Aussitôt la première charge
De l'obus, la blessure large
Renverse son époux sanglant.
— Mort! — A l'instant elle s'empare
De ses armes sans dire gare !
Et crie : O vengeance! en avant !

Et c'était une grande dame
Qui fit ainsi le coup de feu.
Dans ses beaux yeux brille une flamme.
Se battre pour elle est un jeu.
Là c'est une femme charmante,
Que la guerre émeut et tourmente,
Qui se joint à des francs-tireurs.
D'abord sa présence les gêne.
Bientôt ils l'ont vue à la peine,
L'admirent, doublent leurs valeurs.

Ils la nomment leur capitaine :
Elle a tué deux Bavarois :
Du bord de la forêt prochaine
Trois éclaireurs surpris sous bois.

Durant l'hiver les nuits sont dures,
Roulée entre deux couvertures,
Elle impose à tous le repos ;
Obéissance affectueuse ;
Prévenance respectueuse ;
Le réveil les trouve dispos.

Ainsi reprenaient leur charrue
Ces grands et modestes romains .
La paix vient réjouir sa vue,
Lui faire déganter les mains.
Déjà l'oubli de ses souffrances
Rend l'équilibre à ses balances
Sans fierté malgré sa valeur.
Tandis que leur poids les incline,
Une main vient sur sa poitrine
Attacher une croix d'honneur.

### III

Un autre exemple de la mère,
Dont les enfants et son époux
Sont tous les trois partis en guerre :
Elle est sans peur et pense à tous :
— Ce sont des hommes sous les armes,
Ai-je pour eux versé des larmes?
Non. Je les savais valeureux ;
Mais s'ils se sont conduits en braves,
D'autres nous ont fait des épaves
Dont des enfants seraient honteux.

### IV

Puis, c'est une jeune bretonne
Qui, pour suivre son fiancé,
Prend l'uniforme et le boutonne
Jusques à son col élancé.

Elle est aussi brave qu'aimante.
Aux avant-postes, sous la tente,
Nul ne soupçonne ses appas ;
Blessés ! l'un et l'autre on emporte,
Mais de l'ambulance à la porte
Le docteur on ne trompe pas.

Ravissante supercherie !
La guerre a tressé pour leurs cœurs
Des liens : c'est pour la patrie,
L'amante chérit ses douleurs.
O nobles dévoûments des femmes !
Rayonnez sur les mâles âmes,
Vous nous ferez des hommes forts.
D'autres que vous les efféminent.
Laissez en-bas ceux que ruinent
Ces amours, clefs de coffres-forts.

Refaites par l'amour des hommes :
Le père, ainsi que les enfants,
Et des soldats lorsque nous sommes
Héritiers de noms triomphants.
Où sont les Moreau et les Hoche,
Pour les comparer sans reproche !
J'en cherche en vain, je n'en vois pas.
Si vous n'avez pas été Jeanne
Hachette ou Darc, la paysanne,
Dieu ! Que de Charles VII, hélas !

## V

Là-bas, c'est dans une ambulance
Une humble sœur de charité
Qui dans la bataille s'élance
Et vole à l'immortalité :
« Vous, montrez-moi votre blessure ;
» Elle guérira, je l'assure.

» Laissez vous faire un pansement.
» Et vous, faites voir votre plaie,
» Pour vous soigner rien ne m'effraie,
» Ni du canon le grondement.

» La balle aveugle en nos cornettes
» Ne peut-elle pas se loger ?
» Nos âmes à la mort sont prêtes :
» Dieu les fit pour vous soulager.
» Comme nous reprenez courage.
» Vous êtes nos enfants par l'âge
» Et nos frères par les combats.
» Nous sommes vos sœurs dévouées,
» Pour vous servir à Dieu vouées,
» Nous ne craignons pas le trépas.

## VI

Dans Paris là femme est superbe !
Plus de toilette, de bijoux,
Comme le faucheur fait sa gerbe,
Elle va moissonner des choux.
Ce n'était plus cette importante,
Cette peureuse sans suivante,
Qui ne savait pas s'habiller ;
Plus sérieuse et toujours gaie,
Elle était bien l'épouse vraie,
Qui sait plaire, aimer et briller.

Lorsque vint à manquer le vivre,
S'est-elle plainte du pain noir ?
Du bois manquant lorsque le givre
S'attachait aux vitres le soir ?
Non, elle criait haut qu'on sorte !
Qu'on nous ouvre au moins une porte

Pour courir sus aux Allemands !
Voyant son époux en tenue,
Elle rayonnait à sa vue,
En le montrant à ses enfants.

### VII

Voyez la modeste héroïne
Qui se fait recevoir docteur.
Très bien ! docteur en médecine !
Après avoir eu le labeur
D'un dévoûment sans récompense,
Elle s'adresse à la science,
Qui couronnera ses efforts.
On l'a vue à Paris, aux siéges,
Dans l'ambulance, dans les neiges,
Parmi les vivants et les morts.

On lui décernera la palme
Que réclament les examens
Qu'elle subit avec ce calme
Qui convient aux grands médecins.
Eh ! législateurs en réformes,
De cette mineure les formes
Sont-elles hors de vos milieux ?
Refuserez-vous donc encore
D'émanciper qui l'on décore ?
Qui nous montre le merveilleux ?

Voilà la Revanche sans guerre
De notre pauvre nation,
Par la foi, mentale prière,
Par la régénération.
Loin d'elle la folle équipée,
Par la vertu, par le savoir,
Par la vérité qui l'inspire ;
C'est alors que nous pourrons dire :
Nous avons fait notre devoir.

Avril 1873.                         CHARLES DARLOY.

# Eva

A M. LE PRÉSIDENT DES CONCOURS POÉTIQUES.

—

Elle est triste, morne et rêveuse !... Vainement on interroge son regard, elle ne dit point la cause de sa tristesse. A tout moment et à tout propos ses yeux s'emplissent de larmes, qu'elle essuie furtivement. Rien ne lui fait plaisir, rien ne la contente, toujours sombre, elle vous ravit, pour ainsi dire, de sa mélancolie.

Un jour, enfin, je lui en demandai la cause ; mais elle ne me répondit point. Je lui proposai de faire une promenade avec elle ; le temps était superbe, elle accepta...

Mais ni l'air, ni le beau soleil, ni les fleurs, ni le chant des oiseaux dans la campagne ne parvinrent à lui enlever la trace de chagrin qui lui couvrait le front comme un voile de deuil. Bien au contraire, plus nous avancions sous les arbres touffus, plus elle devenait pensive et silencieuse.

Depuis un moment, nous cotoyions un ruisseau dont le murmure était enchanteur ; je le lui fis remarquer. Elle me regarda les paupières humides et s'affaissa comme brisée de fatigue ; puis son regard s'élança loin, bien loin dans l'espace, et sa voix soupira et laissa échapper un sanglot.

— Je n'osais ni ne voulais l'empêcher de pleurer ; je m'assis à côté d'elle et je lui pris la main ; puis d'une voix caressante je lui fis admirer le ciel bleu, les brillants rayons de soleil, les grands arbres sous lesquels nous étions assises, et les moelleux et fins tapis de gazon que nous foulions aux pieds. — Je croyais que sous l'influence de mes paroles elle se serait laissée aller comme moi à admirer la belle nature qui nous entourait. Je pensais que mes idées changeraient le cours des siennes ; mais

plus je parlais, plus j'avançais dans le labyrinthe duquel
je voulais la tirer. — Elle m'écouta bien longtemps et
ne me répondit jamais une parole ; mais soudain, au
bout d'un moment de silence et comme répondant à ses propres pensées, elle murmura : « Oh ! oui, tout cela est bien
beau ; mais tout cela était bien encore plus beau dans
mon pays natal !... Oui, me dit-elle, plus je compare cet
endroit avec le lieu de mon berceau, et plus je me sens
devenir triste ; car, voyez-vous, quelque belle que soit la
campagne étrangère, elle ne l'ait jamais autant que celle
de son lieu de naissance !... l'air n'est point aussi embaumé, le ciel n'est jamais aussi pur, ni l'eau si limpide
et si claire, et j'ajouterai même ni le cœur si aimant !..»
Et en disant cela, elle se leva pour partir ; son regard,
levé vers le ciel, était si triste et si languissant, qu'il me
fit penser au regard de Mignon regrettant sa patrie !

Anna PÈRE.

—⁂—

## A MA TENDRE SŒUR

Marie-Magdeleine-Baptistine Baton, décédée le 13 mars 1870, à l'âge
de 23 ans.

—

Lorsqu'au soleil couchant tu suivis la lumière,
Irma près ton chevet et Thérèse avec nous
Adressait au Seigneur une ardente prière,
Tandis que, recueillis, nous étions à genoux.
Mais la divinité de sa voix souveraine
Réclamait pour le ciel la douce Magdeleine...
Et depuis l'on nous voit courbés par la douleur,
Rappeler ta vertu, ton esprit et ton cœur.

Nicolas BATON.

—⚬⚬⚬—

# LE PASSANT

—

Je sais bien que vous êtes belle,
Et que l'ardente volupté
Qui jaillit de votre prunelle,
Grandit encor votre beauté.

Je sais bien que votre sourire
Est un rayonnement des Cieux ;
Que votre cœur est une lyre
Pleine d'accords mélodieux.

Mais que m'importent ces richesses,
Et ces enivrantes splendeurs ;
Je n'ai pas droit à vos tendresses,
Je n'ai pas droit à vos faveurs.

Je suis le passant qui s'arrête
Devant le tourbillon humain,
Et se réchauffe à votre fête,
Qu'il fuira peut-être demain.

Pourtant, je voudrais bien vous dire
Que, si j'avais vos yeux d'azur,
Je ferais naître le délire
Dans l'esprit d'un rêveur obscur ;

Que si j'avais ce cœur de flamme,
Qu'on dirait enfiévré d'amour,
Je ferais briller dans une âme
Toutes les ivresses du jour.

Que si j'avais ce front sublime
Et ce regard étincelant,
A ce rêveur, peut-être infime,
Je dirais : « Sois fort et puissant.

» Puise en mon cœur, ô mon poète !
» Un rayon plus doux que le miel,
» Relève-toi, comme un athlète,
» Sacré par l'amour et le Ciel. »

Je voudrais, ne vous en déplaise.
Si je régnais par la beauté,
M'en servir comme d'une braise,
Pour réchauffer l'humanité.

O femmes ! que Dieu fit si belles,
Ne savez-vous pas que le cœur
Eclairé de vos étincelles
Trouve le chemin du bonheur ?

Que Dieu ne vous mit sur la terre
Que pour aimer et pour bénir,
Pour être la pure lumière
Qui nous découvre l'avenir !

1er mai 1873.                         ÉVARISTE CARRANCE.

## FAISONS PEAU NEUVE : NOTRE RÉDEMPTION EST A CE PRIX (1)

..... Non gloria nobis
Causa, sed utilitas.....

Humiliés et appauvris par les Huns modernes, pour
opérer notre relèvement et assurer notre revanche, nous
devons : 1° Perfectionner nos institutions, 2° Adoucir nos
mœurs, 3° Améliorer notre enseignement.

1° *Perfectionnement de nos institutions.* — Notre orga-
nisation militaire est défectueuse. Les vautours d'outre-
Rhin doivent leurs succès à leur artillerie ; que la nôtre

1) Cette pièce a obtenu une mention supplémentaire, et c'est par oubli que
le nom de l'auteur ne figure [pas parmi les lauréats qui appartiennent à cette
catégorie.

devienne supérieure à la leur. Que chaque conscrit puisse
trouver dans sa giberne son bâton de maréchal, alors
même qu'il ne serait pas gradué. Que l'administration
militaire se montre plus difficile pour la collation des
grades ; que tout candidat, avant d'obtenir de l'avance-
ment, soit soumis à un examen spécial très sérieux. Que
cette mesure s'étende du simple soldat au général de
division, et que les incapables soient exclus sans pitié.
L'agriculture manquant de bras, qu'on réduise à deux
ans le service actif, et qu'on triple la durée des exercices.
L'armée se compose presque entièrement d'agriculteurs
et d'ouvriers rompus à un travail pénible et continu. Les
astreindre à faire l'exercice pendant six heures du jour,
n'est donc pas trop exiger d'eux. Du reste, on n'est pas
soldat pour avoir toutes ses aises. L'activité constante
entretenue parmi eux maintiendra leur goût du travail
et ne leur laissera plus le loisir de se livrer à de perni-
cieuses lectures, de fréquenter les cabarets et les mauvais
lieux, de contracter des habitudes de débauche qu'ils
iraient ensuite répandre dans nos campagnes. Les officiers, devant se consacrer plus particulièrement à leur
instruction, ne passeront plus dans les cafés les trois
quarts de leur existence et ne perdront plus dans l'oisi-
veté leurs connaissances militaires. Les officiers prussiens tenaient en grand mépris nos officiers captifs. Ils
avaient conscience de leur supériorité sur les nôtres : les
Allemands connaissaient mieux que nous la topographie
de notre pays ; ils étaient mieux renseignés sur nos ar-
mements, sur les ressources de nos places fortes. Donc,
que nos officiers étudient sérieusement la science militaire. Que le citoyen rendu à l'agriculture, au commerce
ou à l'industrie fasse partie, pendant cinq ans, de la
*réserve mobile,* qui pourra toujours être mise à la disposi-
tion du ministre de la guerre. Que cette réserve soit
obligée de se rendre tous les quinze jours, le dimanche,

au chef-lieu du canton pour y faire l'exercice. Que les
soldats n'obtiennent la permission de se marier qu'à l'âge
de vingt-huit ans. Qu'après avoir servi sept années, les
citoyens fassent partie de la *réserve sédentaire* jusqu'à
leur quarantième année. Ainsi, deux années suffiront
pour achever l'école du soldat, et, en principe, tout
citoyen devra rester au moins un an sous les drapeaux.
Si, au bout de ce temps, il est constaté qu'il est suffisam-
ment instruit, il sera renvoyé et fera partie de la réserve
mobile. Celui dont l'instruction ne sera complète qu'au
bout d'un an et demi, sera, à cette époque, libéré du service. Qu'on admette les jeunes gens de dix-huit à vingt
ans à prendre part aux exercices de la *réserve mobile*.
Que la plus grande partie de l'armée séjourne habituelle-
ment dans les camps, loin des villes, où elle ne contracte
que des habitudes d'ivrognerie et de débauche. Éloignés
des centres de corruption, les soldats resteront honnêtes
et rangés, et l'on aura des hommes vigoureux, endurés
à la misère et capables de supporter les fatigues de la
guerre.

2° *Adoucissement de nos mœurs.* — Revenons à nos habitudes frugales, simples et plures d'il y a cinquante ans.
Ce qui était superflu autrefois, est devenu partie essen-
tielle de notre existence. A coté de ce qui est utile est
venu se glisser un excès, un raffinement qui croît en
proportion de l'aisance publique. Nous ne nous refusons
plus rien : nos fantaisies sont devenues un besoin dont il
nous sera difficile de nous débarrasser. C'est dans les pri-
vations et non dans l'abondance qu'on retrempe sa force
physique et morale. Ce que l'on prodigue au corps, on
l'enlève à la vigueur de l'esprit. L'homme habitué aux
jouissances de la matière est un mauvais patriote. Le
goût du luxe s'affiche à la campagne comme à la ville.
Ne cédons plus aux exigences ruineuses de la mode.
N'usons plus du tabac : n'abusons plus des liqueurs al-

cooliques. La licence effrénée des mœurs mine notre société. On constate un sensible abaissement du chiffre de la population, la dégénérescence de notre race, le peu d'empressement à contracter mariage. Qu'on supprime ces immondes lupanars, autorisés, réglementés et patentés, et, si nos mères, nos femmes, nos filles étaient insultées dans la rue, la loi est là, armée de son glaive, pour réprimer ces outrages. Que l'antique austérité succède à notre dépravation, et notre pays reprendra sa marche en avant.

3ᵉ *Amélioration de notre enseignement.* — C'est par la science que nous avons été battus. Les officiers allemands connaissaient mieux que les nôtres la géographie générale et même la géographie détaillée de notre pays. Donnons à cette partie des études classiques tout le soin qu'elle mérite. Nous sommes encore un peuple enfant. Le fils d'un riche entreprend ses études. Sa situation en fait, d'ordinaire, un élève insoumis, paresseux, qui considère le lycée comme une prison, d'où il est impatient de sortir. Il apprend, de force, quelques bribes de grec et de latin, quelques notions de géométrie, de chimie, etc., peu de rhétorique, encore moins de philosophie. Enfin, il a *terminé* ses études, et on lui délivre un diplôme de bachelier. Le jeune homme croit tout savoir. Il relègue ses livres dans un coin, hante les cafés, joue aux cartes, au billard, fume sa pipe et discourt sur les questions les plus ardues de la politique. Demandez lui qu'il vous démontre comment tout s'enchaîne dans la vie des peuples, comment les événements d'une époque sont la conséquence d'événements antérieurs, et le bachelier pourra se convaincre qu'il ne sait rien. Un diplôme ne donne pas la garantie de connaissances approfondies, et l'on reste ignorant sans s'en douter. Nos bacheliers sont différents de Socrate, qui disait avoir recueilli des études de sa vie la conviction qu'il ne savait rien. Aussi leur arrive-t-il d'encombrer les emplois publics qu'ils gèrent trop souvent avec légèreté et incapacité, et ils mettent la France dans la situation où nous l'avons vue naguère. Songeons que le temps de la légèreté est passé. Secouons cette indolence qui a causé nos malheurs, et nous sortirons du gouffre où nous sommes tombés. Qu'il ne soit plus question de fêtes et de plaisirs tant que nous n'aurons pas rendu à la France sa splendeur passée. Mais pour refaire l'homme, il faut le prendre sur les bancs de l'école. Notre système d'éducation et d'enseignement est vicieux. Que la durée des cours de l'école normale soit de cinq ans. Que les élèves-maîtres puissent être admis à quinze ans et qu'ils reçoivent, pendant les deux dernières années, quelques notions de latin. Qu'on retranche du programme les matières dont l'utilité n'est pas sérieusement établie. Que l'instituteur puisse vivre honorablement. Qu'il soit débarrassé de ces mille influences qui annihilent son initiative dans la commune. En rémunérant bien ses services, on pourra lui interdire cette foule d'occupations secondaires qui le détournent de sa véritable destination. L'instituteur ne doit être le très humble serviteur de personne; il faut qu'il reste indépendant dans sa commune et ne s'occupe que de sa classe. Pour cela, payez-le honnêtement. Avec son traitement dérisoire de 700 francs, il lui est impossible de faire face aux besoins de l'existence, surtout s'il est marié et père de famille. Les instituteurs étant au nombre des fonctionnaires les plus utiles de l'Etat, pourquoi les reléguer au dernier rang? Pourquoi leur donner un traitement si inférieur à l'importance *réelle incontestable* de leurs fonctions. Il est temps enfin que ces hommes modestes soient aussi délivré du fardeau moral que leur trop grande dépendance dans la commune fait peser sur eux. Rendons-les à eux-mêmes, et, vite, nous apprécierons les éminents services qu'ils sont capables de nous rendre. Il est un

but que nous devons poursuivre par tous les moyens :
c'est l'instruction du peuple. Que l'enseignement soit
gratuit, mais surtout obligatoire. Nous devons refuser le
droit d'élection au citoyen incapable d'écrire lui-même
son bulletin. Le suffrage universel, pour être efficace,
doit être l'expression intelligente et raisonnée de la pensée de chacun. Comment trouver cette garantie chez un
citoyen illettré? N'est-il pas absurde que le vote d'hommes comme M. de Mac-Mahon, ou M. de Goulard n'ait
pas matériellement plus de valeur que celui du citoyen
ignorant qu'on mène au scrutin comme un mouton?
Dans l'enseignement secondaire, qu'on se renferme dans
les limites du programme; que la danse, la musique et
le dessin d'imitation ne ravissent point aux études clas-
sique un temps trop considérable. Qu'on paie mieux les
professeurs, qui sont aux prises avec de grandes difficul-
tés matérielles. Il leur faut des prodiges d'ordre et d'éco-
nomie pour joindre les deux bouts. Pourtant, ils sont
dignes d'un meilleur sort, puisqu'ils tiennent dans leurs
mains la science des jeunes générations, et qu'ils sont
les dépositaires de la ruine ou de la grandeur de la patrie. Les génies ignorés doivent régénérer la France.
Procurons-leur le moyen de s'épanouir. Au fond des hameaux les plus obscurs, comme au sein des cités les plus
populeuses, des milliers d'instituteurs distribuent l'instruction primaire à des enfants vingt fois plus nombreux
que ceux qui reçoivent l'enseignement secondaire, et qui
sont destinés, par l'obtention du grade de baccalauréat,
à occuper les emplois administratifs, refusés à ceux qui
n'ont pu jouir du bénéfice de cette instruction secondaire. C'est donc la vingtième partie des citoyens qui
sont seuls appelés à envahir tous les emplois publics, et
la France est privée du concours des dix-neuf autres
vingtièmes de sa population. C'est une lacune à combler. Que sur mille enfants qui reçoivent l'instruction

primaire, on en choisisse un, le plus intelligent de tous,
et qu'on le mette dans un établissement exclusivement
composé d'élèves ainsi recrutés sur tous les points de la
France, — l'État et le département pourvoieraient aux
frais de leur instruction. — Ces jeunes gens, la quintessence de la population, deviendront un jour de grands
écrivains, de grands généraux, de grands hommes de
science. Pour réaliser cette réforme, chaque instituteur
doit adresser annuellement à son Inspecteur le nom de
celui de ses élèves qu'il aura remarqué comme le plus
intelligent, en indiquant son âge, l'époque depuis laquelle il fréquente l'école, la partie pour laquelle il lui
reconnaît des aptitudes, etc. L'inspecteur primaire con-
voquera au chef-lieu d'arrondissement les enfants qui
lui auront été signalés, les soumettra à un examen écrit
et à un examen oral, et constatera lequel de tous a été
le plus intelligent et le plus digne de provoquer en sa
faveur la bienveillance de la nation. Les enfants ainsi
recrutés seront placés ensemble dans un ou plusieurs
établissements spéciaux, où ils feront leurs classes la-
tines et d'où ils pourront sortir bacheliers. Après avoir
conquis leurs grades, ils pourront être admis, toujours
gratuitement, à suivre l'enseignement supérieur. Avec
ces élèves d'élite, on limitera à sept ans la durée de leurs
études. Des professeurs émérites se dévoueront à cette
œuvre patriotique. Ne nous flattons pas d'être la nation
la plus civilisée de l'Europe : l'Allemagne nous est supérieure du côté de l'esprit. On n'y trouve d'illettrés que
les trois centièmes de la population. En France, il y en
a plus d'un tiers. Pendant l'invasion, nous avons vu tous
les soldats allemands demander du papier pour écrire eux-
mêmes à leur famille. Combien des nôtres auraient pu en
faire autant? Voilà les causes matérielles de nos désastres.
Si nous en cherchons ailleurs la source première, nous la
trouverons dans notre abandon du sens moral. Redeve-

nons donc religieux, et quand se lèvera le jour de la
REVANCHE NATIONALE, que tout bon Français désire,
nous volerons avec plus d'ardeur au champ de bataille,
et nous serons plus sûrs d'y remporter la victoire.

TANNOD DE EDELRAG,

Membre de plusieurs sociétés savantes et
gratifié d'une mention honorable, de
trois médailles d'or, de trois médailles
de vermeil, d'une médaille d'argent, de
deux prix d'honneur et de six primes
d'encouragement.

## RONDEL

À ÉVARISTE CARRANCE.

Laissons gronder la politique,
Passer le temps et couler l'eau.
A nous musette et chalumeau,
Refrain gaulois, danse rustique !

A nous la ballade gothique,
Le *branle-gai* du pastoureau :
Laissons gronder la politique,
Passer le temps et couler l'eau.

A nous la vieille poétique !
Triolet, rondel ou rondeau,
Ciselons un bijou nouveau
Pour tout écrin de forme antique.
Laissons gronder la politique
Passer le temps et couler l'eau.

JULES-FRICHON DE VORIS.

## Sur le Tombeau d'un Enfant

A MADAME M... V...

Voilà le sort! ainsi de la courte journée,
Le matin souriait; hélas! triste est le soir.
Ne pleurez plus l'enfant, ô mère abandonnée,
En quittant cette vie, aux douleurs condamnée,
Il ne vous a pas dit adieu, mais au revoir!

Heureux qui, de bonne heure, au terme de la route
Où nous allons brisés, arrive comme lui,
Sans avoir entendu les vains bruits qu'on écoute,
Et sans avoir connu ni désespoir ni doute.
Hier c'était la fleur, c'est l'étoile aujourd'hui.

Vous le cachiez hier dans des flots de dentelle,
Et d'un trop vif éclat vous défendiez ses yeux;
Il contemple aujourd'hui la lumière éternelle.
Comme le jeune aiglon qui sent cloître son aile,
Il a pris son essor vers la splendeur des Cieux.

C'est en vain qu'ici-bas j'ai cherché le dictame
Pour fermer votre plaie, ô cœur saignant toujours,
Il faut le demander à celui, pauvre femme,
Qui sur la tige frêle a cueilli la jeune âme,
Toute suave encore au matin de ses jours.

Peut-être il avait vu, lui dont l'œil perce l'ombre
Du lointain avenir à nos regards voilé,
Sur cette tête blonde, en orages sans nombre,
Les ans s'amonceler; de cet univers sombre
Il emporta l'enfant dans son ciel étoilé.

Pourquoi pleurer? La tombe, ouverte à tous les âges,
Est la porte suprême où nous devons passer,
Pour trouver l'horizon qui n'a pas de nuages;
Ses pieds se sont posés sur de plus beaux rivages,
Où l'on goûte un bonheur dont rien ne peut lasser.

Là, sa couche est plus douce, un rayon l'environne,
Son ange avec amour le berce dans les fleurs;
Sur son front resplendit une blanche couronne...
O mère! bénissez et priez Dieu, qui donne
        Et la joie et les pleurs!

                        Charles BLANCHAUD.


## Aux Français


Français, énorgueillis d'une force éphémère,
Tous vous êtes raillés du maître de la terre ;
Vos rois se sont ligués contre le roi des rois ;
Vous disiez : « Refusons au Seigneur nos hommages,
Brisons son joug cruel, accablons-le d'outrages,
        Rejetons à jamais ses lois. »

Mais le Seigneur s'est ri de votre orgueil suprême,
Il arrache à vos rois leur pompeux diadème,
Et vient vous gouverner de son sceptre de fer.
La mort plane sur vous ; vous êtes ses victimes,
La vengeance aujourd'hui, pour châtier vos crimes,
        Ouvre les cachots de l'enfer.

Dans les Cieux ébranlés éclate son tonnerre,
Et vous fait ressentir l'effet de sa colère ;

Sa voix répand sur vous le trouble et la terreur,
D'innombrables fléaux à son ordre vont naître,
Vos monuments de gloire à jamais disparaître,
    Anéantis dans sa fureur.

Vous pliez sous le poids de votre ignominie ;
Le glaive destructeur étend déjà sans vie
Le guerrier, la vierge et l'enfant au berceau ;
Vos somptueux palais s'abîment dans les flammes,
Des monstres inhumains par leurs meurtres infâmes
    Creusent à la France un tombeau.

D'où naissent ces frayeurs, ces cris et ces alarmes,
Vous qui vous confiez en vos puissantes armes,
En ne comptant pour rien le secours du Seigneur !
Vos cités sont en proie à la guerre civile,
L'ennemi vous oppresse ; une crainte servile
    Etouffe aujourd'hui votre honneur.

Ces châtiments d'un Dieu sont justes, légitimes ;
Criez, criez vers lui, malheureuses victimes :
« Seigneur, c'est justement que vous nous accablez :
Ayez pitié de nous ! Changez notre fortune !
Grâce au nom des martyrs des jours de la Commune,
    Que des traîtres ont immolés !

Ecartez loin de nous votre sainte colère !
Nous voulons dès ce jour travailler à vous plaire :
Chassez les oppresseurs de notre beau pays !
Qu'ils frémissent de crainte... abattez leur puissance !
Au cœur de tout Français ranimez l'espérance !
    Rendez-nous nos champs envahis. »

Oui, c'est une leçon que ce terrible drame.
Oh ! revenez vers Dieu le repentir dans l'âme,
Avec un cœur contrit, plein d'un espoir pieux :

Sa bonté vous rendra votre beau territoire,
La France avec sa foi doit reprendre sa gloire,
Recouvrer ses jours radieux.

D. CAILLÉ.

## L'ORPHELIN

Je suis seul ici sur la terre,
Oui seul, sans parents, sans amis :
Ce n'est qu'en mon Dieu que j'espère.
En son secours qu'il a promis
A celui qui dans sa détresse,
L'invoque et tend vers lui les mains :
Il a pitié dans sa tendresse,
Il a pitié des orphelins.

C'est mon Dieu qui me fortifie
Et qui me conduit pas à pas :
C'est lui qui protége ma vie,
Son regard ne me quitte pas.
Il entend toujours ma prière,
Jamais mes cris n'ont été vains,
Il s'est toujours montré mon père,
Il a pitié des orphelins.

Si parfois mon âme abattue,
Se laisse aller au désespoir,
Une voix qui m'est bien connue
Vient me ramener au devoir :
C'est la voix du Dieu que j'implore
Au milieu de tous mes chagrins,
C'est sa voix qui me dit encore :
Je prends pitié des orphelins.

Je suis privé de toute chose,
Ici je ne possède rien,
Mais sur mon Dieu je me repose,
Il est mon unique soutien ;
Souvent sans aucun abri, j'erre
Dans les bois ou sur les chemins,
Son bras supplée à ma misère,
Il prend pitié des orphelins .

Près de sa fin, ma bonne mère,
Me dit encore en me baisant :
Je touche à mon heure dernière,
Je vais te quitter mon enfant.
Qu'en sa bonté, Dieu te protége,
Qu'il te garde des inhumains,
Qu'il te délivre de tout piége,
Qu'il ait pitié des orphelins.

Oui, sa prière est exaucée,
De Dieu, l'œil est toujours sur moi,
C'est vers lui que va ma pensée,
En lui que repose ma foi.
Il sèche seul toutes mes larmes,
J'en rends grâces soirs et matins,
Car il dissipe mes alarmes,
Il a pitié des orphelins.

ALPHONSE DUMAS.

## SONNET

Cueillir le long des près la douce primevère,
Savourer le parfum des roses du jardin,

Réunir en bouquets l'œillet ou le jasmin,
Admirer dans les bois le chêne ou l'humble lierre.

Voir se dorer les monts au soleil du matin,
Contempler les sommets levant leur tête altière,
Sillonner les flots bleus du lac à l'onde claire,
Respirer l'air du soir et son charme divin.

Ecouter des oiseaux le séduisant ramage,
Jouir de la beauté d'un riant paysage,
Tout doit nous amener à louer le Seigneur.

Sa puissance se lit partout dans la nature,
Et le vent qui mugit, et la fraîche verdure,
Tout dit de t'adorer, céleste Créateur.

Alphonse DUMAS.

## LE PAUVRE ENFANT

ÉLÉGIE.

> La Mort a des rigueurs à nulle autre pareilles.
>
> MALHERBE.

Chère petite créature,
Précieux gage de l'amour,
Ta mère, en te donnant le jour,
Subit les lois de la nature :
Souffrant horriblement, mais te tendant les bras,
A peine elle t'a vu que soudain le trépas,
Avec sa faux en main préside à ta naissance.
Elle meurt et tu vis !... Adieu son espérance !...

Oh ! ces baisers si doux, si touchants d'une mère,
    Tu ne les connaîtra jamais !
    Pour toi, la vie est sans attraits !
Le plaisir, le bonheur, tout n'est plus que chimère !

Mais il te reste un père, un père infortuné,
Un père, que la mort d'une femme adorable
    Rend pour toujours inconsolable.
Il veillera sur toi, cher petit nouveau-né...
Non. La cruelle mort veut une autre victime,
    Elle commet un nouveau crime :
Elle emporte ton père, et le même linceul
Les couvre tous les deux ! — Pleure, te voilà seul !

    Seul, sans parents et sans amis
Pour essuyer tes yeux, pour empêcher tes cris !
Seul, sans frère ni sœur, pour t'aimer, te le dire,
    Pour t'embrasser, te faire rire !...

O mon pauvre petit ! que vas-tu devenir
Parmi tous les méchants qui sont sur cette terre ?...
Quel présent plein d'angoisse et quel sombre avenir !...

Mais déjà tes parents reposent sous la pierre,
Ne pleure plus, enfant... — Mais que vois-je ? il s'endort ?
    Non, non, car hélas, il est mort !

(Calvados).                    GABRIEL HERMONT.

## SONNET

(Séance de l'Assemblée nationale du 29 mars 1873)

HOMMAGE A M. DEPEYRE, DÉPUTÉ DE LA HAUTE-GARONNE

Qui ne sait l'orthographe a droit à l'indulgence,
Et, très humblement, j'ose en réclamer le fruit :

Dans mon journal, on lit qu'un ministre de France,
Titré *garde des sots*, a fait tapage et bruit !

Un député hors ligne, un vrai puits d'éloquence,
Au nom de la justice et du droit non réduit,
A tracé la limite où se perd la puissance
D'un décret contre un prince indûment éconduit !

Le ministre susdit se parjure et s'admire,
N'exprime ce qu'il pense et, dans sa version,
Laisse libre tout prince, hormis ceux de l'empire !

Que de revirements faits en prévision !
Soyons homme de cœur, de politique franche ;
Prions Dieu pour les fous ; à bientôt la revanche !

Indre, 2 avril 1872.                          Baron DE KINNER.


## L'ORGUEIL

A MES FRÈRES

Perdus dans l'Univers et dans l'Éternité,
Faibles audacieux, l'inconnu nous attire ;
Notre ardeur insensée à tout connaître aspire,
Et des Cieux infinis sonde l'immensité !

L'effroi ne peut saisir notre témérité :
Le hasard nous entraîne, et, dans notre délire,
Nous croyons à nos lois, à notre vain empire,
Soumettre la nature et la divinité !

Et du passé pourtant il n'est que des débris :
Babylone n'est plus que poussière et que ruine ;
Nos palais, nos splendeurs, le temps les déracine !

Pourtant la foudre ardente à la noire tempête,
Dans sa voix solennelle à notre orgueil répète :
« Courbez-vous et tremblez, vous êtes si petits ! »

---

## A ELLE

DIEU ET L'AMOUR LE PLUS PUR

—

Sa voix, la voix aimée, au milieu du silence,
En un hymne d'amour montait vers l'infini ;
Et parfois un zéphir, comme d'un orgue immense,
Arrachait l'harmonie au feuillage endormi.

J'étais seul avec elle ; et ta magnificence
Déroulait ses splendeurs au dôme de la nuit !
O mon Dieu, j'ai frémi, j'ai compris ta puissance,
Et d'amour devant toi mes genoux ont fléchi !

Et puis j'ai sur mon cœur pressé ma bien-aimée,
J'ai posé mon baiser sur son front virginal,
Ce baiser plein de toi, ce baiser idéal !

Car j'ai compris alors ta nature innommée,
Car j'ai compris ta loi, l'amour universel,
Soutien de l'Univers dans l'espace éternel !

---

## A LA DIVINITÉ

L'amour est une loi incomprise.

L'amour, un peu amour, dans son sein les enlace,
Ces astres, ces soleils qui roulent sans appuis !

Malgré l'éther immense ils demeurent unis,
Et sans les ébranler le temps s'enfuit et passe.

Dieu, sublime inconnu, toi qui semas l'espace
De ces feux éclatant dont scintillent les nuits,
Oui, l'Univers contemple, au dômes infinis,
Le code étincelant des lois que tu nous trace ;

Mais, hélas ! c'est en vain que ta vaste pensée
A gravé dans les Cieux sa sainte volonté :
La concorde, la paix et la fraternité !

Car l'homme est un aveugle, et son âme insensée
Aspire avec délice à la haine, à la mort :
Le mérite, en ce monde, est au bras le plus fort !

Henri LA FONTAINE

## Philosophie Chrétienne

—

Une fée au riant visage
Veille sur nous avec amour ;
Elle pourvoit, en fille sage,
A nos besoins de chaque jour ;
Mais si pourtant notre paresse
Est trop grande, elle nous délaisse
A la fatalité du sort.
Bonne fée, amante fidèle,
Au travailleur rempli de zèle,
Ouvre toujours son coffre-fort.

A mes côtés elle est sans cesse,
Comme un bon ange elle me suit ;
Durant le jour sa main me presse,
A mon chevet passe la nuit.

Elle est pour moi toujours si bonne,
Qu'à ses bons soins je m'abandonne,
L'esprit content, le cœur heureux.
Discrètement pendant ma route,
Elle me parle, et je l'écoute;
Ainsi nous cheminons tous deux.

Quand sonnera ma dernière heure,
Moment terrible et plein d'effroi !
La bonne fée, en ma demeure,
Priera bien le bon Dieu pour moi :
Or, la foi déployant ses ailes,
Au séjour des âmes fidèles
Me conduira, je suis certain ;
Et Dieu, dans sa bonté suprême,
Ce Dieu d'amour, ce Dieu que j'aime,
Daignera me tendre la main.

Louis GODET.

## AUX POÈTES DU 10ᵉ CONCOURS

Votre voix s'élève pour rendre à la France son antique splendeur. — Votre appel sera entendu. — Tous les enfants de cette noble nation comprendront ce qu'il faut d'abnégation, de travail et de sacrifices pour rendre ce résultat possible. — Au nom de tous les hommes de cœur, je vous remercie de votre initiative et vous promets que tous vous suivront dans la voie par vous ouverte. — Toutes les intelligences, tous les bras, tous les cœurs sont à vous et vous aideront dans votre tâche. — Travaillez, ô poètes ! semez dans les âmes de la génération nouvelle, les idées de dévouement à la chose publique et de sacrifice à-la patrie. — Opposez à la matière qui abrutit les peuples, la pensée qui les fait grands, et montrez à la génération qui viendra que sa tâche est d'effacer la honte de la nôtre. — O France, mon-pays sacré, que la voix de tes poètes couvre la voix des agioteurs et des hommes de plaisir, que le sentiment de l'honneur national, ravivé en toi, exalte tes enfants, et montre au monde que la grande civilisatrice vit encore. Encore une fois merci, et croyez bien que si le passé appartient à la force, l'avenir est à l'intelligence.

L. BERTHELOT.

## LA PRIÈRE

Ma fille va prier.<br/>V. Hugo.

—

« Les flots avec fracas se brisent au rivage ;
L'ouragan gronde, au loin de rapides éclairs
Se perdent dans les Cieux, auparavant si clairs :
Le vent gémit et siffle avec un bruit sauvage.

Le phare lumineux qui dénonce la terre
Au vaisseau balloté, par le naufrage atteint,
S'est dans la sombre nuit subitement éteint,
En laissant au danger son horrible mystère.

Je tremble ; mon enfant que cette nuit est sombre !
Tous ceux que nous aimons naviguent sur la mer :
Qu'à mon cœur désolé cet instant est amer !
Peut-être en ce moment leur léger esquif sombre...

Peut-être que le vent vient de briser leur voile...
Peut-être mon enfant... Ah! je n'ose y penser...
Non ; mon émotion ne peut se maîtriser,
Je cède à la douleur et mon regard se voile.

Ma fille, va pour eux adresser ta prière ;
Des Cieux avec ferveur implore le secours.
La tempête en grondant poursuit encor son cours...
Peut-être maintenant, as-tu perdu ton père. »

Devant la sainte image, au vieux mur suspendue,
Elle s'agenouilla. Ses longs cheveux souvent
Frissonnaient, agités par le souffle du vent ;
Sa prière des Cieux allait être entendue.

Pendant qu'elle priait pour le salut d'un père,
Pendant que sur l'image elle attachait les yeux,
Un ange, tout à coup, venu du haut des Cieux,
La couvrit de son aile en lui disant : « Espère. »

La pauvre mère était anxieuse, attentive ;
Plus elle interrogeait un horizon lointain,
Plus, hélas ! son malheur lui paraissait certain...
Tout était entraîné par l'onde fugitive.

Avec ferveur, l'enfant priait toujours. La mère
Poussa soudain un cri. Près d'elle un frêle esquif
Approchait ; il touchait déjà presque au récif
Qui bordait la plage. Ah ! plus de souffrance amère.

Plus d'angoisse mortelle : ils étaient sauvés. L'ange,
Ce divin messager, avait guidé leurs pas.
Ceux qu'il avait sauvés de l'horreur du trépas
Tombèrent à genoux en chantant sa louange.

                                                    A. H.

## SONNET A 1873

—

Salut soixante-treize ! A ton avènement
Tout le monde sourit, te fait bonne figure;
Un soleil printannier te donne un air charmant;
Confiants, devons-nous en tirer bon augure ?

Décembre, dans son cours, resta doux et clément;
Neige et frimas n'ont point désolé la nature;
Toi, son jeune héritier, à ton commencement,
Tu nous rends tout joyeux par ta température.

Sois donc à ton début un des plus doux hivers,
Sois le réparateur des maux par nous soufferts,
Voilà notre souhait ! telle est notre espérance !

Que Dieu, dans sa bonté, protége encor la France !
D'un cruel ennemi la délivre à jamais !
Et cimente à toujours l'union des Français !

1er janvier 1873.                    R. AGNÈS.

—

### LE BOUQUET DE VIOLETTES

(Sonnet d'envoi à ma nièce Frédéric-Rantien Longueval.

—

A votre intention, dans un riant bosquet,
Ce matin j'ai cueilli la fraîche violette;
De retour au logis, j'en compose un bouquet,
En l'ornant de sa feuille en guise de toilette.

Ce n'est, malgré cela, que de fleurs un paquet;
Mon ignorance, hélas! n'étant que trop complète,
Pour lui donner un tour élégant et coquet,
Il eût été mieux fait si j'en eus fait l'emplette.

Mais le parfum des fleurs, si bien vous flattera,
Que le pauvre bouquet, grâce à lui passera
Dans vos mains, et de là sur votre cheminée.

Heureuse, j'en suis sûr, sera sa destinée,
Objet de tous vos soins et de votre bonté,
Il pourra très longtemps conserver sa beauté!

Loiret, 29 mars 1873.                                           R. AGNÈS.

## SONNET

A propos de la conférence sur l'Alsace, faite à Orléans le 21 mai 1873, par
M. le docteur Lichtenberger, de Strasbourg.

—

Nous avons entendu le docteur strasbourgeois,
En langage touchant faire une conférence
Sur son pauvre pays en deuil, pleurant la France!
Notre âme fut émue aux accents de sa voix.

Un conquérant barbare, abusant de ses droits,
Tous les jours de l'Alsace aggrave la souffrance,
Furieux et jaloux de voir sa préférence,
Persister au mépris de ses injustes lois.

L'Alsacien gémit! Sa douleur est amère,
Mais jamais dans les fers, il n'oubliera sa mère,
Son nom seul est changé par son tyran vainqueur.

Au fond, il est resté vrai Français par le cœur,
Digne et triste, il attend que Dieu, dans sa justice,
Daigne accomplir un jour l'œuvre réparatrice.

22 mai 1873.                                        R. AGNÈS.

## L'AMITIÉ

A ERNEST BETHIÈRE.

> And lastly... will he lodge the dear
> remembrance of your mutual
> friendship in his heart as a trea-
> sure never to be resigned?
>                         EMYELL.

> Et enfin, conservera-t-il en son
> cœur le cher souvenir de votre
> mutuelle amitié comme un trésor
> dont il ne doit jamais se séparer?

« Karl, éveille-toi, mon élève,
Le rossignol vient de chanter,
N'entends-tu pas ses doux accents?
Voilà le soleil qui se lève,
Respire le parfum d'encens
Que la brise vient d'apporter.

Vois le feuillage qui s'anime,
Viens sur le roc chercher la fleur
Qui, rose sauvage, éblouit
L'insecte qu'un souffle ranime.
Vois, le muguet s'épanouit;
Viens goûter un peu de bonheur.

Parmi les ronces de la plaine,
Nous nous tracerons un chemin

Qui nous conduira près des eaux,
Et notre démarche incertaine
Nous mènera vers les roseaux.
Nous irons, la main dans la main.

Empressé, je cours à toi, Pierre,
De tes plaisirs je prends moitié ;
Ami, courons de par les champs.
Tiens, prends cette feuille de lierre,
C'est un gage des plus touchants
Que puisse donner l'amitié.

Ami, quelle splendeur magique
Nous entraîne tout à la fois,
Et nous garde l'âme en éveil ?
Ami, c'est la douce musique
Qui te surprend à ton réveil
Et t'invite à chanter au bois.

Par quelle douce rêverie
Mon cœur à l'instant est surpris ;
Ce n'est pas un charme commun ?
Ami, c'est de la poésie
Qui, comme un suave parfum,
Se dégage de ton esprit.

Ami, dans le fond de mon âme,
De notre amour originel
Je crains le jaloux avenir.....
Notre pensée est une flamme
Qui, comme un joyeux souvenir,
S'évapore vers l'Eternel.

Le temps, sur toute chose, gagne
Une parcelle de plaisir.
Les deux amis sont séparés;

Karl est parti pour l'Allemagne ;
Les souvenirs sont resserrés
Ou plutôt, vont se rétrécir.

Mais la passion les entraîne,
Et puis, les rend indifférents ;
L'indifférence, c'est l'oubli.
Bientôt, leur âme si sereine,
Près d'une inconnue a faibli,
Et les rend amoureux errants.

Cinq ans plus tard, la guerre éclate
Entre Français et Allemands.
Dans la landwher, Karl est compris.
Un ruisseau de sang écarlate,
Près d'Allemands qu'on a surpris,
Marque leur mort et leurs tourments.

Un officier français s'approche
De ces cadavres tout gluants.
Et regarde le chef d'entre eux,
Qu'il a blessé dès son approche.
Il le fixe et ferme les yeux.....
Ses cheveux deviennent tout blancs !

Cet officier français, c'est Pierre,
Pierre vaincu par la stupeur.
Karl est bien le chef allemand
Etendu sur le sol. Un lierre
Sort de sa main, c'est le serment
Qu'il a gardé près de son cœur !

Karl est emporté par la fièvre ;
Pierre, abattu des coups du sort,
Près de son ami, se couchant,
Applique sa lèvre à sa lèvre.

Le soir, vers le soleil couchant,
On releva l'officier mort !

Mais enfin, que prouve la guerre ?
Quelle est la gloire du vainqueur ?
Quel bénéfice en est sorti ?
De morale, il n'y en a guère,
Le vainqueur vaut un perverti.
Triomphe du meurtre, ô penseur !

Cet impossible qui l'arrête
Provoquera bien la charté
Qui, par la volonté des dieux,
Et prenant la voix du poète,
Vient de l'immensité des cieux
Pour éclairer l'humanité.

Seine, 22 mai 1873.                          JULES RAUX,

---

## A PRUNAC

> Les flûtes et la harpe forment une douce
> mélodie, mais une langue pleine de dou-
> ceur surpasse l'un et l'autre. — Ecclé-
> siastique, ch. 40.

---

J'aime de tes beaux vers l'harmonieux hommage :
Ta Muse, cher Prunac, parle comme le sage.
Oui, tu dis vrai. Depuis le jour si solennel
Où l'Univers, créé d'un mot de l'Eternel,
Des gouffres du néant s'élança magnifique,
A suivre en paix sa loi constamment tout s'applique :
Et des êtres nombreux échappés de ses mains,
L'homme seul méconnait ses ordres souverains,
Et marcher autrement que ne marche le monde,
Pour lui, des plus grands maux est la source féconde.

Donc, humblement soumis, reconnaissons que Dieu
Marque à chacun son jour, et sa place et son lieu;
Mais ne blasphémons point le sublime délire
Qui transporte notre âme aux accords d'une lyre :
Ami, la poésie est un céleste don,
Et le répudier un indigne abandon.
Or, toi qui l'as reçu dans un cœur magnanime,
De cultiver ce don pourquoi te faire un crime ?
Marche, nouveau *Reboul!* sois l'homme qui pétrit
Le pain matériel et le pain de l'esprit;
Et, comme *Némausus* admire son poète,
De toi nous serons fiers, illustre enfant de Cette.
Poussé, dans tes élans, par un souffle divin,
Embrasse avec ardeur ton glorieux destin.
Tu peux croire sans crainte au beau feu qui t'enflamme;
Plus d'une fois tes vers ont su ravir mon âme,
Lorsque ta lyre en deuil exhale un doux soupir,
La céleste pitié se hâte d'accourir;
Et si d'un naufragé tu nous peins la détresse,
A tes sombres tableaux quel cœur ne s'intéresse?
Au poète nîmois, en traits ingénieux,
Retraçant ton enfance, et son charme et ses jeux,
Tes vers pleins d'harmonie, enchantent nos oreilles.
— Le patois t'a souri... voici d'autres merveilles !
Car dans notre idiôme éclatant, gracieux,
Tout est beau, tout est pur, tout est mélodieux;
La Grèce n'eut jamais de mots plus poétiques,
L'antique Latium de sons plus énergiques...
Mais du peuple j'entends les touchantes clameurs !
La mort de l'homme juste attriste tous les cœurs;
D'autres le dédaignaient, lui plaignit sa misère;
Il pleure en Montservin un bienfaiteur, un père.

Contre un siècle égoïste élève donc ta voix,
Ami, défends le peuple et proclame ses droits,

Ses droits chers et sacrés, ses droits imprescriptibles,
Qu'ont osé lui ravir, à ses maux insensibles,
De parjures maudits de la terre et des Cieux,
Des sophistes moqueurs au langage odieux.

Le poète combat pour la chose publique :
De l'amour du pays son noble cœur palpite;
Son encens le plus doux brûle pour la vertu,
Il fait briller l'espoir à l'esprit abattu,
Il adore l'honneur, vénère l'innocence,
D'un vers impitoyable il fouette l'insolence,
Sourit aux malheureux, voit en pitié les grauds,
Et son courroux s'allume à l'aspect des tyrans.

L'Abbé PEYRET.

## DITHYRAMBE

### A L'ABBÉ FIRMINHAC.

> Le peuple Français est bien soudain, il
> va par bonds, et dans un de ses pre-
> miers mouvements on pourra l'élever
> jusqu'au Ciel. — Le peintre Gérard
> à Genoude.

—

J'aime les champs, c'est ma douce retraite ;
On y respire un air de liberté ;
Les champs sont faits pour le poète,
Son âme y plane et rêve à l'immortalité.
Là, je sens une noble audace,
Là, je brave les coups d'un sort injurieux,
Je ne vois plus la terre en regardant les Cieux :
Il est vaste, infini, l'horizon que j'embrasse.
Oh ! comme avec bonheur s'élance mon esprit

Au-dessus d'un monde qui passe,
Au-delà du temps qui périt!...

Qu'ils sont vains, les travaux des hommes!
Hélas, dans le siècle où nous sommes,
L'égoïsme a tué les cœurs.
Vivre pour soi, c'est tout; nul, de la tyrannie,
Né songe à déjouer les complots destructeurs;
L'amour de l'or éteint l'amour de la patrie!
Pour l'intérêt éphémère et grossier
Des plaisirs, des honneurs dont l'âme se contente,
On ne craint pas de déployer
Une activité dévorante;
Mais que d'un saint devoir l'image se présente,
Dans le lac de l'oubli vite il faut la noyer!!!

J'en aperçois pourtant, loin des routes vulgaires,
Qui dans leur noble cœur gardent le feu sacré,
Rêvant pour leur pays des destins plus prospères;
Que chacun de ces preux soit partout révéré :
Chateaubriand, Hugo, Lamennais, Lamartine,
Quelques autres encore devant qui je m'incline:
Hommage, amour à ces hommes de cœur!
Comme un astre consolateur,
Leur immortel génie a brillé sur la France :
Ils en sont l'ornement, et la gloire, et l'honneur;
Ils en sont aussi l'espérance.

Le bataillon sacré marche vers l'ennemi,
Il faudra bien qu'il cède la victoire,
Cet ennemi dont la mémoire
Dans l'avenir vengeur n'aura point un ami.
Il traite la patrie en pays de conquête,
Ses chefs ont du pouvoir envahi les degrès,
Leurs pensers se sont égarés,
Et l'orgueil enivre leur tête.
Au despotisme universel,

Dans l'infâme dessein que leur souffle l'abîme,
    Ayant scellé leur pacte avec le crime,
Ils marchent d'un air sombre et qu'ils croient solennel.
Ah! n'ont-ils donc jamais sondé le précipice
    Où, terribles dans leur justice,
Les peuples, agités de saints frémissements,
Des sommets du pouvoir ont lancé les tyrans?.....
Si leur raison n'est pas tout à fait éclipsée,
Loin d'eux, comme un aspic, la funèbre pensée
    D'affermir le trône des rois
Sur les débris épars de l'honneur et des lois!
    Contre le droit le fort même succombe :
    Peuple en courroux, brise ainsi qu'une trombe,
La voix de l'ouragan n'égale point sa voix,
Et l'on n'a contre lui d'asile que la tombe.

1847.                    L'Abbé PEYRET.

# A Guillaume

Orgueilleux souverain, tout-puissant sur la terre,
Qui vins nous imposer de rigoureuses lois,
Aujourd'hui que je puis te parler sans colère,
Abaisse ton orgueil pour écouter ma voix.
Sans ostentation je veux la faire entendre,
Et sans humilité, cela doit te surprendre,
Toi qui ne vois jamais que des adulateurs
La vérité, sais-tu? ne connait pas de maître;
Ce spectre des tyrans, crois-moi, va t'apparaître;
Et sur ton front ridé vont pâlir tes couleurs.

Du commun des humains est-elle ton argile?
Oui, car tu dois la vie au même créateur.

Sur ton dos est écrit : mécanisme fragile;
Et le temps qui s'enfuit se rit de ton erreur.
La nature a ses lois, nul ne peut s'y soustraire;
As-tu donc quelquefois espéré le contraire?
Un bonheur continu peut troubler la raison.
Mais le tien est si grand! qu'il te serve d'excuse:
Le Seigneur cependant ne veut pas qu'on s'abuse.
Allons, courbe ton front et demande pardon.


Naguère souverain d'un tout petit royaume,
Où tu gémissais tant de ton obscurité,
Tu voulus à tout prix que le nom de Guillaume
Atteignit les hauteurs de la célébrité.
Tu dois être content : le destin, ton compère,
A servi tes desseins, dans un jour de misère,
En marquant, d'un seul coup, ta place aux premier rang.
L'étoile des tyrans, sur ta tête rayonne.
Mais que vois-je? Seigneur! de ta noble couronne
La perle précieuse est couverte de sang.


Au festin d'un vampire, à cette ignoble orgie,
Comme un tigre cruel on t'a vu te griser
Du sang de tes sujets; vois, ta main est rougie,
Et le temps, non, jamais ne pourra l'effacer.
Le trône où tu t'assieds, où resplendit ta gloire
D'un éclat passager que ternira l'histoire,
S'écroulera bientôt sous des lois d'équité.
Les peuples asservis briseront leurs entraves,
Alors qu'on aura plus de maîtres ni d'esclaves
Nos jours s'écouleront dans la fraternité.

Louis GODET.

## SONNET

A mon confrère M. Jobert Narzale, sur sa sainte Germaine de Bar-sur-Aube.

1870.

—

Je t'adresse un sonnet sur ta sainte Germaine;
Du haut de sa colline, elle t'en bénira!
C'est un riche morceau, de ta foi souveraine,
Dont tout Barsuraubois, justement t'en louera!...

Moi, pour mon compte aussi, vraiment, j'en perds haleine,
En te rendant hommage, à qui bon le voudra!
Non pas pendant un jour, mais toute la semaine,
Sans craindre l'incrédule, qui m'écoutera!...

Il m'importe fort peu qu'une engeance hautaine
Me jette ou non la pierre, avec envie ou haine :
Je remplis un devoir touchant et résolu.

De chanter tes beaux vers, avec honneur et gloire,
Sans redouter personne et d'un ton absolu,
Publiant hautement ta véridique histoire!!!.....

6 mai 1873.                                                 LALOY.

—※—

## SOUVENIR DE 1871

DOULEUR D'UN PÈRE (Mois de janvier).

—

Mon âme est comble de tristesse,
Je suis en complète détresse,
L'effroi me déchire le cœur.

Ma poitrine exhale avec peine
Une froide et mourante haleine,
Un souffle brisé de douleur.

Mon Dieu ! si ma peine est extrême,
C'est que fantôme à face blême,
Sur mon fils plane le trépas ;
C'est que ce fils, mon espérance,
Entend le glas de notre France,
Sonner dans d'impuissants combats.

Au cri que jeta la patrie,
Surprise ainsi d'être envahie,
Outré de honte il accourut,
Pour l'aider à laver l'outrage
De son amour, de son courage
Il vint offrir l'humble tribut.

J'étais triste, mais, sans me plaindre,
Alors ce que l'on pouvait craindre,
S'inclinait devant le devoir.
Puis : « Tout est prêt pour la défense, »
Disait-on, et cette assurance
M'avait leurré d'un vain espoir.

Mais le Germain toujours avance ;
Il arrive au cœur de la France,
La souille et n'est point arrêté.
On niait tout..... Nue et complète,
Comme une effroyable tempête,
Eclate, un jour, la vérité. .

On parle de paix ; elle est dure.....
Les uns disent : « C'est une injure, »
D'autres mesurant le danger :

« La résistance est impossïble,
» Acceptons-la quoique pénible,
» Et puis songeons à nous venger.

» La partie est mal engagée,
» Sans fruit l'armée est égorgée;
» Sauvons-la, retirons l'enjeu.
» Et tandis que le sang s'étanche,
» Préparons-nous à la revanche,
» Agissons mieux et partant peu.

» Non... il convient que l'on combatte, »
Réplique-t-on, « que l'on se batte,
» Avec vigueur... à tout hasard.
» S'il le faut, que l'homme périsse,
» Mais, avant tout, qu'il obéisse
» Sans murmure et sans nul retard. »

Voyant que l'on veut l'hécatombe,
Qu'il faut que notre France tombe
Sous l'ascendant d'un fol espoir ;
Que l'erreur et que la jactance
Priment la raison, la prudence,
Mon cœur s'emplit de désespoir.

Mon cerveau s'exalte et bouillonne;
Le bon sens fuit, il l'abandonne ;
Je n'ai plus ni guides ni freins.
Ma tête, il me le semble... éclate;
Elle se brise, et je me hâte
De la retenir à deux mains.

Dès lors, je suis à la bataille :
Sur mon front siffle la mitraille,
Dans mon cœur tonnent les canons ;

Et que je dorme ou que je veille,
Leur bruit roule dans mon oreille
Comme la foudre dans les monts.

Je vois par cent, je vois par mille,
Renversés, tombant à la file,
Les rangs rompus des bataillons ;
La cervelle vole à la nue,
Des lambeaux de chair pâle et nue,
Pendent s'égouttant aux buissons.

Dans des affres que rien n'égale,
J'entends le cri sec de la balle,
L'acier s'enfonce dans les flancs ;
La plaie est large, elle est béante,
Et sur la terre frémissante,
Se répand à grands flots le sang.

Sur des lits de boue et de neige,
Sans que rien, hélas ! les protége,
Se pressent des membres perdus ;
Le froid a soudé les jointures,
Et la faim traîne, en longs murmures,
Des entrailles les cris aigus.

Le tambour déchire l'oreille ;
D'un sommeil pénible on s'éveille,
On marche à droite... à gauche... horreur ?
Sans ordre... dure alternative !
Quand les pieds sont gelés... quand, vive,
Mugit la voix de la douleur.

Ah ! c'est affreux... Ah ! c'est atroce,
Je trouve insensé, dur, féroce,
L'ordre des fauteurs de combats,

Semant partout le mot : outrance,
Au moment où la pauvre France
Gît, expirante, entre leurs bras.

Et je maudis la mitrailleuse,
Le canon Krupp, la bombe creuse,
Donnant d'abord sur des rivaux,
Une force non contestée,
Mais la découverte éventée
Exigeant des progrès nouveaux.

Mais, Bismark, si toute confuse,
La science te les refuse,
Ces progrès qui lui font horreur,
Le roi qui donna le pétrole,
Honteux de son malheureux rôle,
S'il tremble et de toi s'il a peur...

Faudra-t-il, dis-moi, que l'on aille,
Pour que tu gagnes la bataille,
Forger tes armes aux enfers ?
Faudra-t-il te livrer la foudre,
Pour que Guillaume mette en poudre,
D'un seul coup le vaste Univers ?

Pour l'homme errant sur cette terre,
Où son séjour n'est qu'éphémère,
C'est trop qu'il ait entre ses mains,
Et fulminate et dinamite,
Substance implacable et maudite,
A l'usage des assassins.

Empereur-roi par trop superbe,
Pourquoi faucher comme de l'herbe
Les rangs de nos pauvres soldats,
Sans voir que pour tous une mère,

Attend et pleure en sa chaumière,
Le fils qui n'y reviendra pas.

Ah! vous prenez pour choses viles,
Pour chair au canon, seuls utiles,
Les membres de nos chers enfants!...
Sachez que dans chaque ménage,
A la ville comme au village,
On soupire après les absents.

Mais qu'êtes-vous, en fin de compte,
Empereur-roi, prince, et vous comte,
Dans le malheur, tous ici-bas,
Nous buvons le même calice,
Dans le bonheur le même vice,
Peut-être égare aussi nos pas.

Le monde a trop versé des larmes,
Subi de trop vives alarmes;
Songez, dédaigneux potentats,
Que le Ciel va briser vos trônes,
Et, pulvérisant vos couronnes,
De vos coups sauver les États.

Tremblez... déjà le peuple marche,
Et c'est Dieu qui guide sa marche;
Dans sa main flambe le brandon,
Regardez, là-bas, ce nuage,
Il est gros d'un affreux orage,
Il vous menace à l'horizon...

.   .   .   .   .   .   .   .   .   .   .   .

.   .   .   .   .   .   .   .   .   .   .   .

Voyant ainsi mon âme errante,
La raison tomber pantelante,
Mon ange arrive.... avec douceur
Il se penche et dit à l'oreille :

Pauvre père... sur toi je veille,
Fais une prière au Seigneur.

Cet ordre électrique étincelle,
Fait luire une clarté nouvelle,
Réveille l'espoir défaillant;
Je tombe à genoux, ma prière
Monte au ciel, j'invoque et j'espère
Du Très-Haut le secours puissant.

Je t'appelle aussi; je t'invoque,
Très-Sainte Mère, en toi j'évoque
Le souvenir des sept douleurs.
Car la perte que je redoute,
Tu sais par toi ce qu'elle coûte
De cris, de souffrance et de pleurs.

.    .    .    .    .    .    .    .    .    .    .    .

.    .    .    .    .    .    .    .    .    .    .    .

Alors que rien ne nous menace,
Nous pouvons, tout hideux d'audace,
Braver du Ciel les saintes lois;
Mais sitôt qu'un malheur nous presse,
Nous ressentons notre faiblesse,
Et de nos torts l'énorme poids.

Nous reconnaissons la puissance;
Nous recourons à la clémence,
Du Dieu le vrai, le seul appui.
L'âme qui souffre croit, espère;
Dans notre profonde misère,
Nous n'avons de recours qu'en lui...

.    .    .    .    ,    .    .    .    .    .    .    .

## HOSANNA!!! (19 mars).

—

Voici l'heure de délivrance,
Hosanna pour le Dieu de paix !
Et de justice et de clémence,
Je veux proclamer à jamais
Sa bonté, sa toute-puissance.
Gloire!... Gloire!... au plus haut du Ciel,
Au Créateur, à l'Eternel,
Au Tout-Puissant, au divin Maître,
Mille... mille et mille Hosannas,
Notre bonheur vient de renaître,
Je presse mon fils dans mes bras.

Gloire au Très-Haut... Vive allégresse !
Je vais les proclamer sans cesse.
Oui je le dois, oui je le veux.
Dieu vient d'exaucer ma prière,
Il a mis fin à ma misère,
Il n'a pas dédaigné mes vœux.

Je le priais quand la nuit sombre,
Sur mon cœur projetait son ombre,
Alors: parfois l'esprit voit clair.
Car bien souvent, durant l'orage,
Le Ciel éclaire le nuage
D'un vif et bienfaisant éclair.
Par lui Dieu nous montre la voie,
Remplit de lumière et de joie
Le sillon qu'il trace dans l'air.

Oui, le Dieu de miséricorde
Pardonne à l'imprudent mortel,
Et, quand on l'invoque, il accorde
Un regard doux et paternel.

De son ingrate créature,
Il oublie à jamais l'injure.
Après un outrage formel,
S'abandonnant alors lui-même,
Il écoute l'homme qu'il aime,
Et qui lui fait un humble appel.

Voici l'heure de délivrance,
Hosanna! pour le Dieu de paix,
Et de justice et de clémence,
Je veux proclamer à jamais
Sa bonté, sa toute-puissance.
Gloire!... Gloire!... au plus haut du Ciel,
Au Créateur, à l'Eternel,
Au Tout-Puissant, au divin Maître,
Mille... mille et mille hosannas,
Notre bonheur vient de renaître,
Je presse mon fils dans mes bras.

(Var). JACQUES MIREUR.

## HEURE DU SOIR

RÊVERIE DU JOUR

—

Heure du soir, heure paisible et sombre,
Descends des airs sur ton char nébuleux,
Eteint du jour le disque lumineux,
Et verse nous les bienfaits de ton ombre :
Pour qui d'absence a gémi tout le jour,
Heure du soir est aurore d'amour !

Dès qu'entr'ouvrant la porte orientale
L'aube vermeil a réjoui les Cieux.
De nos forêts le chantre harmonieux
Vient saluer l'étoile matinale;

Mais, pour deux cœurs séparés tout le jour,
Heure du soir est aurore d'amour!

L'astre éclatant sur un trône de flamme,
Des nuits en vain bannit l'obscurité
Quand, sur le monde il répand sa clarté,
L'astre des nuits est encor dans mon âme :
Pour un amant qui languit tout le jour,
Heure du soir est aurore d'amour!

Septembre 1872.                                    A. DIEUAIDE.

## LES ADIEUX D'UN ALSACIEN

—

La nuit était sinistre, et le vent, avec rage
Sifflait dans les cyprès et son souffle puissant
Entassait dans le Ciel, nuage sur nuage.
Tout paraissait dormir dans Strasbourg. Cependant
Si du vautour Prussien la lourde sentinelle,
Placée à quelques pas de l'asile des morts,
Eût osé promener ses regards autour d'elle,
Elle eut pu distinguer, sur une tombe, un corps
Penché, mais plein de vie, un homme au front sévère :
Elle eût, prêtant l'oreille, entendu, prononcés
D'une voix inspirée, émue, hélas! mais fière,
Ces mots qui germeront dans tous les cœurs français :
« Ils sont vainqueurs grâce à l'astuce, grâce au nombre,
» Grâce à la trahison! Qu'importe!... ils sont vainqueurs
» Et chaque jour éclaire un crime, éclos à l'ombre
» De leurs drapeaux, souillés et noirs comme leurs cœurs;
» Sous les yeux des maris attachés, les infâmes
» Allumaient l'incendie, égorgeaient les enfants,
» Outrageaient, violaient les filles et les femmes,
» Et puis les écrasaient sous leurs pieds triomphants!...
» Demi-nus, l'œil hagard comme des Cannibales,

» Ivres, souillés de vin et de sang dégouttants,
» Les scélérats dansaient des rondes infernales
» Autour de ces débris encore palpitants !
» Ils ont escaladé les bornes du cynisme,
» Ces braves qui fuyaient quand ils n'étaient pas dix
» Contre un seul ; ces guerriers qui poussent l'héroïsme
» Jusques à poignarder des enfants endormis !
» Ils se sont tout permis. L'Alsace et la Lorraine
» Sous le joug du vainqueur ont dû courber le front,
» Et nous, pour nous soustraire à ce cruel affront,
» Nous allons en exil sur la plage africaine ;
» Nous fuyons le beau Ciel témoin de notre enfance,
» Témoin de nos amours, de nos épanchements ;
» Nous fuyons, jusqu'au jour suprême où la vengeance
» Aura fait retentir l'heure des châtiments ;
» Jusqu'au jour, où le Droit primant enfin la Force,
» Redressera la tête et de son bras puissant
» Ecrasera les os du Prussien et du Corse
» Dans le même baquet, pour les jeter au vent !...
» O mon père ! ô mon frère ! ô ma mère ! ô ma sœur !
» Tombés sur les remparts frappés par l'agresseur ;
» S'il ne m'a pas été permis de vous rejoindre,
» C'est parce que la mort n'a pas voulu de moi,
» C'est parce que le jour de justice doit poindre,
» Et que vos assassins vivent. Voilà pourquoi !...
» Oui nous la reverrons la sublime victime,
» Notre France, debout, puissante, magnanime ;
» Elle repoussera jusque dans leurs manoirs
» Les barbares du Nord avec leurs aigles noirs ;
» Puis elle brisera ses affûts et ses armes ;
» Puis, grave, l'âme émue et les yeux pleins de larmes,
» Par un superbe pont, aux colonnes d'airain,
» Elle réunira les deux rives du Rhin,
» Au milieu de ce pont un groupe, une statue :
» (La guerre sous les pieds du progrès qui la tue,)
» Sera mise à côté de la Fraternité

» Dont la main planera sur la Postérité.
» Tout auprès ces trois mots : Paix, Union, Clémence;
» Trois rayons jailliront des lèvres de la France;
» Les peuples écoutant cette divine voix
» Loin de s'entr'égorger renverseront leurs rois,
» Ils se tendront enfin une main fraternelle,
» La terre jouira d'une paix éternelle;
» Aux sillons teints de sang, aux tombeaux, aux cyprès,
» Sucèderont les fleurs, les lauriers du progrès :
» Du palais somptueux, jusqu'à l'humble chaumière,
» Partout la Liberté portera la lumière;
·» Et les germes du mal, par son souffle divin
» Desséchés, giseront au fond du cœur humain..... »
Depuis longtemps déjà le vent ne sifflait plus,
Et les sombres vapeurs faisaient place aux étoiles;
Aurore s'avançait et déchirait les voiles
De la nuit. A Strasbourg on sonnait l'*Angelus*.
L'homme s'agenouilla, ses lèvres murmurèrent
Quelques mots en latin, quelques larmes coulèrent
De ses yeux, un soupir s'exhala de son cœur,
Et puis, il s'écria d'une voix attendrie :
« O mon père ! ô ma mère ! ô mon frère ! ô ma sœur !
Adieu, jusqu'au réveil de ma chère *Patrie*. »

HIPPOLYTE PAMPHILE.

## LE DIMANCHE

Bon vieux dimanche de province,
C'est mon bonheur de voir passer,
Le matin, à l'air vif qui pince...
Ceux qui vont se faire raser,

Celles qui vont à la grand'messe,
Ceux qui vont boire du vin blanc....

Tous les pauvres diables qu'on laisse
Libres cinquante-deux fois l'an.

J'aime les défilés comiques
De bonnes gens en beaux habits,
De collégiens en tuniques,
De nourrices et de babys,

De jeunes et fraîches fillettes
En rubans de toutes couleurs,
D'antiques et blanches cornettes
Tranchant sur des fichus à fleurs...

J'aime les orgues magistrales
Roulant leurs sublimes sanglots,
Dans ces immenses cathédrales,
Pleines de robustes échos.

— Mais j'aime surtout à l'automne,
Par un temps brumeux et couvert,
Dans la campagne, où déjà sonne
Au loin la rafale d'hiver;

Le mélancolique et doux charme
Des belles cloches dont le son,
— Comme la voix dans une larme, —
Se voile au fond de l'horizon.

Marne, 21 mai 1873.                    HERMANT JUST.

# INSPIRÉ DEVANT MEDJÉ

### TABLEAU DE M. DUBUFFE

> Ces bijoux que l'on t'envie,
> J'ai vendu pour les payer,
> Ingrate, plus que ma vie,
> Mes armes et mon coursier !
> Et tu demandes quels charmes
> Tiennent mon cœur enivré !

Jules BARBIER (chanson arabe).

(Un arabe vaincu suppliant son épouse de le suivre
pour ne pas subir le joug du vainqueur...)

—

Viens avec moi mon idole,
Quittons le sol des aïeux
Où l'étranger, sans parole,
Montre son visage odieux.

. . . . . . . . .

Viens ; avec toi mon doux ange
Vers le désert je fuirai ;
Là, d'un bonheur sans mélange,
Vierge, je t'enivrerai.

. . . . . . . . .

Deux isolés dans ce monde :
Notre amour nous suffira,
Ton cœur, aussi pur que l'onde,
Pour moi seul resplendira.

. . . . . . . . .

Ecoutant de la nature.
Le doux concert animé :
Dans la brise qui murmure,
Dans l'oiseau qui sait aimer,
Dans l'ouragan, dans l'éclair,
Je veux te voir langoureuse,
Près de moi respirant l'air,
Devant l'aube vaporeuse.
Comprendre que loin de l'Être

Le grand livre est mieux compris,
Qu'il nous rapproche du Maître,
Duquel il faut être épris.

. . . . . . . . . .

. . . . . . . . . .

Vois, devant tes yeux, l'espace
Paraît dans sa majesté ;
Du zéphir suivons la trace
Pour chercher la Liberté !...

Ariane GIROD-ROUSSET.

## SOUS LES CYPRÈS

Dors en paix sous la pierre où tu fus déposée
Avant la fin de ton printemps ;
Charmante fleur, tu fus trop tôt brisée :
Tu n'avais pas vingt ans !
Tu brillais sous la rosée
D'un ciel serein.
Tu n'eús qn'un matin !

Sans chagrins, sans ennuis, s'écoula ton enfance
Sous l'humble abri du toit natal,
Où tu goutais la paix de l'innocence ;
Pourquoi le sort fatal
T'a-t-il ôté l'existence
Avant d'avoir
Comblé mon espoir ?

Quand, parfois, te mirant dans une onde limpide,
Tu regardais s'éloigner l'eau ;
Te disais-tu : « Ma vie est plus rapide

Que le cours du ruisseau ?
Sous leur enveloppe humide,
Tes jolis yeux,
Lisaient-ils aux Cieux ?

Nous passions d'heureux jours tous deux dans la prairie,
Quand venait la belle saison,
Nous admirions la campagne fleurie,
Couverte de gazon ;
Mais cette plaine chérie,
Hélas ! sans toi,
N'est plus rien pour moi.

Tes lèvres, en touchant la coupe de la vie,
En ont effleuré les douceurs ;
En nous quittant, tu nous laissas la lie,
L'amertume et les pleurs,
Dont l'existence est remplie !...
Que ton repos
Calme mes sanglots !

Je reviendrai souvent, ô ma chère colombe,
Evoquer ton doux souvenir !
Sous les cyprès qui croissent sur ta tombe,
Où mes jours vont finir !...
Si près du tien mon corps tombe...
De te revoir
Au ciel, j'ai l'espoir ! ! !

JEAN GROLLEAU.

## LA TRINITÉ MONARCHIQUE
A M. X.....
(Sonnet)

Pour faire un petit ciel, vous voudriez un trône :
Le roi, son fils, la reine, avec leur Majesté,

Ayant un sceptre en main, coiffés d'une couronne,
De la France seraient la Sainte-Trinité.

Messieurs les courtisans, madame la baronne,
Barons, comtes, marquis, ducs et société
Béniraient leur Seigneur, l'assisteraient au prône,
Seraient les chérubins faits pour la liberté !...

Le peuple, trop pécheur, languirait sur la terre,
L'Olympe agiterait le fléau de la guerre,
Afin d'exterminer l'homme libre en tout lieu.

Nos avocats seraient choisis parmi les princes,
Ce seraient de grands saints, vivant dans nos provinces,
Qu'il faudrait, à genoux, prier !... pour toucher Dieu.

(Maine-et-Loire).                                        JEAN GROLLEAU.

## LE MYOSOTIS

(Légende).

—

Ils étaient fiancés, tous deux s'aimaient d'amour,
D'amour tendre et sublime,
D'amour divin.
Mais, hélas ! leur amour devait durer un jour,
Lui, succomber victime
De son destin.

Elle et Lui doucement parlaient de leur bonheur,
Se disaient leur ivresse,
Leurs rêves d'or.
Ils ne formaient qu'une âme, et leurs deux cœurs un cœur.
Leur beauté, leur jeunesse,
Plus rien encor....

Appuyés l'un sur l'autre, ils erraient silencieux,
　　Leur pieds effleuraient l'onde
　　　D'un lac d'azur;
Et leur esprit voguait dans l'éther, dans les Cieux,
　　Région vague et profonde,
　　　Où tout est pur...

Une fleur, fleur d'un bleu céleste et ravissant,
　　Sur la rive opposée
　　　Se balançait;
Et ses reflets gracieux se miraient, en tremblant,
　　Dans l'eau cristalisée
　　　Qui murmurait.

Avec ce long regard mutin et passionné,
　　Auquel rien ne résiste,
　　　Elle lui dit :
« Vois-tu bien cette fleur, dont l'azur est fané,
　　Je la veux ou suis triste,
　　　Ange... choisis.

A ces mots, il répond en plongeant dans les flots,
　　Nage, se presse, arrive,
　　　Cueille la fleur.
Mais il faut revenir, ses bras fendent les eaux,
　　Il va toucher la rive.....
　　　Ciel! oh! douleur!

Ses forces l'abandonnent, il redouble d'élan,
　　Lutte contre la vie.
　　　Pleine d'effroi,
Elle lui tend la main, et Lui, pâle et mourant,
　　Jette la fleur et crie :
　　　« Pensez à moi. »

　　　　　　　　　　　E. DUCOS.

# ✱ Un Printemps sous la Tyrannie

CHANTS D'UN HABITANT DE LA MONTAGNE.

> Ils gémissent sous la multitude des oppres-
> seurs, ils pleurent sous le joug des tyrans·
> — Job. 35.

—

Tu règnes, beau printemps !... tout sourit sous le Ciel,
Et l'air qui m'environne est doux comme le miel.
Sur ces monts sourcilleux aux rochers granitiques,
Oh ! j'aime à respirer les parfums balsamiques
Des plantes qu'y jeta la main du Créateur.
Ici tout plaît aux yeux, tout site est enchanteur :
J'admire ces vallons, et de l'Orb, qui serpente,
Mon regard suit au loin l'onde azurée et lente ;
Puis je contemple, ému, quelque hameau riant,
Où la joie est paisible et le cœur innocent.
Non, je n'ai jamais vu de plus frais paysages :
Mille chantres ailés y charment les bocages,
Et leur vol plein de grâce, et leurs hymnes joyeux,
Rendent un peu de calme à mon front soucieux.

Frères ! qu'il serait doux de vivre ici sans crainte,
D'ignorer les cités où règne la contrainte,
De n'entendre jamais les horribles clameurs
Du vice triomphant, ou la voix des douleurs,
Qui trop souvent, hélas ! y vient affliger l'âme
Dans nos jours désolés, sous un régime infâme !...
Mais, comment être heureux quand un tyran cruel,
Qui foula sous ses pieds un serment solennel,
Pousse encore en exil, aux rives étrangères,
Dépouillés de leurs droits, des milliers de nos frères ;
Lorsque, à coups de décrets frappant la Liberté,
Promenant dans Paris son orgueil effronté,

Au peuple qu'il opprime imposant le sourire,
Il veut que ses danseurs lui ramènent l'empire!...
Non!... mon cœur nuit et jour de douleur est navré!
Non, je ne puis souffrir un régime abhorré!
Non, je ne puis goûter, dans mon inquiétude,
Les charmes du loisir et de la solitude!...

O frères! pour le peuple et pour l'égalité,
Toujours d'un saint amour mon cœur a palpité ;
Toujours j'ai voulu voir le peuple grand et libre,
Au cri de ses douleurs toujours mon âme vibre,
Et toujours, en dépit des flatteurs, des tyrans,
Opprimés ou proscrits, je bénis ses enfants!!!

21 mai 1852.                               L'Abbé PEYRET.

## LA FRANC SE RÉVEILLERA

> La poésie semble être descendue du Ciel
> sur la terre pour faire oublier un ins-
> tant ses misères à l'homme : C'est une
> suave harmonie qui abstrait l'âme du
> monde terrestre et la transporte com-
> me par enchantement dans un monde
> plus sublime, où elle s'abîme dans la
> contemplation de sa grandeur, et paraît
> atteindre à la félicité divine!

La paix depuis longtemps souriait à la France,
Et le Français vivait bercé par l'espérance,
Quand un roi tout à coup qui se croit offensé,
Fit paraître au grand jour un projet insensé...
Soudain a retenti le triste cri de guerre,
Fièrement accueilli par la nation entière!
O fatale journée! il n'est pas de pinceau
Pour peindre de nos maux le fidèle tableau!...
La France a succombé, dans la lutte inégale,
Sous le poids écrasant de sa fière rivale...

Il lui reste à pleurer son immense malheur...
En six mois elle a vu sa prompte décadence;
Comme une ombre elle a vu sa gloire et sa puissance
Passer entre les mains d'un indigne vainqueur!
Elle a vu ses enfants, marchant la tête altière,
A l'abri de son nom, couchés dans la poussière;
Le carnage partout, des ruines par monceaux,
Son peuple pressuré par d'avides bourreaux,
Extorquant en un jour un coin du territoire
Que nous avait acquis une antique victoire!...
Que diraient nos aïeux du fond de leurs tombeaux,
En voyant la patrie abaissée, opprimée,
La grande œuvre d'un siècle, en un jour effacée,
Le pays dépouillé de ces précieux lambeaux
Qu'ils n'avaient achetés qu'au seul prix de leur vie?
Leur beau front rougirait de cette ignominie!...
Et la guerre civile a déchiré ses flancs;
Elle a vu ses enfants immoler ses enfants!
De tant de fiers guerriers, roi cruel et barbare,
Prétends-tu dédaigner le courage si rare,
Et fouler sous tes pieds un grand peuple abattu,
Plus sublime, ô Guillaume, encor qu'il soit vaincu!
Qu'eux-mêmes les vainqueurs au sein de la victoire?
Tyran, après avoir tué l'humanité,
Sois fier d'être empereur, fier d'un titre usurpé,
Fier de tant de succès!... Fais célébrer ta gloire
Obtenue à prix d'or et par la trahison!...
Entasse tes trésors, ces richesses volées
Au mépris de l'honneur, des lois les plus sacrées...
C'est qu'à tes yeux l'honneur ne sonne qu'un vain nom!
Si ton avidité n'était pas satisfaite,
Prends encor quelque ville et que rien ne t'arrête...
Prends la France en entier, en vrai dominateur,
Use plus largement du plein droit de la guerre,
Ce royaume est à toi : N'es-tu pas le vainqueur?...

Que ton aigle domine en tout lieu sur la terre!...
Mais, au roi! souviens-toi qu'il est un Dieu vengeur
Qui saura tôt ou tard châtier l'oppresseur...
Tu la vois à tes pieds, cette France indomptable
Que toujours tu poursuis d'une haine implacable!
On reconnaît ton œuvre, on reconnaît ta main...
C'est des ruines partout, partout du sang humain;
L'humanité naissante à sa fleur moissonnée,
Cette immense hécatombe à ton heur sacrifiée!...
C'est peut-être une offrande agréable à ton Dieu
Qui te mène au succès et te suit en tout lieu;
Dieu cruel qui se plaît au meurtre et au pillage?...
Tu vois dans l'avenir une trop belle image :
Tu peux te reposer en paix sur tes lauriers,
La France a vu périr ses plus braves guerriers;
Elle dort aujourd'hui sur sa gloire ternie;
Elle se souviendra de tant de tyrannie!...
Crains un réveil terrible! attends que quelques ans
Aient réparé ses maux, aguerri ses enfants,
Et tu verras surgir des légions innombrables
De jeunes défenseurs, des vengeurs redoutables,
Qui sauront bien montrer, à tes odieux soldats,
Comme ils savent mourir et ne se rendre pas;
Et que le sang glacé dans le cœur de leurs pères,
S'est échauffé chez eux, pleins de grandes colères,
Que ce n'est qu'en eux seuls qu'ils mettent leur espoir,
Et tu sauras alors ce qu'ils peuvent valoir!...
Car, enfin, la victoire à ton char enchaînée,
Se lassera d'un joug qui la tient opprimée!...
Ton sceptre descendra de ton auguste front,
Tu verra s'éclipser ta gloire et ton renom...
Après avoir longtemps brillé dans la carrière;
Et, fier de tes exploits, dédaigné l'Univers,
Que tu songeais peut-être à mettre dans les fers,
Tu te verras réduit à mordre la poussière!...

E CHAUVIN.

## UN RÊVE DE BONHEUR

—

La nuit sur la nature avait jeté son voile,
Le silence régnait ;
Au serein firmament respendissait l'étoile,
Et l'homme sommeillait !
C'était l'heure où le songe, avecque tous ses charmes,
Et ses fantômes vains,
Fait glisser le plaisir ou jette les alarmes
Dans le cœur des humains !
Tout à coup apparaît, à ma vue étonnée,
Un jardin délicieux,
D'où s'exhale partout une odeur embaumée ;
Vrai paradis des Dieux,
Dont l'âme tour à tour, enchantée et ravie,
Ne se peut détacher ;
Dont le charme infini vous fait aimer la vie
Qu'on ne veut plus quitter !
La nature n'a pas d'aussi belle parure ;
Peut-être en la voyant
Qu'elle en serait jalouse, et, devenant parjure,
N'aurait plus de printemps !
Un frais ruisseau parcourt, de son onde sonore,
Ces éclatants tapis
De moelleuse verdure où les fleurs à l'aurore
Étalent leurs rubis.
Ces lieux sont animés d'une éternelle vie,
Et les joyeux oiseaux
Célèbrent de mon Dieu, par des flots d'harmonie,
Les ouvrages si beaux.
Au sein de cet Eden, une beauté charmante,
Digne d'un tel séjour,
Vers moi s'est avancée, et d'une voix confiante :
« Es-tu fils de l'Amour

» Pour oser dans ce lieu venir en téméraire,
  » Où tes sens tranportés
» Font frémir de bonheur ton âme tout entière
  » En voyant ces beautés?
» Viens-tu chercher ici quelque vierge égarée
  » Qui te donne sa foi,
» Ou céder à mon joug, captif de l'hyménée,
  » Et t'attacher à moi?
» Une longue espérance a conservé ma flamme;
  » Fidèle à tes soupirs,
» Je serai cette amante à qui seule ton âme
  » Parlera ses désirs!... »
Elle dit, et mon cœur plein d'une douce ivresse
  A ces tendres accents,
M'anima tout entier d'une vive tendresse
  Pous ses appas charmants.
Mes yeux sur son visage ont surpris un sourire,
  Un sourire divin,
Eclos d'un cœur sincère, et qui pourrait séduire
  Le plus cruel humain.
Sa personne brillait d'une grâce ineffable
  Qui ne me lassait pas :
Et moi, brûlant d'amour pour cet ange adorable,
  Je lui tendais les bras!
Je pressais sur mon sein cette âme de ma vie...
  Un baiser en retour,
Par mes vœux obtenu de sa bouche chérie,
  M'imprimait son amour.
Il semble qu'aux transports dont mon âme s'agite,
  Je ne suis plus mortel!
Je me sens animé sur ce sein qui palpite
  Par un souffle immortel!...
Mais bientôt, je m'éveille au milieu du silence...
  L'objet de mon bonheur

Me laissait, malheureux, à pleurer son absence
            Avec ma douce erreur!...
Illusion de mes sens, ce tableau n'est qu'un songe!
            Je fus un instant roi,
Mais pour être bientôt dans la nuit qui s'allonge,
            Seul à seul avec moi!
O délicieuse nuit, au mystère agréable,
            J'aime ton souvenir!
Un bonheur éternel, s'il eût été durable,
            Eût comblé mon désir!.....

(Aisne).                                E. CHAUVIN.

---

## APPEL AU PEUPLE

DÉDIÉ A M. AUGUSTIN DARRICAU.

—

A qui faut-il, mon Dieu, se fier aujourd'hui?
L'égoïsme est partout. — Ne cherchons donc d'appui
Qu'en nous, — et que le peuple apprenne à bien connaître
Ces théoriciens qui veulent nous soumettre,
A nous payer des mots d'un sophisme éhonté,
En nous disant : Voilà, peuple, la vérité!...
Ne nous laissons pas prendre à leur phrase dorée,
Songeons à la patrie, à la France éplorée;
Pressons-la sur nos cœurs, écartons son linceul,
Et que tous les partis se fondent en un seul.
Pour cela : choisissons de sages mandataires,
Non de vains discoureurs, rhéteurs humanitaires,
Qui veulent transformer nos usages, nos mœurs,
Qui sont et ne seront que des démolisseurs
Semant à pleines mains leurs folles utopies,
D'où surgiront, un jour, les systèmes impies,

Qui feront s'écrouler sous leurs coups répétés
L'édifice des lois miné de tous côtés.
Ah! pour ne pas tomber dans cet avenir sombre,
Qui nous engloutirait dans les plis de son ombre,
Prenons pour nous guider des hommes au cœur pur,
Qui, dans le bon sentier, marcheront d'un pas sûr.
Le peuple est souverain, qu'il ne laisse à personne
Le droit de lui ravir sa brillante couronne ;
Qu'il la garde pour lui, car sur son calme front,
Elle resplendira vierge de tout affront.
— Le peuple est souverain. — Napoléon lui-même
Qui, dans Sedan, perdit son sanglant diadème,
En s'adressant au peuple, en lui faisant appel,
S'est incliné devant ce principe immortel...
Ah! pour ne pas revoir le deuil des jours funèbres,
Pour ne pas retomber dans les noires ténèbres
Qui nous enveloppaient, que le peuple, en son cœur,
Garde du citoyen les sentiments d'honneur ;
Quand le cœur n'est pas mort, quand il a de la sève,
Un pays abattu sous l'œil de Dieu se lève,
Et le vainqueur, qui voit son réveil triomphant,
Tremble sous son regard comme la feuille au vent.
Assez, assez de honte! ô France, ô ma patrie,
Tu vas renaître au jour, et ta gloire flétrie,
Ta gloire qu'on croyait morte et dans le tombeau,
Va reluire sur nous comme un soleil nouveau ;
Et les fastes guerriers de ton antique histoire
Vont s'enrichir encor d'un grand jour de victoire.

Oui, nous verrons ce jour, où, las de nous punir,
Dieu versera sur nous un meilleur avenir ;
Mais il faut pour cela, purifiant nos âmes,
Rejeter loin de nous les passions infâmes,
Et marcher sans trembler, l'œil brillant de clarté,
Vers le monde nouveau de la fraternité !...

Alors nous oublirons les sombres saturnales,
Où Paris, sillonné de boulets et de balles,
Assistait en victime aux sinistres exploits,
Des communeux armés revendiquant leurs droits !
Revendiquant le droit de brûler, de détruire,
Les chefs-d'œuvre de l'art que l'étranger admire,
Revendiquant le droit de vivre dans le mal,
De tuer, de piller, et de son piédestal,
D'arracher la colonne où l'honneur de la France
Brillait comme un rayon de divine espérance !
Car dans ces jours maudits, en parlant à nos cœurs,
Elle nous rappelait que nos soldats vainqueurs
En Europe avaient fait de fières étapes,
Et le doux souvenir de Fleurus, de Jemmapes,
D'Iéna, d'Austerlitz, nous inondait le sein
En lisant nos exploits sur ces pages d'airain !...


Non, nous ne verrons plus de hideux cannibales,
Accompagnés, suivis de femmes infernales,
Inonder les parois des temples du Seigneur,
S'emparer du prélat et de l'humble pasteur,
Et leur faisant subir de sombres agonies,
Les traîner tout sanglants aux noires gémonies,
Et là, — martyrs frappés par le fer et le feu,
Tomber — pour se lever vivants au sein de Dieu !...


Non, nous ne verrons plus l'anarchie, en nos villes,
Faire gronder sur nous les tempêtes civiles,
Le pétrole jouer un rôle affreux à voir,
Et chacun comprendra qu'il est de son devoir
D'être uni pour guérir les maux de la patrie,
En faisant resplendir les arts et l'industrie
Sur le monde étonné ! — Qui verra que le cœur
De la France est encore à la même hauteur,

Et qu'il n'a rien perdu de la divine flamme
Qui, dans les jours heureux, rayonnait dans son âme.
Relevons-donc nos fronts, car le jour n'est pas loin
Où, de notre réveil, Dieu sera le témoin.
Relevons-donc nos fronts, nourissons l'espérance,
Que bientôt sonnera l'heure de la vengeance,
Et que la France enfin, en prenant son essor,
Plongera l'ennemi dans l'ombre de la mort...

Oh ! colonne abattue ! Oh ! monument sublime,
De ton fier piédestal, renversé par le crime,
Tu vas te relever ; et nos enfants verront,
Sous le Ciel de Paris, s'illuminer ton front,
Sur tes males feuillets, en lisant ton histoire,
Ils apprendront à vaincre, à chérir la victoire,
Et ce vain ennemi, qui nous croit terrassé,
Verra, par nos exploits, son orgueil abaissé !...
Les Bismark à venir rendront compte à la France
Du sang que le Prussien versa dans sa clémence,
Et l'étendard Français, aux plis républicains,
Parcourra, triomphant, le sol des vieux Germains.

J.-B<sup>te</sup> FITERRE.

## Vox Amœna

### (Sonnet)

Vous braverez le feu, le fer et la mitraille,
Tout ce que la nature humaine a d'inhumain ;
Vous lasserez, suivant toujours le droit chemin,
Les sots, les envieux, les méchants, la canaille.

A quiconque vous nargue, à quiconque vous raille,
Vous saurez imposer, par un revers de main,
Le respect, le silence, en disant : « A demain ! »
Vous pourrez de mépris vous faire une muraille.

Mais qui que vous soyez, ou téméraire ou sage,
Un obstacle imprévu vous arrête au passage,
Défiant le mépris et méprisant le fer;

C'est un être qui n'a d'arme que la faiblesse :
Une femme éplorée et folle en sa tendresse,
Qui vient vous demander pardon d'avoir souffert!

JULES-FRICHON DE VORIS.

## A CEUX QUI DOUTENT

Parce que l'on aura subi près de vingt ans
Le pouvoir odieux de fantasques tyrans,
Que l'on aura souffert la honte et la démence,
Qu'un César de carton aura sali la France,
On ne pourra jamais, en relevant le front,
Effacer l'anathème et le sanglant affront?
On ne pourra jamais faire un rêve de gloire,
Etouffer ce passé, dont rougira l'histoire;
Se redresser, vainqueur, sous un souffle puissant:
Etre, comme autrefois, le peuple auguste et grand?
Allons donc! Il faudrait douter de Dieu lui-même,
Pour oser proférer un semblable blasphème!

Chaque peuple a courbé son front sous la douleur.
Chaque peuple a subi le joug d'un oppresseur!
Puis, il s'est réveillé plus fort dans sa colère,
A brisé les faux dieux qui régnaient sur la terre;
Et, dans son noble effort, a reconquis, soudain,
Le prestige éclatant du pouvoir souverain!

Ainsi de notre France, où la douleur apprête
Au prix de tant de maux une admirable fête :

Le règne étincelant, magique, illimité,
De l'honneur qni soutient l'austère liberté !

24 mai 1873. EVAFISTE CARRANCE.

## PLAINTES DE L'ALSACE

Ingrate sœur, orne ta tête,
Vole, vole de fête en fête ;
Que ricn ne te trouble et t'arrête,
Chante, danse, réjouis-toi.
Pour moi, je pleure et me prépare,
Malgré le trouble qui m'égare,
A frapper le soldat barbare
Qui veut me soumettre à sa loi.

La nuit dans les bois solitaires,
Sur les débris de mes chaumières
Et sur les tombes de tes frères,
Je passe et je verse des pleurs.
Et l'Allemand s'impatiente
De me trouver si menaçante,
Malgré ma blessure saignante,
Malgré mes cruelles douleurs.

Mais, qui viendra sécher mes larmes,
Me délivrer de mes alarmes,
Me rendre la vie et les armes
Pour vaincre et chasser l'oppresseur ?
O France ! Au secours ! je t'en prie,
Avant que Guillaume en furie
Me persécute ou m'expatrie,
Avant qu'il m'arrache le cœur !

Français, n'êtes-vous plus mes frères ?
N'entendez-vous plus mes prières ?
Et vos armes si meurtrières

Ont-elles horreur du trépas?
Forgez fusils, foudres, mitrailles,
Fortifiez forts et murailles,
Pensez aux prochaines batailles,
Pour la revanche armez vos bras.

Ma sœur, ô France, que j'adore,
Dis-moi, n'est-il pas temps encore,
D'étouffer l'aiglon qui dévore
Mes entrailles et mon trésor !
Quand chasserons-nous ce vampire,
Qui, dans son orgueilleux délire,
Pour mieux nous perdre et nous nuire,
Suce notre sang et notre or.

Sous son étreinte je succombe,
Et bientôt j'irai dans la tombe,
Si tu ne viens, avec ta bombe,
Me délivrer de ses fureurs.
O sœur, en toi seule j'espère,
Reprends tes armes pour la guerre,
Conduis tes fils à la frontière,
Et viens apaiser mes douleurs.

Tu dors et l'étranger, en France,
Etale partout sa puissance,
Nous regarde avec insolence,
Et jette l'insulte à nos fronts.
Réveille-toi, pense à l'Alsace,
A l'Allemand qui me tracasse,
A l'avenir qui te menace,
Debout, viens venger tant d'affronts !

Que ne puis-je dormir du sommeil de mes frères,
Mais ce trop doux repos s'éloigne de mes yeux?
Ma sœur, comment dormir, quand des mains étrangères,
Comme de noirs vautours, dans mes flancs furieux

Viennent prendre mon or : quand l'armée ennemie
Campe sous mes remparts. Quand un lâche vainqueur
Me couvre nuit et jour de honte et d'infamie !
Dormir ! quand au lointain, la voix des morts en chœur
M'appelle pour venger les enfants de la France ;
Quand je vois, près de moi, ma plus chère des sœurs,
De barbares soldats assouvir la vengeance
Et mourir sous les pieds de ses durs oppresseurs.
Bien plus : vois mes enfants sur le sein de leur mère,
Se diviser, se battre et répandre leur sang.
Nul ne veut obéir ; tous d'un sceptre éphémère,
O Ciel ! voudraient armer leur bras faible, impuissant ;
Tous veulent de l'argent, des charges, de la gloire,
Tous promettent beaucoup dans de trompeurs discours ;
Mais nul, pour m'amener le char de la victoire,
Ne voudrait exposer sa fortune et ses jours.
Enfants dénaturés, ils voient dans mes blessures
Un moyen d'arriver au pouvoir, aux honneurs ;
Et mes nombreux soupirs, mes plaintes, mes murmures,
Ne sauraient arrêter les desseins de leurs cœurs.
Aussi je les maudis : « Que la guerre civile
Vienne verser leur sang, confondre leurs projets,
Que le trouble et l'effroi règnent dans chaque ville,
Et que tous les méchants meurent dans leurs forfaits. »
Quand sur ces malheureux une affreuse tempête
Aura jeté partout l'épouvante et la mort ;
Quand je ne verrai plus un vieillard à ma tête,
Alors, alors ma sœur, nous serons près du port.
Alors, sur les débris de ruines fumantes,
On verra tout à coup paraître, radieux,
Un courageux guerrier dont les armes puissantes
Relèveront bientôt ma fortune en tous lieux :
Chacun s'enrôlera sous sa blanche bannière,
A son appel les morts sortiront des tombeaux,
Et la France, debout, volant à la frontière,

Fière de se couvrir de gloire!
Elle était bien loin de se croire
Vendue à l'insolent vainqueur!...
Pourtant, il nous reste l'honneur!!!
Une voix solennelle crie :
*La Revanche, pour la Patrie!*

Ils sont tombés! leur héroïsme
A fait immortel leur civisme!
Loin de les pleurer, espérons
Qu'un beau jour nous les vengerons!
Dans l'air comme un souffle de flammes
A passé ranimant nos âmes!
Nous sommes forts de notre honneur!!!
Au traître, à l'insolent vainqueur,
Une voix solennelle crie :
*La Revanche, pour la Patrie!*

Mars 1873.                                Esprit ROSIER.

## VICE ET VERTU

Douce jeune fille,
Le serpent s'habille
De bien des couleurs;
Prends garde! les pleurs
Suivent sa morsure.
Vil, méchant et bas,
Il est sur tes pas :
Son haleine impure
Et son noir venin,
D'une horrible flamme
Brûleront ton âme;

Noirciront ta main,
Dès que ta jeunesse
Fuira la sagesse
Et la dignité ;
Tu verras ta vie
A l'instant flétrie ;
Et c'est vérité :
Du lis la corolle,
Dans la brise molle,
Pourrait vivre un jour ;
Elle tombe à l'heure
Où la main l'effleure
D'un brutal amour.
Femme, l'innocence
Réduit ma puissance
Aux chastes désirs ;
Si tu l'as perdue,
Je pense à ta vue,
Aux charnels plaisirs.
Pure, naturelle
Et simple aux dehors,
Tu me sembles belle,
Et je t'aime alors.
Sois donc vertueuse,
Ménage tes ans :
Tu seras heureuse,
Je le crois, longtemps ;
Mais si les années
Qui te sont données
Passent sans bonheur,
Dans la plaine aride,
Un tel chemin guide,
Au moins à l'honneur.

ISIDORE.

Développez ces mots : aimez-vous, plus de sang !
Repétrissez le monde : il faut au prolétaire
L'instruction du sage. — O sublime passant,
Ne meurs pas sans avoir consolé. Ton calice,
Tu ne dois l'éloigner ; il faut boire le fiel,
Pour préparer au peuple une coupe de miel.
C'est dur, — mais il le faut : c'est là ton sacrifice...
Secoue le linceul du vieil homme endormi ;
Ranime la vertu : Tu dois avec ta flamme
Etreindre, — broyer l'homme et repétrir son âme,
T'acharner après lui tout comme la fourmi
Qui traîne en son grenier le grain bien plus gros qu'elle.
Imite cet insecte. — Au travail, niveleur !
Sape tous les abus d'où qu'ils viennent ! — Malheur !
Malheur ! à qui voudra marchander sa mamelle !
Si vous êtes petit, soyez la goutte d'eau !
Ranimer une fleur c'est beaucoup ; c'est sublime
Si vous y parvenez ! Ah ! faire dans l'abîme
Pénétrer le rayon de ce divin flambeau,
Cela dépasserait presque nos espérances !...
Et vous, nombreux soldats des Concours de Bordeaux,
De l'océan humain, soyez les douces eaux.
Soyez persévérants ; fécondez vos semences,
Vous aurez assuré, Messieurs, le lendemain
Que la patrie attend : c'est notre République.
Salut, chers inconnus du Concours poétique,
Messieurs du Comité, je vous serre la main.

13 avril 1873.                          PIERRE MATTET.

—————

## LA REVANCHE

(Stances nationales).

———

Morne était le champ de bataille,
Car à la voix de la mitraille,

A qui rien ne résiste pas,
Etait accouru le trépas !
Il régnait sanglant et terrible !...
Son regard glauque était horrible !...
Pourtant, il nous reste l'honneur !!!
Au traître, à l'insolent vainqueur,
Une voix solennelle crie :
*La Revanche, pour la Patrie !*

Ils partirent pleins d'espérance,
Pour la défense de la France,
Mais les attendait, en chemin,
La trahison, armes en main !
Héroïque fut leur courage !!!
Que pouvait-il contre la rage
D'un impitoyable vainqueur ?
Pourtant, il nous reste l'honneur !!!
Une voix solennelle crie :
*La Revanche, pour la Patrie !*

Avec quelle valeur guerrière,
Ils ont fait mordre la poussière
A tant d'orgueilleux ennemis
Qui croyaient nous avoir soumis !!!
Quelle gigantesque hécatombe
D'ennemis offerte à la tombe
Des nôtres, sous l'œil du vainqueur !
Pourtant, il nous reste l'honneur !!!
Une voix solennelle crie :
*La Revanche, pour la Patrie !*

Combien grande était l'allégresse
De cette vaillante jeunesse
Qui, se transformant en soldats,
Courraient affronter les combats,

Ira reconquérir ses canons, ses drapeaux ;
L'Allemand, à son tour chassé du territoire,
Payera de son sang le sang de mes enfants ;
Il me rendra l'Alsace, il me rendra ma gloire,
Il courbera son front sous mes pas triomphants.
Patience, ma sœur, attends, attends encore,
Le malheur ne saurait nous poursuivre toujours,
Après les pleurs, la joie, après la nuit, l'aurore,
Déjà, je vois au loin briller de plus beaux jours !

    Non, pour celui qui souffre et pleure,
    Qui vit sans pain et sans demeure,
    En désirant sa dernière heure,
    Le plus beau jour est de mourir.
    Tant que l'étranger que j'abhorre,
    Dans mes cités qu'il déshonore,
    Avec orgueil se montre encore,
    Je ne puis qu'attendre et souffrir.

    Aussi, ma sœur, mon espérance
    Pardonne à mon impatience,
    A mon trouble, à ma souffrance,
    D'avoir ainsi douté de toi.
    Et toi, Français, toujours fidèle
    A voler où l'honneur t'appelle,
    Pense au vieux Rhin, à la Moselle,
    Pense à ta gloire, pense à moi.

(15 mai 1873).                    Th. JOSSERAN DE GATTIÈRES.

# DEVOIR

Merci, Messieurs, merci, d'un titre si pompeux :
C'est plus qu'il n'en fallait à l'ouvrier poète !

oudrais vous offrir une gerbe mieux faite,
par de beaux sujets, être là goutte d'eau,
goutte qui console et qui porte la vie
sein des noirs sentiers, près de la fleur flétrie !
veux bien l'imiter, je veux grandir. — Il faut
brin d'herbe sa fleur, au poète le glaive.
! qu'ai-je dit, je veux ! comme si l'ouvrier
uvait réaliser à loisir son doux rêve ;
is j'essaierai, du moins, pour me justifier.

ons ! semons le bien, aplanissons la route,
uffrons sans espérer un prix de nos travaux.
l'égoïsme est là pour raviver nos maux,
isons-le. — Nous, soldats, fermes sur la redoute,
éfendons le drapeau de la fraternité !
dussions-nous périr ! tombons l'âme sereine,
bénissant la main qui frappe ! — Plus de haine,
ix et travail. O poètes, la charité,
a soif de ces vertus qui rehaussent les hommes,
oivent être pour vous le but de vos travaux.
es abîmes sont là, mais, mon Dieu, nous y sommes !...
es sommets sont ici, gravissez mes rivaux !
e suis jeune et, pourtant, l'air manque à ma poitrine ;
e crains de succomber, je veux pourtant gravir...
ar, à vingt-cinq ans, on ne peut pas mourir,
orsqu'on voit un champ vaste, une flamme divine,
orsqu'on commence à peine à sortir de la nuit,
ue la vie aperçoit à peine son aurore,
u'un lustre n'a passé sur mes chants ; que le bruit,
e heurt des passions nous épouvante encore
ans nous faire tomber à genoux ; que le feu
Sort comme d'un fourneau de nos vastes entrailles !...

A la charrue ! allons ! enterrez vos semailles !
O penseurs ! préparez la moisson du bon Dieu !
Préparez la revanche aux peuples de la terre !

## SONNET

—

Minuit, c'est l'heure du poète,
Dont l'âme est prompte à s'embraser,
D'un feu qu'il ne peut apaiser,
D'une flamme vive et secrète.

Il sent une ardeur inquiète,
Qu'il voudrait en vain maîtriser ;
Au loin, son chant va se briser,
Contre l'écho qui le répète.

Au fond de son cœur ébranlé,
Un cri soudain a rappelé,
Du haut des airs, la poésie.

Elle descend sa lyre en main,
Et lui dicte, jusqu'au matin,
Des vers qui font toute sa vie.

Alphonse DUMAS.

## SONNET

—

Pas une étoile, en ce moment,
Ne brille dans l'immense espace,
Et pas un seul astre ne passe,
Pour éclairer le firmament.

Tout repose paisiblement,
On ne voit rien, le bruit s'efface,
Pas même du lac la surface,
Ne se ride au souffle du vent.

Dans la forêt tranquille et sombre,
Les oiseaux dorment en grand nombre,
Ils ont cessé leurs chants joyeux.

Mais au milieu de ce silence,
L'âme est légère, elle s'élance
Vers son Créateur dans les Cieux.

ALPHONSE DUMAS.

## A RONSARD (*)

—

O Ronsard ! il faut que ma muse,
Qui s'amuse
Parfois à voler librement,
Plane sans souci du vertige,
Et voltige
A l'entour de ton monument.

Qu'elle aille, folle en son audace,
Prendre place,
La coupe et le thyrse à la main,
Au banquet qu'offre à ta mémoire,
A ta gloire,
Notre cher maître Blanchemain;

Te consacrer une pensée
Cadencée
Avec ferveur et piété.

(*) Cette pièce a été composée pour l'inauguration de la statue de Ronsard, à Vendôme.

Enfin, après sept jours d'une lutte terri  e,
Venait de s'accomplir notre tâche pénible ;
Et tout Paris fêtait son sauveur Mac-Mahon,
Qui sera dans l'histoire un second Gédéon (1).

André PAUL.

## LA REVANCHE

Si de la revanche
Vous voulez demain,
Croyez la voix franche
D'un républicain.

Pour venger la France,
Demain est bien près :
Demain l'espérance,
Demain le Progrès !

Aimez la lumière,
Nourrissez l'espoir,
Et de la chaumière
Eclairez le soir.

Où race énergique
Eut son fier berceau,
De la République
Flotte le drapeau !

Pour qu'il flotte encore,
Et flotte demain,
Libre, tricolore
Et républicain.

(1) Gédéon vainquit les Madianites, peuple idolâtre qui imposa aux Hébreux une captivité de 7 ans, à laquelle mit fin ce dernier.

Le civisme oblige,
Savez-vous à quoi?
Français, que ne puis-je
Vous donner ma foi!

Plus d'orgueil de race!
Devenez meilleurs;
Chez nous faites place
Pour les travaileurs.

Antiques familles,
Mésalliez-vous,
Pour donner vos filles
A leurs vrais époux.

Fils que la richesse
Dota de faveurs,
Croyez en tendresse
La voix de vos cœurs.

Noble récompense
De votre bonté!
On verra vaillance
Unie à beauté.

Faites alliance
Et devenez forts,
Pour venger la France,
Pour venger vos morts!

Quittez l'auréole
De titres souillés
Et la gloriole
D'écussons rouillés.

Professe, ô jeunesse!
La moralité,
Et vis sans bassesse
Dans l'égalité.

## Mai 1871

Nous devons mettre un terme à ces révolutions
Qui détruisent le monde et ruinent les nations...

A. Paul.

—

Les ombres de la nuit descendaient sur la terre,
Et cette heure avancée où tout est solitaire,
Semblait dans le lointain rendre un dernier soupir,
Que le bruit du canon faisait évanouir !

On sonne le rappel, tout le monde s'apprête
A marcher sur Paris, où rien ne nous arrête ;
Hourra ! c'est l'ennemi, aux armes et vainquons !
Versons tout notre sang et, s'il le faut, mourons !

Oui, qu'importe la mort, qu'importe la souffrance,
A celui qui combat pour délivrer la France ;
A ce cœur valeureux qui brave le danger,
Y passant au milieu même sans y songer...

Des lâches assassins, troublant la paix publique,
Par leurs nouvelles lois violaient la République,
Et prenaient désormais la résolution
D'arborer le drapeau de la révolution !
C'est la Commune enfin, c'est elle qui s'installe,
Depuis près de trois mois, dans notre Capitale...

Un horizon de sang, au-dessus de Paris,
Planait lugubrement et devait, à tout prix,
Châtier ces bandits qui nous tendaient un piége (1),
Imposant à Paris encore un nouveau siége.

. . . . . . . . . . . . . . .

(1) Les insurgés devaient nous ouvrir la porte Neuilly et, au moment de
notre entrée, faire sauter 60,000 de nos hommes.

C'était le vingt-deux mai, trois heures du màtin,
Pendant qu'un bruit confus éclatait au lointain,
Nous entrions dans Paris sans tambours ni trompettes (1),
Et, malgré les obus qui sifflaient sur nos têtes,
Les balles qui pleuvaient, l'éclat des biscaïens,
Nous avancions toujours, en braves citoyens.
Le Ciel était en feu, les éclairs, le tonnerre (2),
Augmentaient chaque instant le fracas de la guerre.
Des énormes canons foudroyaient les remparts,
Et des ruisseaux de sang coulaient de toutes parts !
Le quatre-vingt-dixième, un régiment de ligne,
Refusa d'avancer, cela paraît indigne !
Des marins aussitôt, moins nombreux cependant (3),
S'élançaient, à sa place, avec leur commandant.
Les maisons s'ébranlaient sous d'affreuses mitrailles,
Et des cris de douleur déchiraient les entrailles ;
Au milieu des obus, le commandant Laurent (4),
Sur le pont d'Austerlitz marchait en souriant !...

Ces insurgés maudits, anti-français infâmes,
En se voyant vaincus, livraient Paris aux flammes ;
Il ne leur restait plus, après tant de méfaits,
Que d'y mettre le feu pour être satisfaits !

Cependant, peu à peu, le bruit des fusillades
S'éloignait en laissant, auprès des barricades,
L'horrible souvenir d'un spectacle effrayant,
Que semblait regretter la Commune en fuyant...

(1) Cette expression n'est pas placée au figuré, car, en effet, nous n'avions
ni tambours ni clairons et entrions dans Paris en faisant le moins de bruit
possible ; c'est donc pour être plus véridique que je l'emploie.

(2) Il y eût de forts orages pendant une partie du siége qui dura 7 jours.

(3) Un bataillon d'infanterie de marine, conduit par le commandant Laurent.

(4) M. Laurent était commandant au 13me bataillon de marche du 4me régiment d'infanterie de marine.

Laisse-la sourire à ta fête,
　　Grand poète,
Pardonne à sa témérité.

Mon âme, ivre de poésie,
　　D'ambroisie,
Sentant l'éperon de ton vers,
Comme une cavale indomptée,
　　Emportée,
Caracole au milieu des airs.

Elle se souvient du bel âge
　　Où, volage,
Par les célestes régions,
Je poursuivais sans paix ni trève,
　　Le doux rêve,
Les fantastiques visions;

Du temps où des rives fleuries
　　Aux prairies,
Des ravins aux sentiers ombreux,
J'allais, savourant l'harmonie
　　Infinie
De tes virelais amoureux;

Quand la Cassandre enchanteresse,
　　La maîtresse
Qui m'égarait dans les grands bois,
Faisait retentir la ramée
　　Embaumée
Du timbre argentin de sa voix.

Hélas! verts sentiers, roches grises,
　　Fraîches brises,
Clairs de lune, refrains joyeux,
Aujourd'hui je suis les allées
　　Bien sablées,
Parmi les hommes sérieux.

Mais en dépit de cette pose
Qui m'impose
Ses convenances et son fard,
Je garde au cœur le saint délire
De la lyre
Et mon culte pour toi, Ronsard !

JULES-FRICHON DE VORIS.

## DANS LA COUR DU COLLÉGE

—

Autour des marronniers, que caresse la brise,
Les petits écoliers s'ébattent tout joyeux ;
Et le soleil d'avril descend au milieu d'eux,
A travers le feuillage, où son rayon se brise !

Ils courent en chantant ! — Le printemps radieux,
Avec ses doux parfums, les anime et les grise...
— Soudain la cloche sonne et tous, silencieux,
Vont se ranger le long de la muraille grise.

Quelques instants après, un fusil à la main,
Ces enfants, sans songer à leurs jeux pleins de charn
Se tiennent gravement. On entend : « *Portez armes !* 

Mais, de l'autre côté du mur, dans le chemin,
Une mère, peut-être, au même moment passe,
Ecoute et puis s'éloigne en priant à voix basse !...

Mai 1873.                                ALEXANDRE VINCEN

Plus de priviléges,
Titres et rubans :
Abhorrez ces piéges
Qui font courtisans !

Plus de faux miracles
Des gens tonsurés,
Et tous les obstacles
Seront conjurés.

Et pour la revanche
Viendra ce demain,
Croyez la voix franche
D'un républicain !

(Suisse), 1873.                                Jos. RAIS.

## ꝑ D E

### LES SPARTIATES CONTEMPORAINS

> Passant, va dire à *Sparte*, que nous sommes
> morts ici, pour obéir à ses lois !...

Muse, prête à ma voix des accents de noblesse
Pour chanter des héros l'éclatante prouesse ;
Lyre, fais résonner, les échos de l'Atlas,
Par les noms de ses fils, succombant pour la France,
Ce pays courageux, plus grand dans sa souffrance
Que le cruel vainqueur, qui surprit sa vaillance.
Chantons donc ces soldats, nouveaux Léonidas.

C'était à Wissembourg, nom qu'inscrira l'histoire,
Quoiqu'il n'ait pas été celui d'une victoire.
Le Ciel disparaissant sous l'écume du feu :
La bravoure, l'espoir, s'engloutissaient dans l'ombre ;

La mort avec sa faux, passait lugubre et sombre,
De ceux qu'elle atteignait nul ne savait le nombre :
Un ami n'était pas pour prendre leur adieu !

Comme ces fiers épis, qu'un zéphir courbe et lève,
Tels semblaient ces vaillants, inclinés par le glaive.
Dans la fleur des ans, l'un, reçoit avec douleur
Le coup qui le sépare aussitôt de la gloire.
L'autre vieillard bercé, par des chants de victoire,
S'aperçoit que le sort, est souvent dérisoire.
Tous pleurent leur foyer, leur amour, leur bonheur.

« Guerre, monstre hideux, enfanté par la haine
» Des rois, le seul pavois, des nations la chaîne.
» Vois ces champs désolés, hier gais et joyeux ;
» Ce long voile si noir, sur ces tristes chaumières ;
» Ces femmes, ces enfants, cherchant les cimetières ;
» Ces légions dont Mars a fermé les paupières ;
» C'est ton œuvre cela ! Dis, est-ce glorieux ?... »

Pendant que nos Gaulois, ces géants des batailles,
Guidés par ce Douay, digne de funérailles
Comme celles qu'il eut, et qu'envia Villars,
Chargeaient avec fureur, mouraient avec ivresse,
Attendant leur moment, les Turcos, sans faiblesse,
Tournant vers le pays leur cœur plein de tristesse
Rappelaient le passé, maintenant bien épars.

L'Arabe revoyait ses moissons jaunissantes,
Sa tente, ses moutons, et surtout frémissantes
Ses cavales de feu, plus promptes que le vent ;
Fils du désert, le nègre a l'existence obscure
Songeait à ces beaux jours où suivant la mesure
De l'enivrante danse, offrant d'une main pure
L'encens doux, son aimée à son bras se suspend...

Mais tout à coup du chef, la voix se fait entendre,
Sur l'affreux Allemand, leur fiel va se répandre.

Dans l'élan, voyez-les, tous ces preux africains,
Le sol tremble sous eux, leur fureur est si grande !
Devant cet ouragan, le Germain se débande ;
Il croit voir qu'Annibal de nouveau les commande,
Et pour fuir ces démons, n'a pas trop de terrain.

Le flot de l'Océan se jetant sur la grève,
Le tigre qui bondit sur l'agneau qu'il enlève,
Ne peuvent égaler ce noble régiment
Quand il troua celui de la garde royale.
C'est en vain que, voyant cette lutte inégale,
Le signal retentit de céder au vandale ;
Ils n'écoutent plus rien que la voix du serment.

Quand revenant enfin de leur erreur sublime
Pour rejoindre les leurs, cette ardeur se ranime ;
Le flot humain les prend et les voit tous périr,
Conservant les lauriers qu'ils ont su conquérir !

. . . . . . . . . . . . . . . . .

. . . . . . . . . . . . . . . . .

Ils sont tombés pour toi, chère et vaillante France,
Comme la Pythonisse avec sainte démence.
Leurs cendres n'auront pas la terre des aïeux,
Le son de la *Djouerk* (douce flûte champêtre)
Ne viendra pas bercer le sommeil de leur être,
Qu'un simple monument fasse du moins connaître
Que ta reconnaissance est à ces glorieux !...

22 Mai 1873.                        ARIANE GIROD-ROUSSET.

# Noble France, je suis la Foi !

(Chant national).

—

Pour délivrer le sol de la patrie,
Que foule encor le pied de l'étranger,
Voyez venir cette vierge aguerrie
Qui ne connaît ni crainte, ni danger !
Majestueuse en sa marche sacrée,
Le regard pur, élevé vers les Cieux,
Elle s'avance, et sa bouche inspirée
Laisse tomber ces accents précieux :

REFRAIN.

Noble France, salue, en moi,
Celle qui te rendra ta gloire,
Te guidera dans la victoire !...
Noble France, je suis la Foi !!!

Plus les revers ont frappé ton courage,
Plus mon courage a dompté les revers ;
Mon énergie a déjoué la rage
Des vils judas qui te rivaient des fers.
Ton noble cœur sait pardonner l'offense,
Mais il en garde un profond souvenir !...
Rien ne saurait t'en faire la défense,
Jusqu'au grand jour d'un prochain avenir.

Ce jour luira, c'est la loi de justice,
Dès ici-bas, rien ne reste impuni,
Et l'innocent que frappe l'injustice,
Voit tôt ou tard le coupable puni.
Sur tes destins je veille et je protége !
Prends confiance en mon puissant secours !...

Tout mécréant, tout traître et sacrilége,
Reconnaîtra que je suis ton recours !

Ralliez-vous à ma noble bannière,
Il est encor, bons Français, des lauriers ;
Au champ d'honneur, la fanfare guerrière
Fera bondir vos indomptés coursiers.
Dans le concert de l'harmonie humaine,
Je guiderai la rénovation ;
France, des arts tu seras souveraine,
Tu reviendras la grande nation.

Janvier 1872.                        Esprit ROSIER.

# A TOI CES VERS

A MA FEMME MALIE F. . .

A toi ces vers, doux échos de mon âme ;
A toi ces vers, doux parfums de mon cœur,
A toi ces vers, dont la strophe de flamme
Chante pour tous un hymne de bonheur.

A toi ces vers où je prédis l'aurore
Du jour nouveau qui doit luire sur nous ;
A toi ces vers de ma lyre sonore,
A toi l'encens de mes chants les plus doux.

A toi ces vers où je vante la France,
Où des Prussiens je méprise l'orgueil ;
A toi ces vers où la sainte espérance
Verse un rayon sur la patrie en deuil.

Accueilles-les, donne-leur un sourire,
Et tu verras mon esprit exalté :
Chanter le peuple et le cœur en délire,
Jeter aux rois un cri de liberté !...

Mai 1873.                               J.-Bte FITERRE.

—::—

## LE CRI DU CŒUR

A M. MICHEL RENAUD, Représentant du Peuple

—

Liberté, liberté, déjà la renommée,
Avec ses mille voix t'annonce à l'Univers,
Et sur sa lyre d'or, une muse charmée,
        Te chante dans mes vers !

Tel que le malheureux au milieu de ses peines,
Rêve des jours remplis par la félicité,
Tels les peuples divers au milieu de leurs chaînes,
        Rêvaient la liberté.

Les rois, en la voyant, ont tremblé sur leur trône ;
Ils veulent résister aux peuples en courroux ;
C'en est fait, à sa voix on brise leur couronne,
        Ils ne sont rien pour nous !...

Ces despotes cruels se moquaient de nos larmes ;
Sous leurs lambris dorés riaient de nos douleurs,
Et, vampires du peuple, ils trouvaient mille charmes
        A boire nos sueurs !...

Soudain la liberté de gloire étincelante,
Comme un sauveur divin descend du haut des Cieux,

Et des nouveaux Nérons la cohorte insolente
    Disparaît à nos yeux !...

Peuples, levez le front, la royauté succombe,
La Liberté sur nous jette un regard d'amour,
La Justice, aujourd'hui, des rois creuse la tombe :
    Régnons à notre tour !...

Juin 1848.                              J.-Bte FITERRE.

## A LA FRANCE

Air : Dis-moi, soldat, dis-moi, t'en souviens-tu ?

Le front pensif, loin de toi, belle France,
Oui, je gémis bien souvent, et mon cœur,
A beau s'ouvrir à la douce espérance,
Comme au soleil s'ouvre une blanche fleur.
Les jours passés sur la terre étrangère
Pèsent sur moi comme d'ignobles fers,
Avant longtemps, oh! oui, France, ma mère,
Je reviendrai te bénir dans mes vers.

Que de mon luth les chants patriotiques,
Volent vers toi sur l'aile de l'amour ;
Je veux encor, dans mes vers satiriques,
Faire rougir quelques faux-dieux du jour !
J'en ai le droit : car jamais ma parole
Ne fut vendue à ces judas pervers
Qui te vendraient aux rois pour une obole,
Alors qu'ici je te loue en mes vers.

C'est ton air pur qu'il faut à ma poitrine,
Et tes pensers à mon âme de feu.

Devant toi seule, ici-bas, je m'incline,
Comme le prêtre à l'autel de son Dieu.
Des nations chacun te sait le phare,
Car ta lumière a traversé les mers.....
Dans mon ivresse, aujourd'hui je m'égare,
Pour te bénir, te chanter dans mes vers.

Ta forte main a, du vieux despotisme,
Sans nul effort déchiré le manteau,
Et les erreurs de l'ultramontanisme,
Se sont brûlés à ton divin flambeau.....
Sur ton front pur je vois planer la gloire,
Qui, sous tes pas, sème ses lauriers verts ;
Moi, ton enfant, sur ma lyre d'ivoire,
Je veux toujours te chanter dans mes vers.

Buenos-Ayres, 13 avril 1851.                          J.-Bte FITERRE.

## PERLES PERDUES

—

Au fond de l'Océan, que de perles perdues ;
Jamais plus de mortels n'éblouiront les yeux,
Et ne feront jamais scintiller leurs doux feux,
Sous l'humide linceul, épaves confondues.

Ainsi le gouffre humain, en ses flancs merveilleux,
Recèle les trésors des âmes méconnues :
Leurs vouloirs comprimés, leurs grandeurs inconnues,
Qui, ne trouvant pas cours, sombrent, faute de mieux !

Diamants enfouis au sein des mers profondes,
Sur vous s'écouleront les siècles et les ondes,
Sans jamais vous tirer de votre obscurité !

Mais pour vous, croyez-m'en, ô natures d'élite,
Qui rayonnez en vain ! — Pour vous viendra bien vite
Le temps où servira l'idéale clarté.

VALÉRIE JANSEN.

## LA SÈVE

Les arbres, dépouillés de leur verte parure,
Tordent leurs rameaux nus au soaffle des autans ;
Exilés du soleil, ils souffrent sans murmure,
Attendant le retour du lumineux printemps...

Car avril leur rendra la sève exhubérante :
Leurs feuilles renaîtront, et leurs fleurs, et leurs fruits !
Qu'importe de l'hiver l'ombre désespérante !
Les rayons perceront la profondeur des nuits...

Vous tous, qui regrettez des amours englouties,
Des amis disparus, des bonheurs envolés :
Cœurs aux illusions trop tôt anéanties,
En ne vous plaignant pas vous serez consolés !

La sève des douleurs féconde les poitrines,
Qui vibrent aux grands mots de travail et d'efforts ;
Elle produit alors des semences divines,
Et le printemps renaît de tous les espoirs morts.

VALÉRIE JANSEN.

# A LA JEUNE FRANCE

## LE RÉVEIL NATIONAL.

> Faibles troupeaux, vous passez, sans défense,
> D'un joug pesant sous un joug inhumain,
> Peuples, formez une sainte alliance,
> Et donnez-vous la main.
> *La Sainte-Alliance des peuples.* — (BÉRANGER).

Français debout! allons courage,
Il nous faut défendre nos droits.
Effaçons le terrible outrage
Que nous ont infligé les rois.
Voici l'heure de délivrance,
Vite, courons à l'arsenal,
Car, pour les enfants de la France,
C'est le réveil national.

Vive la République!
Et respect à la loi;
Pour la cause publique,
France, réveille-toi.
Vive la République!
France, réveille-toi.

Souvenons-nous de ces infâmes
Apôtres de la trahison,
Qui nous ravissent à nos femmes
Et nous réservent la prison.
L'Afrique, Lambessa, Cayenne,
Témoins de leur férocité,
Ont vu leur cruauté payenne
Tyranniser la Liberté.

Vive la République!

Pourquoi nous faire les esclaves
D'hommes qui, voulant nous ronger,
Vont trôner au sein des conclaves
Où nous attirent l'étranger ?
Ennemis farouches et traîtres,
Illustrés par de vils excès,
N'allez pas vous croire nos maîtres !...
Nous avons tous le cœur français.
          Vive la République !

C'est à vous, oh ! ma jeune France,
De lever haut notre drapeau,
Luttez avec persévérance,
Mourez pour son dernier lambeau.
Veillez sur la mère-patrie,
Et pour défier les faux-dieux,
Suivez, riant de leur furie,
Les principes de vos aïeux.
          Vive la République !

Enfants, secondés par vos pères,
Soyez de vaillants défenseurs ;
Allez, jusque dans les repaires,
Terrasser vos fiers oppresseurs.
Que la raison sévère et franche
Guide votre juste courroux ;
Par la concorde ou la revanche,
Rappelez nos frères à nous.
          Vive la République !

Mortels, que la frayeur atterre,
Devenez de bons citoyens ;
Que la paix, descendant sur terre,
Couronne nos vœux plébéïns.
Il faut que la France nouvelle
Prépare, avec cent nations,

La République universelle
Aux autres générations.

Vive la République !
Et respect à la loi ;
Pour la cause publique,
France, réveille-toi.
Vive la République !
France, réveille-toi.

Mai 1873.                                        ALPH. FRICOTTEAU.

## CONSOLATRICES

Le cœur encor saignant d'une affreuse blessure,
J'avais perdu ma force et ma vitalité ;
Et pour parer les coups, cruelle adversité !
Je n'avais plus l'amour, cette invincible armure.

Le chemin me semblait aride, dévasté ;
J'y traînais mes regrets et mon amer murmure,
Quand soudain j'aperçus deux reines de beauté,
Dont le regard sur moi dardait flamme bien pure.

Cette flamme bénie, en me purifiant,
M'a rendu la fierté, m'a rendu l'espérance,
Et mon cœur relevé porte haut sa souffrance !

Il l'a divinisée, en vous la confiant,
(Poésie ! harmonie ! ô sœurs immaculées !
Qui par l'art remplacez mes amours envolées.

VALÉRIE JANSEN.

# CASSIS

O champs! ô mes amis! Quand vous verrai-je encore?
DELILLE, l'homme des champs.

Salut monts bien-aimés, ancêtres de la terre,
Répétant la voix du tonnerre,
Salut pour la première fois.
Que vos flancs embaumés, que vos cîmes aiguës
Touchant presque les nues,
Me révèlent de Dieu les antiques exploits.

C'est là que loin du bruit des fastueuses villes,
Règnent des habitants tranquilles,
Heureux de fabriquer leur miel,
La rame ou la charrue sont leurs uniques armes;
Ils vivent sans alarmes :
Le présent est à eux, l'avenir est au Ciel.

Cassis... si j'étais né sous ta voûte éthérée,
Digne séjour de Cytèhrée
Avec la lyre et le compas.
Comme un Orphée assis sur tes rochers splendides,
Chantant tes néréides,
Entouré du bonheur, j'attendrais le trépas.

J'admirais ces enfants et ces jeunes déesses
Le visage de ces vieillesses
Quelle démarche et puis quels yeux.
Si devant l'océan que le regard embrasse
Le zéphir qui trace
Sur le cristal des eaux des sillons gracieux.

Jamais je n'oublierai cette journée si gaie
Et l'aspect de ta douce baie

Reflétant ton portrait vermeil,
L'astre des jours en feu s'élevait dans sa route
Annonçant dans le doute
A la terre endormie, un glorieux réveil.

Et vous enfants chéris de la nature en fête,
Oiseaux qui remplissez ma tête
De vos doux et sublimes chants,
Accourez tous ici, sur la plage plaintive,
De votre voix naïve,
Arrachez à mon cœur ces souvenirs touchants.

C'est ainsi que content d'être dans ces prairies
Et sur ces montagnes fleuries,
Mon esprit rêvait le bonheur.
Les arbres et les fleurs de leur douce verdure
Décoraient la peinture
De ce tableau vivant qui ranimait mon cœur.

Il se disait... un jour si des joyeux confrères
Viennent revoir ces chaumières,
Qu'ils voient ces sites divers.
Je vous prends à témoin, admirables collines,
Si l'on voit vos ravines,
Qu'on garde un souvenir de mes modestes vers.

O superbes rochers qui lui faites sa gloire :
Protégez toujours sa mémoire,
Contre les bizarres autans.
Nous passons, vous restez, comme des pyramides,
Et vos côtes arides
Voient tout s'ensevelir sous les ailes du temps.

J. BRIOL.

## La Charité

(Romance)

—

L'amour de Dieu se voit en toute chose.
L'être inhumain doit rougir devant lui;
Nous le voyons servant à tous d'appui
Dans la raison comme dedans la rose,
Il sait donner un frisson de bonheur;
La Charité, c'est mère du cœur (bis).

Ce beau soleil qui roule autour du monde,
Qui vivifie et la plante et l'oiseau;
Qui nous nourrit, qui se mire dans l'eau,
N'est-il pas bien son image féconde?
Là, dans les cieux sur un trône de fleur,
La charité! C'est la mère du cœur (bis).

Regardez-bien cette fleur mi-fanée,
Le diamant couvre son vermillon;
Vous la voyez, sensible au papillon,
Elle se meurt comme sa sœur aînée;
Et, s'éteignant pour sauver un rongeur,
La Charité, c'est la mère du cœur (bis).

La charité, amis, c'est la chaumière,
Qui recueille ou pleure un enfant,
Le fantassin qui son pays défend.
C'est une sœur qui sèche sa paupière;
Enfin pour tous, le vaincu, le vainqueur
La charité, c'est la mère du cœur (bis).

(1873). J. BRIOL.

# SANTA-CRUZ

Ce prêtre aventurier va, troussant sa soutane,
Comme un boucher sa manche, il fusille, il condamne,
     Il est juge et bourreau.
Ce preux du droit divin court prêchant à l'Espagne
L'amour par le tromblon, va pillant la campagne,
     Pétrolant le hameau.

Ce fougueux souteneur de majesté nomade,
Taxe ses hauts forfaits de sublime croisade,
     Pauvre dérision !
*Fra-Diavolo* n'a point de tels brigandages,
Que n'appelle-t-il donc ces très chrétiens carnages,
     Sainte Inquisition !...

Dans ses bulletins guerriers, ce chef magnanime
Chante l'assassinat, sous la forme d'un hymne
     Au Dieu d'humanité.
Il mêle le poignard, la torche et la prière,
Dit : soldats, massacrons ! comme il dirait en chaire :
     Paix et fraternité.

Prêtre, ne sais-tu pas qu'il est infâme et lâche
De faire à son pays une aussi sombre tâche
     Pour un plaisir de roi ;
Que l'émeute est un crime et que ta main bénie
A beaucoup trop de sang pour que la tyrannie
     Prime encore le droit...

Avril 1873                     Nicolas VERNAY.

# FRANCE

La nuit, manteau d'airain, tombe du haut des nues,
Ebauchant par milliers des formes inconnues ;
      La bise, aux froissements
Du vieux chêne abattu, comme un héros antique,
Surpris par l'ennemi dans une lutte épique,
      Rend un bruit d'ossements.

Hier on s'est égorgé. Les haines populaires
Ont, du bronze béant, fait rugir les colères.
      Aujourd'hui les horreurs
D'une paix consacrée au milieu des victimes,
Règnent aux lieux maudits où la guerre et ses crimes
      Déchaînaient les terreurs.

Sur l'affût d'un canon, débris de la bataille,
Une femme s'assied, l'œil grave, elle tressaille
      A voir qu'on a lutté
De haine aux coups pressés d'une mêlée horrible ;
Son front morne fléchit et demeure impassible
      De douleur et de majesté.

Moisson d'hommes fauchée à l'ouragan des bombes,
Ils sont là, ces héros que, dans la nuit des tombes,
      Acclamaient nos aïeux ;
Phalange de martyrs qui, rêvant l'épopée,
Meurent quand le destin a brisé leur épée,
      En regardant les Cieux.

On leur avait tant dit qu'aux pages de l'histoire,
Ils devaient éclipser nos souvenirs de gloire,
      En domptant le vieux Rhin,
Qu'ils ont vu sans terreur des gorges d'Allemagne,
Comme un volcan s'entr'ouvre au sein d'une montagne,
      Descendre un flux d'airain...

Tandis qu'elle cherchait la vision sublime,
Son étoile, dorant comme une aube la cîme
   Des lointains horizons,
A l'heure où les bandits rôdent par la nuit sombre,
On entendit des voix lui murmurer dans l'ombre
   D'infâmes trahisons.

Plats courtisans, valets, hordes basses et viles,
Tous viennent profaner, en des clameurs stériles,
   La cendre des tombeaux,
Afin de partager, en soulevant la pierre,
Comme un voleur de nuit qui pille un cimetière,
   Une pourpre en lambeaux.

Que leur faut-il ? de l'or, des fêtes, des orgies,
Mais l'ivresse, quand meurt la clarté des bougies,
   Disparaît le matin...
Du sang pour égayer la priapée étrange ?
Mais les chacals repus s'endorment dans la fange
   A cuver leur festin...

Arrière ! l'avenir, flétrissant tout cœur lâche,
Imprime aux noms souillés la honte qu'il attache
   Au mépris éternel ;
Il a cloué votre œuvre aux gibets de l'histoire,
Afin d'en disperser l'odieuse mémoire
   Aux quatre vents du Ciel.

Quand la France, abattue, interroge la cendre
Des cadavres jonchant le sol, afin d'apprendre
   Les forfaits à venger,
Vous, qui n'avez plus rien, pas même un cri de guerre,
De vos aïeux, jaloux de conquérir la terre,
   Osez-vous l'outrager ?

Qui désormais pourra changer sa destinée,
Quant au lieu d'écouter ceux qui l'ont entraînée
   En des gouffres béants,

34

Elle n'a qu'à frapper les ruines de sa lance,
Pour que, du sol ouvert au temps de la vengeance,
　　　Il sorte des géants !

GABRIEL GIRARD.

## CHANT D'UNE MÈRE
### (Tiré d'Atala).

Brise dont les soupirs vont rafraîchir la plaine
Et balancer au loin le nopal odorant,
Glisse dans le feuillage et retiens ton haleine,
Près du triste palmier où repose un enfant.

Rayons du Ciel d'azur, versez votre lumière
Sur ce berceau léger qu'environnent les fleurs ;
Triste écho, va porter les soupirs d'une mère
Jusqu'à l'ange adoré que demandent mes pleurs.

O ruisseau qui t'enfuis ! adoucis ton murmure ;
Oiseaux, chantez pour lui vos chants mélodieux ;
Vent du soir, qui frémis sous l'épaisse ramure,
　　　Va lui soupirer mes adieux !

Echo, zéphyrs, oiseaux, onde, nature immense,
Voyageur qui, parfois, viens ici t'égarer,
Du tombeau d'un enfant respectez le silence,
　　　Et laissez-moi pleurer !

ED. DESESPRINGALLE.

## LE SOIR
### (Romance).

#### REFRAIN.

Chantez, oiseaux de la feuillée,
Vos chants raniment mon espoir :

J'aime le chant de la vallée,
Qu'apporte la brise du soir.

## I

Le soir, oh! c'est si beau! quand la nuit, déjà sombre,
    Eteint ses derniers feux du jour;
Le soir, j'aime d'entendre une voix qui, dans l'ombre,
    Soupire un chant d'amour.
Car j'aimais, autrefois, oui, j'aimais jusqu'aux larmes,
    Et mon amour était pieux :
Et puis, un vent glacé vint dissiper ces charmes :
    Amis, recevez mes adieux.

## II

Le soir, oh! c'est si beau! quand la ville, endormie,
    Repose à l'éclat de ses feux!
Je cherche en vain la voix de quelque bouche amie,
    Qui, pour moi, soupire des vœux.
Je suis seul à poursuivre un rêve solitaire,
    A la clarté de mon flambeau;
Je médite une aurore, et déjà sur la terre
    Règne le sommeil du tombeau.

## III

Le soir, oh! c'est si beau! quand, franchissant l'espace,
    Mon cœur se reporte vers toi!
Oh! Lise, ne crains point que ton nom ne s'efface
    De l'âme dont il est le roi!
Parfois je me sens fort, quand, malgré ma misère,
    Je songe à la douce beauté :
Oh! Lise, ne crains point; vois-tu, l'amour sincère
    Ne meurt qu'avec l'éternité.

Chantez, oiseaux de la feuillée,
Vos chants raniment mon espoir :

J'aime le chant de la vallée
Qu'apporte la brise du soir.

Ed. DESESPRINGALLE.

## LA PAUVRE FLEUR

O toi qui sais chanter les fleurs!
Toi dont la voix pieuse et tendre
Sais sans lasser se faire entendre,
Dis-moi, veux-tu chanter mes pleurs?

Chante pour chasser la tristesse
De mon cœur tout rempli d'émoi;
Car je suis triste; viens à moi,
Me consoler par ta tendresse.

Oh! vois-tu, chante ma douleur,
Mes pleurs sécheront à tes charmes;
Mais pour ne point verser des larmes,
Permets que je sois une fleur!

Ah! les fleurs! ta Muse les aime!
Et les touche sans les flétrir...
Dis-moi sous quel nom me couvrir?
Quelle fleur sera mon emblême?

Tiendrai-je un éclat diapré
Ou du lis la blanche corolle,
Ou la violette, symbole,
Ou la rose au front empourpré?

Mais qu'importe le nom?... Sans doute
Tu m'aimeras sous ces attraits...
Je suis donc fleur : A mes regrets
Compatira ton cœur... Ecoute :

J'étais encore à mon premier printemps,
Et sur ma corolle rosée
Brillaient les gouttes de rosée
Comme des rubis éclatants.

J'étais à ma première aurore,
J'étais à mon premier matin;
A peine d'un regard lointain
Le soleil m'avait fait éclore,

Et j'espérais vivre un long jour,
J'espérais de ma beauté pure
Sourire à la belle nature
Le doux sourire de l'amour.

J'espérais, car à peine éclose,
J'aimais!!! j'aimais l'herbe ma sœur,
J'aimais l'arbre, j'aimais la fleur,
Le ruisseau pur et l'œillet rose...

J'aimais! ce fut là mon espoir.
L'amour qui calme la souffrance,
L'amour a pour sœur l'espérance!
Vois-tu, j'espérais un beau soir!

Et puis tout semblait me sourire :
Et le beau ciel au bleu d'azur,
Et l'onde au flot rapide et pur,
Et le doux baiser du zéphyre.

J'étais belle et tout me plaisait :
Le soleil à l'éclat splendide
Ne séchait point la perle humide
Qui sur mon front se déposait
Vers la paquerette fragile.

Parfois sous le souffle embaumé,
Comme un cœur vers son bien-aimé,
J'aimais courber mon front docile,

Et pourtant! Voilà que mon sort
Se brise sous la main cruelle
D'un inconnu! J'étais si belle!
Ah! ma beauté cause ma mort!

J'étais heureuse, tu le vois :
Loin de ma douce solitude,
L'esprit chassait l'inquiétude,
Mais soudain j'entendis des voix.

C'était une dame brillante,
Couverte d'or et de beauté,
Mille rubis de leur clarté
Brodaient sa robe étincelante.

Sur son front d'ivoire éclatant
Brillait un riche diadème,
Et sur son cœur un lis, emblème,
Sur sa tête un voile flottant.

Près d'elle, à l'aimable figure,
Un enfant, un ange je crois,
A la main portant une croix,
Sur son front une beauté pure.
Oh! vois-tu comme il était beau!
C'était moins un enfant qu'un ange.
Mais non! je me tais; ma louange
N'est qu'une ombre sur un tableau.

Tu le vois, ma Muse en délire,
N'a plus que de faibles accents!
Hélas! en efforts impuissants
Faut-il encor qu'elle expire?

Tu m'as compris et je me tais :
A mon cœur ma voix est rebelle :
Tu m'as compris... J'étais si belle!
Moi-même je me trahissais.

Et la dame au regard splendide
Me vit, et son front rayonna;
D'horreur mon âme frissonna...
Je me meurs... à la beauté perfide!!!

Pourtant j'aime l'enfant pieux,
Et pour lui me cueille sa mère...
Je meurs, au plaisir éphémère,
Et lui dis d'éternels adieux.

Ed. DESESPRINGALLE.

## VISION

L'avez-vous vu passer, Jéhovah, l'Etre immense
Dont l'éclat enflammé dans les airs se balance
Comme un vaste fantôme en une vision?
Je ne l'ai vu que fuir et bien loin disparaître,
S'éloignant pour mieux voir et pour mieux reconnaître
    L'œuvre de la création.

La nuit régnait partout sur les sombres abîmes;
Les ouragans grondaient autour des hautes cîmes;
Et les vents gémissaient sur le vallon maudit.
A l'horizon lointain s'élevait un nuage,
Et ce nuage ardent qui portait un message
Entr'ouvrit son flanc noir... une voix s'entendit.

Au bruit de cette voix les grands monts frissonnèrent :
La lune se voila, les astres s'inclinèrent,
Et l'écho des forêts répondit en tout lieu,
Et la voix se reprit, et la terre en silence,
Ecouta le message, et devant sa puissance
    Tout se tut au souffle de Dieu.

(MESSAGE)

Et la voix disait : « Monde infâme,
» J'ai vu tes crimes, ton orgueil:

» L'enfant et l'orphelin, le vieillard et la femme,
» Pour prix de leur faiblesse attristés dans le deuil ;
» J'ai vu ta main partout répandre la misère,
» Et jusque sur le sein de leur pieuse mère,
» Par ton bras meurtrier les enfants massacrés ;
» Sur les trônes souillés j'ai vu régner l'impie,
» Et la femme perdue en tes bras assoupie,
  » Rire des vêtements sacrés.

  » Oui, j'ai vu l'orgueil, l'avarice
  » Et l'envie au regard moqueur,
» L'impiété superbe et l'impudique vice
» En despotes sacrés dominer sur ton cœur.
» Oui, j'ai vu de tes lois la justice bannie,
» Et sur les nations régner la tyrannie ;
» Le fort voler le faible au mépris de ses droits ;
» J'ai vu le peuple las de ce sanglant carnage,
» Pour se créer enfin quelque pouvoir plus sage :
  De leurs bourreaux faire des rois.

  » Anathème aux tyrans ! Vengeance !
  » C'est le cri du sang répandu,
» Le cri de l'opprimé qui voit dans leur puissance,
» Sur sa tête sans cesse un glaive suspendu ;
» La coupe des forfaits jusqu'aux bords est remplie ;
» Il vous faudra la boire et jusques à la lie.
» La colère de Dieu déjà prend son essor :
» Son bras vous fauchera comme la faux pour l'herbe,
» O mortels insensés ! vous dont l'âme superbe
  » Compte vos jours comme un trésor !

  » Tremblez, le châtiment s'avance,
  » Maudit, et le Ciel en courroux,
» De vos crimes bientôt viendra tirer vengeance ;
» Il est fort, le Seigneur, et frappe de grands coups.
» L'innocent espérait, et leur voix sacrilége
» Criait : « Quand viendra donc ce Dieu qui les protége ? »

» Tremblez tyrans. Voici Jéhovah le puissant.
» Jusqu'à lui sont montés les cris de vos victimes ;
» Il se lève et ne veut pour expier vos crimes,
    » D'autres larmes que votre sang.

    » Jéhovah l'a dit : Qu'il périsse
    » L'infâme aux fratricides mains ;
» Que leur nombre s'efface aux coups de ma justice
» Comme au souffle du vent la poudre des chemins,
» Car le temps est venu que votre orgueil s'expie !
» Dieu ne confondra plus le juste avec l'impie,
» Ceux-là seuls tomberont qui purent sans remords
» Immoler la vertu sous leurs cruels caprices,
» Et qui voient s'élever contre eux et leurs complices
    » La malédiction des morts.

    » Et vous roulerez dans l'abîme,
    » Et le juste sera vengé,
» Et le Seigneur encor, par cet effort sublime,
« Règnera sans rival sur le monde purgé.
» Des tyrans, désormais ne craignant plus l'audace,
» Les justes glorieux verront Dieu face à face,
» Et, joyeux, rediront son amour paternel,
» Et le front couronné d'un brillant diadême,
» Sans cesse ils béniront sa justice suprême
» Dans les chants d'un hymne éternel. »

La voix avait parlé. Soudain le noir nuage
Disparut sans laisser trace de son passage ;
Puis une aurore étrange en les airs se leva ;
Et de célestes chœurs, comme les chœurs des anges,
Chantèrent en accords les divines louanges
    Et la gloire de Jéhovah !

Et ces voix qui chantaient, semblables à des hydres,
Expirèrent au loin, et de légers zéphyres

Aux chants qui se mouraient succédèrent bientôt;
Et puis tout disparut... et la nuit toujours sombre
Regagna les vallons, les couvrit de son ombre,
Et tout reprit en paix le sommeil du tombeau.

ED. DESESPRINGALE.

## ODE

### AUX POÈTES DES CONCOURS POÉTIQUES DE BORDEAUX.

France, oh ! tu n'es point mourante !

—

Vous tous avez parlé, poètes, voix plaintives,
Dont les fibres, toujours mieux que des sensitives,
      Frémissent au nom du pays.
A vos accents, mes pleurs ruisselant sur ma lyre,
En étouffaient les sons; la corde qui soupire
      Rend, seule, des bruits affaiblis.

Tu rouvres les yeux, France, ô reine des patries,
Ton souffle vient encore, sur tes lèvres flétries,
      Ramener la vie et l'espoir.
Ton cœur bat, ton cœur bat, puis il s'agite encore ;
Le sang qui t'inondait sèche et se décolore ;
      Ta blanche main veut se mouvoir.

De tes yeux fulgurants, les paupières humides
Font répandre les pleurs que des mains fratricides
      T'arrachent sur les bords du Rhin ;
Sous ta large ceinture un glaive se dérobe,
Il semble se mouvoir et trancher, sur ta robe,
      La rouge empreinte d'une main.

Ta robe aux franges d'or, par ton sang est rougie,
Mise en lambeaux, pareille à celle de l'orgie ;

Plus de boucles de tes cheveux ;
Ton sein meurtri s'agite, et, je le sens.... tu souffres,
Résignée, et le front penché, là, sur les gouffres
    Qu'avaient fermé seuls nos aïeux.

Te voir ainsi gémir, ô France bien-aimée !
Toi qui dormais sans crainte à l'ombre d'une armée,
    Toi que les nations, tes sœurs,
Couronnaient de lauriers, d'épis d'or et de roses,
Toi qui jetais, naguère, aux fronts les plus moroses,
    De l'espoir les saintes lueurs.

Oh ! quel affreux destin ose ainsi te poursuivre ;
Oh ! quelle sombre aurore, indigne de revivre,
    S'est donc levée un jour sur toi ?
Sur ta béante bouche, oh ! dis-moi quel murmure
S'agite menaçant ! ton œil fixe une armure
    De quelque peuple ou quelque roi ?

— Poète non craintif, barde inconnu, qu'entends-je !
Je souffre tant, je souffre, écoute mon bon ange,
    Mon ange envolé, revenu :

— Le Germain au front dur, plus dur que le dur marbre,
Etreint, secoue, en vain, de la science l'arbre,
    Afin d'y glaner l'inconnu.

Insensible, insensible et glacial, il rampe
Sur les rocs, sur les pics, sans la divine lampe,
    La bête fauve a ses cheveux.
Dans son cruel orgueil, il veut nier son âme,
Abandonner la foi que le sauvage acclame,
    Pour ses croyants fallacieux !

Le Cimbre et le Teuton, le Chérusque et le Chauque,
Se donnent à la voix de leur trompe au son rauque,
    Le doux baiser, la tendre main !

(Ours et loups, quels amis), pour mener le ravage,
Partout envahisseur, et, dans l'affreux carnage,
    Rougir le sceptre du Germain.


Oublieux, égaré, le Franc au nom sublime,
Parfois, cueille les fleurs sur les bords de l'abîme;
    Délaisse les fruits les plus doux!
A tous il tend la main, partout son nom seul brille;
Comme l'astre au ciel nu, son arme est la faucille,
    Mais, blessé, tout meurt sous ses coups.


Hier, encor, sur lui planait la somnolence,
Il oubliait son Dieu, là-bas jetait sa lance,
    Songeait au passé glorieux;
Ivre d'or, il dormait près d'un ami perfide,
Lorsque le roux Germain, du Nord cet ours avide,
    L'étrangla tout voluptueux!


Elle semble prier, rêver, dormir, ma France,
Va-t'en d'ici, va-t'en, ô hideuse souffrance!
    Ah! tressaillez, peuples et rois!
Chantez, petits enfants! oh! tu n'es point mourante,
France prédestinée, étoile fulgurante!
    Tout s'aime et tout meurt à ta voix!


En reine tu vivras, Dieu panse tes blessures,
L'Océan dira seul le bruit de tes murmures,
    La pourpre ornera ton manteau;
Pour le Germain, souillant tes beaux arts, ta foi vive,
Tes fils feront, là-bas, sur la sanglante rive,
    Du Rhin un ondoyant tombeau!


L'envahisseur s'éloigne; en arrière, il regarde!
Il a ton or, tes forts, ton sol, tes fils, prends garde;
    Barde la France, espère en Dieu;

Vers lui, je porterai tes vœux secrets pour elle,
Tes vœux que suit l'espoir, vœux que fait l'hirondelle;
    Adieu, je prends l'essor, adieu !!!

(Cher).          A.-S. RAYMOND, organiste-facteur-compositeur.

## DU CIEL

Aspicias ad cœlum. La mère des Macchabées.

Borner tout ici-bas est une erreur profonde !
Pour conquérir le Ciel, Dieu nous mit en ce monde.
Si dans ce lieu d'exil, assiégés de douleurs,
Nous ne trouvons jamais trop de biens, trop d'honneurs,
Jamais trop de plaisirs, trop de joie et d'ivresse,
Si du bonheur toujours l'ardente soif nous presse,
Ah ! c'est qu'il est pour nous des plaisirs enchanteurs
Dont seulement au Ciel on goûte les douceurs ;
C'est que nous sommes faits pour l'immortelle gloire
Dont le front des élus brille après leur victoire,
Pour d'indicibles biens, pour d'infinis trésors,
Sans injustice acquis, possédés sans remords ;
C'est qu'au Ciel nous avons une source d'eau vive,
Où la soif du bonheur et s'apaise et s'avive !...

A peine entrevoit-on un rayon de beauté,
Le cœur soupire ému, l'œil s'enflamme enchanté.
Sait-on pourquoi, toujours allant de chose en chose,
Notre admiration jamais ne se repose ?
Ah ! le Ciel est rempli d'enchantements divins,
De merveilles sans nombre, aux charmes souverains,
N'offrant que majesté, douceur, grâce, harmonie,
Réfléchissant de Dieu la splendeur infinie ;

Merveilles à ravir !... Et l'âme y fixera
Ses yeux, où de l'amour l'extase se lira.

Accablés de travaux, courbés de lassitude,
Pourquoi désirons-nous un lieu de quiétude ?
C'est que pour nous au Ciel se trouve le repos,
Et l'éternelle paix, et l'oubli de tous maux.

Oh ! pour goûter un jour ce repos délectable,
Et ce repos profond, et cette paix aimable,
Frères, souvenons-nous que nous sommes chrétiens,
Et qu'il faut nous montrer doux, sincères, humains,
Abjurer de Satan les pompes et les œuvres,
Des méchants, loin des bons, repousser les manœuvres;
Aux riches, aux puissants, dire la vérité,
Pour tous également vouloir la liberté ;
Encourager le bien, épouvanter le crime,
A l'impie oppresseur arracher sa victime;
Sourire au malheureux en lui tendant la main,
Faire que l'indigent trouve un morceau de pain;
Combattre pour le droit et la sainte justice,
Pour qu'à leur noble aspect tout despote pâlisse,
Aspirer dans l'exil au céleste séjour ;
Vivre de dévouement, d'espérance et d'amour.

(Hérault).                                    L'Abbé PEYRET.

## LE PAPILLON

Dans la vive ardeur qui te presse,
Dis, pourquoi voles-tu sans cesse,
Léger papillon, fleur des airs ?
Sur l'émail velouté dont le jardin se pare,
Ton aile se promène et ton amour s'égare,
Effleurant mille attraits divers.

Ce jeu paraît assez frivole...
Quand finira ta course folle ?
Quand voudras-tu donc te fixer ?
— Allons, je cesserai ma course vagabonde,
Homme ! quand tes désirs, plus inconstants que l'onde,
Cesseront de tout embrasser.

L'Abbé PEYRET.

## JMPRESSIONS

### LORS DE MA VISITE A UNE ECOLE DE RÉFORME

A mon ami Edouard Blaes, maître de chapelle à la cathédrale de Gand.

Quel sentiment s'est emparé de moi
Lorsque j'entrai dans cet asile immense !...
Sentiment de pitié, d'effroi !
Sur ces fronts je vois la souffrance,
Où devrait briller le bonheur,
La douce gaîté de l'enfance,
Est empreint le sceau du malheur.

Là, je vois un enfant jeune, candide encor ;
Il ne sentit jamais les baisers de sa mère ;
Jamais il ne connut son père.
Pauvre abandonné, seul sur terre,
Je donne une larme à ton sort.

Courage, pauvre créature,
Tu ne souffriras pas toujours ;
Par la peine le cœur s'épure,
Elle te promet d'heureux jours.

Et puis ces fronts où le vice passa ;
Ils ont hélas pâli sous la souffrance !...

Si jeunes..... Si mauvais déjà!.,.
Expiez jeunes gens cette enfance;
Je vous plains, mais le repentir
Pour vous sera la seconde innocence;
Il vous faut pleurer et souffrir !

Je sentis une larme amère
Glisser soudain de ma paupière.
Je vous revois, — je pleure encor :
Le malheur me fait votre frère;
Et pourtant je n'ai point de larmes pour mon sort.

—

## RÉPONSE A UN FAT.

Certainement, Monsieur, vous avez du talent,
Votre esprit éclate en merveilles;
Vous êtes un Phénix !... Mais je ne puis pourtant
M'empêcher de voir..... vos oreilles !

—

## A MADEMOISELLE L. P.....

La blancheur de ce lis, ma chère, est éclatante;
Ton cœur doit être pur et simple comme lui :
Songe en le regardant que l'âme d'une amante
Doit être un pur miroir où la candeur reluit.

—

## SOUVENIR

Hier, à cette heure, je pleurais,
J'aimais, je soupirais,
J'oubliais tout — avec Elle.

Aujourd'hui, seul avec mon cœur,
Je rêve à ce bonheur,
Qui n'est que souvenir — sans Elle.

## A L'ALLOUETTE

Vole allouette joyeuse,
	Gazouille dans les airs
		Tes chants divers.
Vole, gentille, sois heureuse!...
Mais vers ces régions si belles,
Que je ne puis voir sans gémir,
Ah! viens, emporte sur tes ailes
Mon cœur, ses plaintes, un soupir.

Emporte ma douleur amère,
	Mêlée à ton doux chant,
		Dans ton accent,
Une larme devient prière!...
Rapporte-moi, je t'en supplie,
Un rayon de ce feu divin,
D'espoir qui m'attache à la vie;
Qu'au moins je sois heureux demain.

—

## DANS SES YEUX.

Lorsqu'au sommeil de la nature,
Pensif près du flot qui murmure,
Je vois dans son calme miroir
Refléter l'étoile du soir
		Brillante
		Et scintillante
	Je rêve d'espoir!

Mais lorsque dans son œil limpide
J'arrête un regard bien timide,
Je vois comme dans un miroir
Se refléter dans cet œil noir
		Son âme
		Et sa flamme
	Qui me dit : Espoir.

Belgique.	CAMILLE PARET.

## BUT ET BIENFAITS DE LA POÉSIE

A MONSIEUR ÉVARISTE CARRANCE.

Ta noble mission, ô grande poésie !
N'est point de distiller le fiel ou l'ambroisie ;
Les énergiques chants qu'improvise ton luth,
A l'esprit et au cœur montrent quel est ton but.
Ah ! pourquoi t'égarer, marcher à l'aventure
Dans les sombres sentiers d'une aride nature ?
Pourquoi peindre sans cesse et la terre et les cieux,
Les profondeurs des bois, le chant mélodieux
De leurs hôtes chéris ? — Ah ! dans la solitude,
Tu voudrais t'abriter de toute servitude,
Pour chanter librement l'objet de tes amours.
Ta pensée est au Ciel, lorsqu'en ces tristes jours
L'enfer est déchaîné sur la terre et sur l'onde,
Et que ses noirs démons envahissent le monde.
Ah ! quitte ta retraite et descends parmi nous.
Les Cieux sont obscurcis, les dieux sont en courroux ;
Le temps des conquérants, comme un mauvais génie,
Semble vouloir renaître, et de la tyrannie,
Orgueilleuse et sanglante, étendre le manteau.
O poésie ! A toi d'arrêter ce fléau !
A toi ! de remuer par tes accords sublimes,
La fibre populaire, et d'ouvrir les abîmes
Où viendront s'engloutir la masse des tyrans.
Ah ! plus d'oppression et plus de conquérants !
Depuis assez longtemps nous sommes sous l'enclume,
Depuis assez longtemps la coupe d'amertume
Empoisonne nos jours. — Nos membres sont courbés
Sous la force brutale, et nos corps embourbés
Dans le cloaque impur d'un pouvoir despotique,
Par un effort suprême, un élan héroïque,
Ont pu briser leurs fers ! Ah ! relevons nos fronts,
De la lâche infamie effaçons les affronts.
Armes-toi, poésie ! Armes-toi de courage !

Aux grands cœurs ulcérés il ne faut plus l'ombrage :
C'est la lutte à outrance et la lutte au grand jour,
C'est résister et vaincre ou tomber sans retour.
Quel rôle noble et saint que celui du poète !
Sa parole imagée est celle d'un prophète ;
Chaque mot frappe au but, chaque inspiration
Est un cri de son cœur, un cri d'expansion.
O poésie ! A toi de relever la tête
Au milieu des éclairs qui percent la tempête !
A toi ! d'inaugurer l'ère de liberté.
Elèves ton flambeau, guide l'humanité
Dans le dédale obscur de cette ardente vie,
Ce foyer bouillonnant de faiblesse et d'envie,
D'ignorance et d'astuce où l'homme ambitieux
Lutte sans cesse et frappe : amis audacieux,
Ennemis sans défense, et succombe lui-même,
A son tour emporté par un effort suprême
De cette force aveugle agissant au courant
D'un pouvoir invisible, et roulant en torrent
Sur le monde engourdi, sa vase séculaire.
Despotes, tremblez ! C'est la force populaire !
La poésie, esprit et cœur des nations,
Est le levier puissant des révolutions.
Sa grande voix, tantôt pleure, s'irrite et tonne
Comme un lion blessé, tantôt elle rayonne
Comme un astre des Cieux inondant de clarté
L'Univers étonné. — Dans sa main l'équité
Distribue aux mortels la paix et l'abondance ;
Dans tous les cœurs l'on voit renaître l'espérance,
Et partout les humains, oubliant leurs douleurs
De la guerre inhumaine, ont chassé les horreurs.
C'est à toi, poésie ! A ton rôle sublime,
A tes chants vigoureux, qu'un divin souffle anime,
Que sont dus ces bienfaits, et loin de t'endormir
Parmi tant de lauriers à l'ombre du plaisir,

Toujours au premier rang, sentinelle avancée,
Tu veilles sur l'honneur de ta gloire passée.
Oh! A toi, voix puissante! A vous, chants immortels,
Notre reconnaissance et nos vœux éternels!

    Jura.                                                 H. CURIE.

## A Notre-Dame du Rosaire

Reine des reines, permets à ma faible lyre de t'adorer et de te bénir.

Puisse-t-elle puiser dans ta céleste bonté des accents dignes de ta splendeur majestueuse!

Lys toujours pur, ô vierge immaculée, lorsque tout chante ta gloire et ta divinité, je ne sais que me courber frémissante devant ton autel radieux!

Daignez, ô vierge sainte, jeter dans le cœur des hommes la foi qui soulève les montagnes, la charité qui marque une place au Ciel, et la justice qui marque une place sur la terre!

                                           MARIE PASCAL.

## Satire Nationale

Résigne-toi, Français, aux rigueurs de ton sort,
Qu'envers le roi de Prusse a mérité ton tort!
L'Espagne lui demande un prince de sa race,
De celle des Bourbons pour le mettre à la place;
Ton empereur, jaloux et d'un esprit hautain,
Voit en pouvoir sur lui grandir ce souverain,
Et, voulant l'abaisser, lui fait un cas de guerre
S'il consent à donner un monarque à l'Ibère.

Guillaume se soumet pour conserver la paix.
C'était d'un humble aveu déjà subir le faix.
Non satisfait et pris d'un orgueilleux vertige,
Par son ambassadeur, Napoléon exige
Sa parole d'honneur, qu'en arrière d'un pas,
Sur sa promesse, un jour, il ne reviendra pas.
Bismark communiqua la demande au monarque,
De haut dédain, par lui prise pour une marque.

C'était fouler aux pieds la dignité d'un roi,
Et du mépris assez motiver le renvoi.
C'est ce que fit le prince. Au ministre de France,
Par le sien, il défend son auguste présence.
La dépêche du fait provoque dans Paris,
Dans l'une et l'autre chambre, en tout l'empire cris,
Vociférations : « Insulte, défi, guerre ! »
Et tous : « Nous l'acceptons ! » De pacifiques guère.
Elle est donc dénoncée, et rien de prêt chez nous,
Tandis que devers eux, les Prussiens y sont tous.
Aussi que de revers ! quel châtiment terrible !
Quels maux où l'odieux accompagne l'horrible !
D'affreux envahisseurs, non moins d'un million,
Hommes, chevaux et chars, foule bois, pré, sillon.
Nos bataillons, des leurs, reculent sous le nombre,
Et d'ici-haut, un cent tombe en l'abîme sombre ;
De froid, revers et faim, quatre-vingts, aux abois,
Se mettent d'Helvétie à l'abri sous les bois ;
De Metz, Strasbourg, Sedan, trois nombreuses armées,
A merci du vainqueur de se rendre sommées,
Par lâcheté des chefs, livrent poudre, drapeaux,
Mitrailleuses, canons, obusiers, chassepots,
Et sans condition autre pour elles-mêmes
Qu'on emmène à Berlin, de honte toutes blêmes.
Tiers du sol occupé, paix à cinq milliards
Fixée, avec du Nord cession des remparts.

La France est affaiblie ; et l'Allemagne, accrue ;
Et pourtant ta rancune a la revanche en vue.
La chance est au vainqueur bien plutôt qu'au vaincu,
De prestige, de force et d'ardeur dévêtu.

Veut-on une revanche à désoler Guillaume?
Emerveillons esprit, œil, goût de son royaume,
Des friands et beau fruits d'un sol républicain,
A faire un jour envie aux nations du Mein.

(Haute-Savoie).                          Dr ANDREVETAN.

## Un Guet-Apens Financier

Pour perdre un ennemi, l'homme ne recule devant
aucune lâcheté; il invente, de nos jours, un expédient
étrange, et cependant connu, qu'il nomme « un guet-
apens financier. »

Un employé supérieur prétendit dernièrement qu'une
petite somme avait disparu de sa caisse, et accusa sournoisement un jeune commis placé sous ses ordres. L'ac-
cusé, plein d'innocence et de fierté, se plaignit à l'admi-
nistrateur-général et lui demanda justice, au nom de
son honneur.

Hélas ! notre jeune homme s'adressait bien mal, il
était sans expérience et sans fortune, et comme il ne
possédait que son innocence et sa jeunesse, on le mit
brutalement à la porte !

Que le lecteur veuille bien tirer de ce récit la morale
qui lui conviendra.

                          Nicolas BATON.

1872-1873

**3 !!!**

Nombre fatidique! Que prédis-tu?

Une partie suprême et décisive s'engage.

C'est au *truc;* en parties liées.

Le tapis est blanc, rouge et multicolore.

L'enjeu, c'est ni plus ni moins la vie ou la mort d'une nation, hier encore, grande et glorieuse, prospère et illustre entre toutes;

Aujourd'hui, réduite à deux doigts de sa perte :

1° Par une impitoyable invasion : conséquence d'une guerre follement déclarée et entreprise uniquement en vue d'un intérêt dynastique élevé à sa $3^{me}$ puissance;

2° Par une affreuse et regrettable guerre civile : Fruit d'une coalition, spontanément formée dans le but de sauvegarder la République, idole du peuple, mais bientôt dévoyée par un concours de fatales circonstances et jetée dans le flot grossissant des *mécontents d'en-bas* et ensuite, par rage et désespoir, poussée aux plus horribles excès;

Et 3° par une crise réactionnaire, aux conséquences incalculables, provoquée sans vergogne, par les *mécontents d'en-haut.*

Cette nation attend anxieuse, mais non découragée, frémissante, mais patiente, le sort qui lui est réservé!

La partie commence :

D'un côté 1 3 : (Unité républicaine).

De l'autre 3 3 : (Trinité monarchique).

(Message.) 1 3 gagne la $1^{re}$ manche avec une faible majorité de 3 douzaines de points (36 voix).

(Com°ⁿ des 30) Et 3/3 la seconde manche avec une majorité; chance effrayante! de 2/3 — *à une bûche près.*

La partie continue.....

Halte-là! Un instant de répit.

Attention!...

La galerie intéressée suffoque d'inquiétude.

.   ,   .   .   .   .   .   .   .   .   .   .   .   .   .

.   .   .   .   .   .   .   .   .   .   .   .   .   .   .

.   .   .   .   .   .   .   .   .   .   ,   .   .

Si 1/3 gagne la 3<sup>me</sup> manche, la République s'établit, l'union se fait et la nation sauvée, reprend sa place et devient un phare lumineux, guide des autres nations.

Si, au contraire, c'est l'adversaire, cette Trinité d'occasion qui joue son va-tout, se divise en trois partis, et ces trois partis, redevenus ennemis, âpres à la curée, se dévorent entr'eux.

Alors livrée à tous les ambitieux et à tous les intrigants *à poigne* et qui pis est, à toutes les avides passions et aux représailles de toutes sortes, cette nation que deviendrait-elle?

Ou bien, encore, réapparaît sur la scène la Trinité des Ostrogoths :

        G..... B..... et de M.....

Et la nation est démembrée, perdue.

Et de toutes parts on entendra les partis murmurer, seul à seul, leur *mea culpa* et psalmodier, en chœur, le *De profundis* national.

    Carthages, Athènes et Rome
        Les antiques !
    Aurez-vous une autre sœur?.....
        — 25 décembre 1872. —
      — 5 mois après —
      Tout serait perdu!
      Et la revanche!
    DisaiT, hier, — un gavroche,
        — 25 mai 1873. —

                  LÉONOR MARTIN.

## ODE HONORIFIQUE

A MONSIEUR LE DIRECTEUR DES CONTRIBUTIONS INDIRECTES
à Chaumont (Haute-Marne.)

—

Combien j'ai douce souvenance
De votre honorable présence
En mon bureau : quelle faveur!

Certes! j'étais loin de m'attendre,
Bien moins encore de prétendre
A jouir d'un si grand honneur!

Il faut le dire avec franchise,
Qu'en mon agréable surprise,
J'ai senti palpiter mon cœur!...

Alors dans cette grande ivresse,
Au loin bannissant la tristesse,
J'étais au comble du bonheur!

Aussi, le restant de ma vie
Je redoublerai d'énergie
Imitant mon bon Receveur!

Puis toujours de concert ensemble,
Je contenterai, ce me semble,
Mon respectable Directeur!

Me basant sur sa vigilance,
Sur son zèle et sa surveillance,
Je serai son bon Serviteur!...

(15 Mai, 1873).                    LALOY, receveur buraliste.

## LE TROUBADOUR VAUCLUSIEN

—

Sous le beau ciel de la Provence,
L'esprit fécond, hait le tyran,

Simple troubadour de la France,
J'aime contempler l'Océan !

O ma Muse, tu m'inspire
L'amour de l'humanité;
Chantons, ô ma douce lyre,
La raison, la Liberté !

Près de la source de Vaucluse
Pétrarque, poète galant,
Cultivait l'amour et la Muse,
Sous un beau ciel étincelant.

La loi d'amour quasi-divine
Démontre l'immortalité;
Courtisons le belle voisine
Selon les lois de l'équité.

Dans l'existence passagère
Soyons unis et travaillons;
Emancipons de la misère
Nos descendants si nous pouvons.

Cultivons notre intelligence,
Les belles-lettres, les beaux-arts,
Travaillons à la renaissance :
Pour le bien soyons des Césars.

Citoyens, plus de présidence,
C'est une quasi-royauté,
N'abdiquons jamais la puissance
Si nous voulons l'égalité.

O ma Muse, etc.

PONSON MARCELIN.

## A LA MUSE

A Mlle C. A...

—

Pourquoi m'abandonner, pourquoi me fuir, ô Muse,
    Et rire de mes pleurs ?
En vain à t'appeler jour et nuit je m'abuse :
    Rien ne peut vaincre tes rigueurs.

Pourquoi donc à mes vœux te montrer si rebelle
    Et me dicter des lois,
Lorsque cent fois par jour, pour te fléchir, cruelle,
    J'élève ma tremblante voix ?

Mais en vain : ma prière est par toi rejetée,
    Ainsi que mes soupirs ;
Au premier vers, toujours ma plume est arrêtée,
    Et confondus mes souvenirs.

Tu te plais à me voir en une peine extrême,
    Et malgré mon effort,
Ne pouvant triompher de ta rigueur suprême,
    Je maudis mon funeste sort.

Si tu voulais pourtant, ô Muse mon amie,
    Ecouter mes discours,
Si parfois tu venais, pour combler mon envie,
    Avec moi passer quelques jours.
Si, descendant les monts escarpés et superbes,
    Où de rares mortels,
Aux poétiques champs peuvent glaner leurs gerbes,
    Offrir l'encens sur tes autels,

Tu venais jusqu'à moi m'animer d'un sourire,
    M'inonder d'un rayon,
Faire vibrer soudain les cordes de ma lyre,
    Féconder mon humbre crayon.

Guidé par ta lumière, éclairé sur ma route,
    Appuyé sur ton bras,
Je ne rencontrerais plus d'obstacles, sans doute,
    Car tu dirigerais mes pas.

    Avec toi j'irais dans la plaine,
    Plus léger qu'un papillon bleu,
    Du zéphyr respirer l'haleine,
    Et chanter la nature et Dieu.
    Comme l'abeille vagabonde,
    Butinant sur toutes les fleurs,
    J'irais de l'un à l'autre monde,
    Goûter d'enivrantes douceurs.
    Avec toi, des bergers timides
    Je peindrais les chastes amours,
    Et je remonterais le cours
    Des gais ruisseaux aux flots limpides.
    Je découvrirais le mystère
    Qui règne le soir au bosquet,
    Où l'amante glisse en secret,
    Comme une sylphide légère.
    De l'oiseau dans le vert feuillage
    Gazouillant son refrain joyeux,
    Je redirais le doux langage,
    Et les accents harmonieux.
    Dans le concert de la nature,
    Ma faible voix s'élèverait
    Plus suave que le murmure,
    De la source dans la forêt.
    Sur les flots d'argent, ma nacelle,
    Doucement viendrait me bercer,
    Et l'on verrait s'entrelacer
    Mes bras dans les bras de ma belle.
    Pour armer ses cheveux d'ébène,
    J'irais chercher jusques aux Cieux,
    Mais moins brillante que ses yeux,

Une étoile à ma souveraine.
Et, lorsqu'on voit Phébé la blonde,
Pâle et rêveuse chaque soir,
Incliner son front pur dans l'onde
Du lac, poétique miroir.
Quand le grillon, dans la prairie,
Vient prendre ses ébats joyeux,
Et que sur la rive fleurie,
Vont soupirer les amoureux.
Lorsque le doux zéphyr caresse
Le feuillage du peuplier,
Qu'aux pieds de sa folle maîtresse,
L'heureux amant vient s'oublier ;
Alors, assis à ma fenêtre,
Pensif et le front éclairé,
Grâce à toi, mon luth inspiré,
Sous mes doigts vibrerait peut-être.
Ivre sous ses flots d'harmonie,
Emu sous ses mâles accents,
Je te bénirais dans mes chants
Car tu serais mon bon génie.
Voyant au gré de mes caprices
Les vers dociles se plier,
Je pourrais enfin m'oublier
Dans un océan de délices !
Mais en vain, ma prière est par toi rejetée
Ainsi que mes soupirs ;
Au premier vers toujours ma plume est arrêtée
Et confondus mes souvenirs.

(31 Mars, 1873).                          J.-C. CHRISTOPHLE.

## L'ORPHELIN DE LA GUERRE
### Romance (1)

1

Voyez ce triste enfant, ce pauvre petit être !
Qu'il paraît malheureux ! il va mourir peut-être,

(1) Cette romance, dont la musique est de M. Verdier, se vend au profit des orphelins de la guerre.

Ses pieds se sont meurtris aux ronces du chemin,
Car sa mère n'est plus pour lui tendre la main !

*Refrain.*

C'est le fils d'un soldat ! d'un soldat de la France !
C'est un pauvre orphelin resté seul, sans appui...
Entourons-le de soins. Oh ! calmons sa souffrance !
Français, pitié !... pitie pour lui !

## II

De ses tremblantes mains il veut creuser la terre
De ce champ de bataille où repose son père !...
Hélas ! l'infortuné n'avait que cet ami !
Du sommeil éternel il le trouve endormi !!

*Refrain.*

C'est le fils d'un soldat ! d'un soldat de la France !
C'est un pauvre orphelin resté seul, sans appui !...
Entourons-le de soins. Oh ! calmons sa souffrance !
Français, pitié !... pitié pour lui !!

## III

Sombre, morne, égaré, tout à coup il chancelle...
Sur ses traits se répand une pâleur mortelle...
Il a faim... il grelotte... il tombe de douleur...
Son triste isolement augmente sa frayeur !

*Refrain.*

C'est le fils d'un soldat ! d'un soldat de la France !
C'est un pauvre orphelin resté seul .. sans appui !...
Entourons-le de soins. Oh ! calmons sa souffrance !
Français ! Français ! pitié pour lui !!

PAULINE HENRY, née LEMAITRE.

## ÉPITRE À LA FEMME DÉBAUCHÉE

Mesdames, ne m'en veuillez pas
Si vous lisez ces quelques lignes,
Mais en attendant le trépas
Cessez vos actions indignes.

G¹ MARIS.

O toi, reptile impur qui pullules sur terre,
Qui vas, errant partout, visible à tous les yeux,
Tu t'es donc dépouillé de ton beau caractère
Pour en revêtir un terni, souillé, boueux.

Autant est belle l'ange à la vertu céleste,
Dont la vie est l'étoile ornant un firmament,
Autant ta vie, à toi, créature immodeste,
Est honteuse ici-bas et veut un châtiment.

Et comment les nombrer, folle prostituée,
Les nuits où, sans sommeil, tu revois en rêvant
Les beaux jours de bonheur, quant à l'enfant gâtée
Le baiser maternel était un doux présent.

Mais que t'importe, enfin, que tes parents maudissent
Le jour de ta naissance et soient dans la douleur :
Tes cheveux seront blonds quoique les leurs blanchissent,
Ton teint sera fardé, s'il est pâle, le leur !

Dis-moi, quand le festin a fait place à l'orgie
Et que ton compagnon de honte est près de toi,
Quand, dans tes bras lascifs, il épuise sa vie,
Tout n'est donc que plaisir et volupté, dis-moi ?

Après avoir donné tes caresses immondes
A quelque obscur don Juan perdu dans les tripots,
Tu crois, mais ton erreur est bien des plus profondes,
Retrouver en dormant la paix et le repos.

O que je plains ton sort, car lorsque ta jeunesse
Et ce qui plaît en toi, la beauté de la chair,

T'auront abandonnée, il faudra que la presse
Annonce aux débauchés que tu te vends moins cher.

Et tu déclineras, soleil sans satellite,
Tu t'en iras mourir sur un fumier fangeux,
Et les jobards riront, en disant : « La petite
Est morte et ne pourra plus *faire des heureux.* »

16 avril 1873.                                         G¹ MARIS.
                              Membre d'honneur des Concours poétiques.

## ALGER

« *Al Pjezaïr* » la bien gardée.

C'est là cette cité qui fit trembler le monde,
Là ce nid de vautours, là ce repaire immonde !
Mânes du grand Louis, d'Exmouth, de Charles-Quint ;
C'est là le boulevard du rivage africain !

Base, centre, moteur d'une terre féconde,
Oh ! ne regrette pas tes épaves de l'onde ;
Oh ! ne préfère pas, — exécrable destin, —
Les jours des Barberousse, aux jours des Augustins !

Mais qui, vieille cité si tristement illustre,
Qui te transforme ainsi ? Qui te donne ce lustre ?
Plus haut que le croissant, regarde cette croix !

Cette croix que ton pied si longtemps a foulée...
Quand sera sa splendeur à tes yeux révélée ?
Quand donc, fier Musulman, t'écrieras-tu : Je crois ?

Algérie, 1867.                                   Léon JOLY

# MON FAUTEUIL

CHANSON A MON PARRAIN.

AIR : De la République de la table, de Béranger.

—

Vieil ornement de mon ménage,
Je viens oublier dans tes bras
La guerre et son affreux carnage,
Pour être tout à tes appas.
Que de voluptés, de délices,
J'ai déjà goûté près de toi !
Oui, de tes charmes les prémices,
M'ont rendu plus heureux qu'un roi.

J'aime ta grâce, ta souplesse ;
En ce jour j'ai le dessein,
Plongé dans la douce mollesse,
De m'étendre sur ton coussin.
J'y veux dormir. Loin de la terre,
Mon âme va voler aux Cieux,
Pour voir du Maître du tonnerre
Les anges au front radieux.

Unissons notre destinée.
Si Dieu me donne de vieux jours ;
A l'angle de ma cheminée,
Ensemble on nous verra toujours.
Et quand viendra l'heure dernière,
Pour te faire encor bon accueil,
Je veux terminer ma carrière
Entre tes bras, mon cher fauteuil.

(Aube). GUILHAUMOU JAVELLE.

# LA FRANCE NE MEURT PAS

—

## I

La France ne meurt pas !... Tel est le cri des cœurs !
Son glorieux passé fut rempli de douleurs.
Il n'en est que plus grand dans l'histoire du monde.
Dieu bénit qui travaille, et du Ciel le seconde.
Nos aïeux ont connu des tristesses sans nom !
Furent-ils rebutés par les obstacles ?... — Non.
Ils furent cependant abreuvés de déboires,
Mais ils se relevaient en comptant leurs victoires !
Il n'est pas un seul peuple exempté de revers :
Les Romains, autrefois, maîtres de l'Univers,
N'ont-ils donc pas perdu leur puissance suprême ?
Que d'empires éteints n'ont plus de diadème !
La France survécut aux plus sanglants combats ;
Pour venger sa défaite, elle avait ses soldats !
Car, après Azincourt, Poitiers, Crécy, Pavie,
Dans son courage altier elle reprenait vie !
François-Premier a dit, dans sa brillante ardeur,
Bien vrai : Tout est perdu, mais sauf est notre honneur.
Avant comme après lui, des noms remplis de gloire
Brillaient et brilleront, gravés dans notre histoire.
Duguesclin, Jeanne-d'Arc, le chevalier Bayard,
Et Turenne et Louvois, Napoléon plus tard,
Ont immortalisé l'étendard de la France
Dont l'Univers entier a connu la puissance.
Bouvines, Orléans, Rocroi, Denain, Lodi,
Austerlitz et Fleurus, Arcole et Rivoli.
Oui, comme le dicton nous dit : « Noblesse oblige, »
Français, ne perdons pas notre antique prestige.
Pour leçons, le passé resplendit sur nos pas
Répétons, confiants : « La France ne meurt pas ! »

## II

C'est notre cri de foi, d'amour et d'espérance !
C'est le mot qui soutient notre persévérance ;
C'est celui qui console et qui tarit nos pleurs,
Le baume souverain qui guérit nos douleurs.
C'est le suave accent qui plaît et nous ranime,
C'est le souffle puissant, ardent qui nous domine :
Pourquoi désespérer, quand Dieu verse à foison
Dans nos champs la richesse, aux agneaux leur toison ?
Quand il donne à la terre épis, récolte et graines,
Des fleurs dans nos jardins et des fruits dans nos plaines ?
Quand le sol, à flots d'or, répand ses biens exquis ?
C'est le plus beau royaume après le paradis !
Ah ! Français, contemplons nos riantes montagnes,
Le soleil qui jaunit les blés dans nos campagnes !
L'enfant qui devient homme et qui grandit joyeux !
Oh ! quand il remplit l'air de chants harmonieux,
Nous tressaillons soudain, nous palpitons d'ivresse ;
Elevant vers le Ciel un regard de tendresse,
Notre âme, avec amour, répète à chaque pas
Ce cri de foi, d'espoir : « La France ne meurt pas ! »

(Pas-de-Calais). PAULINE HENRY, née LEMAITRE.

## À MA FAUVETTE

Petit oiseau, chante, courage ;
En t'écoutant l'on a plus de cœur à l'ouvrage ;
On est actif, on est joyeux.
La route semble parfuméé,
Et notre âme, au bonheur paraît accoutumée :
Tout nous sourit, nous plaît aux yeux.

Ta voix résonne dans la plaine,
Un zéphyr frais et pur, de sa suave haleine
Murmure encor ton doux accent :
C'est une tendre mélodie
Enseignant aux humains qu'il faut, dans cette vie,
Bénir, aimer le Tout-Puissant.

C'est un cantique d'allégresse
Louant le Créateur, pour tous plein de tendresse ;
C'est l'écho des jeunes amours ;
C'est comme un souffle de prière.
Pour fêter le Ciel bleu, les moissons, la lumière,
Petit oiseau, chante toujours.

(Pas-de-Calais).                    PAULINE HENRY, née LEMAITRE.


## COMMENT SE FERA LA REVANCHE

### A MONSIEUR LE COLONEL DENFERT-ROCHEREAU.

On a, sans le pouvoir, voulu faire la guerre ;
On a trompé la France et souillé son drapeau ;
Nos fiers soldats sont morts, et notre noble terre
Leur sert désormais de tombeau.

Sous les murs de Sedan on a livré nos braves ;
Sans rougir fait tomber les armes de leurs mains ;
Et nos héros, pareils à des troupeaux d'esclaves,
Ont dû marcher au pas, sous l'ordre des Germains.

Guillaume a dévasté les beaux champs de la France,
Sur son front glorieux posé son pied brutal ;
Pour elle a fait lever de longs jours de souffrance,
Et traversé Paris sur son char triomphal.

Puis il a pris son or ; de sa large blessure
Fait couler un sang pur, piétiné son honneur,
Et, voulant la tuer, imprimer sa morsure,
Sur la fibre qui fait toujours battre son cœur.

O désir insensé !..... La France est immortelle !
Guillaume, vois ce jour qui commence à grandir !
Oui, vois la Liberté, cette vierge si belle,
Ouvrant devant ses pas le Ciel de l'avenir.

Et puis, Dieu ne veut pas que notre France meure !
Dieu ne veut plus ici le pied de l'étranger !
Ecoute, et puis frissonne ! O Guillaume, entends l'heure,
L'heure qui sonne aux Cieux !... Car Dieu veut la venger !

. . . . . . . . . . . . . . . . . . .

Mais pour que ce beau jour sur la France se lève,
Et que sa clarté sainte inonde son Ciel bleu,
Pour que la France aussi puisse saisir son glaive,
Il la faut suppliante, à genoux devant Dieu.

Il lui faut cette *Foi* qui donne la prière,
L'*Espérance* qui suit l'homme jusqu'au tombeau ;
Et la *Charité* sainte au regard tutélaire,
Couvrant l'humanité des plis de son manteau.

Puis il faut qu'elle dise : Ah ! suspends ta *Justice !*
Trop longtemps sous mes pieds, Dieu, j'ai foulé ta *Loi !*
Eloigne de ma bouche un bien amer calice,
Que l'hysope me lave ! ô mon Dieu ! sauve-moi.

Donne-moi la *Sagesse,* afin qu'à sa lumière
Se dissipent, mon Dieu, mes funestes erreurs !
Afin que mes soldats, marchant sous ta bannière,
Sur tous mes ennemis posent leurs pieds vainqueurs.

Alors s'apaisera la terrible tourmente;
Alors s'éloigneront les ombres de la mort ;

Et ma barque, ô mon Dieu, que la vague tourmente,
Sous des riants festons sera paisible au port.

(Bouches-du-Rhône).                              DENIS GINOUX.

## DIEU.

Dieu seul est grand, seul beau! Prosternons-nous, mortels!
Aimons à proclamer sa puissance infinie;
Adorons en tremblant ses décrets éternels,
Que par nous nuit et jour sa bonté soit bénie!

Humilions nos fronts au pied de ses autels!
A lui les saints concerts, la pieuse harmonie,
Et l'ardente prière, et les vœux solennels,
Et les pensers d'une âme en extase ravie!

Tout ce que l'Univers peut offrir de pompeux,
Le firmament semé d'étoiles innombrables,
L'Océan, qui s'étend vaste et majestueux,

Et la terre étalant ses beautés admirables...
Tout ce qui charma l'homme en tout temps, en tout lieu,
N'est qu'un pâle reflet de la splendeur de Dieu!

L'Abbé PEYRET.

## DISTIQUE

L'homme en toi, Dieu puissant, doit espérer et croire :
T'aimer fait son bonheur, te servir fait sa gloire.

L'Abbé PEYRET.

# LA REVANCHE

HYMNE A LA RAISON

Air du chant national Turc.

—

Français, Prussiens, Russe, Batave,
Romains, Grecs, Espagnol, Anglais,
Helvétiens, Belge et Moldave,
Américains et Polonais,
Plus de frontière à la Patrie ;
Chinois, Japonais, Mexicains,
La Fraternité nous rallie
Dans un congrès républicain.

Refrain.

La Revanche, la Revanche,
Sera le baiser de paix
Entre peuples désormais.

Le cheval comme la bataille
Se livre, tout à prix d'argent ;
Le feu, le fer et la mitraille
Amusent le royal tyran.
Peuple-mouton levons la tête,
Refusons-leur l'impôt du sang,
Car leurs inutiles conquêtes
Causent la mort de nos enfants.

Si je suis traité d'utopiste,
Suivant l'échelle du progrès,
Le Chauvin est criminalliste,
Ennemi juré du congrès.
Riez, sans cœur, tout à votre aise,
Sombre réacs, hommes du mal.
Cette nouvelle *Marseillaise*
Sera le valeureux fanal !

## RÉFLEXIONS.

Dédiées à nos ennemis de la veille et à nos amis du lendemain.

—

Cinq milliards et deux provinces
Sont vraiment un morceau de prince.
Peuple français, peuple allemand,
Serez-vous donc toujours Gros-Jean ?
La leçon servira d'exemple ;
Aux victimes dressons un temple,
Et sur l'autel de l'avenir
Eternisons leur souvenir.

Vaucluse.                                    PONSON MARCELIN.

---

### FRANCE, TU RESTERAS DEBOUT

CRI D'UN PATRIOTE

Dédié au brave colonel Denfert.

> Pays des Beaurepaire et des Thérémin d'Hâme,
> Tes trop sanglants revers ont courroucé mon âme,
> Veux-tu venger l'affront que ton sol a souffert ?
> Souviens-toi, souviens-toi, qu'il te reste Denfert.
>
> Colonel, ma plus grande ambition est de mourir
> en combattant sous vos ordres pour le salut de
> la Patrie !

—

O France, un de tes fils devant toi s'agenouille !
O pays de Marceau, qu'un affreux vainqueur souille !
Sur ton front resté pur je veux tresser des fleurs.
Regardes l'horizon, France, sèche tes pleurs ;
Pour ton linceul sanglant, assez assez de boue.
L'étendard qui flotta de Dantzig à Mantoue,
Devant l'aigle du Nord, ne saurait s'avilir.
Les pleurs disent : Pitié, France, tu dois haïr

Le sang de tes martyrs est un fleuve de haine,
Où s'enivre déjà la REVANCHE prochaine.
O flambleau du progrès, sommet de l'Univers!
Du gouffre où l'a plongé ton suprême revers,
Ton char ne doit-il pas braver l'infâme ornière,
Et tes fils n'ont-ils plus, pour sauver la frontière,
De ce vieux sang gaulois qui nous donna Kléber;
Et qui, torrent fécond du Nil au Dnieper,
Coula pour te venger des castes féodales,
Pour réduire au néant des pillards, des vandales!

Relèves ce beau front, superbe de fierté,
France où brille toujours l'astre de Liberté,
Qui du sein de la nuit projette sur le monde
Les bienfaisants rayons d'une clarté féconde.

Non, tu ne mourras pas sous le glaive brutal;
Les crocs ensanglantés d'un despote infernal
Ne sauraient déchirer ton formidable torse :
Le venin du scorpion n'attaque pas l'écorce
Du chêne couronné par vingt siècles géants.

Sous nos pas de vaincus les gouffres sont béants;
Mais brisant du Teuton l'audacieuse étreinte,
Nous passerons le Rhin pleins d'une haine sainte
Au nom de ses héros; à l'ombre des grands bois
Reischoffein nous dira le châtiment des rois!

Et vous qui, sans espoir au salut de la France,
Flétris, qui n'avez pas la virile espérance
De délivrer son sol, de chasser l'étranger,
Qui n'affrontez jamais le glorieux danger
De mourir en martyrs sur les champs de batailles,
Lâches, couards, ventrus, noirs corbeaux de ripailles,
Fuyez ce ciel si doux, berceau de Liberté!
Allez! soyez maudits par la postérité!
Votre peau salirait le carcan de la Grève!

Mais nous, nous resterons pour combattre sans trêve,
Pour reprendre au Germain le fruit de nos sueurs.
Déjà du noir flambeau les sinistres lueurs
S'éteignent; ô Liberté ! reste notre pilote.
Pour toi l'âme bondit et l'esclave sanglotte ;
Daignes nous protéger, nous sommes tes enfants;
Mère, tu conduiras nos drapeaux triomphants
Sur les murs de Strasbourg, la cité héroïque :
Si nous mourrons, tant mieux, vive la République !

Nord.                          JULES CAUMEAU, ouvrier coiffeur.


## REVANCHE

—


Le vieillard était seul, pensif, au coin de l'âtre.
Il pleuvait au dehors. Un jour terne et grisâtre,
Pénétrant par la vitre où la pluie se brisait,
Eclairait tristement l'appartement discret,
Et, jetant sur les murs des reflets couverts d'ombre,
Sur les meubles épars mettait un rideau sombre.
Ses traits flétris, ridés par l'âge et la douleur,
Tout défaits par l'effroi, marqués par le malheur;
Où des chagrins récents avaient laissé leur trace,
S'animaient par instant, respiraient la menace.
Mais ces sourdes fureurs ne duraient qu'un moment,
Faisaient aussitôt place au découragement;
Et le vieillard brisé, tremblant de sa faiblesse,
Se sentait le cœur pris d'une noire tristesse,
Et promenant autour des regards éperdus,
Semblait chercher encor celui qui n'était plus.
Les heures s'écoulaient. L'orage dans sa force
Dominait tous les bruits. Et malgré qu'il s'efforce

D'en distinguer un seul, parmi ceux du dehors,
Son oreille, ô douleur! ne surprend rien encor.
Pourtant des cris lointains, comme des cris d'alerte,
Des bruits sourds et confus, sur la terre entr'ouverte,
Arrivaient jusqu'à lui. Mais ce bruit éloigné,
Bruit trop connu, hélas! qu'en son cœur indigné
Il voudrait étouffer jusqu'au souffle servile,
Est fait par l'ennemi qui marche sur la ville.

. . . . . . . . . . . . . .

La veille, les Prussiens étaient dans le village,
Incendiant les moissons, et marquant leur passage
Par le meurtre et l'horreur. Ils firent enchaîner
Le fils de ce vieillard défendant son foyer,
Et froidement, sans cœur, sans égard pour les charmes
De sa femme, pauvre ange, aux yeux noyés de larmes,
Ils l'avaient fusillé. Maintenant ce vieillard,
Plongé dans sa douleur, sans voix et sans regard,
En tremblant pour la veuve, écoute si résonne
Son pas sur le chemin. Mais il n'entend personne.
Le village en entier est allé, consterné,
Faire un dernier salut à l'homme assassiné.
L'orage s'éloignait. Le bruit sourd du tonnerre
Apporté par l'écho, faisait trembler la terre ;
Puis il devint plus faible et cessa tout à fait.
La porte s'entr'ouvrit. Le front pâle et défait,
Sur le seuil se tenait, immobile et tremblante,
Une femme encor jeune, à figure touchante.
Le vieillard se leva, Viens, dit-il, pauvre veuve,
Pour tous deux, aujourd'hui, c'est une rude épreuve;
Et se voir faible et vieux, désormais se sentir
Une rage en son cœur qu'on ne peut assouvir ;
Mais vos fils grandiront. Que dans leur cœur la haine
Nous soit un sûr garant de vengeance prochaine.
Non, dit la veuve en pleurs, assez de sang versé ;
Ne berçons point nos fils d'un projet insensé.

Pour un autre destin le pays les réclame.
Donnons à ces enfants, enseignons à leur âme,
Le sentiment du beau, du juste ; apprenons-leur
Que des pensers de haine, en leur cœur pur et chaste,
Ne peuvent exister ; que la guerre néfaste
Est un crime soùvent et toujours un malheur ;
Qu'un penple grand et fort est toujours respecté
S'il porte dignement sa part d'adversité.

. . . . . . . . . . . . . . . .

Et le vieillard sentait s'éteindre sa colère
A l'éloquent discours de cette noble mère,
Oubliant sa douleur et la mort d'un époux,
Pour songer au pays régénéré par tous.

A. DARDE.

—⋆—

## ÉPITAPHE

—

Seigneur! il fallait donc que notre humble chaumière
Fût soumise à l'arrêt qui frappe les vivants?
Ah! pourquoi nous ravir notre amour, notre mère?
Celle qui par ta voix nous donna la lumière,
Et qui, seule avec toi, nous nommait ses enfants!

Isidore LIEURE.

## AI SILLABISSI DI FRANCIA

—

Alla rivincita la *Setta* aspira,
E guarda *Italia* con occhi d'ira.
Guerra vuol muoverle col Quinto Errico,
Ch'è del Pontifice fedele amico.

Carezza il *Sillaho,* e giura il patto
Che l'*Evo-Medio* tomi di un tratto.
Ma se il politico e dotto *Thierse*
Cadde, la *Gallia* non si converse.
Fu sempre libera nel suo pensiere,
E in cor com' Idolo serba *Voltaire.*
Ial, *Setta* credesi di *Mac-Mahone*
Rendersi l'arbitra or col hordone.
Conni alle statue, preghi, sospiri,
Chè a Dio non giungono, suoi desiri.
Si temprin fulmini net *raticano,*
Ma i *Regi* e i *Popoli* si dies la mano,
E sol Dio temono che ti governa
Con l'infallibile sua Legge eterna.

LUIGI CICCAGLIÒN,<br>giudice del tribunale di Lecce.

## L'AUMONE !

C'était en plein hiver, la nature était morte,
La neige, en tourbillons, frappait à notre porte ;
Il faisait peine à voir, à travers les rideaux,
Les arbres dépouillés, tous ces pauvres oiseaux
Grelottant sous le Ciel gris et froid de décembre.
Un bon feu, tout joyeux, répandait dans la chambre
La chaleur, la gaieté. Dans notre pauvreté
Je m'estimais heureux d'être bien abrité,
Quand d'autres n'avaieut pas même un toit pour y vivre,
Pas un morceau de pain ; pour l'esprit, pas un livre.
Je les trouvais bien beaux, les lambris tout branlants
De la vieille chaumine ; ils avaient bien cent ans :
Mon grand père y mourut ; plus tard, j'y vins au monde.
Que de fois le malheur, cette foudre qui gronde,
Nous avait éprouvés ; que ces lieux m'étaient chers !

La joie suivit le deuil, tels sont les durs hiver ;
Par le printemps chassés. Je pensais de la sorte
Quand on heurta, des mains, le tiquet de la porte :
Je me hâtai d'ouvrir. Que vis-je devant moi ?
Une femme ! un enfant ! tous deux tremblants de froid :
L'enfant avait huit ans ; sa joue était bleuie,
Ses traits défigurés, sa figure amaigrie ;
Mon cœur s'en est ému : *Pour l'amour du bon Dieu,*
*L'aumône, s'il vous plaît.* Sa voix tremblait un peu.
Quel spectacle à mes yeux ! Je pris ce petit être,
Tout mouillé, tout glacé, puis je courus le mettre
Sur mon banc vermoulu comme un précieux butin.
Je revins à sa mère : O Ciel, son œil éteint,
Avait perdu le jour. Dieu ! quel affreux supplice !
Ne plus voir son aïeul ceindre un amer cilice !
Ne plus voir son enfant, et cela pour toujours,
Aller de porte en porte, implorer tous les jours ;
Supporter les affronts, les endurer, se taire ;
Hier, comme demain, jusqu'au cimetière,
N'avoir pas un ami ; les mendiants en ont-ils ?
Errer sur les chemins, coucher dans les chenils,
Et traîner la besace, en haillon, en guenille ;
Par la pluie et le froid, sans abri, sans famille !
La menant par le bras, je pus la faire asseoir
Auprès de son enfant ; puis, j'ouvris le dressoir,
Pris la miche de pain, un couteau sur la table ;
Tout mon être tremblait, mais d'ardeur charitable.
Oui, j'avais peur, mais peur de n'en couper assez !
J'étais très-pauvre aussi, je l'ai bien regretté !
C'était un rude hiver, la pitance était chère,
J'en remis un morceau dans la main de la mère ;
Un autre à son enfant. Oh ! c'était un plaisir
De voir manger ce pain, j'eus alors le loisir
De regarder l'enfant. Son œil allait sans cesse
De sa mère vers moi, toujours plein de caresse.

Pauvre enfant! ai-je dit, dès le berceau mendiant,
Il pouvait vivre heureux, né de quelque opulent;
Mais il traîne, à huit ans, le fardeau de la vie,
Luttant contre la faim, cette lâche ennemie!
O mendiant de huit ans, quand, passant parmi nous,
Tu vois le monde heureux, tu fléchis les genoux;
Reprends courage, enfant, marche, mendiant superbe,
Traverse les sentiers où va mûrir la gerbe;
Viens, au seuil des palais, au milieu des splendeurs,
Mener ta pauvre mère; étale les douleurs
Que fait naître la faim; sois fier, toujours honnête,
Espère dans l'aumône et redresse la tête!

LONCHAMPS.

## Souci

O pieuse enfant plus belle que rose,
Et qui le sais bien; sais-tu ce qu'on dit?
Tu passes souvent et chacun se cause :
« Voyez-vous, dit-on, comme elle grandit. »
Tu presses le pas, cachant ton visage,
Et son front se peint de vives couleurs...
— Ah! dis-moi pourquoi, papillon volage,
Si souvent ton vol se repose aux fleurs.

Ah! ne lève pas ton regard timide
(Un regard parfois blesse bien le cœur),
Veille sur tes yeux et passe rapide...
Je vois sur ta lèvre un rire moqueur.
O pieuse enfant; prends garde, ton âge
Ignore du mien les soucis rongeurs,..
— Ah! dis-moi pourquoi, papillon volage,
Si souvent ton vol se repose aux fleurs!

Bien d'autres ont vu, sans que tu le saches,
Ta beauté précoce, et ton œil brillant,
Dans ton voile bleu parfois tu te caches;
Tout en toi se peint sur ton beau col blanc,
Et l'on aime à voir ton front sans nuage,
Que n'ont point encor flétri la douleur...
Ah? dis-moi pourquoi, papillon volage,
Si souvent ton vol se repose aux fleurs?

Et parfois le soir, aux charmes d'un rêve,
Quand lasse ta main, au travail s'endort,
Un nouvel éclat sur ton front se lève,
Et son cœur alors fait des rêves d'or;
Et ton œil paraît poursuivre une image,
Elle fuit, et toi tu verses des pleurs
Ah! dis-moi pourquoi, papillon volage,
Si souvent ton vol se repose aux fleurs?

Par instant aussi ton front qui rayonne
Lance des éclairs de joie et tu ris;
On dirait qu'alors ton âme si bonne
Distingue tout près quelqu'un des esprits,
Et toi tu réponds : je sèche ses pleurs.
Ah! dis-moi pourquoi, papillon volage,
Si souvent ton vol se repose aux fleurs?

Ed. DESESPRINGALLE.

# JEHOVAH

Dieu tout-puissant! ta main qui dans l'espace vide
Projeta tout ce monde au sortir du néant,
A-t-elle délaissé dans leur élan rapide
Ces monstres du grand-tout aux long pas de géant?

— Rien n'était avec toi : partout c'était l'abîme,
Et tout à coup grand Dieu, d'un seul regard sublime,
Du rien tu fais sortir des astres bondissants :
« Soyez », dis-tu ; le monde à ce seul mot s'élance
Et sans cesse depuis se joue et se balance
    En ses longs cercles tournoyants.

Mais toi, depuis ce jour, que fais-tu de ton être ?
Un seul instant peux-tu reposer ton bras fort ?
Peux-tu toujours créer, et fais-tu toujours maître
Des mondes dont toi seul saurait fixer le sort ?
Ou bien toujours plongeant au profond de l'abîme
Sur les êtres qui sont, un long regard sublime,
Te plaît-il de les voir sans cesse se jouer,
Comme si ces grands ronds te souriaient encore,
Et qu'il te soit besoin, pour que l'homme t'adore,
    De leurs masses pour te louer ?

Faut-il, pour occuper ta sagesse profonde,
Qu'ailleurs d'autres soleils bondissent devant toi,
Qu'ailleurs et qu'au-delà, des bornes de ce monde,
D'autres astres créés exécutent ta loi ?
Faut-il pour satisfaire à ton regard sublime,
Qu'un autre monde encor sillonne un autre abîme ?
Ou bien ton bras sur nous reste-t-il suspendu ?
Pareil au bras viril qui lance un trait rapide,
Et de loin, dans son vol, le dirige et le guide
    Toujours vers le but étendu ?

Moi j'ai prêté l'oreille aux bruits de la science ;
Elle a de l'Univers compassé la grandeur,
Et dans son long savoir, pleine de confiance,
Elle a cru de tes lois sonder la profondeur.
J'ai cru qu'elle était Dieu, que son regard sublime
Savait aussi trouver les bornes de l'abîme,
Qu'à son œil flamboyant tu te cachais en vain.

Elle a tout dit : sa voix sans cesse nous révèle
En quel rapport constant la planète fidèle
   Court dans son orbite sans fin.

Mais a-t-elle dit vrai ? Toujours dans leur carrière,
Sans jamais avancer, et sans quitter le lieu
Qui leur fut assigné par leur course première,
Les astres iront-ils se jouer devant Dieu ?
Moi je crois que le doigt qui d'un seul trait sublime
Leur fixa le chemin dans le sein de l'abîme,
Voulut plus qu'un jouet à sa divinité,
Qu'il eut en les créant une fin plus profonde,
Et je vois, dans chacun des mouvements du monde,
   Un pas vers son éternité !

ED. DESESPRINGALLE.

## LE CRI DE LA NATURE

QUAND ON N'A PAS VINGT ANS

*(Refrain)*

   Laissez l'oiseau folâtrer au bocage,
   Laissez la fleur nous sourire au printemps,
   Laissez les flots carresser le rivage,
   Laissez aimer la jeunesse volage,
   Il est si doux de l'aimer au jeune âge
   Quand on n'a pas vingt ans.

Quand on n'a pas vingt ans, la vie a tant de charmes,
Il est tant de bonheur sur le bord du chemin.
Quand on n'a pas vingt ans, sans-souci, sans alarmes,
Le jeune cœur alors ne connaît pas les larmes,
Et loin des grands combats il ne sent point les armes
   Trop lourdes pour sa main.

Quand on n'a pas vingt ans, que la jeunesse encore
Sur un beau front serein respire la candeur,

Quand on n'a pas vingt ans, qu'à peine on voit éclore
Les joies de l'âge mûr, quand les feux de l'aurore
Font miroiter au loin la vague qu'elle dore,
    Et qui charme le cœur.

Quand on n'a pas vingt ans, quand l'âme encore pure
Veut aimer pour se plaire en ce triste séjour,
Vous qui guidez ses pas où la voie est si dure,
N'étouffez pas du moins le cri de la nature,
Laissez au jeune cœur sa joie et sa parure :
    L'innocence et l'amour.

Ed. DESESPRINGALLE.

## ADIEU !

Assis au flanc de la colline,
Loin du monde et plus près de Dieu,
Vois-tu le soleil qui décline,
    Bel ermitage! adieu.

Toujours mon âme, de tes charmes,
Gardera le doux souvenir ;
Et ton nom séchera les larmes
    De mon triste avenir.

Mon cœur a respiré ce baume
Que nous distillait ta vertu ;
Mais, lâche, j'ai fui ton royaume
    Sans avoir combattu.

D'où vient que j'ai pu te connaître
Sans m'éprendre de ta beauté ?
D'où vient que tu n'est plus mon maître,
    Que j'ai ma liberté ?

Et d'où vient, feuille desséchée,
Qu'à son gré t'emporte le vent ?

Et pourquoi de ta tige arrachée
   Gémis-tu si souvent?

Ainsi le vent, le temps qui passe,
Ainsi le vent, le temps qui fuit,
Le rayon pour l'ombre s'efface,
   Et le jour pour la nuit.

Hélas! une ombre funéraire
A passé sur mes jours heureux,
Et ma voix n'est plus qu'un mystère,
   Mon sort qu'un songe affreux.

Assis au flanc de la colline,
Loin du monde et plus près de Dieu,
Vois-tu le soleil qui décline,
   Bel ermitage! Adieu.

                                        E. D...

## RÊVE

Les soirs calmes et purs sont ceux que je préfère :
Ils me font oublier qu'il est des jours brumeux,
Et savent dérober les ombres de la terre
   Sous la sainte splendeur des cieux.

Lorsque le soir paraît drapé dans son nuage
Que l'étoile, un clou d'or, attache au firmament,
Je dis à mon esprit de faire un doux voyage,
   Dans un pays étincelant.

Et je vais à travers étoiles et planètes,
En rêvant le bonheur, en appelant l'amour,
Oubliant, quelquefois, dans ces sublimes fêtes,
   Que l'aurore approche à son tour.

16 octobre 1879.                    EVARISTE CARRANCE.

ERRATA du 9^me volume : LA JUSTICE.

Page 181, 23^me ligne, lire : des vierges envoyer, chacune, un doux sourire, *au lieu de :* envoyer un pudique sourire.

Page 466, 1^er vers de la pièce : Dieu créateur, lire : qu'au divin, *au lieu de :* qu'un divin.

Page 479, lire : Vois y la chair, *au lieu de :* Vois la chair.

Page 540, 2^me ligne, lire : Le saule, *au lieu de :* Les saules. Page 540, 9^me ligne, lire : ta voix, *au lieu de :* la voix.

Page 541, lire : du noir chagrin, *au lieu de :* un noir chagrin.

Page 57, La mort du Poète. — Le premier vers de la pièce a été mis à tort en épigraphe, il faut lire comme il suit : *Dans les gouffres du lac, ce soir, il est tombé.*

Page 207, lisez : 1870, *au lieu de :* 1872.

Page 227, 10^me ligne, lisez : Une orbite profonde au crâne qui regarde.

ERRATA du 10^me volume : LA REVANCHE.

Page 142, lire : connaître, *au lieu de :* counaître.
— 98, — Casimir Cornu, *au lieu de :* Corne.
— 140, — Julien, *au lieu de :* Julian.
— 42, — A travers la haie, *au lieu de :* hae.
— 485, — La France se réveillera.

Bordeaux. — J.-A. FAURE, imprimeur des Concours poétiques, rue des Augustins, 25.

# TABLE DES MATIÈRES

# LITTÉRATURE CONTEMPORAINE

Bordeaux. — J.-A. FAUFE, imprimeur des Concours poétiques, rue des Augustins, 25.

www.ingramcontent.com/pod-product-compliance
Lightning Source LLC
Chambersburg PA
CBHW070343030726
47504CB00001B/52